谢冕编年文集

第六卷 1989—1992

北京大学出版社

1989年在广西宁明花山

1989年在北大畅春园寓所

1989年与夫人陈素琰在广西花山

1990年圣诞节在冰心先生家

1990年在哥伦比亚大学与夏志清教授合影

1990年在美国哥伦比亚大学讲学

1990年在美国杜克大学詹姆逊教授家

1990年在美国奥克兰杰克·伦敦故居

1990年在美国奥克兰杰克·伦敦雕像前

《诗人的创造》,三联书店 1989 年版　　《地火依然运行》,上海三联书店 1991 年版

目 录

1989

香港的启示 ………………………………………… 3
争鸣：精神领域的常态 …………………………… 6
诗的标准说 ………………………………………… 9
文学反抗的归宿
　——当前中国文学的现代主义 ……………… 10
大中国的文化整合 ………………………………… 13
从新诗潮到后新诗潮 ……………………………… 16
两岸异同的互补
　——从杨平的诗谈起 ………………………… 28
悲凉的骚动
　——评奔雷的诗 ……………………………… 31
这圣地的魅力 ……………………………………… 35
世纪末的忧患 ……………………………………… 38
在维也纳感到失落 ………………………………… 41
盗火者的悲凉 ……………………………………… 44
《当代文学四十年》答问录 ……………………… 49
凌谈的散文
　——兼谈散文的自然 ………………………… 50

诗人的创造

感觉篇	57
意象篇	74
想象篇	99
灵感篇	117
构思篇	137
变形篇	153
语言篇	178
节律篇	202
欣赏篇	218
批评篇	230

1990

依然明晰梦中的巴黎	247
《意象符号与情感空间——诗学新解》序	249
陌生而又熟悉的镜春园七十六号	253
论林子	257
列车找不到终站	
——评台湾现代诗初潮	268
痛苦而又幸福的诞生	
——序班果《我的羌域》	278
开放的天空	
——序《中国当代校园诗歌选萃》兼论校园诗歌	283
崇武半岛	293
红土血源:沉郁的思考	
——序《断续风雨》	297

脉流和根系的诗情
　　——孟倩的诗读后 …………………………… 302
最初的启迪
　　——以此庆祝冰心先生创作七十周年 ………… 305
序《风流的浪唱》 ……………………………………… 309

1991

《不灭的纱灯》序 ……………………………………… 315
天真：透明的核心 ……………………………………… 318
校园和诗歌
　　——为《中国校园文学》诗特辑作 …………… 324
序韩毓海的《新文学的本体与形式》 ………………… 326
苍茫时分的随想 ………………………………………… 330
女性的永恒感悟
　　——评赵琼诗兼评女性诗 ……………………… 333
与生命深切关联的纪念
　　——重读冯至诗的体会 ………………………… 338
"异端"的贡献
　　——评《中国探索诗鉴赏辞典》 ……………… 346
塞纳河畔的乡魂
　　——序阎纯德《伊甸园之梦》 ………………… 350
多元秩序与文化整合 …………………………………… 354
生命的投入
　　——奚学瑶的散文 ……………………………… 357
停止游戏与再度漂流 …………………………………… 361
高空带电作业
　　——序《诗的哗变》 …………………………… 363
我们面对一个海 ………………………………………… 366

地火依然运行——中国新诗潮论

中国新时期诗歌变革的潮流(代自序) …………… 373
导论一 中国诗的和平骚动 …………………………… 376
导论二 地火依然运行 ………………………………… 385

上 卷 纵向的考察
   第一章 断裂与倾斜 ……………………………… 392
   第二章 极限与选择 ……………………………… 409
   第三章 嬗替与超越 ……………………………… 418
   第四章 错动与漂移 ……………………………… 428
   第五章 反拨与实进 ……………………………… 446
   第六章 冲突与期待 ……………………………… 462

下 卷 横断的扫描
   第一章 现代意象诗(一) ………………………… 473
           现代意象诗(二) ………………………… 482
           现代意象诗(三) ………………………… 492
   第二章 现代史诗 ………………………………… 496
   第三章 现代学院诗(一) ………………………… 507
           现代学院诗(二) ………………………… 514
           现代学院诗(三) ………………………… 522
   第四章 现代工业诗 ……………………………… 527
   第五章 现代军旅诗 ……………………………… 532
   第六章 现代边塞诗 ……………………………… 549
   第七章 简短的结语 ……………………………… 562
附 录 谈谢冕的诗评 ………………………………… 564

1992

亲切而遥远的情怀
　　——读高恩才《大海情》…………………… 573
先锋的使命 …………………………………………… 577
西湖的美,一个宽泛的话题 ………………………… 581
思念海子 ……………………………………………… 583
绍兴,始料不及的感动 ……………………………… 585
美丽的漂泊 …………………………………………… 587
流光溢彩的追逐
　　——析思慕《红色的辣椒,褐色的葡萄酒,
　　无谱的音乐和漆黑的女人眸子……》………… 590
散文文体的个人风貌
　　——读王充闾的散文 …………………………… 593
恒久的光明
　　——我和北大图书馆 …………………………… 597
跨世纪的机缘 ………………………………………… 601
序田原诗集 …………………………………………… 603
起风的日子
　　——读吴正同名诗集 …………………………… 606
文学批评的净化 ……………………………………… 610
中国的循环:结束或开始 …………………………… 613
森林二章 ……………………………………………… 622
多层建构中的中国文学与汉语文学
　　——文学研究视野的展延 ……………………… 629
有用或无用的小说 …………………………………… 642
赤子的忠诚 …………………………………………… 645

罗门的天空
　　——序《罗门诗选》……………………………… 648
被掩埋的期待
　　——行者散文集《灵石不言》序………………… 657
从徐志摩想到文学竞争……………………………… 660
融合与创新
　　——《文艺传播学》序……………………………… 662
文学和二十世纪……………………………………… 665
建设性和科学精神…………………………………… 669
新高度的追求
　　——吴晓的理论与创作…………………………… 672
两条不同的艺术思维之路…………………………… 676
北京的花季…………………………………………… 679

1989

香港的启示[*]

作为一种文化现象，香港的特殊性引起了我们的关注。"文化沙漠"的指称在大陆流行甚广，不难发现这是浮表和定见引出的粗疏——假定说这并非偏见的话。香港这一地区和中国现代文学交往甚深。三四十年代先后多批文化人聚集于此，从事于进步的文化开拓，并以此为窗口，从异域引进诸多的新观念。

那一代人的努力，极大地开拓了中国新文学的视野，并丰富和充实了新文学的内涵。这是香港的给予和贡献。动荡的四十年代，香港又以它的特殊环境保护并支援了内地的作家。不少的中国文学精英都受到香港的恩惠。其效果则是直接或间接地积极影响了中国文学的进步和发展。

对于中国大陆来说，由于久远的阻隔，人们对香港文化的疑虑甚多。这原也不难理解，因为香港的社会制度大异于大陆，它之具有另一社会形态派生的文化现象是自然而正常的。香港纯文学的发展受到这一复杂环境的挤压，原也无可怀疑。

在一个商品化的都市中，非商品化的文学能够自立和自强，其间的艰难不是置身其内的人也许很难有真切的感受。于艰难困苦之中求生存和发展，而且在全面商品化氛围中保持自身的价值也实非易事。处身于香港之外来观察香港文学，人们往往用自身所习惯来评判自身所不习惯，极易脱离香港的实存情状

---

[*] 此文初刊1989年1月5日《香港文学》1989年1月号，收《世纪留言》。据《香港文学》编入。

对它作出不切实的要求。其间最易引出的误解,即是潜意识中的按照自己认可的模式要求香港文学,例如要求它具有社会功利的唯一目的,要求它如自己所熟悉的文学那样的"纯净"以及意识形态化,等等。

但香港却的的确确站在八面来风的南海之中,它属于开放的世界。这是一个国际性的自由港。它的世界最大的金融和贸易中心之一的地位已经存在了近百年,而且还将如此存在下去。这一事实决定了香港特殊的文化状态:属于国际性社会的一切都有正当的理由在这里生存,它具有当今多元世界的多元文化认知属性。

在这里而要求单纯甚至"纯净"是不现实的。而在总的群体消费文化(其主要形式是报纸专栏及连载小说)系统之中,而能始终保持一种与高级文学同向的严肃追求,它的存在本身,便是奋力争取造出的奇迹。考虑到香港文学这一特殊生存环境,不能不引发人们的敬意。

来自内地的作家和学者基于对香港地位的特殊认识,需要的是理解。香港人处身于此种特殊环境和地位,普遍有一种"我是谁"的困惑。这种文化选择的困惑最集中表现在一个香港人作为英国公民而又是中国人必须同时掌握国语、英语和广东话上。

香港文学也有"我是谁"的苦恼。对于香港来说,背靠大陆面向台湾,这两处都有深厚的但各有特点的文化形态。大陆的深厚广博和台湾的繁盛灵动犹如两个大的板块,在大陆和台湾之间,香港往往失去自己——它必须获得其中任何一方的认可方具有价值。

香港文学为这种身不由己的依附而痛苦。但事实却是香港文学自身便是实体,它有自己的形象。一如香港的艺术、服饰乃至饮食作为文化有自己的形象一样。香港时装风靡全球,香港的酒吧演出以及商业性报刊文化都有世界性的广泛影响。因此,作为中国文学的一部分,它比任何一个地区更有理由建构有异于人的文学系统和文学格局。特别行政区应当有特别文学,主要不是由于特别的地域和行政位置,而是由于文学自身——它的独异性应当受到特别的鼓励和尊重。

香港是一个港口,面积不大,常住人口约六百余万,但流动人口却难以数计。这是一个来去匆匆的城市。许多人都是香港的"客",只是常住的那部分人是香港的"主"。文学家和学者大都匆匆去往,在香港留下珍品的作家有之,但本身成为永久居住者的则只是少数。

流通的城市带来了文学流通的不稳定性。长久的他国归宿,又造成"无根"的漂泊感。香港文学的这种特殊的苦痛,未始不能发展为特异的属性。香港文学和作家的流动性,使它的每一时都是一种不确定现象。从总体讲,由于它自身的呈流动状态,要是利用这一特点,充分发展沟通带来的好处,在稳定的大陆和同样稳定的台湾文化之意,香港以它不稳定的加入,对于前二者,不啻是有力的弥补。

这对于中国超稳定的文化情势,也是一个有力的冲破。而且香港作为一个吸盘,处身于不同的政治、经济、文化的交错的背景中,吸收诸种形态文学的优良,以供应海峡两岸的文学总体,无疑会造成一种积极的文化融汇的后果。

香港国际性的文化背景,造成它的文学形态的多元取向,以及广泛包容的特异性。对于中国大陆而言,长久的一体化的文化方针,构成文学调节机能明里的萎缩。在充分发展和建立开放文学体系的总构想中,特别需要的是多元发展竞争的新观念的确立。在这一点上,香港具有的优势是大陆和台湾所不可比拟的。

争鸣：精神领域的常态[*]

要是认为自己已有能力或事实上已经穷尽某一学术世界并掌握了绝对的真知，这无疑十分危险。对于看不到边际的社会发展，人类还是童年；对于同样看不到边际的人类思维的领域，我们同样是童年的无知。人类对于世界的认识，基本方式是积累。这种积累不是材料的原始堆积，而是不断淘汰的过程。过程即选择。

事实上，人对世界的观念因各人主观、客观条件的各异而各异。人们认识的常态往往是"各执一端"。人类对于世界万物的认同趋势，促使这些"各执一端"者从不同方向彼此靠拢。导引不同见解的人们彼此靠拢的基本形态，是不同意见的交流，讨论、互渗和互补。其实我们说的讨论，即各自陈述和彼此交锋，一般意义的讨论范围和氛围的强化，近于我们称之为的争鸣。

争鸣的实质是不同学术见解的交汇、适应或排斥。重要的是作为争鸣的实质，它确认人们认识差异的合理性。文学作为自然界人类社会的物质和精神现象的直接或间接的表达，这种表达较之被表达的对象自身更具复杂化——因为它掺入人的精神活动的种种因素。人们文学观念和观点的差异造成争鸣的难度。但显然我们舍此无他，因为这是调节精神生产唯一有效的方式。

---

[*] 此文初刊1989年1月15日《文艺争鸣》1989年第1期，收《世纪留言》，题《精神领域的常态》。据《文艺争鸣》编入。

以往,我们曾宣称而事实从未有过真正的争鸣。那时采取的基本方式是借助行政力量的一方对另一方的宣判。前者自己认定他掌握了绝对的真理性。因而他们之间的较量是"真理"与"非真理"的较量。这种较量,不仅手段是暴虐的,而且使用的语言也是粗野的。这当然是一种"简便易行"的方式。采取行政手段取消实际的争鸣,使学术发展成为不可能,久之,也就造成学术思想界、以及全社会思维能力的萎缩。我们已经十分确切地尝到这枚苦果。

不仅文学,应该说是社会全体成员都将从不同意见的自由争鸣中得到好处。一般说来,人们只能看到和想到他们能看到和想到的,因而,他需要从别人的看到和想到中补充和扩展自己的见解和思路。他将从这种"斗争"状态的"互补"中获得较多全面的认识。由于人们只能或只愿看到他所面对的世界,他便必然具有认识的片面性,甚至必然进入误区。因而,他需要别人的校正和匡谬——不论这些人采取什么样的方式。所以,争鸣不仅仅是手段,而且是一种生存状态,特别是在精神领域。

作为一种生存的常态,文艺争鸣所要达到的,是诸种有差异的观念的彼此理解和接近。而这种理解和接近并不包含使诸种意见归于统一的动机。除了我们从前熟悉的那种强行的观念一律化,如今这种经过自由争鸣所达到的只能是相互理解和经过补充和校正之后的接近而不可能是统一。精神领域的现象从来是不统一和不可统一的。也许在某一时期或某一阶段呈现了"统一"的景象,那只能是特殊的和非常态的。最终依然是统一的破碎,这里主要是就学术领域的状态而言。

精神领域和学术观念的并存和杂呈状态证明繁荣和发展。意见和观点的冲突和分歧,通过各种方式的交锋和辩证,使争鸣者了解自身并了解他人,这是最积极的目的。在多数情况下争鸣并不意味着彼此取消。要是把争鸣的目标确定在消解对方而使见解归于至尊的一倍,那只能是学术的不幸。

但我们往往习惯于这样的期待。我们误以为争鸣的目的只在于战胜对手,或者误以为争鸣在于证实自身的唯一真理性。事实可能完全出乎意料,学术争鸣很可能是一场没有输赢的棋局。因为谁都不可能穷尽真理。可以在一时间内见高下、辨是非,但作为过程,似乎比一切的结论更有意义。这种争鸣自身所体现的价值往往受到忽视。人们在不同见解的交流中明确迄今为止自己的认识可处的坐标位置,较之结论本身更为重要。争鸣会出现奇观:人们在争鸣中输出智慧并吸收营养,他们以此丰富全社会的精神积累。当然,这种积累是长期不懈努力的结果。

争鸣对于每一个处身其中的人,通常获得的刺激并不总是愉悦的。因为人们往往"自以为是",而争鸣的出发点是对他人方式和观念的"非议",因而争鸣对于争鸣者都存在着对于"令人不悦"的刺激的适应。我们确信争鸣不仅将导致学术研究的日臻完满,争鸣也将弥补个人识见的不足和局限。一个在学术思维中主张宽容的人,一个面对他人的观念挑战大度的人,肯定将从这种暂时的"不悦"中获得真正的愉悦。而在争鸣中对他人施以肆意的攻击或面对他人的驳难而意气用事者,他本人将是最后的受害者。

我们既已确信争鸣自身便具有独立的价值,因而我们十分乐意投身其中。适应这种精神领域的生存常态,我们特别需要从记忆中消除昔日的阴影。那种以"争鸣"的手段肆意污辱和践踏对手的方式,只能是学人和知识者的羞耻。我们期待着一种"绅士风度"的争鸣,争鸣应当从手段到目的都是文明的。要是在学术争鸣中自重和互尊,那证实我们业已告别噩梦。我们今日面对的依然是大量非正常的争鸣氛围和争鸣心态。从非常态的争鸣到常态的争鸣,我们显然还要走很长的路。

诗的标准说*

　　这样的方式很好,逼着我们读一些经过精选的诗。诗太多了,读不过来。也因为大抵都在一种不高的层面上,分不出优劣。因此,经过大奖赛的汇集、选拔,我们有可能直接接触这些优秀的诗篇。这,真要感谢竞赛的组织者和辛勤的编者和初选者。

　　诗早已失去统一的标准。一个人的看法大概只属于他自身。但相信称之为好诗的,必定会引起更多的人共鸣。我以为好的诗应当是时代情感和情绪的结晶体。我们谁也不能摆脱我们作为当代人的历史责任。

1989.1.21 日于北京大学

---

　　* 此文为《中国"东方诗潮"现代诗歌大奖赛获奖作品》点评,初刊1990年1月10日《诗潮》1990年第1期。据此编入。

文学反抗的归宿*
——当前中国文学的现代主义

现代主义重新成为中国大陆文学的热门话题并非一个突发现象。这是一个由文学反思导致文学反抗的必然归宿。这一文学反思的基本内容是：自我封闭造成了一个可怕的后果，我们不得不痛苦地面对一个中国式的文化荒漠和精神废墟。中国因文化富足而自大，又因文化中衰以致毁灭而自卑。在这个特殊的时代，中国文化性格的两重矛盾现象惊人地突出。

中国文学对现代主义产生兴趣，受到一种修补和展延愿望的驱使。不是要用现代主义来代替什么，而是因需要而感到了缺陷；更不是要用现代主义来建构另一个一体化——一体化的文学灾难对我们记忆犹新，情感和理智都不允许悲剧的重演。

当一股强大的文化思潮推涌而来，明智之士宁愿做一名受到怀疑乃至责骂的推波助澜者。他们事实上是把引进和修复与西方现代主义的联系，当作是给中国文学"充氧"的机会——以挽救中国文学不至于窒息。基于上述，人们谈论得很多的现代派真伪问题已无关重要，真正需要的是一种新的充填。对于以往那种单一营养补给造成的"贫血"，这种充填无疑至关重要。

中国社会的现代更新，这一观念已经得到广泛的认同。中国文学的现代更新，则是与上述前提的相应协调。在文学的现代更新中艺术观念和艺术思维方式的更新是最具实质性的内

---

* 此文初版1989年1月31日《人民日报》，收《世纪留言》。据《人民日报》编入。

容。刻板和僵硬曾经造成定则。因而冲破这一定则乃是挽救文学危机的必然选择。在中国文化和思想领域中,封建的暗夜依然漫长和浓重。因此,现代主义艺术因素的加入,便成为疗救的药石,尽管并非唯一的。

感到匮缺和贫乏是一种觉醒。当今中国知识分子的前卫部分,最先获得了这一觉醒。长久的隔绝造成缺乏营养的真饥渴。不是"如饥似渴",而是"饥不择食",常情的中国人都乐于承认它的合理性。

中国事实上缺乏现代主义产生和生存的基础和条件,而且作为一种文学潮流,现代主义已有长久的历史,也并非是"新鲜事物"。中国现时的意愿与行为不过是一种"方便利用"。

当然,既然存在着这种被利用的可能性,便说明异时异地的现象之间有着某种不言自明的默契。其间最值得重视的因素,是文学作为一种批判(无论是对社会或对文学自身),在不同时空里均体现了共同的价值。西方以现代主义批判工业文明对于人自身的破坏;中国则借它批判社会的人为变异造成的对于生存环境的破坏。二者均不约而同地以文学反抗体现社会反抗,尽管这种反抗的质各不相同。

中国文学对于现代主义并不要求强暴的取代——也许有人希望出现这种取代——但它要求一种观念的改变,即要求改变那种由褊狭造成的从心理到实践的艺术排斥。一种文学形态的自大狂症与宗派性排他,破坏了文学的自然生态。这一惨痛经历萌醒了如今这般的冲动。

这里要求的是一种非暴力的和平加入与渗透,一种悄悄的消融和友善的竞争。与世隔绝的中国渴望用新的语言与世界进行精神对话。对话是一种沟通,而沟通必须有大家都能理解的现代语言。现代主义在这种情势下为这种对话提供了可能:它可以排除由于观念的歧异而产生的语言障碍。

现代主义魔影的侵入,使一些人寝食难安。这些人的心态与其说是自信,不如说是不自信。他们对中国文化和文学的实力和抗拒外物的韧劲缺乏认识。他们口头上宣扬强大,而心理上只承认弱小。不自信造成了神经衰弱,他们视这一来自西方的野牛为可怖,他们深恐野牛会吃光自家祖传菜园里的种植而造成荒芜。

这些人的危机感与别人不同。其实在这片古大陆的泥淖中,什么样的远方来客或"不明飞行物"或迟或早都将被淹没——要是他们不自觉进行抗争的话。一切都会在"中国式"的名义下受同化以至消失,包括现代主义也会在"中国式"这个怪胃中被"消化"。真正的危险是什么都将被中国"吃掉",而不会是别物"吃掉"中国。

当前关于中国文学的期待是因人而异的。有人在浓重的失落感中希望恢复五十年代开始的大一统工程;有人在巨大的冲动中希望用现代艺术的觉醒以全盘改造旧有的文学体制;有人则把某一种文学潮流,例如寻根文学潮流或"改革文学"潮流指定为主潮或最优模式……这一切都不约而同地把一体化的格局当做了理想秩序。

中国大陆这一场新的文学革命的期待,不是一次新的大一统,而是新的破碎和混乱。什么时候中国文学否定了一种人为的主流化,什么时候我们就有了进步。同样,什么时候我们心甘情愿地承认文学的混乱是一种常态,什么时候我们头上的文学阴云便会散去。回到这篇短文的主旨上来,我们如今向着现代主义的接近,其动机和结果都决然排斥取代。如果我们期望现代主义的大一统,那同样意味着一声新的悲剧的降临。

大中国的文化整合[*]

　　大中国作为一个超政治和超意识形态范畴的提出,其意义是建设性的。就文化传统和母语层面而论,我们确认中国文化作为一个自足的实体的存在,它当然涵盖了台湾、香港、澳门这些区域。甚至通行华语并以华文写作的文化和文学现象,也自然地纳入我们研讨思考的视野。

　　中国文化原是一个统一体,它的硬质不因时间和环境的迁移而有什么根本性的变损。也许正是这一点,我们有着既丰富又痛苦的承袭。中国近百年来的内外交困,明智之士思虑驰突,困惑之余,大抵都对这个文化"硬结"产生怀疑并且对它施以重铸的宏愿。长久的文化自足形成文化封闭,其影响不仅是文化的,而且形成中国人心理素质的闭锁狭隘。因而历史上的昌明盛世多采取文化开放政策。

　　这个社会博大古老世所闻名,历史的悠久可以把文化政治经济形态进行各种断代的切割;幅员的辽阔本来就存在南北、东西文化习俗的巨差。近世的衰颓和战乱,不仅破坏了固有的文化积蕴,而且造就它的歧异和断裂。二十世纪下半叶发生在中国的一系列事变,宣告文化裂隙的加深。这导致原先已存在的与五四传统的脱节更为加剧。

　　由于大陆、香港、台湾各不相同的人文、地理环境,造成了各不相同的文化形态:香港的充分商业化和高度国际化,以及长期

---

[*] 此文初刊1989年2月25日《北京大学》校刊(学术理论副刊)。据此编入。

作为英国租借地的文化漂浮感。台湾在坚定弘扬国学传统的同时，由于与西方世界的紧密联系，导致现代意识与传统意识的融汇。台湾的地理位置使这种文化具有海洋文化的灵动活泼的性质。大陆作为中国文化的发源地和母体，它的浑厚沉郁均非台湾所可比拟。但由于年久日深的特定意识形态的浸润，以及行政的强加，传统文化由此产生了大的裂变。

原先完整而凝固的文化实体在二十世纪下半叶已产生迅变。它生发为同根文化多形态的杂陈和共存。这时期产生的文化的驳杂和繁复，更因政治意识的歧异而相互陌生甚至敌视。一旦彼此接近却又产生困惑。但与此并生的却是充实和丰富的空前展现。

中国文化的悠久和超稳定性构成它的局限，它主要要沉重的压抑造成生机的萎缩和失去弹性。近百年来的各种人为阻隔以及意识形态的强加，更加速了它的僵硬和板结。在当前，结束由于种种原因造成的文化的隔绝和变异是历史的大趋势：分裂的中国文化亟待一种泛意识形态的整合。

国际局势的全面缓和；台湾海峡两岸民间交流的广泛展开，以及随着台湾政治的开放的可期待的正式接触；香港澳门本世纪末的回归；大陆坚定的改革开放政策的制定和实施；……种种条件为这种文化整合，创造了十分有利的大背景。这形势反过来要求文化和文艺作为全民族及至华文世界的联结纽带和媒介，充当和解时代的先锋。

时代大视野观照下的文化整合，将使原先贫瘠化且产生了变异的文化得到有效的调整和补充。由于民族的历史不幸造成的大文化整体的离异和裂变，这消极的因素却产生意外的效果：它对于固化和"硬结"文化无疑是新激素，它加速了改造、冲激"精神化石"的进程。

整合提供千载不逢的机会。当今中国文化的多形态将在互补互渗中把古老和新生、传统和现代、承袭和补给作出最佳的结合和淘筛。对于现代中国来说,在张扬传统文化精神的同时,改造旧文化的劣质以加速其现代化进程,最终达到建设新文化的目标,依然是振兴民族的最大必要。古老文化的现代更新,其危险性不在于它会在加强世界意识中失去自己,中国最大危险是顽劣的保守心理———一种不由自主的"向后看"惯性。

整合不是随意搅拌的混沌,而是互相吸收的新质的添加和增进。它将为古旧的文化框架充填新力。民族分裂的危难没有过去,也许还有一段艰难的路要走。但以大中国为背景实行超意识形态的文化整合,无疑可以起步先行。也许为时已晚,但我们不再等待。

北京大学台湾文学研究中心的建立,是一种决心的呈示。即从今日始,我们将告别那种按政治地图划分的分裂的文学史和分裂的文艺学的实践。我们将以广阔的泛意识形态的视野重新考察我们涉足的领域。中国不是被切割的块状的存在,中国在文化时空上从来都是一个整体。一种历史契机提供的大中国文化整合的机缘,引导我们向着整体性考察、描述和批评的大目标。

从新诗潮到后新诗潮[*]

合理的延伸

玩惯了手中的鸟儿的那些人们,发现鸟儿已经逸走。但他们意态从容,不是没有某种逼迫感,却乐于期待更有力的挑战。真正感到为难的,是那些好不容易才不无保留地接受了新诗潮事实的人们。他们尚未完全从那些被动的状态中解脱,猝然发现自己陷入更大的困惑中。这使本来已变得平和的心境再度紧张起来,无法不紧张地注视着正在发生的一切。

我们刚刚熟悉的一切,正在成为过去。这令我们怅惘。要是我们能够宁静地呆在我们奋力争取到的氛围中哪怕是短暂的一刻该有多好!但中国诗歌发展的现实却显得无情而冷漠,它的超前性甚至完全不理会那些对艺术发展"恋旧"的心理。它径直地向前走去,以它那令人目眩的千奇百怪向人们报告一个美丽的迷失:你们所熟悉的一切已经被更为喧闹的陌生所代替,你们当今的现实是,必须面对十倍的"古怪",不管你们多么地不乐意。

朦胧诗的兴起及其论争作为一个历史阶段已告结束。因为它产生在中国现代诗歌严重退化的事实之上,它的引起惊异之

---

[*] 此文初刊1989年3月《芒种》1989年第3期。据此编入。此文中的《合理的延伸》、《时代落差与心理错位》相关章节曾刊1988年9月17、19日《华侨日报》,题为《混乱作为秩序》;后全文编入与张颐武合作专著《大转型》,其中《传统诗学的二度革命》一章有较大变动,此章据《大转型》编入。

感以及由它爆发的严肃的论战,都难以摆脱诗歌运动幼稚期的水平。尽管如此,历时甚久的争取依然是成效卓著的。从创作上看,它对统一并僵硬的艺术范式进行了有力的冲击,实现了以变革代替固守,以开放代替封闭,以多元代替单一的进展,从欣赏上看,它对普遍的欣赏惰性是一次启蒙,当年被谥为"古怪诗"的,如今在广大的读者心目中变得温和而亲切了。朦胧诗及其最初一批倡导者正由"今天"向着昨天衍变,这已是得到普遍承认的事实。

对比目下出现的诗的剧变,回过头来审视八十年代初那一场关于诗的持久的激动,不免觉得多少有点过敏性的夸张。要是说,那引起中国诗坛震动的论战,下过为中国新诗长河画出了一道明显的大转折流向的印记,那么,河流流到现今,却宣告了一个线性发展的终结。那种从某一代表性诗人作品中找到当代重要潮流创作倾向的承继说明的可能性已经消失。随处可见的是江河入海处的那种无规则的叶脉一般的网状结构的大倾泻。

一切仿佛是辐射而出,但又彼此回环纠结。这里的确没有主流,诸多的水脉纷纷乱乱地呈现,描述着当今中国诗坛令人震惊的新秩序。即便是当初以最大热情关注新诗潮的涌起的人们,对于今日状态也会感到某种惶惑。但不是别人,正是他们开启了那个魔盘。由此,作为新秩序的"混乱"的格局宣告形成。新诗潮不过是结束诗的自我变异的现代倾向的试探性实践,而当今出现的更为大胆的诗歌试验则是新诗潮运动的合理延伸。

从新诗潮到后新诗潮,中国诗的竞技呈现出一种快速跨栏跃进的场面。对二者关系的最简括的描写应当是,这是中国新诗在结束了最新十年的发展之后一次同向而异质的递进。它们不仅具有共同的对于传统诗歌的质疑与变革意向,而且作为总趋势的诗歌意识和诗歌观念的现代更新,使它们共同地具有了向着旧传统的挑战品格。但从新诗潮到后新诗潮却存在着异质的突进:现今的诗只承认自己而否认附着他物以显示价值,它宣告了传统艺术方式的若干分离。它便是:诗承认自身即目的而宣告与直接的社会功利目的分离;诗歌强调对于人的实际生存状态的关怀而宣告与虚幻的情感理想化的分离。因此,诗不再通过炫耀自身的高贵以显示身份而宣布了与优雅风情的分离。

人们在这些多少显得有点随意和洒脱,并且显得完全地缺乏传统艺术情趣的诗篇面前感到了陌生。这使人想起刘半农1932年为《初期白话诗稿》所作的序中说过的一段话:

> 这些稿子,都是我在一九一七年到一九一九年之间搜集起来的。当时所以搜集,只是为着好玩,并没有什么目的,更没有想到过若干年后可以变成古董。然而到了现在,竟有些像起古董来了。那一个时期中的事,在我们身当其境的人看去,似乎还在眼前,至于年纪轻点的人,有如一九一二、一九一三年出世,而现在高中或大学初年级读书的都不免渺茫……所以有一天,我看到陈衡哲女士,向她谈起要印这一部诗稿,她说,那已是三代以上的事了,我们都是三代以上的人了。

刘半农所述,不过十余年的变迁,他那时有此感慨,则现在更是如此。所谓的第三代或新生代的出现,证明的也都是"三代以上"的历史巨变。

时代落差与心理错位

开始时,诗人面对的是一个混沌的世界。任何历史时期的形态,在这里都如活化石般存在着并活动着:光明与黑暗,先进与落后,中世纪的蒙昧与现代社会的觉醒。新诗潮忠实于这样一个混杂的实体。于是它的忧患与激情便具有充分的合理性。中国社会目前依然延续着上述状态,但诗已敏感到另一种存在。

对于生活在这一社会中的人,普遍地经受着两个大的为人改变自身状态的争取,首先是争取结束非人状态,这一目的在很大程度上业已实现,中国人已经不是作为非人而活着。接着的问题便是,作为人应当怎样活着。从人的争取到人的实现,中国社会最敏感的一部分人,陷入了极大的困顿中。他们发现,当封闭的黑屋打开了一个缺口透进阳光时,人顿然地感到不知所措。通往人的实现的道路比挣脱非人状态的奋斗,更为充满了艰难。在这条道路上的跋涉几乎伴随着无边的更为深沉的苦难。

后新诗潮把传达一种尚未完全显现的心理和情绪状态(这对于多数中国人乃是一种尚未悟及的存在,一种对于社会雏形的超前进入),当成自身的使命。新型的现代人,首先是敏感的先锋诗人,感到了现代社会对于自然的和独立的人的"遗弃"。人的存在感到了严重的现代社会的压迫,一方面是社会政治压力下的伦理异化,一方面是商品经济压力下的人格异化。人刚刚从非人的状态中睁开惺忪的双眼,立即醒悟到自己尚非"真"人。

中国陷入深重的惶惑中。在此之前,它奋力挣脱的是与世隔绝的自我孤立。这一状况一旦转变了,中国发现它与两种社会的游离状态造成的悬浮感。已经看到了过去的偏离,同时也确定了新的抉择,弃旧而不能决绝,图新又不能不频频回顾。这种两难境地造成心灵的痛苦并笼罩阴云。不仅中国悬浮,我们也悬浮,特别是青年。信仰殿堂的坍塌,心灵秩序的崩坏,憧憬与现实都悬在半空。现今的一代青年,有着最为正统的中国式的苦痛,即他们的无能为力与孤立无援,前者是对社会的尽责而言,后者是对自身的生存而言。被世界弃置已久重新进入的落伍,加以日益深刻地目睹中国人的"丑陋",中国人此刻感到的悲凉,已非单是由于自身存在的尴尬所萌生。

后新诗潮更为充分地展现青年一代的心态。青春期骚动的变形,受压抑的兴奋与苦闷追求的热情伴随着失望,多半是诞生于"文革"后的一代人,那场空前的灾难他们一无所知,谈论它无非是在谈论历史,最缺乏的是后顾与反思,只有前倾的对比度。对于他们,不满是自然而合理的。充分的自我实现的热情,即便是痛苦和冷淡绝望,都与这种目标相联系。作为人的发现的直接结果,摆脱了依附状态之后的觉醒。群体意识的弱化已成定势。

  人更为重视对自身的审视与观照,在人的实现过程中,当对神和物的膜拜及其困扰作为阶段已经过去,人直接面对的便是生命自身。生命既令他欣喜,复令他疑惑。人从哪里来?又向何处去?人是什么?在永远不解之谜中,人对自身感到神秘,他为知晓必然死亡而恐协,他想尽办法解除这种恐怖感,他为心灵的丰富和奇诡而震惊,他乐于揭示在内心深处进行的魔鬼与上帝的战争;原始性的冲动,伟大而细致的感觉世界呈现的瑰丽辉煌,获得解放的五官的通感所创造的奇观,最隐秘的潜意识深沉的飘逸与虚幻……对于长期受到禁锢的中国诗思维,这一切无异于提供了一个崭新的宇宙。

  人们常常反问:思想哪里去了?热情哪里去了?通常听到的回答是:前几代人的热情产生于世界的诱惑力,他们倾注热情于斯,为的是探索其实现的可能性。世界对于他们是陌生的,这种对于世界的陌生感引起他们的欢喜。现在事情发生了重大逆转,该是世界回过头对我们感到陌生了。不论你们是否向我们倾注热情:我们将抚摸自身并以探索自身为目的,向着这个由谜与梦构成的现实走去。

  这一场新的诗歌骚动来得相当突然。因为新诗潮的纷扰尚未完全成为过去,由它的崛起创造的秩序也未曾稳固建立。尽管诗的懂与不懂的讨论显得幼稚,但在一些庄严的场合,它仍然是一个话题。许多人对目下的剧烈变动缺乏心理准备。人总是对已成局面感到快慰和满足。当新秩序尚未成为秩序,人们怀恋旧秩序;当新秩序取代旧秩序,人们转向肯定新秩序。他们希望保持一种恒定的价值。

目前这种心理错位,既令人兴奋又令人沮丧。诗的变革总是选样不管它的欣赏者是否有准备而超前地进行。如今不仅是那些保守的欣赏者在叹气,而且激进的欣赏者也在叹气。人们原先准备在疲惫不堪的适应性活动中喘一口气,但他们的期待落空了。诗变得较之以前更"不像诗"。传统诗学在一味创新的诗人那里受到了蔑视。首先是不理睬育志的诗观,而后是认识的诗观,最后是审美的诗观,无一不被有意地受到冷漠。现实对于诗的整体期待是失望。"在昔日熟悉的氛围中,你们不会找到我",许多人听到了来自飘渺的空中的警语。

二、传统诗学的二度革命

很难说这到底是不是"最后一次",但这一次艺术的变革具有相当的彻底性。因而引起惊讶与表示异议的程度与不可接受的程度也较上次为烈。上次以"朦胧诗"的出现为代表的诗学革命,在内容上是对于虚假的否定和对于真实的争取。那一代人合理地成为原有诗传统的既变革又承继的一代人。他们的诗观体现为对于现实社会的公民责任感,他们的激情充满了传统理想主义的情趣。不少评者由于艺术偏见而忽略了这一代人诗中流淌着共和国同代人一样的"中国血"。这一代诗人的杰出代表北岛,他的以意象的架构进行的痛苦的怀疑与痛苦的反思,他在这一基础上作出的"宣告"与"回答",宣布的不是别的,而是中国现代言志诗的完成。

只是由他们把诗的视点作了合理的转移,即从生活的真实追求移向内心的真实追求,这才把观念的冲突表面化了。它引起了传统诗观的激烈反抗。而艺术的叛逆意向则一开始就很鲜明。它的目的在于对旧有艺术模式的破坏,即主要是以含混的意象来破坏毫无诗意的单调的生活再现。艺术以无休止的意象魔方的旋转,和诡异的通感与蒙太奇组接,引导传统诗学从意义的诗向着意象的诗的全面过渡。

　　诗歌完成了质的回归,即诗不再充当生活的说明书,诗人不再充当全能的先知角色,它只提供一个待解的谜,而把谜底留给欣赏者。诗宁可以含混的启悟暗示世界的神秘与繁复,它不担任向导。但即使是这样的一个称不上彻底的变革,却在一片大惊小怪的喧呼中经历了持久的磨难。

　　这一次变革没有带来更多的骚动,它留给大多数人的只是不同程度的困惑。除了倡导者自身,有力量的评述显得冷淡。在"1986——现代诗群体大展"开始以前,这一繁复的诗歌现象并未引起诗界以外更多的关注。但异质的寻求对传统诗学无疑较之前此有更大的挑战性。

　　它之所以是另一次革命,在于它实现了诗从外附状态而转向自身审视;诗作为心灵的栖止地,全面代替了身外的效用。人们确认诗不是别的,它只是生命存在的一种方式,或者说,它是生命自身。许多诗人表明诗只是一段生命体验,当一首诗完成之后,诗人也就完成了此时的他自己。新诗潮一个重要现象的表现:充分个人化的倾向已经退潮。在当时,伴随人的重新发现而来的是自我的觉醒,而现在则是普遍人生体验的自然呈现。

　　朦胧诗的兴起及其论争作为一个历史阶段已告结束。因为它产生在中国现代诗歌严重退化的事实之上,它的引起惊异之感以及由它爆发的严肃的论战,都难以摆脱诗歌运动幼稚期的水平。尽管如此,历时甚久的争取依然是成效卓著的。从创作上看,它对统一并僵硬的艺术范式进行了有力的冲击,实现了以变革代替固守,以开放代替封闭,以多元代替单一的进展,从欣赏上看,它对普遍的欣赏惰性是一次启蒙,当年被谥为"古怪诗"的,如今在广大的读者心目中变得温和而亲切了。朦胧诗及其最初一批倡导者正由"今天"向着昨天衍变,这正是得到普遍承认的事实。

对比目下出现的诗的剧变,回过头来审视80年代初那一场关于诗的持久的激动,不免觉得多少有点过敏性的夸张。要是说,那引起中国诗坛震动的论战,不过为中国新诗长河画出了一道明显的大转折流向的印记,那么,河流流到现今,却宣告了一个线性发展的终结。那种从某一代表性诗人作品中找到当代重要潮流创作倾向的承继说明的可能性已经消失。随处可见的是江河入海处的那种无规则的叶脉一般的网状结构的大倾泻。

一切仿佛是辐射而出,但又彼此回环纠结。这里的确没有主流,诸多的水脉纷纷乱乱地呈现,描述着当今中国诗坛令人震惊的新秩序。即便是当初以最大热情关注新诗潮的涌起的人们,对于今日状态也会感到某种惶惑。但不是别人,正是他们开启了那个魔盒。由此,作为新秩序的"混乱"的格局宣告形成。新诗潮不过是结束诗的自我变异的现代倾向的试探性实践,而当今出现的更为大胆的诗歌试验则是新诗潮运动的合理延伸。

从新诗潮到后新诗潮,中国诗的竞技呈现出一种快速跨栏跃进的场面。对二者关系的最简括的描写应当是,这是中国新诗在结束了最新十年的发展之后一次同向而异质的递进。它们不仅具有共同的对于传统诗歌的质疑与变革意向,而且作为总趋势的诗歌意识和诗歌观念的现代更新,使它们共同地具有了向着旧传统的挑战品格。但从新诗潮到后新诗潮却存在着异质的突进:现今的诗只承认自己而否认附着他物以显示价值,它宣告了传统艺术方式的若干分离。它便是:诗承认自身即目的而宣告与直接的社会功利目的分离;诗歌强调对于人的实际生存状态的关怀而宣告与虚幻的情感理想化的分离。因此,诗不再通过炫耀自身的高贵以显示身份而宣布了与优雅风情的分离。

人们在这些多少显得有点随意和洒脱、并且显得完全地缺乏传统艺术情趣的诗篇面前感到了陌生。

个性的个人主义化已被普遍的个人主义化所代替,个人强烈的主观性相对减弱,剩下的是那些普泛的人对生命自身的感觉:痛苦、满足以及恐惧。人本能地感到了作为现代人的心理和感觉的情节,而不是客观表象的情节。在这些诗中,始于反抗凝固生活的时间观念的要求,它体现为正常时间秩序的打散,同时,也使语言的结构打破惯常的秩序。现代诗呈示给人们的只是一系列心理情绪的密码,任欣赏者以自以为是的方式加以破译和演绎。受到工业文明的不断袭击,迫使人们藏匿在事物的表象底下进行隐秘的象征活动——用更为诡秘的方式表达现代人的心理情绪。

这一次诗学革命的基因,在于中国诗正在进入现代诗的世界格局。诗破天荒第一次接受着工业社会的间接袭击。现代社会的文明带来进步也带来对这种进步的压迫的逃遁。因而诗作为心理和精神的庇护所乃是正常的趋向。从这个意义上看杨炼所构筑的智力空间,与其说是表现现代人的痛苦,毋宁说是为了藏匿这种痛苦于复杂的架构之中。在这里,诗人作为一个完成,其实是在既介入又逃遁之间的平衡的结果。

人类的精神活动的道路,自浪漫主义运动兴起,从一个被感知的外在世界而移向一个人的心灵的感知与表达的世界。早期新诗潮的代表诗人舒婷之所以被认为是痛苦的理想主义者,在于她的忧伤渗透着理想的色彩而与浪漫派相通。后期的新诗潮正在推倒传统意识的规范而确认一个奇异的审美感知的构架。人们可能感知到的现代世界(内在的与潜意识的),因失去了秩序而被弄得面目全非:一个我们所熟悉的世界被严重"歪曲"之后,逼进了一个颠倒错位的不可认知的秩序之中。

诗的存在可以归结为自身形式的一种运动。现今的诗尽管呈现出异常复杂的诗派竞立的局面,但总的是诗经历了由虚假的神意识的体现转入富有社会启迪意识的体现,并从容进入人类生命意识的自在领地;由个体意识的强化导致非理性的躁动,现代诗于是趋向哲学框架的成熟。这最终导致人空前地介入整个世界——充满奇异体验的生命意识。诗歌由威权焦点转向社会焦点,再转向文化焦点,最后宣布了诗学的又一个转机,即从作为生存手段到作为生存需要的质的转化。

前景:怅惘的预测

由于诸多受到传统排斥的"非诗"因素的进入,新诗潮现今一个阶段的发展即使充满令人震惊的效果,但它的生存始终置于疑虑目光的监视之下。鄙俗的因素,嘲谑的因素,荒诞的因素,玄秘的因素,性意识和粗话以及种种代表"迪斯科文化"的意象和意识,成为中国新诗的"闯入者"。在令人晕眩的扭动与旋转中,新诗再一度失去平衡,人们的疑惧随之而来。

此种混乱的局面究竟能持续多久?一些人并不认为当前这种趋向代表新诗的主流。他们认为传统的主流诗歌目前虽在落潮,但终究将在某一个阶段、某一个时候重现。很难说旧日的诗歌就会从此绝迹——事实也多次证实并非如此——中国诗歌发展的基本形态一如中国社会的发展:是一个累积的形态。它有强大的吸附力更有扬弃,但却以极为缓慢且近于悭吝的态度进行这种扬弃。

我们累积过多,形成了极厚的沉积层。事实上中国历史上重要的诗歌形态都不曾死亡。我们感到忧虑的正是这种不曾死亡的积蓄。这成为我们跋涉的重负,除了背着它前行,我们别无他法。

对目前混乱秩序的较为具体的描述,将在另一个场合进行。需要加以点明的是,这次诗的大混乱的基本形态是非崇高、非优美、非艺术,以及作为一种文化的"非文化"。它以挑战和否定的态度直接面对悠久而深厚的中国传统诗学,也以更加不羁的态度直接面对数十年间形成的旨在进行严肃宣传的传统诗学,这就愈益加深了它的异端性质。

在中国,充满传统艺术的叛逆角色,注定了它坎坷的运命。不是没有困惑,但自新诗潮诞生时起,自然发展的情势一直推着我们走到这一天。我们的诗歌变革运动的初衷,旨在打破僵硬而单一的封闭模式,我们的目标是向着世界现代诗歌的开放以冲决历史的凝固。开始是黑暗王国中开一道洞口,漏进来的阳光令我们惊异于外界的新鲜;而后我们开一道小门,当阳光如金色瀑布从四方流泻进来,我们便无法阻挡。进行选择的结果是别无选择。我们只能听凭这些奇奇怪怪不断地扭摆和旋转。

台湾诗歌的取得重大发展已是公认的事实,但它并不是弃别"现代"而向着回归乡土的简单还原。要没有六十年代的"横向移植",那里的诗歌运动决不会有如今的成熟。"回归"并不是他们的退回原处,而是获得更多的参照之后拥有经验的前进。我们目前正在进行类似的工作,我们迈着比他们更为无拘束的步子。不少好心的人在担心我们将再度数典忘祖,而且担心我们的诗歌最终将丧失民族特色。但事实是,民族的诗歌渊源作为一个其大无比沼泽的存在,我们爬滚其间是难以失去泥淖的。

肯定会有一些激进的叛逆者回过头来皈依传统。即使往回走也是一种迂回,在它所经之处,留下了行进的印迹而不是直接的"返回"。也许历史会走一个回旋,看似重复而决非后退。中国诗界需要的正是这种看似徒劳的重复而决非后退的骚动。没有这种由怀疑和反抗构成的冲激波,平静的依然是一湾死水。况且诗歌艺术业已创造奇迹。短短数年间我们已创造了世界上存在的以及不曾大量存在的诗歌形态;诗歌的反规范化的努力从新诗潮前期列新诗潮后期,业已取得多方面的艺术经验的积累;还有诗歌艺术思维的解放,创作主体意识的确立和加强,使一代诗人显得具有充分的信心,从而使创作获得了空前的自由度——诗人似乎都变得无所忌讳且放肆地实践着自以为是的艺术信条。从上述因素看来,尽管艺术发展的氛围不时会产生恶化,但业已"越界"的艺术运行难以回返故道。逆转既然合理,我们原已不必为诗的分离担忧。

两岸异同的互补*
——从杨平的诗谈起

一位年轻的旅人,从喧闹的城市来到僻静的山野。他且行且看,那空山鸟语,那飞红滴翠,无不给他以震撼,于是顿然忘俗,于是忽有所悟。他想象自己是古代的吟者,享受着那悠远年代给予的无限的心灵抚慰。他选择了一个又一个现成的诗句做题目:行到水穷处、坐看云起时;山色有无中、松下问童子;欢情薄、恨离索、梦江南……在这些充满古趣的诗题里,他一面尽情倾泻着思古之幽怀,一面又无拘束地泼洒着独立不拘的现代人情致。

从第一本诗集《追求者》问世,杨平就向人们表明,作为一个忠实的艺术追求者,他的目标是不竭的自我超越。于是,我们看到一个充满毅力的向远方出发的身影——"像登山旅人执意攀临的直到征服"。

杨平把最新创造的诗集《空山灵雨》称为"风格最完整的一部"。他在"充满古典情趣的现代诗"的命题下,默默地实现着超越自身的意愿。明确的目标,独异的审美情趣,完整而独立的风格特征,杨平执意要把现代人的现代诗浓浓地涂抹上中国古典色彩,赋予传统气质。

杨平承认自己是现代人,他不回避诸如在《云无心以出岫》这样古色古香的诗题中掺揉进"以电话机纵谈后现代主义"这样

---

* 此文初刊1989年4月18日《光明日报》。据此编入。

的现代意识。但他的长处或者说他的追求并不在于传达现代社会的时兴话题,而恰恰在于他毫不掩饰他在专注地建构属于他自己的、排斥了喧嚣与丑陋的空灵的美世界。因此,与其说这位诗人的创造思维是写实的或象征的,毋宁说是浪漫的。他总是按照自己所乐于看到的样式创造,既充满热情,又充满欢喜。

他在从事这一创造时,运用传统的艺术技巧写现代诗达到了如他倾心的前代诗人那样的惊人的出神入化。像《空山记》中的"倾听檐雨,积尘已洗,坐忘间,不觉升起了一烛淡月",不仅"一烛"两字把月的"淡"写得精致动人,而且"不觉"更以无尽的言外之意夺得古典神韵。

杨平的创造是独立的。以实际的社会功利评估他的诗的价值只能产生误解。其实他并不避世,也不试图超脱社会人生。那些吟哦于飞花落叶之间的诗篇,依然充填着对于"早九晚五的上班客"的人世焦灼:呐喊以至沉默,挣扎以及不再抗拒、国事的蝈蛎、匹夫的悲愤、小市民的卑微、人间惊心动魄的混乱及倾轧……他确认忧患国计民生是"我辈本分"。但他更着意于追求完整原初的自然和人生。他有着与年轻的阅历并不相称的人生感悟。杨平追求大江东去的豪宕,也有月明星稀的慨叹,一种更大的彻悟却启迪他怡情山水。达观的人生态度把一切看成瞬息即逝的过程:"惟江上清风,山间明月,是属于每个人的",他紧紧抓住的正是这些永恒的东西。

《空山灵雨》是杨平的第三本诗集,也是他突出体现了自己人生追求和艺术追求的一本书——"这可能是我第一次刻意的尝试,刻意的,以一支感情的笔去拥抱古代中国的绮丽,和文学天空"。在这本诗集里,杨平借助中国传统的诗文、绘画、书法的启迪,创造了充满中国情致的现代诗。他在从事这一创造时,难以抑制对中国的兴奋感:"我真高兴自己是中国人","你越缅怀过去,便越感动它的生命力"。

对于长期生活在大陆的人们，无疑会惊奇于杨平这一独特的认识和实践。因为它构成强烈的反差。在大陆，整个诗坛正在掀起一个面向艺术现代化的骚动。人们由于沉重的生活和情感的负荷而焦灼。一批前卫诗人正在一路砍杀，着意于破坏那些美丽的殿堂——他们似乎更乐于肯定丑陋和破损，他们正在驱赶美神。当然不是所有的诗都如此——但就一九八六年那些新生代兴起后的大趋势大抵如此。这一切，都是特定的人文环境和时代氛围约定的可以理解的倾斜。

自从完整的中国被一个人为的海峡隔裂，这两岸的文化心理情态因社会形式的迥异而有了巨差。大陆的诗人从噩梦中醒来，因失落而惆怅，由重负而悲凉，批判的热情重于肯定。台湾由于有了引人注目的工业社会的发展，人们对于传统文化、文学遗产以及乡土情趣的追寻转而加浓。但台湾现代诗运动依然在推进，它并没有因而停滞下来。在那里，中国和西方、传统和革新、古典和现代的结合和融汇，似乎比大陆更有成效。

忽视人文环境的迥异而推及何者为复古或何者为虚无，显然会产生歧误。事实上，每一种现象在彼时彼地的出现有它的合理因由。诸多异向的实践将冲破统一模式的障碍，多种可能性的选择将构成一个丰富的文化整合，这对中国文化复兴事业无疑有大的助益。

回到本文最初的话题上来，杨平作为青年诗人，他诗中出现的与中国传统文化、传统审美趣味的联结至诚且深，这事实本身仿佛是一个奇迹——因为在海峡的这一边，人们往往误认为中国传统影响会因长久的隔离而抵消。杨平提供了全然不同的例证。毫无疑问，诸多混杂的寻求，全方位的异向互补，将造成中国现代诗歌的奇观。

悲凉的骚动[*]
——评奔雷的诗

这年代谁都难以保持内心的平静。噪音充斥几乎所有的空间,敏感的诗心无法拒绝骚动的侵袭。读他的诗便知道,其实这位以奔飞的雷电命名的诗人,原也有着与之相背的期许。他在那些常见的题目下,写着一些隽永清丽的抒情诗:飘得很高并受到妒羡的风筝,并不满意自己系在绳上的命运;礼赞那些在霜降时节猝然死去,而在生命最后日子依然歌声不绝的秋蝉;孤寂地站在沟壑边想着一朵湿云的老杨树;记忆中又酸又甜的挂满浆果的秋天……

这些情绪很单纯的诗,显然是以一种宁静的心境追怀往事或展示愿望。尽管《月色》感到了某种失落,它写到那株老槐树依然笑吟吟地怀抱一枚巨大的镍币而并未感到镍币的冰冷,但单纯而不复杂仍然是它的本色。在奔雷的这些诗里,淡淡的浪漫感伤的天地被激动的潜流所占领。他的诗信守着传统的和谐的框架,而甚少传达内心经受现代社会的冲激所产生的失去平衡的骚动感。

这也许竟是他的长处。一个艺术家和诗人没有必要为迎合某种潮流而手忙脚乱。独立的艺术家最可贵的品质在于坚持自己确认的目标,以及真切地感到了新艺术的召唤而变革自己。在没有感到这种召唤之前,他的使命是自信地坚持。变革也只

---

[*] 此文初刊1989年11月10日《批评家》1989年第6期。据此编入。

是必然性的体现,而不可能是标榜。在这一点上,读奔雷早些时候写的诗便会发现,他甚至显得有点执拗地在按照自有的方式、精心地进行他所习惯的艺术实践。尽管不少诗篇都因平面地展开而缺乏内涵的精深,但几乎每一首都透出一股清新和谐的生机,素朴自然是这些诗的优长之处。

从《被流沙湮灭的古城》开始走向诗艺的纯熟,这种纯熟不仅仅是技巧,还有对人生的体味。要是说,第一辑《从梦河里漂来的花瓣》最后三首《衰老》、《如果》、《永别》,以一种永恒的人生悲剧提供了让人心灵震撼的契机而又不免失之浅淡,到了"古城"一辑,这种悲剧感的体现却沉郁浓烈如醇醪。"现在只剩下这堆沙丘了"——一声叹息,宣告一座古城的湮灭。技巧的娴熟使深刻的意蕴得到有效的昭示:当年的血性激情已化作流云,无人凭吊那被掩埋的繁华,"千古幽怨俱与沙虫共鸣",这悲凉极为深长。再读他的结束句:

　　一抹残阳淡照
　　仅见几行枯瘦的文字蹲伏在史书上

这是相当完整的一首诗,从开章到结句,苍凉的背景和富有历史感的意象,得到一种心领神会的默契。尽管他成长于亚热带的南国,却奇迹般得到北中国黄土高原忧郁的遗传。他的艺术性完整性并不体现在所有的诗中,例如他努力写都市,但多半欠沉郁饱满,而当他的笔触及北方深厚的黄土层,便能造出别一地域的人难以企及的境界。如《黄河夕照》把握的黄河"细浪无声"四字可谓传神,但更动人的却是落照残晖中肃穆得近于悲哀的全景——"一块巨大的雕花铜板平展地向前推移"。

没有孤寂地伫立黄河岸凝思的体验,难以传达如此充满奇异的苍茫之光的黄河的寂静。当然最动人的也还是开头的这两行,如同"古城"那一首的开头一样。奔雷许多诗都起句不凡,他似乎很有这方面的本事。《黄水谣》也有惊人的开头。"依然是黄水谣,一如我粗犷的肤色山,沉雄的号子声已远去"。它所传达的历史苍茫感有深厚的沉积。词句的质朴,依然掩盖不住久远忧患所造成的内心悲剧气氛。在《蒲州城》里我们看到已经苍老的莺莺塔以及爬满苇草的残存的城垛,依然感受到那种北中国黄土地特有的忧郁。

应当承认奔雷在传达北方特有文化氛围时具有的沉郁。他作为北方的儿子能够感到黄河"粗浊的呼吸",他笔下的那由呆板的黄土窑组成的北方"缺乏构思的小村",以及悬挂出的沉沉的冰月,在异常凝重浑厚中透出了一缕把握不住的悲哀,原是属于中国的永久的悲哀。

这是作为奔雷诗的基色。正是在这个基色调抹的调色板上,他画出了色彩斑斓的人生世相。他由此出发着力于表现那个骚动不安的外在的和内在的世界。这使他获得了某种成功。这种努力从《父亲》一诗便已开始。这首诗的长处是把人对生命悲剧的不宁写得相当平静。有意的情绪节制以及移情的手段运用,造成了一个可以回旋的广阔的情感空间。到了《死蛾》的创作,则把笔触移向外部世界最平凡的一角,抓住一对翅膀凝然不动的最悲壮的一刹那——"死神轻轻一吻,便定格成永恒"——来写那种难以抑制的人生忧患的内心骚动。这较之《父亲》是显得深沉了。

《雪天童话》《命运曲》都承继了早先的人生主题的追求。对此作出综合性完成的,是以《沉船》为代表的一些诗篇。《沉船》:

  一切都走到终点
  仿佛坟场的静谧
  只有鱼群是活的
  冰冷的舞蹈既亲切又哀伤

它所揭出的终点意识,体现诗的人生思考走向深刻,不再限定于某些实有经验的直接传达。从死蛾到沉船,他能够从纷繁的人生世相中捕捉那些悲壮的场面,并溶之以实际的生命感悟,造出了那一阵又一阵悲哀的情感波澜。

奔雷写诗从有点执拗到不囿于已有经验,体现他求进开拓的艺术精神。他获得了诗艺的进展,《雪崩之后》是意象诗营造的代表作。诗的内涵由于所指的模糊而显得丰实,因为它提供更多的联想可能性,欣赏者由此也得到多向参与的契机。他从这种变革吸收中得到了实际的好处。组诗《骚动》和《综述》在铸造和构筑意象方面,诗艺有大的推进。它们所传达的骚动和繁复的世界,较之先前的单纯平展的确显得成熟深刻。但奔雷的长处还是在他与黄土高原和黄河联结的那一方面,他对北方乡野的把握自有极动人之处。相比之下,那些写黄土地以外的诗就显得逊色。

无疑,题材应当延展,而且不可拒绝现代意识的渗透。但坚持对于这位和黄土高原保持了亲缘关系的诗人似乎更值得珍惜。坚持而不忘吸收新的营养并实行有效的变革,那么,更多的成就便是可期待的。

一九八九年四月二十九日于武昌沙湖

这圣地的魅力[*]

这片园林吸引了我,使我乐于为之奉献毕生的光阴。也许有一日我会离开,但它不会从我心中移走;它已与我的生命融而为一。

这园林的景观其实也无甚特别,一湖,一塔,湖称未名,塔名博雅;潮畔植榆柳,红楼荫松竹,小桥曲径,通往几方荷池。所不同者,晨有健儿驰步,昏有弦索随风。其实这样的风景,在这座古城中,类似的少说也有十数处。论气势,它缺少皇家园囿的富丽恢宏;论情调,它不具有杏花春雨中的江南庭院的媚妩。也许唯有我们——这些生存奋斗于此的人们方日久年深地感到它的血脉的涌动——永生的依恋是由于永存的魅力。这魅力,喻之志士的激烈,哲人的睿智,淑女的温情,都是,也都不是。它们都不足以概括这块圣地的无所不在的,生生相承的,超时空的魅力。

有人说,京师几所大学校,北京大学的穷,历来为众所共认。但北大虽穷而历来愿为天下先,也饮誉于世。在北大,考试意味着一次无情的淘汰后的精英汇萃。本世纪初叶,那些捐着行囊的老旧中国的儿女们,带来的是他们世代相传的万家忧乐和拳拳的报国热情。那些来自中国每一个角落的年轻学人,沿袭了中国现实的贫乏和世代的希冀。他们获得的机会不仅意味着他

---

[*] 此文初刊1989年5月5日《散文世界》1989年第5期,收《永远的校园》。据《散文世界》编入。

们属于千万人中的幸运者,也意味着把那一切挣扎中的希望加诸一身。于是在这里,静静延续着的庄严肃穆的氛围,几乎与青春的生命不相称;每一个思考和每一声呐喊,似乎都是基于使命感的"代言"。中国低层的无文化和文化少与这里的"文化集中"形成的反差,更是一种推力。它给予这里的每个人以一种无形的激励,孕育和鼓动着那闻名于世的勤于学习和勇于思索的校园风气。

　　从历史上的民主广场到现实中的三角地,北大总是在寻找一种方式来表达他们对于国运民瘼的关切。从黑暗深处传出的愤怒的暴风,夹杂着民间底层的血泪。尽管北大"学院派"的风气显示了与中国平民习常的某种"脱节",但北大的超前思考显然体现了中国觉醒知识阶层的前卫特质。这里仿佛是奇异的磁场,似乎总可以摄选那些飘浮的东西而为深沉。青春的骄傲,浪漫的奇思,热烈的憧憬,因苦难和理性的浸淫而化为沉甸甸的思考。这好比一湾不断倾泻的长流水,前面的人走了,后面的人进来,除了学校的教职员,作为主体的学生是不断更换的。奇妙的是,几乎所有的北大人都承继了北大的传统性格,都怀一颗忧国忧民之心。圣地的火种从未熄灭过。这一代人的呐喊和上一代人的呐喊相接,那是从中国苦难的地层深处呼啸而来的撕心裂肺的沉郁的风涛海浪。这近百年来无休止的抗争,无不对着反科学反民主的恶势力。但是,中国知识分子的奋斗是在无边的封建巨网中的挣扎,当因袭的泥淖窒息了所有渴望并争取自由的灵魂的时候,先觉者感到的,是西西弗斯似的悲凉。

　　北大感染了世代的忧患,但似乎每一代的后来者,都不愿承受风暴退后的沉寂。周末舞会有电子音乐伴随着的热烈的迪斯科,未名湖畔有情侣缱绻的身影,咖啡厅里有悠扬的乐曲,学术沙龙里有热烈的论辩,自由讲坛传播着各式各样的声音,"经商热"和"出国热"一样地侵袭着这片优雅的园林……这是固化状态的社会里的一个自由城邦。不拘的谈吐和批判的精神激荡着这片国土上少有的自由的精灵。

北大属于中国社会。它有着属于这个社会的喧嚣和困顿。艰难的现实使本来就穷困的青年学子处境更为不妙。这校园也悄悄地潜入了消极的氤氲。但自由和民主的精神依然生存,至少是依然生存着争取的祈愿。那些五彩的经商广告背后渗透着总体的嘲谑,这显然并非心甘情愿。北大想借此说明,它的洒脱有着多样的表达方式。

要是连北大这样的地方都摒弃了自由的追求,那留给中国的也许真的只剩下了悲哀。大概中国不至于就此陷入绝境,因为中国渴求自由的希望不曾灭绝。民主广场据说已盖了楼房,红楼窗口灿然的灯火和彻夜的笙歌也已止息,曾经集结的队伍大抵只留下微弱的历史回音;而今存在的,只有那块从宿舍通往膳厅和图书馆的方圆不过十数米的三角地。而就是这块小小的三角地,如今也挤满了花花绿绿的商品广告;唯有密不透风的缝隙中偶尔还能爆出一二火星。从黑压压水泄不通的背影中,我们依稀可以瞥见当年燃起,如今尚未灭绝的微茫的光焰:

中国的智慧和良知依然在这里痛苦地沉思。

世纪末的忧患[*]

又到了一个世纪的尾声。当21世纪钟声敲响的时候,如今活着的几代人大都还活着。但现今活着的我们都在慢慢地送走这个世纪的最后几抹斜阳。历史终于提供了一个机会让我们思考这整整100年,我们因而显得壮丽而悲凉。对于一个古老的民族和古老的社会,100年本来就是短暂而匆忙的,但自上一个世纪末到这个世纪末,灾难和忧患似乎没完没了,中国知识分子感到了它的"漫长"。因而,关于它的思考显得异常沉重。

本世纪开始的那一年即1901年,梁启超发表《过渡时代论》(《清议报》八十二期)。这篇文章以富有远见的预示,代表了敏感的中国知识分子对于20世纪的觉醒:告别19世纪进入20世纪的中国正处于"过渡时代"。梁启超指出中国应当把握这个世纪的战略思想:中国有机会结束数千年停滞的封建社会向着开放的现代社会过渡。他认为当时世界"最可以有为之国"是俄国和中国。中国由于"19世纪狂飙飞沙的袭击和驱使","祖宗遗传深顽厚锢之根据地"已逐渐陷落,正是充满痛苦而又充满希望的弃旧图新的改革时代。他形象地比喻当日的中国"实如驾一扁舟,初离海岸线,而放于中流,即俗话所谓两头不到岸之时也"。梁启超热切呼唤"崛起于新旧两界线之中心的过渡时代之英雄"。

---

[*] 此文初刊1989年5月5日《炎黄子孙》1989年第3期,收《世纪留言》。据《炎黄子孙》编入。

20世纪即将过去。中国这只争取新世纪的崛起的航船,至今没有驶向大海。(也许驶过,但自然和人为的恶浪颠簸了一阵,总是又驶了回来。)蔚蓝色对于我们,至今还是一个美丽的梦幻。中国和中国的知识者并非没有识见,然而我们得到的却只是面对这发表将近一百年的《过渡时代论》而生发无尽怅惘。

应该承认梁启超的远见卓识。自文章发表之后,至少有辛亥革命宣告的清王朝的灭亡以及狂飙突进的"五四"新文化运动的兴起这样一些大事件发生。但时代无疑把失望留给了中国。中国这只垂老而犹思奋起的雄狮,几经颠扑依然未能猛迅呼啸于山林。而我们的同行者同样是古旧帝国的俄罗斯,以及具有同样文化渊源同时又有同样封建重负的日本,在本世纪均取得了巨大的成功。中国则似是一只在急浪中打旋的舟船,以将近一个世纪的挫折、受辱和折磨,终于又回到原先的出发地——20世纪末叶,中国再次展示自己驶向海洋的欲望。

近百年中国国运不振,有深远的世界和中国自身环境的原因。但中国社会文化以及民族心理的痼疾不能不引起深重的反思。百年来中国知识界为挽救社会的衰颓进行了悲壮的抗争。从严复关于西方启蒙学说的译介到谭嗣同的流血讲演;从胡适艰难的文化反抗到鲁迅全力进行的国民性批判;70年代以迄于今的大陆人道主义和人性解放的再鼓涌,以及台湾从柏杨的"酱缸文化"到龙应台愤怒的旋风……它们构成一幅令人惊心动魄的画卷。这画卷是中国数代知识分子以血泪为墨彩所绘成。

当然,与它相映衬的还有另一幅历史长卷:它展现中国民众为抗拒奴役和入侵以及为自身的分裂和困扰而进行的正义的以及说不出其意义和价值的硝烟迷漫的画面。流血从19世纪40年代开始,一直延续到令全世界惊愕的"文革"大骚动。在最近这场骚动中,数亿人如同其大无比的疯狂的蜂群,进行了无休止的吞噬和绞杀、阴谋和暗算,终于到了谁也无力支持的力竭而告终。

两幅百年画卷令人悚然心惊。百年来有识之士挣扎以至捐生而徒劳,它未能挽救中国的艰危。

我们这些与20世纪中国共过苦难的人,我们无疑将永远和这块土地亲近。我们的心情如一位诗人著名的诗句所写的那样——

> 我的翅膀是这样沉重,
> 像是尘土,又像有什么悲恸,
> 压得我只能在地上行走,
> 我也要努力飞腾上天空。

一个社会的发展和进步,与该社会对于知识者的尊重成正比。虐待和凌辱知识分子的现实,不仅为这个社会打上愚昧和野蛮的金印,而且恶劣的人文环境使这些原可为社会精英者的个性和人格萎缩以至变异。他们在无数次的思想劫难中面对伤害而无力自卫,于是筑起心狱。他们在这里经受着比环境和他人的暴虐更为残酷的自辱、自戕、以至自萎。

也许现今的一代人比任何一代人都要不幸,他们以伤痕累累的身心而要面对百倍、万倍于前辈的艰难困苦:十年的人为浩劫、数十年的社会异变、百年的战乱,文化的沦丧、文明的堕落,爆炸的人口,失调的供求,沉重的社会病……

他们在无尽的期待和奋斗之中。100年后重返中国的"过渡时代"。

在维也纳感到失落[*]

  至今也弄不清楚是幸运还有苦涩,我在美丽的维也纳有了失落!北京的灯火充满眷恋。卡拉奇的灯火充满陌生,布加勒斯特的灯火充满困惑,维也纳的灯火却充满温情。我忘了我怎样走下罗航从布加勒斯特飞往苏黎世的班机,我忘了我怎样走出维也纳机场!

  第一次离开乡土,不懂德语,周围是碧眼金发的异国人,再加上有了在中国旅行的种种经历……然而,毕竟,这无情的事实却是,我不知道怎样么这么简单,这么轻松,这么顺利地踏上了奥地利的国土。

  梦境:奥国少女走廊旁的微笑。英语"欢迎"。亲切地递到手中的维也纳地图。整齐排列路旁随意自取的行李车。梦境,静谧如乡野,洁静如水晶宫。我感到了隐隐的苦痛,我怎么能够独自享用这一切,而把喧嚣和混杂、粗鄙和拥挤留给了我的那么多的亲人和朋友,留给了万里以外的那片土地。我负疚于这种获得。

  这里和那里,飞驰的车轮。这里和那里,变幻的街灯。这里和那里,街头咖啡座的彩色遮阳伞以及绿荫丛中的彩色广告圆柱。维也纳有着现代的节奏和律动,但维也纳把它消解在她的娴静安宁之中。这当然构成了奇观:城市没有音响,唯一的音响是从贝多芬和施特劳斯那里发出的。当然,还有鸽翅在蓝空里

---

[*] 此文初刊 1989 年 5 月 14 日《光明日报》。据此编入。

拍打的音响。而后,车辆就在宁静的咖啡座边上,在鲜花和绿树丛中无声地驰过。车速惊人。但维也纳依然安详地饮着咖啡,配上免费的从维也纳森林引来的无需消毒的泉水。

教堂的尖塔,草坪。还是草坪,还是教堂的尖塔。近处和远处,街区的拐角和花园的尽头,站着或坐着的巨人:大理石的和铜的莫扎特、施特劳斯、贝多芬,还有哥德和席勒……他们在鲜花丛里微笑着和沉思着。

这是维也纳的"金戒指"——内城的环行道两侧展出连绵不断的建筑物。从古希腊罗马到文艺复兴,从哥特式到巴洛克式,所有的建筑物都保持完好,虽经历世纪的沧桑而不改容颜。重要的建筑物都设有大理石标志,上面挂着维也纳市旗。这里尊重文化和文明的品格让人嫉妒,这里的一尘不染和彬彬有礼也让人嫉妒。还有,在那些最古典的建筑群中,竟然也容纳了最现代的建筑物,雍容典雅之中居然允许最异端的"怪物",它的包容性和大度也让人嫉妒。

我多么愿意这是我的乡邦所拥有!然而,不幸的事实却是,我的古城墙已被摧毁,我的园林正在消失,最后一只滞留于池塘的野鸭也被击毙,垃圾正在掩埋城市,污水正在倾注河流,所有的道路都在翻掘。翻掘了,再翻掘,充满了歇斯底里的情趣。

那痛苦地失去的,却在维也纳获得。美泉宫的荷池里,野鸽不顾游客的熙攘兀自繁衍它的家族;鲜花如云的街心公园,成千只鸽子向施食的妇女簇拥致意。在维也纳我拾回梦境。黄昏时节街头的那些即兴弹唱,仿佛每日都在举行和平的狂欢;市政厅广场的夏夜音乐会,使人领悟文明和高雅乃是生活的常态。

维也纳森林的绿瀑布无遮拦地向着城市倾泻,多瑙河上施特劳斯的旋律依旧湛蓝。静谧、幽雅,那一切都让人痛苦。在维也纳我因这种失落与获得的交织,而交织了迷漫心头的惆怅。最不堪忍受的是商店雇员的殷勤,他们的善良、周到和礼貌却伤害了我。在维也纳我想起遥远的自己的国土上那些没有表情更没有微笑的少女,在维也纳我想起在我们熟悉的城市作为"社会主人"受到的粗暴和轻侮。在维也纳我因这种平等和互尊而痛苦切肤。

我在美丽的维也纳说不清自己的心情。为那些应当消亡却依然繁荣的,为那些应当保存而宣告消失的。我在维也纳有了失落。尽管有燕姗的热烈的友情,有卡明斯基的冷静而周到的照料,有奥丽的纯真的体贴,有李夏德的智慧的诙谐,还有清晨街头带狗散步的陌生人的友好和亲切……但维也纳毕竟只是我的友人的城市,而我的城市正淹没在令我心疼的远方烟尘中。

盗火者的悲凉[*]

爆发在七十年前的那场新文化运动,无疑具有划时代的意义。那时距最后一个封建王朝的覆亡才数年。那数年乃至以后的若干个数年,封建阴影对于中国社会,乃至中国人心的笼罩,依然深刻而浓重。正因为如此,处于方生未死之间,叛逆者的宣言和行动,益显孤独和悲凉。五四先驱者那一番愤世嫉俗的呐喊,以及随之而来的对于旧文化、旧礼教、旧文学的断然决裂(至少是决裂的意愿),至今仍留有惊心动魄的效果。

离开中国那一时期的特殊环境,来谈五四文化革命的意义都是非现实的。离开这一具体历史性,我们甚至无法理解用白话文代替文言文的文体革命,用白话新诗代替古典诗词的诗体革命。打开胡适文集,他的那些为了新诗的尝试所付出的艰辛,正是中国传统文化形态步步为营的反抗和阻挠的结果。那一代人为了争取新文化和新文学的诞生,其经历无不超出了我们所能想象和理解的程度。要是没有当日强烈而全面的批判意识和否定意识,我们今天所拥有的一切可能还是一个梦境。

至少是心理情绪上要求与旧传统的彻底决裂,于是才有了如今我们习以为常的现代社会的愿望及其有限度的实现:新文化由是开始发端;新文学由是开始生长;被严酷的封建秩序束缚、禁锢的中国男人和女人,由是开始了新的思维方式和新的生

---

[*] 此文初刊1989年5月21日《上海文论》1989年第3期,收《世纪留言》,据《上海文论》编入。

活方式——尽管这一切均是初萌状态的,而且随后还受到无尽的折磨和抑制。显然,要是没有那个完整的和彻底反封建传统的抗争,为今日的发展所拥有的一切基础也许都不存在。

中国社会古旧的伦常礼教及其所铸成的民族深层文化心理、积习所造成的危害,也许处于新旧交织的特殊时代的知识界最能痛切地感受到。只要想想数十年后我们仍能感到封建传统无所不在的影响,我们才有可能理解那一代先驱者的"粗暴"和"偏激"。这里是陈独秀致胡适书中的一段话:"改良文学之先声已起于国中,赞成反对者各居其半。鄙意容纳异议,自由讨论,固为学术发达之原则;独至改良中国文学,当以白话为文学正宗之说,其是非甚明,必不容反对者有讨论之余地,必以吾辈所主张者为绝对之是,而不容他人之匡正也。"(亚东版《胡适文存》第一卷四十三页)

还有鲁迅关于"不读古书"的惊世骇俗的宣告。鲁迅把自己对旧文化的深入了解喻为曾经"纵酒"伤了肠胃。其实他的"戒酒"(至少是劝人"戒酒")的决裂与他的发现酒中有毒即发现书上写的都是"吃人"二字有关。五四一代"多看外国书"以及引进西方观念的倡导,意在使中国人挣扎束缚吸取域外的新潮以改进思维习俗。陈独秀标榜的《新青年》的两大罪状,即拥护德先生和拥护赛先生,显然是以民主、科学的提倡以彻底反抗中国的旧文化和旧伦理。

半个世纪后发生的"文化大革命"显然是五四新文化运动的反动。因为"文革"的文化命题只是发动暴乱的政治目的借口。文化不是真正的起因,而文化灾难却是真实的结果。"文革"的"文化批判"以及对于传统文化的"否定",均非革命意义上的。显然它所推进的现代迷信狂热,正是五四文化革命对象的延展,它体现封建体系的整体特征及其在当代的发展。作为这一"革命"成果的精神废墟,正是对民主科学精神的彻底背逆而不说明其他。

　　许多人受到了传统文明湮没与传统文化断裂的刺激,由此萌起振兴旧物的祈愿。这种沦落的苦痛完全可以理解。但"文革"的一切变异及罪恶决不是五四批判精神所能承担,更不是它所造成。"文革"给予人们的觉醒,若导向古旧传统的追恋,只能是悲剧的倒退。

　　个人崇拜导致神权的复活,人性的泯灭和沦落。一切仿佛都是封建主义的卷土重来,而使民主、科学精神荡涤无余。事实正是"文革"再度唤醒人们对于中国封建思想体系因袭之顽强的警惕,使人们重燃反抗传统的意愿,这和当年的激烈反抗旧传统与认识到构成传统的封建思想体系不可分。

　　中国缺乏的不是对传统的肯定和礼赞,恰恰是怀疑和批判精神。几千年的恶梦不会轻易离开我们,需要的倒是重新审视与必要的挣脱。为此,五四以来的先进知识界,无不以激情面向西方,面向现代文明。那一代盗火者,宁肯为鹰啄而流血,仍以做一个传统的逆子而自荣。

　　那些担心引进西学而忘却或消失传统的人,他们的缺少自信是对中国历史的不甚了解。这片古大陆犹如一个其大无比的泥淖。它对异己文化的吞噬力,惊人地强大。任何新异之物,那会在"中国式"的名义下被"改造"为真正的"土产"。其实人们尽可放心,中国即使五十年,乃至一百年不谈传统,传统也不会消亡。

　　真正可怕的是旧传统对于新生之物的强暴吞并和"改造"。五四运动七十年后的今天,我们感到悲哀的并不是五四的"过火行为"造成了什么后果,而是当年那种锐气的减弱,以及它的一些有限成果的丧失,思想自由、学术民主精神的失落。这种失落是渐进的,虽然不引人注意,但却是惊人的。

　　中国因内忧外患而急于寻求出路。三十年代开始,迷漫整个知识界的,是追求前进的革命意识的引进和传播。这种传播使自由竞争的局面渐趋消弭。学术和创作活动的加速意识形态化与当时社会选择高度一致,它造成由单一文化代替多元文化的局面。

上述局面在四十年代因行政力量的鼓励而强化。当时的形势要求确立以农民为本位的思想文化结构,并以此推进新进事业。文学艺术中推行排他主义的倾向十分明显。这种自上而下的推行造成新的文化一统化。因为情势发展的需要,农民文化的主体地位的确立,提高了民间村社的思维样式和文艺样式的权威地位。它为统一文化提供了模型。

因农民文化本体而回归传统文化的覆盖,行政性的号召和运动的方式也使学术民主的位置受到危害。文化的大一统以及文艺的一律化,是与封建专权相联系的意识形态现象。尽管自四十年代以后,这些文化的变异或文艺运动都在革命的名义下进行。但成为这些革命运动的灵魂的,往往是个性解放的反向,学术自由的反向以及民主思想的反向。

行政的推进和领导艺术运动的方式,体现了高度的集中意志。这些运动的权力施与以及强制推进的结果,只能是文艺和学术的非民主化和非自由化,必然与五四多元、民主和自由传统相背离。它的走向五四反面而与当初的反抗对象妥协是必然的。

自从上一代知识者醒了中国的封建长夜之梦,这片沉重深厚的黄土地,我们用了近一百年的时光试图走出,然而不能。我们双肩和心灵的承受,显然比前辈更为严峻。不仅有一个完整的旧封建传统亟待清算,而且还有一个以最时新的名目出现新的封建意识需要清算。我们陷入魔屋。我们因找不到出门的通道而感到西西弗斯的悲哀。传统梦似乎没有醒的时候,它如阴云笼罩。它造成极大的心理病态。

意识构成和思维方式的高度统一化,极大程度地束缚了中国人的心智。传统的中国文化不仅未曾改造中国,反而成为无情缠缚中国人心灵之树的铁丝,中国人的深沉心理结构中的恋旧情结,成为中国人心理病态综合症最大的潜因。中国人一方面承受着浓重的困袭的负担,一方面又承受着近数十年"寻找药方"而药不对症的新的文化思想重负。

密不透风的传统病,使几代人陷入困境。突围需要血战,而血战又需要源源不断的志士仁人。知识者自身的无能为力和无可奈何状态无情地扼杀了生机。一百年前,在西方的坚船利甲面前,中国于惊恐之余猛醒而坚决面向现代世界。但自那时起,崇洋媚外,数典忘祖之恶谥不绝。悲剧的命运从来属于盗火者。因此我们悲凉,我们宁愿肝脏被啄而选择高加索山顶的峭岩。

《当代文学四十年》答问录*

自由精神无疑是文学发展的必要条件。

当某种文学方式被说成是最好的乃至唯一的、并要求所有的文学家对这一僵硬规范作出非自愿的选择时,文学便造成了世界文学史上最不堪回首的"奇迹"。

文学只听从文学家自由心灵的召唤。这种召唤的常态往往是灵感的和极其无拘束的。不幸的是,中国文学家常常失去这种召唤。我们记得那位可尊敬的艺术家的临终寄语:"管得太具体,文艺没希望",其实质是对那种"左"的文艺政策造成的不自由的抗议,它并不因某些人的不悦而失去魅力。

当然,对于作家而言,自由的创作心态是自己所创造而非他人的赐予。但处于中国大陆的人文环境,人们要求创作自由受到行政和法律的保障是自然的和必然的。否则,作家和民众的争取可以在顷刻之间化为乌有。在通往未来的文学行程中,至关重要的是完全弃绝以往那种自以为是的权力干预。一个希望成为民主的社会而没有自由的文学是不可想象的。

---

* 此文为《当代文学四十年》百人答问录之一,原无题,初刊 1989 年 7 月 20 日《上海文论》1989 年第 4 期。据此编入。

凌渡的散文[*]
——兼谈散文的自然

  散文被公认为是寂寞的事业。诗歌虽然也寂寞,但毕竟还有"轰动"的事件和时候,而散文似乎永远是寂寞的。因而对于散文苑中那些目不旁视的埋头耕耘者,心中总是充满敬意。凌渡不仅专注于写散文,而且几乎也是专注于写南方风习。他把"南方的风"一径地向着我们这些备受酷寒酷暑煎熬的人们身上、心头吹,惹起的是我们既温馨、又嫉羡的复杂情感。
  作者凌渡可不管这些,他只是按照他所看到、可感到的南方,并非有意地煽动我们的妒意。例如开篇的代序,他不管我们对于北方各季的沉重、肃杀、无情、冷酷的一切感受而不容置疑地夸耀他那永恒的"冬绿":阳光柔和,树木鲜亮,泛着绿光,还有如烟的雨雾……他执拗地认定只有这样的冬天,而至少是没有想到与此同时还有另外形态的冬天。
  他对自然界专注到了入神、玄情的地步,他对散文的专注程度也不减于此。《南方的风》从篇幅到内质都是厚实的:历史现实的巡礼,自然社会的启迪,人情世态的感悟,这一切都被统御在西南边境的特殊风情之中。凌渡的散文中有许多知识,也有许多思考,但都通过他以熟知和热爱的特殊风土人情加以传达。如写西长街斗鸡的那篇有许多人生道理,但却不作生硬的说教。通常都是动人的画面,扣人心弦的场景、异族的习俗风情,以及

---

[*] 此文初刊1989年12月15日《民族文学》1989年第12期。据此编入。

诗文史籍的材料的征引,他以精湛曲折的穿插纵横组成了一篇波澜迭起、起伏有致的有趣文字。

构思的精巧、组织的严密,细针密线又恰到好处,不露痕迹地运用"内功"而全然出以"随意",他是深知散文这一体式的创造规律的。特别让人叹服的是像《鸡斗西长街》这样一篇结构严密的篇什,结尾处却有一段散淡的文字流露出一种真正的洒脱:"是日,西长街不是圩日,但观众踊跃,盛况空前,达五六千人之多。"一阵驳杂与繁华之后,束以几行淡淡的文字,这种"静"越发映衬出当初"闹"的魅力,它当然留下了余韵。

凌渡的散文写法多样,并不是墨守成规。他有广泛的取法,但力求不重复别人,也力求不重复自己。与前引那篇写法不同,《月牙山漫步》是开头一小段引子之后,便出以宁静的写景:

次日傍晚无事,漫步出解放东路,快到花桥西头,忽有潺潺水声,如沙沙春雨,流入耳中,猛抬头一看,一曲溪水,清清亮亮,出竹林,过芙蓉石,穿花桥,扬波漫流,此乃小东江。其对岸,月牙山崎立,嵯峨崴嵬,萋绿一片。

这文字沉练蕴藉,有越然的神趣。忽听有水声,猛然抬头而见清流蜿蜒,这是水;而后方点出对岸的山,这是正题。要没有小东江的描写,一下子就写月牙山,少了衬托,便觉突兀,陡然少了许多味道。

散文这文体的特征,人们有过许多研讨论述。这些议论,大抵都从"小品"的"小"和"散文"的"散"引出。散文这文体和其他文学体裁诸如小说、诗歌等相比,那些文体都有许多"做"文章的要求和规律。而散文式小品则往往取那些规矩制度的反向——即自由随便。信意写来,不求造作。散文的散,几乎就是自然随意的别称。它不是不讲技巧,却要藏而不露。露出的部分是自然稚拙而不加斧凿的。越是自然的散文,越是散文的上品;越是造作的散文,越是散文的下品——因为它违背了散文的"天性"。

自然有二义。一是就内在的质而言,是情感思想的质朴无华。即使是人生至理,也出以极亲切极平易的表达,矫情和夸饰是它的大忌。一是就表现形式而言,不是特意做出,而是本来就那样的样子。散的对面是不散即整饬的格局,散文的格局切忌板滞,而崇尚活泼、生动、如行云流水。得散文真谛者,知道反雕饰反刻意对于取得的成功处必不可少的条件。他们懂得用本来的样子来建造自己的形象。

凌渡的散文,其优秀者往往亲切平易使人乐于接受,如《戴花的女子》:"女人发辫上簪着花,笑咪咪地,朝我们走来。是金秋十月,花是鲜黄的野菊",语气自然,没有特意的描画,先前只见头上戴花,还有笑容,走近前了才看清楚是"鲜黄的野菊"顺手点出季节,"是金秋十月"。再一段,写人也写得很自然:"原来她们是来要求搭船的,是两位水灵灵的壮族少女。也好,有女人,船上就不会寂寞了,撑船的也乐意。"自然的景物,自然的人情,自然的笔墨,一切都恰到好处。

作为以精练短小见长的散文的文字要考虑,这至少比小说的要求要高。但好的散文及其文学是经过"苦练"而出以平淡,它并不追求表面的喧嚣华彩。如凌渡如下一段文字,就见出作者暗下的锻炼文字的功力:"秋天,红水河瘦,岸山高逼,河水就显得更纤细了。"用一"瘦"字形容河水已令人惊叹,而以"逼"字写夹岸崇山的压迫,水仿佛是威逼之下的受害者。两个字托出了一个全新境界扫尽以往在这样场合的形容的俗媚之态。

凌渡的散文以其对广西各族各地生活习俗的熟悉,信手写来,俱有佳境。京族三岛捕捉"沙马",海中森林海榄林的奇妙、花山崖壁画的神秘,娓娓说开去,无不引人入胜。他的长处是融写景抒情以及必要的议论于一炉,把现实的体察和史料的征引加以综合。他的散文不乏主观情志的投射,又有旅游纪实和知识芸萃的多种满足。一方面是作家个性化的心志情怀的诉诸客体的展望,一方面是独有的人生阅历和此时此地所见所闻所感的互渗,两个方面的对应再渗入亲自和间接得到的知识和材料,这样,我们读他的散文得到的就是一种审美和认识的综合享受。

当然凌渡的散文从总体上看并不总是很洒脱的,他并不自恃才气信手写。他为文亦如为人,认真而不免略长拘谨。但却因而带来了一般散文作者不易有的那种严谨和求实的风格。他每篇文章都写得认真,绝无漫不经心的毛病。他的专注似乎集中到文章的规划综合方面来,以《灵渠秋》一文为例,其间灵渠修建工程的规模、年代、沿革(如历代修治二十余次,计汉一次、唐二次、宋六次、元一次、明二次、清十一次、民国一次),现场景观的描写,若干传说的穿插,古今诗坛的引用等等,在种种"不经意"的背后,是精心的设计安排。这在凌渡,正是做人与做文高度谐调的证实。

但当这种规矩策划失度,一旦失去自然而陷入刻意制作的魔津,作品自身便生发出抗拒接受的效应。这在《南方的风》中也并非个别的现象。《绿珠村》文末出现的说教就让人生厌,《风筝》仿效某一名家的倾向太浮明,显然并不成功。寓深意于平常,以隐秘的规矩而平易地说去,这往往能够奏效。这文体一旦板起面孔,着意要说出某种并不高明的"哲思"往往让人感到别扭。散文的真魂因而也就失去,五六十年代之交风行过的某种散文体式后来形成了造作和刻板的散文规范,其消极影响甚为浮远。凌渡的一些作品(如《鹤舞》、《昙花》)或一些作品中的一些部分之所以不成功,除了作者自身的原因,多半也受到那年代散文风气的不良影响。

诗人的创造

此书由生活·读书·新知三联书店1989年3月出版,为今诗话丛书之一种。据此编入。

感觉篇

感觉——顽强的追逐

自从上一个世纪后期莫奈[①]发表题为《印象——日出》那幅画起,世界在艺术家和诗人面前陡然地换上了一幅闪着特殊光焰的面容。也就是这位莫奈,他能够赋予同一堆"草垛"以情趣迥异的色泽和光线。这无异于给艺术开启了一个神奇的阿里巴巴洞窟之门。试想在此之前,人们那么固执地认定每一个物体的颜色是固有的,他们不能够理解印象派画家们那种光怪陆离的光色效果。他们在《印象——日出》那种辉煌而壮丽的场景面前显得手足无措。那份迷蒙,那份繁复,那份纠缠不清的朦胧,画幅背后却是一种不可扼制的生命力。

诗人的灵智不可能不敏感于世界万物的光色的异彩。他们手中没有墨彩以直接显示,但他们却通过文字——音乐性的、绘画效果的文字进行顽强的追逐。要是认为世界上只有画家的目光能发现自然界的光影的繁复,那就错了。至少,对于诗人就是一个不可容忍的忽视。

也许唯有诗人的锦心绣口,还有他们的"慧眼",足以和画家进行较量。范成大《四时田园杂兴》"梅子金黄杏子肥,麦花雪白菜花稀"二句写了四个物象,二个颜色明写,二个颜色暗写,以繁复的色彩写出江南春的喧闹。王安石《题西太一宫壁二首》中

[①] 莫奈(Monet,1840—1926)印象派画家,曾把同一的稻草垛画了十五幅名画,朝、夕、晦、明,种种不同。

"柳叶鸣蜩绿暗,荷花落日红酣",不仅是映出了色彩,而且是色彩的"状态"。"绿暗"和"红酣"是画笔难以达到的,特别是"酣",谁能画出红色的"酣"？只需看看苏轼"水光潋滟晴方好,山色空濛雨亦奇",一个"潋滟",一个"空濛",把初晴雨后间隙的情景传达得多么美妙。由此便可发现诗人未必逊于画家。事实上,许多画家是从诗人那里得到对于色彩和光线的启示的。

光学理论家们指出:物体本身并不具有色彩。但是不论古代和现代人往往确认色彩是物体的一种属性。事实上,物体呈现色彩是由于物体反映某种色光而吸收某种色光,从而呈现被反射的色彩。人们都知道:树叶的绿色是由于它主要反射了绿色光波或绿色光波占了重要地位所致。事实上古今许多诗人都已经通过自己直接观察体会到,颜色并不是固定地属于某一客体的。例如,在南方,山林是终年葱绿的,但王勃的《滕王阁序》却看到了"烟光凝而暮山紫"。周邦彦的《玉楼春》"雁背夕阳红欲暮",也冲破了"固有色"的传统观念,诗人不仅看到了世界的色光,而且还听,还触摸,还闻……他的工作是综合的。

诗人的感觉不仅在色彩和光线的视觉上,他们能够把诸种感觉加以"混杂",五官的全面开放,而且各显其能地综合地传达出那种最为动人的情态。赵执信《虎丘暮归小舟口号》:"稻花菱叶满流波,秋色其如夕照何。暝泛不知柔橹乱,前川微月雁声多。"它展现了一个很美的江南暮色图景,不光是色彩的繁丽,而且是动态的画。稻花菱叶不仅有色,而且有香,味觉和视觉是组合的。"满流波"又是动态的,后一句,加上了夕照的艳红。第三句是时间在流动,"柔橹乱"是心态和听觉的综合,第四句升起月色,只因月起雁群误为白昼而惊动。不仅写出月色,而且衬以雁声。是视觉和听觉的综合。重要的是这一幅动画片背后的"无言",而以无言之言传达着诗人内心的世界,则是画家的笔所难以达到的。

全世界都在我的幻觉里

　　拥有技巧并不能使诗人的艺术生命永存,诗人的表现内心的才能,也需要体验的更新——当然更需要累积。有一些诗人,专门在社会生活中找素材,他也许能够成功,但并不是唯一的走向成功之路。顾城常常在"社会的边缘"得到不竭的灵感:"前面是草、云、海,是绿色、白色、蓝色的自然。这洁净的色彩,抹去了闹市的浮尘,使我的心恢复了自己的感知。"

　　过去许多理论都在教导艺术家应当这样那样地观察和反映客观世界。那些理论着重地提醒人们按照世界自有的形态对它进行描述。这造出了一些专心致志地描绘客观情状的艺术品。但在这一艺术实践中,艺术家的主体意识都极其淡漠或是被湮没。这对于诗歌创作几乎是致命的戕害。在这样的现实面前另一些哲学家和美学家的理论就受到了关注。"诗人歌唱的总是他自己,仅仅是他自己的某种独特心境,一种一去不复返的心境。"(柏格森)克罗齐认为"艺术家要为个人的霎时的飘忽的情感或心境呈现而艺术"。在这些理论中,艺术家和诗人的心灵世界得到了尊崇和确认,受重视的不是被感知的事物之本质,而是感知者自身的本质。这在前引赵执信那首诗中已经接触到这一事实,在那一幅色、光、声交杂的场面中,诗人主体的宁静、致远、超脱正蓬蓬勃勃地振动着"纸背"。即使是颜色的涂抹,诗人也"浸润"着自己的内心的情愫:如查慎行《官柳》"可怜一路青青色,直到淮南总属官"。即使是风动竹叶的声音,诗人也渗透进这种情感和思想的因素:"衙斋卧听萧萧竹,疑是民间疾苦声。些小吾曹州县吏,一枝一叶总关情。"(郑燮)

　　事实上,诗人拥有的是自己的独特世界,他是自由心灵的君王。他可以在这个王国中自由地幻想和联想,"想怎么做就怎么做"。这样一个没有主体就不存在客体的艺术表述,至少对于一部分告别了客观描摹和主观热情的诗人是适宜的。这种艺术思潮对于历时久远的受艺术教条禁锢的中国诗坛,就等于艺术解放的一道宣言。都在说太阳的光总是红彤彤的,反抗的诗人终于寻找到了自己心灵中的太阳的色泽。陈仲义的"为什么丹红不能表现悲哀/为什么黛青不能表现欢乐/为什么太阳只配朱砂/除非消灭光线吧/我决定:不给丰收以金黄/不给希望以翠绿",便是对色彩模式的反抗。

诗人心灵的"光线"是不可消灭的,由于这种特殊光线的吸取与反射,诗人"改变"了一般人所看到的和习惯于看到的。这简直就是艺术反叛的一连串"颤音"。这些意向不仅在于反对艺术的固化公式,而在于重新确认诗人的主体。外界可见的世界是一种存在,但只有经过主体的作用它才是存在。可以说,它只是为我而存在的,要是我消失了,那还有什么客观的存在?客观现象并不是唯一的真实。真实的是自我,以及自我的能动作用。索洛古勃的诗句写得好:"世上并无别的存在,唯一存在的就是我。"他还说:

我就是神秘世界的上帝,
全世界都在我的幻觉里。

伟大的感觉世界

在生命的曙光微露的时光,一个极小的单细胞动物在水的世界里无目的地漂荡,偶尔会碰在石头上。经过千万年的发展,再碰到这种情况,它不再和它的祖先那样只能作消极反应,而是会运动着原生质的身体离开这个障碍物,然后又开始它的旅行。这种动物已能觉知环境中的物体,并能对之作出反应。感觉世界就这样开始了。

——托马斯·L.贝纳斯《感觉世界》

感觉世界是由我们不断变化着的事件或刺激以及人或动物对它们作出反应这两方面所构成。我们的感觉世界是由永远变化着的一系列光、色、形、声、味、气息和触觉综合组织起来的。潮水一般涌来的感觉不仅没有把我们感觉器官湮没,我们反而从中获得了发展。从单细胞动物阿米巴的原始感觉世界到人类的复杂感觉世界,其间经历了十来亿年的漫长历程。然而,有谁研究过从普通的人的感觉世界到诗人的感觉世界之间的间距呢?

诗人的独特感觉世界长期受到了人为的禁锢。事实是,诗人总是按照自己的方式感觉的。但还应注意到,并非所有的诗人都拥有自己的感觉世界。有的诗人只感觉别人感知的世界,他们以他人的感觉为自己的感觉;有的诗人只感觉已知的世界;更有甚者,有的诗人不仅自己不能感觉,而且也只能以他人的方式传达他人的感觉。杰出的诗人正是在他人不能感知或不能独特地感知的地方,创造了奇迹。一般的人闻到了花的香,而有的人却看见花在流泪——"感时花溅泪"。诗人的创造性正体现在别人感觉不到的东西。他不仅能感觉,并能创造性地微妙地传达这种感觉。

诗人的创造性说穿了在于他面对的是自己的世界。或者说,他是以自己的心灵去感知,归根到底他在感知自己的内心世界,从这个角度来理解,我们便发现顾城的《感觉》精彩之处并不在于他感知了雨中的色泽,而是他感知并表现了自己的心灵:

  天是灰色的
  路是灰色的
  楼是灰色的
  雨是灰色的

  在一片死灰之中

　　　　走过两个孩子
　　　　一个淡红
　　　　一个淡绿

　　诗人先是被一片雨雾的灰色所感染,他如一个画家,在迷蒙的光影之中点缀了鲜明的雨点。这种凭藉主观观察以表现瞬间印象不作逼真描写的追求,以及色彩的创造性搭配体现了心理上的真实。在这里,他不是以素描的方式表现他的世界,他是用色彩的组合造出一个世界。用这种思路可以理解那些致力于主观感觉捕捉的诗篇,如王小妮的《我感到了阳光》,集中写"靠着阳光站了十秒钟"所获得的强烈的光感:"十秒,有时会长于一个世纪的四分之一",她由春天的阳光而意识到生命的恒久与欢乐。《风在吹》写的是听觉,悲凄的风声和狂放的风声,使她"看见"了一老人的步履艰难和孩子的嬉笑欢快:

　　　　忽然,我说不出地高兴,
　　　　——我的黑发
　　　　随着风在飘,随着风在唱

诗人在风声中感到了自己的存在。如同她感到阳光一般,她感到了风。但这一切的表现感觉,归根到底都在感觉自身的生命,或是欢乐,或是悲苦。

　　顾城在《草原》中这样写——

　　　　墨色的草原
　　　　溶化着
　　　　染黑了透明的风

　　　　月光却干干净净

草原的色泽的"墨色"使你惊奇。现在草原"溶化"了——由奇幻的视觉而转为奇幻的触觉,再化为奇幻的视觉——"透明"的风也被染黑。接着是一个反差极大的对比:"月光却干干净净。"自然界的感觉(这种感觉是综合的)目的也在于表现心理的感觉:"你的眼睛/在熟悉的夜里/为什么还那样陌生?"我们这才体会到"墨色"草原和干净的月光的对比存在的用意。在这里自然界的距离和人心的距离是一组感觉的重叠。

诗人们在辛勤地积聚着自己的感觉和印象,有时是来自自然,有时是来自社会人生。他不仅储存它们,而且改造(组织)它们。它寻找一个契机,借此以寻求自我内心世界尽可能广阔的全方位呈现。在现代诗人那里,他们几乎是不加挑拣地拾取瞬间印象、幻觉、梦境、直觉和潜意识,如同一个需要温暖的人在深山不放过一个枯枝一片黄叶那样。王小妮写《碾盘》,先写老人。

> 细细地瞅着这石头的圆盘。
> 好像端详
> 家里的暗红色的柜子,
> 吐着浓烈的蛤蟆烟

又写我对着碾盘,"我走过去,/摸了摸那碾盘……/我听说/这附近的山里尽是石头;/尽是,——/那是多少呢?/我望着没有边际的山峦。"而山又在看她——

> 没有边际的山峦
> 怔怔地望着我
> 只觉得
> 这碾盘有什么稀罕?!

一切都通过直觉的印象写出,在这老头看碾盘、我看老头、我看碾盘和山,以及山看我的感觉过程中,沉淀着一种东西,那是诗人自己创造的世界。

这个世界不是依靠模拟自然和社会生活的形态,也不是直接地再现内心的情感思想。它突破了事物的表象，不是写老人端详碾盘的外在形态，而是直接刺入内在世界的核心。用艺术家不事声张的"我"，挤去对象的"物"，不是用观察，而是一种急切的主观性的宣扬。徐敬亚的《在一种节奏里，我走向你》：

> 上午八点钟
> （呵——8!
> 两颗太阳连在一起）
> 天空像雪地一样亮

便摒弃了一切外在的描写，纯粹借助对于上午8点钟的8的形态和实有太阳的强光的直观印象，传达内心世界的呼喊。"天空像雪地一样亮"是心灵欢乐的印象，是潜在意识的开掘。

英国现代主义运动的理论家瓦尔特·佩特描写这种被诗人和艺术家的个性所把握和改造的感觉世界的状态："已经变成一堆印象的经验被每个人个性的厚墙所包围，没有真正的声音曾经穿过它让我们听到，或让那个在厚墙外面我们只能猜测的东西听到我们的声音。这每一个印象都是处在孤立状态的单个人的印象，每一个心灵都像一个孤独的囚犯被它自己的梦幻世界所包围"（《文艺复兴：艺术与诗的研究》）。现在来看北岛的《和弦》：

> 我走到街上
> 喧嚣被挡在红灯后面
> 影子扇形般打开
> 脚印歪歪斜斜
> 安全岛孤零零的

这里写的并不是街景，而是心灵的风景，这是被北岛的个性的"厚墙"所包围的一个独特的世界。在繁闹的大街上，市喧被挡住了，留下的是寂寞。歪斜的脚印以及孤零零的安全岛，写的是内心的孤寂感。诗人们开始把眼光从外在世界的描写,转向以独特的感觉印象加以组合,以展示特殊生活阶段的特殊内心层次。舒婷《往事二三》中的诗句:"一只打翻的酒盅/石路在月光下浮动","桉树林旋转起来/繁星拼成了万花筒",都是以对自然的瞬间感受的材料和心灵状态叠合。

这种原来属于视知觉的印象,只消一个较为合理的"叠合",不用说明,一种心理的真实就得到显示。这无疑无限扩展了诗的艺术表现力。再如北岛的《是的,昨天》:"用手臂遮住了半边脸/也遮住了树林的慌乱",这里也是一个视觉印象与特殊心理的叠合。手臂遮住半个脸暗示着慌乱,但不指明,而只是借树林的"慌乱"遥加点拨,这是曲之又曲的笔墨,有无穷的情味。"用浆果涂抹着晚霞/也涂抹着自己的羞惭",用色彩来点染心理真实,浆果、晚霞、羞惭的红晕相映成趣。

不用写实的艺术方式再现和反映,而且目的也不在写某种客观实际生活的情状。平日生活里有许许多多瞬间的印象和各式各样的意识活动,从感觉、印象到梦境,每一个诗人的积累都足以和一个富翁的财富相比。问题在于他如何显示这种财富,唯有能够机智地显示的,才是诗人才情的有力说明。

> 灯火,蛙叫和干草的气息
> 展开一个朦胧又清晰的传说
> ——傅天琳:《田野》

> 月亮又小又孤独
> 像一段被人遗忘的小小回忆
> ——江河:《星》

前一例灯光是光线,蛙叫是声音,干草的气息是香味,这种色香味诸感觉合成了一个"传说"的展开。

后一例是视觉中的月亮,但深深叠印在心灵上。正因为它小,所以益显孤独,它与这个"小小的"而还要"被人遗忘"的"记忆"几乎是两个等半径的圆的叠合。正因为二者的熨帖,因而这个记忆的模糊性都化而为最鲜明的印象。"瞑泛不知柔橹乱,前川微月雁声多"这两句是对于世界的复杂感觉和内心的表面平静而实际的不宁静的映衬和对应。因为对于周围景色的忘情欣赏与"不知柔橹乱"造成了一种间隔,而这种间隔恰好印证了心情。后一句则完全借"失去平静"的自然界以印证"失去平静"的心境。这是一种了不起的艺术才能,即把"感觉"移位给"心理"并使之重合或交叉的才能。

感觉的"移位"

诗人是这样一类人,他们较之所有的人似乎却更具敏感的知觉,和具有敏锐地摄取印象和综合印象的能力。即使是盲人,作为诗人不用眼睛也能看到一个多彩而富有变化的世界。同时,诗人更是这样一类人,他们和常人不同之处在于他们还具有能力把一切的感觉印象都"搅乱",而且通过他们的"特异功能"把搅乱的一切重组,最后还给世人以一个完全新异的印象。像这样的诗句:

闪闪烁烁的声音从远方飘来
一团团白丁香朦朦胧胧
——江河:《星星变奏曲》

说的是"声音",但却是可以视知的,因为它"闪闪烁烁"。"一团团白丁香朦朦胧胧"实际是"声音"的转化为具有实感的实体。在平常人那里声音就只能是声音,最多也不过是大或小,好听或不好听,但在诗人,却予以奇妙的改造,造出的是他人从未听到过(更不要说"看"到)的"声音"。

顾城在《学诗笔记》中说到,最初令他感到是诗的东西是"雨滴"。他从童年印象的塔松上的"雨滴"中感到了"无数激动的虹"、"精美的蓝空"、"我和世界"。这种感觉掺入了幻想,这还是较低层次的感象力。到了后来,顾城体会到一些更为复杂的组合以造成奇想的手段,"视觉、听觉、触觉、嗅觉,可以通过心来互相交换,于是,颜色的光亮可以听见,声音可以看见"。前边说的"移位",顾城用"交换"不约而同地表达了出来。他进一步通过自身的体验总结道:"诗人在感知和表达时,并不需要那么多理性逻辑、判断、分类、因果关系。他在一瞬间就用电一样的本能完成了这种联系。有一次,我看见太阳,一下子就掠过新鲜、圆、红、早晨等直觉和观念,想到了草莓,甜而熟的草莓,于是就产生了这句诗:'太阳是甜的。'"顾城认为这是一种"瞬息万变的全息通感",对这种通感——记述并加以推算几乎是不可能的。

> 谁不愿意有一个柔软的晚上
> 柔软得像一片湖
> ——江河:《星星变奏曲》

把夜晚写成柔软的感觉,这个感觉是特殊的,这个感觉有他的孕育的契机,那就是湖。湖的柔软也是很特殊的,但我们能够理解,那微风漾起的绸缎一般的平静而蔚蓝的湖。但这一切都被用来传达诗人对于某种美好事物的美好感觉。对于诗人来说,瞬间的印象有时胜似长久的体察入微,诗的新鲜感往往能诱导诗人才智的突发性展现。一些理论认为画家有可能从平常事物的刹那间感觉中捕捉到永恒的效果。莫奈的《日出》就是刹那间对于光的印象的捕捉,看似紊乱芜杂,实则潜藏着最动人的内在的统一。而且这种瞬间印象的捕捉对于一闪即逝的印象的强调,往往能够提炼出通常难以觉察的特征,例如这样的诗句:

> 是他,用指头去穿透

> 从天边滚来烟圈般的月亮
> 那是一枚订婚戒指
> 姑娘黄金般缄默的嘴唇
> ——北岛:《黄昏:丁家滩》

"从天边滚来烟圈般的月亮"把为微云薄雾所烘托的圆月写成了飘拂而柔软的烟圈。实是把视觉相对静止的景象作了动态的描写,把相对凝固的印象作了流动的描写。诗人紧紧抓住了瞬间的突出印象,这种艺术效果,靠长久的静观默察是不会取得的。更为重要的是,在这四行诗中,诗人对自己的诸感觉作了相当"错乱"的移位:月亮是烟圈,则指头当然可以"穿透"它,但随后那飘拂的烟圈又变成了金戒指;金戒指既与烟圈重合,又与"黄金般的"嘴唇重合。一切都听凭客体对于主体投影所产生的刹那间的效果加以改造,一切都听凭主体感觉的移位变动予以"搅乱"。这样,对对象的把握都超出了常见方式取得的效果。它是"说不清"的,而在过去,其病在于可以"说得太清"。这种模糊的主观性,可以增加心理的真实。尽管人们可以对诗的奇想提出质疑,但是它的渲染的效果以及无限扩大语言张力的效果不言而喻。

这种极为复杂的语言知觉化或把复杂的感觉物质化的手段不是对一具体的环节而言,而是指诗人对于这些物质化了的感觉材料的"重组"工程。

总体象征效果:感觉的重构

意象意味着它说什么就是什么;比喻意味着并非它所说的是以此喻彼;象征意味着既是它所说的,同时也是超过它所说的。罗·弗劳斯特的《没有走的路》:

> 路到渐黄的树林分两股,

> 我呀,一个人,只能走一股;
> 伫立林中,我多时踯躅,
> 极目远望前面这条路
> 曲折通到一片灌木。
>
> 我却走另一股,同样美丽
> 选定这一股也许有理由:
> 因为这条路草深人稀;
> 当然要就其他
> 两条路倒也相差无几。

谈的不只是林中歧路的选择,但这选择大大影响今后的经历,必须把这次道路的选择理解为生活中各种选择的象征。生活中常遇到,都有兴趣的道路,可是选定之后,一个人的生活经验和未选的路的经验就会完全不同。

当意象尚未进入比喻或象征,它还是意象。象征在诗歌中作为一个具体创作手法,指的是某种东西的含义大于其本身。意象、比喻、象征有时难以分辨。通过某一特定的具体形象以表现与之相似或相近的东西,这种方式在诗歌中经常采用。如郭小川的《乡村大道》:"如果只会在花砖地上旋舞,那还算什么伟大的生活",这是以乡村大道来象征人生的道路。臧克家的《老马》:"背上的压力往肉里扣,它把头沉重地垂下",是以老马的忍耐象征着另一种东西。戴望舒《我用残损的手掌》"无形的手掌掠过无限的江山,手指沾了血和灰,手掌粘了阴暗",是以具体的动作象征一种心境。同样的,白居易的"离离原上草,一岁一枯荣。野火烧不尽,春风吹又生",从象征的意义上看,它当然指向了更为丰富广阔的内涵。"梨花一枝春带雨",却不尽是一种比喻,更准确地说是象征着那个绝世美人的处境和命运。这些具体的艺术手法不妨碍它们都是忠实于现实生活的作品。

有一种创作不是具体环节中的象征,而是综合多种手段(主要是主体的许多直观得来的印象),通过复杂的互换,造成一种总的象征环境和气氛。这种综合的结果暗示着一种更为阔大深远的背景或事物,如社会的变动,人的复杂内心的探求,以及对人生和宇宙的认识和思考……梁小斌讲的一块蓝手绢,从晒台上落下来,同样也是意义重大的。"给普通的玻璃器皿以绚烂的光彩。从内心平静的波浪中觅求层次复杂的蔚蓝色精神世界。"(《我的看法》)这指的就是这些外在现象所可能包孕的象征。它的效果不是通过一种艺术手段而是多种艺术手段的综合而取得,其中主要是诗人对于世界的无数直观感觉的综合,我们把这叫做总体象征。

总体象征效果的理论主张是确认外界事物与内心世界互相契合、感应的关系。不仅人的诸种感觉可以互相影响和转换,而且外界事物可以对应着内心世界。波德莱尔的十四行诗《对应》就是确认这种关系的"对应论"的宣言:

　　大自然是座庙堂,那千万根活柱,
　　时时吐出朦胧的话音;
　　人穿越这象征的森林,
　　它们注视着他,亲密的眼光莹莹。

　　色、香、味互相呼应,
　　宛如回荡不息的回声
　　混凝着不可测的浑然一体,
　　辽阔得犹如夜影,犹如光明。
　　有一些芳香,如童肤般清新
　　柔和似管乐,青翠如绿茵,
　　——别的却陈腐、浓郁、袭人。

> 无穷无尽万物，无边无际扩张，
> 龙涎香、麝香、安息香、乳香
> 歌唱着心灵和肉体的狂欢。

这种总体象征由大自然"千万根活柱"吐出"朦胧的话音"所构成。在这里无数的感觉纠结在一起，它们互换和移位造成了极为繁复的局面。而诗人却着意于排斥说明。他似乎在有意地创造迷宫，让你不可能顺利地到达。不是没有殿堂，但诗人把它隐藏了起来，于是它留给读者的只是一个又一个谜语。你要欣赏，就不能不"猜"。依靠那一个又一个的暗示，你得耐着性子破译它，然后仿佛是一个一个暗码的掌握，导向那座巨大的迷宫。

总体象征在现时甚为风行，它以朦胧和隐晦的谜语式的风尚引人兴趣。这种引起兴趣的原因也和其他艺术现象一样，由于它在走向单调和窄狭的艺术模式中注入了新的因素。诗歌在过去，一种是详细地再现现实生活的样子，流为非常琐屑的叙说；一种是满足于登高一呼式的号召和鼓动，特别是直接的传达某种动人的辞藻和概念。对比之下，现在这种不言而情理毕现的朦胧和含混，造出了磁石般引人魅力，人们心甘情愿地接受着这种苦思苦想的折磨而寻求获得之后的乐趣。

不是所有的诗都那么难懂难解，梁小斌的《中国，我的钥匙丢了》，钥匙就是这首诗象征的灵魂。解开了钥匙之谜，全诗的指向就了然了。《雪白的墙》也追求整体象征的效果：

> 永远不会在这墙上乱画，
> 不会的，
> 像妈妈一样温和的晴空啊，
> 你听到了呢？

当然不能把这里所写的理解为诗人讲的就是这个。一般说来，象征都是"别有所指"。再看他的《玫瑰花盛开》：

> 玫瑰花盛开,
> 玫瑰花盛开。
>
> 我要到公园的草坪上去——
> 一个舞剑的少女在等待——
> 去年春天,她刺了我一剑,
> 我觉得,她的眼睛闪着温情的光彩。
>
> 虽然那一剑没有刺伤我,
> 疼痛却在心里,珍藏到现在。
> 我还梦见她黑发上的那朵玫瑰,
> 在月色中落下来……
>
> 我来到公园的草坪,
> 哪里还有少女的影子?
> 花园是盛开一朵火红的玫瑰
> 我心中燃起了隐隐的悲哀
> ……

我们可以把它读成爱情诗,但未必如此,它们一再强调的玫瑰,是蕴有象征意味的。

舒婷的《在潮湿的小站上》的等待,和梁小斌的寻找,都是总体象征的诗篇。北岛的《迷途》是费解的诗,但它的象征性都成了巨大的引力,迫使我们遨游其中探胜寻幽。他的《生活》——"网",他的网结着苦丝的《橘子熟了》,以及"飘满红罂粟"的路。北岛另一首《走向冬天》也有许多"密码":

> 走向冬天
> 不在绿色的淫荡中

> 堕落,随遇而安
> 不去重复雷电的咒语
> 让思考省略成一串串雨滴
> ……
> 在江河冻结的地方
> 道路开始流动
> 乌鸦在河滩的鹅卵石上
> 孵化出一个个月亮

冬天,绿色的淫荡,堕落,随遇而安,雷电的咒语,冻结的河流,道路,乌鸦,鹅卵石和月亮,都是密集型的意象密码。《古寺》:逝去的钟声,蛛网,龙和怪鸟,一场大火,乌龟复活……也是。

看起来支离破碎,琐碎而不见整体,但追求的却是组合和缝缀的整体效果。不是要求"明察秋毫"的效果,而是追求一种宜远看即拉开距离看的统领全局的效果。这仿佛是以无数的色彩和光线作为素材的展现,这里每一个展现的因素都是具体的,但却构不成画面。唯有对它们加以重组,即红色的点和其他色彩的线,以及许多片段的综合组构。组合之后造出的是瞬间的光和色的动人的整体效果。统领全局的瞬间印象便是古寺的浑然的印象。

意象篇

奇妙的瞬间

Image 这个词在汉语中用意、象二字的结合表达。汉语方块字的粘合作用造出了一个奇妙的效果：它既宣告一个新范畴的诞生，又分别说明着它们"化合"之前的状态——它的基本元素构成。意和象原是彼此分离的两个字，化合之后便产生一个新的物质，即意象。这个浑成的概念，刘勰《文心雕龙》中用过，《神思》篇"独照之匠，窥意象而运斤"。司空图《诗品》讲"意象欲口，造化已奇"，陆时雍《诗镜总论》讲"风格浑成，意象独出"、"意象蒙茸，规模逼窄"，含意均较为接近。

除了化合而浑成为一个统一状态外，意象在许多场合虽有关联却属各自独立的概念。王世贞《艺苑卮言》："神光离合，乍阴乍阳，进止难期，若往若还，转盼流精，光润玉颜，含辞未吐，气若幽兰。此子建之赋神女也。其妙处在意不在象。"这里意象作为两个成分分开，指曹植此赋构思立意精妙，其长处不在具象的描摹。何景明《与李空同论诗书》："夫意象应曰合，意象乖曰离"，指出一个理想的艺术境界即二者密切的契合。这里所引，都是作为可分解的两个成分的状态的描述，仍然不是我们讨论的现代诗潮中意象诗所显示的范畴。

按照汉语的习惯，心中意和眼中象，似乎一个倾向主观性，另一个倾向客观性。但此种分解经不起仔细的辨析：心中意不会是纯粹的主观，因为主观成分不能不受制于外物的影响，例如心中的悲秋之意,起于秋风的萧瑟或秋花的惨淡。同样,眼中象也不会是纯粹的客观,一切事物在人的眼中都是"变形"的——因为它经过了心灵镜子的折射。意和象既然都各自是一种主客观交融的现象,而二者结合之具有深刻的"浑成"度,则是不言自明的。

从上述分析看,意象乃是一个新物质。它不同于主要是客观映现的形象,也不同于重视主体对于客体的暗示性期待的象征。意象派的理论建立于它认为世上并无纯物和纯我,因此它主张物我同一的方式来表现世界。意象派首先向着物我割裂的理论冲激,它试图使物我在意象中完成有机的结合。庞德回忆《地铁车站》的写作时,认为当时在一个很短的时间里有一个外在的事物发生转化并进入他主观内在的一个事物结合而为意象。这种实践证明:意象的形成乃是诗人内心的一次精神经验,因而它具有感性和理性完好结合的基础。这就根本地区别于无须主观情感作用的单纯反映。一般的艺术形象,着重对客观事物的临摹,而意象则取事物的神髓而不重外表的近似。它是渗入诗人主观情感与理性的浑成的组合过程。

意象化的艺术呈现不同于无须内心经验的比喻或象征。拿《地铁车站》的意象和白居易的诗句"芙蓉如面柳如眉"或"梨花一枝春带雨"相比,讲的虽都是人面和花朵的意思,但艺术方式截然不同。白居易的诗句是比喻而不是意象,首先,这种比喻不决定于诗人自我的"精神上的经验";其次,不论是芙蓉、柳叶、着雨梨花,与作为美女的杨玉环,都不存在内在的质的溶解,它们只是从外在的某一个因素相近似的"焊接"。这在庞德就完全不同,那里不是面孔如花瓣,而是面孔和花瓣的同时涌现,二者是意象的熔铸。

意象既不是直接的描写,也不是象征符号。诗人通过它思考和感觉的既是手段又是目的合成体。司空图说的"意象欲出,造化已奇",指的就是诗人处于感知尚未被具体物质手段固定化的那一霎那,即所谓"欲出"而"已奇"的状态。诗歌意象的创造过程虽然有长期孕育的发酵期,但它的形成却是猝然的触发式。桑德堡《诗的十条定义》第十条讲:"诗是让人们去猜想一瞬间从门洞中看见了什么的——门的开启和关闭",庶几与此相似。总之,是意象的瞬间的把握。

思想知觉化与情绪对等物

意象是这样一种生存状态:它是通过人对客观世界的直接感觉以传达人的精神经验的艺术方式。意象化理论的根基建立在人的感觉经验之上,它强调主体的连续的感觉印象。例如我们对夏天的经验中,可能包括某种情感以及我们由此萌生的某些思想,但基础依然是长期累积的感觉经验。意象诗强调用有质感的艺术形象来表现对象。冯至论里尔克的诗时指出,里尔克受到罗丹雕塑的影响后,他的诗由音乐性转向雕塑性,流动的情绪变成结晶体,"仿佛诗人情感的溶液冷却成千姿百态的岩石"。意象诗追求思想知觉化,即指它为思想寻求它的"客观联系物"(艾略特)或为情绪找到它的"对等物"(庞德)。

意象诗的"以知觉表现思想"或"把思想还原为知觉",其鲜明的坚定性体现在它与赤裸裸地表现思想的毫不妥协上。艾略特讲的"像你闻到玫瑰香味那样地感知思想",即指此。波德莱尔的《忧郁病》:

> 当雨水洒下无数的线条,
> 仿效着大监狱的铁栏的形状,
> 一群哑默的肮脏的蜘蛛,
> 走来在我们头脑里结网;

在这里,忧郁的思想被知觉化了。抽象的忧郁是不存在的,存在的是那些与诗人的主观契合的具象化的对象:化为大监狱铁栏的雨的线条、在头脑结网的蜘蛛等。同样,里尔克的《豹》的焦灼与骚动也是主体思想的对象化、即找到它的客观联系物。

根据上述原理,诗人若想表达一种等待而没有如愿的怅惘的经验,就要调动他长期输入储存的感官印象的材料,并对这些材料进行有效的再组织。如舒婷的《在潮湿的小站上》:若有若无的风、星星点点的雨、空荡荡的月台、缓缓开动的列车、夜晚的橙色光晕、轻轻闪动的白纱巾……诗除了通过韵律给人以音乐效果外,它对通过感觉经验的捕捉、集中、呈现有普遍的重视,特别是意象诗。

"意象是引起生动经验极有效的手段,诗人用以传达感情并暗示思想,当然也是使读者心中能重现诗人感觉的,所以它是诗人最珍贵的素材。"(《声音与意义——诗学概论》)顾城的《眨眼》就是一首通过外视的感觉以传达内视效果的意象排列,最后通过读者在欣赏过程中的自我组织,以取得对诗人潜在的意向的再现——

> 彩虹,
> 在喷泉中游动,
> 温柔地顾盼行人,
> 我一眨眼——
> 就变成了一团蛇影。
>
> 时钟,
> 在教堂里栖息,
> 沉静地嗑着时辰,
> 我一眨眼——
> 就变成了一口深井。

红花,
在银幕上绽开,
兴奋地迎接春风,
我一眨眼——
就变成了一片血腥。

这首诗以三组相互悖逆的意象序列,通过诗人对于同一物象截然相反的"感觉"变幻,造出简洁清晰而又让人惊怵的画面。它让人们在诗人排列的方程式——由此物变彼物的方程式面前,得到诗人深藏于意象系列背后的真实意图。很难说这些意象诗不存在社会评价和生活评价的意向,但要是在这样的诗作中贪图方便,试图寻找诗人直接的表述,那只能是徒劳。

意象创造十分重视视觉经验的捕捉。顾城的《感觉》所创造的色彩气氛,那一片灰色之中的鲜亮的两点,就是成功的范例。他的《弧线》也许较《眨眼》显得复杂一些,《眨眼》中的三组背反意象的排列是同向的,但《弧线》却是通过自然界各类生物的生存状态的四个抛物线画出了美丑褒贬混杂状态,潜藏在这些意象背后的价值取向显然不是单一的。它们提供人们以多种的评价和选择。例如对"海浪因退缩/而耸起的背脊"或"少年去捡拾/一枚分币"单独的评价以及排列之后的综合评价,都是一种让人感到困难但又是充满诱惑力的美学探幽。

以上列举的顾城的诗都说明视知觉在意象创造中的显要地位。但这只是最常见的意象种类,并非全部的意象来源。人类的感觉原不只视觉一种,意象也可以传达声音、气味、滋味;触觉的经验如坚硬、潮湿、寒冷;内部感觉如饥饿、渴、晕、恶心,肌肉与关节的活动与紧张,等等。舒婷的诗句:"凤凰树突然倾斜,自行车的铃声悬浮在空间",前句表达因内心的动荡引发的变幻的视觉意象,后句则是听觉幻化为固体状态的意象。"铃声把碎碎的花香抛在悸动的长街",这一组意象的构成是繁复的:听觉——有附着的味觉——心理感觉的外化。《路遇》成功地调动了感觉经验的丰富性,以为表达伴随痛苦记忆而来的心理惊悸效力。

北岛的《古寺》:"逝去的钟声/结成蛛网/在柱子的裂缝里/扩散成一圈圈年轮",钟声作为听觉,蛛网作为视觉,年轮作为视、触觉,三类物件因其在具象上的某种相似或相通而造出了意象的重叠。传达的是对于过去历史的心理剖析。这种依靠艺术的变幻所创造的意象的魔方,说明着诗人精神经历中的直接感觉经验对于意象形成的奇异效果。

叠加的方程式

意象派以柏格森的直觉主义为自己的理论基石。这种哲学认为理性只能看到事物的实用性,而听凭直觉便可洞悉事物的独特性。艺术家的表现事物的独特性,必须使用直觉的语言手段。这种理论导向意象的创造。意象表达人们对于世界的新颖印象,使事物从视觉中自然地呈现。意象派主张以简洁的意象取代一切,它反对古典主义的严谨,也反对浪漫主义的华丽,它弃绝描写和说明而强调把诗人的感受和情绪全部隐藏到具体的意象后面。它对自己的艺术实践不担负任何的解释的责任,包括事物之间的联系以及它们的社会意义。

意象派的经典性作品是庞德的《地铁车站》:

人群中这些面孔幽灵一般显现;
湿漉漉的黑色枝条上的许多花瓣。

这里的意象就是诗的本体和灵魂。对于现实主义视为根本的实际事物的镜子般的再现,以及浪漫主义抒写主观情感的基本使命,在这里都受到漠视。它无意对它所表现的说些什么,人们想要从中得到哪怕是一点点说明都是徒劳的。庞德自述该诗的创作时说:"并不是说我找到了一些文字,而是出现了一个方程式","不是用语言,而是用许多颜色小斑点。……这种一个意象的诗,是一个叠加形式,即一个概念叠加在另一个概念之上。"(庞德:《高狄埃—布热泽斯卡:回忆录》)

黑色枝条上的无数花瓣,对于幽灵一般显现的面孔并不是一种比喻,它们只是一个意象与另一个意象的原始性的叠加。这种诗重视刹那间对于直觉的捕捉。它产生于走出地铁车站之时,在阴暗的背景下出现的一个又一个美丽面孔呈现的直感,花朵和面孔的印象在这里得到了几乎是完全相重的叠加。这首诗与我们熟悉的同样写人面桃花的那首古诗("去年今日此门中,人面桃花相映红。人面不知何处去,桃花依旧笑春风")不同,在后者那里,人面与桃花是本体与喻体的关系。人面如桃花一般美丽,但事经一年,人面消逝只有桃花依旧。诗人借此感慨景物依然人事已非的惆怅。人面与桃花是互相游离的、一个因另一个而存在的关系。当其中一个失去,另一个也就无所依傍。而且这首抒写情怀的诗,不回避主观情绪的抒发,以及诗人对于自身存在的直接说明。

但在《地铁车站》中,情景便完全不同。对于人面和花瓣,它没有任何说明,它只是一个不事加工的"意象叠加"。至于这个叠加的方程式的答案,诗人不作一言半语的说明。但它有意漠视惯常的艺术模式的意向却异常明晰。对它来说,除了直觉,没有别的。这当然不是说这首诗本身无所蕴涵或无所说明,当然更不是说它不可感知。但感知属于读者。诗人的使命不是在欣赏者面前指手画脚地絮叨,而是使一切在意象的呈现与组合中隐身,把"猜"和"悟"的自由恩惠给一切人。

刘禹锡认为诗"义得而言丧,故微而难能;境生于象外,故精而寡和"(《董氏武陵集纪》)指意境不在具形的那一点上,而潜藏于象喻或暗示的那一部分。中国古典诗相当重视意象的捕捉,以及表现的艺术。王昌龄诗:"寒雨连江夜入吴,平明送客楚山孤。洛阳亲友如相问,一片冰心在玉壶",对于"相问"的回答不是具体的,只是冰心玉壶两个简单意象的叠加。外国诗如波德莱尔《忧郁病》:

> 当雨水洒下无数的线条,
> 仿效着大监狱的铁栏的形状,
> 一群哑默的肮脏的蜘蛛,
> 走来在我们头脑里结网。

它主张用直觉捕捉鲜明的意象(雨水的栏杆、蜘蛛网),使思想知觉化、情感物质化,它反对陈述和抒情。

对于《地铁车站》这样的诗,读者可以有自己的领悟与发挥,如:"我们可以把地铁的暗淡光线、人群的拥挤、都市的繁忙与阴湿多雾给人的精神压抑作为背景,然后把美丽的面孔、诗人对于田园生活、东方艺术的向往,投射在这样的背景上,这样可引起的感情和思想的波澜,就是这首诗的内容。概括地说,繁忙的大都市生活中对于自然美的突然而短暂的体会是这首诗所要表达的中心感情"(郑敏:《意象派诗的创新、局限及对现代派诗的影响》)。这当然只提供一个理解的实例,并不能说明这就是唯一的理解。

基于自由感知的多解性乃至无定解正是意象诗欣赏的一个特征。我们要学会尊重读者合理的同时又并不一致的欣赏自由。这种地铁车站式的诗风,在中国也有深刻的影响,有一首题为《长城》(作者阿榕,见诗集《断层》)的意象诗:

> 急剧起伏你大地的胸肌
> 几千年历史在沉重的呼吸

我们清楚地感到它们之间从创作动机到实现的纽带联系。长城投给诗人的直觉是蛇形的逶迤,它引起关于胸肌起伏的感觉,并与老人们喘息与呼吸时的情状这一意象得到自然的契合。如同《地铁车站》表示了某种厌倦与向往,《长城》体现出来的带有鲜明批判意向的复合情绪,得到了成功的传递。在它的意象之外几乎不存在任何指明,这里不是一种象征的或比喻的关系,首先是一种突入的意象袭击,即对长城外形的直接感知而形成的"大地的胸肌"的意象,它与"历史沉重呼吸"的叠加是同时完成的。它的艺术魅力不是产生于其他方式的补充,而是一种意象叠加的方程式。我们领悟到的对于历史文化的批判意向的复合情绪,就是从这种叠加中产生的。

意象叠加采取多种方式,有一种是正常秩序的叠加,如辛弃疾的《满江红·题冷泉亭》:"照影溪梅,怅绝代佳人独立",溪梅和佳人的叠加产生了动人的效果。又如奥尔丁顿:《R·V和另一个人》:

> 你是敏感的陌生人
> 在一个阴霾的城里,
> 人们瞪眼瞧你,恨你——
>
> 暗褐色小巷里的番红花。

也有把所要暗示的意象放在前面的,如爱米·洛威尔的《日记》:"狂风摇撼的树丛里,颠荡着银色的灯笼。老人回想起/他年青的爱情。"这种意象叠加的方式,体现了被称为"视觉和弦"的理论要求:二个视觉意象形成我们可以称为视觉和弦的东西,它们联合起来提示一个与二者都不同的意象。

意象诗在现今中国之所以会得到广泛的关注,在于它可以成为有效的工具,借以涤消前此一段泛滥并毒害了诗歌纯洁的华靡浮夸的诗风。《意象派的六大信条》中,有几点给人的印象相当深刻,它仿佛不是为英美诗坛说话,而是预见性地说出了本世纪七十—八十年代中国诗人要说的话。它主张"使用普通人说话的语言"而摒弃那些"装饰性的词汇";它主张诗"应该写出准确的细节,而不应该诉诸含糊的一般化概念";它特别反对那种"富丽堂皇、响亮动听"的辞藻堆积;它主张"坚实、明晰"和"凝练"。

这些,对于我们仿佛都是扫荡颓风的诗的宣告。直接诉诸意象的、以简洁的普通的词汇和坚实、明晰的细节性呈现而使之内含丰富意蕴的意象诗,一时间造成了中国诗坛的特殊景观。意象之间的缺少关联、特别是摒弃了传统的描写性叙述以及那种"直抒胸臆"的说明性抒情,一时使许多习惯于已有诗艺的读者茫然。像《旋转》(维维)"风静静地弹奏着 港湾里的那排小船"这样的意象化小诗的出现,的确是一种有力的反拨。它只是出现一幅图景,但旋律之中浮动着的那股清新、朴素、自然,无言地抨击着先前的浮嚣和肤浅。

就是在这样的背景下,出现了顾城的《一代人》:

　　黑夜给了我黑色的眼睛,
　　我却用它寻找光明。

这首诗只是一个简单的意象,即黑夜中寻找光明的眼睛,它以一个坚实、明确的意象,以及对它的简单、明了的延伸,使它成为一个特殊时期特殊的一代人复杂而又单纯的精神造型。在以往的艺术中甚至需要动用庞杂的词汇才能奏效的地方,意象诗只用不到二十个字组成的两行诗句。

当然,这首诗的方式和《地铁车站》、《长城》略有不同,它没有出现叠加,只是一个意象的呈现,通过题目《一代人》给读者以暗示。与此相似的还有北岛的《生活》。这首通篇只有一个"网"字的诗,曾引起当时诗坛的惊愕。论者以为这首诗费解。其实,如同顾城的《一代人》一样,它的诗题"生活"本身实际已成为诗的简单意象的有力补充。正如有人指出过的,意象的自身完整,它像一个集成线路的元件。意象对于诗的作用,好像集成线路的元件对于一件电子仪器的作用。当这个元件简单到无可简单时,即体现为类似单细胞的不可划分、甚至也不可相重或叠加时,它巧妙地"联合"起诗题,使之成为意象组合的助手。这样"网"便获得暗示"生活"的规定性,使这首诗不会成为不可感知的。这就是说,在意象诗中,当意象体现为"孤立无援"的状态时,诗题往往就成为给意象定位的有机组成,如《一代人》、《生活》就是。

闪跳式动态结构

意象派最初的提倡是以简单的意象、或意象的简单叠加,通过阅读与欣赏者的再创造,以洞悉和领悟意象自身或意象的交融所隐藏的潜意识。意象诗重视表面互相脱节的"随意性"拼凑——多半表现为闪跳式的动态结构。在诗意局部构成上的隐秘象征、无逻辑的隐喻和自由联想,都是它经常采用的艺术手段。

意象诗反对陈述和连贯性说明,也完全排斥"和盘托出"式的情绪披露。它的基本方式是真意与真情的藏匿。隐而不喻是它的基本追求。因此,从直觉和精神经历出发的意象诗,它把每一个意象(这是感性与理性、思想和情感骤然聚合的产物)看成了自我完成的构件,并以这些构件来"拼搭"房子。

意象诗的建构特性由这种半成品式的构件特性所决定。前述的自由的交叉式或重叠式的意象叠加,是这种半成品的构件的一个简单的建构方式。除此之外,对于意象化规律的探讨,尚有应当阐发的:一是意象的"脱节"规律;一是意象的"堆积"规律。

脱节：紊乱和模糊

意象化诗的一个重大特点，是它极其忽视、甚至排斥词语之间的外在关联。一九一三年弗林特在《诗歌》杂志著文指出的意象派三原则中，要求"绝对不用无益于表现的词"。这与意象派热衷中国古诗的传统有关，汉语特殊句法形态往往略去大部分连接词、系词，以及各种句法标记，几乎只剩下赤裸的表现具体事象的词，达到相当的意象密度。意象诗要求每一个意图都出以独立的意象，而意象之间的基本状态是互相"脱节"。

意象的脱节现象造出了意象诗的闪跳式景观。从艺术总体上呈现出一种"紊乱"和"模糊"的状态。尽管意象派要求诗的基本意象"应该写出明确的细节，而不应该诉诸含糊的一般化概念"，但这只是就其构成的细部而言，意象诗的总体效果却并非如此。至少它在表达思想和传达情感、以及对于具体对象的描写上，都是疏略和含混的。这正是意象派的一个艺术法则，即以"无形的"情绪串接"有形的"意象。马致远的《天净沙·秋思》，一开始就托出九个由两个汉字构成的意象：枯藤、老树、昏鸦、小桥、流水、人家、古道、西风、瘦马。每一个意象都是诉诸视觉的"眼中之景"，但每一个意象也都浸润着诗人自然而然的"胸中之情"。"夕阳西下"是心理上的时间感觉；"断肠人在天涯"则系地点和人的意象。所有的词和词组都是互不关联的，"脱节"现象极为严重。对这首古典意象诗的领悟全靠情绪的串接，这情绪是看不见、道不出的隐形线。虽然看不见却无所不在。

张可久的《卖花声·怀古》前半阕："美人自刎乌江岸，战火曾烧赤壁山，将军空老玉门关"，三个历史事件彼此脱节的表述，而保持其内在关联，原是意象诗的技法。后半阕"伤心秦汉，生民涂炭，读书人一声长叹"，却是直述其事的方式，因此这是一首并不彻底的意象诗。现代意象诗的有力倡导者庞德从中国古典诗中得到很多创造性的启示。他以翻译的"脱节"而启发了意象诗意象组合的"脱节"规律。庞德曾把李白《古风第六》中"惊沙乱海日"一句译为"惊奇。沙漠的混乱。大海的太阳",成了一首崭新的现代诗。叶维廉举杜审言"云霞出海曙,梅柳渡江春"句为例,此句按余冠英等人的解释为:"破晓时云气被朝阳照耀,好像与旭日一起从海中升出;到江南见梅柳开花抽芽,似乎大自然一过长江就换上了春妆。"叶维廉曾试图把它译为:"云和雾在黎明时走向大海,梅和柳在春天越过了长江",但因"缺失的环节一补足,诗就散文化了",故不如译为:

　　云和雾
　　向太阳;
　　黎明。

　　梅和柳
　　渡过江;
　　春。

这不仅证明意象诗的"脱节"的合理性,而且显示出特殊的魅力。这一特点被发展为有意地追求脱节,如北岛《走吧》共五节,要是把每一节开头的"走吧"略去,则前三节分别是"落叶吹进深谷,歌声却没有归宿"、"冰上的月光,已从河床上溢出"、"眼睛望着同一块天空,心敲击着暮色的鼓"。这三节的表述是互相脱节的。对于它们的理解,必须对照第四节"我们没有失去记忆,我们去寻找生命的湖",便可发现它们之间联系的线是深潜在记忆之湖中的。找到了这根"线头",全诗又都变成了一个互有关联的整体。从寻找生命的湖到"路呵路,飘满红罂粟",则是心理情绪上的又一个转折。其办法还是依旧,即排斥直接的说明。再如他的《界限》:

我要到对岸去

河水涂改着天空的颜色
也涂改着我
我在流动
我的影子站在岸边
像一棵烧焦的树
我要到对岸去

对岸的树丛中
惊起一只孤飞的野鸽
向我飞来

此诗有两组意象,被涂改的我和烧焦的树是一组,向我飞来的孤独的野鸽是另一组。各组的意象是"脱节"的,而两大组又是如此。它舍去了喻体与喻体的外在关联,而以一个具体的意象系列暗示另一个具体的意象系列。但两个系列之间相比的气氛相对稀薄,需要读者在想象中经历一次"发酵"的过程。

堆积:随意和无序

意象的平列、交叉或意象的叠合,是意象排列的简单状态,在更为普遍的场合则是它们的"堆积"。这是意象组合中的较为繁复的综合呈现。犹如意象自身天然地摒弃说教、阐释乃至直接抒情一样,意象的排列一般并不体现为有规则的和均衡的状态,更多的时候表现出随意性和无序性。它主张用对立的、矛盾的、失去均衡的意象组合以展现真实的人生。于是,人生的真谛便在它万花筒般的闪跳中呈示。魔方或七巧板的比喻由此而生。

意象是变幻莫测的魔方艺术的细胞,而意象的组合则是诗人随意性地改造对象以及破坏性的重新组装之后的美学现象。意象的重叠交融,指一个意象之上投影着另一个意象,两个意象互相渗透造成一个新的意象,这新的意象又同时保持了那两个意象的特性和职能。如北岛《陌生的海滩》中飞翔在日本海上的鸟和头巾的飘舞,两个意象交融重叠。造出了一个更为复杂的意象组合。紧接这一节诗行的是:

> 没有风暴就够了,
> 然而也没有固定的风向。
> 也许是为了回答召唤,
> 翅膀发出弓的鸣响。

这是在这个新的组合基础上架起的"意象建筑"。灰色天空中的红色的鸟,在没有固定的风向的海上满足于它的"没有风暴"的境遇。为了回答召唤而发出的鸣响,依然回应着当初那红色纱巾的闪光。

李白的《月下独酌》也是一种"堆积"。这首诗把我、影、月三个意象进行繁复的组合,造出了一个令人目眩的意象奇观:"我歌月徘徊,我舞影零乱",烘托的是他的人生不得意而产生的孤独感。顾城的《夜归》,是一首简单的诗,但意象组合并不单纯,是一种由一组又一组矛盾而对立的意象复杂架构的结果:第一组是:大地,黑暗又平静——只剩下一串路灯;第二组是:树影,亲切又阴森——遮断了街旁的小径。以上两组意象都具有彼此不和谐的因素,但它们是并列的。随后,这两组意象与"发热又发冷"的"我的心"叠加,并再度与"忽隐忽现的幽灵"(希望)叠加。

在心理学意识流和下意识理论的影响下,后期意象派进一步脱离了对大理石般纯洁和凝固的雕塑美的追求,而向着多意象和流动意象的方向伸展,从而打破了早期意象派专写短小、简洁、凝固的单意象或少意象的传统。查理·奥森最明确、最果断地表达了动态意象的理论倡导:"一个知觉必须立即直接地走向下一个知觉,永远,永远一个知觉必须、必须、必须立即向下一个知觉发展!"(转引自郑敏:《英美诗歌戏剧研究》)北岛的《迷途》就是一个动态的意象结构模型。从沿着鸽哨的寻找到森林的阻挡,从迷途的蒲公英到蓝色湖泊,从水中倒影到最终找到的深不可测的眼睛,是系列性的既有阻隔又不断流动的情绪的组合。再如舒婷的《还乡》,是动态的意象组合成"近乡情怯"的情绪流。

这种动态意象由结构模型,受到直接再现精神生活过程的意识流文学的影响,它强调意识的流动性和不间断性。意识流是"内心独白"的极端形式,当它表现心理活动时着重挖掘人的潜意识领域。柏格森认为真实存在于"意识的不可分割的波动之中"。许多人都用河流或流水来形容意识,着重表现意识流动的诗歌,不考虑情节完整性而按照人的意识流程结构作品。它们自由地借助联想、回忆、幻想以超时空的方式剪裁生活,从而扩大了时间的跨度。

整体组合与破缺

注重客观的反映和再现,是诗歌的一种常见方式;注重主观的感应和抒写,也是诗歌的一种常见方式。前一种方式在尊奉现实主义精神的诗人那里,有相当完熟的把握。它的经典式的创作雏形,可以上溯到荷马史诗。像《奥德修纪》中的那些精彩的场面描写,尽管讲的神仙世界的故事,但却是现实生活情状的艺术再现,现实主义方法可以把一切虚构的事物完全按照已经存在的方式完整和生动地呈现出来:

在空凹的山洞外还蔓延着茂盛的葡萄,结着累累果实;四条清泉排成一行,彼此相隔不远,然后东西分流;旁边还有柔软的草地,地上有紫堇和野芹开着花;就是永生天神来到这里,看到这种种风景,也要流连忘返;斩魔的神便就停下欣赏风景;他观赏了一切景之后,立刻走进宽深的石洞。美貌的女神卡吕蒲索一眼便认出了他,因为永生天神即使居住相距很远,也相互认识。

在上述引文中,按照已有的生活样式加以形象再现,即使是写神话中的人和事,也应用这样亘古不变的原则。尽管诗人吟唱的是天国的放事,但我们却看到人间的葡萄园和草地,以及和人一样欣赏自然风景的神。

另一种方式为那些生活在自己幻想天地里的诗人所掌握。他们善于以强烈的情感冲动展示诗情。这些诗人,不以对于客体的是否具有真实性作衡量的估价,而是听凭内心的驱使,它使一切投射上诗人的主观性。拜伦的《再一番挣扎》便是这样的诗篇:

再一番挣扎,我就可以
　把撕裂心胸的剧痛挣脱;
再一声长叹——向爱情和你,
　就重新回到繁嚣的生活。
在素所不喜的事物中混迹,
　如今我已能恬然适应;
所有的欢乐都已飞逸,
　还怕什么更惨痛的不幸!

这些以理想化和想象力作为创作信条的诗人,他们只生活在自己的世界里。他们不大关注现实生活已有的样子,他们写他们乐于写的,而且写他们所乐于看到的。

以再现现实为目的诗歌,通过艺术地提高和集中展现了世界的某些侧面的景象,它在深刻揭示人生的矛盾复杂方面,体现出血淋淋的真实性效应。但这一路诗歌在表达人们的主观情感世界的深邃性和激动不宁方面，却表现了某种欠缺。特别是进入工业社会以后，社会生活所呈现出来的斑驳陆离以及速度和效率的飞旋发展，它那种以实际的生活样子为模式的镜子般的如实反映，便显得力不从心。以表现浪漫主义激情为使命的诗，在世界文学发展中产生过一个辉煌灿烂的时代。但十九世纪末叶业已衰退，主要表现为内容空泛的玩弄辞藻的感伤主义、赤裸裸的说教和甜蜜的形容词堆叠，使人们对此类诗歌也产生普遍的失望情绪。

意象派在二十世纪初叶的出现，其目标是对于浪漫主义的甜蜜的反动。意象的理论提倡和艺术实践是这一艺术派别的最大贡献。庞德的《地铁车站》是意象派的经典性作品。在那里，主观感受和客观描写的界限消失了。地铁站上人的面孔和树干上湿漉漉的花朵，不存在比体与喻体之间的关系。人面和花朵彼此互不修饰，作为意象的花朵既是诗的灵魂，又是诗的肉体。

意象派的正常境界是灵肉的一体。意象本身是一个自满自足的自我完成的实体。它总是寻求主客观因素在一个意象里的完全溶解。庞德的那首诗的花朵的意象，是诗人步出地铁车站迎面遇见无数匆匆闪过的面孔时的猝然感知，是霎那间的联想和情感的综合体。意象派"直接处理"不论是主观或客观的"该事物"的原则主张，在这里得到完整的体现。

根据上述"直接处理"的原则，意象派主张意象的产生，不是以两个事物的概念比较为基础，而且要求把握事物的实质和感性特征，从而把感性和理性融合在意象里。庞德认为意象是理性与感性的复合体。再以《地铁车站》为例，当诗人眼前闪跳出人面时，花朵的意象也就同时产生。黑枝干上的湿漉漉的朵朵花瓣，融汇着城市生活的人骤然间萌发的对于大自然的渴想的短暂的呈现。意象的产生是突发的，但却有一个潜在的漫长的孕期。很清楚,要是庞德没有对东方艺术的浓厚兴趣和素养,地铁车站与黑树枝的湿花瓣是无法涌现并天然地"合成"的。

中国当前诗歌的一个特殊景观,就是意象化的普及和发展。相当部分诗人对原有的创作方法实行了超越和突破。按照意象主义的原则,许多诗作都注意了意象的溶铸——这种熔铸是在长期郁积基础上意与象的突发性会聚与契合,而不是互相游离的相加,像《象鼻山》:

> 象鼻伸入漓江,
> 挽住燃烧的太阳。
>
> 不停地吸水喷水,
> 熄灭着火的翅膀。
>
> 烈日被洗成冷月,
> 冷月暖在心上。
>
> 大象玩弄日月,
> 吸引世界的目光。

这首诗的意象奇特而完整。一般旅游触景生情的升华式联想,在这里不见了。诗人的感受向着客体直接楔入。玩弄日月的大象这一独特的意象,把一般人面对新鲜景物必然产生的新鲜感受,与客观上对于这一自然景观的热情评价会聚在一起。客体新异与主体的欣悦在这里体现为"无言的赞叹"(也许"吸引世界的目光"还留有某种"有言"的痕迹)。这种摆脱象形的描摹与外在评价的粘贴的艺术实践,无疑展现了一种新的诗歌气象:在这首诗中,诗人不仅隐去了主观的评价,而且也隐去了客观的描摹。劈头就是一只伸鼻于江中的大象,但它不是汲水而是"挽住燃烧的太阳"。它不用明显的比喻的方式,而是一个创造性的奇特的意象,就把黄昏的艳阳与象鼻山的自然图景奇妙地组合在一起。"不住地吸水喷水",说的似是象的动作,实则指漓江的波涌。烈日被洗成冷月,讲的是日月交替,原是自然景色的变幻,却被象鼻玩弄的意象所组合。这首《象鼻山》不取譬,不描绘,却活脱地创造出一个不同于人的艺术世界。

意象化的巨大魅力往往能在一首短诗中,以非常简洁的方式取得一以当十的艺术效果。如《悼诗人郭小川》——

> 你是一只海螺
> 风浪扭曲着躯干
> 死后,
> 仍发出正直的呐喊

在无数用铺叙方式展示情感的大幅度宣泄的诗篇中,这首诗以明净、单纯、不喧哗的沉痛造出了肃穆的美感,它的艺术成效,多半归功于意象化。

上述诗例最富启示性的是它的单纯意象中富有丰富的变化,而且对业已确定的意象一以贯之的"坚持"。有的作者往往忘记自己最初熔铸的艺术结晶,"走题"或"忘题"是常见的(《象鼻山》的长处在于完全没有忘记自己的"鼻子"和当日的奇特时空)。这种缺点在许多诗人的创作中都会产生,一个诗人的不同作品,也经常发生此种意象不能坚持的自我破坏。这里是《大榕树》——

> 给地嵌一块碧玉,
> 给天缀一块绿云,
>
> 给两颗烤裂了的心,
> 缝一片绿荫。

八行诗前四行的意象相当完整统一,且同样地富有奇异的色彩。这是一个物(大榕树)的两个想象的投影。从地面望去是一块碧玉,向天上望去是一片绿云;当它是一片绿荫,却是为爱情而提供的奉献。这里"输"入了诗人的情"意",不光是对榕树青碧笼荫的客观描摹,也不光是主观愉悦温馨情怀的抒发。二者的结合自然而和谐,特别是"给两颗烤裂的心"二句,其实是写榕树给热烈的情侣以荫凉。由于意象的使用,咀嚼之后给人以蕴藉的情趣,创造了不同于一般的爱情描写。

但前四句的艺术效果由于后半诗意的直白而受到损害。"刘三姐在此抛的绣球,投进了我俩心的大门。黑发也染上春色,皱纹被山歌抹平",原先的意象手法被传统的写实作风所取代,平直的说明代替了有底蕴的意象,不再是前后统一的意象化的整体呈现,而是明显地前后大相径庭。原先那种不借助任何比喻的浑然一体的意象叠加,在后半诗中却突变为一种过于明晰肤浅的情节交代。刘三姐的绣球抛进了"我俩心的大门",传说的现实化使原有的传奇色彩顿然失色。"被山歌抹平的皱纹"等交代的用意太过明显,遂使意象造就的诗的情趣消失了。后半首诗对于前半首的意象化体现,因固有的创作惯性顽强的表现,而形成了背逆。它造成了无以补偿的意象破缺。

这样的例子还可举出一些,如《戈壁江南》开头所体现的意象创造也很精彩——

火车唱着戈壁滩整个上午的昏黄
它把我的阵阵颤抖撒给亘古的荒原

面对车窗外无边无际的荒漠,诗人体现了"直接处理"该事物的能力。这里不用任何外在的比附,而是以直观的方式把自己特有情思"射入"客体。"阵阵颤抖"也没有太多的说明,它只是以一个"撒给"的动作化体现主体的惊悸情状。这首诗的创作一开始就体现与常见的写实的或抒情的创作方式的异趣。

但随后,艺术惯性的恶作剧便逐渐地"吞噬"过来,并急速向下滑落。它以"我江南有过多的红花绿水,何不移点来点染漠北"为过渡,过于性急地"摧毁"最开始构筑的"意象城堡"。到"啊,来了,远远飘来我的江南",此后种种如人工染色编织的江南水乡等,意象化手段被最后的予以弃置。这首《戈壁江南》的确展示了新旧创作手段的生死搏击的动人的场面。当然,最后是以新方式的失败而结束的。当诗人喊一声"啊,来了"时,他不知道,他的焦急心情正好为艺术惰性的入侵开了绿灯。

很少有诗人不受这种贪图方便的诱惑。许多诗篇的缺陷都可以从这里寻找原因。也许失败最惨的是《书童山》:"翻开一页线装书,摇头晃脑似在吟唱",接着是"送过多少公子赶考""迎过多少游客来往",它以拙劣的描形取譬代替了诗的意象的熔铸。很难把这首诗与过去一些从事物的外形兴起感慨的诗加以区别。

从这些诗的创作过程看来,在诗的意象化大趋势中,意象作为一种新的艺术创造的手段,它在一些成功的作品中的确给人耳目一新的感觉。但在这种闪耀着新异之光的成功的背后,却是极其艰苦的拉锯式的争夺乃至搏斗。有的作品是基本成功了(惰性尽管仍有残留),有的作品则新旧掺半,有的作品如《书童山》则是根本无法立足。

以维护意象的纯洁性为目标的意象的保持连贯和统一,还只是一种较为原始的工作。更为艰难的是对于繁复意象的组合及建构。这方面比较成功的例子如北岛的《迷途》和《古寺》。它们都以扑朔迷离的艺术效果引人进入它的意象迷津而达到曲径探幽的目的。熔铸与构造在整个意象化进程中,只是一种单纯的基础性的现象。而在大多数场合,意象是以繁复的形态呈现的。这时,克服易于导致的芜杂而使之体现出单纯与错综统一的美感,就需要合理的组构。

许多论者都注意到说明诗人思想情感的动态造成的意象派生现象,以及意象的交流重叠推衍而出的叠加——一个意象与另一个意象交叉或重叠。它们彼此投影,彼此渗透。庞德在《关于意象主义》中揭示了这种意象繁复的真谛:"意象在任何情形下都不只是一个思想。它是一团、或一堆相交融的思想,具有活力。"

早期的意象派诗人,多写短小简括的单意象诗。到了后期,随着哲学和心理学的渗透,在"相互渗透"哲学以及心理学方面意识流和下意识学说的影响下,意象派的理论也有了大的发展。诗人们多向多意象和流动意象方面施展自己的才能。后期意象派几乎摆脱了早先那种凝固单纯的塑像美的追求,而开始精心构筑立体化的意象迷宫。

这种立体化的迷宫的基本特性是它的无序性。它把巨大的破坏力投向传统诗艺的线性结构。它似乎专在追逐那种冲决首尾相连的秩序之后的破坏性的快感。《青岛》这首诗还不是很繁复的,但它已超越了以前提及的那份单纯——

> 你是一只美丽的青鸟
> 从爱人的海空飞来
> 我便投入她湛蓝的怀抱
>
> 捞起鱼群漏掉星星
> 我枕着光辉的波涛
> 是她用栈桥的弓在琴岛上为我奏曲
>
> 歌儿追着我天涯海角的旅踪
> 衔着一封封情书
> 将甜梦的门楣轻敲

此诗有两个意象群,一个意象群由捞起鱼群、漏掉星星、头枕波涛、以及栈桥的弓、琴岛等组成,这是实有的青岛,是一个凸现的意象群。另一个意象群则是潜入的,它以"美丽的青鸟"为这一意象系列的中枢。青鸟是古代传说中爱情的象征,它为爱人传递情书。"你是一只美丽的青鸟",这青鸟既指情思又指青岛。这是身在青岛怀思远人的意象群:它由爱人的海空、湛蓝的怀抱等组成。两个意象群巧妙地在青岛的海空中产生叠加,选出了身在异地感受到异地风物而怀念爱人的动人诗情。把这里的一切简单地理解为旅游的即景生情、或是以青鸟取譬青岛的景物迷人,都是不周全的。这首诗意象的构筑有较为熨帖的契合,而由于不是一种拼贴,故整体感较强。看过去像是一首单纯的诗,但却包孕着它的繁复。

诗的超越写实和单纯抒情而走向意象化是一个进步。但由于艺术积累的欠缺,往往呈现出不够纯熟。特别是多意象的诗,对它们的驾驭往往表现为组接上的缺乏整体感,而且最大的毛病在于传统诗艺的不可排除的杂糅,从而表现为意象化的不纯净。《骊山》一诗,意象凸现就十分奇特:开始的纯青云凝固的骊马,耸立在蓝色的天幕布上,结束时骑骊马向着太阳滚来的方向亦有照应。但中间的写实成分的掺杂,以及七言古诗句式的插入,造成了明显的破缺。《岱山拍照》也是意象交错的一首诗,一方面是泰山日出的景观,一方面是对于太阳般爱人的赞美,有意的交错造出了真的日出又与心灵的感悟交融对照的意象奇观。但"蓦地,我发现:她就是一轮太阳"的生硬拼接以及"我多么希望中国亿万个太阳都发光发能"的脱缰式的直接宣告,造出意象的严重破坏和不和谐感。

但如下一首《爱》,就体现出可贵的较为纯熟的意象整体组合的能力——

　　欢乐的百灵鸟落在鹿的背

美的鹿角影搅乱了小溪的心。

小溪唱着歌儿飞向森林,
惊飞了沉思的百灵。

百灵悠然冲向天空,
衔走了一朵圣洁的白云。

短短的六行诗,有繁多的意象交错:欢乐的百灵鸟,美丽的鹿角,小溪的被扰乱的心,圣洁的白云,诸多意象的中心是百灵鸟。她无忧无虑的欢乐,她的惊飞,以及冲向天空,是复杂的爱的多面呈现。追逐、期待、惊愕和沉思,变幻多端的意象叠加交映,造出了万花筒般的艺术幻景,而整首诗却只有寥寥六行。

想象篇

诗人与上帝同享创造者的美名

意大利文艺复兴时代的诗人塔索说过一句大胆的话:"没有人配受创造者的称号,唯有上帝与诗人。"说上帝创造了世界,也许竟是虚妄。说诗人创造了诗,则无疑是一种现实。诗是对世界的再创造。诗人手中并无刀剑,也没有斧锄,他只有"想象"。要是说,诗人曾经创造了什么,那一定是"想象"这一利器使之达到了创造的目的。"在诗中,想象是主要的活动力量,创作过程只有通过想象才能够得到完成。"(别林斯基:《杰尔查文作品集》)

诗人立志写诗,他的第一个念头是"创造",他的第二个念头是"要创造得好"。不想创造的诗人,几乎是没有的。没有一个产生了诗的冲动的人,只愿意照样摹写生活的原样,不管这生活的模样多么让人喜爱,这生活的意义是多么"激动人心"。诗人站在生活面前,绝不是千依百顺的。他们几乎无一例外都有点"固执",有点"狂妄",总要雄心勃勃地对生活重新来一番改造。他总要把生活写成他所愿望看到的样子。所以雨果说,"诗人创造多于叙述"(《莎士比亚论》)。诗人的责任不是叙述生活,而是创造生活,而诗人的创造,前已说到,依靠想象来进行。

诗人写诗多半是"借题发挥"。他身处生活中,总有些心猿意马,看的是这个,想的是那个,写的是这个,指的是那个。不要轻易相信诗人,以为他写的就是生活的实际。凡是有才能的诗人,几乎没有老老实实地写生活的实际的,不要以为题目叫做"树"的诗,其目的就在树,其实十有八九意不在此。一九四〇年,艾青写过《树》:一棵一棵的树,彼此孤高地兀立着——

> 但在泥土的覆盖下
> 它们的根伸长着
> 在看不见的深处
> 它们把根须纠缠在一起

诗人面对着这些屡见不鲜的树,心中却想象着别的什么。也许是抗日战争烽火之中觉醒的人民,他们在敌后正默默地聚结着力量。他们在暗中团结起来,"把根须纠缠在一起"。可以设想,要是没有通过平凡的树作富有时代特征的新鲜的想象,诗人笔下的树将毫无生气。诗人总是眼前看到了一棵树,心中又创造一棵新的树(这两棵树当然有关系,这在后面要谈到);第一棵树是实在的,另一棵树则是想象的。

这里又有一位诗人,他也看到了一棵树,通过这树,他想象着处于逆境的人的命运和信念。这棵树,便显得有些迷惘,有些变形,当然又生存着希望:

> 不知道是什么奇异的风
> 将一棵树吹到了那边
> 平原的尽头
> 临近深谷的悬崖上
>
> 它倾听远处森林的喧哗
> 和深谷中小溪的歌唱
> 它孤独地站在那里
> 显得寂寞而又倔强

> 它的弯曲的身体
> 留下了风的形状
> 它似乎即将倾跌进深谷里
> 却又像是要展翅飞翔……
> ——曾卓:《悬崖边的树》

给这悬崖边的树以特殊性格的,是基于生活的想象:或者是由树的形状想到了人的命运,或者是由人的处境,想到了树的畸形。诗人只要开始工作,就意味着他开始想象。诗人的想象使世界上的树,不仅千形万状,而且因人、因事、因时而各有其意。想象使同为一个事物的树,而变幻成不计其数的互不相同的东西。

早春时节,一个诗人被飘拂于春风之中的充满生机的柳树所吸引:这树,它的柔美的枝条如万千绿色的丝带轻舞,它亭亭而立,宛若碧玉雕成,他细看那乍放的嫩绿的叶芽,一下子齐展展地绽开……诗人为之感兴,他禁不住要吟咏这柳树。当他进入创作之中,他却完全不由自主地被想象所支配:

> 碧玉妆成一树高,
> 万条垂下绿丝绦。
> 不知细叶谁裁出,
> 二月春风似剪刀。
> ——贺知章:《咏柳》

他觉得有一把神奇的剪刀,霎时间剪出了这些精巧美丽的柳叶。诗人并非不知道自然的运转,季节的更迭,冬去春来,万象更新。但他固执地决心创造出一个冥冥之中造就奇迹的上帝来。他坚持对这些柳树作出新的解释,由于想象,使他的这些解释产生了持久的美学价值。

亦步亦趋地描摹,绝不是诗人的工作。诗人的工作是奇思异想。在一般的人眼中,诗人像是疯子。试想如李白那样,在月下花间,孤单一人饮酒,他感到寂寞,于是"举杯邀明月,对影成三人"。他把自己的影子,当做了实际的人,又把月亮当做了请来的朋友,于是他有了酒友舞伴:"我歌月徘徊,我舞影零乱,醒时同交欢,醉后各分散"(《月下独酌》),这不是疯子是什么?再如苏轼那样,在一个中秋之夜"欢饮达旦",大醉之后,他把酒问天:"明月几时有?"还问:"天上宫阙,今夕是何年?"他想乘风归去"唯恐琼楼玉宇,高处不胜寒"(《水调歌头》)这不是疯子是什么?辛弃疾词:"我见青山多妩媚,料青山见我亦如是。情与貌,略相似。"(《贺新郎》)他在想象青山也用情人的眼光看自己。他望青山,青山望他,他以为二者情感和形貌是近似的。所以,莎士比亚才把疯子、情人和诗人都叫做"幻想的产儿"。他认为疯子眼中所见的鬼,多过于广大的地狱所能纳,情人能从埃及的黑脸上看见海伦的美貌,诗人的疯狂是和他们一样的。(《仲夏夜之梦》)

疯子、情人、幻想的产儿

诗人总是这样,说着疯人的话,用情人的眼光看世界万物。赫士列特说:"情人和诗人一模一样,把他情妇的卷发比作发光的金发,因为新奇之感和亲切的美感能够使那束头发中的一星半点黄色在想象中呈现出比纯金还要灿烂的光泽。"(《泛论诗歌》)诗人往往把平凡的世界写得很不平凡,他往往大惊小怪地讲着周围在常人看来毫不奇特的事物。他再现世界的方式是十分特别的,在诗人眼里,无情的草木也都有着多愁善感的心肠。"多情只有春庭月,犹为离人照落花":诗人对春天庭院中夜里的月亮的多情,充满了感激之情。因为它体谅离人的哀愁,替他照着落花,使他心有所爱(张泌《寄人》);"庭树不知人去尽,春来还发旧时花":诗人认为庭树未免痴心,春天到了,它不知人已离散,仍然如往年那样多情地开花(岑参《山房春事》);而韦庄的

《台城》:"江雨霏霏江草齐,六朝如梦鸟空啼。无情最是台城柳,依旧烟笼十里堤",同样的现象,在别人那里春天的花开,可以是痴情,而在他这里春天的柳绿,却成了无情。

这都说明,诗人并不像科学家那样如实反映事物的实在面貌,他总在重造。李白的《劳劳亭》:"天下伤心处,劳劳送客亭。春风知别苦,不遣柳条青",在这里,春风也变得十分体恤离人的伤悲,它知道离别的痛苦,有意地不让柳枝发青——这样,就可以"推迟"离别的到来。这里,多情还是无情,都是诗人在借草木风月寄托着自己的情思。诗人无一例外地把对象当成了他自己。

诗人的工作是奇思异想,这结论就是据此而下的。它不重叙述,它反映事物的方式,多数不是直接的,往往是间接的。曲折地取比往往充满着情趣。可以设想,前面所举的那些诗例,要不是想象的催化作用,而只是直说,离别的痛苦,痛苦的离别,其结果只能是索然。"诗的光芒不仅是直射的,而且是反照的光芒;它将事物呈现给我们的时候,在那个事物的四周投下灿烂的光彩;激情的火焰在与想象沟通之后,就如一道闪电一样,显示思想的深处,震撼我们的整个身心。"(赫士列特:《泛论诗歌》)激情是诗的基本元素,但是它的火焰必须与想象沟通之后,才能生发惊人的闪光。

古罗马的斐罗斯屈拉塔斯在一段文字中,肯定了想象在创造中的极其重要的地位:

"那么,你是不是要告诉我,"塞斯帕孙说,"你的菲狄亚斯和伯拉克西特列斯(均希腊雕刻家),是到天上去取来了诸神容貌的模型呢?还是他们在造神中,另有别的领导?"

"是,"阿波洛尼阿斯说,"一个充满着智慧的领导。"

"是什么呢?"他说。"除了模仿以外,你一定不能再有所指了。"

"想象!"阿波洛尼阿斯说,"是想象塑造了这些作品。它比模仿是更为巧妙的一位艺术家。模仿仅能塑造它所看到过的东西,而想象还能塑造它所没有看到过的东西,并把这没有看到过的东西作为现实的标准。"

——《美的诸哲学》

最杰出的艺术本领

谁见过三千丈长的白发呢("白发三千丈")?谁见过席子那么大的北方的雪片呢("燕山雪花大如席")?谁见过会流泪的花呢("感时花溅泪")?谁又见过:

> 要是她飞跑在青苗的顶端,
> 她不会损伤柔嫩的青穗;
> 要是她掠过汹涌的海面,
> 海水不会弄湿她飞驰的脚底。
> ——维吉尔:《伊尼丝》

这一神妙的情景呢?没有人听你像读历史一样把诗人的话信以为真,但的确,你能从这些"假"的话中,悟出更大程度的真来。想象不仅能够以"假"乱真,而且能够弄"假"成真,以"假"胜真。因此,美学家才说:"最杰出的艺术本领就是想象。"(黑格尔:《美学》)

诗的创造离不开想象,首先是由于想象能够比直接描写更神妙地揭示事物的质。它能借助于多方面的,甚至是奇特而独到的方式,揭示生活实际中那些隐秘的、不易为人发现的潜在的美感。诗人和平常人不同的地方,就是他不仅具有一般人的一双眼睛,而且还有一般人所不曾有的一双想象的眼睛。别人看见漫天的大雪,充其量不过是纷纷扬扬的大雪而已,而诗人不同,他从雪景中看到了春天的繁盛的梨花——"千树万树梨花开"。(岑参:《白雪歌送武判官归京》)别人看见一位美丽而显得哀愁的女人,充其量不过是诸如此类的美丽的女人而已,而诗人不同,他从这女人的形体神态之中,也看到了雨中的梨花——"梨花一枝春带雨"。(白居易《长恨歌》)

把飞雪仅仅写成飞雪,这雪景的美妙揭示不出来。把这雪景写成了不是雪景,而是春天里一夜春风,次日起早一看,千树万树"梨花"一下子全开放了。这雪的大,雪的白,雪的美丽,不是借一奇想,得到了更为美妙的传达吗?那个女人,即杨玉环,她在马嵬坡中被杀死之后,唐明皇日思夜愁,此恨绵绵。而杨贵妃,也想念着唐明皇。明皇派人找她,她感慨流泪。"梨花一枝春带雨",一个想象,写尽了她悲哀的美丽。

想象能够使人看见平时看不见的世界的美,事物的美,精神的美。"它再现我们参与其间耳闻目见的平凡的宇宙;它替我们内心视觉扫除那层凡胎俗眼的薄膜,使我们窥见我们人生中的神奇。它强迫我们去感觉我们所知觉的东西,去想我们所认识的东西。当习以为常的印象不断重现,破坏了我们对宇宙的观感之后,诗就重新创造一个宇宙。"(雪莱:《为诗辩护》)所以,想象就是一种开掘,一种拓荒,一种扫描,一种雷达的搜寻。它无孔不钻,它无所不在。它是一个探索宇宙珍宝的默默工作的劳动者。雨果说:"想象就是深度"。(《莎士比亚论》)想象把人的意识从知觉世界,移到幻想世界中来。这个幻想世界当然不是脱离现实的虚幻的天地,它不过是排除了偶然的和表层的东西,使之暴露出内在的律动的世界。

想象即深度

只有想象才能创造奇迹。也只有想象,才能最完善、最无保留地把那事物的美感昭示于人。叙述达不到的地方,描写达不到的地方,形容和比喻达不到的地方,想象依靠它的"隐身术"能摄取了那事物的千奇百怪的精魄来。只有想象能够排除万重梗阻到达事物的真美的彼岸。想象是无所不在的：

> 大粒的星星一颗颗亮了
> 银河边，一堆篝火在燃烧！
> ——李瑛:《笛声》

谁见过银河边烧起了篝火？也许只有诗人。别人只能看到繁星在天,诗人却在银河边看到人间的篝火。诗人比别人更精到、更有深度,因为诗人手中有想象这样神奇的法术。想象让诗人看到了数万、数十万光年以外的世界,甚至只有想象中存在的世界。这里有一匹普通的夏布,是一位友人送给诗人李贺的,他感于友情的深重,写诗记之——这匹布,织进了江雨过后的晴碧的天宇,以及空中吹着的六月的薰风;这匹布,是一个老神仙捧出洞来的,是由千年石床上的鬼工织成的,这个织品的精致绝伦可以令人感动得啼泪！天气热了,洞中的毒蛇也耐不住那洞中的湿热,水中的鱼儿也受不了那滚沸的江水的酷热,这时,出现了友人赠送的夏布：

> 欲剪湘中一尺天,吴娥莫道吴刀涩
> ——《罗浮山人与葛篇》

这匹人间的葛布,在诗人的想象中,一霎时飘上了天空,变成了湘水上空的一尺天宇。这时,诗人呼唤那些江南的姑娘们用吴地的剪刀去剪下这幅美妙的天色——李贺在这里,把人间的葛布想象为清丽的天空,是天上剪下来的"一尺天"。

杜甫也有类似的想象,他看到一幅山水画中,那水竟像是活泼泼的吴淞之水:"焉得并州快剪刀,剪取吴淞半江水"（《戏题画山水图》）。这次他是拿着剪刀去剪江水,而不是去剪天空。"独创性的一个最好的标志,就在于选择题材之后,能把它加以充分的发挥,从而使得大家承认压根儿想不到会在这个题材里发现

那么多的东西。"(歌德)

仅仅这一点显然是不够的。难道文学的其他品种不也如此?但必须承认,想象在其他品种中,并没有得到诗这样的强调。想象在诗歌创造中具有的特殊地位不容怀疑。

诗人往往大惊小怪地渲染他的所闻、所见、所感、所思,他总要作惊人之语:"语不惊人死不休。"这就是诗人的"偏执"。一位诗人走在一座曾经激战的城市,他从泥土中拾起一片瓦砾,"像看见满城烈火,仍在燃烧";夜晚,他走在这座城市的江边,"月下翻卷着血的波涛";他想起国土曾被宰割,"像被切走一块蛋糕";他想起人民曾被屠杀,敌人"用我们婴儿的褟褓擦亮了刺刀"(李瑛:《战斗的城》)他借助想象,在那些众所周知的事物上面,射出反照的光。结果,由于这些惊人之语,把国土被侵占,人民受凌辱的情景在人们的心目中,得到了最深刻的渲染。他之所以要这样做,目的是为了使自己对这现象不再漠然,使别人对这现象感到心惊。

"想象跟幻象一样也具有加重、联合、唤起和合并的能力"。(华兹华斯:《抒情歌谣集》1815年版序言)其结果当然是对于实际的"加重",亦即我们所谓的强化那对象。诗人把春风催发的柳芽和剪刀的工作联系了起来,其效果是强化了柳芽的萌发。李贺歌唱箜篌声音之美,他用一切办法来替代那声音:"昆山玉碎凤凰叫,芙蓉泣露香兰笑。"箜篌的清脆如玉石之碎,和缓如凤凰之鸣,惨淡如芙蓉之泣,冶丽如香兰之笑。他把这一切合并起来,联合起来,其结果当然是一种"加重"。

想象的目的在于惊人。一切的办法都可能是平淡,只有这种想象的笔墨能够医治平淡,消弭平淡。正是因此,李白才说:"我寄愁心与明月,随君直到夜郎西",明知不可为而言之,正是表现最真挚的情感的需要。这是想象在诗中的最重大最神圣的使命。郭沫若一九二〇年写《炉中煤》自称这是"眷念祖国的情绪",他把自己的爱国热情想象为炉中煤的燃烧:"我为我心爱的人儿,燃烧到了这般模样",想象夸大地但又是传神地抒发了他的真情。想象在表面上似乎在写不存在的事情,而且仿佛在叙说不可能实现的意愿,然而,它却神奇地创造出千倍万倍的精神魅力。当拜伦在那里宣告:

> 如有可能,我一定向顽石说清,
> 要它们起来反抗世上的暴君。
> ——《唐璜》

拜伦在借助想象刮起了一阵情感的风暴。想象能够从单纯创造丰富,能够在虚幻中实现。"确实,高超的人或者感情丰富的人努力顺应生命的法则,抑郁的想象使他获得片刻的幸福,因为它使他们想到无垠"。(达尔夫人《论文学》)

"想象力,这个各种官能的皇后,是何等的神秘!"这是波德莱尔在想象力面前发出的惊叹。他认为想象力,"它与一切官能有关,激动它们,驱使它们作战。始终与它们形同貌似,几乎难分彼此,但又始终还是它自己。没有受到想象力鼓动的人们,不难一望而知是仿佛受到一种奇怪的诅咒,使他们的作品萎谢凋残.就像《旧福音书》里的无花果树样。"(《一八五九年的沙龙》)

变无为有的奇妙思维

《文赋》说,"课虚无以责有,叩寂寞以求音"。想象真是一种奇妙的思维,它能变无为有,它能化平凡为神奇,它能把地上的生活搬到天国中去。"诗人的眼睛在神奇的狂欢的一转中,便能从天上看到地下,从地下看到天上。想象会把不知名的事物用一种形式呈现出来,诗人的笔再使它们具有如实的形象,空虚的无物也会有了居处和名字。"(莎士比亚:《仲夏夜之梦》)何其芳在《欢乐》一诗中问过:"欢乐是什么颜色? 欢乐是什么声音?"想象使他从白鸽的羽翅,鹦鹉的红嘴,一支芦笛,以及"从簌簌的松声到潺潺的流水",不仅看到了欢乐的色彩,而且听到了欢乐的音响,"欢乐"在诗人的眼中具形化了——

> 是不是可握住的,如温情的手?
> 可看见的,如亮着爱怜的眼光?
> 会不会使心灵微微地颤抖,
> 或者静静地流泪,如同悲伤。

几乎每个诗人都有这样的本领,他会把"虚无"变有物,从"寂寞"中听出喧腾的声音。和何其芳的"欢乐"一样,戴望舒写《我的记忆》,他把抽象的记忆变成了一系列可以把握的对象——

> 它生存在燃着的烟卷上,
> 它生存在绘着百花的笔杆上,
> 它生存在喝了一半的酒瓶上,
> 在撕碎的往日的诗稿上,
> 在压干的花片上,

他让"空虚的无物",从此有了"居处和名字"。同样,由于想象,他可以把实在的人想象成另一个东西,把人空灵化了,这是想象的魔力。同一作者写过著名的《雨巷》,有一个撑着油纸伞,独自彷徨在悠长而又寂寞的雨巷的姑娘,诗人把她想象成丁香——

> 她是有丁香一样的颜色,
> 丁香一样的芬芳,
> 丁香一样的忧愁,
> 在雨中哀怨,
> 哀怨又彷徨;

诗人在创作的时候,沉浸在如醉如痴的想象中。他不仅会把欢乐看成是从簌簌的松声到潺潺的流水,他可以把一个姑娘看成丁香花。他在幻想的世界中,尽情地遨游,他甚至会把一丛灌木想象成一头熊,他在树丛和草地上沉思。甚至会像福楼拜说过的那样:"我恨不得变成母牛,好去吃草","自然要吃我的!万一我在草地上躺久了,我相信我会觉得我的身子长出树来"。

诗人会在一朵野花里看到春天的世界,会在一滴水中看到无边的天宇的晶光。"风的呼啸是我的妻子,窗外的明星是我的儿女",济慈说过,"我日甚一日地想到我不只是生存在现有的世界中,而是同时生存在一千个世界里"。(《一八一九年十月二十四日致乔治·济慈》)

"寂然凝虑,思接千载;悄然动容,视通万里",刘勰认为这是神思,我们把这叫做想象。由于想象,诗人可以"吟咏之间,吐纳珠玉之声;眉睫之前,卷舒风云之色"。然而,诗人是在凭空创造么?不是的,幻想和想象的能力不但为善于胡思乱想的诗人所拥有,诗人没有也不可能垄断想象。雨果认为想象是一种促使自我深化和深入对象的精神,"这是伟大的潜水者","科学到了最后阶段,便遇上了想象。在圆锥曲线中、在对数中、在微分法和积分法中、在或然率计算中、在微积分的计算中、在有声波的计算中、在运用江河学的代数中,想象都是计算的系数,于是数学也成为了诗。对于思想呆板的科学家的科学,我是不大相信的。"(《莎士比亚论》)

想象并不神秘。要是说,科学家和诗人有什么不同,那便是,科学家在生活所提供的条件上进行想象,他创造出了世界上没有的东西,而诗人的使命却是在想象中虚构一切。诗人没有,也不能给世界增添什么,他没有创造世界。但是上帝给教徒们带来了虚幻的天国,诗人却给人们带来了美的洪荒。从这个意义说,上帝和诗人都是创造者。

想象:重造世界的工程

那么,想象究竟是什么?想象是一种实实在在的思维。一种人类意识对于存在的特殊的认识活动。诗人按照人间的情景来创造天国,正如画师总是按照人的样子来想象形形色色的鬼怪。生活激发诗人的情怀,诗人之所以需要想象,是为了把生活表现得"不像"生活。想象这一思维活动的特点,是既与生活认同,又与生活求异,求其似与不似之间的境界。

诗把现实作为可能性加以创造性的再现。所谓"现实的可能性",并不是指凡是想象,都必须是真的。想象总是一种客观存在以外的创造,较之实事,它是虚情。正因为它具有了现实所不曾具有的样子,它引起了人们的兴味,人们于是欣赏它。

拜伦讲,他要向顽石说清,要它们去反抗世上的暴君。顽石点头,便是神话。诗人要跟顽石讲清道理,而且竟然要它们去进行人世的斗争,这更是诗人的"梦呓"。但拜伦所表述的信念是极其真实的,想象给以这种真实的信念增添了力量,诗人渴念反抗暴虐的愿望是如此强烈、以至于要让最无情最无知觉的顽石行动起来。人们不会嘲笑诗人的这种天真。但是想象必须符合人的思想情感的发展可能性。华兹华斯说,"想象力……它是一个更加重要的字眼,意味着心灵在那些外在事物上的活动,以及被某些特定的规律所制约的创作过程或写作过程。""人的头脑中由于受到某些本来明显存在的特性的激发,就使这些形象具有它们本来没有的一些特性。这就使对象作为一个新的存在,反作用于执行这个程序的头脑。"(《抒情歌谣集》1815年版序言)由于某种特性的激发,使对象具有了它本来没有的特征,而这额外的特征必须是与对象有某种联系,或者就是从对象具有的特性中抽出的。

只有既从对象中看出相似,又看出不似的想象,才能称之为创造。"想描写他的梦境的人,他自己就要格外清醒。"(瓦雷里)清醒地描写梦境,这就是要充分地估计想象的现实可能性。大兴安岭有一种云杉,俗称鱼鳞松,有一首诗这样写它:

> 也许你是汤旺河大鱼,
> 也许你是黑龙江的巨龙!
>
> 忽有一夕,雷鸣电击,天摇地动,
> 跃上山来,化作乔木,翘首云中。
> 不然你哪来满身的鳞甲?
> 不然你哪来海般的青葱?

把云杉想象成汤旺河的大鱼或是黑龙江的巨龙,把不动的植物的树想象为江河里邀游跃动的鱼龙,这种大胆是由于存在着现实的可能性。因为这种树木满身鳞甲,而且色泽青葱,江里的巨龙在一个雷鸣电击的夜里,跃上山来,化为乔木,能写出云杉的神气风采。要是说云杉就是云杉,那就等于什么都没有发生。要是看到了云杉,你感受到这种大自然造就的美感,你便想尽办法来传达这种美感,借以使人如同亲历,甚至更甚于亲历。于是你就要从云杉这一对象本身"的确具有的一些特征"中创造出一系列想象的程序来。这一系列的程序,再现了、改造了现实中的鱼鳞松,使之变为了另一些对象,但是人们从这另一些对象中,确切地把握了诗人所要吟咏的那一对象的事实。

黑格尔认为:人们之所以借助隐喻或想象以反映现实,其主要动机是"为着避免平凡,尽是在貌似不伦不类的事物之中找出相关联的特征,从而把相隔最远的东西出人意外地结合在一起"。(《诗学》第二卷)当诗人把遍身鳞甲的云杉和黑龙江飞跃的巨龙结合在一起的时候,它创造了一个世界。

想象是生活的"变形"。它也许是夸张,也许是扭曲,也许是替换,也许是综合,但不论怎么说,它总是一种改造。经过想象改造的事物,已经是一种新的事物。艾青写过《鱼化石》,是一尾想象中的鱼的生命,它附着了经历重大事变之后诗人新生命的因素。

  黑格尔认为想象是创造的。想象的超技,使得人们在习以为常的现象之中,看出它的不平常来。想象创造了新奇之感,它在熟悉之中造出了陌生。艾青的"光",使我们在"没有重量而色如黄金"中惊叹诗人的发现,从"诞生于撞击和磨擦"中,钦佩诗人含蓄地表述自己丰富阅历的想象力。想象力会把最普通的现象,涂抹得千奇百怪,这里又有一首歌唱光的诗,它是非常富有想象力的,也是非常新鲜的。

    它温暖我的骨头,
    石头说。

    我吸收它到身子里就生长,
    树木说,
    上面的叶子说,
    下面的根子说。

    一大片模糊的白光
    把我从夜里引出来,
    飞蛾说。

    我闻到什么气味,
    我听到什么声响,
    我看到什么东西摇摇晃晃,
    鹿说。

一座高塔
　　在一片广阔的平原上
　　　　——盖瑞·司纳德:《光的效用》

这里,由于一系列崭新的想象,使得原来普通的光也发出了奇光异彩。艾青的光,还只是有着特殊遭遇的中国人的感觉,而这首《光的效用》不同,它是在人想象到石头、树、飞蛾以及山间的鹿感受到光时的感觉。它多侧面地发掘了光的奇妙。它进行了崭新的创造,而工具则是想象力。

所谓想象,其实就是以客观存在为出发点,求得对它的另一种说明,这种说明必须不背离那实际的可能,同时又的确是奇特的创造。不背离,即认同;是创造,即求异。草原上有一条普普通通的人工开掘的小河,许多人看到它,并不引起什么新奇之感,但是诗人用迷恋的眼光看它,在它身上通过想象,"改造"了——也就是再创造了这条普通的小河:

　　　　草原牧女又多了一面镜子,
　　　　马场小伙子又多了一条带子,
　　　　乳厂师傅又多了一根弦子,
　　　　亮晶晶光闪闪的小河水。

显然,是小河水的"亮晶晶""光闪闪"启发了想象力。他由它的明亮清澈,想到了草原牧女用的梳妆镜子;他由它的蜿蜒多姿想到马场小伙的腰带;他由它的潺潺水声想到了乳厂师傅的琴弦,在这里,想象力把小河水再创造为几乎与之不相干的三件事物。但这三件事物联合(合并)起来,有力地说明草原上这条无名的小河。诗人的头脑,正如华兹华斯说的,"受到了明显存在的特性的激发,就使这些形象具有它们本来没有的特性"。它把额外的一些特性加诸于对象,即镜子、带子、弦子的特性;它或者从对象中抽出它的确具有的一些特性:即小河的明亮,软款,音响叮咚。这样它就造成一个"新的存在"。这就是想象的程序。

想象应该大胆新鲜,但也不是完全无迹可寻。寒冷可以让人皮肤麻痛,仿佛是火烧一般的火辣辣的感觉,诗人于是再推进一步,判断为"严寒像火一样燃烧"。

华兹华斯在论述诗人的想象时说过,鹦鹉可以用嘴或爪子把自己挂在笼子的铁丝上,猴子也有这个本事,它也可以用爪子或尾巴把自己悬在空中,羊却不可能这样做。但是在维吉尔的《牧歌》中,这位诗人写牧羊人想到他将和他的田庄告别时,对他的羊群说:

> 今后我见不到你,绿油油的,
> 悬挂在长满树木的岩前,
> 离开那岩石很远很远。

莎士比亚也有这样的形象,在《李尔王》中,他写道:

> ——在那半山腰上
> 悬挂着一个采茴香的人。

在这些例子中,不论羊群和采茴香的人,都没有像鹦鹉、猴子那样真正悬挂着。"由于感官面前出现这种模样的东西,心灵在自己活动中,为了满足自己,就认为它们是悬挂着的。"(渥兹华斯:《抒情歌谣集》1815年版序言)弥尔顿的《失乐园》也有这样的诗句:

> 好像遥远的海上出现的一支舰队
> 悬挂在云端,借助赤道的风……

现代诗人也有"悬挂"的例子,聂鲁达写《逃亡者》,从海洋逃到山间:

> 山上活跃地辉耀着,
> 悬挂在那儿的房屋,

那是洪尔巴莱索的脉搏——

起先,是在人们的感官中出现了羊群、采茴香的人,和舰队被"悬挂"起来的感觉。人们为了满足自己心灵活动中的需要,宁愿把它们看做是"悬挂"在云端在山中,在海上。诗人认为,"在这里悬挂这个字眼表现了想象力的全部力量"。诗人把不可能的情状,想象成了现实。但是,"悬挂"却比如实的描写更接近于现实。谁能想象李白的诗句"客从长安来,还归长安去。狂风吹我心,西挂咸阳树"是可能的呢?因为朋友的远离,诗人的心情狂乱,于是刮起了心灵的狂风,这阵狂风把他的心也吹走了。这本也奇特,更为奇特的是,这颗心却吹到朋友要去的方向的树上,在那里悬挂着,迎迓朋友的远道而来。李白抓住了那对友人感情的实质,就绝不放松,为所欲为地进行想象力的飞腾。

一旦把握住对象的实质(全部特征或一部分特征)想象就是无可约束的,它有着极其广阔的天地。许多诗人给我们提供的经验是,一旦把握住实质,就可以把对象推向极端。可以无限地夸大,也可以无限地缩小,可以变无形为有形,可以变实在为虚幻,概括起来说,就是可以无所约束地推向极端。在旧社会的阴暗中,诗人感到人民处于"生命的零度",他可以极大夸张地哀叹:"这年头,什么都冰冷,发热的只有枪筒子!"(臧克家《发热的只有枪筒子》)谁也不会把诗人想象化的语言当做现实的实际描摹,他只能惊叹于诗人那么准确、那么精到地揭示了黑暗中国的最根本的特点。

灵感篇

诗神的"迷狂"

现代人当然不会相信诗人是神的代言人,当然不会认为诗人的那些动人的词句,是由神凭附着来昭示于人的。但是,古希腊的柏拉图确曾断言:存在着一种由诗神凭附而来的"迷狂"——"它凭附到一个温柔贞洁的心灵,感发它,引它到兴高采烈神飞色舞的境界,流露于各种诗歌……"柏拉图说:"若是没有这种诗神的迷狂,无论谁去敲诗歌的门,他和他的作品都永远站在诗歌的门外,尽管他妄想单凭诗的艺术就可以成为一个诗人。"(《文艺对话录》,《斐德若篇》)在诗创作中,的确存在着"感兴"诗人而令他"兴高采烈神飞色舞"的因素,但并不是由于神的力量。

中国古代的哲人,也描绘过诗歌创作始起的这种"迷狂"状态。《毛诗序》讲:"诗者,志之所之也。在心为志,发言为诗。情动于中而形于言。言之不足,故嗟叹之;嗟叹之不足,故永歌之;永歌之不足,不知手之舞之,足之蹈之也。"诗人表达自己的意愿达到忘情的、不知不觉地手舞足蹈(也就是柏拉图所说的"兴高采烈神飞色舞")的地步,这当然是一种"迷狂"。但中国古代的理论家并不认为这是冥冥之中的神的凭附,而只是诗人心志感奋使然的。不仅《毛诗序》这样说,我国最早的乐论《乐记》也这样认为:"凡音之起,由人心生也。人心之动,物使之然也。……

乐者,音之所由生也,其本在人心之感于物也。"这就把音乐的(也是诗的)产生的根由,归源于人心之感于外具的物。

诗化为观念的东西,"不外是移入人的头脑并在人们头脑中改造过的物质的东西而已"。(《资本论》第一卷第二版跋》)既然诗是一种意识,那就只能是某种存在的被意识;即便是一种歪曲的意识,那也是存在的被歪曲的意识。拜伦说:"即他是最缥缈的空中楼阁,必须有事实做基础,至于纯粹的杜撰,那只是骗子的伎俩而已。"

> 树枝想去撕裂天空,
> 但却只戳了几个微小的窟窿,
> 它透出了天外的光亮,
> 人们把它叫做月亮和星星。

这是顾城的《星月的来由》。当年写这首诗的小诗人以为天空如同一张幕布是可以撕裂的。树枝想撕裂它而没有成功,只戳了几个窟窿。而月亮和星星并不是存在,它只是由于那戳破的窟窿透射出来的大小亮点而已。这是一首充满天真的奇想的诗。但它是由"存在"来启迪,而无须冥冥之神的昭示。即使一些相当抽象的诗,我们也不难探寻它的初源。例如有首《路上的月亮》(芒克):诗人在路上看到了月亮,月亮让他幻想,路上很安静,他也许碰上一只猫,他认为猫"也许比人还可靠",但他又进一步确认"没有比做人更值得骄傲",后来他说——

> 生活真是这样美好,
> 睡觉!

静夜的月色,使他从一九七三年当时的痛苦心情中清醒过来;但生活的实际并不如月色这样美好,现实仍然是痛苦的。于是出现了感到"美好"之后的自暴自弃的"睡觉!"。这首诗似乎远离现实,但毕竟是那现实所决定的情绪的折射。

在那些看似"荒唐"的诗中,我们依然可以寻觅到那并不荒唐的现实的根据。这里是《涕泪纵横的旋律》(赵恺)的诗句。

> 高唱着《义勇军进行曲》,
> 天安门前前进着一个新中国。
> 可是,在猎猎翻卷着的国旗旁边,
> 倒下了我们国歌的作者;
> 耳边是一首没有歌词的国歌,
> 手中是一只没有骨灰的骨灰盒。

诗情的萌发不是无缘无故的。像这样的涕泪纵横的旋律,正是悲愤之心发出的悲愤之情所郁结。"人心之动,物使之然也",这物,便是人世间生长着、变革着的包罗万象的事物。

诗人为诗,总在情感激动中提笔。没有这种激动,也就不会产生诗的想象和形象。这种现象,未始不可用柏拉图所谓的"迷狂"来形容。写诗是不能缺少近于癫狂的状态的,但这只是生活的赐予。

人的感受体验纷陈万状的生活实际,仰观俯察,遇物触景,诗情油然而兴,这是自然的。读未央的《驰过燃烧的村庄》,迎面扑来的是战争的热浪:硝烟、废墟、燃烧着的孩子,冒着炮火疾驰的战马。毫无疑问,这是产生于战争生活的情感的狂涛。离开了战争生活的了解与感受,这诗中火团一般燃烧的愤怒就不会产生。"作为诗人,我所要做的事不过是用艺术方式把这些观照和印象融会贯通起来,加以润色,然后用生动的描绘把它们提供给听众或观众,使他们接受的印象和我自己原先所接受的相同。"歌德把诗的感兴和再现的关系说得十分朴素。动人的诗是动人的世界的抒情化的艺术创造。诗人不是神的代言人。所以,海涅才说:

> 诗歌的原料和素材,

　　　　绝不能从指头上吮吸,
　　　　任何神不能从无创造世界,
　　　　尘世的诗人也是如此。
　　　　——《创世歌》

真正的天才

　　中国儒家重诗教,孔子要他的弟子学诗,理由之一,即学诗可以增长知识,"多识于鸟兽草木之名"。把这论点还原过来,恰好证实,诗是向现实学习的产物。有成就的诗人,都没有把自己看做超凡入圣,而都承认自己是经验的儿子。歌德说:"依靠经验,对我就是一切;臆想捏造不是我的事!我始终认为,现实比我的天才更高于天才。"的确,尽管我们无法阻止人们去杜撰,但最高明的杜撰,也只能创造虚假。像"白菜下边学文化,萝卜里面有人家"一类的"跃进诗",某一时期的确风靡得很,但终究留不下来。

　　在历代诗歌中,这样例子并不乏见。闻捷的《草原婚礼》中便有精彩的笔墨:

　　　　叶尔纳带上了松石耳坠,
　　　　那镶嵌玛瑙的镯子套在腕上,
　　　　她弹去了胸前落下的脂粉,
　　　　又对着镜子仔细打量。

　　　　这时苏丽亚姗姗走来,
　　　　灯光给她的盛装涂上金光。
　　　　她微笑着托起那堇色的纱巾,
　　　　轻轻盖在叶尔纳的脸上。

这细节,这情调,关在房中的"合理想象"将无能为力。

经验对于我们,是无止境的追求;经验对于我们,从来都是"不足"。济慈说过:"诗的成熟不能依靠法则和公式,只能依靠感受和敏感本身。有创造性的东西必须创造它自己,写《安狄米恩》的时候,我纵身跳下海去,因此我对大海的深浅,海中的流沙和礁石的熟悉的程度,就远比停留在海岸上,吹着一支笨拙的口笛,喝着清茶,倾听着铭心的意见要深刻多了。"(《致赫赛》)为了写海,而跳到海里去,只要有这样的条件,实行一下对创作绝无坏处。

强调经验对于诗的绝对必要,并不否认如下的情形:有生活的人,不一定有诗;体验丰富的人,也不一定就能成为诗人。诗的成败得失,除了经验或体验的因素(这很重要),也还有其他的因素(这并非不重要),例如想象力的因素和其他的因素。但这里,强调的仍是经验对于诗的绝对必要。试想:"细雨鱼儿出,微风燕子斜"(杜甫:《水槛遗心》)有什么秘密? 要有,就是它写出了微妙的实景。不是豪雨,是细雨,人们看见鱼儿跃出了水面;不是暴风,是微风,燕子才惬意地剪着她美丽的尾翅。杜甫是大诗人,他遵循了规律,他写出了不朽的诗句。

值得探讨的是,有不少并非没有生活、而且也并非生活得不认真的人,却不能表现他们所热爱的生活。最为普泛的状况是,人们在生活中,并不真知生活的实际样子,所谓的"不识庐山真面目,只缘身在此山中"。他身在庐山,只看到树术、飞流、云雾的一般的山,而不是特定的庐山。正如有人来到海港,只见浪花、帆影、汽笛;即那些所有的海港都能看到的景物,但看不到这一海港特有的景致。他看到的只是一般,而不是个别。过去,我们的创作流弊甚深,写节日,只知鲜花红旗;写前进,总是号角东风,这是积习。

独创性:独有的方式

艺术的任务在于刻画个别,以个别概括一般。梅里美十分欣赏普希金的诗,认为他的诗"好像自然而然从冷静的散文里面瑰丽地开出花来"。奇迹就发生在普希金能"按自己的方式讲述普通的事物"上,梅里美认为"这种独创地讲述众所周知的事物的本领正是诗歌的本质。正是理想与现实在里面达到和谐的那诗歌的本质。"(引自屠格涅夫《关于普希金》)讲的是众所周知的事物,而又能独创地讲它,乃是诗的本质,这是很精辟的见解。举例说,人们对寒冷的感受是众所周知的,但唯有独创性地写出这普遍的感受时,才算是一种创造。"轮台九月风夜吼,一川碎石大如斗,随风满地石乱走",这是轮台特有的狂风;"半夜军行戈相拨,风头如刀面如割。马毛带雪汗气蒸,五花连钱旋化冰,幕中草檄砚水凝",这是边塞军旅特有的酷寒;"火山突兀赤亭口,火山五月火云厚。火云满山凝未开,飞鸟千里不敢来",这是沙漠特有的奇热。岑参的诗句以无可代替的独创而代替了一般化的描绘。

千姿百态的人类社会场景,千变万化的自然现象,内容不同,情景有异,诗总要写它们的独特之处,而不应把个别写成了一般。以一九七六年这一题目为例,它在一般人的心目中具有共同的特性,但成功的诗人却能以各不相同的方式表现这共同的对象:

> 我不相信
> 一九七六年的日历,
> 会埋着个这样苍白的日子;
> 我不相信
> 死亡竟敢和他的生命,

连在一起……

这是《一月的哀思》,李瑛用坚定的"我不相信"试图否定这个无可挽回的事实,用以表达深切的悲哀,这是独特的。

> 惊心动魄的一九七六年,
> 新中国经受了最严峻的考验。
> 新年中刚刚撕下了几页日历,
> 竟撕裂了八亿人民的肝胆。

这是光未然的《伟大的人民勤务员》。有趣的是,两位诗人不仅写的是同一题材,而且都以一九七六年的日历为全诗的发端,但是他们表达哀感的方式却是这样的不同:李瑛没有"撕"日历,他只是"发现"日历中"埋"着个如此苍白的日子;光未然不在意于"发现",他要"撕"这页日历,但却"撕"裂了人民的肝胆。两首诗,都因各自的个别性而富有生命力。

罗丹说过:"一知半解的人见解错误,是因为他们认为世间只有一种素描,拉斐尔的素描。或者不如说,他们赞美的,还不是拉斐尔自己的素描,而是他的模仿者的素描,大卫和安格尔的……素描,实在说来,世界上有多少艺术家,就有多少种素描和色彩。"(《罗丹艺术论》)的确,实在说来,世界上有多少诗人,就有多少构成形象和抒发感情的方式。千千万万种的欢乐,千千万万种的悲哀,而不会只有千篇一律的"欣喜若狂",千篇一律的"肃立悲泣"。

写诗的人总希望自己的诗句能打动人,但往往把注意力放在妙语丽句的铸造上,而思苦言艰的,往往适得其反。他们不知道依靠生活自身的逻辑,就能征服人们的感情。这就是所谓"古今胜语,多非补假,皆由直寻"。(钟嵘:《诗品序》)白居易有一首送别的诗:"蒲池村里匆匆别,沣水桥边兀兀回。行到城门残酒醒,万重离恨一时来。"(《醉后却寄元九》)饯别友人,半醒半醉之中似乎少了别愁，人离去了，自己带醉返行，渐行渐醒，这才滋起万种离情。他把这离恨写得多么真切诚挚。这是白居易独有的方式，却表达了众人共有的感情。张籍有一首给友人写信的诗："洛阳城里见秋风，欲作家书意万重。复恐匆匆说不尽，行人临发又开封。"（《秋思》）古时邮件是差人送的，送信人要走了，匆匆又拆开来，看看该说的话都说了没有。绵绵此心，万种情思，揭示得多么贴切自然。可以说，它独创性地揭示了人们共有的"秋思"。

《歌德谈话录》中有一段记载说，歌德认为即兴演唱家沃尔夫"有明显的才能，但是患着现时代的通病，即主观的毛病"，歌德企图帮助他，便出了道题目考验他。这题目是，歌德要求沃尔夫描绘一下他回汉堡的行程，沃尔夫立即信口唱出一段音调和谐的诗。歌德为之惊讶，但并不满意。歌德告诉爱克曼："他描绘的不是回到汉堡的行程，而只是回到父母亲友身边的情绪。他的诗用来描绘回到汉堡和用来描回到梅泽堡和耶拿都是一样。可是汉堡是多么值得注意的个奇妙的城市呵！如果他懂得或敢于正确地抓住题目，汉堡这个丰富的领域会提供多少好的机会来作出细致的描绘啊！"这种"时代病"和"主观病"，不幸在我们的诗创作中，也普遍地存在——虽不是所有的人，却也是相当多的人。

我们往往满足于以普遍的"感受"来替代"返回汉堡"的具体的、独有的感受。歌德的忠告并未过时。让我们切实地记住：要是我们抓不住汉堡的特点，我们不写；要是我们写了，我们便要写出自己感到的、别人不能代替的感受。汉堡有自己的丰富，尽管柏林或是德国其他地方也有它的丰富，但却代替不了汉堡的丰富。

蜜蜂酿蜜的启示

　　李贺在唐代诗人中,是一位公认的天才。他只活了二十多岁,写的诗也不算多。但是,以他短暂的生命,不多的诗作,而能于艺术风格上在李白、杜甫、白居易等大诗人面前卓然自立,除了不可否认的天赋,主要的也还是他的勤奋。据李商隐介绍,李贺"恒从小奚奴,骑距驴,背一古破锦囊,遇有所得,即书投囊中。及暮归,太夫人使婢受囊出之,见所书多,辄曰:'是儿要当呕出心乃已尔!'上灯,与食,长吉从婢取书,研墨叠纸足成之,投他囊中。"(《李长吉小传》)这位被叫做"诗怪"和"诗鬼"的李贺,不满于他那窄狭的生活,他觉得在那里,诗源终究要枯竭,于是寻求更为广阔的诗的养料"补给"。他以要呕出心来的勤奋和坚毅,去开掘并积累诗的素材。这让我们想起蜜蜂的勤奋来。

　　蜜蜂确是一种奇异的昆虫,他们的勤奋、毅力和创造精神,不仅启示着人类的生活和奋斗,而且也启示着诗的创造。据说,一只蜜蜂要酿造一公斤蜂蜜,必须在一百万朵花上采集原料。假若蜜蜂采蜜的花丛与蜂房的距离平均为一公里,那么,她采一公斤蜜,就得飞行四十五万公里。这个数字,相当绕地球赤道飞行十一圈。一只工蜂的寿命只有六个月,在它辛苦而短暂的一生中,飞行万里,尝遍百花,采集其间最香最甜的花的精华,驮回来,贮存起来,然后酿造。蜜蜂造出的花蜜,保持了花的香气和甜味——橙花蜜、枣花蜜、椴花蜜、荔枝蜜——而消了花的外形。这一切,和诗人的劳绩有多么相似!

　　诗人的积累,犹如蜜蜂的采花;诗人的创造,犹如蜜蜂的酿蜜。把培根关于哲学方面的比喻,用在诗的创造中,也是很恰当的:对生活不能消化,拘于现象的盲目堆积,是蚂蚁的方式;缺乏现实的根据,一味的"合理想象",空中织网,是蜘蛛的方式;唯有蜜蜂,她既有飞行数十万里,采集数以百万计的花朵的辛勤积累,又有独创性的重新酿制改造的功夫。"它们从花园和田野里面的花采集材料,但是用它自己的一种力量来改变和消化这种材料",这是真正的哲学家,真正的创造者,也是真正的诗人。

艺术创造从来都是艰苦的,只有勤奋和坚毅的攀登者,才能领略登上创造的山头的美好风光。画家作画也如诗人作诗,离开了勤奋的天赋,是什么都不会发生的。齐白石给自己刻了一方图章,叫"天道酬勤",这是这位老人的座右铭。李可染叙述说,他是在齐白石八十七岁到九十七岁这十年间学艺于他的。在八十多岁时,这位老人每天早上至少要画八张画,九十多岁高龄每天要画四五张画。临死前两天,还画了两张画。齐白石的另一方图章,叫"痴思长绳系日",意指作画勤奋,为了不让时光流逝,想用绳子把太阳捆住。吴冠中画画,一坐十几个小时,一天只吃两个干烧饼;盖叫天连坐坐茶馆时都在练"伸盘拔骨"的基本功。

"实者慧",艺术创造来不得半点虚假。在文学的各个品种创造中,写诗被许多人认为是容易的事。这是误会。据传李白有一首戏赠杜甫的小诗:"饭颗山前逢杜甫,头戴笠子日卓午。借问因何太瘦生?总是从来作诗苦。"这是李白眼中看到的因为作诗而显得形容憔悴的天才诗人杜甫的形象。作诗自古就被认为是苦事,因此叫"苦吟"。轻而易举地创造出好诗来,这几乎是一种神话。——古今也有才思敏捷"倚马千言"的例子,但在这敏捷后面的,则是同样艰苦的长久的孕育。我们与其相信神话,不如相信勤苦。贾岛的"二句三年得,一吟双泪流"(《题诗后》),我们是相信的。也许我们也曾有这样的体会,到了某地,偶有所得,吟出一句好诗,却无以为继,搁下了。但总忘不了这偶然得到的收获,也没有断了把它继续下去的愿望。于是,又过了若干时候,也许是一、二月,甚至是二三年,灵感来叩门,那另外的句子出现了,所以是"二句三年得"。不是说,他在这三年中,只想着这二句,也只写了这二句。

不仅中国的诗人如此,外国的诗人也如此。歌德谈到《浮士德》的构思时说"五十年来我一直在心里想着这部作品……这第二卷的意匠经营已很久了,像我已经说过的,我把它留到现在,对世间事物认识比过去清楚,才提出把它写下来,结果也许会好些。我在这一点上就像一个在年轻时积蓄了许多银币和铜币,年岁愈大,这些钱币的价值也愈提高,到最后,他青年时代的银币在他面前块块都变成纯金了。"(《歌德谈话录》)伟大诗人像积攒钱币那样、积攒着体验与经验。他不肯轻易抛撒他的这些人生体验的结晶,用的是五十年、即半个世纪的功夫。

泉眼:诗人自身的经验

要有蜜蜂的勤奋,这是强调诗人要十分重视诗所由产生的情感的源泉。像杜甫那样,把离乱中重逢的狂喜,写得那样逼真;把荒村风雨之中床头屋漏的狼狈情状,写得那样实在,都是诗人潜心于诗的创造的明证。长期以来,在诗人的创作的理论指导中,强调诗人去熟悉并表现自己所不熟悉和未曾表现的生活,这种提倡有其必要性。但由此而忽视乃至排斥了诗人自身的独有体验,却是一种无视诗歌特性的狭隘。对于诗歌来说,灵感的"泉眼"不只一个,作为社会某一方面的缩影的、甚至可以称之为一个独特的世界的诗人自身,至少也是喷发诗情的重要"泉眼"。

众所周知的一个事实是,在诗中几乎到处都游荡着诗人自己的影子。不把诗人自我写到诗中的诗是很少的。很难想象,一个诗人完全离开他个人的所见见、所闻、所思、所感,而能把富有社会意义的主题表现得动人。诗动人以情,诗的效果在很大程度上决定于诗人是否抒发了能够引发他人共鸣的,具有个人特点的真情。在这个意义上说,诗人个人的感情的天地,便是诗的创造中一个极为重要的、并非微不足道的"泉眼"。假如这一前提并不虚妄,那么,对于诗人,不去强调诗人的情感的独特性,而只是一味要求诗人舍弃自己熟知的一切,而不断地"深入体验"他所陌生的、甚至是难见效益的生活,便显得是过于板滞了。诗人主要是通过自我的独有方式和途径,达到其他文体以其他方式得到的共同目的,这,决定了诗人体验的特殊性。基于这样的认识,我们是否也需对诗歌创作中的到处有生活的观念进行一番新的审度?

任何一只蜜蜂并不是只在一朵花上采集,它繁忙地飞行,而且尝遍百花。那么,对于诗人来说,只"蹲"在一个点上采集原料,这办法是值得怀疑的。诗人对于世界的把握,当然要深,但也要广博。诗人的游山玩水,访胜探幽,不应当受到揶揄,这同样是一种积累、一种广泛采集的有效方式。读万卷书,行万里路,游山玩水是行万里路。不行万里,说不上眼界宽广,知识丰富,思路开阔。从事精神生产,即便是"游"是"玩",也断然不会停止思索、感受。对于他,仍然是进行着紧张的劳动。贺敬之的《桂林山水歌》、《三门峡歌》,郭小川的《两都颂》、《厦门风姿》,闻捷的《果子沟山谣》、《吐鲁番情歌》,公刘的《西双版纳组诗》、《上海夜歌》,都是观赏自然和社会景致的产物,又都是勤奋思考的结晶。

不少记载都说明,中外许多杰出诗人的创作成就,与他的行踪踏遍无数名山大川有密切的关系。英国的拜伦只活了三十六岁,他漫游过希腊、土耳其、西班牙、意大利,并且参加了希腊的独立战争,终于客死他乡。海涅游遍德国国内的名城胜地,又去意大利等地旅行,后被迫流亡法国达二十五年之久。他们的这些特殊的经历,使他们产生了许多著名的诗作。我国的古代诗人屈原、李白、杜甫、白居易、苏轼、辛弃疾,都有过壮游或因政治原因被迫流放的记载。这些,都为诗人的艺术创造提供了宝贵的灵感的仓库。

雪莱把诗人的这种通过旅行以扩大自己的见识范围的方法,叫做"诗人应该受有的特殊的教育"。他说:"我凑巧受过这方面的教育,这倒是有利于我这样一种抱负的。我童年就熟悉山岭、湖泊、海洋和寂静的森林。我与'危险'结成了游伴,看它在悬崖峭壁的边缘上嬉戏。我曾踏过冰封的阿尔卑斯山,曾在白朗峰之麓居住。我曾在遥远的原野里漂泊。我曾泛舟于波澜壮阔的江水日以继夜地驶过山间的急湍,看日出、日落,看满天繁星的闪现。我见过不少人烟稠密的城市,处处看到群众的情操如何昂扬,磅礴,低沉,递变。我见过暴政和战争的明目张胆,暴戾恣睢的场景,多少城市和乡村变成了零零落落的断壁废墟,……古希腊罗马的诗歌,现代意大利诗歌,以及我们本国的诗歌,一如外在自然风光,对于我始终是一种热爱,一种享受。我就是从这些源泉中,吸取了我的诗歌的养料。我曾经从最广泛的意义上来看待诗歌;我曾经读过我们能理会的诗人、历史家和形而上学者的著作,把壮丽的大地风光看做诗人应当加以体现、加以融会贯通的各种自然元素的共同泉源。"(《伊斯兰的起义·原序》)

雪莱强调诗人亲自体验多种多样生活的重要性(诗人要敢于与"危险"结成游伴),而且强调了各种"自然元素"融会贯通的诗的泉源:宽广的、活泼的泉源,而不是窄狭的、滞塞的泉源。他强调了从古希腊罗马到现代本国和外国诗歌的借鉴的重要性。他把这一切,与自然风光,各地的风土人情相提并论。这对于我们重新认识诗的源泉,实在是一次眼界的解放。

雪莱夫人完全赞成雪莱的见解,在《伊斯兰的起义》的题记中,她说了如下一段话:

作为一个诗人而言,他的才华与气质受着外界环境的强烈影响,特别是居住环境的影响。他喜欢旅行,不良的健康状况愈发助长了他的居留无定的生活。英国隆冬苦寒,尤其在春寒料峭的季节,他总是渴望着住到一个气候较为温和的地区去。一八一六年重游瑞士,赁居日内瓦湖之滨,往往不论阴晴,独自泛舟湖上,或任清风吹拂,或在静静的水上晃荡,壮丽的自然景色触动了他的思维,日后即以之谱成诗章……八一年,我们定居于布金汉郡的马洛镇。雪莱之所以要卜居于此,主要因为这个市镇离伦敦不远,而又邻近泰晤士河。他往往驾一叶扁舟,荡漾于笔秀河上山毛榉的林荫里,或是在风光绮丽的邻近郊野信步漫游,这首诗就是在划船或漫步时写成的。白垩质的山岭,有的断裂成险峭的峰峦,高临于泰晤士河上,有的形成溪谷,长满了山毛榉;荒野里草木苍郁,美丽无比……

在中国,李白诗歌成就和他的放情山水、仗剑远游不能没有关系。他说,"五丘寻仙不辞远,一生好入名山游"。寻仙则未必,他毕竟未曾遇仙;而寻诗则真。"不辞远"的探求,终于使他写出了不朽的诗篇,笔下才涌出了那么多描写祖国河山的美好诗句:峨嵋山上的半轮秋月,月影倒映于江水,这景色是清幽的;庐山香炉峰上蒸腾的紫烟,映衬着绝壁上的千寻飞瀑,这景色是壮丽的;孤帆,远影,碧空,悠悠流逝的长江水……点点滴滴地记载着这位诗人的积累。

在本世纪的世界诗人中,聂鲁达和希克梅特都是足迹遍及世界的诗人。因此,他们的诗视野开阔,仿佛全世界都在他们的笔底胸间。聂鲁达有一首《欧洲的葡萄》。诗人夜间走进了佛罗伦萨,在半睡半醒中战栗,谛听着河流的絮语,他听到但丁《神曲》的"那些灯火般辉煌的三行诗",看到古老的宫殿像石头雕刻的龙舌兰一样美丽;他在罗马尼亚的夏天,穿过"铜铁般苍郁的松林",走向海岸;在意大利的弗拉斯卡蒂,他看到"少女的乳房一般光滑"的"绿色橄榄";在布拉格,他行走在诞生于"充满玫瑰和灰烬"的古老城市的新的桥梁上,因此,他想起这城市中那座古老的查理桥,桥上那些古老的石雕的神像;最后,诗人说,我是美洲的儿子,出生在贫瘠的高原,我走进你们的家,在威尼斯,在匈牙利,在哥本哈根,我和你们相逢,在列宁格勒,我和年轻的普希金交谈,在布拉格,我和伏契克交谈……不难看出,这位诗人丰富的学识与经历,构成了他的恢弘恣肆的艺术风格。这是蜜蜂的辛勤劳作点滴采集来的花粉的结晶。

有些诗人的创作,视野不够开阔,很少把目光移向远阔之地,也很少能在活泼的流动之中掌握活泼的世界。苏辙在一封书信中,说到他认为的扩大视野对于创作的必要性:"辙生十有九年矣!其居家所与游者,不过其邻里乡党之人,所见不过数百里之间,无高山大野登览以自广。百氏之书,虽无所不读,然皆古人之陈述,不足以激发其志气。恐随汩没,故决定舍去,求天下奇闻壮观,以知天地之广大。"(《上枢密韩太尉书》)摒弃窄的天地,以求天下的奇闻壮观,他才算有了一个切实的开拓。

诗人并非先知,但诗人不应无知。诗人应该博学多识。诗人如果不能"多识于鸟兽草木之名",别人又怎样从诗中多识于鸟兽草木之名?《文心雕龙·神思》篇在讲神思之前,说了四句话:"积学以储宝,酌理以富才,研阅以穷照,驯致以绎辞",是专论学习与积累的。它把作家诗人的学习、积累当做神思的先决条件。这四句用于现代的意思是:学习积累好比是储存了宝物,斟酌客观事理可以丰富自己的才能,精研积阅以穷照世界的幽微,把客观生活体现为文辞,要顺应自然,不当勉强致之。这里,讲的仍然是采集花粉的道理,也是勤奋体验的道理。察物观景,旷然有会,千日辛苦,一朝得之,把神思放在这个基础之上,是一种聪明的态度。

不可预期的灵感闪现

诗情的萌起可以说明,有时却显得神秘。有时,简直就是不可预期的。在很多诗人那里,它往往突然出现,不期而遇,带有极大的偶发性。这种现象,当然并非诗人所特有,在文学创作中,也是常见的现象。据记载,一八七三年一个春天的夜晚,列夫·托尔斯泰不停地在书房徘徊着。他在苦苦思索《安娜·卡列尼娜》一书的开头。这部小说的内容和情节,他在前一年就想好了,但为找不到一个好的开头而苦恼。这时,他走进大儿子谢尔盖的房子,谢尔盖正读普希金的《别尔金小说集》给他的老姑母听。托尔斯泰拿起书,随便翻了一下,翻到其中一页:"在节日的前夕客人们开始到了。"他兴奋地叫起来"真好! 就应当这样开头。别的人开头一定要描写客人如何,屋子如何,可是他马上跳到动作上去了。"托尔斯泰回到书房,坐下来写了这部长篇巨著的第一句话:"幸福的家庭都是相似的;不幸的家庭各有各的不幸。奥布浪斯基家里,一切都混乱了。"这是种猝然而至的智慧的火花。

　　郭沫若在很早的时候便说过,"诗不是'作'出来的,只是'写'出来的。"(《三叶集》)他的意思是指,刻意作诗未必成功,诗兴形成了,不求诗而诗会骤然而至。他曾叙述《凤凰涅槃》创作时的"神经性"的昂奋状态。他也不只一次地谈到他早期创作时那种"如醉如痴"的冲动。据说歌德写诗也有这样的情景,每逢诗兴到来,他便跑到书桌旁边,将就斜横着的纸,连摆正它的时候也没有,急忙从头至尾地奋笔直书。马雅可夫斯基有时候是从床上跳下来,迫不及待地把涌出的诗句写在香烟盒上。雪莱根据诗歌创作中这种经常可见的现象,作出了如下的总结:

　　　　人不能说:"我要作诗。"即使最伟大的诗人也不能说这类话;因为在创作时,人们的心境宛若一团行将熄灭的炭火,有些不可见的势力,像变化无常的风,煽起一瞬间的光焰;这种势力是内发的,有如花朵的颜色随着花开花谢而逐渐褪落,逐渐变化,并且我们天赋的感觉也不能预测它的来去。

　　　　　　　　　　　　　　——《为诗辩护》

雪莱的话不是随便说的,在他之前,有不少的人说过类似的话。比他早一千五百年,陆机的《文赋》就说过:"若夫应感之会,通塞之纪,来不可遏,去不可止。藏若景灭,行若响起。"不同时代的人,共同感觉到了创作规律的某种奥秘。

雪莱描写的这股人们感觉到又无法预测其行踪的、变化无常之风,它确是煽起了诗的光焰的"不可见的势力"。这势力,通常被叫做灵感的踪迹。但我们力图对它作出解释,这就是,它诞生在诗人对于经验阅历的郁积极深之时,而且爆发在情致感奋激昂之际,当然,点燃它的,也许只是一点偶然的火星。它帮助诗人摆脱创作的困境,打开造成文思滞涩的通道,它造出了奇观——一下子妙思如泉。这种状况与诗的特点攸关,而并不多见于其他文体。所谓的"功深日远,神动机流,一旦吮毫,天真自露"(胡应麟:《诗薮》),是对诗创作中这一状态的很好阐明。功深日远,长期积累下来的艺术经验,以及对于生活真谛的把握,为创作的血脉的流通提供了条件。一旦因外界的某种因素的触通,调动了往日的全部积累,便产生了那种不假思索"写都来不及"的那种真情流露的状态,这便是诗创作中的灵感的显现。这种偶然的灵感火星的触发,往往创造出艺术的奇绩。巴尔扎克写过这样的话:"偶然是世界上最伟大的小说家。"

"无常之风"的辉煌

灵感启动的偶然机缘并不整齐划一,而是各不相同的。苏轼那首著名的《江城子》("十年生死两茫茫"),附题是"乙卯正月二十二日夜纪梦",是作者在梦中逢见死去的妻子,梦境给了他灵感,写出了这篇深情的悼亡诗。元稹写过一首《亚枝红》:"平阳池上亚枝红,怅望山邮事事同。还向万竿深竹里,一枝浑卧碧流中。"诗后自注"往岁与乐天曾于郭家亭子竹林中,见亚枝红桃花半在池水;自后数年不复记得,忽褒城驿池岸竹间见之。宛若旧物,深为怆然!"旅途中,驿站竹林中的一树桃花半临池水,让诗人想起了与白乐天旧游之地的所见。也是这般的万竿深竹,也是这般的半倚池水,这情景,唤起对于友谊的怀想,"宛如旧物,深为怆然"!灵感在这里,因一树桃花油然而生。往昔岁月中友谊的诚挚,因一个微小的景物而唤醒。换了别人,则驿中这树桃花,不过是普普通通的桃花,并不会产生这特殊的效果。

我们因而认定,积之在平素,得之在俄顷的灵感,是人生大海鼓起的骤然而来的浪头。但它的力量,都由无数的小浪花聚成。普希金把这种现象解释得一点也不神秘。他说:"灵感吗?它是一种心灵状况:来自接受印象,因而乐于迅速地理解概念——这是有助于对这些概念进行阐述的。"诗歌创作中灵感的出现,可借用"兴云致雨"四字加以形容。诗人对生活的积累提炼,好比是空中无以数计的水汽从四面八方聚集、冷却、凝而为云。云中的水晶、雪粒,由于水汽的移动、碰撞、化合,不断的变化,增大体积,以至于不能为上升的气流所支持,便致雨。兴云的过程是漫长的,致雨的时刻却是瞬间的。可以看到,"瞬间"形成于"漫长"。

海涅对人说过,"人们在那儿高谈阔论着天启和灵感之类的东西,而我却像首饰匠打金链那样精心劳动着,把一个个小环非常合适地联结起来。"他的话并不意味着否定灵感。就创作而言,打金链的工作状态是常规的,而灵感的袭来则是突发性的。发明家爱迪生说:"天才是什么?就是一分灵感加九十九分血汗",其实那一分灵感也是血汗所凝成。

灵感的闪现确系偶然,灵感的成熟却是必然。没有那无穷尽的感受,以及如底片的感光那样把影像贮存起来,灵感也不会显现。从这个意义上说,我们不依赖灵感的创造,而灵感却依赖我们的创造。我们怎么创造灵感?那就是不停息地感受,我们在感受中的大脑,犹如电脑的贮存信息。一旦需要,这个因偶然机缘触动的灵感,便会把贮存进去的信息唤醒、调动、活跃起来。前述那种偶然的机缘到来时,往往就是灵感成熟之时,事情一下子产生了突变。因此它又具有爆发性。偶然性加上爆发性,使灵感的产生具有某种一时解释不清的神秘感。

尽管我们谁也不能预料什么时候会来灵感,但有一个事实是确定的,即诗人无时无地不在体验着、感受着、也在积累着。大的事件对他的激发,人们的言谈给他的印象,天上的云彩,水面的波光给他的感受,他都把它们积攒起来。日子久了,他淘汰那些一般的、价值不大的素材,而保留下那些印象深刻的、有用的素材。这些素材经过天长日久的酝酿和提炼,彼此之间互相沟通,进行某种编组。某一天,有了一个偶然的触发,一根火柴点燃了全部的柴草。一个偶然性产生出一个爆发性,得到的是长期思之不至的效果。长久的思索得到的"顿悟",是一种潜意识的艰苦劳动所唤来的艺术结晶,多半是成熟的。因此,灵感的出现总带有一举成功的"创造性"的性质。

我们是灵感的创造者,尽管我们不知道灵感始于何时。但对勤于思索,勤于积累的人,获得灵感的机会将较一般的人为多。经验愈是丰富,拥有的灵感就可能丰富。"最大的天才尽管朝朝暮暮躺在青草地上,让微风吹来,眼望着天空……灵感也始终不光顾他。"(黑格尔:《美学》)这位哲人说的是真理。

宋人杨万里把自己不同时期创作数量的多寡与创作灵感的显现联系起来加以考察:"自淳熙丁酉之春上,粤壬午止,有诗五百八十二首,其寡盖如此。其夏之官荆溪,既抵官下,阅讼牒,理邦赋,惟朱墨之为亲,诗意时往日来于予怀,欲作未暇也。戊戌三朝时节,赐告,少公事,是日即作诗,忽若有寤,于是辞谢唐人及王、陈、江西诸君子,皆不敢学,而后欣如也。试令儿辈操笔,予口占数首,则浏浏然无复前日之轧轧矣。自此每过午,吏散庭空,即携一便面,步后园,登古城,掇撷杞菊,攀翻花竹,万象毕来,献予诗材,盖麇之不去,前者不仇,而后者已迫,涣然未觉作诗之难也。"(《诚斋荆溪集序》)当杨万里忙于阅状纸理赋税之际,虽偶然有诗的意趣袭来,但作不成诗。后来环境变了,加上那里的古城庭园花竹的茂盛,于是诗思奔涌,成篇甚易。总之,具有了诗兴勃发的契机。

清人况周颐也有类似的经验谈,他写道"人静帘垂,灯昏香直,窗外芙蓉,残叶飒飒作秋声,与砌虫相和答。据梧暝坐,湛怀息机,每一念起,辄设理想排遣之。乃至万缘俱寂,吾心忽莹然开朗如满月,肌骨清凉,不知斯时何世也。斯时若有无端哀怨,枨触于万不得已,即而察之,一切境象全失,唯有小窗虚幌,笔床砚匣,一一在吾目前,此词境也。三十年前或月一至焉,今不可复得矣。"(《蕙风词话》)

杨万里描述的是恬然怡悦的诗境,况周颐描述的是静谧幽怨的诗境。前者讲此境的萌生,后者讲此境的消失。这都说明,诗创作过程中的这种境遇是存在的。这种被雪莱称之为的变化无常之风所煽起的光焰,有人称之为灵感。不仅中国诗人确认过它的存在,而且外国诗人也确认过它的存在。雪莱在《解放了的普罗美修斯》序言中说"我的这首诗大部分是在万山丛中卡拉卡拉古浴场残留的遗址上写作的。广大的平台,高巍的穹门,迷魂阵一般的曲径小道,到处是鲜艳的花草和浓郁的树林。罗马城明朗的春天,温和的气候,满空中活跃的春意,还有那令人心迷神醉的新生命的力量!这些都是鼓励我著述这部诗剧的灵感。"

当雪莱在古罗马的遗迹上进行这部伟大诗剧的创作时,周围的一切,以及他自己美好的心境,为他的诗创造提供了灵感的契机。

构思篇

意蕴的形成

　　构思是对于原料(情感、感觉、意绪、事件,主要是经验)的重新组合。这种组合是按照诗的特殊方式进行的。构思是诗人想象的艺术蓝图,它是尚待实现的艺术想象。

　　把构思看做是诗人酝酿创作过程中一系列的艺术思考活动,这提供一种广义的理解。要是从狭义的范围考察,即指诗人进行创作过程前对于未来作品的艺术方案。北京俗语:"一招鲜,吃遍天。""一招鲜"可喻为诗人精到的构思;"吃遍天",指具备了它,道路畅将通无阻。任何比喻都有缺陷,不能认为有了这个"招",一切都显得不重要了,更不能认为,这一"招"可以到处套用。

　　事实上,构思决定着诗的未来的面貌。尽管构思和作品的实际样子会有不同,会因其他因素的影响而使构思走样、变形,但作品的大体面目是在构思中决定的。每个诗人都在无日无时产生着和把握着众多的可以组合而为艺术的"建筑材料"。对这些材料进行创造性的"改造",从而创造着各不相同的辉煌的殿堂,以及千千万万不同的有特色的和共同的无特色的"房子"。

　　在诗创作中,诗人们同时或不同时歌唱同一事物,写出了各不相同的作品,这是由于构思的各异。各异的艺术构思,按照自己的方式组合各异的诗,这是一种极通常的现象。仙人掌是普通的植物,诗人们按照自己的构思,把它写成各式的样子。流沙河的《仙人掌》是:"她不想用鲜花向主人献媚,遍身披上刺刀。主人把她逐出花园,不给水喝,在野地里,在沙漠中,她活着,繁殖着儿女……";彭燕郊的仙人掌是:

> 一只只紧握的拳
> 一块块平板的手掌
> 突然伸出的一根、两根手指
> 那么多粗暴的
> 向四面八方射出去的刺
> 一味的绿……
> 没有深,没有浅
> 没有中间调子的柔和转换

两个诗人都通过仙人掌抒发情怀,他们都对生活中看到的仙人掌进行了艺术的重新设计。改造生活中的实有,变成体现他们各自情感或情绪的艺术品。流沙河眼中的仙人掌是一个被放逐的强者,她顽强生存于逆境而不屈;彭燕郊则从画家眼中写出它那些不被理解的单调和粗鲁,曲折地表达了对这种品质的肯定。

  同样的仙人掌,在艾青眼里,不仅有那种忍耐和顽强,而且有着洒脱、奔放的对自由的向往:

> 挺在风沙里
> 出奇的顽强
>
> 哪怕再干旱
> 花照样开放
>
> 养在窗台上
> 梦想着海洋

艾青的构思较前二诗有着更为前进的姿态:即使被养在窗台之

上——那是多么受限制的天地,它也梦想着无边的海洋。上述三例,说明不同的构思会怎样地给同一对象涂上了完全不同的色彩。

诗的构思的实质,首先是诗人对于材料以艺术方式表达的思想结构。诗人对材料的改造,在于把那些材料改造成自己所愿意看到的样子。流沙河愿意看到仙人掌"浑身披上刺刀";彭燕郊愿意看到它"没有中间色调的柔和转换"的"一味的绿";而艾青,除了看到一般容易看到的它的韧性,还看到了它豁达的胸襟。

由此可以看出,构思作为艺术的一种思想结构,思想在构思过程中的地位十分重要。但这绝不意味着把思想强加给形象,它绝非哲学观念和政治倾向的图解。在成功的构思中思想和形象往往呈现出密不可分的浑然一体。前面引用的"招",很容易被误解成纯粹的技巧,其实,其中包含着诗人对于艺术设计的不可游离的思想结构的意图。构思二字中有一个字是"思",要是把这两个字反过来说:思构,它同样暗示了思想结构。它实在是艺术思维的一种特殊运动形态,特殊就在这种思维离不开艺术的规律:思想是在构造型象的过程中运动的。

在诗的构思范畴中,那些叙事性作品构思进程中的人物活动、事件进展、情节安排等因素已不重要,甚至完全可以忽视。同时,在叙事性作品中不很重要的东西却上升到不容忽视的地位。如立意就是诗的构思中起决定性作用的因素。"无论诗歌与长行文字,俱以意为主。意犹帅也,无帅之兵,谓之乌合。"(王夫之:《姜斋诗话》)

诗意是诗人经验和认识的一种概括。在整个的思想结构中,立意为诗的全部构思活动奠基。仙人掌要没有刺,当然在诗人的艺术思维中不会出现"遍身的刺刀"。人们总是在仙人掌中既看到了它本来的样子,也看到了它隐藏的样子。诗人的责任在于赋予那些人们看得见的形象,以人们看不见的意蕴。

立意不取决于技巧。它的新旧、雅俗、巧拙,受诗人的感觉或认识的深浅、精粗的制约。构思活动中的精思,在于要找到存在于自然界中、社会生活中、思想现象中,以及更为广泛的情感和理念世界中的"千差万别的原因"及其"根据"。"日照香炉生紫烟",是李白对于庐山香炉峰一带风光的精思的结果。他把握了这一自然景色区别于其他景色的特殊之点。李白不但找到了香炉峰和千峰万岭的差别,而且找到了香炉峰的晨景与其他千峰万岭晨景的差别。

诗的构思活动中立意的前提,是要从对象的启示中赋予它以独特而新鲜的意蕴。不仅意有所归,而且应是创造的。芦苇可以造纸,苇纸的造成是芦苇的粉碎和压榨。诗人首先要看到这点,更要不仅看到这点,而且要超出这点。陈所巨的《给绿苇和苇纸》写:

> 芦苇忍着粉身碎骨的痛楚,
> 死去了,却又复生,
> 骨头结晶了,变做洁白的苇纸。

诗人对这一事物独到的思考,成了一首诗思想结构的基石。他由此出发并超过具象本身的启示:

> 我真诚地希望——
> 每一株芦苇都成为
> 发明证、教科书和诗集;
>
> 而不要成为人民手中
> 燃烧的和滴泪的
> 控诉书、揭发信和告状纸!

前一步,是许多诗人都能做到的,跨过这一步,却只有思想机敏的才能到达。在普通的由芦苇变成纸的现象中,诗人发现充满时代感的独特新鲜的意思。中国画论讲"意在笔先";(王原祁:《雨窗漫笔》)其实就是说,构思在先,落笔在后;又讲"未落笔时,先须立意,一幅之中,有气有笔有景,种种具于胸中,到笔着纸时,直追心中之画。"(蒋和:《学画杂论》)气指思想情操,景指环境物象,笔指形式技巧,三者具备于胸中,这就是具备了构思成功的要素。立意的作用就是构成"心中之画",正式创作时的"纸上之画"是对"心中之画"的追想与再现。

剪裁的刀尺与天机

对构思奥秘的最简单的表述,可以认为是它要求变个样子地说出诗人的感兴、体味和认识。这自然就要求新鲜和巧妙。

构思是这样一种艺术思维,它把生活中精髓的东西,通过某种恰当的艺术设计展现给接受对象。构思的精巧,指对此种生活之精髓把握与表现的恰当,它要求别开生面。或是一个新鲜的角度,或是一个机智的联想,或是一个奇幻的象征。阿尔贝蒂写过一首《在中国唱的一支中国歌》,是献给他的朋友洛尔伽的。洛尔伽曾写过一首《在欧洲唱的一支欧洲歌》。前者的构思显然受洛尔伽的启发:

月亮像一颗大米,
照耀着中国的
田野,
我的朋友。

在格拉那达,
你的月亮,
曾经像一粒麦子,

我的朋友。

　　今天,这儿的月亮,
　　多么愉快而活泼地
　　歌唱着
　　照着稻田,
　　我的朋友。
　　今天,你的月亮,
　　多么悲伤,像囚徒似的
　　痛苦着
　　照着麦田,
　　我的朋友。

不同的年代和地域,以不同的心境去反射自然,于是看到了稻田的"愉快而活泼",也看到了"囚徒似的"麦田的悲伤。麦田——欧洲——痛苦;稻田——中国——歌唱,它画出了一个诗人鲜明的艺术思维的轨迹。

　　一首诗的不一般,一定要有不一般的艺术构思。关键在于诗人对他所要表达的,设计出一个新鲜的方案,要对材料进行适当的选择和剪裁。以通过望月来写离别之苦的诗为例,白居易的"共看明月应垂泪,一夜乡心五处同",是在诗人的想象中,分散在五个地方的兄弟姐妹在同一个夜晚抬头望月而思家乡——大家经乱阻隔不能见面,只有那皎皎明月,它既能看到家乡,又能看到所有亲人!而杜甫的"今夜鄜州月,闺中只独看",则有一个完全不同的构思。

　　诗人因战乱而与家人分离,此时他在长安望月想念妻儿。他避开了一般的直接抒写"我望月"的模式,而选择一个新的角度,则有意不写自己的想念亲人,而写亲人在这个月夜想念自己。今夜鄜州的月亮,闺中只能独看。当她望月时,那月夜迷濛的雾气打湿了她的云鬟,月亮的清辉撒在她白玉般的臂上,似乎闪出了冷光——孩子们更是可怜,他们年纪太小,甚至都不知道怀念孤处异地的父亲!杜甫不用一字写自己的心情,而他的心情却借一个巧妙的艺术设计充分展示。

也是唐代诗人的王建,他写《十五夜望月》与杜甫的《望月》有异曲同工之妙。他也不写自己的因月感怀,也借月以写别人。但他并不确定写什么人,只是发出天真的问话:"今夜月明人尽望,不知秋思在谁家?"在杜甫,明明是自己独自望月,却偏说是妻子独自望月;在王建,明明是自己心中充满秋思,而偏问不知秋思在谁家。特殊的心境由精心的再创造得到特殊的表现。

"虽离方而遁圆,期穷形以尽相"。《文赋》讲为了"穷形尽相"必须"离方遁圆"。即为了艺术地刻画世上万物万象,方不要直言为方,要离方去说方;圆也不要直言为圆,要离圆去说圆。为文如此,为诗更如此。作诗而不用比附,不用曲笔,只是一味地平直铺叙,是对艺术构思的背反。

提倡构思,目的在于把众所周知的内容表现得很有特点;把习以为常的现象,表现得新奇;把不易为人发现的隐秘的意念,表现得神采焕发。为了穷形尽相,必须有某种规律性的回避。大体好的构思,总有上举的望月诗一类的巧劲。有许多美丽而哀伤的望夫石的诗,但往往构思平直,诗情却难动人。刘禹锡的《望夫石》却以惊人的质朴震撼人心!他写"望来已是几千载"十分的平易,下句则更为拙朴:"只是当年初望时。"他把无限的情思融进了那望了几千载的石头中:当年怎么望,几千年后也怎么望,连站立的姿势都不变,那情爱真是天老地荒的绵远!前人评此诗是"辞拙意工"。意工即立意精工。

《剑南诗稿》:"天机云锦用在我,剪裁妙处非刀尺",讲的也是艺术构思。"云锦"接近成衣的材料,但巧妙的剪裁却不依赖裁缝的刀尺,而是"天机"。构思是一种剪裁,这种剪裁不仅要看材料的花色和质地,而且要"量体裁衣":要根据材料的实际状况,施以有效的技艺,要对材料加以改造制作,使它的特点得以充分的展现。一个玛瑙玉雕《虾盘》,一块洁白如雪的玛瑙,中间有彩霞般一点红晕。玉雕艺术家巧夺天工,对它施以艺术的"改造",造成了这样一个"无价之宝":一只透明闪光的白玉盘,装着一对鲜红的大虾,红白相映,极其美艳。一方面,艺术家有惊人的想象力,一方面,又有切实的对于材料的"剪裁"功夫。这里,有着对于表现对象的全面审度,有着全神贯注的艺术思维,才造就那神来的一笔。

有一则画论说到"作画必先立意,若先不能立意,而遽然下笔,则胸无主宰,手心相错,断无足取。"(郑绩:《梦幻居学画简明》)事先没有理想的构想,便胸无主宰,手心相错的局面难以避免。不少作者事先既不深思,往往下笔滔滔,造出的多半是庸常之作。

罗丹在《遗嘱》中告诫人们在向那些天才大师"躬身致敬"的同时,"可是要当心,不要模仿你们的前辈。尊重传统,……传统把钥匙交给你们,而靠了这把钥匙,你们会躲开陈旧的因袭。也就是传统本身,告诫你们要不断地探求真理,和阻止你们盲从任何一位大师。"雪莱也说过类似的话:"我不敢妄图与我们当代最伟大的诗人们比高下。可是我也不愿追随任何前人的足迹。凡是他人独创性的语言风格或诗歌手法,我一概避免模仿,因为我认为,我自己的作品纵使一文不值,毕竟是我自己的作品。"(《伊斯兰的起义·原序》)

构思的独创性是一个法则,即使面对大师,也不应当模仿和重复。陶渊明爱菊,他的"采菊东篱下,悠然见南山"给清雅孤高的如菊的情操奠下稳固的审美规范。许多咏菊诗往往蹈其窠臼。能够超越此种规范的,当然是创造的勇者。黄巢的《菊花诗》"待到秋来九月八,我花开时百花煞。冲天香阵透长安,满城尽带黄金甲",可谓勇者之诗。元稹的菊花诗不带黄巢的"杀气",却通过极普通的笔墨,说出实在的情感:"秋丛绕舍似陶家,遍绕篱边日渐斜。不是花中偏爱菊,此花开尽更无花。"尽管他写"似陶家",但是他的构思却"不似"。当别人都把清雅高洁当做咏菊的范式,元稹却从中跳了出来,他造出了全新的景象。从艺术构思的不蹈袭前人来看,他也是一位勇者。

世上有多少艺术家,就有多少种素描和色彩;世上有多少诗人,理应就有多少种构思的方式。许多写悲哀的诗总难摆脱共有的表述方式,"高山肃立,江河悲泣"一类形容已流于虚假。郭小川写悼念周恩来诗篇的情景,在杨匡满和郭宝臣的《命运》中记载:"窗外,光秃的白杨树在寒风中索索作响。书桌的一角,是一瓶'速可眠'。烟灰缸里的烟蒂,早已塞得满满的。他的字迹因为手的颤抖而变得弯弯扭扭。他似乎一下子到了暮年。"

> 这是一个——
> 使人难以忍受的
> 严峻而奇异的冬季!
> 蓝蓝的晴空,
> 突然间
> 降下了倾盆大雨;
> 纷飞的泪水,
> 敲打着
> 太行山的悬崖绝壁。

郭小川这些诗句表达悲哀的方式很新鲜。后来他听从别人的意见把"敲打"改为"锤打",更表达了无以言状的悲愤。由此联想到马雅可夫斯基《列宁》那些表达哀伤的方式。他没有用笔墨形容当时的哀痛,他只是推出一个在白军军官用烙印烙脊背也不曾哭泣,而今日终于哭泣的布尔什维克的形象来,给人以极大的震撼。

尽管有的诗人并不承认抒情诗构思需要立意,但更多的人还是不断论证它的必要的存在。海涅说的:"像首饰匠打金锁链那样精心劳动着,把一个个小环非常合适地联结起来。"这种把一个个小环联结起来的精心劳动,接近于前述的诗的艺术结构的劳动。

从"先得之句"开始

诗的构思不合常规的现象应当引人重视,这里有一个故事:

> 曼卿一日春初,见阶砌初生之草,其屈如钩,而颜色未变,因得一句云:"草屈金钩绿未回",遂作早春一篇,旬日方足成,曰:"檐垂冰箸晴先滴,草屈金钩绿未回。"其不逮先得之句远甚。始如诗人一篇之中,率是先得一联或一句,其最警拔者是也。

曼卿是宋代诗人石延年,这段诗话见《诗人玉屑》。它透露出抒情诗构思中一种常见的、然而却是不合"常规"的现象,即一首如同《早春》这样的诗是由最先得来的一个句子开始它的构思的。

诗人开始一首诗的创作之初,往往并没有对未来的诗章作什么周密的通盘的"设计",它只是由于一些偶然出现的(不期而遇地)一句精警的诗句(或一个独特的意象、一个有趣的象征),最后"凑"成一篇的。这种"先得之句"往往是后来之句所无法企及的。

这种由"先得之句"开始并完成艺术构思的现象,是诗构思普遍的、也是特殊的规律。许多人都有这样的经历,诗思的激发往往有很偶然的因素。例如春浓的五月,你去中山公园,那里有一架开得十分茂盛的紫藤花。你为此激动,心中浮起了一个诗句——"一架紫箩深似海"。因为这诗句传达了眼前的景致和心头的兴奋,你于是欣赏自己的艺术的灵智。要是你是一位中年人,觉得青春已经过去,感慨自己已经没有眼前花开这般繁盛,但身逢盛世,神思奋发,便出现了另一个句子:"借得春光照华年。"这两句没头没脑的句子,还没有交代你到了何处,由于什么激起你的情思,于是,又继续补充一些具体的内容,最后"凑"成了一首短诗。在抒情诗的构思中,这种由偶得一句而终于"凑"成整诗的现象,是相当普遍的现象。

公刘在谈及《星》的构思时也谈到,它是由一个诗句的突然涌现而开始构思的。在一个偏僻的小城,他听到了关于天安门事件的发生及其被镇压——

> 条条道路通向天安门广场,
> 为什么……广场竟通向牢房?

这是最初涌出的诗句:"这两句话,仿佛一队狂喊着复仇的勇士,踏着通通的脚步,径直向我跑来,一下子就跳上了我的心头,"公刘说:"这两句诗像是一枚受精卵,它有了发育成胚胎的可能性了。"诗人不知不觉间已进入了《星》的构思过程。

那两句"先得之句"给这句胚胎的未来提供了具有决定意义的两点,一是全诗必须围绕着天安门事件展开,一是决定了高亢激越的"十六痕"的韵脚。公刘详细地论述了天安门事件的发生、发展直到"四人帮"覆灭的一系列变化与《星》的构思的关系,有一段话很重要:

> 自然界的狂风渐渐平息了。一天夜晚,我又去到广场漫步。天气久阴转晴,黄色的风尘不知卷到哪里去了,剩下一些条状的黑云的隙缝中燃烧着一粒,两粒,三粒……黑云被烧化了,火种撒向人间。猛然间我悟到:苦思冥想达两年之久的诗题,不就摆在眼前吗?星!这些黑云不就是铁的栅栏吗?那燃烧着的星星不就是囚徒们的眼睛吗?……
> 呵,多么明亮!多么明亮!

> 不屈服的星光！不屈服的星光！
> 我找到了诗的主旋律了。
>
> ——《诗的构思》

由两句诗出现，进行了长达两年之久的艰苦构思，到了这个天安门广场的夜晚星光的启示，终于找到了"主旋律"。这种构思的规律是很特殊的，但在抒情诗中却是屡见不鲜的。一个诗人，他听说一位友人将远道来访，他盼友心切，计算着友人到达的日子，心中出现了这样的诗句："闻道欲来相问讯，西楼望月几回圆。"这是足以使他内心颤动的诗句，他喜欢这诗句。于是，不知觉间便开始了一首诗的构思。这两句"先得之句"是未来那首诗的结束句。反过来，他补充怀念友人的具体内容，例如对世事、吏道、疾病的感慨等，最后便"凑"成了韦应物著名的《寄李儋元锡》："去年花里逢君别，今日花开又一年。世事茫茫难自料，春愁黯黯独成眠。身多疾病思田里，邑有流亡愧俸钱。闻道欲来相问讯，西楼望月几回圆。"

韦应物的诗缘情而生（关于构思的过程他没有说，只是我们后人的合理推测），紫藤花的诗触景而发，这种艺术构思的初萌，为其中成为中心的"先得之句"出现所规定。总是由于它预示了未来作品的主体，以及由此衍生的情感和情绪活动。这个现象在臧克家病中写作《凯旋》组诗时亦曾出现，其中的《联系》有名句"天花板像一页读腻了的书"，即是句"先得之句"。臧克家在《学诗断想》中有一段说明：

> 温度退到正常了，人也可以穿上白色的病服下地走走了。有时坐在窗前用欣羡的眼光望望马路上的行人，看看院子里病友们的白色影子在绿林间一闪一闪。心境宽了，诗的情趣和意兴在心里萌动了。首先想到的句子是"天花板像一页读腻了的书"。这是景在眼，意在心，体味琢磨出

来的第一个句子。我把它写在小本子上。接连缀成了前边的四句。

这就是这里要加以阐明的诗的特殊规律之一,即整首诗的构思,有时往往是由一句突然萌生的精警句子,然后以此为核心派生出其余的句子,最后"凑成"或"连缀成"完整的诗。陆机在《文赋》中把这种现象概括为一个精到的句子:"立片言以居要,乃一篇之警策。"陈柱注这一句时阐述说:"凡立章必有一段或数语为一篇之精神所团聚处,或为一篇之精神所发源处。"这种"团聚"或"发源",在抒情诗的构思过程中,是一种独特的、又是普遍的现象。

但也并非绝对如此,有时这"先得之句"并不是自己想来,而是受他人诗句或一句名言的影响,或借用、或直接引用,并以此为"团聚处"或"发源处"而生发开去。徐刚的《前进》诗前引用列宁名言"前进——这是多么好呵,这是生活!"他以此概括和凝聚他对十月胜利和前进的特有情思。

明代的谢榛说:"宋人谓作诗贵先立意。李白斗酒百篇,岂先立许多意而后措词哉?盖意随笔生,不假布置"。(《四溟诗话》)他是不赞成写诗先要构思的。王国维也说过类似的意见:"飞卿《菩萨蛮》、永叔《蝶恋花》、子瞻《卜算子》,皆兴到之作,有何命意"。(《人间词话》)一种随笔而生的"意",一种随兴而到的"情",也许还有构思之初凝结为一句突兀而至的警句,这现象广泛存在着,但这并不能反证诗的构思的不必要。

作诗贵先立意,下笔之前须先命意,而这种立意或命意,恰是抒情诗构思的重要环节。"胸有成竹"能帮助诗的成功。但诗随情而起,很多场合又是"不假思索"的。诗的创作过程中,带有燃烧或爆炸的随意性,并不是都要胸有成竹了方才动手。有时,它会给人以一种突兀而至的表现。抒情诗构思过程中的偶然性,正是一种"行云流水"式的构思方式。它与胸有成竹不矛盾,它们呈互补状态。

首先是贵先立意,胸有成竹,但又随遇而生,不守成规。首先是胸有成竹,说明它有质的规定性和稳定性;行云流水说明它的非凝固状态,因而是充满活力的。抒情诗唯有把握了这种稳定又有变化,它的构思才是丰富的和活泼的。

两种反向的艺术思维

文无成法的提出,在于打破凝固的创作构思的模式。它有利于鼓励创造性的构思:各自立法,文成法立。但这种说法绝不意味着抒情诗构思的无规律性。对每一首诗来说,构思有个性,对抒情诗的整体而言,构思有共性。

我们之所以重视《文赋》讲的"或因枝而振叶,或沿波而讨源",因为它披示了构思的共性。与它相对的是前面提到的"立片言以居要,乃一篇之警策",是构思的个性。因枝振叶和沿波讨源是一组反向的构思共性。因枝振叶即由本及末,树要领而后展开;沿波讨源即溯流归源,旁敲侧击,最后点破。诗的构思千变万化,无穷无尽,但无穷无尽中,又体现出这两种不相同的路线:一个是展开、辐射的路线;一个是归纳、凝聚的路线。

因枝振叶方式:运用各种手段,从广泛的方面揭示构思的支柱。《雷锋之歌》的构思属于此法,它以多方的论证,揭示雷锋精神的各个方面。贺敬之的另一首诗《中国的十月》亦属此类。这种构思路子,易于造成气势雄伟、热情奔放的诗章。

沿波讨源片式:是从四方向着支点聚拢,通过多种多样的形象、意象、象征以及比喻等手段,最后点明或予以暗示,一般避免直接明示诗的内涵。《甘蔗林——青纱帐》就是这种构思的产物。它反复咏叹,处处拿甘蔗林和青纱帐对比,但绝不肯轻易点明主题。此种构思,特点是细密、沉厚、蕴藉,曲折有致,饶有余味。

这两种构思路子可供诗人任意选择而不至于影响其独有的

风格。如李白,他的"杨花落尽子规啼,闻道龙标过五溪。我寄愁心与明月,随君直到夜郎西",是由"闻道龙标过五溪"派生而出,是第一种路子。而他的"故人西辞黄鹤楼,烟花三月下扬州。孤帆远影碧空尽,唯见长江天际流",系由末而及本,沿枝而讨源。它只是写三月的孤帆、远影、碧空、长江流逝于天际,并未直接抒写他对故人西去的怅惘情怀。而这,恰是此诗主旨,通过那些从四方涌来的波浪,通过读诗人的想象力,去讨那个"源"。

构思的雷同,是造成作品不新、陈套泛滥的重要原因。同样是辐射状的构思,也是千差万别的。以《中国的十月》和《一月的哀思》为例,前者如音乐中的变奏曲式,后者如回旋曲式。变奏曲式,先奏出自成段落的"主题",继之以一系列的主题变形(变奏),使它的主题通过许多变奏而得到多方面的发挥。回旋曲式不同,它以反复奏出的"基本乐段"和若干互不相同的"对比乐段"(插段)相间出现为原则。设基本乐段为A,插段为B、C、D,则其构成为A+B、A+C、A+D……《一月的哀思》就是这样,第二章反复出现"车队像一条河,缓缓地流在深冬的风里",第三章也反复出现"呵,此刻,灵车,正经过十里长街,向西,向西……"。这些正是乐曲中不同的"基本乐段"。由于它们的重复出现,造成了回环反复、哀思如缕的情调。作者利用这一构思的路子,把纷繁的思绪组织在严密的乐章之中。

还有许多同为辐射状的构思,并不采取上述那些方式,它更为自由,类似音乐中的奏鸣曲式。它的结构是呈示部、展开部(通过各种手段充分发挥呈示部各主题中具有特征的因素)、再现部。《周总理,你在哪里》的构思近此。

以上所述是同为辐射状的构思,其方式相当繁多。再看同为凝聚式的构思,其方式亦是多种。《西去列车的窗口》是一种方式,它以激荡奔放的诗句,把今天和昨天加以组合和重叠,从各个方向,"凝聚"到特定的"窗口"加以表现。而民歌《一只篮》则是通过"这只篮"把几代人的生活变迁加以阐明。这也是一种"凝聚",它不是如西去列车那样处处联想,而是并列地提出,这只篮在不同年代曾经装过什么样的食物,用以概括更广阔的内容。

变形篇

形象表现世界

形象是艺术说明生活的基本手段,也是诗说明生活的基本手段。诗说明世界是什么样子,形容人物的性格和思想是什么样子,乃至描述感情是什么样子,都只能通过形象,而不宜于诉诸抽象的概念。"哲学家用三段论法,诗人则用形象和图画说话,然而他们说的都是同一件事。"别林斯基这一论断已为人所共知。

尽管是人所共知的常识,但是现实生活仍然断不了用报纸社论的语言以及宣传性文字伪装成诗歌。诗歌可以用来表现政治,但诗歌绝对不等同、不混同于政治。《离骚》是讲政治的诗,屈原在这首长诗中,抒发的是他个人的情感,但这种情感是因政治的失意而发的。他说香草,他怀美人,但却是借香草美人来抒写他的理想与追求,希望与幻灭。所以宋代的梅尧臣说:"屈原作《离骚》,自哀志其穷。愤世疾邪意,寄在草木虫。"屈原把他对生活的看法借助于自然界的艺术形象予以展现。借助形象才是艺术,直说道理便是政论。《诗经·小雅》有几句诗:"昔我往矣,杨柳依依;今我来思,雨雪霏霏。"(《采薇》)这是戍边士卒饱经艰难,在返回家乡的路上唱出的一曲哀歌。他走在这条熟悉的路上,自然地想起了出发的情景。正是阳春天气,杨柳依依,如今又走在这条路上,却是漫天大雪。这位兵士的心情并没有直接说出(例如,悲伤,愁苦,百感交集等等),而只是借助杨柳和雪花来暗示他的复杂的情感活动。

伊萨科夫斯基告诉一位初学写诗的人:"您的诗《青春》确是用极其一般化的字句写出来的,这些诗句丝毫也不能构成青春的比较具体的概念和比较鲜明的形象。您这样说:'青春啊!你像春云一样美丽,你像山间的映山红一样温柔。'……接着您又写道:劳动、爱情、力量、梦想、胜利、功绩、事业,都在友谊中伴随着你。列举的东西虽然很多,可是仍然没有具体的形象。您明白问题在哪里吗?如果说到一个人,例如说,他是贪婪的,那么这并没有表达出关于他的贪婪的概念,这只是最一般化的形容语。例如要是这么说:'他是那样贪婪,冬天你向他要点雪都不行。'那么这个人的贪婪就比较鲜明,形象化就显著了。"(《给初学写诗的人的信》)

诗的形象具有文学一般形象的共同性。但它有明显的局限:它不如造型艺术那样直接显示形象,那样具有直接感知的条件。它出现的只是文字,用文字来形容那世间存在的、可能存在的以及不可能存在的一切。人们可以很容易被音乐的旋律所吸引,人们却不易被那些单调的文字所吸引。

无限度的弹性

诗深知自己这一先天的缺陷,它反过来,要把这些缺陷转化为长处。这种努力在诗的形象创造上表现得尤为突出。诗虽然不具有直接感知的形象,但它能模仿一切的色彩、声音、光线和姿态。也就是说,它能表现一切,达到所有最隐秘的领域。而这些领域,别的艺术却是不易达到的。诗的形象不具形,但却是无限度地具形。因此,诗人才说:"诗这东西的长处就在它有无限度的弹性,变得出无穷的花样,装得进无限的内容。"

诗清楚自己的弱点,不能像水彩画那样直接地把江南的春天描绘出来。但它在自己的语言形象上埋头苦干,终于造出了

"春风又绿江南岸"这样的句子去战胜一幅幅色彩鲜艳的画。这个"绿"字的使用,是诗的形象再现生活的一种努力。它在春风吹过所发生的变化中,突出地抓住一点(即"绿")来展现江南岸的春天里的变化。"绿"再现了早春季节的色彩;"又绿",仿佛是在行动着,不断地铺展着,也不断地变化着。它的最根本的一点,是用具体可感的色彩和动态,来代替那抽象的"到"、"过"、"来"。

艾青说过,诗要"给一切以性格,给一切以生命","诗人以形象使一切抽象变成具体"。(《诗论》)当诗用概念性的语言文字来反映世界万物时,那些活泼生动的一切都变成了抽象。诗的形象就要使生活中那一切色彩和声音,那些喜怒哀乐的心情,以及长吁短叹的微妙神态都恢复生命,甚至还要超越生活原来的美感。比如,一位外国诗人看到齐白石的一幅画,他就以诗来和画比美。他的诗在某种程度上超越了画。因为他能够把他目中所见比喻为另外一些十分可感的现象:

　　有了你
　　到处都发出中国墨汁潺潺细流的水声,
　　水清得看见鱼,水上长满了芦苇。
　　有了你,馥郁的玫瑰
　　就呼吸得更畅快,开放得更鲜艳……

诗好比是一面聚集的镜子。它的形象要求把生活中的五彩缤纷的光线集中起来,凝聚地再现它。诗并不要求"全面",但要求传神。生活是丰富的,有色彩,有芳香,有音响,有形态,诗也许只突出其中的一点。"帘卷西风,人比黄花瘦",它只突出黄花的"瘦",却略去除了"瘦"之外的神态。但不论怎么说,诗的形象应当再现生活的美,应当引起人们对世界的真切而丰富的联想,而不是把想象枯萎化。

聂鲁达写他在流亡中的生活,他对智利法尔巴莱索山区生活的形象化的描写,再现了充满生气和乡俗情调的形象:

> 高山上充溢着
> 生命,门户漆着
> 蔚蓝色、深红色、淡红色,
> 掉了牙的楼梯,
> 拥挤在一起的破烂的门窗,
> 歪倒的茅屋。
> 山上的雾气把一切东西
> 笼罩上一层咸味的网,
> 树木绝望地抓紧
> 悬崖,
> 那些好像不是人类住的房屋的
> 臂膀上挂着洗涤的衣服。
> ——聂鲁达:《逃亡者》

诗的形象的奇妙作用,恐怕还在于:在别的艺术形式中看来是无能为力的范畴内,诗创造了奇迹。这就是艾青说的,诗人能够以形象使一切抽象变成具体。例如声音,在音乐那里它只能通过乐语来使人们领悟其中的含义。而诗(当然包括文学)则完全有能力把声音化为具体可感的形象。白居易的《琵琶行》,把琵琶的嘈嘈切切的声音加以形象化:急雨声,私语声,珠落玉盘声,鸟鸣声,泉流声。这样,它所再现的琵琶的声音,便由"嘈嘈切切"前进一步,而接近人们直接感知的效果了。有许多诗,还可以让抽象的声音变为具体的物件。如李瑛写过一首"笛声":月亮出来了,在寂寞的沙漠中,驼队突然听到了笛声。苍茫里笛声像一股流泉:

> 也许在这粗犷、浩瀚的戈壁,

>这声音过于微弱、轻纤;
>也许在这将临的最黑、最长、最冷的夜,
>这一弯溪水会猝然冻结、摔断。

笛声先是似流泉,当然是由于它的轻柔和优美;因为是严寒的沙漠之夜,因此这一曲流泉也会凝冻,接着也会断裂。这里写出了不是一般的夜闻笛,而是沙漠之夜的笛音。总之,奇妙的形象化,使本来只可诉之听觉的声音,化为了可以看到,乃至于可以捉摸的固体。

最为巧妙的是高适的《听张立本女吟》:"危冠广袖楚宫妆,独步闲庭逐夜凉。自把玉钗敲砌竹,清歌一曲月如霜。"此歌赞一女子歌唱,写出来的却不是声音的本身,而是一幅诉诸视觉的形象。我们从这一幅令人神往的画面上,仿佛听到了那声音构成的一幅活的画图。

一幅画无法表现时光的流逝,而一首诗却能够:

>流光容易把人抛。
>红了樱桃,绿了芭蕉。
>——蒋捷:《一剪梅·舟过吴江》

只有前一句,还不是艺术,因为它只是说明。只有利用形象来对"流光"的"容易把人抛"表现出来,才是艺术。樱桃红了的时节是早春,芭蕉花谢结籽,应是炎夏时节,一忽儿是樱桃红,转眼间是芭蕉绿,万象在更移,人在变老,时光就是这样"抛弃"了人。

诗的语言,是形象再现的语言。但三月间,枇杷熟了,我们不能老是说多美、多好看、多讨人喜欢,我们应该学会用集中、形象一点的办法,把那成熟的枇杷的美感再现出来。于是,像"三月枇杷一树金"这样的诗句,便获得了很大的成功。

诗能把别的艺术无能为力的对象表现出来。它能把声波变成固体,能把无形变成实体;它能使落花有意,流水含情,甚至能令顽石点头。诗以语言为工具,几乎达到了超凡入圣的境地。除了变抽象为具体,它还能以抽象的概括取胜,达到了其他艺术难以达到的境界。

例如弥尔顿描写地狱里的山谷湖沼等等都很具体,但他对此总结说:"一个死亡的宇宙",就是语言艺术独具的本领,断非造型艺术所能仿效的。

象喻性、夸张性、跳跃性

现在的问题是,同是用形象说话,诗和文学艺术的其他品种到底有什么不同?这里不是就构成形象的手段上,而是指在构成形象的实质上有什么不同?艾青有一首短诗《我爱这土地》:

假如我是一只鸟,
我也应该用嘶哑的喉咙歌唱:
这被暴风雨所打击着的土地,
这永远汹涌着我们的悲愤的河流,
这无止息地吹刮着的激怒的风,
和那来自林间的无比温柔的黎明……
——然后我死了,
连羽毛也腐烂在土地里面。

为什么我的眼里常含泪水?
因为我对这土地爱得深沉……

它并不像小说或其他叙述性作品那样具体写出为保卫祖国而战的人物故事来。它只是抒发那一股浓烈的情绪,比小说要抽象得多。这就是使诗歌获得了生命的抒情作用、感情色彩。

同是用形象说话,首先,诗人把自己比喻成一只鸟。事实上,不论是"我",还是诗人,当然不会是"一只鸟",也不会有可以

"腐烂在土地里"的"羽毛"。这里的形象,只是"假设"的,不是事实,只是一种比喻,一种象征。这就揭示了诗歌形象的一个基本特征:它往往采用与对象有联系(例如我要为土地歌唱,我要为土地献身)的,但又不可能是"事实"的(我是鸟)方式达到对对象加以暗示和比附。这是象喻性。

《我爱这土地》中的这只鸟,它本来可以唱很美丽的歌(那时是抗战,美丽也许太柔婉了,但也可以唱很激越、高昂的歌),但是诗人却有意地把自己的歌喉形容是"嘶哑的"。诗人所展现的祖国受苦受难的大地,也并不像一般如实描绘的文章所展示的那样真实和具体。"暴风雨所打击着的土地","永远汹涌着我们的悲愤的河流","无止息地吹刮着的激怒的风",这些形象,说明了诗的形象的另一个特点,就是一般要与当时的时代氛围相吻合。我深深地爱这大地,我可以为它献身。但在这里,诗的形象又无限度地扩大这种爱:即使死,也要让羽毛腐烂在地里。为了抒发激情,一切都得到了有异于常的夸张的形容。这是诗歌形象的另一重要特征:夸张性。

当诗人设想自己是一只鸟的时候,他想到了"歌唱"。歌唱的内容是什么:它由暴风雨的土地,而想到河流,想到风,想到黎明,后来,他想到死。这形象是互相有关联的,但却不是连贯着的,呈现出一种断断续续的跳动的状态。全诗十行,分隔为两大段落,前面八行,是说鸟的歌唱,以及鸟的死亡,后面,却跳了回来,说"我"——

> 为什么我的眼里常含泪水?
> 因为我对这土地爱得深沉……

把鸟的比喻抛弃了,显示了"我"的原形。这里,不是设想中的鸟在流泪了,而是作为诗人的"我"的眼里"常含泪水";这里不是鸟爱那土地了,而是"我"对这土地爱得深沉了。又是一个大的不连贯,大的跳动。这体现了诗的形象的另一重要特征:跳跃性。

以上三点,前两点:象喻性和夸张性,是就诗的形象的个体而言的特征;后一点:跳跃性,是就形象的互相联系的特征而言的。诗歌形象的夸张性,与构成诗形象手段的想象密不可分。由夸张、想象可以推论到诗歌形象的真与假的问题。夸张、想象能使诗的形象更为鲜明动人。由象喻性可以推论到诗歌形象的隐与显、虚与实的问题;由跳跃性可以推论到诗歌形象的疏与密,断与续的问题。

咏物——不超越具象的描写

有的诗直抒心灵。如裴多菲的《自由·爱情》,表达的是纯粹的理念;如普希金的《假如生活欺骗了你》,抒写的是一种心境的解脱。这些诗均是一种无依傍的"直抒"。再如艾青的《我爱这土地》,其间尽管也有关于鸟的歌唱及其死亡等的描写,但鸟儿云云,只是一种烘托心灵境况的手段。"假如我是一只鸟",只是假设自己是鸟,实际是主体意识强亢的抒写。当然也有直接受外物的感知而兴为浩叹的,如雪莱之写云雀,其借云雀的飞翔歌唱,抒写诗人对于自由的渴望与人生的欢乐之意旨甚明。

还有大量的诗,它们需要某种凭借。或抒写性灵,或阐释哲理,或发为慨叹,种种情思均有倚托地从具体物象出发。这种倚托,有时是物,有时是景,有时是人间世态,总是依靠一种物的媒介生发开去。所谓团扇弃捐之怨,昔燕归来之悲,还有春花秋月之叹,包括写动物、植物乃至许多日常物件的咏物诗,包括旅游寄兴,即景生情的风景诗等,这种诗歌创作的路子,在古今诗人的实践中曾引起相当广泛的兴趣。

一首题为《书签》的诗。写的是爱因斯坦的一张以重额现金支票做成的书鉴。诗前小序引用了爱因斯坦的话:"重要的不是这个,而是科学。"这对于一位伟人的全部有意义的生活,显然只是一个细节。但一个有价值的细节却反照出这位以科学和真理为生命的人不为物欲所染的心灵。《书签》以此为题,说明它的作者对诗的选材有一定的敏感和判断力。该诗属于咏物的范围。这类诗往往以具体的物件为对象(所谓的物,大至地球,小至米粒般的苔花)借助想象力生发它可能孕有的潜在意蕴。大体的规律总是以小喻大、言近旨远、因实而虚。

一些咏物之诗得以传世,往往是选材与发挥的精妙的结合。所谓精妙,首先在二者必须呈现出互为辉映的熨帖,而后是那种具象基础上的独创性的"借题发挥"。这种发挥要是能够概括出惊世骇俗的深刻哲理性的思想力量,一件精美艺术品的产生便可预期。明代于谦写石灰:"千锤万凿出深山,烈火焚烧若等闲。粉身碎骨浑不怕,要留清白在人间。"这首短诗前二句讲石灰的取材和制作,后二句是石灰的习性及人生义理猝然相遇产生出来的恰到好处的契合。它的妙处在作为状态的"粉碎"与作为色泽的"清白",都能恰当地隐喻人生的壮烈与操守的坚贞。这些描写都属于石灰自身的习性,并通过具体情状托出了崇高恒久的人生追求——不屈的性格、无所畏怯的献身换取的人格完成。

因为是咏物,因而体物才能缘情。这样,对于客观物体的属性及本质的独特把握,就是完全必要的。土耳其诗人希克梅特那首著名的《昆明湖中的石船》,对于客体便有惊人的审度:

> 昆明湖中有一只船,
> 船身是石头所雕成。
> 中国所有的风帆
> 　　都充满了风,
> 只有这只船感觉得孤凄——
> 　　它走不动。

石船的"走不动"是实在的情状,但把这种自然情况与大时代充满活力的解放感相映照,它的无可奈何的停滞,便构成一种充分嘲谑性的"欢乐的悲哀"。

与此相近的还有余光中的《白玉苦瓜》。他把对故国的情思深深地凝聚在一个小小的物象上——

> 似醒似睡,缓缓的柔光里
> 似悠悠醒目千年的大寐
> 一只瓜从从容容在成熟
> 一只苦瓜,不再是涩苦
> 日磨月磋琢出深孕的清莹

保存在博物馆中的一只白玉雕成的苦瓜,它作为文物和艺术品被用来象征整个中国的文化和传统,中国的土地和人民的情爱,而且还有一缕淡淡的乡愁。"不再是涩苦"的"从从容容在成熟"的清莹,这苦瓜诗的精妙处在于摆脱了那具象与寓意表面"粘贴",而把描述与抒发完美地融在了一起。

有一段时间,咏物诗甚为盛行,但图状与立意总是一种生硬地比附的状态。由此形成了一种由具体到抽象的被称为提高式的"升华"的艺术模式。《白玉苦瓜》则不存在这种"升华"的痕迹,它做到高度融汇的和谐。当它写道:

> 钟整个大陆的爱在一只苦瓜
> 皮靴踩过,马蹄踩过
> 重吨战车的履带踩过
> 一丝伤痕也不曾留下

这里苦瓜就是中国。当它讲皮靴、马蹄和战车踩过而不曾留下一丝伤痕时,讲的已不是具体的苦瓜,而是古老大陆的土地和历史。一方面是作为苦瓜的真实的苦涩,一方面则是作为艺术品的真实的精美。诗人紧紧抓住它所具有的这些属性,而把外延伸向历史、文化以及土地和人民的苦难。苦与美有了不期而遇的契合,对象与抒情主体的内心也有了呼应。这就造出了咏物诗的精品。

回到《书签》上来。全诗以一个叙述性的小序作为起点,共三节,其中一、二节分别以"那片书签是孕育幸福的嫩叶"、"那片书签是镀满阳光的白帆"起兴。抒发的是哲人的楷模给予人们的真理性启示。它明显地省略了过去习见的那类琐屑的叙述而直接进入内涵的阐发,这是《书签》一诗构想精到之处。"世界奔流着无边的时间,永不抛锚的要算扬帆的信念",这警句般的诗句是对爱因斯坦精神力量的有力开掘,但又不拘泥于实事。它把重点放置在对触及的事象自主地发挥,而不作被动的重复。

当然,在诗情发展的进程中,在表述上也出现过明显的缺陷。这主要是由于修辞上的某种偏爱所造成,并不是诗意的偏离。如它先把书签喻为"孕育幸福的嫩叶",紧接着是"嫁接着伟人的智慧种进心田"。既是嫩叶,则不论"嫁接"还是"种进"都不妥。再如"为了绿色的晴朗不受污染"、"率领洁白的心扉航向明天"诸句,"绿色的晴朗"是一种矫饰;"心扉"为何物、又如何"率领"?尽管如此,但它的成功之处是明显的。该诗末段以一个假设的反问句起始,给人以突兀而来的震撼:

> 那片书签是早已发黄的稿笺?
> 不,永恒的诗篇怎能读到句点!

以一个机智的否定表示有力的肯定。永恒的诗篇读不到句点的诗意聪巧有趣,恰好反证了爱因斯坦一片不平凡的书签所展示的精神力量。

选题与取材的恰当,是这类以具体物件为题材的诗成功的先决条件,而以对具体物象的叙述不流于琐屑为佳境。此种"叙述",其实只消点到就可。诗忌交代过程。发挥则求不落俗套,这是一首诗立意所在,取意平俗则尽废前功。前举希克梅特吟昆明湖石舫诗,他能在一个普通的景点上寄托对一个国家历史性变革的、富有特定时代氛围的感兴,是难得的切题之作。

不超越具象的诗这一概念,是一种把它与大量的超越具象的诗加以区别的表述方式。这类诗包括相当广阔的范围,不独咏物一类。如《书签》则是这类作品的较为典型的诗例。这类诗的创作,好处在具体而有依傍,一般不易流于空泛。读者的感受也是如此,较为切实可把握。而它的难处在于容易写得过实。一般说来,它总是缘由于实有的物事引起感兴,故它不能不受客体属性的羁束。它要在一定范围内根据题目做文章。但文章做得过实,甚至做得生硬了,必令读者扫兴。要是热衷于以此图解生活、甚至充当某种时事的拙劣宣传,则失败尤甚。

也许最难的是由此发出的联想式的感兴。这是此类诗的精魂所在。往往在这个地方体现诗人的才气,也往往在这个地方体现诗人的平庸。上述《书签》一诗,尽管有前述我们感到的不足之处,但它通过爱因斯坦生平的一个细节所生发的联想,寄托了作者的人生理想和追求,则是有创造性的。尤为重要的是,这一切进行得相当自然,而不是贴标签式的拔高。

抒情制约叙事

诗有种种,除抒情诗外,还有被用来说理、叙事,以及其他用途的。但不论被指派充当何种角色,诗缘情而绮靡,诗的基本性质不改变,它抒情。叙事诗并不与诗的特性相适应,它确是诗的变种。它当然是一种存在,但这种存在必须谋求与诗的抒情特性的"妥协"。这种妥协,即指叙事诗须在诗的抒情前提下叙事。叙事诗若要摆脱抒情特性而独立,那么,当它独立的时候,它也就不再是诗了。因此,发展和繁荣叙事诗的唯一途径,就是要维护和加强叙事诗的本质。简要地说,就是削弱叙事成分,加强抒情成分。这样,方能确保叙事诗是诗,而不是小说。叙事诗要真的变成分行押韵的小说,只能意味着叙事诗的死亡。

一个事物的存在,当然有存在的合理性,叙事诗也如此。叙事诗也是古已有之的一个诗的品种。许多民族的说唱文学,其实就是叙事的诗。它的产生,在于不满足于一般叙事文学的缺少音乐感,以及一般诗歌的缺乏具体性的抒发情怀。它要把诗的抒情充实化和具体化。据此,我们便可明白,削弱叙事诗的"叙事"是可以的,却不能取消它。叙事诗诚然不能离开抒情,但叙事诗同样不能离开叙事。离开抒情失去了"诗",离开叙事失去了"叙事"的诗。

所以,仍然要重视叙事诗的叙事。叙事诗成功的关键,首先是选材要适当,要给它找到合适的故事。选材不当,容易造成先天的缺陷。一般说来,故事应当简明,情节不宜繁杂,人物力求减少,切不可热衷于情节的曲折惊险。条理清晰,故事简单,人物关系明确,易于促使叙事诗创作的成功。当然,叙事诗不能全然回避复杂的故事。例如写英雄的一生,要写他的业绩,就不能漏掉重大事件。遇到此种情况,选材力戒求全,而以保证重点为上策。有些叙事诗,动辄千余乃至数千行,主要人物之外,还有次要人物,有缺点的人物,又有落伍人物和暗藏分子,千丝万缕一整套,其结果是断送了叙事诗。

一个基本观点是:事和情相比,事只能是媒介,说事之目的在于抒情,总的目的是借事言情。于情有益者不可废,于情无补者不可为,这是叙事诗选材的原则。叙事的目的在抒情,而不在介绍事实。白居易的《长恨歌》是诗,陈鸿的《长恨歌传》是小说。前者重在抒情,后者重在叙事,尽管它们取材于共同的故事。论故事的周详,当然是《长恨歌传》。白居易的叙事长诗给人的印象是相当轻视情节的连贯性。诗人的目的在借李杨爱情故事以抒发他对这段历史往事的感慨。读这首诗,我们可以感到,白居易也并未把"事"完全"驱逐",如"六军不发无奈何,宛转娥眉马前死"二句就是叙事。这种叙事极简略,也极粗疏,而诗并不因之失去什么,从来也没有读者对此提出责难。但这两行诗所根据的事实,史书上的记载却是极其曲折的。《纲鉴》五十卷明皇天宝十五载:

> 次日,至马嵬驿,将士饥疲,皆愤怒。陈玄礼以祸由杨国忠欲诛之,因李辅国以告太子,未决。会吐蕃使者二十余人遮国忠马,诉以无食。军士呼曰:"国忠与胡虏谋反!"追杀之,以枪揭其首于驿门外,并杀韩国、秦国夫人。上闻喧哗,出门慰劳,令收队,军士不应。上使高力士问之,玄礼对曰:"国忠谋反,贵妃不宜供奉,愿陛下割恩正法。"……上曰:"贵妃常居深宫,安知国忠反谋?"高力士曰:"贵妃诚无罪,然将士已杀国忠,而贵妃在陛下左右,岂敢自安!愿陛下审思之,将士安则陛下安矣。"上乃命力士引贵妃于佛堂缢杀之。

这么复杂的情节,诗中几乎全略,只是笼统的一句:"宛转蛾眉马前死。"作为抒情诗,它什么也没有缺少,读者也没有责备它的简略。特别引人深思的是,贵妃死后,当时及后来,诗人都以饱满充分的笔墨渲染明皇的思念及哀愁,反复地写,铺张地写,读者也并不因此责备它的烦琐。单以回到长安为例,抒情是酣畅的:池苑依旧,太液池中的荷花,未央宫边的垂柳,都让人黯然。春风桃李,夜雨梧桐,从春天到秋天,思念不绝!秋草朽黄了,满阶都是落叶,人已愁老。每当夜色降临,萤火虫在夜殿周围轻飞,孤灯一盏,油尽不眠。这时,钟鼓声衬托着长夜的寂寞,星河横贯,天快亮了……

繁复的笔墨,只写了一个死别的凄凉。于情节,没有增添也没有进展,在叙事上,它停顿了;在抒情上,却不断地跃进着。它的目的明确:抒情,用墨如泼地抒情。形成鲜明对照的是,这许多抒情的文字,在《长恨歌传》中却明显地压缩了,只用四个短语十六个字来替代:"三载一意,其念不衰。求之梦魂,杳不能得。"整首《长恨歌》,支配它的不是那个缠绵的爱情故事,而是由这个爱情故事引发的生生死死的思恋,由这种思恋组织起来的爱歌的律动。它的确启示我们:叙事诗仍然是由抒发情感的任务来组织的。

像《长恨歌》这种状况,在中外成功的叙事诗中是普遍的。李季的《王贵与李香香》,当他写主人公的情感活动时,不厌其详。如写香香被崔二爷软禁,至死不变心,极其细致。几乎整章都是香香的思念,情节在这里,呈现了停顿状态。尽管叙事的过程停滞不动,但无碍于诗的进程:它的主要脉搏在跳动,抒情在富有成效地进行着。

叙事诗作为诗的一种,厚情薄事的倾向非常明显。叙事显得少有的"潦草"。如《王贵与李香香》写队员们纷纷请战到定下计划,只用了寥寥数言,这便是:"心急等不得豆腐烂,定下个日子腊月二十三。(这两句完成了两个任务:写了队员们的心情,写决定了日子)半夜先捉定崔二爷,到天明大队开进死羊湾。(这是作战的"详尽"计划)定下计划人忙乱,后天就是二十三。"(只说"忙乱",有意忽略它是如何的"忙乱")

普希金根据"泪泉"的传说创作了叙事诗《巴奇萨拉的喷泉》。他以浓重的笔墨抒写了莎丽玛的祈求以及她的微妙情感活动,而对美女玛丽亚以后的遭遇完全予以忽略,他只笼统写道:"岁月流逝着,玛丽亚去了,转瞬间,孤儿已经长眠。"别林斯基评论这首长诗时,高度评价它的抒情成果并不重视它的叙事过程。别林斯基说:"从此一直到尾,是本诗最优美,最富于音乐性的一组结束的诗行;它好像总结了本诗以前的一切,把读者在阅读全诗应该遗留在心灵里的感应有力地集中起来了;在这里既有诗的富丽的色彩,又有仿佛是为'泪泉'的不断呜咽所引起的轻淡、晶莹、甜美的哀愁……"(《亚历山大·普希金的作品》)别林斯基所称赞的那些文字,完全是普希金离开了故事的叙述、而用以抒写自我情怀的文字。

创作叙事诗,情节可以没有推进,人物也可以没有行动,但感情却在不断地流动着。过程对于诗并不重要,重要的是借事言情。有时故事是不好删削的,但为了保持叙事诗诗的素质,需要尽量地简化叙事,或是略去过程的交代而突出那些抒情的部分。一般说来,只要能够处理好叙事和抒情的关系,便能写好叙事诗。要使二者结合得紧密,就要努力使叙事抒情化。即让诗的抒情特点贯穿于叙事的全过程。李冰的叙事长诗《赵巧儿》,叙述巧儿被地主东霸天抓去,便是以充分抒情的方式叙述故事:"变一个鸟儿飞了吧,张开翅膀飞回家,变一个鸟儿飞了吧,飞到村边大棚下……"王书怀的《张勇之歌》尽管题材的选择受到时代的局限,但仍是颇有特点的叙事长诗,特别是《甘露》一章,充分地体现了叙事的抒情化。

这里是草原上的大雨过后,老人给张勇送来了雨具,一老一小在叙说苦难的往事:

老人说:
"好闺女,
这草原,大不大,宽不宽?"

张勇说:
"这草原,
天有多大它多大,
地有多宽它多宽!"

"草原这样大,
草原这样宽,

>   旧社会啊,
>   却没有我的家园。
>   白天太阳是我的亲人,
>   夜晚月亮是我的伙伴;
>   冬天羊群是我的衣袍,
>   夏天草地是我的卧毡……"

老人的吟唱,用的是诗的方式。他们对于历史的叙谈,在和缓而从容的抒情气氛中进行。读着这样充分抒情的诗句,令人忘了是在读长篇的叙事诗,仿佛是在无拘束地听老人在草原上歌吟。

不能认为叙事诗的任务只是叙事,它的最终目的应在于完成抒情的使命。为此,即使在这样的诗中,仍然要竭力抒情。叙事当然要用心,但目的在于如何使叙事成为诗的。把叙事抒情化,把事件诗化,并使达到情节简单,线条明晰,以保证诗的抒情气氛不致被烦琐的人物关系和复杂的情节所骚扰。

此外,故事进程的跳动性是避免拘泥于事件描写的有效措施。诗的语言有很强的跳跃性。它如断线珍珠那般的不连贯。把这个特点运用到叙事上,可以"净化"叙事,使叙事不繁杂而臻于精练,根本上保证了叙事的抒情化。如叶延滨的《冰下的激流》:

>   故事发生在这个地方:
>   秦川,铁道线,车站食堂。
>   故事的主人公来自北京,
>   撤职,回老家,插队下放。

断续的寥寥数言,就略去了许许多多的啰唆。

这样的例子,在王致远的《胡桃坡》中屡屡可见。它的叙事在某些地方以跳跃的语言创造了奇迹般的效果。在长诗的第二章中冯灵秀出现时是一岁半,一九三〇年。第三章,用四行诗,使她由一岁半的婴儿变成了七八岁的丫头:"熬六冬,过六夏,小女儿学妈纺棉花,忽听炮响马嘶叫,东洋鬼子乱天下。"六个冬天,六个夏天,还是六年,在怀中吸奶的女儿已经开始学妈纺棉花了。接着是一个"忽听",就把她从和平环境带到战乱中来。那正是一九三七年抗日战争爆发的时候。诗人又以四行诗,把小丫头变成了大姑娘:阴无晴天难分清/母女炮火里过光景/七年八载熬三更/辈辈鸡儿照样鸣。

外在战争环境中,日子过得胡里胡涂。这种情景,诗人只用一句"阴天晴天难分清"来形容。"七年八载"和"过六冬,熬六夏"用的是同一手法,一下子镜头闪过了七八年。过四行诗过去,诗人已把冯灵秀由七八岁的小丫头变成一个"长得灵醒人材好"的大闺女了。

叙事诗中的叙事,除了与抒情至关重要的某些情节和细节,如闻捷在《复仇的火焰》中写的《草原婚礼》那样的情况,大体上都应当这样跳动着前进——诗是跳舞,散文是散步。把与抒情无关的或不重要的情节略过去(人物的选择,设计尤为严格,不必要出场的人物,一定不要出场),而把主要精力用于通过情节造成抒情的环境和气氛。如前引李香香被软禁时的抒情,便是利用她被软禁的环境引发的,赵巧儿的抒情也是。除此而外,都应当跳动着叙事。分析《长恨歌》你可看到,它对于故事情节的叙述是精练的和跳动的,如从歌舞升平的环境到安史乱起龙驾西行,只用"渔阳鼙鼓动地来,惊破霓裳羽衣曲"二句,使情节大转折。而杨贵妃死后,玄宗驾返长安,宫苑依旧,人事已非,思念异常。环境又一大变,也只用了"天旋日转回龙驭"七字而已。

由水而虹的幻化

有人说过,曾经有三个画家,画同一棵树,结果是各不相同的。又有人说过,要是有一千个莎士比亚,就会有一千个哈姆雷特。艺术对于世界的创造,必然带上这些创造者的精神的印记。同一对象的不同形式的再现,正体现了这一特殊的规律。

诗比一般艺术走得要远。诗与生活的关系诚然十分密切,但又往往表现为并非直接的状态。有人比喻说:"生活是水。诗不等于水。水受热而产生水汽。——在阳光照耀下,水汽化作七彩的虹。这美丽的虹才是诗。"(樊发稼:《虹》)诗人进行的创造,是一项将水幻化为虹的神妙的工程。说生活产生诗,是指虹由水变成;把虹解释为来无踪去无迹的神光,不对;把水直接当成虹,也不对。

诗总要比喻,但对事物的简单比附,只是一种初级的加工。比附并不是诗对生活的基本改造方式。看到割胶工人的劳动,由橡胶的汁液想起母亲的乳水的,未必就是一种创造。从外在的关系上说,比喻与物象可能捏得很紧,但只是捏合,还不是我们认为的神妙的幻化。杜牧写《金谷园》,"日暮东风怨啼鸟,落花犹似堕楼人"。尽管这里也用"犹似",却不是一般的形容,他把落花直接当成了对象——堕楼人。它的美丽,它的薄命,它的飘落的姿态,在诗人心目中,花不再是花,花就是绿珠。落花的命运就是绿珠的命运。

这里有一首当代诗人写的诗,《椰子》(李小雨):

> 一只椰子,陪我上路,
> 一只黄褐色的
> 沉甸甸、毛茸茸的椰子。
> 摇一摇——里面
> 有一片南海在翻卷,
> 外面,隔着厚厚的岸。

生活中的椰子化而为诗中的椰子。黄褐色,毛茸茸,沉甸甸,这是椰子的外态。但她由此出发,把椰子的汁液看成了翻卷的南海,却超脱而大胆。一只椰子,可以表现为单调,也可以表现为丰富;可以表现为平淡,也可以表现为奇幻。这是诗对生活的改造。

诗人在生活中,总是大惊小怪的。他常常惊叹,而且发为妙语,甚至就在平常人很淡漠的地方。而且他总是刻意如此,即所谓的"语不惊人死不休"。一个诗人表示要为爱而死,临死前,吞进他所爱的梅花,"在那时梅花在我的心中,会结成五个梅子,梅子再进成梅林,啊,我真是永远不死。"(郭沫若:《瓶》)人们对这种妄言习以为常,并不见怪。人们对诗人的"疯狂"是宽容的。古罗马诗人维吉尔在史诗《伊尼特》中形容卡米拉的敏捷:"要是她飞跑在麦苗的顶端,她不会损伤柔嫩的麦穗,要是她掠过汹涌的海面,海水不会弄湿她飞驰的脚底。"英国的德莱登对此评论说:"没有叫你像读历史一样地把诗人的话信以为真;但是你喜欢这个形象,虽然不曾为虚构的想象所欺骗。"(《英雄诗及诗的自由》)诗人的明显的"谎言",却赢得了痴心的读者的欣悦,这就是诗人的魔力。

古罗马的西塞罗说,"文章之所以美,在于它不言过其实",这一条,恐怕未必适用于诗。诗的想象当然要恰到妙处,但要它不言过其实,却未必办得到。正是由于生活允许诗歌"言过其实",才有了对于诗的本质的相当玄虚的解释。严羽在《沧浪诗话》中说,诗之妙,如空中之音,相中之色,水中之月,镜中之象。他也许是在说,诗之表现花月,往往不直接写花如何月如何,而是间接地通过镜来反照花的光艳,通过水来映衬月的皎洁,中国古代诗歌理论往往提倡诗的表现造成水边望月镜里赏花的境界。

说到根蒂上,诗是人的存在的产儿。诗不可能、也不寻求摆脱这一母体,这是一方面;另一方面,诗又仿佛是好与母亲嬉戏的顽童。它总是力求与生活若即若离,这大约也是自古已然。从很早的时候起,诗就淡漠了直接描述的叙事职能。抒情部分的不断发达,以至成为诗的主要功能。抒情诗于是成为诗的基本方式,叙事诗却成了旁支。诗仿佛是一种蒸馏器,它把具体的东西化而为情感的水汽,然后,接受太阳的光照,呈现为光怪陆离的形状和五彩斑斓的色泽。

抒情诗之所以仍是世界的展现,其主要论据是人的思想情感活动产生于客观实际。但诗的抒情性质,却给诗与现实的关系带来复杂的局面。描摹生活不是诗的目的,从生活实际升腾于幻想的天际,俯视现实,把现实生活渲染得无比的奇幻。这,几乎融及了诗的本性。英国的赫士列特把诗人喻为恋爱中的情人:"情人,和诗人一模一样,把他的情妇的褐色的卷发比作发光的金发,因为新奇之感和亲切的美感,能够使那束头发中的一星半点黄色,在想象中呈现出比纯金还要灿烂的光泽。"(《泛论诗歌》)

朱光潜引用罗斯金的话认为,世间有三种人。一种人见识真确,因为他不生情感,对于他樱草花只是十足的樱草花,因为他不爱它;第二种人见识错误,因为他生情感,对于他樱草花就不是樱草花,而是一颗星,一个太阳,一个仙人的护身盾,或是一个被遗弃的少女。第三种人见识真确,虽然他也生情感,对于他樱草花永远是它本身那么一件东西,一枚小花,从它的简明的连茎带叶的事业认识出来,不管有多少联想和情绪纷纷围着它。罗斯金认为第一种人完全不是诗人,第二种人是第二流诗人,第三种人是第一流诗人。

在有才能的诗人那里,世界万物既是现实的,又是想象的,他把樱草花看成了星星和太阳,如同杜牧把落花看成了"堕楼人"。能在幻想中生活的人,显然比不具备幻想能力的人,更有资格做诗人。宋代的杨万里有一首《戏笔》:"野菊荒苔各铸钱,金黄铜绿两争妍。天公支与穷诗客,只买清愁不买田。"穷途潦倒的诗人,把郊外金黄的野菊和铜绿的青苔看成了钱币。在他眼里,野菊首先是野菊,但又幻成了金币。在现实中得不到的,在幻想中创造,这恰好道出了诗人创造的奥秘。

塔索的话是有趣的:"没有人配受创造者的称号,唯有上帝与诗人。"但诗人毕竟与上帝不同,诗人的创造是有依据的,他把樱草花创造为星星,把野菊创造为金钱,但却是对于丰富的宝矿的开掘。诗使它所触及的一切都变形。成熟的诗人,总是力图摆脱对于生活刻板的摹写,人们也已完全不满那种罗列生活表象的诗。在那里,说不上有什么创造的功夫。水没有蒸发,水只是水。李白的"小时不识月,呼作白玉盘",还只是比喻;毕竟不如苏东坡的"不知天上宫阙,今夕是何年",来得蕴藉有趣。

诗也追求似与不似间的艺术境界。西班牙的阿尔贝蒂拟洛尔伽的《在欧洲唱的一支欧洲歌》,作《在中国唱的一支中国歌》,把月亮比为中国的大米和欧洲的麦子:

> 月亮像一颗大米,
> 照耀着中国的
> 田野,
> 我的朋友。
>
> 在格拉那达,
> 你的月亮
> 曾经像一粒麦子,
> 我的朋友。

这诗句让人猜想,月亮为什么像大米、又像小麦?是就色彩言,还是就形状言?总之,它变了形。因为又似又不似,它又引人遐想。这种认识,不一定都是外来的影响,清代的叶燮就主张"其寄托在可言不可言之间,其指归在可能不可能之会"是"诗之至处"。(《原诗》)成功的诗,总能借生活中某一景物为契机,隐蔽而含蓄地抒写诗人的情怀。久之,言近旨远,兴感寄托,就成为诗表现生活最通常的手段。

叙述生活不是诗人的责任,诗人的责任全在创造。"因为我的想象力增强了,我日甚一日地感到我不只是生存在现有的世界中,而是同时生存在一千个世界中",济慈在一封信中这么说过。诗人总是既生活在现实的世界里,又生活在幻想的世界里。诗人把他的意识从知觉世界移到了幻想世界。这个幻想世界是现实世界的投影和折射,它不脱离现实,它只是摆脱了一切偶然的和非本质的东西,以至于显示出事物内在运动的另一个或另一些世界。在平常人看来,月亮只是月亮,在诗人看来,月亮可以是白玉盘.是瑶台的玉镜,是天上的宫阙,是会发光的小麦和大米。

诗与生活的关系远不是直接的。不应该认为,有什么样能现实,就应有什么样的诗;现实生活是什么样子,诗就必然是什么样子;写重大的生活内容,诗的价值必定高;写"不重大"的生活内容,诗的价值必定低。诗应当也可以表现非常丰富的生活,但却要避免亦步亦趋地尾随生活实际所可能有的琐屑,它应当寻求最简单的方式表现最丰富。因而,超脱就是非常必要的。臧克家写于一九三三年的《生活》,就是这样的诗:

> 这可不是混着好玩,这是生活,
> 一万支暗箭埋伏在你的身边,
> 伺候你一千回小心里一回的不检点,
> 灾难是天空的群星,
> 它的星辉拖着你的命运。
> ……
> 惟有这是真实,为了生活的挣扎,

> 留在你心上的沉痛。
> 它教会你从棘针尖上去认识人生,
> 从一点声响上抖起你的心。

旧社会的千灾万难,无数的颠沛困顿,全包蕴在这抽象而概括、生动而丰富的诗行中。它来自痛苦生活的深渊,但不拘泥于对生活作详尽的陈述。它有控诉和愤懑,却是很不"具体"的。但是,那个社会中生活的艰难,提心吊胆,谨小慎微,如何的朝不虑夕的真意,却曲折地传达给了我们。显然,若是以相反的方式,它便会令我们索然。

与此主题相近,有一首青年人写的《日子》(北岛),看来较《生活》"具体"了——它列举了这个"日子"里的许多实际场景——但仍不是对生活作如实的阐述,仍是透过那些场景,让你思索画面以外的东西:

> 用抽屉锁住自己的秘密,
> 在喜爱的书上留下批语。
> 信投进邮箱,默默地站一会儿。
> 风中打量着行人,毫无顾忌。
> ……
> 站在剧场门口幽暗的穿衣镜前,
> 飘忽的舞曲和烟雾中凝视自己,
> 当窗帘隔断了星海的喧嚣,
> 灯下翻开褪色的照片和字迹。

这是七十年代的城市青年的"生活"。它已经没有臧克家的"生活"中的那份对于四周埋伏着暗箭的恐惧和提防。但北岛的"日子",尽管没有灾难的预感,却有一份明显的困惑。它通过那些看来有些零碎的日子的断片,编织出抒情主人公充满矛盾、落寞的内心画面,而呈现出满不在乎的,有点玩世不恭的劲头来。七十年代,经历了一番空前的灾难之后,出现了这样过着"日子"的抒情形象(不是全部),这是真实的。这样的诗,表现生活很曲折,很隐蔽,它使人想起三棱镜。诗的三棱镜对准了生活,生活在它的光照下变了形。它是折射的光,它是光的投影,它是一只让人眼花缭乱的万花筒——其实,万花筒只是由简单的几块玻璃创造出来的虹彩的奇幻。

语言篇

没有琴弦的竖琴

很早的时候,诗人手中便消失了缪斯的琴弦。但他仍然可以弹奏出如希腊神话女祭司教给荷马那样"充满活力、甜美和光辉的诗歌"来。诗人弹奏的没有琴弦的竖琴,是语言。语言成为艺术创造的手段,当然并非诗所独有。但在诗这里,语言有它区别于其他文学样式的独特之处。诗的语言的性质,乃由诗的根本性质所制约。例如诗的特性的音乐性,就对诗的语言起着决定的影响。由此可以推断出诗的语言的基本特征来:它不是叙述的语言,而是抒情的语言;它不是写实的语言,而是幻想的语言;它不是散文的语言,而是韵律的语言。

因为诗和音乐有着血缘的关系,有人认为较之音乐,诗和语言发生联系是它的不幸。也许诗因失去了音乐那种比较超脱于现实的充分自由,是它的不幸;然而,诗因而获得了较音乐更为具体地呈现人们极其隐秘的内心世界,并赋予它以不失音乐感的效果,这却可以为诗庆幸。诗,就其个性而言,是具形的音乐。音乐而又具形,这当然有它得天独厚的地方。

在有经验的诗人那里,语言不是它观察和表现的障碍,而恰恰成为再创造必不可缺的材料。人们不妨把语言视为桎梏,但诗的旨趣却是于桎梏中寻求自由——"诗的表现的美就在于自然(本性)在语言桎梏中的自由的自动。"(席勒:《论艺术美》)语言可以成为束缚,但束缚之中求自由,却是高超的技艺。舞蹈在严格的节奏中追求奔放的和随意的自由,这恰恰可以为语言的诗的注脚。

雨果讲,"就像一切神通广大,才智高超的人一样,莎士比亚把整个自然都斟在自己的酒杯里。"(《莎士比亚论》)莎士比亚掌握自然的手段是通过诗人的语言。自然是酒,而语言是酒杯。要是离开了语言,即使是莎士比亚这样才智非凡的人,他又能够做什么呢?罗丹讲过,"艺术就是感情。如果没有体积、比例、色彩的学问,没有灵敏的手,最强烈的感情也是瘫痪的"。《遗嘱》)他认为一个最伟大的诗人,如果身在异国而不通其语言,也将一事无成。这样说来,语言不仅为诗人手上的酒杯,而且是诗人手中的利剑了。诗人是创造奇迹的人,他在平常人漠然的地方发现了诗。然后,他依靠自己的锦心绣口——"锦心",诗人的心灵对于自然的感受;"绣口",诗人借助语言的手段对于自然的再创造——让他所发现的东西泛出奇彩。一般人从而领悟到:生活中潜藏着美,美是可以再现的。

永恒的星光

我们从历史上无数诗人的创造性劳动中了解:以有限的词语,传达出色彩斑斓、千变万化的、乃至至微至妙的自然的和精神的大千世界的,是诗的语言的贡献。它为人类造出了一座精神的殿堂,就某种意义来说,诗以它的语言而优越于音乐,同时,诗也以它的语言而优越于雕塑。"诗歌里渲染的颜色、烘托的光暗可能使画家感到自己的彩色碟破产,诗歌里勾勒的轮廓、刻画的形状可能使造型艺术家感到自己的凿刀和画笔技穷。"(钱钟书:《读〈拉奥孔〉》)诗歌的缺点在于它用的是语言,语言并不能直接展示形、声、色,它只是人们通往直接感知的符号媒介。但是,诗歌的优点却也在于语言,语言能超越一切的间隔,排除一切的障碍而"穷尽"对象。

"两岸猿声啼不住,轻舟已过万重山"。这里十四个字所再现的内容,音乐如何表达? 音乐的表达只能是模糊的。它让人感到了猿鸣、水声,以及轻舟急浪的气势。但它无论如何达不到语言这般明确无疑的传达与展现。绘画也许能够再现那气势动人的场面。但作为空间艺术,绘画或雕塑都只能表现"一刹那",而不可能表现动作的持续。这句诗所展现的轻舟,是一个由未过、将过、已过整个过程构成的持续的、延伸的动作。这点,绘画和雕塑都做不到。至于"两岸猿声啼不住",对此,它们简直束手无策! 要是在"两岸"画上一群猴子"作啼鸣状",姑不论这会产生怎样的嘲谑效果,但它又怎么展示"啼不住"? 在这方面,不用色彩、线条、乐谱和雕刀的语言,却能传达出那种持续的和综合性的妙处。

再如林逋的诗句:"疏影横斜水清浅,暗香浮动月黄昏。"疏影不难画出,暗香则不能。而诗的语言对此却得心应手。它不仅可以再现"疏影横斜",而且可以再现"暗香浮动"。它施展着魔法,在你的眼前"造"出那梅花的形态和香气,特别是它对这一切加以综合的描述:"疏影"是"横斜"在"清浅"的水上,"暗香"则"浮动"于月亮乍起的"黄昏"。二者综合而出梅花整个从姿容到香气以及它与周围环境混合而成的那种典雅高洁的韵调。

我们谈诗能"穷尽"对象,只是强调说,诗以极简约的语言而创造出其他造型艺术无法达到具体、细微、生动。例如描绘一片成林的春笋,音乐不如诗是不必言的,即使绘画,它也不可能做到如下的细微精妙:"有鸟喙一般鼓突的唇! 有胎毛一般金黄的茸,有纹龙一般密致的鳞。"但更难的是,诗人面对着这幼小的竹林而发出一系列问话,抒写自己的思索,其他艺术则难以造出如此超越时空限制的效果:

  长大了你干什么? 我不敢问,
  也许将七窍通灵箫笛流韵,

也许将编扎火把再次夜行,
照旧挑落后的担子,呵,真沉!
　　　　——公刘:《竹问》

　　诗人的语言在表现对象的时候,能利用它那无所不在,无所不往的神经末梢,极敏感地表现出那种包孕着人们主观性的感受。"山路原无雨,空翠湿人衣"(王维:《山路》),"泉声咽危石,日色冷青松"(王维:《过香积寺》):山路上的"空翠"仿佛饱含了可以"湿人衣"的水分;日光的颜色停留在青松上,仿佛也因之冷却了温度。"青色的夜流荡在花阴如一张琴。香气是它飘散出的歌吟"(何其芳:《祝福》),夜变成了可以"流荡"的"琴";而花香却唱出了歌声。这些微妙的感受的再现,只有经过语言的编织和刻画。

　　由于诗的语言本质具有幻想性,它通过充分的想象造出了出人意想的艺术效果。因而在曲尽事物的精妙方面,它有无可比拟的优越性。红色的杏花开满了枝头,好像春天在那里高声喧闹,这是"红杏枝头春意闹",诗人以语言让色彩发出了声音;燕语呢喃,清亮而且明脆,仿佛那声音是用剪子剪成的,这是"柳边深院,燕语明如剪",诗人的语言让燕子的鸣声变成了可以捉摸的实体。当人们心中感到安谧恬静,那默默飘舞的雪花似乎也会说话:

蓝幽幽的雪花呀
你们在喳喳地诉说什么?
　　　　——北岛:《微笑·雪花·星星》

而浓云细雨中震荡在空气中的钟声,仿佛潮湿得挤得出水来,这就是杜甫的"钟声云外湿"(《夔州雨湿不得上岸作》),以及李瑛的"细雨刚停,雨水打湿了墓地的钟声"。(《谒托马斯·曼墓》)

　　声音不仅可以表现为重量,而且可以表现为形态:"一群云雀明快流利地咕咕呱呱,在天空撒开了一颗颗珠子","像知了坐在森林中的一棵树上,倾泻下百合花似的声音"(《伊利亚特》)。诗借助语言,可以把不具形的对象具形化,使虚幻的声音、色彩、香气互换感觉。例如人的失眠,这在绘面很难表现,在雕塑和音乐中,都存在相当的困难。但在诗中,诗人通过语言这一手段却造出了奇迹:

> 模糊的一片悲哀——
> 无声的雨点打来
> ——臧克家:《失眠》

写失眠的感觉是模糊的悲哀,已经相当精彩,它还有具体的触觉:如雨点骤然打来。这种再现失眠一类的语言创造物,是精神创造的珍品,别样艺术是无以企及的。

  诗的语言可使不发声的发声,不具形的具形,乃至于色彩有了温度,声音有了硬度。它的基本规律是虚实互异,可以化虚为实,也可以化实为虚。前者如"悲哀的残骸依旧在香炉中,厌倦也永远在佛经中蜿蜒"(卞之琳:《一个和尚》),"厌倦"能似虫蛇般蜿蜒爬行。又如"我把碎裂的怀想散播在田原上","你给我寄来了一纸轻寒"。(辛笛:《寄意》)后者如阿尔贝蒂写中国的《茶田》。

> 中国的路旁种着绿色的茶树,
> 这种植物老是像咧着嘴微笑,
> 在餐桌上的玻璃杯里
> 开放了小小的园林。
> 它是春天注入杯中的
> 碧绿的友谊。

这里,"茶园"注入了杯中,化为了"碧绿的友谊"。这就是古往今来人们惊叹不已的诗人的创造。

也许以语言的手段再现生活并非诗所独擅,但由于诗在传达人们感情世界方面的特殊功能,诗人所创造的美的殿堂,不仅属于理智,而且属于情感。诗歌语言不但雄心勃勃要"穷尽"客观生活,而且也要占领主观感情的每个角落。因为诗的本质在抒情,因而,当它挥舞语言这支宝剑占领理智和情感这一与自然界可以比美的世界时,诗的优越性得到了完全的显示。这里是语言传达的那种初恋的"甜蜜的苦痛"——

> 但是谁的一角轻扬的裙衣,
> 我郁郁的梦魂日夜萦系?
> 谁的流盼的黑睛像牧人的笛声
> 呼唤着驯服的羊群,我可怜的心?
> 不!我是忆着,梦着,怀想着秋天!
> ——何其芳:《秋天一》

那一角让人食不甘味,寝不安席的"轻扬的裙衣",它牵着人的梦之魂。这种极隐秘的内心情感活动,由诗的语言完成了创造性的再现。在莎士比亚的《罗密欧与朱丽叶》中有一段诗的语言写成的对话:

> 罗:啊!你就这样离我而去,不给我一点满足吗?
> 朱:你今夜还要什么满足呢?
> 罗:你还没有把你的爱情的忠贞的盟誓跟我交换。
> 朱:在你没有要求以前,我已经把我的爱给了你了;可是我很愿意再把它重新收回来。
> 罗:你要把它收回去吗?为什么呢?爱人?
> 朱:为了表示我的慷慨,我要把它重新给你。可是这样等于希望得到自己已经有的东西:我的慷慨像海一样浩渺,我的爱情也像海一样深沉;我给你的越多,我自己也越是富有,因为这两者都是没有穷尽的。

可以看到，莎士比亚所用的这种语言是充分抒情的、幻想的和富有节奏的。它把一对热恋中的青年的感情世界表达得极为微妙。善于表达情感的音乐，在这些具体的语言所造出的内心世界面前也因而逊色。莎士比亚把朱丽叶对罗密欧的不具形的爱情具形化了。它富于想象，善于抒写激情，而且有着不尚写实的夸张性。诗人的语言类于疯子和情人的语言，它在抒写人类激情时，具有超凡的能力。

离开了精巧地驾驭语言，诗人将一事无成。诗歌借语言这一工具，在开拓人们的感情世界方面，它使语言触及了人们情感活动一般难以达到的隐秘的处所。李煜在《浪淘沙》（"往事只堪哀"）中，寄托了兴亡之叹后接着写："晚凉天净月华开。想得玉楼瑶殿影，空照秦淮"，便是语言创造的奇迹。这时，初夜天气，云天澄碧，一轮满月升了上来，眼前的景色正好衬托着他的亡国之痛。诗歌语言的奇妙不仅使内心世界与外界景象完全得到契合，而且能够从眼前的一片月光之中荡开去，追回那已经流逝的光阴——身囚汴京的李煜，心灵浮起昔日生活的情景：也是这样一片澄清的月夜，投下了玉楼瑶殿的美丽影子，如今，这月亮，空照着秦淮河悲哀的流水！诗的语言能够超越时空的限制而把情感信息准确传达给你，它甚至不仅在字面上传达给你，它留给无限的情思，去扩展它的意绪。

诗歌语言是艺术语言的宝塔的尖端。它经过千锤百炼而登上这个尖端。一个民族的语言的精粹，往往由诗体现出来。诗的语言是最提高的语言。代表性诗人的语言，往往成为这一民族的典范和骄傲。我国的杜甫，俄国的普希金，都是如此。人们常常会对"大白话"的诗摇头，其中含有对那些诗的语言的平庸和灰色的不满。就诗的语言发展而言，它的基本趋向是脱离口语，脱离散文，使它臻于精美奇妙。也有刻意求俗求拙的，但那是对于过于华靡的反拨。当然，其目的仍在于创造语言的美。

正如一桌全是山珍海味的宴席,顿时出现一道鲜嫩的青菜那样令人可喜。

人们对于诗歌语言的要求是不断的提高。这种要求的实质是要维持诗的语言的抒情性(它的对立面是叙述性)。抒情,总是和想象力的丰富和夸张的奇特联系在一起,这就构成诗的语言的幻想性(它的对立面是写实性)。如"为了表示我的慷慨,我要把它重新给你","我的慷慨像海一样浩渺,我的爱情也像海一样深沉",这都是脱离了日常口语的提高了的语言。同时,它也游离了日常语言那种"务实"的性质,而转向"务虚"——它像飘移在天空的云彩和鸟鸣一样动听,但却也一样的不易捉摸。它是建立在抒写激情之上的充分幻想的语言。"一切形式的诗歌都是想象和激情的语言,幻想和意志的语言……要求诗人用日常谈话的语言来描写心见可能接触到的最惊奇生动的印象,正如要求历史的描述者用普通画家的静态表情来表现一脚踩在毒蛇身上的人的脸色。"(赫士列特:《泛论诗歌》)

> 我神秘地走进秋天的果子
> 经过雪,经过一片银白的冰冷
> 成了种子,成了结晶
> 在春天,撒遍大地,撒遍夜晚,播种小麦
> 　和星星
> 　　——江河:《从这里开始》

这便是诗的语言。诗人的"我"竟然"走进""秋天的果子"。"播种星星"就充满了幻想,是超乎现实的夸张的语言。在正常的环境中视为异常的语言,在诗中却是正常。有人对写诗和表达真理科学性语言作了类比:真理的要求是严肃的,它对长春花毫无同情;诗中必不可少的一切,就正是与它毫无关系的一切。爱伦·坡认为,"谁要是看不到真理和诗在给予印象时所表现的

根本性的不同和判若鸿沟的差别,谁就必然是盲目的,谁要是不顾这些差别,定要企图调和油一般的诗和水一般的真理,谁就是必然患着理论狂热病而不可救药了。"(《诗的原理》)

人们把语言比作星星:它像星星一般地燃烧,也像星星一般地熄灭。但是,星光对于自己来说,也许是熄灭了,对于他人,却还会燃烧几千年。"那个人已经不在了,但语言留了下来,而且从一代飞向一代,就像宇宙已经熄灭的星星的光。"(米·普里什文:《大地的眼睛》)想到这点,诗人应当受到鼓舞,因为他们今天所从事的,也许会留给后世以光。"李杜文章在,光焰万丈长",这不就是他们留在天边的永恒的星光么!星星不断地生长,也不断地消失,但它们的光芒永存。它们组成了一条银河,无数条银河。那是优秀的诗人们所创造的星星永恒的光焰。

超凡的力量:精约地把握世界

诗的一切特性,都为它的抒情性所派生;诗的语言的一切特性,都为它的音乐性所派生。我们业已知道:诗的语言的音乐性,乃是诗的抒情性所决定。抒情需要吟咏,也难免要手舞足蹈,因而离不开节奏和韵律。

要是世间确实存在着"一字千钧"的文字,只能在诗中寻觅。这种重于千钧的文字,古往今来,虽不为诗歌所独有,诗歌却往往多有。"春风又绿江南岸"的"绿","红杏枝头春意闹"的"闹",这些被说滥了的例子,巧则巧矣,但还说不上重有千钧之力。一般说来,巧还不算太难,而极难是"重"。轻巧的文字,也许从轻巧处可以得到,而沉甸甸的文字,则非要有如椽巨笔不可。

杜甫的《悲陈陶》是首短诗,开头四句:"孟冬十郡良家子,血作陈陶泽中水。野旷天清无战声,十万义军同日死。"不仅是字字有力,而且可以说是以极少数的文字囊括了巨大的世界。先是以寥寥七字描写参战士兵的乡籍和出身,还介绍了战争发生的季节——寒风料峭的初冬。再用七字状战事的激烈并暗示其悲壮的结束——陈陶泽中水,那是士兵的鲜血所流注。最后展现出来的是极开阔、极荒凉、极寂静的激战后的战场景象,"野旷天清"四字,凝括而洗练,再加上一个"无战声",它的力量在于不是通过杀声动地或战马悲鸣以渲染悲烈,而是写出了死一般的寂静。有声的战场变成了无声,这是悲烈的极致!"十万义军同日死",顷刻之间,全军覆没,也是惊心动魄的一幕。这样的战争场景的描写,令人联想到雨果在《悲惨世界》、《滑铁卢》中所用的笔墨,虽然战争的规模并不相同,但杜甫的凝重和概括的力量,都不会比雨果逊色。

当小说或其他文体用细致而详尽的笔墨来描绘波澜壮阔的场景时,诗歌只吝惜地用若干个字。而它们所创造的却只是小异而大同的艺术效果。"十万义军同日死"是诗的创造,这种创造同样是用来表现硝烟滚滚、血流如水、尸骨成山的。诗歌对于语言的要求只能是惜墨如金,它代表诗语言的特质。它断然排除"用墨如泼",不论在什么场合,表现什么内容,诗必须拥有极精粹的语言。关于这一点,爱伦·坡说得十分精彩:"我认为长诗是不存在的。我坚持,'一首长诗'这么一个短句,不过是措辞上明显的矛盾。我无须赘述,一首诗的称号,只是由于它以灵魂的升华作为刺激。诗的价值和这个升华的刺激,是成正比的。但是,由于心理的规律,一切刺激都是短暂的。一首诗必须刺激,才配称为一首诗,而刺激的程度,在任何长篇的制作里,是难以持久的。至多经过半小时,刺激的程度就松弛——衰歇——相反的现象跟着出现——于是这首诗在效果和事实上,都不再是诗人。……在其他情形都相同的前提下,诗篇的长短就是衡量诗的价值的尺度……"(《诗的原理》)

爆发与喷射——非持续性的效果

"长诗不存在",其实质是说,不讲究语言的精练的不是诗。因为人们的激情不可能有长时间的持续性,它是爆发式的、呈喷射状态的。要是"长诗"存在,而且抒情的特性发挥得良好,那只能理解为由若干发挥了抒情特性的"短诗"所组成"长"诗存在。以白居易的《长恨歌》为例,这是一首充分发挥了诗的抒情特性的、实际上不长的"长诗"。人们留在记忆中的仍然是由若干喷射着激情的短章组成的《长恨歌》。

以《长恨歌》这首堪称写得最好的长诗为例进行考察,可以发现,它的激情是"组织"起来的,而不是始终一贯地持续着的。开头那些"汉皇重色思倾国"一类的句子未必动人。杨玉环得宠以后"姊妹弟兄皆列土"也并不精彩。只是到了战乱年代,贵妃死于军中,明皇朝夕思念,以及归来睹物伤怀,乃是此诗情感起伏的波峰。此后关于上天入地的寻觅的描述仍然乏味,它们只是情感起伏的浪谷。整首长诗是由感情贯串的。它的好处在于激情的火焰并不平均燃烧,有时黯弱,有时强烈地闪光。《长恨歌》以不时的特殊语言的"强刺激"激发着人们的热情。

在现代新诗中,《漳河水》也是优秀的长诗。它的魅力仍然在于爆发式的激情的维系。要是没有那些时不时迸发的刺激的火花,读者就会厌烦。应当看到,《漳河水》中那些作为"陪衬"出现的由抒情性语言构造的《漳河小曲》、《自由歌》、《漳水谣》,应当理解为该诗的主旋律,整首长诗依靠它们来维持情绪的昂奋状态。

"一切刺激都是短暂的"这一论断否定了形式上的长诗的价值,从而确认一切诗都必须是"短"的。"短"不单是形式的范畴,它体现着诗的特质。为了保卫和争取诗的这一特质,诗对于语言的要求就十分的严峻。诗要达到"短","短"到足以构成在霎那间的对于人们情感上的强刺激的效果——这就需要从语言的基本单位做起,进行点点滴滴的争取。这可简单地概括为一个字:精。少陈述、少交代、略去那些不是必有的过程、选择最省俭而又极传神的词句,猝不及防地击中它所要表现的对象,这是符合诗之激情之爆发的需要的。

最小空间求取最大容量

语言在诗中的通常表现形态是:最小的空间在追求最大的容量。要从最小的空间里求取最大的发展和充实,那只能从最基本的语言单位的选择开始。诗的语言的最优状态当然不仅是准确,但准确却是它的"起跑线"。在诗成为"起跑线"的,也许在一般的语言环境中却是终极线——诗的语言,毕竟是最高级的语言,它有着最高级的要求与企望,这就要求从每一个字的精心选择和提炼做起。

诗要求字字都精粹,尽管做到这点很难。古人写诗注意字的选择,他们把这种对全局可能产生影响的精心推敲的字叫做"诗眼"。眼睛传达一个人的灵性。陶渊明《饮酒》诗有"采菊东篱下,悠然望南山"句,其中"见"字即"诗眼"。很多陶诗传本都把"见"误为"望"。前人对这两个字的更易有过许多评论,其中以苏轼的评论最有代表性。晁补之引他的话说:"东坡云陶渊明意不在诗;诗以寄其意耳。'采菊东篱下,悠然望南山',则既采菊又望山,意尽于此,无余蕴矣,非渊明意也。'采菊东篱下,悠然见南山',则本自采菊,无意望山,适举首而见之,故悠悠忘情。"(《题陶渊明诗后》)后世有些诗人学陶诗,白居易《效陶渊明》诗:"时倾一樽酒,坐望东南山",用的是"望";韦应物《答长安丞裴说》诗:"采菊露未晞,举头见秋山",用的是"见"。论者以为,前者难免有"流俗之失",后者"真得渊明诗意"。(见宋吴曾《能改斋漫录》卷三)这里讨论的只是一个字,其实,涉及了诗的语言素质的辨析:不仅为对象的再现寻求最妥帖的字,而且寻求用一个有限的字去表现比一个字更广、更深、更远的内涵。

　　有成就的诗人对一字一词莫不精心择取;必求以一字之寡而极状世间万态之丰。杜甫诗句"星垂平野阔,月涌大江流",这"垂"和"涌"二字就用得不凡。星星垂挂于空阔的平野之上,仿佛是纷纷飘落的蓝色的雨;月亮不是升上来,而是被巨大的江流推涌而起,这是一幅波光荡漾的雄浑壮丽的画面。一个"垂"字,一个"涌"字,把这个星月交辉的夜晚描写得灵动飞腾,这是诗歌语言用字创造的魅力。

　　对语言加以精炼的运用,比较起来还易于做到,但以极少量的语言(在古典诗歌中往往只是一个字)刻画对象处于微妙的、乃至不可言状的神态,就极不易。以一字一词而能精确地有分寸感地把握住对象所处境遇的,往往非所有诗人所能做到。苏轼写雨绝句:"黑云翻墨未遮山,白雨跳珠乱入船",以"黑云翻墨"四字写将雨,以"白雨跳珠"四字写初雨,已经十分传神而省俭。但令人惊叹的是诗人用了"未"、"乱"两个比较抽象的词,一写将雨未雨,一写急雨骤至,都精到地把握了特定时刻的微妙情态。温庭筠"雨后却斜阳,杏花零落香",雨后、斜阳、杏花的香气,最难得的是"零落"二字,表达对象的曲折微妙,省俭而恰到好处。柳宗元写《江雪》:"千山鸟飞绝,万径人踪灭",给我们画出了江雪茫茫之中那种一切都在急速变化的感觉,可以表述为:

　　　　千山鸟飞——绝,
　　　　万径人踪——灭。

以极少的字写出了自然界的瞬间变异。在我们的视觉里,仿佛看到鸟在雪天里逐渐消失了影子,山间小径中的足迹也为雪花所慢慢掩盖。这是诗的语言的神功。

　　一个字在其他文学样式的作品中完全可以受到忽视。它可以起大的作用,也可能默默无闻。但字在诗中几乎每一个都是舍生忘死的勇者,它都要为完成自己的使命而鞠躬尽瘁。"它教会你从棘针尖上去认识人生,从一点声响上抖起你的心"(臧克家:《生活》),这个"抖"字就属于千锤百炼之列。它不仅传达出那旧社会底层人如履薄冰的紧迫感,而且写出了那个黑暗时代普遍的性格变态——一点响动也会引起颤抖。紧缩是抖,战栗也是抖,一个字,描写了个人的心境,也描写了时代的氛围。杰出的诗人,可能创造奇迹,以一字而给作品打上时代的深深烙印。

臧克家《像沙粒》一诗,以沙粒来形容为生活奔波者的苦辛:

　　从太阳冒红,你就跟了风,
　　直到黄昏抛下黑影,
　　这里,天上不缀一颗星,
　　你可以抱紧草根静一静。

几个动词都用得恰如其分:一个"跟",形容身不由己,听凭摆弄;一个"抛",仿佛黑暗骤然而至,无情而冷酷;"天上不缀一颗星",换上他人,也许会说"天上不见星星",这里用"缀",要是尚存悯怜之心,它应该给辛苦劳碌者的头顶"缀"上一颗星的,但是没有;"抱紧"也写出了一种卑怯苟且之状。这是"混"生活的逼肖的描状,但只是寥寥几个动词的功力。类似此种例子,如杜甫的"万里悲秋常作客,百年多病独登台",一个"常",一个"独",都选择得精切。

情思的表达不靠华辞丽句

　　语言的传达出诗人的情思,并不在华丽辞藻的选用上,而且往往于朴实中见力量,剥去豪华的外表益发显现真淳心志。"全家都在风声里,九月衣裳未剪裁"(黄仲则:《都门秋思》),只用一个"风声"不作任何夸饰,而窘窄之状可想;"这年头,什么都冰冷,发热的只有枪筒子"(臧克家:《发热的只有枪筒子》),仅"冰冷""发热"两词的对比使用,主观愤激不着一句,但却引发我们对于那个疯狂年代的联想。

聂鲁达的《逃亡者》写:

智利人生活在
垃圾和南冰洋的寒风里

"寒风"、"垃圾"也都是普通词汇,却可以把智利人的不幸处境形容得真切。它释放了,也牵引了这个普通词汇背后众多的能量。诗人在诗中选择恰当的语言,应当力求做到恰到好处的熨帖。

诗是文学中的文学,它的语言也可称为语言中的语言。它所占的空间,应当减缩到不可再减缩;它所蕴涵的内容,应当扩展到尽可能的无垠。当然,这一切,首先要做到最大的凝括,做到以少到不能再少表现多到不能多。"怜君卧病思新橘,试摘犹酸亦未黄"(韦应物:《故人重九日求橘》),友人病中求"新橘",是"试摘",这橘子的存在状态则是:"犹酸"、"未黄"。八个字,讲了一个非常复杂的内容;"客散酒醒深夜后,更持红烛赏残花",(李商隐:《花下醉》)什么时候?客散、酒醒、深夜,非常的简洁明确;"暝泛不知柔橹乱,前川微月雁声多",橹是柔橹,月是微月,泛是暝泛。尽管语言可能是桎梏,但却游刃自如,规定得分毫不乱。特别是"乱"字的使用,薄暮、轻桨、水光山色令人沉醉,以至于无心击桨而失击节拍。后一句,前面河上升起了月亮,澄澈明净以至惊动了雁群,至于微月与雁声之间的因果关系,它却偏不明说。这两句诗所造成的空灵含蓄的透视感,则只能依靠欣赏者的体察而难以言传的。

内在能量的释放

拖泥带水与诗无缘。语言的混乱和芜杂对于诗，是绝对不可容忍的。为达到语言的精粹，诗在寻求一切可行的途径。它甚至寻求语言（它的体现是文字）在诗中不只一种的用途。它寻求一字多用。这也是一种释放语言的内在能量、以少总多的办法。如韩翃的"星河秋一雁，砧杵夜千家"，其间"秋""夜"二字用途就不关一处。可分析为：

　　星星的河流，
　　秋天；

　　一只孤雁，秋天……

　　砧杵敲打着，
　　夜晚

　　一千户人家的夜晚

又如杜甫《春望》的名句："感时花溅泪，恨别鸟惊心"，感时、恨别指无情花鸟的多情，更指人见花鸟有情而生情。花溅泪，溅泪的也许并不是花；鸟惊心，惊心的也许并不是鸟。这里，明明是诗人在春望中感时、恨别，偏又假托于花鸟，而无情的花鸟竟也知感恨，则这战乱的时局是如何令人揪心自不待言。

诗的语言的精练在这些场合，不仅表现为极浓缩，而且为了达到以极少表现极多的目的，有时则精粹得近于畸形。这种"变态"在别的文体中不被允许，而在诗中，却相当普遍地存在。如江河的《从这里开始》：

　　即使贫穷、饥饿

>   衣衫破碎了,墙壁滑落着
>   像我不幸的诞生
>
>   沉闷

断续的、似乎没有关联的"句子",再加上前后空隔开的"沉闷",这全然是不合常规的语言现象,它不像平常所用的语言那样直接而具体,它显得间接而抽象。它不是陈述着什么,但它的确在暗示着什么。"沉闷",仿佛是置身于母腹之中望不见世界的光亮,也听不到生活的喧嚣。一句极浓缩时"沉闷",能够暗示出那种地老天荒的苦闷感。

"诗人的语言主要是隐喻的,这就是说,它指明事物间那以前尚未被人领会的关系,并且使这领会永存不朽。"(雪莱:《为诗辩护》)有人把诗的语言归结为象喻性,即它的责任不主要在写实,而主要在隐喻。古诗十九首中的"行行复行行,与君生别离",其意不在写实,而在象喻——是居者之辞,还是行者之辞;是逐臣之恨,还是弃妇之叹;是写别离之苦、失志之悲、无常之慨,还是别的什么?它给欣赏者提供了多种的可能性、一种不求甚解的、乃至于不可求的契机。

诗歌语言的隐喻性质,促使它趋于多义。由于多义,又促使诗在欣赏者的想象中获得广阔的天地,语言所蕴涵的内容超越了狭小空间的负荷。如下面这首《回忆》:"我开始回忆。云的回忆,海的回忆,青色的、猩红的回忆……追求和遗弃。"这些描写,抛弃了琐屑的对于过程的陈述,有意地把特定的和具体的回忆抽象化。云、海、青色和猩红的回忆,只是关于回忆的"范围提示",随每个欣赏者的特有的经历和想象习惯,而有各自不同的创造、补充和定位。其间"追求和遗弃"也不具体,仍然是隐喻。正是因此,呈现了诗的语言精粹性的一个突出特点——它把许许多多繁复驳杂的具体内容加以抽象,使有限的语言体现出无限的内在容量。

多义与象喻

　　这是诗的语言的另一个奥秘,即:有意地抽象、不具体;有意地含混而诉诸象喻;有意地不明确而寻求多种意义的概括。从本质上讲,诗的语言常态与"明白如话"、"妇孺皆知"是相背逆的。诗的语言总带着点让人"费解"之感,或是神秘之感。它与"一览无余"几难共存。因此,详尽的、连贯性的陈述,可以说是诗歌语言之病。"弹到肠断时,青山眉黛低",(晏几道:《菩萨蛮》)不论是弹筝的内容、弹筝女子的悲苦,以及悲苦的情状,它都不作直接的陈述,而只是选出一种境界,间接地隐喻悲苦的情状。

　　　秋夜,灰暗无星,
　　　我脑子里充满你的话,
　　　话是无穷无尽的,像时间,像物质,
　　　话是明亮的,像星星闪烁在我俩的头上。
　　　　——希克梅特:《信》

　　这是诗人在狱中寄出的"信"。他有许多充满激情的"话"要说给亲爱的朋友,但这一切"话"却被无一例外地抽象化了。许多本应具体讲述的内容,都化为"像时间"、"像物质"、"像星星"之类有意含糊其辞的语言。这不是诗人的失败,而是诗人充分掌握了诗歌语言的象喻性、多义性特点的产物。

　　有些诗人不懂这一道理,他们热心于用诗来讲述一切,结果是取消了诗的语言的特性。这里也有一封"信",是"一个士兵妻子给丈夫的信"。"信"中写了具体详尽的话,如:"孩子他爹××同志:门前柳树绿了梢,冬尽暖来春天到,祝你在前方身体好。……再说咱家更美气,又分到二亩好水地,村里代耕特别好,地堰修垒得整齐齐。"这封"信"共写了二十一段,八十四行,但即使如此,仍然无法把话说"尽"。这与希克梅特的"信"成了鲜明的对照。这是由不同的诗歌观念造成的不同的语言追求。

诗通过语言表现意念和情感,而不是借助语言交代事实。要仅仅只是为了说明,完全可以不必用诗,所有其他文体都比诗优越。诗不能"琐琐碎碎",甚至也不要"明明白白",诗一般说来是"隐隐约约"。它总是尽量回避叙说的具体性,力图摆脱语言的首尾连贯的铺叙,因而,诗的语言更多时候表现为"断断续续"。"近乡情更怯,不敢问来人"(李频:《渡汉江》)是断断续续的;"玉容寂寞泪阑干,梨花一枝春带雨",(白居易:《长恨歌》)也有大跨度的跳跃;这些诗句中省略去许多在其他文体是必不可少的关联,而以直接的不衔接的姿态出现。现代诗中这种情况表现得更为大胆,北岛的《陌生的海滩》:

  凝结盐霜的路上,
  只有翅膀和天空。

它总是尽量地减少语言的表白,减少到无路可退的地步。省略似乎就是原则,从单个字词的省略,到句组之间的省略,甚至是标点符号的省略。有时为了省略而不惜在语言上走钢丝。那首题为《生活》:"网"的一字诗,当然是个极端的例子,即使是这个例子,我们也不能轻易判它不是诗。它以意象的手段对事物作特殊的概括,它追求表现生活的高度浓缩,以及它在语言上所达到的含蓄与精粹。仅仅这些,也不应忽视它作为诗的价值。再如一首题为《波浪》的诗,也只有一个短语:"最柔软的力量"。它是力量,却最柔软,语言在这里已完全不可再省略,这就是走钢丝。

精练也造成了诗的不易为人理解。因为它把语言所能表现的,浓缩到最精最简。它是可知的,但又是难解的。因而诗的欣

赏就是一个艰苦的历程。读北岛的《是的,昨天……》:

> 用手臂遮住了半边脸,
> 也遮住了树林的慌乱。
> 你慢慢地闭上眼睛:
> 是的,昨天……
>
> 在黑暗中划亮火柴,
> 举在我们的心之间。
> 你咬着苍白的嘴唇:
> 是的,昨天……

大体的意思是懂的,但明确的意思也许永远得不到。昨天怎么样,今天又怎么样,我们只能猜。而猜也不会有结果,它有意地含混和朦胧,造成悬念的环境,诱发人们寻求答案的诱引力,从而勇敢地实行诗意的追逐。诗的语言不仅应当一以当十,而且应当把不尽之意留与无笔墨处。不用语言的语言,无声无形的"语言",这是诗的更高层次的追求。

诗的语言的断断续续,正是对于散文语言的延续和连贯的逆反。为什么前人可以把诗的语言形容为巫术,因为它不仅是"念念有词",而且往往乐于追求"语无伦次"。它有较大的"随意性"(当然,这是更高级的精确性的体现)。为了精练,它经常借助于语言的跳跃,有意地略过那些过程、交代和对诗说来并非必要的叙述。诗歌语言的这种"巫术"似的特殊本领,是其他艺术如绘画所不具有的。钱钟书在《读〈拉奥孔〉》中引用程正揆《青溪画稿:题画》中记载的他和董其昌的一段谈话:"'洞庭湖西秋月辉,潇湘江北早鸿飞',华亭爱诵此语,曰:'说得出,画不就。'予曰:'画也画得就,只不像诗。'华亭大笑。"他们的讨论没有结论。钱钟书据此说:"即就空间而论,绘画是有结构或布局的问题。程正揆引的一联诗把空间里远远不沾边的景物联系起来，彼此对照；即使画面具有尺幅千里之势，使'湖西月'和'江北鸥'一时呈现，也只会有两者平铺陈列，而'画不像'诗里那种上句和下句的清楚对应。"

诗的语言能够创造这种魔法，它把距离遥远的两个景物缩短了距离而"焊接"在一起。

> 上海关。钟楼。时针和分针
> 像一把巨剪，
> 一圈，又一圈，
> 铰碎了白天。
> ——公刘：《上海夜歌（一）》

这诗句再现了人们视觉跃动的情景，由上海关，而钟楼，而时针、分针，以及它们的走动。它们略过了一切在其他文体不能没有的经过的交代，劈头就是一个一个的互不关联的全景镜头。到底是谁看钟楼，他又为何到此，一切都无须说明，只是那时针的运转如同一把巨剪，它在抒发对上海夜景的雄浑的情感。又如崔颢的《长干曲》："君家何处住？妾住在横塘。停船暂借问，或恐是同乡。"全篇都是女子语气，诗人以跳跃性很强的语言写她的性格、神情、韵味，然而却没有一句描写性的语言。她先是问君住何处（一个陌生的主动的问候）；没等对方答复，便自己先作介绍（无拘束的、开朗的性格）；第三句便解释自己为何唐突相问（她觉察到自己的冒昧可能引起误解，带着几分羞涩）。对比那些无休止的、唯恐别人听不明白的琐碎语言，这二十个字便显得空灵而超脱。

诗为了追求语言的最大容量，于是向着语言的空白处开拓。跳动性的语言，目的在于留下那语言的空疏。大胆地、甚至是奇特地把表面上互不联系的形象叠加在一起，使之产生出奇妙的意想不到的效果。"秋千慵困解罗衣,画梁双燕归",(冯延巳:《醉桃源》)"解罗衣"句后其实应有删节号,它与后面的"双燕归"并不是必然的顺理成章的关系。诗人写一个孤身女子因玩秋千寂寥而惆怅,正在此时,画梁上的双燕飞回,这才借助于一个无意间得到的景物,把那遥远相隔的空间组接起来。

诗的跳动性语言,可以缩短时空的间距,使诗歌在创造自己的广阔意境方面,能以精约造繁复。如李璟的词:"手卷真珠上玉钩,依前春恨锁重楼。风里落花谁是主,思悠悠。　青鸟不传云外信,丁香空结雨中愁。回首绿波三楚暮,接天流。"一"回首"就是三楚的黄昏,而刚才这位主人公还站在珠帘之前感叹着风中的落花,这是从"此处"顷刻间跳到"彼处"的例子。

诗的这种可以随意跳动的语言特点,使诗最终拥有了最为精粹的语言表达。刘熙载的《诗概》谈到诗的跳动性语言留下的空白所造成的艺术效果,他以为:"律诗之妙,全在无字处。每上句与下句转关接缝,皆机窍所在也。"诗的跳动,就是要造成那许多"无字之妙",这正如画画之妙处在那些有意留下的空白是同样的道理。卞之琳《春城》借助语言的跳动,可以随意地由北京牵扯到马德里:

　　北京:垃圾堆上放风筝,
　　描一只花蝴蝶,描一只鹞鹰
　　在马德里蔚蓝的天心……

在诗中,特别在现代诗中,那种缓慢的节奏正在被打破。随着迅疾的交通联络工具的出现,地球变得小了,新生活把那种瞬息万变的节奏带到了诗中。这种节奏,借助于跳动性语言的表达,大大减缩了过程性的描写和交代,它直接地、横冲直撞地跳跃着,使得有限的语言、简约的诗行,能够造出复杂的场面和意境。这是卞之琳的《寒夜》:

>　　哪来的一句钟声?
>　　又一下,再来一下……
>　　　　什么,有人在院内
>　　跑着:"下雪了,真大!"

上述诗中,"哪来的一句钟声"便是反常规的。散文作品就不会出现这样没头没脑的问句:是谁、在哪里、又跟谁说话?这句问话没有交代,也不企求答案。第二句开头便是"又一下",它没有从"第一下"写起。仿佛是遥远的钟声惊动了屋里人的昏昏沉沉,一下,又是一下。正被钟声所吸引,忽觉院内有了动静:有人在跑。而后,传来跑着的人的声音:下雪了。通篇均以跳动的语言表现跳动的节奏,短篇幅内有大容纳。

诗的语言,就以以少寓多这点来说,它要求密度大,即许多内容要挤塞、浓缩在狭小的空间里,这是诗的语言基本生态。诗完全不能容忍那种松弛虚空的语言密度。《文赋》讲"或清虚以婉约,每除烦而去滥",正是这种语言紧凑精约要求的具体化。

为了达到语言的精粹使用,它并不是一味地要求"密集",有时,为了获得更大的容量,它反而要求疏朗,有意地留下许多空白,以便随后"填"进更多的内容。表面上看,语言疏阔了,但这蕴涵着更大的浓密。如贺敬之的《西去列车的窗口》:

>　　一路上,扬旗起落——
>　　苏州——郑州——兰州……
>　　一路上,倾心交谈——
>　　革命——人生——战斗……

从上海到新疆的万里行程,只用三个地名写尽了;一代青年人对于未来生活的向往和对历史的继承,也只用三个词就概括了。在跳动性的节律中,诗以有限的语言发挥了重大的作用。它要求着读者在苏州、郑州、兰州之间去填充那巨大的空间。它以超技的疏朗创造了空前的密集。

诗在把握生活方面,主要不是以滔滔不绝的精彩生动的描绘,而是以有限的语言试图凝练地展示丰富。诗要洞烛世界的宏广与幽微,它只能以它所拥有的语言手段,再创造出一个幻想的天地,以此囊括令人眼花缭乱的大千世界。

节律篇

"纯"诗与音乐遗传

探讨诗歌语言的特殊魅力,可以追索到诗的诞生期。我们已经认识到:诗歌的产生最初是为了宣泄情绪与协同劳动动作的呼喊,后来是庆祝劳动收获而发出欢呼,总之,是伴随着劳动的动作和情绪而产生的精神产物。这里不包含明确意义的诗的前身——原始人的劳动歌。随着人类语言的进步,以及感情活动的趋向细致精微,于是有了保留着丰富的音乐和节奏特点的诗的语言。

开始时,舞蹈(这是劳动动作的升华)、音乐(这是劳动情绪的体现形式)和诗(这是劳动情绪的具体内容)是混合在一起的。从原始的劳动歌达到我们如今所谓的诗,首先是舞蹈的脱离,剩下了歌。歌是初步的包含着音乐的诗。在歌的阶段,音乐是诗的形式,诗是音乐的内容。到了近世,歌也脱离,剩下了"纯"的诗。"纯"诗虽然大部不能唱了,但是音乐的遗传仍然保留着。这种遗传成为了诗的语言特性的根本支柱。所谓的韵律,即指诗的语言的节奏和音响的音乐效果而言。

许多论诗的文章都不约而同地论及诗的"魔法"。希腊神话中谈到荷马或缪斯时总是和先知、预言家或女祭司相联系。诗歌语言的音乐性和节奏性,最早的时候被认为是具有某种"魔法"作用的。原始人认为,在音乐和舞蹈的节奏中有规律的歌唱,他们所希望、所幻想的就将实现:纺纱歌能够使纺车更快地转动,狩猎歌能够祈祝他们猎获野兽,播种歌能促使作物更快地生长。"他们的歌唱总是伴随着身体的动作,其作用是巫术的,它企图用模拟来使外在世界发生若干变化——用幻想来影响现实。"(乔治·汤姆逊:《论诗歌源流》)追根溯源,诗的语言之音乐性并不是诗人凭空要求、或仅仅由于审美目的,而是由于人们在诗的音乐美感中得到了实际性的满足——他们所希望的终将实现。

人们自然地感到日常语言不能带给他们以精神满足。他们觉得散文化的语言妨碍了激情的表达。散文只是一种谈话,而诗才是歌唱。"散文的跛跛颠颠,突然中止,生硬和不平衡对诗想象的畅流无阻最为不利,就如高低不平的道路和跌跌撞撞的马儿打乱一个出神者的幻梦。但诗歌能够使这些困难化作坦途。它是与心灵中的音乐相呼应的语言组成的音乐。"(赫士列特:《泛论诗歌》)为了克服普通语言对于诗情的畅通所造成的障碍,有规则地安排音节和讲究韵律则是一个出路——这就是诗对语言的音乐性的追求。

单调与变化的互递

诗歌语言音乐性的核心在节奏。一切强化音乐特点的措施,最终都要落到节奏上来。关于节奏的作用,叶芝说过很恳切的话:"节奏的作用是延长沉思的时间,这是睡与醒交融的时间,一边用变化来保持我们的清醒,一边用单调的感觉诱导我们到出神状态,使我们的心智在其中从意志的压力下获得解放,以种种象征的姿态显露出来。"分析任何一种语言写成的诗,我们都会发现,诗歌语言在音乐效果方面的规律,便是这样陶醉与清醒、单纯与变化、同与异关系的建立与打破。汉语诗律的平仄互递,也就是要在同中求异,避免单调。

韵语的使用即是语言对于音响的有规律的调节的一个方式,为了改变声音过于驳杂与散漫状态,韵语的作用在于异中认同。认同的目的,当然是为了突出语言的节奏感。在一连串的各不相同的声音中,有规律地"嵌入"若干相同或相近的声音,这是对于"催眠"状态的"警醒"。人们等时性地从沉醉的入神状态中醒觉,这就突出了节奏的作用。不押韵的诗句当然未必不好,但由于语言形式上的涣散,内容也因此失去了必要的提携,这则是十分明显的。

在一切语言各不相关的诗行中,有规律地出现一些相同或相近的音响——这就是韵——它必然会使那些看来互相陌生的诗句彼此挽起手来。雪莱说:"诗的语言总是含有某种划一而和谐的声音之重现……这重现对于传达诗的感染力,正如诗中的文字一样,是绝不可少的。"(《为诗辩护》)下面是艾青《太阳》中的诗句:

　　从远古的墓茔
　　从黑暗的年代
　　从人类死亡之流的那边
　　震惊沉睡的山脉
　　若火轮飞旋于沙丘之上
　　太阳向我滚来……

这是一首朗朗上口的诗,它在语言音乐性上给我们很大的启示:一、二、四、六行的节奏相同,都是三个"顿",构成了和谐;三、五两行节顿相近,却是对于其他四行的平衡的打破。这就产生了变化:从语言效果上出现了起伏。"代、脉、来"均同韵字,出现于关键诗句的尾梢。它是三颗"铆钉",把六行并不整齐的诗句,"焊"成了一个整体。

　　撑着油纸伞,独自

彷徨在悠长,悠长
又寂寞的雨巷,
我希望逢着
一个丁香一样地
结成愁的姑娘。

她是有
丁香一样的颜色,
丁香一样的芬芳,
丁香一样的忧愁,
在雨中哀怨,
哀怨又彷徨;……
——戴望舒:《雨巷》

这是一首很著名的新诗。诗行并不整齐,虽然它们意思是连贯的,由于语言上对于音韵的考究,把这些长短不齐的诗句紧紧地"铆"在一起了。其间起重大作用的,是押在句末的长、巷、娘、芳、徨五个同韵字,正是它们把分写成十二行的诗句紧紧地联系在一起;其余夹在句中出现的徨、长、望、香、样等同韵字也对全诗的悦耳动听起了配合和调节的作用。假如这十二行诗句中的所有语言成分是水泥,那么,那些在关键位置上的韵字就是沙子,是这些沙子的掺和才使水泥互相凝结抱紧。要是破坏了那些韵字,特别是处于关键位置的韵字,这些诗句就会像失去了沙子的泥浆。下面是韵字被大部破坏后的诗句:

撑着油纸伞,独自
彷徨在阴冷,阴冷
又寂寞的雨中的胡同
我希望逢着

> 一个丁香一般地
> 结着愁怨的少女
>
> 她是有
> 丁香一般的颜色
> 丁香一般的香气
> 丁香一般的忧愁
> 在雨中哀怨
> 哀怨又彷徨

尽管诗的大体骨架依旧,意思也未作更改,而且仍然保留了若干韵字,但是,那些关键位置上(主要是偶行句末)的和谐的声音没有重现,全部的诗行却似是一堆拆散的零件。

有间隔地出现韵字能够构成优美的音乐感,虽然如《雨巷》带点随意性,并不刻意求之,但关键处总不疏忽。一般的习惯都采取隔行押韵,这是遵循了同异交叉的规律的。句句有韵有时会造成较好的气氛(主要是韵调铿锵,悦耳动听),如朱湘的《梦》:

> 水样清的月光滴下苍松,
> 山寺内舒徐的敲着夜钟,
> 梦一般的泉声在远方动:
>   梦罢,
> 月光里的梦呀趣味无穷!

诗节由很整齐的四行组成(每行句末有韵),其间夹进去的"梦罢"是有意的冲破,起着重要调节一韵到底的单调的作用。但仍不难感到它的过于统一而华丽。像蒲伯的诗句:"她的命运耳语着清风,又曳着叹息细告林丛。在幽静的黄昏里有悠悠的清风,喘息在叶上,又消逝在林丛。濒天的狂飙,喘息在林丛,湖水颤向着飘动的清风。"通篇都在叮咚作响,读来单调得发腻。因太过一致就需要突破这种一致的局面。这就是赫士列特说的,"蒲伯的诗韵令人厌倦,因为它太甜美了:太一致了"。

不甜美便要求甜美,太甜美便要求不那么甜美。像下面这样一首《观冬潮》:"冬来江南雨飘飘,青山绿水尽妖娆,越岭穿坝路迢迢,轻歌漫舞乐逍遥。男修长渠山束腰,水车涓流龙千条,牛犁冬水腾细滔,马运良肥走云霄,喜见冬潮似春潮,一潮更比一潮高。"一韵到底,且单调平庸,好比把一口钟反复敲打那么刺耳难受。

韵语是语言构成音乐性的一个内容,它对诗歌的情感表达起积极作用。以汉语的声调划分而言,"平声平道莫低昂,上声急呼猛烈强,去声分明哀远道,入声短促急收藏"。(释真空:《玉钥匙歌》)这首歌诀表明选择声调与表达情感是有联系的。杜甫的《闻官军收河南河北》,用的是平声十六唐韵,欢愉狂喜之情借开阔舒展的声韵得到尽致的表达。在汉语诗中,一般说来,表现欢快愉悦的情感,多采用平声韵,表现愤激哀切的情感,多采用仄声韵。特别是入声字,最宜于表现那种欲泣无泪的悲烈与至哀,陆游的《钗头凤》、岳飞的《满江红》,或悲愤、或凄绝,或激烈,语言的音响都能很好地映衬情绪。

一首情绪激扬的歌,应该采用明朗开放的音韵,而应该尽量避免用仄声韵,这是音乐性规律的制约。这里有四句表现林区采伐内容的诗:"看哟!沿着那一抹溜光的滑道,'水势'如柱,从山巅的云缝间泻出,飞来的——是一座座原始森林,奔下的——是一组粗壮的原木!"出、木是入声字,压抑、短促、下沉,与整个力图表现出"豪迈"的情绪走向背反。又如下面由两句诗体构成的某电视片解说词:"姑娘双双灵巧手,织出幅幅锦绣图",其缺点则不但是收句韵字的压抑、沉闷,而是由于对音响组合规律的缺乏了解,使整个句子的"音响效果"都出了问题,后一句七个字中竟然出现了五个同韵字、六个仄声字、四个连续的入声字!

这一现象根本违背了诗在音律方面要求的不同音响的轻重、高低、强弱交叉互递的搭配原则。沈约主张:"宫羽相变,低昂互节,若前有浮声,则后须切响,一简之内,音韵变殊;两句之中,轻重悉异。"(《宋书·谢灵运传》)则是浅显地表达了这种同异互变的规律性:从同中看到不同是一种愉悦,而从不同之中认同,更是一种愉悦。渥兹华斯探求过韵文产生愉快的众多原因,他说,"在这些主要原因中间有一个原则,那些把任何一种艺术仔细思考过的人都很知道的,可以算作是这些原因中间主要的一种原因,即是,人的头脑能从不同之中看出相同而感到愉快……依靠这种原则来研究韵律,证明韵律能给予很多愉快……"(《抒情歌谣集·序言》)

一般说来,平仄递变、轻重互置、扬抑调节、开合升降,各得其宜,容易产生快感。但有时,为了传达诗中那真切的意境,人们需要逼真再现那特有的情调、甚至摹写真实的音响,就不再忌讳相近音高字的重叠与连绵。英国诗中有所谓的首字韵,即重复两个或两个以上紧接相连的字或重读音节的第一个字母或音素。在现代英诗中,这种韵法大都流为修饰点缀之用。如有首题为《燕子妹妹》的诗,大量运用[S]音素,使这首诗通篇充满燕子呢喃细语、低空掠飞的情调。

我国诗歌常常使用的双声、叠韵的手法与上述诗例相似。最著名的例子是李清照的《声声慢》:"寻寻觅觅,冷冷清清,凄凄惨惨戚戚。乍暖还寒时候,最难将息。……梧桐更兼细雨,到黄昏点点滴滴。"通篇随处可见的叠音字,恍若是,晚来风急,雨打桐叶,淅淅沥沥,愁人叹息。它是以拟声法,衬出了一颗寂寞痛苦的心灵。

中国现代诗人中,也有把西方诗歌中首字韵的方法引进来的,但未引起更多注意。如卞之琳的《长途》:

几丝持续的蝉声
　　牵住西去的太阳
　　晒得垂头的杨柳
　　呕也呕不出哀伤

四行诗对音韵的追求认真而执著:"几丝持续"明显地表现为对蝉噪的模仿;"牵住西去"是蝉声的延续——似乎弱了下去;三、四两行中的头、柳、呕、呕,则是镶嵌在诗中的响亮之音;二、四句末又按常规的方式押了阳、伤二韵字。这几句诗的追求并不以单个的字的音响为最终的目的,它把这扩展为追求全诗音韵的丰富和谐。

平衡和谐效果的延伸

　　韵的再现及唤起某种平衡和谐的美感,这在诗,是一种普遍性的要求。达到这一要求的,不仅有韵的运用,还有句式与章法的匀称的要求。中国律诗就是这种追求的合理产儿,它的八行是以种种手段紧密契合的,因而离开全首诗来谈某句的音韵几乎是不可能的。它不仅用韵把全诗铆在一起,而且用比韵更周密严格的平仄错位的搭配,使全诗音响构成体现为一个完整体系。就平仄搭配而言,如果首句是平平仄仄,次句便是仄仄平平。"无边落木萧萧下"的次句必须是"不尽长江滚滚来"。律诗中间两副对子,更要求不仅从声调上,而且是从词性和意义上必须构成严格的对称关系。每两行的音调都不同,但都相对,足以使欣赏者从中感受到异中之同的快感。它们体现了中国诗极重要的韵律观念:均齐。律诗是均齐观念的典型化造型。这种观念可以运用到一般诗歌上来。除了有意地追求不均齐的诗,一般地,人们总用它衡量诗的音韵是否和谐。

　　前面谈到诗的语言具有"催眠"或"魔法"的作用,它让人陶醉在均衡和谐的状态中(太和谐甜美了,便要求打破)。不同与同,根本的是要在无比丰富的语言现象中舍异求同。因此,当语言的不平衡打破了这种和谐时,便产生了不美的感觉。例如下面这四句诗:

　　有人把你比做人间的锦绣
　　也有人说你是绿色的海洋
　　不管怎样精心的比拟
　　我感到都欠妥当

首先是诗并不好。从音韵上讲,尽管它二、四句末押了韵,但并不和谐。不安定感产生于第四句,它的表现是对和谐安定因素的破坏。第四句的"顿"(这是造成节奏感的关键)与其余三句悬殊偏大:它短了一至二个"顿"。

　　对于诗人来说,一旦接受了格律、接受了诗的语言音乐性的概念,他便套上了"枷锁",同时也失去了"自由"。他已不能随意地"脱口而出",他的诗只能在镣铐的羁束下跳舞。他不能单纯依靠"神秘的顷刻"的灵感显示才华,正如瓦雷里曾经感叹过的:"我们要劳苦的;我们是要在无力里挣扎,尝试着音与义的配合,要在光天化日中创造一个使做梦的人精力俱疲的梦魇……有时神灵很恩惠地赐一句诗给我们;但是却要我们去制造第二句和第三句和全首诗,务使它们和前一句一样铿锵。"

　　诗的创造就是这样,有了音韵和谐的第一句之后,便要痛苦地去创造整个的"光天化日中"的"梦魇"。但诗人注定了要在这个痛苦的(同时也是快乐的)旅途上跋涉。

　　诗人对语言美的追求,不仅是个别词、句的和谐,而是全部的、总体的和谐。节奏上的对称、均齐的观念要延伸全诗。在一般诗中,不仅是句式,而且章式的回环往复也是至关重要的。这可以归结为复沓二字,朱自清说:"复沓是歌谣的生命。歌谣的组织整个儿靠复沓,韵并不是必要的。歌谣的单纯建筑在复沓上。""散文化的诗中的重叠,使散中有整,也是一种调剂技巧。"(《抗战与诗》)以《诗经》中的许多诗篇,构造非常相近,只是在关键地方改动一个动词,却因而构成一曲曲非常美丽的诗章。它的情绪——那种轻快活泼的充满了生活的欢欣的情绪,犹如浮动在水面的清风,在极少变化的旋律中让人感受到活泼与稳定的和谐状态。

在新诗的创作中,徐志摩经常采用复沓,他的《我不知道风是在那一个方向吹》便是成功的例子。这诗共六节,每一节除末一句不同外,其余都只是重复。它语言很美,美的构成,尽管有押韵的原因,韵起了作用:吹——洄、吹——醉、吹——辉、吹——悲、吹——辉,他精心地挑选着悦耳动听的字眼,又从总体上致力于创造整个诗章的韵律美:分寸适度地掌握了小异中的大同,构成了同与异的和谐统一又有差异的境界;同不至于催人真的入睡,异又不会导致让人蹦跳不宁。徐志摩的诗留着较大的空间,内容的密度很疏朗,他并不像后来的诗人那样,要在诗中"填"进许多实在的东西。他重视以音乐性的语言精致地充分地表现对象。这里是他的另一首诗《苏苏》——

> 苏苏是一个痴心的女子;
> 　像一朵野蔷薇,她的丰姿;
> 　像一朵野蔷薇,她的丰姿——
> 来一阵暴风雨,摧残了她的身世。
>
> 这荒草地里有她的墓碑:
> 　淹没在蔓草里,她的伤悲;
> 　淹没在蔓草里她的伤悲——
> 啊!这荒土里化生了血染的蔷薇!

这诗略去了"实在",留下了"抽象"。但那充满失落感的悲哀的情绪,却是并不抽象的实在。两段诗的内容不相同,但"结构"却相同。每节中间两句是一种复沓;每章自身,又构成了大的复沓。它在反反复复地咏叹中,创造出诗的语言的乐感。

节奏,来自现实又催人忘却

音乐对于诗的语言的加工,使诗最终离开了日常语言而走向超越口语的高级语言的境界。在诗中,语言是被美化、被装饰的。它来自人世,却飞向超绝的所在——在那里,诗人说着雍容华贵、清雅脱俗的话——主要是韵语,是让人沉醉的催眠性的语言。诗的韵律在有节奏的震荡中让人忘记诗以外的世界——有节奏的有韵律的语言当然来自现实的世界,却超脱于现实的世界。

郭沫若早期与友人谈诗,但说到在日本火车中读到的一首题为《瞬间》的立体派的诗:

> 立体,立体,立体,立体,
> 高,低,高,更高,更高,
> 远,远在天际,天际,天际,近
> 平面,平面,平面,
> 彩色,光辉,记号,汽笛声,钟声,哨声,彩色,
> 平面,平面,平面……

这首诗显然表达车行急速之中的感觉。客观世界给诗人以直觉,他把这些迅速转化为语言的抽象。但是,它却保留了节奏和韵律的精英。郭沫若对此赞不绝口:"此诗在火车中诵着才知道他的妙味。他是时间底纪录,动底律咒。"(《三叶集》)它保存现代社会律动的节奏,它是散文化的,但也是有着强烈生动的节奏感的。立体派的诗其语言构成也很特别,但就其传达现实生活

的节律而言,却并不特别。同是作于火车之中,表现了火车奔走的节奏的徐志摩的《沪杭车中》:"匆匆匆!催催催!一卷烟,一片山,几点云影,一道水,一条桥,一支橹声,一林松,一丛竹,红叶纷纷"。尽管语言的风格不同,但那急促的节奏感却是相同的。

富有经验的诗人都知道根据生活的启示,再现生活本身所固有、又是被诗意所再创造的节奏。前引《瞬间》和《沪杭车中》的节奏,都产生于列车行进之中的灵感:它们都急促、匆忙而富于变化。要是生活所显示的内容不是那么急促,而是悠长和缓的,诗人就应该建立另一种节奏感来适应它。写了《沪杭车中》的诗人,当他写《常州天宁寺闻礼忏声》,就完全改变了节奏形态——它以拖长的句式再现钟声与佛号,它甚至不分行:"有如在火一般可爱的阳光里,偃卧在长梗的、杂乱的丛草里,听初夏的第一声鹧鸪,从天边直响入云中,从云中又回响到天边",仿佛是把无限延长的钟声化进了他无限延长的诗韵之中。

卞之琳的《西长安街》表现的是一种沉闷的情绪,它的节奏滞涩得仿佛是流不动的腻水,句子断而又续,似乎长得令人疲惫。为了突出这种没有尽头的长长的节奏,诗人有意把长句切短,使用了跨行的技术。像他的《白石上》,一连十行过去,才吝啬地用上一个逗号,都是为了加重节奏的缓慢的感觉。李广田分析这首诗时,认为这是"作者为了传达一种特殊感情而造成了延续的句子,这种感情是很柔的,很难一口说出的,大抵说到这种地方声音是低低的,颤颤的,又是很慢的,自然是很长的。"(《诗的艺术》)

在这点上,格律诗远不如自由体诗来得随和。后者可以借助于语言形式安排上的错落、延长、乃至戛然而止,以表达情绪的波动起伏。而前者由于格律上的规定而失去这种自由,它只能在"限制"中创造。白居易的《琵琶行》,只能在限定的七言句式中再现那跌宕多姿的乐音,它只能如"大弦嘈嘈如急雨,小弦切切如私语"那样间接地表达。

诗的音乐性语言的特性之一,在格律诗或格律性质的诗中是明显的,在自由诗中,特别是在体现为散文美的诗中,它也有属于自己的显示音乐性质的手段。如方殷的《血,流在祖国的土地上》:

> 血,流在祖国的土地上,
> 然而,祖国的土地是寒冷的啊……
>
> 血,流在祖国的土地上,
> 血也分不清这是你底、那是我底;
> 有谁一定要执拗地分辨清楚吗?
> 有谁要大家的血,不在一块儿流吗?
>
> ……
> 血,流在祖国的土地上,
> 然而,祖国的土地呀,
> 不要再寒冷了……

这里的"血,流在祖国的土地"便是加强音乐感的复沓手段的使用。自由诗在失去了明显的韵律之后,仍然抓住了这种可以捉摸的、但又是不明显的复沓,来维护并强化诗的语言的节奏感。像舒婷的《当你从我的窗下走过》:"当你从我的窗下走过,祝福我吧,因为灯还亮着。灯亮着——在晦重的夜色里,它像一点漂流的渔火。你可以设想我的小屋,像被狂风推送的一叶小舟,但我并没有沉沦,因为灯还亮着。""灯亮着"构成的复沓,便是一种对于节奏的补充手段。

即使在不具有复沓的诗里,也仍然保留着咏叹的调子,这依然是为维护诗的音乐性而存在的。如魏巍的自由体诗《高粱长起来吧》,它几乎驱赶了句的均齐、韵的铿锵,但它却最后地保留了"高粱长起来吧,高粱长起来吧"这种最后属于诗的、再也驱赶不走的音乐的因素。

这样,即使在用与日常口语非常接近的语言写成的诗中,单是不同平常的咏叹的韵调,也会把诗潜藏的音乐的因素强调出来。正是因此,渥兹华斯才断言:"很少有人否认,用诗和散文描写热情、习俗或性格,假使两者都描写得同样好,结果人们读诗的描写会读一百次,而读散文的描写只读一次。"(《抒情歌谣集·序言》)事实确实如此,咏叹与歌唱的调子较之散文的叙述更能给人以愉悦。

诗歌语言的魅力,当然不仅仅在它的音乐性。它有多方面的功能,而且主要的是激情和想象等方面的功能。但诗歌语言的富有动人的魅力,语言的音乐性对它来说是不可忽视的。爱伦·坡认为,"文字的诗可以简单界说为美的有韵律的创造",这是对音乐性在诗创造中的地位简约有力的概括。

规范的超越与惰性的反抗

即使在最丰富的诗歌语言那里,语言的能力仍然是有限的。而更为有限的,则是作为语言之符号的文字。然而,诗的语言的特性是以有限创造无限。语言诚然是诗的桎梏,但当它在运用纯熟的诗人手中,却属于文学诸品种中最丰富多彩的、最富变化的语言。诗人通过有限的语言,寻求千变万化的魔法,这恰似孩子手中的万花筒,造成那些无数美妙的图案的,只是几块彩色的玻璃片。

诗歌语言的基本规律,是它服从于抒写情感的需要,而不排斥对于一般语法规范的超越。诸如词序的颠倒,词性的改变使用,以及大量而大胆的倒装句使用等等。如李瑛的《西沙群岛情思》：

> 到处是流动的色彩，
> 到处是奇幻的光，
> 到处是跃动的活泼的生命，
> 呵，西沙！

把那些触动人们感官的东西置于前面，引动你的情思，而后，才是对于西沙的呼唤。这样，在到达目的之前，便有了一个引人入胜的过渡。若是按照正常的语言习惯，则无异失去了许多的艺术魅力。这样的倒装句，在于强调对象，或在于强调效果。

> 从远古的墓茔
> 从黑暗的年代
> 从人类死亡之流的那边
> 震惊沉睡的山脉
> 若火轮飞旋于沙丘之上
> 太阳向我滚来……

这是艾青的《太阳》。按照一般文章的写法，总是一种陈述的方式，太阳是主语，太阳应在前面。但在诗中，为了夸张的强调，太阳被放在最后。先是一种非凡的气势，最后才现出太阳，仿佛是紧锣密彭后主帅的登场。

适当的词序变换，有时会产生奇妙的艺术效果。例如杜甫的"红入桃花嫩，青归柳叶新"，把形容词红、青置于句首，首先一个作用，就是着力强调色彩的效果——红！青！更为微妙的是，"红入"仿佛红的颜色自己"进入"了弱嫩的桃花，"青归"仿佛青的颜色自行"回归"到新展的柳叶。词序的稍作倒置，使原来不动的色彩具有了动感。

这种倒装，有时不仅为了强调，而且起着很微妙的修辞作用。如杜甫的"香稻啄余鹦鹉粒，碧梧栖老凤凰枝"，按语法的程序看，这里的鹦鹉与凤凰是对于对象的形容，泛指美好之物。若把句子加以纠正，则应为"鹦鹉啄余香稻粒，凤凰栖老碧梧枝"，却显得诗味顿失。

诗的语言规律，在于反对僵化和不断追求新的变化。要是说诗的语言有什么奥秘，奥秘就在它始终以有限的词汇追求无限的变化。对于诗来说，反对语言趋向僵死和定型化，乃是一个永远的奋斗。席勒说过："如果使一种诗的表现成为自己的，诗人就必须凭他的艺术的伟大去克服语言的通向一般的倾向，凭形式（即材料的运用）去征服材料（即文字以及构词法和造句法）。"（《论艺术美》）使语言脱离开它的通向平庸和一般化的趋向而始终保持独特性，是维护诗的语言的创造性的基本任务。语言同样有惰性。诗的语言一旦偏离了独特的创造轨道而滑行在惰性中，它就会陷入无以摆脱的困境。

诗的语言不是口头使用的日常语言，它是一种超越了口语的艺术语言。但它应当是鲜活的语言而不应是僵死的语言。中国诗歌可以也应当学习民间的和古典的诗歌，但这并不意味着诗歌语言的走向复古。像"多奇志"、"斩风雨"、"走天涯"、"心头刻"，诸如此类，并不是活的语言。诗人应当摒弃那些用滥了的语言，而使语言返归自然。

诗的语言，开始是脱离人们的口语而走向精致和高级的。后来，因程式化而走向僵化，于是，又要复归自然。但总的倾向是对于平常语言的提高。提高当然意味着某种程度的"脱离"。渥兹华斯在《抒情诗谣集》序言中说过，"在这本集子里，也很少看见通常所称为的诗的词汇；我费了很多力气避免这种词汇，正如普通作者费很多力气去制造这种词汇……"他指的是他要极力摆脱的那些被诗人们用滥了的程式化的语言，亦即这里我们谈到的，诗的语言脱离口语之后畸形发展的纠正。

欣赏篇

使人崇高的需要

人类要生存,离不开穿衣吃饭;人类要发展,仅限于温饱就不够了。一旦物质的基础得以奠立,精神的建筑就成为必要。这种精神的建筑物,是既不厌其高、又不厌其多的。对于人类社会来说,诗是微不足道的,即使没有诗,人类也不至于毁灭。但是,诗可以让人活得聪明,诗可以美化人们的心灵。而这,却是穿衣吃饭所不能解决的。

读诗,就是对诗的欣赏活动。许多人都有这样的经历,当我们并不懂诗的时候,便受到了诗的抚爱。我常记起,童年时节在南国的海滨,夏末秋初,乘凉屋外,对着草丛中闪烁的萤火,远望横亘天际的银河,吟诵杜牧的《秋夕》:

> 银烛秋光冷画屏,轻罗小扇扑流萤。
> 天阶夜色凉如水,卧看牵牛织女星。

那时并不理解这诗句的意义,也不理解大人们解释的这是"宫中秋怨"的说法,甚至也不理解"银烛"、"画屏"、"轻罗小扇"等等,只是忙于寻觅天上的牵牛、织女星。当人生刚刚开始的时候,诗便把我们带到美好的境界。它使我们懂得幻想:美丽的幻想和幻想的美丽。诗引导我们走出无知与愚昧,引导我们追求美和崇高。这种最初的诗的欣赏活动,是许多人都有过的,但并不是自觉的。

自觉的欣赏活动,产生在人们感到了实际的需要的时候。

作为社会的人,除了物质的需要,还有精神的需要。特别在文化很高的民族那里,这种需要逐渐成为不可替代的。在人们的社会活动中,会有困难和曲折,挣扎和奋斗需要力量和信心的补给。在处于逆境时需要慰藉和同情;当成功和胜利到来的时候,人们需要宣泄他们的热情和欢乐。这一切,当然有种种渠道可供选取,但是艺术和诗,仍然是一种可靠和可行的方式。

艺术的欣赏活动,包括诗歌的欣赏活动,在人们的内心世界处于不平衡的状态时,它起一种平衡和调节的作用。艺术是人们的精神朋友,诗歌也是。当你悲苦的时候,它同情并安慰你;当你欢乐的时候,它与你同享;当你感到空虚,它填补这个空虚,它充实你;当你过于满足,它为你疏导。当然,人与社会的矛盾最终要靠实践的解决,但精神有不可估量的作用。青年人读诗,爱读爱情诗,因为他处在青春期:或者从中寻求朦胧的爱的意识,或者为了寻求诗对心灵的安慰。总之,是追求内心的平衡,是为了调节情感的困扰和激动的需要。人们欣赏,归根结蒂,是人们感到了精神的需要。

从欣赏的角度看,即从诗歌对于它的对象的作用看,所有的诗可概括为两大类:一类是倾向于客观的;一类是倾向于主观的。前一类诗,有很强的社会性,多半是对着社会人生发言,有时振臂高呼,有时痛斥时弊,有时沉思悲吟。这类诗的欣赏价值在于从中可以认识社会,人生,从而获得个人对于社会的责任感、使命感,其最终目的仍然在于建立和调整个人和社会的合理关系。如《曾经有过那样时候》(黄永玉)、《小草在歌唱》都是这样的诗。前诗让人想起那个已经过去的畸形的时代,我们重温了那种沉痛和悲伤,我们不仅更为深刻地认识当日的社会,而且由此也宣泄了内心的积郁。后一类诗,更多地倾向于内心,它的主题多半涉及个人的命运和情感,它给人以情感上的兴叹——欢乐之情得以发扬,哀愁之感得到寄托,内心的平衡使人满足。

例如《致橡树》(舒婷),全诗是女性的内心独白,我们看到了一位充满女性自尊的形象。对照那些无视自己的尊严和价值,而甘心置自己于依附地位的女性,无疑,这是一首具有鲜明的抗争意识的诗。阅读上述两类作品中的优秀者,经过长期的积累,其最终的结果是:人们将因而变得聪明、智慧、崇高、典雅。可以认为,人们始于兴趣的读诗可终将导致净化和美化人的内心世界,从而提高和完善自我,并使之与社会的发展相协调。

诗的欣赏的过程,是人们对于对象的艺术把握的过程。这是一次感情的感化活动。对于作品,首先是受感动,必须尽量地排斥那种先入为主的分析。应该使自己无条件地沉浸到作品中去,努力去获得并且维护诗给你的"第一印象"。所谓"第一印象",是一次对于欣赏对象的初步的和最初的感受。这时,欣赏者的任务是竭力使自己不受干扰地被作品所打动。如读《中国,我的钥匙丢了》(梁小斌),我们便要努力把握作品所给予我们的那种浓重的失落感,那个"印象"。读诗有如看画,这种"第一印象"是很重要的。罗中立的油画《父亲》给我们的第一印象是,他的树根一般的手,干旱龟裂的土地般的脸上的皱纹,由此显现出辛苦劳碌一生而不免有点愚钝的老父亲;达·芬奇的《蒙娜丽莎》给我们的第一印象是,画中人那若隐若现的、不可言传并且不可捉摸的富有魅力的微笑。梁小斌的这首诗则是抒发主人公的寻觅,以及对失而复得的冀企。要是把握了这一情绪特征,这首诗的基本之点大体上也把握了。有了这个基本正确的第一印象,我们才可以谈论深入的欣赏。

再经验与二度创造

读诗的欣赏有一个前提,即全部的欣赏活动受到诗的特殊性质的制约。这种诗的特殊性质,最基本的,在于诗是一种主要诉诸情感的艺术。诗的生命在情感,有人说,诗是一个不会衰老的经验,这是一个很好的概括。要是更准确些,则可以说诗是一个不会衰老的情感的经验和历史。欣赏诗,就是对于这一不会衰老的经验和历史的再经验和再经历。例如舒婷的《呵,母亲》:

  我依旧珍藏着那鲜红的围巾,
  生怕洗淡会使它
   失去你特有的温馨。

  呵,母亲,
  岁月的流水不也同样无情?
  生怕记忆也一般褪色呵,
  我怎敢轻易打开它的画屏?
  为了一根刺我曾向你哭喊,
  如今戴着荆冠,我不敢
   一声也不敢呻吟。

  呵,母亲,
  我常悲哀地仰望你的照片,
  纵然呼唤能够穿透黄土,
  我怎敢惊动你的安眠?

我们读这首诗无异就是这样一次情感的再经验;一位在生活里一再受到惊怕而在情感上处于守势、不敢再有要求的少女的内心呼唤。她已经习惯于生活的袭击,但她并不是弱者,她有自己的一份矜持。诗让我们仿佛在亲身经历中窥见一位性格独立的青年女性的丰富内心世界。

  事实上,诗的欣赏正是一种读者对于诗人的情感经验的"探源"。当然,这种"探源"只能顺着诗歌本身所已经指示的轨道进行。它受到欣赏对象(即诗)的制约和规范,只能顺着这一水流的基本流向走。例如《呵,母亲》,它的欣赏的"坐标"是规定好了的,这只能是一个女性几经挫顿之后的深重叹息般的情感风景,却又是温柔婉转的不甘委屈的轻呼。我们几乎无法于这样的"规定"之外另找一个流向。

但是诗的欣赏又具有一定独立性。它不能只是诗人原有情感的复述。在一定程度上,它更是一次再创造。克罗齐认为人们的每一次欣赏活动都不是原"创造"的"复活",而都是一次新的"创造",每一次新的创造,都意味着一件新的艺术品的诞生。当然,这里指的是优秀的作品,浅薄低劣之作经受不住哪怕一次的欣赏,更不用谈再创造。欣赏的情感"探源",是一种创造性的活动。欣赏的创造意识,系由优秀诗篇的浸润了想象力的形象所唤起。这些形象促使欣赏者以全部的激情和想象、理智和思索,以积极的态度,去主动地发现一些东西,甚至是隐藏在形象的帷幔后面、连诗人自己也未必认识到的东西。诗歌史上不乏这样的例子,有的读者和评论者对于诗的分析,甚至使诗人自己也为之震惊。这就不只是"探源",而是一种"开掘"了。

欣赏者和诗人之间存在着差异。因而当人们阅读时,并不可能完全地重复和"再现"诗人当时的情感。每个人都是一个独立的世界。特别是诗,涉及因人而异的情感活动,它们绝不会"重复"。这样,欣赏这一创造性的活动,就显得具有相当大的独立创造性质。我们欣赏某诗,一旦我们把它读懂(我们自认为的"懂"),这意味着我们业已开始以自己的感情经历去消融它,而且一定程度上已经把它"化"为己有,即"化"为自己的感情历史的一部分了。

在艺术的欣赏活动中,往往有这种主体与对象融合为一的现象:人们因艺术品的精彩而达到物我两忘的地步。艺术品的魅力,使我们把它当成真的存在。诗的欣赏达到这种境界,成为一种"攫取"或"吞并"。因而,在这个时候,人们也可以认为:他创造了一件新的现实。很多情况表明,人们会把自己心爱的诗,变成自己"创造"的诗。人们甚至不再理会原作者的意图,而"自以为是"地加上自己的说明,作出独创性很强的解释。

例如苏轼的《江城子》:"十年生死两茫茫,不思量,自难忘。千里孤坟,无处话凄凉。纵使相逢应不识,尘满面,鬓如霜。"这是诗人一首悼念亡妻的诗。欣赏者却以各自不同的际遇作出各自不同的寄托,而把它变成了自己的创造物。也许这位欣赏者根本不曾有妻子,而且也不曾如此凄苦。但读者自认为已经"掌握"了它,而以自己的"创造"来寄托自己甚至是说不清楚的悲伤情绪。这时候,他们甚至完全不理会苏轼创作的初衷,而只是各人按照各人的理解"消溶"它,变成了各人的创造。

又如牛希济的《生查子》:"春山烟欲收,天淡星稀小。残月脸边明,别泪临清晓。语已多,情未了。回首犹重道:记得绿罗裙,处处怜芳草。"男女离别,女的叮嘱男的说:"别忘了我,记着我穿的绿色的裙子!我不在你身边了,看到路边的绿草你要怜惜它们!"其实是这绿罗裙幻化而为所爱者的形象,一旦离开,满目芳草,都引起他的怜爱之情。从欣赏者的角度看,喜欢"记得绿罗裙,处处怜芳草"的,却未必拘泥于绿色的罗裙了。他完全可以"自行其是"地自由地联想,从而把这诗"化"而为"自己的"。

但是,这一切并不意味着欣赏者可以不顾对象的内在规律,而随意地对诗加以引申。欣赏活动只能在比较正确地把握对象的前提下和基础上进行。因而,欣赏的第一步只能是对对象(诗以及写诗的人)的了解。"要了解但丁,我们就必须把自己提升到但丁的水平"(克罗齐),这是把创造和欣赏加以统一的观点。这当然未必能达到。但是,要欣赏但丁的诗,却离不开对于但丁的了解。

梁小斌的《中国,我的钥匙丢了》,据说有人对此感到茫然。他们不知钥匙为何物,读不懂。这是非常可能的。他们不了解梁小斌和他的同代人。他们也许是一些从来没有丢失过钥匙的人,或者曾经丢失过钥匙,但他却忘了曾经有过的丢失。有一首青年写的《我的最后的北京》(郭路生),这是动荡年代许多人被迫离开心爱的北京时,发自心灵深处的一曲痛苦的歌:

> 我再次向北京挥动手臂,
> 想一把抓住她的衣领,
> 然后向她大声地叫喊:
> "听见吗,记着我,妈妈,北京!"
>
> 终于抓住了什么东西,
> 管它是谁的手,不能松;
> 因为这是我的北京,
> 这是我的最后的北京!

丢失的不仅是钥匙,而是自己心爱的北京。了解了这首诗产生的时代,和这里所传达的那种痛苦的别情,我们就有了开启这首诗的欣赏之门的钥匙。每个曾经被迫离开北京的人,都可以从中找到自己那段痛苦的感情经历。

诗是感情的结晶体。欣赏诗是要溶化它,使它重新奔涌,化为血液,汇进自己的生命之流。了解了对象,我们读诗就容易多了。

把握诗性的欣赏活动

诗是一种注意表情、而不注重写实的艺术。它关注的是情感,而不是事实的曲委,更不会注重细节。许多诗表现情感十分真切和强烈,而对于客观事物的描写则十分含糊。例如马致远的小令《秋思》——"枯藤老树昏鸦,小桥流水人家,古道西风瘦马。夕阳西下,断肠人在天涯。"它所传达的情绪是具体而真切的,但它并不提供细节。这里只说"小桥",是小木桥还是小石桥,并不交代。甚至那天涯远客的性别、年龄、容貌,它也不提供。从这个意义讲,它是模糊的和朦胧的,这,不是给欣赏造成限制,而是给欣赏提供了广阔的前景——欣赏者有充分的自由去驰骋自己的想象。

欣赏诗,掌握诗的这一特性很重要。诗的"探源"活动,要考虑诗的形象组成的特点,即,它是断续的和不连贯的。散文是走路,诗是跳舞。"山色有无中",诗的形象的节奏,存在于有无隐显之间的联系和变化。诗的意脉,通过这种变化贯穿和发展,给欣赏者提供想象的空间。通过想象的再创造,把有、无、隐、显的空白填补起来。这就是古人说的:诗中"语或似无伦次,而意若贯珠"。由于诗的形象细节上的朦胧,造成了诗的多义性和多解性。不能死板地解释一首诗,容许对一首诗作灵活的、多样的解释。对于有的诗(这类诗不占多数),恐怕永远也不会有一个公认的和统一的解释。例如李商隐的许多"无题"诗,它恐怕只能是永远的"朦胧诗"。有的诗很美,但不必追求一个明确的答案。如北岛的《是的·昨天》:

> 用手臂遮住了半边脸,
> 也遮住了树林的慌乱。
> 你慢慢地闭上眼睛:
> 是的,昨天……
>
> 用浆果涂抹着晚霞,
> 也涂抹着自己的羞惭。
> 你点点头,嫣然一笑:
> 是的,昨天……

他们在讲什么?"昨天"对于他们是什么日子?诗人不作明确的

说明。这是诗和其他叙事文学最大不同之处。在叙事文学那里是详尽描写的地方,到了诗这里就简略到了十分模糊的地步。诗的美是藏匿的,它的魅力在于诱人去发现。诗的美并不轻易显示给你,这好比游颐和园,从大门至仁寿殿,气宇非凡,但并不是颐和园的主体。游黄山也一样,它的美是深藏的,最动人的是西海和散花坞,到达那里,要花费很大的气力。

要经得起这样的"折磨",才可能欣赏诗。要寻找,要克服重重难关。轻易可以了解的东西,不一定永恒。满足于作品的"第一印象"而不深入探求它,未必真能欣赏。美需要发现。有人读不懂李小雨的《海南情思·夜》,他反问,这些形象"讲述的目的和意义又何在呢"。原因就在这里:我们的欣赏者太习惯"明白易懂"了,也太习惯在诗中寻求"目的和意义"了。因而,他会在这样"目的和意义"都不太明确、非用艰苦的思索不能理解的诗而前,感到了困惑。

> 岛在棕榈叶下闭着眼睛,
> 梦中,不安地抖动肩膀,
> 于是,一个青椰子掉进海里,
> 静悄悄地,溅起
> 一片绿色的月光,
> 十片绿色的月光,
> 一百片绿色的月光,
> 在这样的夜晚,
> 使所有的心荡漾,荡漾……
> 隐隐地,轻雷在天边滚过,
> 讲述着热带地方
> 绿的故乡……

这位讨论者提出一系列的问题来反问:一个椰子掉进海里,怎么能使"所有的心荡漾"起来？椰子落水的声音能和雷声相比吗？椰子也没有离开故土，它为什么要，又向谁"讲述"？……总之，当他提出这些问题，他正是离开了诗的特性（它一般不具体告诉你什么）而企图欣赏诗，这当然是做不到的。

写诗不能太实，读诗更不能太死。对于诗人来说，追求新奇，故作惊人之语，是符合于诗的规律的。"诗人和诗的目的都在于把话说得能使人充满着惊奇感，惊奇感的产生是在听众相信他们原来不相信会发生的事情的时候。"（马佐尼）从这个角度来看，一颗椰子落进海里，在诗人耳边不啻是响起了轻雷，这原是符合诗的规律的——诗人的目的在于极写海南之夜的静谧。

艾略特的《荒原》是不好懂的。最初几句就十分惊人：

> 四月是最残酷的一月，
> 从死的土地孕育出丁香，
> 掺揉着回忆与欲望，
> 用春雨激唤着迟钝的根须，
> 冬天为我们保暖；用
> 遗忘的雪铺盖着大地，用
> 枯干了的细管喂养微细的生命。

这是让人惊奇的、与我们习以为常的感受完全相反的意象。四月是春的成熟季节，到处勃发着生机，它却说："四月是最残酷的一月"；四月里开放的丁香是生命的象征，它却让它孕育自"死的土地"；冬季是寒冷而严酷的，它却说"冬天为我们保暖"。诗人用形象的语言讲一个生命在诞生过程中所经历的挣扎，生并不是单纯的欢乐，因为在这个春天万物的再生里还含着对已逝去的死亡的春天的记忆，这记忆包含着死的痛苦。四月之所以"残酷"，因为它让已经死亡的春天的美和希望再一次复活，而这种复活仍然要千百次地重复地死亡。比较起来，冬天是"温暖"的，因为它以"遗忘的雪"保持人们的温暖,它用枯干了的根须维持着万物的生命。这里,诗人所表达的生与死、希望与失望的关系,包孕了很深的哲理。

诗不能以懂与不懂评优劣。好懂的诗,未必都是好诗;不好懂的诗,未必是不好诗。在诗的欣赏上,应当去掉一些偏见。"经过费力才得到的东西要比不费力就得到的东西较能令人喜爱。一目了然的真理不费力就可以懂,懂了也感到暂时的愉快,但是很快就被遗忘了。要使真理须经费力才可以获得,因而产生更大的愉快,记得更牢固,诗人才把真理隐藏到从表面看来好像是不真实的东西的后面"。(薄迦丘)

好诗往往具备那种让人震惊的冲击。每一次冲击都是诗人带给读者的最好的酬劳,欣赏的目的也因而达到。"轻率的诗歌评论者片面地强调诗要好懂,一切形象都要一目了然,这种理论束缚了诗人的手脚,也使诗失去了魅力。"(郑敏:《诗的魅力的来源》)对比我们读惯了的诗,下面的诗句显得不好懂:

> 是他,用指头去穿透
> 从天边滚来烟圈般的月亮
> 那是一枚定婚的金戒指
> 姑娘黄金般缄默的嘴唇
> ——北岛:《黄昏·丁家滩》

写这诗的北岛,讲过自己的追求,他试图把电影蒙太奇的手法引入诗中,造成意象的撞击和迅速转换,以启发人们的想象力来填补大幅度跳跃留下的空白。他注意诗歌的容量,潜意识和瞬间感受的捕捉。用指头穿透"烟圈"般的月亮,而月亮又是向他"滚来"的,这一组意象十分新奇,但它让人想起一对情侣对月的盟誓。用指头去穿透,也许只是以指对月的动作;月亮如烟圈,也许系月亮为彻夜在的薄雾所罩的景致。烟圈般的月亮又如戒指,戒指又如缄默的嘴唇,这是一系列意象的叠加和转换,但又有内在的依据。月亮、戒指、嘴唇都暗暗地指着情侣之间的爱的盟誓,一切又都难以说清,但又可以意会。这样的诗比那种一看就懂的诗耐人寻味,有一种诱人深入的力量。

诗的追求惊人的效果和形象的使人震惊,与读诗的人们要求读懂是一种矛盾。正是在这样设置谜语与解答谜语的过程中,人们获得了欣赏的愉快。在这点上,对于诗人的某些形象的夸大失实或不符常理,自古至今都没断过批评,但是,诗仍然按照自己的习性向前发展。

对于非音乐的耳朵,再美的音乐也没有意义,对于它,音乐并不是一个对象。对于非诗的眼睛,再美的诗也没有意义,它同样不成为欣赏者的对象。诗的欣赏,用一句话来概括,可以说是:一种可望可不可即的永远的寻觅和追逐。

批评篇

艺术的批评与批评的艺术

我不以为文学批评是一种技巧——尽管我承认从事这一工作需要技巧。显然决定文学批评的力量的是批评家的思想深刻性和精当地把握对象的理论穿透力。这种深刻性不是人人共有的,而是从事此一工作的批评家所独有的。文辞的精美生动只是一种服务于此的工具,而不是最后决定批评质量的条件。批评在中国的声誉不好,其原因是由于批评在受到社会功利的制约中丧失了自己。批评必须是艺术的批评,要是失去了艺术的本质,而只读批评的艺术,这事实上乃是一种倒置。只有在批评是独立的和自由的前提之下,我们才能谈论批评的艺术性,包括技巧的考虑在内。

因为我们有过漫长的理论批评的异化,因此,在相当长的一个时期内,我们不得不为恢复批评的自尊而努力。艺术批评自我价值的恢复,首先取决于艺术必须挣脱作为他物的依附的地位,不是别的动机的驱使而仅仅是艺术的动机的驱使。批评家在从事这一工作时,必须具有神圣的使命感。当然,在目前中国的谈论批评,事实上难以摆脱非艺术因素的考虑。完全不考虑社会的意图和气氛是不现实的。但批评家要有充分的清醒,至少他应该拥有一种不得不如此的不遂心如意的心情,应该是视为异常,而不是正常。在一般条件下,批评家只能表达自己想要表达的。中国的文学批评应该及早结束那种批评家自己不尊重自己,总是按照外在的因素,根据别的暗示或"明示"来发表不是自己要发表的意见的局面。恢复批评的自尊自爱,这虽然不是批评本身的规律,但在当前却是至关重要的。

作家从事的是创造性的劳动,批评家从事的也是创造性的劳动。但过去和现在,在我们的观念中,批评家只是诠释者、训诂者。他的任务只是阐释和描写他人的创造物。他只是他人的附庸。由于习惯的见解,批评家自觉地降低了自己的地位。别林斯基在当时的俄国文坛,坚持自己所认识的真理,自主和独立地品评一切。尽管别林斯基也有气势恢弘的文章技巧,但成为他的批评的灵魂的,却是他以自己的理论主张对于俄国文学向着进步的导引。有价值的文学批评,应该是一种观点的宣扬,而且这种观点一定是以显示了促进文学向前发展的力量而引人注目。要使文学批评具有力量,批评家必须作为思考者站在他的时代潮流的前面。一方面他必须深知历史,社会的和文学的历史,他必须把自己的思考建立在对于历史的总体把握之中。他不可能超越历史,他的工作只是自觉地循着历史的导向,为文学的发展进行力所能及的"规划"。他应该把他所涉及的所有材料纳入历史的整体思考之中,一旦批评家有了这样的历史整体感,一切零碎的素材都会产生了魔力般地纷纷"坐实"到他们构筑的理论大厦,成为一块砖,一片瓦,归入了整体建筑。批评家的洞察力和理论穿透力也由此而来。

论及历史感,当然不是批评家失去自主能力的客观再现历史。历史在所有的时候,都是作为历史以后的人们选择的描写而不是"原样"的复原。在对它的描写中不可磨灭地渗透了当代的情绪、情感和思考。因此,批评家除了历史意识之外,不能不重视批评的当代性,即基于当代人的情感方式、心理结构以及价值观念出发而对历史作出的抉择。要是批评家离开了他们为当代意识的制约而对文学发展作出导向,可以认为他的批评将失去意义。所有的人都是作为他的当代社会的人而存在,他不能实行超越,他不能成为古人,也不能成为未来人。批评家的历史价值,在后人看到他的时候,认出了他所雕刻的思想化石上留下了他所属的时代电闪雷鸣的"纹路"。历史感和当代性的自然而然的结合,标示了批评家的合理位置。历史的眼光和当代色彩的综合,能够造出文学批评的奇观。这种综合构成了批评的理想化状态,值得每一个从事文学批评的人去实现它。

有一个相当长的时间,我们的批评总跟着作品作完全被动乏味的复述(复述情节,抽象思想,概括意义……),批评家从事的是近于麻木的工作,它不需要批评家的独立思维。构成这类批评大约只有两种因素,一是对于批评对象模仿式的描写,一是根据当时社会性要求在评价中作出相应的联系。因为批评家个性的被取消或自觉地消隐,因此决定批评的尺度的只是一种需要。批评家可以根据需要变换批评的色彩和温度,但这绝对地造成批评的悲剧。

批评同样是一种自主的精神活动。要是说艺术从事的是根据他所感知的对象的创造,则批评把作品当做了对象,他同样从事的是感知了他的对象的再创造。批评家的任务不在于复述作家所已经把握了的对象,批评家的任务在于阐述他所看到的和他所发现的作为艺术品的新的对象。批评家的评论活动在于阐明他所感悟到的,并且是他所乐于谈论的事物。他只受自己的良知的驱策,而不需要他人的指挥。如同所有的画家都不会看到同样的一棵树一样,也不会是所有的批评家都看到了同样的一部作品,作品中的一个人物,一个情节。有的人在阿Q身上看到了自己,有的人则看到中国的国民。例如同样的《绿化树》,有的批评家看到真实和勇气,有的批评家却看到扭曲和变形。《绿化树》作为作家的中篇小说永远站在那里,但每一个从这棵树身边经过的批评家,都只能谈论他所看到的那一棵映入他心目中的蒙上了他主观的投影的特殊的树。批评家无法为作品作出裁决,作家的创作既不受批评家的"指导",也不准备接受批评家给予的鉴定。

批评家无疑有广泛的自由为作家、作品和文学思潮说三道四,艺术家同样有广泛的自由,不接受批评家的指手画脚。他们充满自信地各行其事而彼此不受约束。批评也是一种创造。对批评家来说,他同样需要从事这一创造的自由的环境和气氛。在这一点上,批评家和作家的权力是同等的。作家愿意按照自己的意愿描写他所涉及的物质世界和精神世界,他们有自己确定的、并非由他人所指使的使命感。他是独立的。批评家也是如此,他需要不受干扰地发表自己的见解。批评家要是失去了这种自由,那情景有点像失去灵感的作家,他的文思必然呈现出一种呆滞状态。批评家在这种状态下表述他的意见,必然是处处呈现出他的困窘和不自然。在这样的气氛之下,文章的灵动和超拔自然是不可期待的。

人们也许不太相信批评家的灵感,但没有灵感而硬做出来的批评文学是不可读的。批评当然要熟悉和理解他的对象,这只是批评的准备而不是批评本身。批评的起点是构思,构思需要等待灵感的闪现。批评的构思不是那种对于情节的复述,对于主题的抽象,对于人物典型的分类归纳,批评的构思是"再组织"。即当批评的对象作为一种存在的信息输送到批评家那里,批评家对这些信息进行了最优化的归纳和处理。这些处理产生的构件有待于"组合"。怎样才是合理的和创造性的组合方式,这是批评进行中最为关键的工作。这种期待是亢奋的,但又是痛苦的。在一些批评家那里,这种期待有时会幻化为"题"的期待——他对着一堆已经处理(即经过淘汰和筛选)但尚未组织的材料发愁——他在苦思冥想他未来作品的"题目"。人们通常讲的"题目到手,文章已完成十之七八",即对于此种期待的描述。

那"题目",其实不仅是题目本身,是构思过程中观点的酝酿与概括。至此,可以说,关于文章构思的灵感已经闪现,这在表象上归结是"题"的出现,其实是经他痛苦思索之后,对于材料的全部血脉的贯通。

题目的获得还不等于文章的实现——尽管在有经验的批评家那里,题目的实现是他的批评活动实现的可靠的保证。因为在他思维活动中,已经有了一个最佳的"方案"。但在实施方案的行动过程中,还需要随时进行灵活的调整——论据的引用,观点的突出,逻辑的推敲,乃至段落的错落有致的安排和用词的选择和考虑,自如的文体与严密的结构,大跨度的推理和微妙的分寸感的把握,等等。这在一般的文章写作中也都属于"小调整"的范畴。

人们往往易于忽略文学批评风格的有意的形成。风格不是与生俱有的,是批评家在从事批评活动的过程中由于自己的执著追求和持久实践中生成的。有的批评家一开始就对模式化的刻板化的叙述和论证方式产生怀疑,他的运用自如的不随俗的行文,有力地映衬出他的文学批评中追求真理的自由思想,再加上他锐敏的对于现实问题的体察,他的批评便有了有异于人的风格特征。风格因人而异地呈现为千差万别,但文学批评的共性不言而喻必须是艺术,即他所谈论必须属于艺术自身的规律,而不是热衷于追随非艺术的现象的描写。艺术的含义还体现为批评必须是充分艺术性的。这受制约于艺术批评的对象,对待艺术现象的批评,不采取艺术的方式而采取其他枯燥乏味的形式是不可想象的。文学批评的文体应该尽量做到是美文。

艺术的批评家当然要讲究批评的艺术。同样一个问题,他应当力求论述的引人入胜,他的批评力量,不是靠板起面孔吓人,而是通过令人愉悦的方式,使人体察他的理论的内在尖锐性和无可置疑的思辨力量。要想保持批评文学的魅力,批评家必须有勇气杜绝千篇一律的论述方式。他下笔就要追求论述的新颖醒目。他的创造性体现在他对于世界的重新组合上。同时,他的工作又是因人而异的。批评家不能只一味地按照自己的色彩涂抹世界,他的批评对象也制约着他的批评风格。评论张洁不能摆脱敏感的女性给予你的"紧张感";评论刘绍棠不能离开北运河沿岸的村风的浓郁;评论林斤澜要有一些诙谐;评论刘索拉要体现出现代情调。对于舒婷的批评,有必要使自己文风的细腻一些;对于北岛的批评,"含混"的风格有助揭示他的内涵。这是一个同样繁复的万花筒般的艺术世界,主宰他的将是批评家强烈主体意识对于世界的再创造。

自我加入的期待

诗歌研究的难度,重要原因由诗的"难懂"所造成。诗是"特殊"的文学。人们习惯了那些一读就"懂"、言之详尽的诗,猛然间碰到当前旨在追求更多意蕴而变得"艰深"的诗,感到了极大的不适应。其实,诗的变得"难懂"未必是诗的过错;而诗的过于"好懂",也许竟是诗产生了歧异。

长期以来,人们相当忽视诗在文学诸品类中的"特殊"地位,相当忽视诗的特殊性质和特殊功能。诗歌的基本职能并不在于为外物提供实际的诠释。诗歌的天空和海洋是人类的心灵世界。关于"诗是贵族的"一类的判断,偏颇之处甚明,不必详为辨析;但无限制地和无节制地谈论诗的"明白易懂",却体现了文化观念的倾斜。形象一点说,作为皇冠上的明珠,诗是哥特式建筑的尖顶;文学中的文学。

为什么散文是走路,而诗却始终飞旋着魔女的舞步?诗根本属于心灵。而人类的心灵是繁复到现实世界无可比拟的、而且又是隐秘诡异而深不可测的。尽管人们向往它的明白清晰,但往往难以如愿。"它只为提供内心观照而工作",黑格尔认为全部事物之中，只有那些可以向精神活动提供动力或材料的才可以出现的诗里，诗的构思过程特别关注于"精神方面的旨趣"。（见《美学》三卷下册）每一个诗人都把诗当做倾诉内心奥秘（这种奥秘是对社会生活的实际内容进行有选择的溶解）的手段，但不是每个诗人都心甘情愿地"明白如话"地倾诉内心的隐秘。

　　几乎每个诗人都在袒露与隐匿之间"躲躲闪闪"，从而影影绰绰地"自我表现"。这就给欣赏者、批评者、研究者增加了难度。但一切研究者都应有思想准备：只有曲折崎岖的道路通向诗的王国（也许平庸的诗不在其中），而不要期望在诗的欣赏（批评、研究首先是欣赏）过程中走平坦笔直的路。

　　诗人以语言为手段留下了迷宫般的心灵的密码，诗的研究者和欣赏者的工作，首先是对于这些密码的"破译"。法国当代诗人若望·贝罗尔认为诗的晦涩或神秘"来自对确切表达个人感情的关注"，"因为只有个人的内涵才能重视激情与真理并将之远离平淡无奇的共同表达。诗人必须通过语言说出个人特有的体验。对于诗人来说，诗是精确的语言，具有个人信息的语言。"（1983年在北京大学的讲演）批评家要"破译"诗人的个人化语言的密码，真是一个"冒险"的工作，需要探险家的心气和胆量。不少名家都有在"难懂"的诗面前困惑甚至"犯错误"的经验。但这实在是平常之事，不必为此格外感到难堪。一首《荒原》，多少注家以数倍乃至数十倍于本文的笔墨给以引经据典的解释，至今犹难曲尽其幽；一篇《锦瑟》，使千余年来李义山的爱好者神魂颠倒地揣测诗人的用心而莫衷一是。尽管有人嘲谑过，但的确读诗离不开"猜"。高超的诗人大体总有个高超的"隐身术"。诗人总爱与读者捉迷藏，他们总是藏匿起重要的什么，让你"猜"出它来，提供你无尽的欣赏的愉悦。这在有些理论表述中，就叫做"悟"。

　　诗歌批评的主观性，是由诗的上述特性决定的。有些诗用客观的批评方式可以奏效,但在很多场合,却依仗于主观的批评。这种主观的批评建立在读者和批评家对于诗的艺术魅力的直接反应上。诗评诚然需要冷静的逻辑推理,但更需要情感的燃烧。不动情的诗人是没有的,不动情的诗评家而竟然成为诗评家只能是一种不幸。这是一种重视情感的批评。第一个印象,一刹那的联想,持久的感动,这些对于诗的批评都是一种必要。诗评离不开"顿悟"。建立于与诗人构思过程中的灵感的猝然的撞击,往往能产生对于诗的理解的奇妙境界。这种顿悟可能与诗人初衷相合,也可能相悖,合与悖都是一种悟。

在诗歌研究中,批评者的主体意识的价值与创作者的主体意识的价值同等。评家在诗人面前是独立的。依附和揣摩诗人的本意未必显示诗评家的高明。诗歌批评本身意味着二度创造。有时评家能够道出诗人所未道,评家之所思超出诗家之所思。一首隽永深邃的诗篇,其含义不仅是固有的,而且是弹性的,由它的内涵的多层建构所释放的智能呈辐射状。这样,读者千家,悟者也可能千家。

每个人都可以从同一首诗的潜深意蕴中掘得闪光的瑰宝而各不相同。一首《虞美人》"春花秋月何时了"寄托的是南唐后主因亡国而追念锦衣玉食、金楼玉宇的伤怀,但历代的欣赏者显然只是"借"了他的哀愁以充填自身的情感空缺。所有的欣赏者都只是凭借于李煜的情绪"框架",进行创造性的自身艺术完成。所有的诗篇都期待着读者和评家的自我加入。何其芳的《回答》:

> 从什么地方吹来的奇异的风,
> 吹得我的船帆不停地颤动:
> 我的心就是这样被鼓动着,
> 它感到甜蜜,又有一些惊恐。
>
> ……

> 我的翅膀是这样沉重,
> 像是尘土,又像是什么悲恸,
> 压得我只能在地上行走,
> 我也要努力飞腾上天空。

要对这些产生于进入人民共和国之后进步知识分子的复杂而沉重的声音,进行准确的剖析是困难的;但作为欣赏者,他之得到共鸣和引起共感,未必需要具备与诗人同样的阅历和境遇。

欣赏者总是以自身在社会生活中的错综情思来填补那些诗中意象所指向的众多的"飞白"。同样,舒婷那只搁浅的《船》——无垠的大海,纵有辽远的疆域,咫尺之内,却丧失了最后的力量。它所展现的怅惘,以及不可到达的悲剧感,是易于把握的。在舒婷,固然有她的确定的情绪意向,但她的确定构思在读者那里却化为了一个个不确定的联想。显然,每一个感到人生的无可补偿的缺憾的读者,均可据此"随意"的进行自我创造,从而加入了诗人的创造。优秀诗歌的生命力的久远,正赖于这种绵延不绝的再创造的维持。

的确出现了更为难懂的诗。我们只好耐着性子在诗人摆布的文字"迷阵"中不断地叩问阿里巴巴的洞窟之门。有人对北岛的《迷途》或《古寺》感到困惑,但充其量不过是他的"密码"的排列组合更为繁复而已。由于读者手中握有的天赋权力,因而迷宫之途终可找到。

"它同样不喜欢把各种观念作合乎逻辑的组合,同样喜欢对不同的色彩和音响作平面的、绘画式的并列,而它们并不用明确的线条收拢在一起,只是给人一种仿佛相隔一定距离去'观看'的效果,统一的效果不是通过组合、结构达到的,而是通过各个部分的相似性,通过它们的性质和情调"。(《十九世纪西方音乐文化史》)保罗·亨利·朗格说的是音乐的印象主义,但可以启发我们对于现代诗的艺术评论的思考。逻辑和结构的"紊乱"而呈现出无序性,与实际事物有意保持距离而呈现意向的含糊性,是现代诗的主要特征。但这一切并非不可掌握。如《迷途》,要是我们了解诗人的追寻及感到障隔的大体意绪,再对"鸽子的哨音"、"挡住天空"的"森林"、"迷途的蒲公英"等意象系列的排列与组合进行揣摩,那么批评主体对它的加入便是可期待的。

　　论及诗的研究,尽管微观的艺术剖析属于基础的工作,但起决定影响的还是总体性的研究,即把诗研究置于宏观的历史的视野之内。这点依然不可排斥批评主体的积极性和主动性,依然有待于自我对于对象的加入。诗歌批评中宏观的视点之所以必要,在于建立全局观点的比较和参照。只有经过宏观的射线的扫描,评家才有可能进行独立的选择。把批评对象置于历史的长河,有助于从动态的发展模拟再现中确立对象的历史位置。宏观的诗歌研究理所当然地要把诗歌事实置于历史的环境中,通过比较和核实作出判断,但不可以认为这样做是排斥了主观因素的纯客观的评价,正如对于历史学家而言:"准确是责任,不是美德"一样,历史同样依靠选择和解释:"解释是历史的生命必须的血液。"

　　　　过去有一种说法:事实本身就能说话。这一点当然并不真实。事实本身要说话,只有当历史学家要它们说,它们才能说:让那些事实登上讲坛说话,什么次第讲什么内容,这都是历史学家决定的。
　　　　　　——爱德华·霍列特·卡尔:《历史是什么》

　　批评主体意识在历史的评价和选择中依然顽强地呈现。对于诗歌的宏观研究,目的依然在于强化对于现实的创作活动的导向,评家从历史的纷繁现象中选择什么,强调什么,如何归纳,只有评家庄严的历史使命感能够决定。我们正站在中国诗歌的转折点上,我们对于诗歌研究宏观的和历史的态度,取决于如下一个事实:我们必须通过我们的工作,推进中国新诗加入世界的现代化进程。

评诗与诗评

写好诗评的前提在于正确理解评论对象的性质,而后才是文体的把握。"文无定法",诗评也不存在固定的或统一的格式。越是有创造性的评论,往往就是越不按照固定格式写作的评论。

诗歌评论作为艺术评论的一种,它有鲜明的由诗歌性质决定的特点。注意了这些特点,我们写的便是诗的评论,而和其他文体的评论区别开来。经常发生这样的情况:评诗而写出来的却不是诗评。这种现象的产生,多半是由于作者没有注意到诗的特质,以及由这些特质决定的诗评这一文体的个性所致。

诗作为一种凝聚着抒情主体的情感、体验和意念的文学样式,它期待的是直接锲入这一特殊性质的核心的评论。诗评需要把握诗的实质性因素,这种因素首先只能是它所表达的诗人的主观意向,即诗人通过诸多的意象创造、安排和叠加所创造的诗的总体气氛所要暗示、启迪我们的东西。对诗人的这些意向进行切实的评价,是诗评的基本任务。以臧克家的"老马"为例:"背上的压力往肉里扣,它把头沉重地垂下",写的是老马受奴役的坚忍。诗人通过这些场景传达出他的同情心和正义感。因为这些情感是高尚的,我们对此便给予积极的评价。要是我们遇到相反的情况,我们便给予相反的评价。这种评价既是符合社会进步的准则,又是充分审美的。

由于诗较之其他文体能更为充分和直接地显示诗人的品格和情愫,因此在诗的评价中,对它所体现的情感内涵就要十分重视,肯定美的,否定丑的;肯定崇高的,否定卑琐的。杰出的诗篇承担着丰富和美化精神生活的使命,并启示真理。诗是这样一种文体,它不是直接告诉应当怎样,而是以默默的持久的力量,改造并提高人们的精神境界,净化人们的灵魂。因而评论诗歌首先和特别需要关注的不是诗人直接的说明,以及他对事件和现象的重复和阐释,而是要对诗人如何实行上述崇高使命,即黑格尔所认为的对"精神方面的旨趣"进行评价。从这个观念出发,我们肯定北岛的《回答》对邪恶和卑鄙的抗议;我们也肯定舒婷的《致橡树》对于人的价值的确认,以及对于独立的和自由的人格的尊重。

但是,从诗中归纳出这些可供评论者评判的材料,并不是一件容易的事。一般的诗多把诗人的真意加以藏匿,而以曲折的和折射的方式加以暗示。诗歌特别借重比喻、象征的手段,而避免作直接的说明和宣扬。它注重瞬间感受和幻觉的捕捉,并对实有的生活、情怀、社会、自然作远距离的投影。读诗需要一种"猜测"的穿透力,通过表面的意象呈现找出它背后的深刻意蕴。

对诗的理解和评价不能过实,因为诗本身就侧重虚写。诗的非实指性是相当突出的现象,特别是现实主义以外的那些诗人。郭沫若的《天狗》讲"我是一条天狗",其实他讲的是五四时代那种狂飙突进的反抗精神;戴望舒的《雨巷》未必就是真的对于"丁香一样的姑娘"的等待,把它理解为对理想的追求,以及期待中的彷徨和痛苦,也许更接近诗人的意图。

诗人和小说家不同,他很少直述其事,他要你"悟"。

评论者在这一点上和读者处于同一位置。你先要"悟"到,然后才能"评"。的确,诗歌评论是一种科学的欣赏和研究的活动,要有严密的理性和逻辑的思考。但正如诗歌创作是主体性很强的创造活动一样,诗歌评论也是一种具有强烈的主体意识的文艺批评活动。"诗无达诂",一方面说明诗歌艺术的多义性与朦胧性,一方面说明对诗的理解不存在绝对的模式。诗评对评家"自我加入"的再创造的期待(这种再创造以诗的意象组构的定位为范围),远较他种艺术为甚。

诗的特征往往表现了注重内心观照的精神方面的兴趣,这就说明用性格分析或情节分析等适用于叙述性文体的方式,并不适用于诗(当然,叙事诗是一种例外)。因而,对以情绪和情感为基础的诗的特殊结构的考察便是重要的。情感、意念和人物、情节的框架不同,前者在很大程度上体现为并不凝固的流动性。因此,需要对它的流向和展开进行动态的考察。艾青的《大堰河——我的保姆》是在叙述性的抒情中,相当熨帖地表达他对一个普通农妇的绵长思念与挚爱,以及对她的困厄命运的同情。它的自由而舒展的流动型结构,能够精彩地传达上述的情绪。而郭小川的《甘蔗林——青纱帐》是在两股情感互相纠结和对照的展开中完成这首诗的结构的。这样的结构方式有助于把关于今天和昨天的思考和追求交织在一起。这首诗的表达,以华彩的铺排和反复咏叹为其特点,它造成情绪倾泻式的展现。

评诗要切实。诗评以事实说话,首先要求不能脱离具体的作品及其作者,以及与之有关的背景材料。诗歌很少写人物,也几乎不存在故事情节,复述和介绍在这里失去了重要性。但说明问题却需适当引用诗例。引用诗例要求准确、精练,一般不宜引用篇幅较长的全诗,而应"裁取"最精彩和最能说明问题的章句。如若是用来说明缺点,则应当是典型的。引用不能滥,应当精练和节省。

要充分注意诗歌语言的特点。诗的语言是精粹的。本质性的特征则是它的音乐性。它讲究韵律,但并不是非押韵不可,而以有形和无形的节奏感取胜。我们评诗,要反复诵读体会它在音律节奏方面的得失,而从语言方面作出评价。诗代表一个民族的智慧,它是文学的宝塔尖。这是一种对于"文学的文学"的评论,因而,诗歌评论的语言,除了科学性和严密性,还应当是精美的。这包括诗歌评论应当驱逐陈旧的语言(尽量不采用宣传用语和时间性太强的提法)而采用有感染力的语言,包括诗评的题目,都要力求以具象的可感的方式出现为好。一个好题目,往往就是一篇诗评的"眼睛",对全文构思起着概括和提示的作用。要是我们把诗评写得活泼、生动、美丽,那庶几无愧于诗评的美称。

1990

依然明晰梦中的巴黎[*]

巴黎在我的思念里。巴黎对于我,如一位未曾晤面却刻骨铭心的挚友。在声音和文字的海洋中,巴黎的出现总会引起我的心跳,犹如隐秘的恋情。但巴黎唤起的却不单是青春期那种温柔的情愫,它是壮丽和崇高,更是博大和雄浑。巴黎是综合的和丰富的,这使巴黎成为一块磁石,吸引着万千地球居民的倾心。

沿着香榭丽舍田园大街行走,透过那些飞驰前进的车流,繁华的市声消失在密密的街树之中,化为无边宁静的绿色。在协和广场,那些大理石的女神在喷泉的雨雾中凝立、美丽、优雅,而且庄严。塞纳河在近处召唤,背景是壮阔高耸的埃菲尔铁塔——这座当年的"怪物"如今正成为巴黎和法兰西的骄傲。巴黎多么神奇,她能够把最异端的新奇融进自己的传统,从而成为新生命的象征站立在鲜花和鸽群组合的都城上空。

那是举世瞩目的凯旋门。十二条大街从那里向四方喷射,如一颗辉耀于高空的星体,它在天鹅绒的巴黎夜幕中闪动着华贵的辉煌。那是圣母院的钟声。远方的流水和绿荫在招手。一座岛屿浮漾在塞纳河怀抱之中。那钟声宣告人性和慈爱的凯旋。当卡西莫多和艾丝美拉达被偏见视为冒犯传统的异端,却由于巴黎的公正而向后世证实永恒的良善、友爱和坦诚。

跨越塞纳河向北,有一座艺术的宫殿令人日夜萦怀。蒙娜

---

* 此文初刊 1990 年 3 月 28 日《欧洲时报》。据此编入。

丽莎的微笑纯洁而神祕,维纳斯的静穆迷人而庄严。漫长而空旷的时空,都被巴黎的博大所包容。巴黎的富有占人类的博爱和宽宏精神相通:最古老的和最现代的、最正统的和最激进的,都在巴黎受到尊重。巴黎从不拒绝有价值的创造。

我相信巴黎的歌剧院中有最华实的夜礼服,然而巴黎的每一次时装表演都令全世界感到意外。从米洛斯的断臂爱神到毕加索,从罗丹雕刀下丑陋的巴尔扎克到康定斯基和马蒂斯,巴黎的包容性和博大精神赢得了巨大的荣誉。巴黎缺少的恰是我所熟悉的那份褊狭和粗野,她不会一面掘毁自己古老的城垣,一面排斥现代观念的传人。她用全人类来装扮自己的繁华。

巴黎对于我既陌生又熟悉。巴黎不仅是伏尔泰和莫里哀的,不仅是雨果和巴尔扎克的,不仅是福楼拜和罗曼·罗兰的,也是波德莱尔和瓦勒里的,萨特和加缪的。巴黎不承认世界只有一种色彩或一个声音,巴黎是杂色的和多声的。因而巴黎的都市景观和人文环境与世界的本来样子最接近。

这里找不到因偏见而造成的固执,这是没有粗暴的君临一切的观念的帝王。偏见在别的一些地方曾造成灾难,灾难的极端便是社会心理的变态——它仇恨社会如同自然界那样自然和多样。

我对于巴黎的一切都是在想念中进行的。未曾到过,也许竟是无法拜谒的巴黎,心仪数十载但不陌生的巴黎。此刻,尽管是梦境中的思念,巴黎却依然明晰。

1990.2.24 于北京

《意象符号与情感空间——诗学新解》序^{*}

我以为新诗潮的崛起是自有新诗历史以来就艺术层面而言较为纯粹的一次革命。正因为它是一次艺术革命,故对于诗歌自身的震撼力较之外加于诗的其他方面力量造成的影响要大得多。为什么这一新的诗歌形态的出现会招来那么多的责难与攻击?为什么会有历时这么长久的情绪激动的是是非非的论战?原因就在于固化的传统诗艺以及维护这一诗艺的力量感到了真正的"异端"艺术的挑战,而挑战者又因充分的自信坚定地站在自己的位置上进行抗争的缘故。

面对强大的挑战而又匮乏应战的能力,于是便舍艺术自身而乞求于艺术以外的力量的干预。批判新诗潮运动中有人希望对它进行非艺术的定性,便是这一努力的体现。但因为与事实的背谬而终于未能奏效。事过十年之后的今日,我们已有足够的冷静审视历史,益发感到了上述判断的确实无误。

新诗潮除了变革和拓展传统诗歌内涵而向着精深沉厚方向挺进外,其在诗艺革新方面的最大贡献即在于大幅度引进意象化方式而为新诗注入了鲜活的生机。用意象的暗示或隐喻取代以往那种明白无误的叙说或抒发;用意象的组合和构筑取代以往那种平面拼凑的说明和证实;意象的"魔法"的确搅乱了"井然有序"的诗歌生态。诗顿时变得"难懂"也难以捉摸了,于是很引

---

* 此文为《意象符号与情感空间——诗学新解》序,吴晓著,中国社会科学出版社 1990 年 5 月出版;收《流向远方的水》。据《意象符号与情感空间》编入。

起了那些守旧而从不怀疑自己的批评家和诗人的愤怒。

　　但诗歌事实却非愤怒可以改变。诗不顾那些人们的反对而一径向前走去。尽管拓展了的诗艺并不排斥历史上曾经存在而且也有理由继续存在的一切艺术经验,但极为活跃的意象精灵在诗歌天宇中横冲直撞,的确令人心慌意乱。于是在诗歌美学中的意象研究,便成为当代中国诗学一个引人注目的课题。

　　可以这样认为,包括吴晓这本著作在内的一批谈论新诗意象的专著及论文的出现,要是没有蓬勃发展的新诗潮的丰富艺术实践的基础,是不可能出现的。也可以认为,吴晓的著作以及其他人的研讨新诗技艺的著作的出现是十年来蓬勃发展的诗歌艺术革命的合理的产物——它有力地证明了这一新诗潮推进新诗艺术变革的功绩。

　　在新诗潮论战的初期,不论赞成者和反对者,其立论焦点在于这一诗潮出现及存在的合理性而不是艺术美学的阐释和建树。很快,也就在非实质性的浅层次的论争的同时,出现了对于诗歌艺术本体的探讨和诠释。这是最让人感到慰藉的事实。中国文坛花费在无意义(不是诗学本义)的题目上的精力实在太多了,我们庆幸诗歌创作界和理论界终于有了建设意义上的最初觉醒——它如同"五四"当年弃绝旧诗桎梏的觉醒那样,有着深刻的启蒙价值。当然,把诗歌讨论引出诗歌范围的企图一开始就存在,而且事实上到最后也存在,但这种现象并不能把这一讨论引出美学审视的范畴。

　　吴晓这本著作无疑旨在强调它的新意。谈论诗歌创作技巧的书近年出版了不少,也有突出的建树,但从"诗是一个意象符号系统"这一本体论观念出发,并希图在此基础上建立新的诗学理论体系并进而阐述诗创作有关技巧的,吴晓此书可能是第一部。吴晓以意象研究为基点树起了他的理论框架。在那里,他系统描述了意象产生、运动、组合以及诗歌情感空间的构成规律。吴晓的工作是认真而充分的,他从意象的符号性质以及它的可感悟性入手,详细论证了它的诸多表现形态和组合,从这个意义上看,这确是一本很有新意的诗歌理论专著。

吴晓谈论诗的技巧摆脱了此类著作容易产生的平面拼凑而所论各题又互相游离的状态,而是把各项题旨融入他自有的理论体系中,每一个环节都紧扣题旨而纳入理论结构,成为有机组成部分,而具有整体感。它不单纯停留于介绍技巧,而是从诗歌美学的一个侧面,系统地阐明诗歌新观念、新方法,从根本上开拓读者的思路,因而它更是一本理论启蒙的专著。

也许最值得称道的是这本书中所介绍和涉及的技巧,大量的和基本的部分是从新诗潮产生以来十年间的创作实践中总结出来的,是青年诗人们探索艺术真谛的理论提炼。本书作者独到地又是出色地完成了对这一诗歌艺术革命的侧重于创作技巧和艺术潮流方面的总体考察。这无疑是一部具有相当水平的诗歌理论专著,是新诗潮运动的广泛艺术实践的有力总结。为此我们乐于肯定本书作者工作的意义和价值,并郑重向读者推荐。

吴晓学诗多年,曾在有影响的刊物上发表作品并获奖,他发表的诗歌评论已有数十万字。吴晓是以国内少数既写诗又评诗的一身而兼诗人与批评家的双重身份从事这一专著的写作的。因而他谈论诗歌艺术的书便能以对于艺术操作方式及过程的体验与理论为基础,从而有可能避免那些缺乏创作经验的批评家某些理论与实际容易脱节的缺陷。在这本书中几乎所有章节都可以看到不曾脱离诗歌实际的理论概括和表述。紧密结合诗歌艺术实践以及作者自身创作体验的具体性成为本书有别于其他同类著作的一大特点。对于意象的形成、种类、结构及其在诸多场合丰富展示的诸多形态的介绍和论述,其完备和详尽都达到相当的程度。

所有的初始工作都具有探索途中的冒险性,学术研究也不例外，特别是在前人很少涉及的新领域更是如此。吴晓的工作可能存在（也一定存在）某种不足和缺憾，但所有阅读这部著作的人都会发现，他的研究不仅是深入具体的，这种研究成果的表达不仅是生动有趣的，而且本书的概括和总结也是大胆的和创造性的。所有这一切，足以使它成为一部既可以吸引诗歌创作和评论的广大爱好者，又可以吸引专业的理论批评工作者的广受欢迎的书。

一九九〇年春三月于北京

陌生而又熟悉的镜春园七十六号*

镜春园七十六号那座庭院是我陌生又熟悉的地方。王瑶先生烟斗里的微光总在那间飘散着浓郁的书香的房中闪动。没有特别必要的事,我从不去打扰先生,我知道他的时间十分宝贵。和王瑶先生的每次会见,我都是拘谨的,尽管他对我总是和蔼甚至是有点不同于一般学生那样的客气。但先生的严格和严厉(特别是在治学上)是出名的,每当我走在他的近前,总感到了某种不得不让人拘谨起来的力量。

从五十年代开始做王瑶先生的学生,迄今已有三十余年。我和先生单独相处的时候极其有限,我私心羡慕那些有很多机会接近先生并能从容处如地在他的客厅和书房里晤谈的同事和朋友。我听说过先生曾让一位成绩优良但未能按照先生的指导治学的学生考试难堪的故事,直到我的妻子做了他的研究生,应该说有更多的机会接近先生了,但我却始终对他怀有敬悚之心。

人心阅历多了之后,我对先生的了解也深了。我发现我面前站立的不仅是一位学识渊博的老师,更是一位人格超然的长者。这座校园里有很多这样的学者,他们衣着朴素甚而显得随便,但他们作为民族智慧和良知的杰出代表所表现出来的人格力量,叫于平易之中给人以"威慑"感,王瑶先生便是其中的一位。

直至这个冬天他猝然去世之前,先生总骑着一辆破旧的自

---

* 此文初刊《王瑶先生纪念集》,收《永远的校园》。据《永远的校园》编入。

行车在校园行走。含着烟斗步履匆匆,先生的身影总是紧张而繁忙的。他往往来到系办公室取了信件就走。我在这里遇上先生的机会最多,只是问候而不作寒暄。燕园的居民大抵都把彼此的情感简化到最单纯。现在先生的身影消失了,我才感到了无数机会从身边失去的遗憾。

《中国大百科全书·中国文学卷》审定初稿的工作,是我和王瑶先生相处最长的一段时日。我们住在一座楼里,在一个餐桌用饭,饭后也常一起散步。他总是工作到凌晨,每当我看见先生屋里那不熄的光,总为自己的慵懒而惭愧。先生学识渊博,即使是在他的学生面前也有他的大度和谦虚。那时恰值他的研究生郭小聪写毕业论文时间,因为郭小聪的题目是有关新诗的,先生认为我对此较为熟悉,便委托我指导并审读郭小聪的论文初稿。我把自己的处境等同于做论文的郭小聪,并怀着和他同样紧张的心情把郭的论文送到了先生的案上,没想到先生很宽厚地通过了,我和小聪这才轻松地嘘了一口气——前面说过,先生的严格和严厉是不留情面的,即使是如我这样的学生。

其实,和王瑶先生的相处我也并不尽然是那么心理紧张的。记得那一年,也是大百科中国文学卷在上海开会,我和先生同时飞至沪上。一阵紧张的工作之后,会议组织者安排我们游南京路及豫园。那时西服还不盛行,先生陪我至当时上海最有名的培罗蒙买了一套浅灰色的西服,我是在试穿给先生看并经他认可后方才买下的。那天,王瑶先生兴致很高,我们陪他买了一整箱的烟丝——这是先生需量最大的"食品",先生烟斗上袅袅送出的香味,均是由它制造的。

王瑶先生的幽默感由于与他的超人机敏智慧相结合而具有极为隽永的魅力。先生即兴式的诙谐令人难忘。他在自己的书房坐下便饮茶,一杯接着一杯,烟斗则是常含口中,不断吞云吐雾。他自嘲这是"水深火热"。我听到这一名言联想到近四十年来先生身世的坎坷,便于先生的解颐之时感到了不可名说的怆然。王瑶先生即使是在人生的困厄之中也不失他的乐观精神——他并不是我们通常理喻的那种前驱式的猛士,他的阅历、素养和智慧使他具有一种超然的成熟,他知识如何处理极为复杂的局面,他也知道如何保护自己及他的学生——先生们的这种精神充满了不屈的战斗光辉。

记得先生经常得意地告诉人们他的一段名言,那好像是他参加某一会议上说的,即"不说白不说,说了也白说"——这当然系指那些以官僚主义态度对待民意的不满而言的。说了以后他还加上一句,即"白说也要说"。中国具有正义感学者的韧性精神溢于言表,而这却是以先生素有的调侃方式出现的。

那个我们不愿意忘记的夏季过后,先生以身心衰疲住进了西苑医院进行小手术。他住在七八人一间的简易病房里,谈笑风生之际似乎忘却心灵的隐痛。当我询及他在医院的伙食是否习惯时,先生微笑着随口说出我如今还不能如实写出的话。在平日妙语如珠的先生那里,这一短语所包容的睿智与抗争精神,此时此境更增添了听者的无限悲怆。

进入1989年早春之后,我数次和王瑶先生同车赴八宝山向文学界的师友告别。没料到这年的最后几天,先生终于抵抗不住死魔的步步进逼而仙逝。如今轮到我来为先生送行。在八宝山告别先生的时刻,我来不及想先生的一生,想我与先生的相处。我只记起上一次,即9月5日为周扬先生送行的情景。那日如同往常是我要了车子与先生同往八宝山。路上先生与我的那次单独交谈是永生不忘的。那次谈话的内容使我有可能从一孔窥及这位师长全部心灵的秘密。谈话的最后他提及自己在五十年代一次被迫在一份叫做《我们不要这样的校长》的大字报上签名的事,先生对此没有多说什么,他的遗憾与愤懑是深重的。

当我听到来自上海的噩耗时,一切并不感到突然。在拍往上海的唁电上我只能写下"天夺我师,欲哭无泪"八个字,其实我现在连哭也不想,当然更不会有泪。

　　许多有用的人都不在了。我依然默默地走过镜春园七十六号。大门依旧,石狮依旧,老槐依旧。只是我的老师不在了,许多人都不在了,他们都没度过那一个年头。镜春园七十六号对于我依然是既陌生又熟悉的地方,我多么后悔没有把那一部分陌生化为全部分的熟悉啊!

1990 年 4 月 18 日阴雨中

论林子[*]

> 于是我用自己的生命去浇铸诗的基座……
>
> 　　　　　　　　　　林子:《我的自由》

中国现代纯情的女性诗相当地不发达。现代诗史上的第一位女性诗人当数冰心,冰心尽管在散文以及部分小说中充分展现了作为女儿对母亲的眷恋和依偎,但冰心的诗显然是哲理情趣的追求掩盖了女性的心绪。要是从冰心再往前溯,有一位同样生长在江南的女诗人秋瑾,但与其说她是温柔的女诗人,不如说是豪放的女侠。

中国女诗人本来就少,而能够意识到女性的自觉者尤少。也许说缺乏女性的自觉未免委屈,但中国的现实处境至少使她们羞于表现这种自觉。冰心往后,尽管出现若干有成就的女性诗人,但能够无遮拦地专注地表现属于女性自身的世界者,实属罕见。开始是艰难时势夺去了女性的婉约,后来是另一样的艰难时势又夺去了表现的权利。

一个很长时间,甚至连正常的人间情感都成了禁区,何况披露那些纯属女性内心世界的领域? 林子的出现几乎是中国诗坛的一个例外,但这种例外的出现却证实了一个合规律的存在:即任何人为的禁律都无法阻挡人情之常,尽管这种证实以无数人的血泪为代价。林子作为女诗人而受到承认是由于组诗《给他》

---

[*] 此文初刊《文艺评论》1990 年第 2 期,与陈素琰合作。据此编入。

的公开发表及获奖,而《给他》并不属于一般意义的创作,它是一种纯个人情感的流露并且只提供给特定对象阅读而不提供发表的作品——

> 爱教给我大胆,因为
> 这赤裸的诗句只是献给你一个人的。

　　写于五十年代而发表却在至少二十年后,这事实说明了那可怖的一切。"爱情可以写吗"一类问题并不是天方夜谭的故事,在东方这片深不可测的泥淖中,今天它甚至也并未成为过去。由此我们便可有效地判断林子出现的价值:在类似中世纪那样蒙昧所统治的秩序中,人们对于爱以及表现这种爱的与生俱在的权力,却需要以非凡的无畏换取。这本来是荒唐的,但同样不幸的是这种荒唐却是事实。

　　林子就在这样的变态世界里为争取自己认可的正常世界而奋争。林子称得上是在这个环境中相当自觉地意识到自己属于女性的一位诗人。她早年并没有刻意做诗人,但她把握了诗传达人类情感的真谛,于是那些只写给一个人读的诗,在可以公开的时节便获得公众的认可。《给他》的写作只能是秘而不宣的,创作的初衷也是基于纯粹的个人动因。它的创作显然受到了白朗宁夫人十四行情诗的启发,但由于真挚和诚实,在我们却是一个大胆创新的艺术实践。

　　其实,只承认林子创作实践的勇敢是不够的,在她认识到的中国漫长的封建主义传统中,诗人那些当初只写给一个人读的诗篇却无处不闪现着叛逆性的挑战:当周围弥漫着一种把一切都纳入虚伪的无视个人价值的群体化的浪涛中,诗人在世界的一角倾诉着只属于两个人的悄声细语,那些被公开舆论十分轻蔑地加以排斥的琐碎和微细:静夜时节大盗般的幻想、要求宽恕的热情、倾心而颤栗的等待、一副蓝手套的编织、一个小梳妆盒洞悉的秘密……

当周围充斥着令人厌恶的豪言壮语的虚假时,它揭开女性帷幕的一角,无遮掩地诉说属于个人的情感憧憬和追求、思念的痛苦以及获得的欢愉。它显然怀着忤逆的心境开掘这一片禁地,并充满罪恶感地摘取禁果。这些,都在"重大题材"的巨影笼罩下倔强地萌生。它以温婉缠绵的方式传达的却是强烈地反抗既有的诗歌观念和诗歌环境的意愿,在那些纯情的咏唱中,她一往情深然而却是秘密地张扬属于女性自身的权力。

即使在三十年后重读林子那些写于五十年代的心灵自白,我们依然能够强烈地感受到在环境重压之下可产生的勇敢的心灵召唤,我们依然会被它那蔑视传统秩序的叛逆性所震动:

原来,爱神并不在云端流浪,
而是活在我们的心中。
我们掌管着自己的命运,
即使是爱情至高无上的意志。
在恋爱的日子里,我醉了,
留下了无尽期的晕眩……
我们畅饮着这欢乐之酒,因为
至死不渝的忠诚是心的屏障,
两个人互相征服着——
甘愿做爱的奴隶,因而
也就都成了爱的主宰……

这些诗句产生在一个特殊的时期,那个时期曾经发生过无数的诗和文学的悲剧。一首以《吻》为题的短诗竟然引来奇祸,一首写舞会中男女互相爱慕的诗也会爆发痉挛性的批判;所有的涉及个人私生活的吟咏都会被判之为对公共道德的亵渎。这样,我们再读《给他》中那些纯情的诗句,产生的就不仅是一种愉悦的享受,而且会升腾起类似对于传统道德的叛逆所具有的悲壮情结。

　　这种悲壮感对于在另一种生存环境中的人们,简直不可理喻。在这里,那种不可割离的皈依以及无可选择的离异,始终作为一种文化心态的阴魂纠缠着锐意走出魔障的叛逆者,特别是一些敏感的知识女性。和林子同时代(也许还是同龄人)的张洁的小说名篇《爱,是不能忘记的》,域内不少人对此发出了惊呼:婚外恋、第三者、性解放等等恶谥,而在世界的另外地区,则为那种铭心刻骨的心灵苦难以及对此的讨伐大感不解。无论是张洁还是林子,她们无可逃脱地都面对着历史的积重。因而置身其中的读者都会从域外的莫名其妙和国人的义愤填膺中,了解到她们的叛逆精神。

　　以上述关于社会环境和文化心理的基本状况为视点,再来读《给他》的其中一首——

　　　　只要你要,我爱,我就全给,
　　　　给你——我的灵魂,我的身体。
　　　　常青藤般柔软的手臂,
　　　　百合花般纯洁的嘴唇,
　　　　都在默默地等待着你,爱
　　　　膨胀着我的心,温柔的渴望
　　　　像海潮寻找着沙滩,要把你淹没
　　　　再明亮的眼睛又有什么用,
　　　　如果里面没有映出你的存在;
　　　　就像没有星星的晚上,
　　　　幽静的池塘也黯然无光。深夜
　　　　我只能派遣思念的使者,带去
　　　　珍重的许诺,它忧伤地
　　　　回来了,你的窗户已经睡熟……

它带给读者的心理震撼是显然的:它作为心灵私语表现出某种勇气。爱情和性爱的大胆表白和许诺,对于一个封闭的社会是一种违逆。在以男性为中心的传统中,这种声音发自未婚女性特别具有挑战性。

林子采用十四行体并不遵循它原初的格律要求,在这方面她并未有新的贡献。但在以这种体式传达女性的内心世界和隐秘的情感活动方面,她的细腻、委婉和真情的传达,都是动人的。内心独白式的情感结构代替了当时流行的外在情节的铺排。这种结构不是静止的,以前引诗为例,写的是渴望爱情的女性内心允诺,展现这内容大胆而坦诚,它把关于爱情的抚慰和渴望写得如同实有,其实只是"派遣思念的使者"以及它的"忧伤而回",是在内心情绪中展开抒情情节。以想象的和心理的行动代表外在故事情节的推衍,成了林子十四行诗的艺术结构的重要特色。所以《给他》体现的不仅是内涵具有挑战性,形式表现也具有挑战性。

在林子的十四行诗中,精心的艺术构造的特点表现得甚为充分,它具有强大的情感、情绪、心理的真实性,而不同于盛行的那种虚假的"真实",虽然这一切大都是在内心深处进行。在五十年代整个文学极端外向的强调中,林子诗歌的内心表现所具有的艺术精神是一种孤独的实现。《给他》第一辑三十一首:你原是富有的施主却来我门前求乞,我已为你而贫穷而你并未满足;第一辑二十二首:违抗情感说你不要来,经历了"革命"才发出你来的信号。这些,都写出了处于热恋中的女性的全部内心丰富性。

诗歌在漫长的年代曾经受到损害,受害最重的是抒情诗。当抒情诗不断受到个人主义的危险倾向的警告,并最后为政治宣言和号召所取代时,它的本来意义的存在已经消失,《给他》于是在我们的全部艺术视野中成为一个幸存者——一块特异的精神化石。林子的创作给予中国当代诗坛的启示深刻而丰富,只要能够在压力下真诚对待艺术,保持艺术家的自尊与良知而不趋世媚俗(如不求为人所知,更不要暂时的轰动)便有可能保持艺术不受污染。林子的另一本诗集中收录一首处女作,可称得上是纯粹的没有受到侵害的童贞式的作品,《但他却不知道》:

> 有一个年轻的猎人
> 把自己的心
> 　　给了古老的森林
> 但他却不知道
> 一颗少女的心已经被他带走了
> ……
> 这一个漂亮的小伙子哟
> 早被人悄悄地爱上了
> 　　幸福在等待着
> 但他却不知道
> 还悄悄在想念中为她苦恼……

写的是爱已悄悄成熟,但被爱者仍为思念所苦,没有任何令人生厌的"理想升华"以及说教的痕迹,因为它不曾被世俗的功利观所污染。林子在创作初始便处于一种不谙世情和天真稚嫩状态,惟其如此,她为中国当代诗歌所保全的便是未曾刻意雕琢的璞玉。

　　林子属于诞生在三十年代、受到五十年代教育并和这一代中国人有着同样艰难坎坷经历的知识分子。一个特殊的社会环境使她和大多数同代人一样成为生活的理想主义者。她认定"诗的就是美的",不论社会的实际状态如何,她总要"在生活之海的沙滩上,寻找美的闪光"。她认为美如同诗那样是与生俱来的。由此基点出发,林子确认心灵歌声的主旋律是坚贞的爱。

以上论点均见《给他》代序《我的自白》,在这篇诗体自白中,我、美、诗是浑然一体的。林子的这些生活信念也是她的诗的信念,这些,均与她的同时代知识者相似。

从哲学和世界观的角度看,林子并不比她的同代人拥有的更多些,当然也不曾提供新的东西。但就诗的创造和诗美的积累而言,林子显然有她的贡献。这就是即使在纯诗受到极大损害的情况下,她依然坚持着人生、友爱和纯美的艺术王国,她开启了纯真的女性世界。林子坚信爱的哲学,她认为爱是人对于世界的唯一眷恋:"如果没有爱,活着还有什么意思呢?"

这位诗人并不理睬长期以来传染病般蔓延的人与人间的憎恨和倾轧,她写着那些只有温柔的女性才能体会到的感受。她把爱心送给她的所爱:《给亲爱的孩子》、《给妈妈》、《给友人》,还有《给亲爱的女儿阿曼古丽》。林子和阿曼古丽的相会,让读者想起充满古典情调的人间纯情。爱占领了林子的全部世界,从少女、情人、到妻子和母亲,她的女性温存中,她揭示了一个人生的母题,这是个永恒世界。林子的世界让人们忘却环境的丑恶,而赋予受伤和失望的心灵以崇高的抚慰。

当仇恨和矫情在外面掀起海涛,林子构筑的世界是一座人性的孤岛。这一方净土与世隔绝,但心怀祈盼的人显然由此可以得到精神的安慰。在林子,因为这一切又是以至诚为之,更增添了圣洁之感。林子自述,她中学时代爱读冰心的作品,"沉浸在她对母爱的柔情和对大海的神往之中"。后来,她读高兰的《哭亡女苏菲》,"它那深挚的爱和刻骨的思念最初拨动了我幼小的心弦"。(以上见林子《我的声音》)林子承继了文学前辈的人性主题传统,当这一传统受到排斥时,她在自己心灵世界的创作中保存了它。这种保留和坚持依然体现诗人柔婉而隐秘的反抗精神。

女诗人在生活的海洋中不竭地进行美的寻觅。当她终于在遥远的天山脚下找到那朵美丽的雪莲——阿曼古丽时,林子曾写下如下的诗句——

  也许,大气层有太多的污染
  才显得你格外地纯净;
  也许,世界上有太多的灰尘,
  才显得你格外地晶莹;
  ……
  是多年的遗憾得到了补偿;
  是多年的寻求得到了回答;

林子拥抱阿曼古丽的那一刻,是作为母亲渴望有一个女儿的夙愿得到补偿的实现。但阿曼古丽的出现更具有一种新的意义,即她作为一种美丽和纯洁的象征,阿曼古丽的出现是一种寻求的回答和祈愿的补偿。林子显然是以超越了获得一个女儿的意义来看待这一情感事件的,她想到并终于悟到:"也许,是对于汉族性格中的传统的束缚及精神上的某种压抑的不自觉地反抗,也许,是对于人与人之间的冷漠及灵魂为世俗利益关系所玷污的一种鄙弃:"(林子:有缘千里来相会》,《绿风》1984年第3期)

  林子和她的同时代人一样也不可能超越生存的特定环境,她也如她的同时代一样曾经建造起一座理想主义的城堡,即使是身遭困厄而信念不改。林子诚实地写出了这点,她说:"我的诗里充满了梦,我的梦里充满了诗。"(《我的自白,关于我》)她和他们都曾做梦,且在梦里寻诗。她和他们都充满自信地宣布他们的诗与生活的辉煌是孪生子。他们对此十分坚信:"该回来的,就会回来,该升起的,就会升起。"(《星》1984)他们没有想到另外的可能性及不可能,他们即使面对厄运也鼓舞自己及他人不动摇。他们无论何时都唱着希望即使是在梦中:"莫笑我年年歌唱新绿,它原是我心中不灭的希望,即使在瑟瑟的冬夜里,我

的梦中也洋溢着春光。"(《春歌》1982)

做梦的一代人的诗情体现着天真烂漫。他们在五十年代"用玫瑰色的眼光看世界",进入八十年代也如此。他们也许竟是永远的寻梦者:"我们怀念着失去的温暖,心里珍藏着对春天的渴望。"(《让生活更加温暖吧》1980)这一代人容易为过去和现时的幻象所引发而显现出充满诗意的浪漫情调:"从此,我的歌声更加响亮","夏天迫不及待地赶来,带着火热而明朗的旋律",这都是进入八十年代以后的理想化抒情。

八十年代后期,随着阅历和体验的增长,社会和人生忧患抑制了过去无节制的现实幻觉化。在诗人笔下出现的人生不再是理想的童话世界,而是一本"不知道最后一页在什么地方"的书;生命不再是永远欢畅的乐章,而是"通往我不愿到达的终点"。她不再把生活的美满当做目标,而是向着现实的缺陷投视。走向深沉的人生思考的诗人不再为遗憾而遗憾:"如果人生总是美满而又美满,也许这才是真正的遗憾。"(《遗憾》1987)

八十年代后半期开始,林子的创作题材有了大的扩展,不论是对绿色森林的眷恋,还是对于多思人生的显示,林子依然致力于自我形象的铸造。她开始在原来充满柔情的心灵世界中,施以铸造的雕刀。于是,在她本来显得具有丰满的女性温婉的诗情中,出现了粗砺的刚健刻痕。女诗人一贯憧憬的强者之幻得到了初步实现,在林子的新世界里,充盈着原来潜藏而如今突露的"无拘无束的意志"。这是《风》:

> 我爱,迎风站住。
> 让风裹住
> 挺直的身躯,衣裙
> 顺从它的手指,
> 把我雕成一座岩石。

> 即使风会窒息
> 我的呼吸,也不,
> 背过身去,寻求
> 片刻的喘息

如前述及林子的心灵世界中本来就深潜着被温柔多情包裹的硬质,这便是情感叛逆的因素。人入中年,这种硬质终于外现为被风雕凿的岩石。

生活的实际教人从玫瑰色中醒来。醒来的人于是拥有了成熟和深刻。过去虚幻的平面单一的色调终于为主体的繁复所取代。如今显示的世界尽管嘈杂而混乱,但却较前者更切近实际。1983年诗人第一次访问香港,她在另一个世界里接触到新的生活角。组诗《香港! 香港》对生活的剖析有新的角度和新的深度,很明显的标志便是对于以往一厢情愿的夸饰的摒弃。她在被人诅咒的世界里看到事实:"不是完美的,但也并非一个噩梦。"她对那个陌生的社会有着惊人的理解,认识到为何有人即使冒着葬身海水的危险,而仍要向它走去。诗人看到被偏见和愚顽掩盖的事实:因为它有着"从不标榜,从不许诺,任随一切人自己去争去求"的自由。

一个怀着金色梦想的天真少女到饱尝忧患而有了成熟母性的诗人,她走过的道路是一个平常中国人走过的道路。她的诗是这种充满幻梦而终于梦醒,梦醒之后而仍要跋涉的心路历程。它能够给予身处世纪末感到惶惑困顿的中国人以共鸣。虽然林子的玫瑰梦刚刚消逝,她获得的忧患也只是刚刚开始,她对于生活的把握仍有待深刻化,但林子为中国当代诗坛所作的贡献无可置疑。

远在五十年代,当所有的中国女人都乐于或被迫忘却自己的性别时,林子在她的诗中勇敢地揭示和表现自己的女性特点,而且以十足的女人出现在异性面前。应该说,在一个封闭而愚昧的社会,它是一种惊世骇俗之举。林子那些充满勇气的诗篇尽管推迟了至少二十年方得以发表,但对当代中国受到压抑的女性意识(至少是在诗歌创作中),她却充当了启蒙者的角色。作为一个先行者,她开启了闸门。

正是由于《给他》及其系列续篇的发表,使当代的女性诗受到了启示和鼓舞。舒婷以后,至翟永明、唐亚平、伊蕾、林珂,以及许多年轻的后来者所获得的成就,均可以寻找到林子的诗给予影响的痕迹。

列车找不到终站[*]
——评台湾现代诗初潮

一

本世纪四十年代,中国社会继续处于深刻的动荡和危急之中。这种非常的社会环境,造就了非常的艺术观念。这种艺术观念,概而言之就是迅速地而又是可以理解地意识形态化:一切服从于非常国情的需要而把审美和愉悦的要求予以忽视。在中国大陆,一种显而易见的以民间初始习尚为模式的艺术倡导,正从广大的边远地区向着中心城市蔓延。

到了四十年代末期,更确切地说当四十年代结束的时候,整个社会形势和文艺形势均已明朗。一片早春情调的狂喜之中,在中国广大地区迅疾地建立起了被称作大众喜闻乐见的文艺新秩序。新秩序以坚韧的努力实现了对五四新文学运动总体精神的调整,即从以实现文学现代化为目标的直接取法西方文学经验的实践,转向了中国传统文学自身、特别是民间艺术自身寻求范式。

这种努力在随后的漫长年代中得到延伸和发展。其间的经验和教训、成就和挫折,已成为异常丰富的文艺史资料。当大陆成功地实现了上述文艺新秩序的高度而全面的涵盖之时,在中

---

[*] 此文为《无终站列车——台港澳暨海外华文文学大系·诗歌卷(一)》前言,中国友谊出版公司1993年8月出版。初刊《文学自由谈》1990年第4期。据《文学自由谈》编入。

国的另一些地方,主要是台湾海峡彼岸的台湾地区,文艺和诗歌正在另一种人文环境中以另一种方式实践着。

这种同一中国不同一社会形态所造成的学术和文艺的多样和丰富,目前正被越来越多的人们所关注。同异互渗和互补,所造成的人文奇观是社会不幸而提供给学术文化的助益,论及中国新诗,这种助益更是十分明显的。

前已述及,中国的大部分地区由于特殊的生存环境的决定,造成了一种文艺新形态对于五四新文学传统的校正。新诗意识形态化的结果,无意间使上述那种与外国文学和外国诗的亲缘关系受到损害。中国大陆数十年间新诗人的苦闷与冲突,多半产生于此种东西方观念形态之间选择的困惑。直至七十年代结束之前,上述那种抑制大体是成功的。

在台湾,新诗情势有了另一种趋向的发展。四十年代中后期进入台湾的一批大陆诗人,迅速地与台湾本土的新诗人在中国新诗的五四传统上认同,他们成为在台湾发展繁荣中国现代诗歌的传薪人。论及现代诗在台湾的生存发展,人们都注意到先于五十年代即已存在的那些事实:早在三十年代中期以风车诗社和《风车诗刊》为阵地的一批诗人,即从日本引进超现实主义思潮,他们追求纯正的艺术表现以摆脱现实政治的羁绊,成为台湾诗歌现代主义运动的先声。但作为一种延续五四现代诗运动的明确意识的流派倡导,却始于以纪弦为代表的台湾《现代诗》的创办和现代诗社的成立。

从五十年代开始,过去属于一体的中国现代诗歌开始了两种完全异向的发展潮流。在大陆,由于一个新政体的确立,充分的行政力量和信心足以全力推进已有的文艺范式,并使之达到保存和巩固稳定的社会形态和文艺形态的目的。极端强调民族传统形式的优长性以及适应大众欣赏口味的必要性,使这一时期的诗歌向着五四开放的和对旧文化和旧诗叛逆的诗运本质作了逆向的调整。从五十年代开始的各种诗歌运动,其目的都在引导新诗向着上述方向靠拢。这时期的若干重大诗歌事件,诸如包括建立新诗格律、新民歌有无局限性,新诗必须在古典诗歌和民歌的基础上发展的诗论和贯彻,以及"大跃进"民歌运动的号召和广泛实践,其运动方向是相同的和一致的。

这是大陆型文化性格同在诗歌领域的展现:社会革命成功带来的满足以及保护这种成功的防御心理,与庞大的自足社会共生的小农和小市民的文化封闭意识,使一系列的文艺实践趋向于向着保存传统旧物抗拒外来影响的总目标。台湾这一时期的文化心态恰与之相反,飘零身世的不安定感,孤寂无助的生存状态和追怀旧物的失落感,迫使一代人把目光投向外界。

在海峡的此岸,诗歌意识形态化能够引起的反抗是微乎其微的,因为它自身是强大的和权威的。这种意识形态化实现占领的显著后果在内涵上是颂歌的提倡及其有效实现,在表现形式上是半格律或格律的整饬代替了抗战以来蓬勃发展的散文化的自由体以及新诗体式的古典诗化和民族化。而在彼岸,意识形态也没有忘记诗这一载体。官方倡导的战斗诗运动虽然造成一些声势,但"战争文艺"显然培养了它的对立物。正是逆反心理的蕴积,为台湾新诗现代主义运动提供直接的诱因。

二

台湾新诗运动是中国新诗运动的组成部分。台湾新诗理所当然承继了五四新诗传统的品质和性格。要是新诗发展中有过与它们传统断裂的苦痛,台湾新诗承担这种苦痛并力图加以修复则是正常的。

朱自清曾经对新诗最初十年的艺术流向作出判断:"若要强立名目,这十年来的诗坛就不妨分为三派:自由诗派,格律诗派,象征诗派。"朱自清这种分法有他的缺陷,很明显,自由和格律是就诗的外在形式分的,以李金发为代表的象征派诗本来可以划归自由一路,但他没有这样做,而是单列一项予以强调。这也说明了论者的开放观念。

台湾现代诗运动的兴起有它历史的必然。从新诗第一个十年开始的中国现代诗的潮流,由于特殊的环境的迫使终于成为一道潜河——尽管其间有四十年代后期西南联大师生以及后来称作"九叶派"的诗人们的挣扎——但一派诗脉总要寻求机会涌出地表。五十年代政局的变幻给了诗运以有利的机缘。

在台湾,孤岛意识加上恋乡情结成为一种时代民族苦痛的象征。对现实的失望以及对文艺强制的抗议,使敏感的诗人有可能以现代精神的艺术实践寻求和五四多元诗歌的对接。正是在这样的现实因素诱发下,台湾的现代主义诗歌便作为中国多元的新诗运动的必然呈现而选择了那一个特殊的时空。

进入五十年代,随着政局的明朗化,大陆和台湾都在调整并稳定各自的文化秩序。大约是大陆正在为建立现代格律诗以及随后在"大跃进"民歌的名目下大力推进新诗格律化的同时,台湾的诗歌却是以反古典和反格律为目标的现代诗运动。最早成立的诗刊是《现代诗》(1953年2月),随后相继成立了蓝星诗社(1954年6月)和创世纪诗社(1954年10月)。以上三大社团是台湾现代诗运动的中坚和核心。

在中国新诗发展史中,进入五十年代以后的最为重大的事件,应该是纪弦发起和倡导的现代派运动。1956年1月15日,现代诗社宣告在台湾成立。纪弦以"领导新诗再革命"为号召,吸引了相当多的诗员同行,当时加盟者八十三人,后发展到一百一十五人。这是中国新诗史继中国诗歌会之后最大的一次诗歌结盟活动,为中国现代诗建设展开了一个新时代。

作为台湾现代诗运动的认识和实践的纲领,纪弦提出了著名的、争议颇多的"六大信条":

1. 我们是有所扬弃并发扬光大地包容了自波特莱尔以后一切新兴诗派之精神与要素的现代派之一群。

2. 我们认为新诗乃是横的移植,而非纵的继承。这是总的看法,一个基本的出发点,无论是理论的建立或创作的实践。

3. 诗的新大陆之探险,诗的处女地之开拓,新的内容之表现,新的形式之创造,新的工具之发见,新的手法之发明。

4. 知性之强调。

5. 追求诗的纯粹性。

6. 爱国、××、拥护自由与民主。

除了第六条是贴上政治标签的防卫措施外,纪弦的现代派信条并不是随意性的,它是对三十年代以来中国新诗发展沉重反思的产物。所谓的"再革命",乃是有感于新诗发展的歧变或缺陷而发。

不论当时或今日的人们对这些信条有何诟病,但纪弦的"信条"作为一种发展和追求的系统观念的提出,今天仍有着相当的吸引力与震撼力。诗的纯粹性之维护在这个追求中占有显要的地位。纯诗的观念期待排除非诗的因素,这显然受到历史和现实的启发。一个甚长时期的非诗化和意识形态的强加导致"纯诗"的反抗。尽管"纯粹性"是一个可望而不可及的目标,即使纪弦本人也难以做到。

比诗的纯粹性之强调更占重要地位的,是这一群体的创新意愿。这种新的探索和试验,强调的是与传统观念及其方式的对抗性。要是不与古典精神分道扬镳,现代精神的提倡也成了空言。纪弦在这里提出了从诗的"新大陆"和"处女地"的开辟到诗的新方法以及新工具的发现一系列以新抗旧的意识,体现了当时台湾诗界的境界和魄力。

现代诗运动追索历史到"波特莱尔以后",而全然无视极为丰富的中国古典诗歌传统,以及西方同样丰富的古典诗歌传统,它再次强调了五四新诗运动的叛逆精神,以及向着世界性的现代主义思潮认同的勇气和胆识。纪弦作为当年高举现代派旗帜的戴望舒的朋友,他利用台湾的独特环境,把"雨巷诗人"的未竟之业在那里继续下去。

在人们的记忆中,五四新诗的成立是对于"旧词调"的摆脱和扬弃的极其艰难困苦的历程。许多前辈诗人在论及新诗成长历史时,都直言不讳地指出中国新诗与外国诗的直接借鉴和承继的特殊关系。这种特殊关系在随后的发展中由于对于中国古典诗的不适当的接近而变得淡薄起来。从这个意义上说,现代诗社六大信条对于新诗运动的历史潮流的再强调,具有恢复新诗历史真实的功效。强调以象征主义大师波特莱尔为历史的起点,从理论上也支持了新诗成立之初就已形成的多流派并峙以自由竞争的势态——这种势态由于此后中国社会的特殊环境而得到弱化——台湾现代诗运动即使是就这一点而言,也功不可没。

波特莱尔以《恶之花》的反叛,冲破"真善美"三位一体的永恒法则,从而给世界文坛带来骚动。他把诗歌从大自然引向现代都市,以独特的视角洞察病态的现代社会生活。他的出现意味着诗歌跨向新世纪的一场巨大革命。

说到中国新诗的发展,迄今为止最大的困扰仍然来自势力强大的传统旧诗。新诗自它诞生之日起便为挣脱旧诗无所不在的威胁而奋斗。"纵的继承"观念几乎是驱赶不去的阴魂,不用强调而自然浸入肌体。构成新诗通往现代的最大威胁来自此处。若干中国新诗人奋斗一生之后向着旧诗寻找失落的幻梦,已是屡见不鲜的事实,而最近数十年新诗在中国大陆的理论和实践的"返祖现象"已造成极大的颓势。从此一事实出发,我们考察台湾现代诗运中提出的"新诗乃是横的移植,而非纵的继承"的观点,我们不难在它的明显的偏颇之中,看到了"深刻的片面"。

它也是一种强调。对于中国新诗前途的焦虑和愤激,使之作出这种并不周密的概括。显然,中国新诗想要发展,想要继续是"新诗",而不是"旧诗"或"旧诗的变种",这种强调便会产生出某种警惕的后果。它的必要性在大陆近十数年"朦胧诗"的论争中再一次得到证实。

从诗歌史的事实看,一位有成就的诗人的创作不会是刻板按照某种理论按图索骥的结果,作为诗歌流派的成员创作倾向的接近也不会造成完全一致的规定性。明确地说,有才能的诗人从来就不会按照某种一致的观念和方法从事创作活动。台湾现代派从它成立之初就是一个强调"精神上的结合"的松散的群体,各个成员之间只是在通往现代的旗帜下的集合,像"六大信条"这样并不完整的理论,事实上不曾也不会造成一致的共识。

这样,继续在理论概括的失误之处喋喋不休也就失去了意义。洛夫在后来评价当年的现代诗运时认为,重要的是它提出了"新诗现代化"这样一个"庄严的口号","其严肃性在于它那破旧创新、绝对开放的精神"。洛夫的观点体现通达的精神。

三

我们之所以确认台湾以纪弦为代表的现代诗刊、现代诗社的创立是中国新诗史上的大事,是由于它持续和延展了中国诗通往世界性的现代化进程,从而改变了三十年代后期以迄于今的新诗发展单一取向的歧变。

中国新诗的产生和发展受社会现实的影响极大,当诗歌为现实生活的艰难困苦所折磨,它常常会因而忘却自身若干基本经验而在社会功利的欲望中沉溺。例如诗歌自身的多种多样审美需求以及由此形成的多流派发展的趋势等。这种忘却尽管是可以理解的,但却造成了某种损害:为社会救亡而抛掷审美追求。

中国新诗的发生和发展原是由于感到了中国诗自身的窒息而向域外寻找新的契机的产物,一旦把"横的移植"的观念切断,新诗自身的匮乏便无可补偿,纪弦的努力重新唤起人们面向西方寻找经验的热情,当时从者甚众说明了这是一种基于新诗自身经验而产生的要求。

自那以后,现代诗派、蓝星诗派、创世纪诗派,都以各自的坚韧的努力为巩固中国现代诗的成长发展作出了贡献。不论上述三个诗歌群体在观念上存在何等差异(这种差异是极为有限的,而且这些群体的成员经常互为流动),但沿着西方现代主义潮流向前猛进的志向则是相同的。台湾新诗自五十年代中叶以后名家辈出、成效卓著,尽管有其他流派的致力,但现代派诸群体的作用甚为显著。

近年大陆某些论者极力渲染台湾现代派回归传统的"浪子回头",并以他们的悔悟告诫大陆那些迷途而不知返的"失足"者。这当然是只属于主观意识的一种判断。现实的需要再一次令这些论者忘记了历史。

纪弦等人的倡导只不过是再一次召唤和再一次提醒。新诗当时面临着两个大的危险,一就是在台湾由于反共八股"战斗诗"向胁迫,有可能使新诗在极严重的意识形态化中受到窒息;再就是从总体上看自四十年代以来的向着古典诗"寻根"的认同趋势,有可能使新诗在复古的倾向中受到戕害。后一种倾向,进入五十年代以后愈演愈烈,以至于作旧体诗成为一种风气,以至于把新诗的发展基础确定在古典诗上。

也有少数对此持清醒态度的人,他们中最让人起敬的是柳亚子。他原是南社的中坚,对新诗没有宿缘,却在一九四二年写下一篇《新诗和旧诗》的文章,他预言了九十年代旧诗的命运,其观点和那些号称新诗人的嗜古成癖者大相径庭:

> 我是喜欢写旧诗的人,不过我敢大胆地肯定说道:再过五十年,是不见得会有人再作旧诗的了。
>
> 也许有人要问,既然如此,为什么现在有几位新文学的作家,也是喜欢写旧诗的呢?我以为,这不过是一种畸形的现状罢了……对于旧诗,只是一种回光返照,是无法延长它底生命的。

柳亚子称自己的写旧诗只是一种"惰性",旧文学于人如同鸦片烟,"一上了瘾,便不易解脱"。遗憾的是对旧诗抱如此清醒态度的智者却是来自旧诗营垒的人。

回到台湾现代派的主张上来,要是没有五十年代中直至六十年代的现代派的冲击、争论和实践,台湾诗坛今日为世瞩目的那些星辰将不存在,当然也谈不上直至今日仍不减光彩的"新诗的中兴"时代——"中兴"一词是这次初用的,这样来估价台湾新诗的实绩似更切合实际。

一霎时的眼睛横向望去,便发现了无数新的启示和承受了无数新的冲击。于是有了中国新诗在五十年代的兴盛。这种兴盛恰好弥补了中国新诗在五十年代的总体上的重大匮缺。当某一地域因特殊条件的限制而造成空隙,而另一地域却因另一种特殊条件的鼓励而作了补偿,这是五六十年代中国新诗的一个动人景观。

人们感兴趣的台湾现代诗的"回归传统"现象,其实是经历了一番现代寻求之后的广泛吸收、融会,体现出来的成熟的征兆。中国诗人写现代诗,这只能是中国人的民族、文化、地域、历史,当然还有传统的中国文学和中国诗歌,无不给日益成熟的新诗以无所不在的潜在影响。获得开放的诗观,加上现代艺术经验的积累,使创作者有可能以主动的和进取的态度,面对全部的古代诗歌遗产。这种态度造出了类似余光中的《乡愁》、《民歌》、《白玉苦瓜》那样东西方诗艺的成熟作品。这些作品被一些人误解为回归传统的典范。

正因为有了对于现代主义诗观和诗艺的吸取和实践,当这些人面对自身的传统时,方才有了全新的现代观照。"浪子"的"浪行"是一种开阔视野重新认知自身的必要。"横向移植"的不无偏颇的、同时又是不无保留的实践,反过来具有了更深的批判意识以面对芜杂繁富的"纵的继承",这种"反顾"当然不是简单的"回头"和"复归"。

列车驰行,没有终站。艺术的发展亦然,谁能断言何处是尽头!但有一点是肯定的,即推动艺术发展的基本力量,是绝不守旧的无休止的创新。一旦艺术走进僵死的框架,艺术的生命也就终结。而唯有不满足于现状、不墨守于旧规者,才能给艺术史和诗歌增进新质。从这点看,发生在本世纪五六十年代的台湾现代诗初潮,不论从那时迄今有多少是是非非,但体现在它的基本信条及创作实际的求新变革的观念,业已造出了诗艺术的奇迹,则是无须怀疑的事实。

痛苦而又幸福的诞生*
——序班果《我的羌域》

站在我面前的是一位英俊的青年。他向我献了哈达。一条代表着崇高和庄严的淡兰色的丝质哈达，让我想起了雅鲁藏布江和青海湖，他来自青藏高原，就在雅鲁藏布江和青海湖掩映之下，在那可以望见雪山的地方，作为那个古老民族的儿子，他成了一名能够用汉语写现代诗的诗人。

但他还是不满足于他脚下那世界最高处的深厚的土层，由于命运的召唤，他终于走向了这里。选择了古老都城缀在万园之园间的一颗明珠——中国近现代史的一片圣地。他如今是这最高学府的学生。班果说："在这座盛名的学府，我好像回到了梦想的家园。我是幸运的：从大自然的净界到精神的乐土，从藏民善良的胸怀到人类理想的王国。"

生活对这位青年的优厚，足令所有的人羡慕。一方面是大自然的恩赐：高原的雪山大泊之间有着旷古不灭的精神统摄，它的伟大气魄，它的庄严神秘，创造着民魂，也创造着诗魂；一方面是大社会的养育，那个古老民族的特殊宗教文化构成的浑厚的人文环境，他特别有幸诞生成长在这个世纪即将降下帷幕的时期。

班果感到了作为中国人的一员，特别是藏民族的一员的历

---

* 此文初刊 1990 年 5 月 15 日《民族文学》1990 年第 5 期，收《永远的校园》。据《民族文学》编入。

史使命,他在一九八九年九月从他的家乡青海给我的信中写了如下一段话:

> 我们藏族,千百年来居住在世界的最高处,自有其丰富璀璨的文化遗产和善良淳厚的民风,过去因为地域的隔绝这一切才得保留且良莠并存,如今又因为外界的冲击而遭破坏和玷污。在世界文化的同流的趋势下,不言而喻,该丢的仍得丢,能保留的自会保留,我好像就是这个过程中的产物,我好像就是这个民族新的传人。在自己更高远的理想的前提下,我像一个古老的淘金者,在这个世纪末,拼命地捡拾珍贵的金子,唯恐因为自己的偏赏和疏忽而有辱祖先。

趁着这个世纪黄昏的微光,一个年轻的淘金者,正在俯身挥锄。我们看到了这个可敬的身影。

中国人如何争取并接受开放国门所带来的现代意识并使之溶解在诗创作中,班果无疑为此作出了大的努力。他在他可拥有的藏文化和藏民歌(当然也有汉文化和汉诗歌)的基础上创造的新诗中,注入了世界性的现代感。在上引那一段话中,我们可以感受到他为民族文化受到冲击的处境所具有的关切。这种关切不仅说明思维的世界性特点,而且显示了现代意识的渗透。

一方面是藏汉文化的交流和融汇,一方面是中西文化的冲撞和化合,天葬台、玛尼堆和拉萨领班的共时呈现,构成了一种特殊的景观。这一切虽然有时以有形的方式显示,但更多的是一种溶解。我们可以从诗的意象、情绪和节奏的构成中感受到崭新的时代氛围和传统的文化气息浑成的一体,它们的既矛盾又和谐的共处。而作为植根于藏汉传统文化交汇处站起来的现代诗人,他对于世界万象的主观投射依然是现代人的。他看到的黄昏经幡,是一曲飘荡于高原薄暮的挽歌——

> 布幡的撕打无比沉重

> 动人的想象被扼制,千万片
> 鸟的翅翼无法飞翔
> 原野上
> 一种新的东西渴望诞生
> 痛苦而又幸福
> ——《挽歌:黄昏经幡》

虽然有一种期待。这期待产生于对经幡千百年前"处在飞翔状态"的醒悟。为民族的生存,为那种"撕打"的"沉重"而感到痛苦,也是一种醒悟。他无疑渴望着新的诞生。尽管这渴望是痛苦的,通过图景和情绪的把握,他的诗中有对远古文明的怀慕,但更有生长的批判,二者的纠结构成复杂而又矛盾的整体,这是班果诗造就的特殊呈现。在塔尔寺,他听到"痛楚的呻吟",这呻吟无疑来自一个民族的心灵深处,他不无疑惑地叩询

> 驮满文字如一只背负大山的海龟
> 渡过苦海你要渡向那里
> 如方舟浮于人间
> 信徒们纷纷自你的脊背落水
> 其实航行百年,却未曾挪动
> 分寸,因为
> 你本来是石头
> 你太沉重
> ——《石板》

终于它听到了一个大陆断裂的声音,于是惶然而逃,遁逃的结局却出人意外——光明的发现:"六月的阳光真好,空气真好,世界真好。"

班果受到雪域传统文化的熏陶。但他不曾沉陷,一种现代的觉醒使他与之既联系又疏离。这就是此刻他因逃遁而获得的

新的启示。他毕竟是一个现代的中国人,作为这所著名学府的学生,他不能不受到这里的现代文明和时代使命感给予的洗礼,从这里发出的呐喊也不能不使他的灵魂颤栗,他获得了其他诗人往往难以两全的双向文化汲取。

中国的诗人对于文化的选择多具单向的性质:要么站在维护传统的一边,要么站在批判传统的一边;要么站在承继民族文化的一边,要么站在否定民族文化的一边。而当今时代却要求对于诸种文化的综合的态度,能够获得这种文化综合的可能性、而且能够使这种可能性置于世界性的现代意识笼罩之下的诗人无疑是幸运的。

班果正在运用他所获有的机会和可能,富有成效地表现了他的世界。这就是在这部称作《我的羌域》的诗集中他所已做到的。在这里,我们看到了一种致力于把上述现代人对于文化和生命的观念投射于传统事物的努力,这应该就是他所说的特殊意义的"淘金",于是,在他的笔下出现的包括寺庙和经幡以及神秘的大自然,那些事象和景物无不承受着一股巨流的冲激,既闪射光辉又产生巨变。

许多诗写到朝圣者"迢遥无期的寻找",这种寻找渺茫近于无望,而此际阿尼玛乡雪山突传轰响——

他看见建筑物的玻璃排列着如鳞片那是东方的生命和使命。此际,他目及心想的一切均被这种轰响充满。班果深爱他的土地和民族,尽管他时陷幻觉,但不曾与现实的使命绝缘。这在《西藏》那首由二行一节构成的诗中有完整的表现——当然,连同长诗《藏民》在内,班果对这种使命感的表现并不是完满的,它的表层事象的排列,损害了诗的内在生命力。

但班果致力的辉煌史诗的追求,以及融个体于全民族的艺术整体感,却留给人们深刻的印象,我们因之感受到那种充满神秘而又浸润了现代人的新思考的民族,已从混沌中醒来并站立的强烈氛围,在班果的诗中,完整的藏区历史人文景观被现代语言形式刻画得闪出了奇异之光,即使如此,那些浮于表层的叙述和结构依然呈示着不够沉郁的倾向,有些历史事件的叙述被简单化了。

不论如何,这位诗人潜在的能量是无可置疑的,他的若干诗篇所达到的艺术完整已经如此昭示我们。像《牧场情绪》那样,以非常简括和平易的方式造就的深刻,说明着他可能达到的圆熟。这就是他的《牧场情绪》——

> 河哭泣着去远,日当午
> 女人的银耳坠一闪
> 天空的金耳坠一闪
>
> 夜黑了
> 我的心被夜色浸没
> 如随便一顶部落的帐篷
> 而这时
> 我的羊群早睡成一块巨大的岩石
> 我的兄弟已卧成一座古老的山脉
>
> 这是牧场最早的图腾

这图腾是诗人古老而年青、痛苦又幸福的情绪化石。

开放的天空[*]
——序《中国当代校园诗歌选萃》兼论校园诗歌

引言

继七十年代后期现代倾向的朦胧诗运动之后,进入八十年代,中国新诗艺术的运动轨迹,有了一个大的倾斜性转移。这转移大体表现为:由政治的皈依状态转化为本体自觉状态,以及由乡村文化心理的全面规约转化为现代都市思维的建构。这两个转移趋势是渐进的,但都是根本性的,因而在新诗发展的特定阶段带有革命的性质。集中地体现这一革命性转移的迹象,是在朦胧诗流涌校园之后产生的。校园诗歌于是便成为支配中国诗坛潮流的重要载体,就承担了延续和承继甚而反叛朦胧诗运动发起的诗美变革的使命,而显示它在八十年代以后至少十年间中国诗坛的不可忽视的价值和地位。

校园诗运动不是一个流派的诗歌运动,因而也谈不上独立的和唯一的风格的追求与建树。可以说,校园以外诗运所具有的生存方式及其表现形式,在校园诗歌中都可以找到。也许唯一的差异产生在年龄上,那就是这里的群体是青春型的,青春之外的世故、老成和圆通在这里很难得到表现。由于校园这样特定的社会环境和人员组成,由此派生了属于校园诗特殊的运动

---

[*] 此文初刊 1990 年 5 月 24 日《文学角》1990 年第 3 期。据此编入。

特征及形态构成,但这样的性质显然不排除校园诗歌的生动性、丰富性及其无可代替的复杂性。

校园诗的传统溯源

七十年代末,随着高等学校恢复正常秩序,中国的诗歌活动中心便从过去的乡村或工厂转向了校园。这些地方是八十年代以来诗歌创作活动最集中和发展最持久也最充分的地方。它成为一个合理的基地,为蓬勃发展的诗潮提供理想的场所,并不断地为新诗发展提供后继力量,已是事实。

从历史考察,中国新诗中的校园诗运,其历史相当悠久,也许可以把话题推至新文学建立的初始时期。那时一批推进新文化运动的先驱先后集中于北京大学,郑振铎对此有一段叙述。五四运动前夕,陈独秀受北京大学校长聘为文校学长,胡适刚从美国回来,也在北大教书。同事的教授们还有钱玄同、沈尹默、刘复、李大钊、周作人、鲁迅等和他们互相呼应、互相对话。北大学生傅斯年等也起而和之[1]。那时集中于北京大学校园的一批教授学生们,在全力推进新文化和新文学运动的同时,以决断的姿态推动白话新诗的实践。胡适显然是把白话新诗的试验与创立当作是新文学运动成败的关键,他写道:现在我们的争点,只是"白话是否可以作诗"的一个问题了。白话文学的作战,十仗之中,已胜了七八仗,现在只剩下一座诗的壁垒,还须全力抢夺。待到白话征服这个诗国时,白话文学的胜利就可以说是十足的了,所以我当时打定注意,要作为先锋去打这座未投降的壁垒:就是要用全力去做白话诗[2]。

在当时的北京大学,集中了一批为建立新诗而奋斗的师生:

---

[1] 郑振铎:《中国新文学大系·文学论争集导言》。
[2] 胡适:《逼上梁山》,《四十自述》之一年写于 1933 年。

胡适、钱玄同、刘半农等成为新诗的最初倡导者,周作人更以成熟的作品如《小河》显示出新诗的实绩,可以说,大学这个环境早在五四运动初期便为新诗的建立作出了突出的贡献。这虽然与如今称指的校园诗或校园诗人的含义无甚关联,但推及大学校园为新诗运动提供的贡献,则属于当然的话题。

诗歌于三十年代以后直至四十年代初期,由于浸漫整个诗坛的诞生于挽救危亡的以诗务实的氛围的影响,使诗的社会功能趋于单调和狭隘,在诗风的倡导上,一种过分强调向着民间初始形式的模仿,使艺术借鉴的来源枯涩,并造成脱离广泛欣赏对象的迹象业已初露。在整个可能甚至业已形成用新诗背弃五四诗歌革命传统的颓势中,四十年代中期以后有一股充满生机的力量产生于校园,给整个时势以有力的震撼。这就是以当时的西南联大的校园为核心的新诗运动(那时的联大诗运继承了北大的传统),闻一多、朱自清、冯至等教授倡导了一场振兴中国新诗的运动。这一运动最积极的成果便是打破诗观和诗艺的封闭状态,为沟通中国新诗与世界现代诗的联系,拓展已经变得窄小的艺术视野,冲破艺术的自我幽禁,而与当时的世界现代诗歌运动认同,付出了艰辛的努力。一批有成就的大学生后来形成了振兴新诗传统的中坚力量。

闻一多、朱自清等在全力推进中国新诗运动并对当时重要诗人艾青、田间、臧克家等加以推荐的同时,把目光投向了当时艰危时势中涌动着的艺术创新和促进新诗走向现代的努力,这种努力最集中地在西南联大校园得到展现。穆旦、杜运燮、袁可嘉、王佐良、杨周翰、何达等等受到了他们的注意。在朱自清的论文中,在闻一多的《现代诗钞》中,以及后来出现在上海的《中国新诗》上,我们可以看到当时的校园诗人所进行的延续五四新诗传统,维护新诗走向世界现代诗总格局的艰苦的抗争。

以上两个阶段的历史复述,可以给人以校园诗运在中国新诗发展中的重要位置的印象。这两个现象虽然间隔甚久,但都是在历史的关键时刻出现的。这证明校园里存在一种追求艺术的永恒精神。联结并保持此种精神的是:青春与科学。当校园与青春和科学相违背而宣告他们的消失或弱化时,那种追求艺术真谛并保卫艺术传统的力量也就宣告解体。这样我们就可以理解,为什么自四十年代结束以后,中国大陆的校园诗运一直式微的原因——到了大学本身的存在都成了问题的时候,校园的艺术追求的衰弱则是必然的。

　　但事情也并非是绝对的,以五十年代中期为例,在经历了一个冬眠式的沉寂之后,春天里的觉醒唤来了校园诗歌的生机。诗情随思想的解放而复萌,那时校园里的一些诗歌,成为思考和行动的策动力,如在燕园就是这样,广场上的一些呼吁就是以诗的形式出现的,其他的校园里也有许多充满激情和理想的诗歌,那些呐喊的声音,传达了在历史有可能通往进步时刻的青春的向往,当然,随后的沉寂是众所周知的事实。回顾五十年代中期的校园诗歌,我们充分肯定它的思想前卫性质,但作为艺术创新的意识并不自觉,艺术的追求被思想的激情所淹没和取代,那个阶段的校园诗,自然也纳入了整个中国诗歌的社会效能追求总格局之中。

　　若对以上史实进行总结,可以这样说,校园诗运对于中国新诗是一种有效的补益,当诗道出现了某种倾斜,它作为一种健康的机制可以有效地校正那种倾斜,而给予积极的影响。同时,它又是一种经常性的注入剂,使新诗的机体得到有活力的补充,当然,这一切均需以正常的社会环境为先决,当社会环境连正常的校园生活也不能维持时,校园诗歌的有效机能也为之丧失。

校园诗的可能贡献

　　校园是一个特殊的社会,环境的特殊性以及这一社会成员的特殊性，使校园诗成为一种特异的诗歌现象。校园诗对于中国诗歌的贡献受到上述特性的决定。而且这些特性是中国社会长期动乱导致校园诗运蓬勃开展之后得到充分显示的。七十年代八十年代之交，朦胧诗运动兴起之后，校园诗歌及校园诗人开始活跃，校园诗人中的一部分人几乎与朦胧诗的创始者同步创作，自那时开始，校园诗首先以巨大的创作热情及大批作品引人注目。

校园诗对于中国新诗的贡献，显然不单单在于数量的惊人，而在于它的独特性的加入和引进。首先是它的创作者无一例外的都是青年，因而这个诗歌世界便是一个青春的世界，青春热血的奔涌，使这里充满幻想和热情、青春期的激情和骚动，这些都在校园诗的实践中成为一种诗化的存在，最突出的是它把无视恒定秩序的变革和超越的意愿带入诗的竞争中来，青年所拥有的怀疑和创造精神使校园诗成为最具创造性和最不稳定的诗歌力量。这种力量经常地体现出一种对于现存诗歌秩序的质疑和挑战的角色而存在。也许它本身的幼稚并不拥有对抗和变革的实力，但作为一种精神和勇气在客观上也给人以震撼。

朦胧诗之后的校园诗，它所具有的那种逼人的气势，在心理上形成了一种变革和前进的压力。以下引用的部分校园诗的宣言是从诸多类似的宣言中选取的，它和其他类似的宣言一道，传达出来的是一种不驯的艺术挑战者的心态，这份称作"大学生诗派宣言"的材料，确认这一诗派"仅仅作为一股势力的代号被提出，它具有不确定意义"，它不能隐瞒自己不驯的反叛精神和挑战性格："当朦胧诗以咄咄逼人之势覆盖中国诗坛的时候，捣碎这一切——便是它动用的全部手段"，"它所有的魅力就在于它的粗暴、肤浅和胡说八道。它要反击的是博学和高深"。①

以上引用的大学生诗派宣言,实际上是活跃在校园中的无以数计的诗歌社团中的一个,它是诸多校园诗派中的一个现象,它不会也不可能涵盖全部的校园诗,但我们不难从它的激烈的言辞和姿态中了解到青春躁动的心情支配下的艺术反叛的心理和意图。这种破坏并不全然是破坏的,事实是,就在它讲"捣碎"的时候,它已经对前行者有所接受。艺术的嬗替产生了超越的欲望,也许正是因此,我们生动地领会了朦胧诗运动所具有的开拓性意义。从积极的角度考察,则由于它的怀疑和反抗,促使艺术的失衡而最终将导致艺术的进步。

开头的时候本文曾指出,作为校园诗并不曾提供有异于社会诗观的东西,也许唯一例外的是由于它的创作者的年龄所带来的天真、稚纯、非圆滑世故的特性。从上引的材料便可窥及这一特性的表现形态,冷静的观察不难发现,所谓的大学生诗派只是校园诗运的斑驳纷繁的多种形态中的一种表现,正如它自己宣称的那样,因其躁动的情绪的指引而具有"不确定性"。但即使从这一彗星现象也可以看到,进入八十年代以后校园诗所具有的那种青春激情和艺术反叛的性格。源源不断的此起彼伏的校园诗带给当今中国诗坛以不渝的冲击,它带来了骚动,但也带来了艺术变革的动力,以及打破艺术停滞的创新意愿并促成新格局。

校园的环境特征除了青春形态之外,便是它的文化形态。这里的多学科的综合和交叉以及高度的学术氛围造成了有异于中国广阔幅员所展现的文化景观。毋庸讳言,这一片古老而贫瘠的土地迄今仍被小农的习性和思维所包围,它的构成形态是乡村型的。四十年代以后重要的艺术观念均奠基于此,以初始

---

① 《大学生诗派宣言》,尚仲敏执笔,见同济大学出版社《中国现代主义诗群大观》。

文化形态或艺术模仿为框架,造就了对于乡村型读者适应性很强的诗形态,由于校园中生活和思考的是接受都市文化熏陶的社会成员,而且这里高层次的学术氛围以及与世界学术文化的沟通,有可能为中国新诗的艺术更新,特别是为中国新诗的现代化的实现提供持久的动力。

论及校园诗的文化形态,可以列举许多校园诗作加以证明。上海的校园诗人们正以巨大的热情体验并艺术地凝聚都市青年知识者特有的那些感受,包括心理意识深层的开掘。在北方及南方,都市诗的创作正在以校园为核心全面展开,这里触及的并非是传统的城市题材的展开及再现,而是现代都市文明带来的诗质的改造,对于浩瀚无比并历史久远的农村意识的受益社会,这种改造是相当艰苦也是相当痛苦的,但无疑业已开始。七十年代末最初涌现的一批校园诗人提供了从乡村转向城市的过渡诗型的说明,一些作品提供了都市知识型诗人向着传统文化领域包括农民心理文化的批判性审视,碾子沟里蹲着的石匠的凝思,接受河水抚摸第一次感到美和自由的女人,以及渴望走出重叠的山峦而面向海洋的蒙昧者都证明校园诗带给中国诗界的潜有的冲激和充实。

校园不仅仅是在日以继夜地进行着精神思考和创造,而且也持久不懈地进行着中国和世界的学术文化交流,因而校园诗有充分的机会可以向中国诗界介绍新的艺术潮流,给中国诗以启示,并提供引进和交融的可能。近十数年间的中国诗运,朦胧诗是一个长期积累的自发萌起的艺术革新运动,朦胧诗以后,变革诗艺的震心转移到校园,一代又一代的青年知识者给中国新诗提供的世界新艺术观念和方法,多半出自学术交流和引进的自觉行动,因而校园诗充当的就不仅仅是创新活动的参与者,而是艺术观念的中介的角色。

校园诗的运动形态

校园诗运的基本形态为这一社会环境成员的构成所制约。激情的和灵感的引发,赋予它某种冲动而不确定的运动形式,但它时时闪光,活泼而灵动。即兴式的号召和实践往往给诗界以猝然欣悦的冲击波。中国新诗进入四十年代后期,板滞、僵硬和单调导致了诗的病变,长期凝固使生机窒息,最近十年的踊跃奔突虽由诸多的因素所促成,但无疑的,校园诗是其中最活跃的因素。

艺术的生命在于不断的创造和更新,一潭死水不是艺术合理的生态,中国诗在七十年代末的骚动不宁,证明了生机的复甦。朦胧诗运动确为中国诗坛注入了新的血液,但它显然不能成为另一种长久统治的模式,校园诗的萌起受到朦胧诗的启迪,并承继了它的艺术经验,这点不应否认,但校园诗人对朦胧诗的又继承又批判的态度,自有其合理性而不应简单否认。仅仅从打破平衡的角度来看,某一部分校园诗的提倡,也不难得到与上述判断同样的结论。有校园诗的提倡者提出了"反崇高"和"消灭意象",而主张"直通通地说出它想说的",有些来自校园的诗人则提出了另一种主张,例如"他们文学社"提出:我们关心的是诗歌本身,是诗歌成其为诗歌,是这种由语言和语言的运动所产生美感的生命形式,我们关心的是作为个人深入到这个世界中去的感受、体验和经验,是流淌在他(个人)血液中的命运的力量,我们是在完全无依靠的情况下面对世界和诗歌的,虽然在我们身上投射着某种观念的光辉。[①] 这一流派便与上引的大学生

---

① "他们文学社"的"艺术自释",见同济大学出版社《中国现代主义诗群大观》。

流派的主张不同,校园诗的情况和主张存在着极大的差异,只消从七十年代后期出现的那批校园诗人的创作实践看,便可明白它的丰富性和复杂性,那一批最早的有影响的校园诗人的创作,多多少少带有传统的社会诗的烙印,他们的诗观具有浓厚的正统色彩,作为青年,他们和当时活跃诗坛的那一批中年诗人有难以区分的共同性。

正是这样喧闹和不一致的加入,使中国八十年代的诗歌充满了活力,论及校园诗的运动形态,最需要加以阐明的正是这样不稳定的多变的潮流。这是校园诗与其他社会成员的诗的巨大的差异点,校园是一个不断流动的社会,校园诗的作者把他们一生中最美好的一段青春岁月留给了校园,这些令人永久记忆的时间在同样令人永久记忆的空间里化为了一首又一首的青春的诗篇。不全是欢愉,也有痛苦,不全是充满幻想和憧憬,也有悲观和绝望。但这一切都和青春的历程相联结。

要考察校园诗对于中国诗运的投入,这种匆匆地来又匆匆地去的不断更迭,正是校园诗投入的正常形态,匆匆尽管匆匆,但却因其多变和失衡而随时都提倡新的信息和观念。不讲远出,从最近十年考察,校园诗以它迅速的变换和更迭提供给中国诗歌的是极其丰富的精神产品以及同样是极其丰富的诗歌观念。

正如校园诗人是不固定的流动群体一样,校园诗也并不体现某一种统一的风格,尽管作为青春的占有者,他们年轻,但这种年龄的相同并不规定艺术追求的同向或同步。校园诗事实上不能规定,要是真的出现了整齐划一的艺术追求,校园诗最终也失去了它的自身。

这里是多彩多姿的青春世界,这里有对于历史和现实的严肃思考,这里有属于个人心灵的无拘束的探寻和描写,这里有对于生存环境的焦虑和不安,这里除了歌吟更有呐喊。这里的一切只会比我们所处的生存空间更丰富更繁复,而不会更单调更贫乏,也许唯一的歧异是这一切为青春所铸造。这里有无限的开放的天空。

《开放的天空》的编者马朝阳本身就是一位大学生,也是一位校园诗人。他在北京师范大学中文系就学时就积极地投身校园诗,他是一位严肃认真而具有执著的事业心的青年,从上学时候起,他就开始校园诗的资料搜集工作和选编工作,先后有《中国当代校园诗人诗选》及《走出荒原》等选本问世。这本《开放的天空》的编选工作,仍然是在严肃认真地筛选和广泛地占有资料的基础上进行的,他在从事这些工作的过程中经常和我联系,这位青年辛勤而认真的工作精神一直留给我以深刻的印象,这次《开放的天空》的出版是在出版工作相当艰难的时候进行的,马朝阳一如往昔要我写序,去夏以来我基于心灵疲颓而辍笔,但这位青年的精神显然再一次感动了我,我记得有些关于校园诗的见解已在前几本书中说过,这次只好换一个角度好把话说得充分些。写法不同谈起来可能会很沉闷,笔端生涩久了,尚请原宥。

崇武半岛[*]

　　大陆消失,眼前是一座完整的石垒的城。我们登上城墙,看崇武城如蜂房。一色的石垒房屋,在灰暗的雨云下泛着白色的凄清。拥挤并不喧杂;生命在繁衍,又似均在沉思。这是大陆最突出的一个部分,石城恰好嵌在它的尖端。尖端高处为文昌阁,已毁,在那里建了一座灯塔,灯塔再往前便是海。

　　海无边无际,日夜撞击这座孤城。城在颤动,六百年来就这么颤动。崇武镇上的居民一样地日夜不宁——心在颤动。这里的海潮沉重,风也沉重。也许是郁结云气,也竟是来自心头。他们随时都准备迎接苦难。

　　这大陆的顶尖,没有遮拦。风和浪一径地向它扫荡过来,树站不起来,于是镇上便少树。唯有"蜂房"裸露,一色的惨白。人也裸露,这里缺少安全感,忧患因之而生。大自然把温柔和舒适给了另一些幸运的居民,不安和惊恐留在这里。

　　我们来到这里,正赶上渔船进港。风帆落下,潮水退去。一片黑色的泥滩,蒸发着潮腥味。打鱼的汉子正在分鱼。多数是小鱼,分成堆;几尾小鱼剁成段,加入那堆里去——原始分配方式!

　　因为是木船,返程时间长,鱼已不新鲜。他们带着简单的铺盖上船,一出海就是数日,收获的就是这几堆鱼。男人和女人相会,不多言语,也少笑声。一切似都淡淡,大概千百年来就如此。

---

[*] 此文初刊1990年6月5日《厦门文学》1990年6月号。据此编入。

多情的大海养育着世代的他们,但也无情,它吞噬这些强悍的生命。而生命在这种吞噬下,往往也变得脆弱。崇武镇上庙宇之多让人吃惊。这里与忧患同在的居民,几乎什么神都敬。

土地贫瘠,生计维艰。大陆不再往前伸延,路似到了尽头。海则是无限的大,海涛狂暴肆虐,而人们又不能不到那充满危惧的水面谋生。他们不能自已,他们祈求庇护,于是冥冥之中他们把安全和希望托与不可知。

人类在不能把握自身的那种原始氛围,正重新构成一种秩序,它无形地对这里的生存进行规约。所有的灵魂崇拜,都虔诚而发自心愿。民众的托庇神灵不止是为了现世的考虑,其中仍有他们素朴的良善。

在难以数计的大小庙宇中,我们看到一座叫"十二爷宫"的小庙。庙始建于明洪武年间,内祀当时抗倭的十二殉难将士。这庙的历史与崇武石城的历史同,已有六百余年。庙之小如闽南乡间田野上常见的地庙,建筑亦粗糙不精。但民众缅怀英烈之诚心可感天地。

那日行色匆匆,不及拜谒另一处小庙——"二十四大人庙"。这是乡民纪念解放初期为掩护渔民而遭国民党飞机袭击的解放军烈士而建。历时三十余年至今香火不衰。现年六十六岁的崇武镇人赵江水曾为"二十四位大人庙"赋成一绝,文字清新雅好:

官兵同穴壮成仁,同志于今称大人;
奠酒焚香非迷信,元元不忘敬功臣。

朴素的崇武人,他们的信仰驳杂,但心香一缕,却始终向着人类的良知。

潮水依旧敲击着这古老的城墙。城建于岩石之上,虽贫瘠,却坚固。海滨岩石上赫然镌着:"拥城磐石,官民全禁,不许采凿。"理智加上良知,在灰暗雨云深处,似乎透出一线亮光。

一九八六、一九八七岁尾年初,我两次访问崇武,那个地方仿佛有一股磁力吸引了我。

崇武有古城,有抗侵略史迹,有美丽海滩以及海滨危石上的镌刻,何况还有美丽动人的惠安女子!但我到崇武,观光猎奇的心情总是淡淡的,心头却始终迷漫着渴望冲出神秘氛围的沉重。

惠安女子诚然是迷人的——精美的竹笠,鲜艳的头巾,包得严严实实的头部,宽大的裤子到及露出腰身的短衫,她们挑担迎风的情调,以及浅笑露出的金牙……——但凡读过陆昭环的《双镯》、谢春池的《唉,惠东女人》、蒋维新的《啊,惠东女》、林凌鹤的《月亮月光光》以及舒婷的《惠安女子》的人,都会理解他们奇特的服饰背向所蕴含的社会的和文化的悲凉。人们会因这种启迪淡漠悦愉的轻松。

惠安——崇武一带的民俗、文化现象是奇特的。仿佛是从惠安县东境沿崇武半岛北端画了一道无形的线,这道线造出了一个特殊的文化圈。这文化圈同时也意味着一个幽闭的文化环境。

从惠安到崇武并没有当今某些特区那些特意筑起的铁网,但隔绝的严重却不在任何具形的方式。尽管每日有无数计的现代化车辆贯穿崇武半岛,尽管那里多数家庭如同内地一样架起了电视天线,尽管崇武镇一样地风行牛仔裤、国际流行色以及咖啡座音乐,但特殊的文化氛围可以把崇武镇围困而成为"孤岛"。离开崇武镇不用几步,那里依然是世代繁衍的惠东文化。这种文化可以把最现代的文化隔绝、孤立并让它窒息。

记得前年访问海南岛,同行的有哲学家L。那时北京已是初冬而海南却是盛夏,广大的幅员造成了自然景观的巨差,而文化氛围却几乎看不出任何巨异。L在一个即席谈话中感慨于中国文化的"大一统"。

L没有谈到我此刻在崇武看到的"文化割据"。这仅仅是

"大一统"中无数"小一统"的一个细胞——尽管可能是特殊的细胞。但这种"切割"是可怕的,它可以成为"岿然不动"的自我幽闭。无数自我幽闭,足可令我们这个古老的民族"缺氧"。

这就是崇武的磁力。也就是我在崇武缺少"观光心态"的因由。

红土血源:沉郁的思考*
——序《断续风雨》

 那年在北部湾澄碧的海天之间匆匆一会的黄承基寄来了他的《断续风雨》嘱我为序。在此之前,我已辍笔经年,笔底枯涩,荒搁愈久执笔愈难,一半是青年友人的盛情期待。一半是诗自身对我的感召,使我终于有可能在这个苦夏着手写这篇短文。

 我不只一次到过黄承基的家乡。壮乡醇厚的风物以及红土深重的蕴积,那里的原始气息和民族文化的厚重感,无不给人以深刻的印象。这一切一如铜鼓的古朴造型以及它的音响,深厚而绵长,沉郁且悲凉。在黄承基同样题为《铜鼓》的诗中,他表达了他对本民族文化和命运的思考:生命在铜鼓声中衰衰而吟,这声音终于形成"可感的大山"鼓舞人即使忍受艰辛也要向着智慧和深沉走去。

 读黄承基的诗,从已出版的《南方血源》到这本《断续风雨》,不论是写景还是抒情或言志,或隐或显地都可以看到一个巨大的文化背景的存在。南方血源,以及作为它的具象化呈现:吊脚楼、五色糯饭、牛角号,一切意象都联结着那个巨大的母题:红水河、壮乡文化及其生生不息的历史。韦其麟在给《南方血源》写的序中已经注意到:"虽然他的视野不限于自己的家乡和民族,但他更关注的还是自己的家乡和民族",而且注意到作者面对那一切,没有猎奇的眼睛也没有"放肆的鄙夷的神态","他的心里

---

* 此文据文稿编入。

充满了对自己民族对这块土地执著的爱。"

　　黄承基所有的诗不论写什么,我们都可以找到这个无所不在的"南方血源"。即使是写离他壮乡本土相当遥远的《太行山人》,即使没有使用他的诗中常用的那些传统意象,我们依然可以觉察到潜深的民族情绪的折光——

　　　　无法横断我的梦游
　　　　我是吃着你竹的熊猫
　　　　我是营巢于你的鸟儿

　　　　我也有你一样的宝剑之光

　　从熊猫对竹的依恋中、从鸟儿对于山林的依恋中,我们看到了作为壮族儿子对于红土地的依恋。祖先的血脉涌流并滋润着他,使他的诗有可能传达民族的心态及思考。这一切并不像某些"民族性"倡导所指向的浅层面,而是一种与生俱来的超越了外在形式而与生命融而为一的存在及精神。这是一个向着传统精神以及自身灵魂寻找并确认的过程,而不可能是外加的。正如他的诗句所表明的:"在它的声源里,寻找我最初的乐器,任何语言不可触及的地方,它的手轻轻探入"(《鼓手》)。

　　这种滋润是无声的、一种看不见的手在语言不可触及的地方悄悄地"探入",传神地道出了传统文化和民族精神浸润和渗入的情态。文学一旦获得了此种传统的启蒙和延展,则不论他采取何种方法和形式,我们从中均可感受到民族精神的巨大魅力。一些怀着偏见的人一直认为具有传统民族文化精神的(他们往往因不明白这一概念的含义而拒绝使用,这一概念而只是笼统地称之为民族风格或民族形式,他们轻率地认定那无限丰富的一切只是民众熟知并习惯的形式。)作品必然只是采取某一特定表现框架的形式。值得注意的是,这种褊狭的见解在《断续风雨》一书的作品中当然得不到说明。

《断续风雨》的作者无疑是被"八桂文化"以及壮汉文化融汇而产生的极为丰富的文化形态所感召并由此产生了新的品质的歌者。尽管如此,他的作品依然相当鲜明的现代感所统御。我们没有因为他在多大程度上忽视传统的壮民歌而遗憾。相反,我们却由于他对可见的艺术惰性的无视得到了鼓舞。我们从那些表面上很少传统特色的诗句中感受到传统存在的伟力,这种展示无疑是力量和成熟的象征,请看同样不是写壮乡风物的诗句——

　　原来黄河是牵出来的。
　　无休止地
　　运动赭红色的岸
　　　　——《黄河号子》

那运动的赭红色的岸,启发人联想那喧腾推进的红水河的浪波以及两岸深厚的红土层。而——

　　石头很累地坐着
　　界碑忽略界碑
　　中间躺下一段冷落
　　　　——《还是那山》

却给人想起旷远的历史以及悠长而绵延的悲凉。即使不是写壮乡风土,不是红水河而是黄河,不是中越边界而是一般的界碑,我们仍然可以感受到深层文化陶冶的那种厚重感和无可言说的感伤情绪。

作者显然向传统注入了新的品质——这种品质应该是一种现代精神。不具备现代精神的文学只是古近代文学的翻版,而和现今的读者没有关联。同样,离开了现代人的思维和情绪,甚至很难称得上是代表了时代的精神产品。黄承基无疑是生活在他所从属的民族的人文环境和文化氛围之中。他脚下踩的是浸着祖先汗血的红土地;他理所当然地承袭那土地悠远的重负。但壮族有文化的觉醒的年青一代业已具备既承受土地的重负又渴望走出红土地的现代心态。正是这种心态造成了本文在开头谈到的"诗自身的感召"的魅力。

一般人都认为,不具备这一特征的文学很大程度上将失去其感召力。要是我们一如既往地重复古人,我们将何以面对时代和历史,我们无可推卸的使命在于把我们作为当代人的思考和情绪融于那一切,从而使我们能够在历史的记忆中得到保留。因而,《断续风雨》作者那种向着现代生活认同的眼光便理所当然地吸引了我们。

在他的诗的视野中,两条延伸而来的路是古筝和电子琴的汇合和相撞,但他还是作出了属于自己的判断:"一条病死在荒村","一条反弹入世界的怀中"(《路的联想》)。这样的目光和判断,在诗集中不时出现,如《载夫曲》把"无声无息"的、"简单得没有葬礼"的艄公号子与跨河而去的高速公路相映衬,也便是上述思考的呈现。

黄承基的诗尽管在传达他对土地和历史的思考上取得了进步,但他的艺术追求还不稳定,个人的独特风格尚有待确立。《断续风雨》中一些十行诗显得隽永有理趣,但总的看来气势不足,一些诗不能伸延它的内涵。对于任何一种风格的作者,巨大而深邃的包容性应当是共同的要求。这应当认为是《断续风雨》一些应当加以消除的缺陷。

但不论如何,随处可见的积极勇进的姿态总给人以生机勃勃的感受(尽管这种感受的伴随物往往是某些的流于直露,如《铜鼓》写"就让我们做你奋飞的槌吧"即是)。正是上述那种感受,让人们体察到这些作品的生命力。读着《红土谣》中如下诗句时,我们激动伴随着对艺术机智的喜悦油然而生——

要是没有留下一片沙漠
我不会有摇醒它的驼铃
这诗句可以看作黄承基的诗的基本题旨

　　　　一九九〇年六月于北京大学

脉流和根系的诗情*
——孟倩的诗读后

她的诗是融青春和理想为一体的艺术结晶，她的诗离她的心灵世界最近，在孟倩那里，写诗和做人很一致。当然，她诗中表现的不是她的心灵世界的全部，但却是相当和谐的那一部分。诗事实上很难甚至不可能表现人的全部丰富性和复杂性，也许那些最杰出的诗人会有例外。

孟倩属于成长于六十年代的那一代人。她当然把并不完美也不纯净的生活单纯化和理想化了，了解她的为人的都清楚，她的作品的这一部分体现了可贵的真诚。她是真诚地爱那一部分生活的。例如对新疆的自然景物和人文环境的眷恋和怀想便是。谈论孟倩的作品不能不涉及她与新疆深刻的情感纽结。她这样传达新疆博大深沉的爱："你是我的脉流，我的根系。"

在孟倩的情感生活中占着明显位置的是诗和大西北。而这二者都与她的青春、追求、理想相联结。孟倩诗的灵感多半来自新疆，而维系二者的是她青春时代的奉献和艰辛。天山是她遥远的爱，她把阿克苏看作是第二故乡，而这些如今都化作了美好的诗情。

克孜尔千佛洞旁的千泪泉野蔷薇在大约三十年后跳入她的眼帘，并化为深情而新异的诗题。此时她从远方悄然走近，捧泉水慢慢啜饮，不觉得夕阳已在天际渐渐熄灭——

---

* 此文初刊1990年7月《中国西部文学》1990年第7期，又刊1990年9月10日《阿克苏文艺》1990年第4期。据《阿克苏文艺》编入。

凛冽的大漠风蓦地举起野蔷薇的笑容
——哦,这冬日的花朵令我惊异

这奇异的风景令她动容:那是荒漠的薄暮,漠风凛冽而苍劲,况且是寒冬时节,竟有如此明艳的花朵绽放,这悲壮的景观,使她再次燃起激情"领略那先哲们奉献与牺牲的壮丽"。

这就是孟倩诗中无所不在的理想主义。她的这一特定的诗的内涵并不像为数不少的诗歌那样空泛和抽象,而是紧紧维系着她生命的历程——特别是燃烧于西部边疆的青春年华的追忆。在别人那里可能是应景附合的空洞,在孟倩这里却是实实在在的萌生于社会土壤的情感和情绪的凝聚。孟倩对于天山大漠的深爱是与她所亲历的一切相联结的:"已录进我年轮的是你博大、深沉——我那红霞般青春的微笑,曾留在你的黎明"(《天山,我遥远的爱》)。

这种感受是如此深刻,不仅嵌入年轮,而且化为血脉。以至于当她在某一个年代追忆那一切,浮起的是一种重新体验与投入的激情:"假若我能够勇敢地背叛陈旧的人生,鄙弃一己的安逸与舒适,毅然地踏上奔赴边疆的征程——那时我青春的花朵就会重新开放"(《我青春的花朵》)。这就是作者的理想主义,尽管这首诗中使用了若干陈旧的词法,但我们依然感受到了绝不类同于空泛和滥情的挚诚。孟倩的诗显然超越了矫饰的豪壮,因为她的诗是所见所闻所历的挚情的融化。

以《你是一株野蔷薇》为例,说明她通过特定意象所传达的是真实的生活折射,这首褒扬那些流放者的诗,以野蔷薇在狭小的石缝中绽放花蕾的艺术呈现,旨在控诉那由于不由自主的逼迫——

一次巨大的山洪
把你摔进这深深的山谷

漫漫寒冬里你咀嚼着人生

诗中的顽强生存的表述是感人的,但仍不免有那种五六十年代以来的温顺和善良而少了点不平与抗争。但所有这些诗不论是写自己还是写他人,无疑都凝聚着诗人自身的人格追求(尽管同样是带了自身的弱点)。

我们从孟倩的诗中得到大西北的风习和自然神奇繁富的满足。前面引述的被山洪卷进山谷并绽放于石缝的野蔷薇,既是人文景观的描写又是自然景观时描写。从审美的角度看二者的自然融汇正是一种艺术的成功。有趣的是克孜尔千佛洞的千泪泉旁,也有一丛野蔷薇,冬日荒漠薄暮的绽放不仅是奇丽的而且是悲壮的。孟倩的诗艺术看来接近于传统的方式,但因为她对她所表现的人生的理解和熟知,于是有着寓于平常的奇崛。

孟倩基于她对西北山川人物的热爱,她的艺术思维的特点是摄取她所把握的客观事象调制出色彩斑斓的画面,用以传达心灵深处的理想和激情的火花。《燕泉公园素描》:黄昏的油画匆匆涂抹着高高的托木尔峰,神圣的静谧由钻天白杨一笔一笔勾出,美丽的燕化石似在向着天穹飞翔。孟倩用这奇妙的景致映衬发自心灵的想象:有一天我也变成一颗化石,我心灵的歌声会和着九眼泉水日夜鸣响。

尽管基本采用传统的艺术表现手法,孟倩的诗仍然以想象的奇特(它来源于对西北、特别是对新疆风物人情的熟知)与色彩的绮丽的结合为特点。我们已经看到了她不只一次地写荒漠大地上的野蔷薇,我们也不只一次地看到开放在冰山雪峰之巅的雪莲。如今我们更从习见不鲜的戍边将士的讴歌中看到孟倩不凡的诗情。下面引自《防雪走廊的思绪》的诗句能够体现孟倩诗作的创造性成绩——"独库公路黄金般闪亮的琴弦,琴音中有风雨雷电的和声","嶙峋巨石叠印亿万年岩浆的惊恐,如今却孕育出人间最伟大的柔情"。

最初的启迪[*]
——以此庆祝冰心先生创作七十周年

回首度过的岁月,有过欢愉,也曾蒙受厄难,但多半是平淡的。生活的路曲折坎坷,当然也有迷惘。我庆幸,文学于我爱抚有加:于世道人心信念的不曾泯灭,茫茫风雪中总怀有冀企,这多半受惠于文学的启迪。

文学诚然脆弱,而未必无用;文学可以丰富,却未必万有;在严酷的时代,文学又往往是悲剧的。但文学铸造人的灵魂。在铸造人的灵魂这一奇妙工程中,文学默默地生发着它的伟力,它把人导向崇高与丰富。

友朋聚坐,偶语往昔,我总怀着感激谈起少年时代成为挚友与良师的两本书:巴金的《家》,冰心的《寄小读者》。(在那样的年龄,虽知鲁迅,却不能理解他的睿智与辛辣。)两本书中,前者给我热情,后者给我温暖;前者教我抗争,后者启我爱心。平生爱书,年龄渐长,所爱日多,但始终如星光辉耀着人生之旅、且成为血般的热情涌流于心间的,大抵还是这两本书。渊厚的人也许会因而笑我,但我都以未曾忘却而自慰。也许如人们的不忘自己的童年,人们也轻易不忘童年的友与师。我甚至窃喜,就是这样两本平常的文学作品,却深刻地引导我走上人生的追求之旅。

---

* 此文初刊1990年8月《福建文学》1990年第8期,收《世纪留言》。据《福建文学》编入。

最早接触《寄小读者》,已是近半个世纪前的事。记得当日,童稚的心灵中,宛若吹进了一阵清婉的风。太平洋舟中斜阳映出的波光,慰冰湖四围的秋叶,深山万静之中、病榻旁的友情与乡思,凝聚于大自然绮丽景色中的万种柔情……它们第一次开启了童年的梦境——文学原来竟有这般奇能,它揭示和再现世间万物的奥秘,它昭告人们,世界有着难以曲尽的美丽与丰富。

冰心的文笔十分优美,她源自中国文学的深厚与蕴藉,又融进她自有的清丽和婉转。中国文化传统的沉积和生发,加上西方文化的融汇,使冰心成为中国最有素养的一代学者和作家。她的丰富和创造性未必都能为她的小读者所领会。但是,洋溢在著作中的那种高雅的情调,那种纯净的心境,也已征服了万千童稚心灵。

作为当日的一位少年读者,我始终未能忘怀的是流动于一封封通讯中的那股友情和母爱的温流。她把女儿对于母亲的爱恋写得委婉缠绵,这是一种绵延千古的永恒之爱。但她昭示于小读者的,原不只母爱一端,她有着客居异地病中静中搅得心绪不宁的家山乡国之恋。由此推开去,她同情于一切弱者的病痛与哀愁。

在沙穰,冰心当日因病休养的所在,她为许多异国女儿的病苦煎心。她由一隅推而远之:"世界上的幼弱病苦,又岂止沙穰一隅?小朋友,你们看见的,也许比我还多。扶持慰藉,是谁的责任?见此而不动心呵,空负了上天付与我们的一腔热烈的爱!"冰心的爱不仅无限,而且博大。默默地诵读,潜心地领会,久而久之,这位女作家的一片冰心,溶入了幼小的血脉而奔涌。从此,我确认那一片爱抚之心已成了生命不可割离的一部分。

少有间隙的战争的烽烟里,我告别了少年时代。我带着中国现代文学、特别是巴金与冰心的作品所给予的心灵的陶冶,跨进了一个陌生而又为当时所倾心的社会的门槛。教科书告诉我最初的阶级斗争的意识,告诫我务必割断与"永恒的"和"抽象的"爱的联系。矛盾和痛苦纠结在"思想改造"的漫长历程中。一个毋庸讳言的事实是,冰心的作品,包括《寄小读者》,自那时起受到肆虐。一些论者揶揄她的情趣与观念,甚而亵渎她对母亲和大海的爱。

但冰心给予我的,都深深埋藏于活泼的生命中,而不论外界有何等严重的磨折与威逼。人的感情世界十分奇特。就在那些失去理智的年月,当人们陷入普遍的敌意与仇杀之中,尤其当自己陷入困境、蒙受侮辱的时候,都益发思念冰心曾经给予我的柔情与慰抚。在那些混乱而变态的年代,当自己身心受到摧残,而周围是一片可怕的荒芜和孤寂,我几乎是以非常宁静和优美的心情,沉醉在冰心作品的无限丰富的回想之中。

那是一个静闲的春夜,灯前桌下,一只小鼠蹒跚步履外出觅食。作者因为好奇用书很容易地盖住了它,不幸为同样好奇的小狗所突然捕杀。冰心为这一"灵魂的隐痛"而在刚刚开始的《寄小读者》中作真诚的忏悔。冰心在信中叙述说,她当时因内心的不安而向一位成年人陈述过,回报她的却是冷漠和嘲讽,她只能转而寻求严正而纯洁的幼小心灵的"裁判"。

这是我在那样失去人性的疯狂岁月中自然想起的。我很难说清是一种什么样的联系想起了书中的那片挚情,是由于追念失去的人性?是由于感同身受而抗议残忍?还是由于对真诚忏悔的感念?但如下一点是非常明确的:我不能不在内心深处萌发起人类慈爱之心的渴念!

童年所经历的一切真是历久不忘的。以至到了如今,我还为园内沼泽中那只孤鸣水鸟的被猎杀而激愤,还为玉渊潭中天鹅的惨祸而无言。我依然感激冰心,是她的作品给了我足以使那些麻木心灵发出轻蔑笑声的人类的良知。当我面对愚昧、卑琐和暴虐,我总想起《寄小读者》,我慨叹那纯净的一切变得如此的遥远！但我确认它的优秀与高尚,对于那些沉沦和陷落,它也许竟是一声警号！

我现在就住在冰心青年时代生活过的环境中。潋滟湖光,俊丽塔影,每有动地歌呼发自亭阁花丛之间。这里的脉搏震颤着国人的心弦,这里的思考充满了深沉的忧患。岁月流逝,人事已非,所幸周围依约还是冰心当年所见情景。

遥想当年,她海外学成归国,以青年教授执教于斯。课余推婴儿车款步柳岸,裙裾飘影于湖中,是何等的风采飞扬！而现在,当年的花树已稀,湖畔的伦敦式街灯毁没往年,我家门前的十里稻荷、彻夜蛙鸣,已随繁盛的畅春园一起被残砖碎瓦和造型丑陋的建筑物所吞噬。即使是在旧日宫苑苇塘的死水中作最后凭吊的一二野鸭,也从世上永远地消失了。

经历了无尽劫难和猝变的人生,理应豁达、超然而从容,而私心仍不免牵念于区区。这究竟是否应当归咎于文学的滋养与教诲？如今,我只能向冥冥中的主宰默祷与祈求。而我庆幸终于还能痛苦,还能坚持,我感激文学惠予的启蒙,感激我童年的挚友和良师——

爱在右,同情在左,走在生命路的两旁。随时撒种,随时开花,将这一径长途,点缀得香花弥漫。使穿枝拂叶的行人,踏着荆棘,不觉得痛苦,有泪可落,也不是悲凉。

序《风流的浪唱》*

生命对于人类是很脆弱的,许多抱有幻想的生命都在命运的轻轻一击中宣告消失。《风流的浪唱》却展现了生命的另一番景象,可以视之为一曲顽强的生命之歌。林祥雄是一个富有的普通人。童年的困顿,家境的艰险,最后由于社会现实的严酷无法生存而出洋投亲。在那里,又有诸多人生的苦难和挣扎在等待他。

但强者的生命有着坚韧的耐力。他一个个地战胜了那命运的无数关隘——包括人可不堪负担的情感的重负,家庭、爱情以及事业的挑战。特别有意味的是,这里还展现了林祥雄作为一个海外华人所持有的心理和情感上的遭际。对于一个生命的强者,他把一个又一个的艰难困苦加以征服,他终于成为一个事业上的成功者。

林祥雄的生命历程充满了魅力。由于他的坚忍、顽强和智慧,作为一个企业家他取得了成功,而且作为一个艺术家,他也取得了成功。在企业与文艺、在中国与西方、在现代与古典这看来难以弥合的地方,他都收到了异乎寻常的成效。这是一个给人以启示的真实的故事。长诗作者张不代以写实的笔触、宏大的结构为我们展示了这个真实的人的真实的历程。在我们面前站立起来一位具有自强、自信、自尊品格的人。

据我所知,《风流的浪唱》作者张不代本人也具有很不平凡

---

* 此文初刊1990年11月5日《太原日报》。据此编入。

的人生经历。他生于太行山区一个山村的极贫苦的家庭,他排行第五,在他之前的兄姐均没有活下来。少年时代,父亲时以乞讨为生。他在极艰难中自习文学而微有所成。一九八五年张不代以"绝症"病倒,八个月后奇迹般活了下来。被人称之为是"在死亡线上挣扎而结辉煌生命果"。这段期间他写了《再写一个跋》、《遗嘱》、《肺腑》、《五月的话题》诸诗,并草拟了一部长篇小说的提纲。他要在生命最困难的时刻作一个猛烈的冲刺。终于,他也有了奇迹般的战胜。长诗作者以及他所描写的对象,都是生命的强者。也许这算一种机缘,使他们有可能引为知心,而且能以艺术的方式记述下彼此心灵的对话。

　　诗是什么?这个话题已经困扰我们许久,而且还要这么困扰下去。作为一个学术性的命题,我们也乐于继续作这样的探讨。但诗作为心灵交流的一种手段,它不矫作之中的真实与真诚,从而给人以心灵的启示和抚慰无疑是这一文体必不可少的品质。《风流的浪唱》,它的作者以及作者面对的那个对象,这两颗顽强生命铸就的顽强的心,使我们受到诗意的震撼。

　　我们随时都在欢迎诗顺应时代产生的变革。不管如何走向现代的潮流,诗从来都寻求各式各样并存、竞争并由此构成繁荣。叙事诗在当今中国是一个寂静的角落,尤其是记述真实的人和事的叙事诗更是如此。我们终于看到张不代所作的填补和接续工作。这部长诗在艺术上有其明显的特长之处,粗粝磅礴的情感喷射,大巧若拙的笔法,加以环环相扣的螺旋结构,构成严谨而有气势的大诗。作者无论写人写事写背景写哲理,都以一种平实拙稚的自然流动的笔法,涌动成符合诗中主人公那极大内蕴于平易之中的人格力量,让人来不及回避就被掳进作品的艺术风暴之中,而这种艺术风暴又是沿着与跌宕起伏的故事情节相适应的那种螺旋架构而盘旋上升,使你不竟读而不能释卷。

这是一部严肃的作品,当然也非无懈可击。仔细审视一下作品主人公的经历,可以明显感到有些地方应该粗略之处而缺少跳跃;该详细写的,又匆匆过去,令人感到是急就时的草率,大量排比的应用也有一种手法单调之感。

　　张不代现任山西诗人协会主席,山西青少年报刊社总编辑,著作甚丰。我读过他的诗集《黄土魂》,功力甚深,很有黄河魂的神韵。这本《风流的浪唱》,是刚调中国作家协会机关工作的原山西省政协秘书长杨宗同志转来的,殷勤为序。我匆匆读了全诗,它的明丽流畅给人以舒展的感觉。借此机会,我祝贺张不代创作的成功,又祝贺林祥雄先生人生的胜利,事业的发展。

1991

《不灭的纱灯》序[*]

梁实秋先生是对中国新诗的建设作出过贡献的人。他发表在《诗刊》创刊号上的《新诗的格调及其他》，是中国新诗经过五四"尝试"期之后处于转折点的一篇重要的论文。梁实秋关于新诗的精辟言论，曾被朱自清先生在《中国新文学大系·诗集导言》中多处引用。他的关于中国新诗的若干见解，诸如："我一向以为新文学运动的最大成因，便是外国文学的影响；新诗，实际就是中文写的外国诗"，"新诗运动最早的几年，大家注重的是'白话'，而不是'诗'，大家努力的是如何摆脱旧诗的藩篱，不是如何建设新诗的根基"，"一般写诗的人以打破旧诗的范围为唯一的职志，提起笔来固然无拘无束，但是什么标准都没有了，结果是散漫无纪"，等等，都是切及实际的精彩言论，至今仍有振聋发聩的震撼力。

梁实秋和徐志摩、闻一多等的文字往来，使我们不仅确信他是《诗刊》的朋友，而且也乐于承认他是"新月"圈内的同仁。但作为诗人和诗评家的梁实秋，我们对他的新诗创作却知之甚鲜。《中国新文学大系·诗集》没有收他的诗，陈梦家主编的《新月诗选》也没有。迄今为止也不曾有他的诗集问世。

安徽教育学院李正西先生所著《不灭的纱灯——梁实秋诗歌创作论》一书，其中辑录了梁实秋诗作和译诗三十余首。这些作品的数字与有关记载他的全部诗作的数字很接近，因此，可以

---

[*] 此文为《不灭的纱灯——梁实秋诗歌创作论》序。据此编入。

认为本书著者的工作是很有成绩的。我们于是有可能窥及梁实秋新诗创作的大体面貌,从而估价他对新诗所作的贡献。

学者治学各有其道。但总以全面占有资料为展开论点乃至理论构架的前提。据著者自述,他对梁实秋诗歌的辑录整理,是从编选《梁实秋文坛浮沉录》开始接触到有关梁诗的第一手资料的。他执著不移,穷追不舍,触类旁通,集腋成裘,终于有了知今的收获。

著者对于梁实秋诗歌的绍介批评,是在他的资料搜集整理获得成效之后。他把作品产生的背景作了周到的考察:家世渊源,社会交往,气质学养,每一种可能说明作品的因素,都在他的视野之中。以诗作《荷花池畔》为例,他能以梁实秋与程季淑交往的文献记载为背景,对该诗作出诠释,并联系闻一多对《荷花池畔》的评语和认知作出进一步论证,无疑是相当求实的一种学风。

这种作风甚至拓展到对译诗的解读上来,著者从《槐园梦忆》的叙述以及其他文献的引述中,论析了梁实秋若干译诗所传达的情感心绪的实际背景。这些论析读起来都亲切可信,增加了读者的兴味。

著者治学态度之严谨求实,留给读者的印象是深刻的。在他辑录的梁实秋每一首诗后均有注,说明该诗最早发表的时间,见于何刊,收于何集。有些诗还附有有关的文献的说明和考订,如《二十年前》一诗注云:"《二十年前》写于一九二一年阴历十二月初八(腊八)。梁实秋生日是这一天。按推算,梁应是生于一九〇三年一月六日。有的记载梁出生于一九〇二年,误。"便从一首诗的写作年代的论证改正了关于梁的生年的传误。又如《幸而》一诗的注,不仅载明发表的日期、刊物,而且摘有闻一多两次给梁实秋信的有关批评,增加了文献价值,为研究者提供了方便。

著者在他的梁诗研究中,也不乏许多精彩的论述。从这些论述中,我们可以看出著者对诗歌艺术的深刻解悟。再举《幸而》一诗为例,他对此分析说:"《幸而》一首是对旧我供人驱遣、微不足道的唾弃。说'旧我'是一个能供情人婚前赘礼的'孤雁',是一片粘在草鞋底的随人俯仰的'枯叶'。然而,在'旧我'中埋藏着诞生'新我'的力量,这力量足以毁灭'旧我'"。这些评论是中肯的。

这部著作除了资料的丰富,考订的翔实,从而体现出他的治学风格以及文学史知识的丰富外,若干艺术评析的精到深刻也增加了该书的分量,如他评梁实秋早期诗风的《浪漫的忧郁》等,均有独到之处。

总的看来,这本《不灭的纱灯》写得平实、认真,除了丰富的资料汇聚和征引,还有系统缜密的历史、艺术评述,是融文献资料与研究于一体的有价值的学术著作。亦有不足之处,如有的叙述尚不凝炼,个别评述略显空泛,等等。但这些不足却不能掩盖这本著作对于梁实秋研究、乃至对于中国新诗史研究所作的贡献。

1991年2月28日晨,畅春园

天真:透明的核心*

这些年为青年们写评带来了很多烦恼。无端的奚落我原不在乎,我知道我在做什么、为什么做。我已进入成熟的人生,外界的因素不会令我改变什么。但写评论确实很苦,我要放下手头的工作——这些工作总是没完没了——我要读这些作品,而且力求讲的不是空话,总希望有用于人。这里除了责任,似乎与名利无关。

这次倒是很高兴能为简宁的诗说上几句话,尽管他送来的厚厚一大本稿子,我只能抽着看其中的一部分。简宁是一个农村孩子,他出生在大别山区。那里是贫瘠而落后的,简宁说:"我的家族中我是第一个能认识一百个汉字的人。"山区农村的生活,那里的土地和人民,那无所不在的情感的浸润,化为水分和血液,充溢着简宁诗歌的叶脉。

但简宁的诗显然不是以单纯描写场景、习尚和事象为目的,他别有所求。他从自己的生存环境出发,思考着诗歌和真实人生的交流和衔接。尽管他很年轻,但他的心绪却很"苍老"。他的沉郁烦苦与他的年龄阅历不成正比,他是早熟的。

我们从简宁的诗中发现了深刻,一种与他的年龄并不相称的深刻。他在十八岁的早春时节看到冬天如一头野兽站在那里,"龇着雪白的牙齿"。这是一个全新的视角,这种核心的观察给他提供了一个锻炼自己的契机:"在它钉子一样的目光里/我

---

* 此文初刊1991年7月10日《读书》1991年第7期。据此编入。

微微颤抖",但他选择的姿态是:和冬天"对峙"。值得注意的是他写了对峙之前的"微微颤抖",他并不掩饰自己的非强悍。但真的懦怯不会这样直接地表白出来,在这里我们都看到一种战胜了懦怯的强悍。

这"颤抖"所提供的契机,使我们有可能窥及这位青年人的做诗和做人的操守。他重视一种真实的人生和艺术的态度。他感到周遭的虚假、诡秘和不洁,他如同往哲那样,宁可放弃他在中国科技大学所习的专业而选择诗歌。他认定诗歌能够反抗那些异常和失态。他的一些想法,和时下一些他的同时代人的浮躁以及游戏的态度大相径庭。在诗歌面前,他是严肃的。简宁说:"在我们的文学传统中也许并不缺乏美的文学,但是太缺乏真的文学。所谓知识分子的精神,首先应该意味着良知,对这时代大多数人生存状况的一种明察的良知。"

简宁诗中最让人震撼的是他对包括自我在内这些"大多数人"生存状态的体察和认知。他并不轻视科技,但他更崇尚诗歌。不完全等同于上几代人所追求的那种意义上的用文学疗救社会。他更愿意通过诗反抗那无所不在的吞噬。前面我们看到他愿与冬天对峙。现在我们又看到他要"与蜘蛛的坚韧作战"。"蜘蛛"以及它的网在我们眼前和身上,但不是所有的人都感到了它的存在。唯有敏感的诗人无对不感到他人无法透彻的"我的眼膜上厚厚的蛛网",而且感到了那种"蔓延""比汹涌的潮汐更磅礴。"对这种"坚韧"的存在——

> 我无力追赶
> 无力表达激动
> 每一次尝试的冲撞
> 都被重重地弹回
> 原来的地方
> ——《与蜘蛛的坚韧作战》

"与蜘蛛作战,自己就是战场"。简宁置身其中,他的世界荒诞感也包括自己在内。他是沉重的。王国为他置身其中,所以他对类似蛛网那样的存在的感受极为深切。他无时不感觉到压力,有时不能不使你确认试图反抗这存在是徒劳的:"门槛在我跨腿时升高,细长的手指骨节叩击着墙壁",而这墙壁却是"无限漫长"的"柔软冰凉"。更可怖的是那种可以不断移动的"城堡"——

> 你不得
> 干净地离开这里
> 你离不开这里,离开这里
> 还是又一个这里
> ——《乖孩子或者一声叫喊》

这首诗的篇首题记是卡夫卡的一则箴言:"一个笼子寻找一只鸟",它在暗示那笼罩的不可逃脱。"乖孩子"出生地就是那只鸟笼。当他啼哭爆发时,四周的苍老回声带来的却是"我的头发花白"。这就是命中注定。诗人似乎在绝望地作出宣告,整首诗在荒诞中透出一股悲凉的寒气。于是我们面对的几乎是一种宿命的选择——

> 咬住一根绳索悬于崖间
> 开口歌唱也就是
> 选择飞翔

几年后,这个"乖孩子"也有了自己的孩子,在一首与他刚出生的婴儿对话的诗里,他承认他作为父亲,"只是个糊涂的侍者","造房子是不可能的,这个时代失去了土地",这是一个父亲的愧疚,但是不止如此——

> 打倒父亲。我所高喊的口号

你将继续。这不是隐喻
更类似命运。在一位父亲面前
儿子们一代代老去
　　——《你好,无限的孩子》

我们无法责备青年诗人的残酷,也许此刻他生命中所承受的就是此种类似绝望的东西。大约十年前一位诗人就祈求"不要责备我的眉头",因为他的眉头总是皱着。重要的不是眉头而是现实本身要向人们展开希望的微光。在上面那首关于孩子的诗中,诗人说:"因此你将摧毁这首诗,撕碎/这衰老的四行体,强壮有力的孩子/这巴洛克式的修饰以及/这伪装的成熟实际是世故。"简宁希望他自己"能够找到一种农民种田和科学家在实验室里那样一种纯朴的写作态度。"他崇尚天真,他认为"天真意味着透明,意味着对无聊境遇的洞察和反抗。"既然他以天真的态度对待诗歌,天真所造出的透明便意味着不对真实的存在口吐谎言。这种"歌声是艰难的,因为歌唱不再是诱惑,而必须是生存"(海德格尔语),作为读者我们只能放弃谴责。

对于简宁的诗歌风格,梦幻式的诡奇等等只是一种表象。他从大别山的茅舍走出,一直达到这里。在他的诗篇的背后有非常实在的东西,也许是历史的痛苦思索,也许是现实的无休止的纠缠。总之,简宁的双脚站在深厚的土层之上。他也有他的坚忍,"我已经学会忍受苍蝇/在我的嘴唇上爬,当我张口/咬它,只有虚空咬伤了我的嘴唇"(《无穷小》)。实际经历不是向我们提供此类诸多的尴尬吗?简宁有他的幻觉,简宁更有他的实感和体验,不过是这种实感和体验受到了较好的变形处理。

读简宁的诗,我们分享了那一份揪心的焦灼。但我们应当学会坚忍,如同我们忍受那一只爬在我们嘴唇上张牙舞爪的苍蝇。诗人已经教会我们用耐心去体味苍蝇肆无忌惮的爬行那"比初恋时的亲吻还要重"的"重量"。

生在这个世纪末的中国的人们,无疑都拥有了极为丰富复杂的心路历程。简宁以年轻的生命而能向人们展示这种不易达到的深刻,这着实令人感动。无数的"乖孩子"被无数"正确的答案"拷打,那些体现答案正确的"红勾",如狼口里吐出的红色舌头,在一切"乖孩子"的也在我们的脑海里"舔来舔去"。生活教一切孩子迅速地成熟起来,他们得耐心地面对那一切的滑稽与荒诞:

> 只说废话的大人们
> 打断我对我吼着
> 不要废话
> ——《儿童团员》

这里真的用得上那位老诗人半个世纪前写成的诗句:"这可不是混着好玩,这是生活。"既然这是生活,我们就得以一种雍容的态度面对我们无以排解的尴尬。

这种尴尬甚至也体现在写作活动本身。简宁在他的一些讨论诗歌的无诗歌作品中,坚定不移地把守着这样一种观念:诚实、严肃的写作活动是对抗外界的混乱与黑暗的一种手段,虽则艰难却意义重大。例如《想象中的读者》对"抽屉文学"的写照:"这个夜晚里他逃亡的歌声抵达了祖居",诗人不无辛酸地吐露"他拉开抽屉的姿势多么像/紧握母亲的乳房",但这种略带自嘲的哀愁也同时表达了"像一个胜利者那样吟唱"的坚定信念。在另一首短诗《劳作》中,这种信念体现得更为直接,全诗仅有六行:

> 我手掌下的纸张渐渐变黄
> 而鹤嘴锄碰撞岩石
> 火星摇晃,逃亡的狐
> 照亮夜里的太阳

而字也会跳到地上
　　漫游远方

　　也许这本诗集或将证明简宁这种惊人的自信并非妄吐狂言，十年前他就宣誓"想写一首歌曲"，因为"有一股风在挤压"他，那是本书的第一首诗，在最后一首《歌者》里，他告知我们"那些鼓点将震裂坟墓／摇撼白骨潮湿的叹息／当秋风锉亮我们的舌头犹如火炬"。风是他歌唱的背景和基础，在另一种意义上，风也是歌。简宁还是不能忘记养育他的那一片土壤和森林，他的写作无非是"使这卑微的时刻与那广袤的宁静／有了图案，声音，以及呼应"。(《伏案的诗人》)

　　诗人给予我们的已经很多，尽管这本诗集里早期"学徒式"的习作，特别是大学时代的作品，难免留下了某些稚拙的痕迹。随着年龄和学识的增长，以及生活的不断磨炼，简宁近年来的创作，较之以前的尖锐、直接，变得较为沉郁和深厚，主题领域的开拓也相对更为广阔、丰富，比如他的新作《垓下》，那里有很多历史性的场面和思考，显得更为厚重。但是他一直据守着一个透明的核心，那就是天真。天真是他诗歌的灵魂。天真的歌声不再是诱惑，而是生存。

一九九一年春二月于北京大学

校园和诗歌[*]
——为《中国校园文学》诗特辑作

在当今文坛,校园文学是活跃的一支;在校园文学中,诗歌创作和诗歌运动的繁盛更是引人注目的。我们发现,如今的校园正在成为越来越重要的诗歌创作的"输出地",并且成为中国青年诗人的"苗圃"。

我曾经想到,要是离开校园诗歌和校园诗人的支持,中国诗坛将会感到寂寞。"文革"结束之后,教育制度逐渐走上正轨,校园就逐渐地成为中国文坛的"后方基地"。在诗歌创作方面,情况就更是如此。由于校园诗人有效的和积极的投入,中国诗歌队伍的文化贫瘠状态得到根本改变。在以往,诗人中受过中等教育的并不多,上过大学的就更少,而且并不以为是个问题。最近十多年来,情况有了很大的改变:校园正以令人吃惊的速度向诗坛输送受过良好教育的新人。

校园和诗歌产生紧密的联系是自然的。诗是艺术和文学皇冠上的明珠,它是文化金字塔的尖顶,因此诗往往代表民族的文化深度。在新知识和新思想高度集中的校园,诗歌找到了最理想的土壤。但显然,不是校园中的每一个成员都会是诗人,也不是基于文化和知识的前提必然地会产生诗歌。

正如思想情感这些材料还不是诗一样,文化、科学、知识所提供的条件也不是诗。诗是一种综合和升华,诗有自己成为诗

---

[*] 此文初刊 1991 年 5 月 17 日《中国校园文学》1991 年第 3 期。据此编入。

的运作过程。一般说来诗人并不从校园中培养,但校园的深厚的文化气氛却为诗人成长提供了良好的温度和环境。

气质、学识、想象力再加上技巧,是诗人形成的必要条件。技巧从何而来？一是接受、消化他人的经验——通过阅读和仿效(仿效在初学阶段并非耻辱);一是自我训练,勤于实践。写诗也要有朋友,兴趣的培成和诗艺的提高往往需要一个群体相互切磋、鼓励,而在校园里这种群体更是自然而有的。

大家都在求学上进,人生又处在最有青春激情的时刻,诗歌正是此际理想的友伴。诗是一种崇高的趣味和寄托,它将丰富和净化我们的生活。而一旦使诗和未来的憧憬和社会的使命联系了起来,诗人会把我们带到一个更为严肃的境界。我们将会用诗表达我们的关切和思考,并且使之和未来岁月的责任联系起来,这样,我们此时的兴趣和爱好便会升华到一个新高度。

但现在,我们还是愿意把诗歌保持在丰富课余生活,锻炼写作技艺,以及用这一艺术方式寄托我们自有的和受到外界诱导的情绪、情感、情怀的表达上。仅仅是这些,就已经使我们很富足了。要是我们想象到也许我们会成为未来的诗人,那就会格外地感到激动。

重要的是勤奋。天赋是有的,但天才却只有一种含义,即意味着坚韧不懈的努力进取。要是如此,我们对未来诗人的期望,便不会落空。

一九九一年三月于北京大学

序韩毓海的《新文学的本体与形式》[*]

在以往的叙述中,中国新文学是中国进入现代社会之后的社会各种情状的说明史。人们坚定地运用文学反映社会生活的观念来评估这一阶段的文学价值。这是数十年来一直在批评中起决定作用的理论视点对文学研究产生的惯性影响的结果。这不失为新文学研究的一种思路,它起到了应有的作用,但却并非只能如此的思路,文学研究期待着来自多个侧面的观念与实践。

中国新文学的创始者一代,大抵是十九、二十两个世纪之交的中国知识者。他们承载了中国深重的苦难,并且充当了中国在新世界曙光之中创造光明的角色,他们把这一切的思索、追求和憧憬都倾注在文学创造之中,这就造成中国新文学的浓重的历史使命感和启蒙主义的色彩。中国新文学无疑是这一代人以及他们的继承者充满忧患而又充满激情的心灵投射和烛照的精神创造物。

本书作者选取了一个新的理论角度,他从现代作家——这些以文学为"手段"的知识者,显然是知识者之中对于所处时代的脉动感应最为灵敏的那部分人——的心理结构模式,以及由这些模式决定而采取的诸种抒情形式切入新文学的历史。这也许会带给这一研究领域某种新的气息,或者说这是一种新的尝试。在这自主的理论构想的背后,巍然屹立着为时代的风暴所唤醒的文学精神。把文学的创造者放置在一个大时代的宏阔而

---

[*] 1993年10月1日《作家》1993年10月号。据此编入。

纵深的背景中,从时代赋予他们的精神烙印入手,揭示文学的新鲜品格及其局限,这也许会从一个人们陌生的角度给予文学研究以新的启示。若能如此,这本书将丰富并更新我们的文学史研究的效用是不应怀疑的。

对韩毓海此刻进行的思考可能会有不同的看法。但是他对五四以来中国知识分子的生存位置及其超乎实际可能性的社会承诺提出严肃的质疑无疑是有力量的。他描写了他们心理结构中的对立和分裂,由此引申开去,他分析了他们中的代表者的若干经典性的文学抒情形式。作者对中国知识者的生存状态的描述而有其独到之处,即他们受现代社会的启示,自觉充当了中国古老文明的批判者甚至叛逆者的角色,但他们实际上也无法进入现代西方文明。中国近代以来面临的社会危机所造成的知识者特殊心态与他们所使用的学说和方法之间的位差,造成了近百年来中国知识界进退维谷的两难境地,而他们矢志不移的坚韧却令人嗟叹——作者每每透露出的不无感伤的激情大抵源于此。

学术的发展总是体现为后人对于前人的挑战。一个见解的提出只要能透出事物另一面的光亮,它不必希求他人的认同便具有某种意义,价值和功效。尽管那些论点可能是未见"全面"或"圆熟",所谓的学术民主精神,理所当然地包括平等、容忍和竞争,当然,这一切应以是否具有科学性为前提。本书在中国进步知识者中对于五四传统精神的理解和态度的分析方面持有一种尖锐的见解,这种意见的新颖也许会促使我们从异向思考我们习以为常的秩序。在学术上众口一词并非健康,不时有异质的加入并习惯于承受这种加入方能常得到思维的健全状态。

韩毓海的专业是当代文学,他把思考的某些重心放在"五四"新文学的传统之上,对此我想并没有什么不好。中国当代文学学科的建立,是当代文学的成熟和丰富的使然。在五六十年代,它只是中国现代文学史的一个很不重要的附属,直至七十年代末方才以独立学科的形态出现在科研教学领域。对于当代文学而言,它虽然因长期的扭曲而呈现了对新文学传统精神的某种变异,但它毕竟属于五四新文学的谱系。新文学的基本精神和素质都在这里得到了延续和发展,尽管在它的歧异的过程中也有许多消匿,我们的目标在于促进中国文学在现时代的发展,为此我们便需要在历史的对比中得知我们所处的位置:这便是前进与追寻;在这个过程中,增多和发展了什么,而削弱或消失了什么。

将当代文学从现代文学中分立出来,是当代文学的日益自立和完整性使然。作为一个相对独立的学科,它取得了重大的发展进步。但我们却日益感到匮乏,且日益希望把它还归至新文学的整体性中予以观照。本书并未论及当代文学现象,但对于中国新文学独特视点的切入开创了理论的新界面,它在新文学发展的诸多层面的展开,有不少精彩的论点,这些实绩的取得无疑为这一学科的研究提供了新的经验,尽管即使在理论建构中它仍存在这样那样的缺陷。

在当今的新文学研究中,现代部分与当代部分的隔离现象仍然存在。从事现代研究的往往画地为牢,不很理会五十年代以后直至九十年代新文学的发展。从事当代部分研究的,一般也不甚顾及历史的来路,从而寻出今日发展的昨日依据。因而把五四运动迄今的七十余年,甚至把戊戌变法迄今的近百年的文学历史放置在中国两个世纪之交的巨大背景上来省察,哪怕只是粗略地勾画出这一历史阶段文学发展的大体轮廓,以至于写出这样一部具有宏大整体感的中国新文学的百年史便成为我们的殷切期待。

本书作者现在所从事的工作,暗含了我们的这种期待。把中国现代文学史的研究视野上溯至上个世纪末的社会、文学背景中去,作为中国新文学产生和准备工作的考察,再把它从五十年代一直延伸到这一个世纪末,作为对于那个伟大开端所创造的文学世界的未来展示的追踪,这意味着对于中国新文学从孕育、诞生、发展及至其间的变迁的整体史论框架的调整和强调;撇开这本著作的学术建树不谈,单就提供的这种视野,这种范式以及这种可能性便是十分鼓舞人的。

本书作者治学有一种可贵的激情投入的精神,他笔下所叙往往带有强烈的历史共振;这对于研究中国近现代史特别是文学史的人来说是很重要的,这一百年提供给中国知识者的是无边的苦难以及由此引发的深重的忧患感,作为这段历史的叙述者,冷漠则近于残酷。当然治学毕竟是治学,面对事实,一种冷静和科学的态度不是不必要的。我以为作者基本上对此处理恰当,在他机敏、智慧的叙述后面,有一种不无悲哀情调的沉思,而对历史的倒退和弯曲,他更有一种愤激,这种愤激,有时又化为一种凝重的批判精神。

在北京大学中文系的博士研究生中,韩毓海大约是最年轻的一位。中国的青春是值得羡慕的,有时这甚至包括过早地承受危难与挫折。我曾说,我不崇拜青年,但我崇拜青春的热火。长沟流月,寂然无声,但流向远方的水希望有不竭的后续。这也可以算做我个人对他的期待。

1991 年 6 月 8 日于畅春园

苍茫时分的随想[*]

　　五四运动爆发那一年,胡适先生写了一篇《谈新诗》,副题是"八年来一件大事"。他把新诗的出现及成功当做是辛亥革命到五四运动的八年间出现的"大事",给予中国新诗的建立以高度评价。在这篇文章的开头,胡适说"与其枉费笔墨去谈八年来的无谓政治,倒不如让我来谈谈这些比较有趣味的新诗"。

　　本世纪七十年代后期到八十年代末大约十年的时间,中国诗歌又有了一次大震动。这次被称为新诗潮的诗歌运动,仿佛是冻土上的一根楔子,松动了中国社会,从那一个缺口透进了现代世界的一线明亮。新诗潮在结束以"假、大、空"为主要标志的伪诗统治,以及在倡导一次新艺术革命方面,称之为"十年来一件大事",似乎也无不可。

　　中国新诗的发展过程,是不断摆脱古典诗歌的消极影响、不断向着建设独立的现代诗歌推进的过程。内涵上的现代精神和现代意识的充盈,以及表现上的完成现代审美趣味取代古典审美趣味的历史性改造,这是新诗获得独立地位的判断标准。从这个意义上看,新诗潮不仅接续了诗歌迷误造成的与五四新诗的大断裂,而且也把新诗现代化大大推进了一步。

　　数十年来无休止的新诗论战,都可以追溯到那个潜浮的因

---

　　[*] 此文初刊1991年6月25日《诗人报》,收《世纪留言》,后刊1993年《延边大学学报》第1期,为该学报刊出的《中国当代青年诗人诗论专栏》的前言。据《诗人报》编入。

由，即所有的对于新诗现代化进程谴责与质疑，都受到中国诗运的复古意识的驱动。新诗在建设自己的现代精神过程中与恋旧情结和返祖倾向的反向拉力，是贯穿历史全过程的悲剧命运。新诗之所以是"新"的诗，就在于它的诞生以及它的完美均以走出古典、参与现代为永不更易的使命。因此它的创新、吸收、或承袭都不能离开这一根本点。就是说，新诗注定了必须与现代改造、现代更新相依存，而且注定了必须充当古典传统的叛逆而不是顺从的角色。

但中国诗歌的历史事实却是，新诗们为中国新的诗歌形态，它先天的无法割断与中国古典诗歌形态的亲缘纽带。尽管从五四发轫之初它就宣称自己是传统的叛逆，却从来未能也未曾与传统一刀两断。新诗此种在古典与现代、传统精神与现代更新之间的两难境遇说明了它历史性的尴尬。于是，当它循着合理的逻辑每向前迈出一步，便有相应的、甚而更为强大的力量从背后倒戈。新诗的进步始终经受着这样的自我折磨。

新诗潮兴起之时的"朦胧诗"论战，涉及范围很广，但崇洋媚外与数典忘祖的罪名却是明确地指向了这一点。那时的一些创新者似乎不很在意此种关于背离传统的谴责，他们我行我素，也写出了不少佳作。到了后新诗潮的出现，这种背离性的创新达到高潮。

我们现在也可以完全不理睬那些旧日梦呓的絮叨，然而我们的确处在一个有待清醒抉择的临界点上：一往无前的和随心所欲的创新有点走火入魔；激情发挥到了极限便是疲惫和寂寥；诗人的自信心已在减弱，而读者的拒绝却有增无减；加上近一两年批评风向大变，那种反向拉力似乎借他种因素而更显顽强。阵地的陷落，批评的委顿造成了更大的苦闷。这一切昭示我们：冷静的反省自身，更为坚定的前行，巩固十年奋斗换来的成果使之发扬光大，乃是不容置疑的选择。

传统无时不使我们就范,它的意愿几乎没有边际。妥协意味着吞噬,除非我们以放弃现代化的目标为代价,我们半步也不能后退。历史已经告诉我们新诗发展途中的苦难,我们显然不准备重历那一切。我们过去好像也不断在谈,我们事实上不可能割绝与传统的相接的脐带,况且我们也不想那样做。我们无疑将从中获得养料以使自己成长,但我们不准备丢失自身而成为"新古董"。

创新者不应该停住脚步,但浮躁与喧嚣显然并不可取。当某种庸俗的风气正以甜蜜的方式使那些纯情的少男少女风魔,严肃的、高品位的诗歌创造更不应放弃自己的坚持。在这个时候,谈谈使命感之类的话题,似乎不应受到奚落。即使是在以严肃作品取代庸俗作品这样的命题下,我们也应该考虑一下我们对于时代和社会的某种承诺。

女性的永恒感悟*
——评赵琼诗兼评女性诗

在大学读书期间,赵琼开始接触英美诗歌,由浪漫主义、象征主义、超现实主义、意象派到后现代主义(Post-modernism)。这个过程随着心理强度的增殖潜沤而来,她选择了 Plath(即普拉斯,美国现代女诗人)作为一个坐标,将蒙昧的生存状态进行一次忖度,通过翻译 Plath 的作品而开始自觉的创作。赵琼坦率承认是 Plath 从感觉世界将她解放出来。并一厢情愿认这位异国女性为"姑妈":"从深井中升起/一轮有毒的明月照耀/照耀我/你像妒意的姑妈/我刻骨爱你‖……这是秘密/遗传的图纸在谋划……"(《普拉斯之城》)。

赵琼在入学前当过护士,这一经历弥补了她浅显的社会经验,加上 Plath 诗歌意象世界充满了病院气息,这些条件促使赵琼的某些诗性精神特定内涵的形成。病院是一个生命的临界点——生与死,解脱与沉疴是充分两极呈现的所在,对于女性诗人而言,她们是从自己的身心变化进而感知外部世界的。女性更是纯粹的"直觉动物"。这些条件对于理解我们此刻面对的作品是重要的。

80 年代初期,赵琼翻译的 Plath 诗选的汉译初稿由四川年轻诗友们打印成单行本,以此为发端而风靡大陆诗坛,受其影响较深的翟永明、唐亚平、伊蕾以及男性诗人多多。多多曾说

---

* 此文初刊 1992 年 11 月 2 日《太原日报》。据此编入。

"Plath一颗钮扣掉到哪里都想知道"。翟、唐、伊诸诗人的诗表达了作为女性主体在传统角色中的异化和疯狂,籍此恢复人性的自我本真;多多则以 Plath 的视角和话语方式实现了荣格心理学中无意识领域的恶魔品质,以对抗和驱除他所经受的压力。

赵琼的诗歌是从 Plath 的"巴比塔"筑基的,或者说她试图与之抗争,在移情中形成女性主体的诗性对应物,生存的压力使她的精神受到淘沥和升华,她的诗表现了女性内心流亡的真切而惨痛的经历。

女性诗人对于本性异化的反叛是中国社会向世界开放的伴随物。她们试图僭越传统强加给自身的第二性角色,进而改变历史形成的女性形象。中国当今有成就的女诗人都是这一僭越过程的参与者。舒婷的《致橡树》是一份女性自觉的灵魂宣言;伊蕾的《独身女人的卧室》是这一反叛的全面表白;赵琼的诗则较集中地表现了反叛的矛盾的痛苦挣扎,以及在母亲、妻子、女儿这三位一体的角色中所承受的人性分裂的悲剧性;真理一天天和死亡在我体内哭泣/象连体的婴儿/母亲在法典之外哺乳英雄(《画梦》)。"谁听到那隐约的沉喘/从耳膜到我贫困的睡眠/谁就是我/把生带出了死/又把死交还给生"(《误点抵达》)。"我是黄金/也是采矿者/时间把我打制成戒指/我怎样从当铺中/把自己赎回来……"(《挖掘》)。反叛是一次突围,而突围的唯一可能性是牺牲。

女性诗歌语言的特征是自为的自在性,而自白(Confesson)则是突现这一特征的有效手段,这种手段把关注中心投置于亲身经历中。以自白的方式呈现事象和隐秘的内宇宙的多层面丰富复杂。诗人只能面对自我倾诉诸般丧失,在此意义上,自白派诗人不是创化了"自白",而是对它的重新启用。

女性诗歌通过自白的敞蔽,"形成一种自给自足的语言……潜入言语(Parol)这种亚躯体中"(罗兰·巴特《写作的零度》

p.147)而呈现出一种无蔽的澄明之境。

女性诗歌的言语凭借女性特殊的感知世界方式而显灵。女性生理结构的差异决定着她们的心理、情感、意绪、意志等方面的特殊,理解女性诗歌需要把握这些特殊的函项,这也是读解赵琼诗歌的一把先在的金钥匙。

首先是死亡意识。死亡意味着与一切东西的告别与分离。女人是生育者,她们比男性更接近死亡和诞生的秘密。在《我参与地狱的大合唱》一诗中,赵琼真实地再现了分娩中的地狱景象:"死亡的快感袭击我/像满街猥亵的眼睛",她将生的无助与死的恐惧,生命的偶然与死亡的先在性统一在一个生死场中,这种斗争是与死神的角力,也是生命高峰体验,她把女性的痛苦体验个人化了,又表达出普遍的母性经验,同时以强烈的悲剧意识目击了血的虚无:"一次的诞生是一种偶然/如一个没有凶手的流血事件"。通过把死亡置于世界观的背景中而赋予死亡以意义,有着内在的仪式化功能。赵琼的悼亡诗(《安魂曲》、《浸入你的镜子》、《天、地、冥》)是一种面对死亡的"开放式丧仪"(open-ended funerals)之创造,在这里,"恋父情结"消解为死神品性的克制,对信仰的投射所形成的深度心理模式进行历时性拆解。

> 爸爸,你走了,你走了
> 谁! 强迫我接受
> 埋葬的梦,如此真实
> 如此活着,象无尽的赎罪
> 你解脱了,解脱了,爸爸
> 那颗背叛你的心脏,也
> 在火焰中绽开了死之蔷薇
> 一面党旗,一个骨灰盒
> 是你的遗产,你的家私?
> ——《浸入你的镜子》

这首诗与 Plath 的《爸爸》有着同一的可比基质,即它们共同探索了围绕着亡父的复杂内心情感,在 Plath 的诗里,女诗人把对个人死亡的反应"逐渐象征性地融入二战中犹太人的大屠杀体验之中"(凯恩《自杀的幸存者》),而在赵琼的悼亡诗中,分化出对存在价值的本体论怀疑。

再就是生命体验内倾。这种体验的结果是美化爱与母性,冰心先生在这一向度上是一女先知,但她更多的是怀有宗教情感来关照童心、爱情、母爱,从而显现出古典美的崇高,优雅和浪漫主义的纯情;在新女性主义诗歌中,被传统视为禁忌的性爱体验也被这些女诗人们提升到言语的欢乐之中,同时对泛性主义予以女权的精神性嘲弄和贬抑,如唐亚平的《黑色沙漠》、陆忆敏的《美国妇女杂志》等;赵琼的《小蝌蚪》、《感觉之 Z》、《隐弧》诸诗,把自然意象统摄进性的整体象征,在象征符号的置换中,透彻了诗意和美感。这种突破所具有的美学意义,在于从无意识的地窖中解救出了狄奥尼索斯(酒神精神),使性爱——作为爱情内涵的一部分恢复了本来的诗性。

日常性和世俗性,也是解读女性诗歌不可轻忽的范畴。在现代女诗人看来,世俗琐事至少和超验世界同样具有审美意义,因为女性神话就在不断注入的日常生活中发生和变化,在这一层面上,她们是诗歌中的"物质主义"者,往往比男性诗人更敏感于物象的诗意,一面镜子,一绺布条,一根断发,一声婴啼都会充满女性的情感和意绪。所谓历史意识有时简直就是一个主妇意识。

一些重大的外部世界的事件在她们的直觉世界里被并入即时、即物的感悟中,而且诸如神话和寓言的题材也常常与日常经验的平凡性交织在一起或者反向运用,赵琼在《雕塑》中,女娲的"神性"被还原到一种"工艺"。新女性诗人所创造的艺术空间,的确不是无机物构造的"雕塑",而在凡俗世界中去发现"植物的冠词",创发新的语义,这在本质上又十分接近禅宗精神。在《刻骨铭心》中,把一个类似亚当和夏娃的原型,演绎成一种谣曲式的虚构,"一个字把泥土变成金子的短语、短语分蘖",便是对形而上的感性分解、离散。虚构的叙述从"一个字"嬗变,"森林"变成了"烟囱"。"鹿"(爱的信使)变成了"汽车",人类的本真——爱情,溃败为一种不治之症(艾滋病),《虚构的乌托邦》同样也是以乌托邦句式来解构乌托邦,在这类诗中,赵琼使自己的创作进入后现代操作,保持了应有的前卫诗歌艺术意识与姿态。

此刻,我们面对的不仅是一位有强大的自我预言能力和自我拯救能力的诗人,而且是一位相当独特的把人生万事万物的体验幻化为奇诡的前卫艺术画家。

要进入这位拥有空旷的悲剧精神的女性内心是困难的,却也并非不可能的,对于复杂的艺术,通往迷宫的道路虽然充满了坎坷,我们正是在这种困难的追寻中得到满足和愉悦。

1991年6月,福州,1991年12月,北京——畅春园

与生命深切关联的纪念[*]
——重读冯至诗的体会

所有艺术都以无情的淘汰构成它的严酷的历史。岁月匆匆忙忙地往前走去,它把无数的暂时性作品纸屑一般的驱逐出人们的记忆。可悲的是,无情筛选抛弃下来的残迹,并未唤起那些艺术的良知,人们一如既往地复制那些拙劣的赝品。

我们把敬意留给严肃的歌者。也许他们给后人留下的很少,但留下的那些却真正地留下了。读冯至的作品便有这样的印象,他的作品经得起历史挑剔的比重很高。这是一位诗人的骄傲。

冯至的创作大致可分三个时期:第一个时期主要是二十年代的作品,以《昨日之歌》、《北游及其他》为代表;第二个时期主要是四十年代的作品,以《十四行集》为代表;第三个时期主要是五十年代的作品,以《十年诗抄》为代表。第一个时期的作品,除受到鲁迅称赞的抒情诗外,尚有《吹箫人的故事》、《帷幔》、《蚕马》等精致的叙事诗,这些作品是这位诗人对于新诗运动"伟大的十年间"作出的他人无法替代的贡献。至于第二个时期的《十四行集》,从它四十年代面世之后曾经有一个至少三十年的湮没,但一旦把它从地底发掘出来,拂拭去蒙受的尘泥,却依然闪射着宝物的光泽。至于第三个时期的作品,在普遍的艺术歧变

---

[*] 此文初刊 1991 年 7 月 1 日《诗双月刊》第 2 卷第 6 期/第 3 卷第 1 期,收《永远的校园》。据《诗双月刊》编入。

之中,仍然保留了相当严肃的艺术精神:它把那个时代的不佳印痕减少到最低度。如《韩波砍柴》,今天读来仍让人感到是一篇可以保留的佳作,那里有了新观念的加入,却保留有极纯真丰富的人情。

冯至不是写得很多的诗人,他的矜持至少表明他对诗的执著。学者的涵养又使这种执著具有庄严感。粗制滥造与这位诗人无关。即使如《我的感谢》那样带有明显的思想局限的诗篇,也有一份认真和纯净让人感动:

> 你让人人都恢复了青春,
> 你让我,一个知识分子,
> 又有了良心。

为了不使标题分散,我们把笔墨集中到《十四行诗》上面来。这里的诗写在四十年代的大后方昆明。那时有很多的时间,他要在山道上行走,偶然的触兴使他吟出了一首变体的十四行。由此产生了一个念头:"凡是和我生命发生深切关联的",都要为之"留下一些感谢的纪念"。

从三十年代后期开始,因为时势的艰危,相当部分的中国新诗迅速地意识形态化。虽然那时要求诗歌的切入时事,可以说是合理的,但不少诗歌采取的直接切入的方式却是成了非艺术的倾向。有一种见解认为若是诗歌表现出对社会的关注,只能是这样直接的方式。由此导致对那种坚持诗学原则的非直接方式创造的贬抑。

《十四行集》显然不采取上述价值选择。它仍然保持了诗歌对于心灵空间的广泛占领,而且它坚持不承认对于社会的联系和关切只能有一种方式。当周围满足于以诗直接喊出富有意义的内涵时,冯至采用的是纯粹属于自己的表达方式。细心的阅读便会发现诗人对于社会的关注是热忱的,只是他通过自己的视角和自己的声音,而不是当时流行的方式。

《我们来到郊外》的诗情生发于昆明的空袭警报。人们听到警报纷纷跑向郊外:"像不同的河水融成一片大海。"诗人把握到的意象是河水和海水的汇聚和分流,借以暗示社会的一种存在状态。当空袭来临,"同样的警醒"和"同样的运命"使不同的"河水"流成了"大海"。在这种汇聚的过程中,平日里的种种差异都消失了,体现出绝大的认同。诗人显然被这种汇聚和差别的消弭所感动,于是有了如下的祈愿——

> 要爱惜这个警醒,
> 要爱惜这个运命
> 不要到危险过去,
>
> 那些分歧的街衢
> 又把我们吸回,
> 海水分成河水。

这里有时代背景的烘托,又有社会思考的投影。重要的是它的笔能不直接表现现实生活的画面,也不试图在表面化的图像中显现诗人的品质。这里体现的诗对于社会的关照是隐蔽的和深层的,它是一束折射的光。诗人希望不仅是同命运的危难到来时,人们会走在一起,而且期待着在另外一些更多的时候和境遇中,那河水依然可以汇聚而成为海水——因社会划分而导致的人间的隔阂将因此而得到弭平。

另一首诗《给一个战士》也有这样的精神折光。它写的也是一种差异:长年在生死边缘生长的兵士,与他回来看到的"堕落的城"构成的反差,使他变成了"古代的英雄"。还是英雄的悲剧。他于是在周围的愚蠢之中"归终成为一只断线的纸鸢"——这种孤零感造成了社会的大悲哀。

诗人把巨大的慰藉和尊敬给予了这位兵士,不要埋怨这个命运,"你超越了他们";还因为是断了线的纸鸢,于是,那丑恶的一切已不能维系住你飞向旷远。这诗意显示出某种自慰的无力(这原是属于诗人可从属的那个社会阶层的弱点),但是这种抚慰却显得博大而崇高。

我们可以从冯至这种看来淡远的诗情中,寻觅到他的热情。这些诗都是那个时代的特殊环境的折射,它不仅富有时代感而且比那些表面喧嚣的作品具有更为沉郁的思考。他用的是轻淡的文字,但通过这些文字却传达出关于社会的深刻焦虑。这是远非那些貌似豪壮的号召所可比拟的现实深刻性,它当然与时代的脉搏共同跳动而不曾偏离。

在那样的时代和那样的习尚的包围中,冯至的艺术追求展示这位诗人的独立操守。他不作那种过眼烟云的作品,他的作品即使如上述的《我们来到郊外》、《给一个战士》之具有深厚的时代氛围和感触,也不作表面层次的宣泄和图解——同样是表现时代的精神,却拥有更深的忧患。

从这个意义上说,冯至是一位大诗人。这不是就数量而言,而是就作品的品质加以衡量的结果。这位诗人能够冲破世俗观念的重围,驾驭他的题材(这种题材是别人均能把握的)到达别人难以到达的境界。他思考的是排斥了短暂功利考虑的永恒的领域。如前引,也许别人在表现空袭警报时想的是控诉敌人的暴行,而冯至却到达了人群应该如何彼此了解和融会的深度。

在抗战的后方,在贫瘠的战乱的平凡生活中,冯至拥有的是充满哲学光辉的精神世界。他深入其中从无数平凡和琐碎中体味那人生永恒意味的命题。他给人的不是短暂的满足而是长久的丰富。例如《看这一队队的驮马》,它们驮来了远方的货物,也带来了一些尘沙和喧哗。诗人从这些单纯的画面想到的,是一种超越性的思考——

我们走过无数的山水，
随时占有，随时又放弃。

仿佛鸟飞翔在空中，
它随时都管领太空，
随时都感到一无所有。

他问："什么是我们的实在？/我们从远方把什么带来？/从面前把什么带走。"我们还是这样搬过来又搬过去地忙碌我们的一生，其实我们如鸟是什么也不占领的。人生不过是一个过程。如果我们把这一简单的存在参透，那么一切的烦忧亦将不存。

在一个狂风夹带暴雨的夜晚，诗人感到了孤单。在小小的茅屋里，即使是那些亲切的用具也都有各自的心事和向往："它们都像风雨中的飞鸟各自东西。"我们仿佛不能自主，在这样的夜晚，"我们听着狂风里的暴雨"。无限的自然力摧毁了人的自信："只剩下这点微弱的灯红/在证实我们生命的暂住。"诗人写的也是这种短暂与永恒的神秘。

在那个时代，能够突破偏见而把诗的触角透过事物的表层，伸向这种生命存在奥秘之思考的，当然是一位智者和勇者。冯至选择了十四行这种限定极严的体式，恰好符合了他把深邃的思想表现得极其简练概括的艺术追求。冯至说："它正宜于表现我要表现的事物；它不曾限制了我活动的思想，而是把我的思想接过来，给一个适当的安排。"(《十四行集》序)。

三十多年后他回忆这些作品，感到了某种遗憾。他在《冯至诗选》序中说："对于诗中歌咏的几个人物，有的评价并不恰当，尤其是对于鲁迅和杜甫，没有表达出他们伟大的精神。"应当说，以短短的十数行而达到恰当评价或表达其伟大精神本来就很难，冯至现在所做的，已经充分体现他的优长之处。这种优长即指如下两端：一是他能以大题目作"小"诗，如《蔡元培》、《鲁迅》、

《杜甫》等;一是他能以小题目作"大"诗,如《我们天天走着一条小路》、《别离》等。

即以他自己不满意的《鲁迅》、《杜甫》为例。在鲁迅丰富的一生中,诗人紧紧握住鲁迅无数幻灭中的不曾消沉,以及他望见一线光明而总是被乌云遮盖的命运咏唱,应该是切及这位伟大作家的悲剧命运的实际的。《杜甫》讲这位诗人"不断地唱着哀歌/为了人间壮美的沦亡","你的贫穷在闪烁发光/像一件圣者的烂衣裳",都能展示杜甫的博大丰富。

在写人物的诗中,《画家梵诃》也许最为成功。此诗通篇由凡·高的画意组成,起首是"你的热情到处燃起火",燃烧的向日葵,燃烧的扁柏到处是火焰在呼叫。映彻那火焰的是贫穷的房屋内冰块般的贫穷的剥土豆的人。冰块和火焰造成的反差,展现了画家的人道精神——"这中间你画了吊桥,/画了轻盈的船:你可要/把些不幸者迎接过来?"

把一个伟大人物的一生浓缩在短短的十四行中,这便是把博大写成精炼,不求周全只求能实现那光辉。冯至达到了这个目的。另一部分诗是通过一些小的生活画面概括出一个巨大的命题。这方面的作品如《原野的小路》、《我们站立在高高的山巅》,都把一些具体的感受引向绵渺、深邃。典型的是《几只初生的小狗》,那是一幅很平常的小画面:连天阴雨之后的初晴,小狗的母亲把小狗一只一只地衔到阳光里,日落了再一个个衔回去。诗人说:

> 你们不会有记忆,
>
> 但是这一次的经验
> 会融入将来的吠声,
> 你们在深夜吠出光明。

这也是通过小命题作大诗的成功一例。

冯至这些作品让人最大的启示是，他的大视野和大胸怀能使每一个平凡具体的场面散发出极大的精神能量来。不仅不是就事论事，也不单是借题发挥，而是通过联想和想象把具体的意象导引入一个大的境界中去。关于威尼斯人们已谈了很多，但似乎还没有像冯至在《威尼斯》中那样表达过：

> 我永远不会忘忆
> 西方的那座水城，
> 它是个人世的象征，
> 千百个寂寞的集体。
>
> 一个寂寞是一座岛，
> 一座座都结成朋友。
> 当你向我拉一拉手，
> 便像一座水上的桥；
>
> 当你向我笑一笑，
> 便像是对面岛上
> 忽然开了一扇楼窗。
>
> 只担心夜深静悄，
> 楼上的窗儿关闭，
> 桥上也断了人迹。

流行的风光抒情与这首诗无干，他还是就一个具体的图景抽象为一个严肃的人生思考。表面的意象是威尼斯，它由岛、桥、楼、窗等组合地显示。潜伏的意象是人生社会，每一个人是一座岛，岛意味着孤独和寂寞。与此相关的是桥伸出的交流的手,楼窗的开启是人际的微笑,当桥和窗出现时,人类的孤独感便消失了。威尼斯是人生的象征:人类社会是集体的岛,它是寂寞和孤独的群。诗人希望人与人发生同情和互助,于是便有桥和楼窗的召唤。最后的"担心"体现他的人道精神。

避开意识化的直接浸漫,拒绝以诗肤浅地描摹社会人生,不管社会风尚如何的影响,径直把诗的使命升至至纯至真的境界。冯至四十年代以《十四行集》为代表的诗作,展示的是一种信念和品质。他未曾脱离那个环境,而且与那个环境以及痛苦中挣扎和期待的民众共命运,他当然表达那种忧患和苦难。但是,诗人却把那种关切提炼到最深层、最本原的所在。他寻求一种诗的纪念,这种纪念是"与生命深切关联的"。

这样,我们就明白了,为什么相当多的当时引起兴趣的作品都消失了,唯独冯至被埋藏的声音今天依然鸣响在耳。他的诗因为切及对于生命的思忖与抚摸,因为脱去了切近的功利的考虑,终于获得了恒久的意义与价值。

冯至诗中体现的思想绵远深沉,但艺术风格除了整饬凝练之外,还非常平易朴实。他不华靡,也不事喧嚣,他把深情的关注和焦虑表现得极恬淡。他举重若轻,绝不故作高深令人退避。这点,对于当今诗坛,也极有启示。

"异端"的贡献[*]
——评《中国探索诗鉴赏辞典》

中国新诗是20世纪初叶一种"尝试"的产物,它因着意批判和扬弃中国旧诗品质而游离旧有的根基,它因专致取法于西洋诗歌而未能稳定成型。因此,可以视为新诗自"五四"发轫以迄于今的历史,均是试验和探索的历史。探索这一概念不仅与中国新诗历史紧密相连,而且也是中国新诗属性的一种抽象。

新诗在它的探索过程中不断积累的艺术经验,逐渐沉淀而为一种新的传统。新诗在历史演进中形成的这一传统,其作为优秀的艺术实践成果的汇聚,这一结论毋庸置疑,但当它成为一种稳定的规范时,它所生长的保守性质不能不引起人们的警觉。幸而新诗在它的发展过程中不断有不同于逐渐凝固的主流诗歌现象的前卫探索相伴而生,这些先锋性的加入与冲击,遂成为有效的活跃因素激发着中国新诗的生机。

对于占据主流地位的新诗而言,这些新的探索流派或群体无疑具有"异端"性质。但是,正因为有种种的异质不断地产生与繁衍,中国新诗才有生生不息的艺术嬗变。要是我们不确认"异端"对于新诗建设性的贡献,我们等于默认了艺术传统的单一性是可取的。但艺术史和诗歌史的诸多事实告诉我们,大凡艺术繁荣的时代,总是由于艺术思想的宽容大度以及艺术流派

---

[*] 此文初刊《中国图书评论》1991年第3期。据此编入。《中国探索诗鉴赏辞典》,陈超著,河北人民出版社1989年出版。

的竞争并存造出的结果。

　　基于上述观点,我们有充分的理由确认陈超编著的《中国探索诗鉴赏辞典》出版的意义与价值。这是一本由一人独立完成的融赏鉴与辞书的功能于一体的著作。它把自中国新诗诞生以来出现的、具有现代主义倾向的诗歌现象作了一次总体性的整理。象征派诗群、现代派诗群、九叶派诗群、朦胧诗诗群、西部诗诗群等等,这些诗群的归纳和展示体现了作者独到的判断。我们从中得到一次关于中国新诗另一面同样是恢宏景观的明确印象。

　　这本辞典以上述几个诗群为划分,收集了自李金发以后129位诗人的403篇作品和赏析。这些诗人的确定,大体说来是精当的。其间每个诗人所选诗篇的数目多寡,表明作者对该诗人地位的评价。由此,我们可以从辞典入选的篇数了解到这些诗人对中国新诗的贡献。这些数目的确定基本妥当。但如九叶诗群的穆旦入选四首,较之辛笛八首、郑敏七首、陈敬容八首,就显得少了一些。又如现代派诗群中的徐迟只入选二题,也值得斟酌。值得高兴的是,一些为读者所熟知的代表作,如戴望舒的《雨巷》、《我的记忆》,卞之琳的《断章》、《水成岩》,都受到重视而不曾遗漏。

　　辞典作者认为探索乃是诗的本性。他的"探索"的内蕴相当的丰厚,包括某首诗在某点、某方面探索获得成功的解读。包括诗的总体情绪或思维意向上的探索的介绍与诠释,也包括纯粹艺术结构上的探索性的评价等。这是一本包含评价、欣赏、史料诸多价值相结合的工具书,作者有效地把文本分析和审美感受的评赏结合起来。本书致力于融辞书、选本、鉴别多种功能于一体。这种努力无形间获得了更多机会以赢得读者的兴趣,不仅包括青年诗歌爱好者,而且也包括专业的研究工作者。

　　开放的诗歌观念,使这本著作视野开阔,气势宏大。它并不寄望于它能为读者提供一首诗的唯一权威的解释。而是认为，每一首诗都能够为读者提供不同的机会，"每一个读者就是另一首诗"（帕斯语）。作者确认对于具体一首诗而言，每一种全新的进入都是一种有价值的探索，而彼此意见的相近或相悖对于探索诗的欣赏而言，其意义是同等的。

在这种前提下，于是我们能够在愉悦轻松的欣赏状态中阅读这本有趣的书，而不怀有对于一般理论著作的敬悚之感。这本书为我们提供诸多美妙的艺术空间，与阅读相伴的是一种美感的享受和知识的拓展。例如一般认为难解的"诗怪"李金发的诗，辞典的解读却是令人感到亲切的——"李金发的诗总给人以雕塑般的坚实简洁和现代画般的光、色的新奇组合"，论及他的《里昂平中》一诗时，作者指出它是"列车上捕捉的一系列'印象'"。这就把一般认为难读的诗加以平易的导引，有利于这类诗人为更多的读者所亲近。又如当代朦胧诗运动中的一首著名的题为《触电》的诗，陈超以"严苛的自视"，"对自我的无情审判"等简洁的语言加以注释。使读者一下子就能把应握该诗的独特内涵。

《中国探索诗鉴赏辞典》不以表达著者对于列于该书的诗歌名篇的解读为唯一目的，更值得称道的是，它能够同时给读者以阅读品评方法的启示。梁小斌的《中国，我的钥匙丢了》，是不难理解的一首诗，著者不仅启发如何把握该诗意义，而且把论题加以延伸，给人以阅读方法的导引：现代诗的阅读中找到该诗的核心意象，是最重要的，找到了这个核心意象，一切的碍难都将迎刃而解。他指出梁小斌此诗的核心意象是"钥匙"，这个词"无论从其表意还是隐义上来说，都是一个强烈的寻求关系的名词"，"我们感悟到的不仅是一代人寻找灵魂归宿和忏悔过往行动的简单思想，而是一种'具象的抽象'的心灵图画。"类似的例子如对冯乃超《红纱灯》的赏析：红纱灯孤单的一轮光环，"使全诗具有了聚焦点","时代的苦闷,狞厉,诗人的孤芳自赏,都被这个意象暗示出来了。正如列宾所言:'色彩就是思想'"。

陈超这本著作给予每个读者的,远不止于对于某首诗的带有启示性的导读。也不仅是对于读者把握现代诗歌的入门方法的指导,在它的众多篇章中还凝聚着批评家对于特定对象的总体性判断。这些判断传达出作者的理论素养和文学史知识。举例如废名,他说:"废名的诗沉寂、古朴、神秘、晦涩。他既珍视直觉,又执迷于玄思,这就使他的诗牺牲了更多读者。但评价一个人的诗歌,一定不是以读者的众寡为尺度的。诗就是独立自足的生命形式,它的能否存活,存活的价值大小,完全取决于它自身的素质。"这就从不同的视点,肯定另一种价值观。它对于读者当然会有新的启发。

塞纳河畔的乡魂*
——序阎纯德《伊甸园之梦》

在北京大学先后毕业的同学中,阎纯德的勤奋和多方面的才能是让人羡慕的。作为学者,他有诸多的学术建树;作为作家,他写散文,也写诗。这次他的诗集出版,想到要我作序,我想,一方面由于我们是同校同系学友,另一方面也许是由于我对他的创作有一定的了解。盛夏苦暑,汗流如注,这"暑期作业"虽难,但于情于理,我均乐于承受。

这里的大部作品均作于他后两次旅居法国期间。这些作品确定了全书基本主题和大体风格。也如许多有过国外旅行经验的人那样,这部诗集向我们描述了许多域外风光见闻。因为用的是诗的方式,自然更增添了新鲜动人之处。登埃菲尔铁塔看法兰西天边的云彩;步行香榭里舍大街想象欧罗巴被浸泡成玫瑰模样。疯长的野罂粟别有一种风情;地中海的月色迷蒙;蓝色海岸的潮音悦耳……他给了我们新奇的声音和色泽的满足。但这一切并非阎纯德的独特贡献,这是一般作家都不难到达的目标——只要他亲历或有过这方面的知识,并辅之以相当的艺术表达能力。

阎纯德的诗艺可以认为是严谨意义上的传统方式。在目下新潮迭起之际,有人或许会对传统的表现方式加以轻忽,其实乃

---

* 此文初刊《博览群书》1993年第2期,收《永远的校园》,写作日期为1991年8月10日。据《博览群书》编入。

是一种误解。艺术有新变,而且总在这种变革中获得生机,但与此同时,那些体现稳定价值的因素也不会消失,它会在严肃的创作活动中继续生发积极的影响,诚然,阎纯德的创作中也存在缺陷,但那些富有生命力的艺术品质,却促使他成为一位真诚的诗人。

一颗对于天空、大地以及人间情爱的真心,出之与这些内容相适应的艺术表达,这庶几可认为是诗的真谛。阎纯德的诗有属于这方面的纯粹性。一本《伊甸园之梦》反反复复讲的大体是人间的爱与思恋。诗人出身乡间,有过苦痛的童年的记忆;在他通往成功的人生途中,相依相伴的是大目标的奋斗。但他常想起黄河岸边的母爱与乡情。即使他那些有着稚拙艺术气质的早年之作,也能以挚情动人心弦。这说明他拥有作为诗人最值得珍惜的品质。

前已述及,阎纯德的大量作品是旅外的诗情诗意的表达。这种表达不停留于一般层次的异域风光和人民友谊的描写,而是通过特殊环境写他的特殊心情。他在传统的离愁别绪之中融进了特定时代事件造成的心灵投影。那些让人失去宁静的心理情绪因素,给他那些法兰西风物的再现增添了特别的氛围。这就使他的一部分诗超越了一般旅外诗篇达到的高度。

在一般的旅外诗中都会涉及羁旅情思以及乡愁,但阎纯德展现的那一片心灵世界充填了巨大的孤独感,甚而隐隐透露出潜深的忧患。这使他的诗获得了有异于众的艺术特征。这是他的《旅人》:"昨夜,石枕下一梦未成,雾海天涯拨不开沉重。"石枕是奇特的意象,但与后面的雾海中的沉重相联系,便获得了合乎情理的完整感受。

孤独是诗人力图回避而又无法拒绝的字眼,这字眼在他诗中一再出现。一种欲说还休的矛盾心情,终于使这种孤独感取得弥漫性的后果。这种孤独不单单属于个人或家庭,而是一种时代气氛的引发。这是《孤独岁月》中的诗句：

  古长城是一座化不开的孤独
  漫漫岁月是一部写不完的痛苦
  ……
  沉落的太阳声明不再升起
  雾海千里终于露出岸上的光束
  星星和月亮还呆在盲人的队伍
  河汉无涯，赶不走那个孤独

  家园在他的想象既清晰又模糊，因此他想起自己的乡土总是雾海中的迷茫。漂浮于这茫茫之中的是无所不在的空漠和孤寂。但诗人表现这漂浮时却是无比的沉重。这些迷茫之中的沉重，眼前的繁华与心灵中的孤寂，是他的旅外诗篇中充满创造性的精神晶体。《月下》是一首优秀诗篇。在那里，他把那种空漠和沉重表达得相当充分。总体看该诗，是个有特指性意象的精心组合而极少概念的铺陈。"法兰西月亮画出一个寂寞"，这是并非状物而以写心为目的的惊人之句。随后是——

  塞纳河的情绪是一篇绿色评论
  黄河的泪水一夜间结成万丈冰坨

  为什么不是"波浪"而是"情绪"？情绪为什么是"评论"而不是其他？现在看来，说阎纯德的诗艺是严谨意义上的传统方式有些不对了。仅仅上述诗例便又看出他的非传统色彩。塞纳河和黄河是万里的阻隔，绿色评论的情绪与泪水结成冰坨之间的巨大反差，通过浩茫时空的距离映出异地同心的悲凉。从"另一个天空属于儿女"到"空灵的影子一片缄默"，那法兰西的月亮造成的特殊悲凉情怀，有着极沉重的分量。

  乡情是阎纯德诗的基本主题。越过黄河故道的凄迷，那些痛苦童年记忆的模糊，叠印在地中海蓝色海岸和世界花都奇丽风光之上的,是一张张让人心弦震颤的情感画面。他不断在心灵浮出寻觅昨日和历史的足痕,他总是在极鲜明的对比度中展现惊悚的场景。又是一个塞纳河畔夜风拂煦的时分,有一个悲哀的联想浮现心头:"几颗星斗化为石头陨落荒滩,它没有遗嘱,只有黑暗"——

> 闭上眼就是深圳海南黄土高原
> 我的家乡至今还是油灯一盏

这些很实在的句子让人感动,这就是真情动人。以上是《巴黎之夜》。想象中香榭里舍大街的流光溢彩与黄河边村落的一灯如豆的对应,是如何的牵动万里外的一缕乡魂!还有《秋吟》:"一场秋雨悄悄打湿了我,一个家乡留下两池残荷;塞纳河无声地幽幽远去,唯有我孤独寒秋苦守寂寞。"又是一个孤寂的主题。那种"苦守"不仅由于乡情,更有深层的内蕴。诗人"枫叶般的秋心"和他心灵上的浓重秋意,都是一种历史沉淀的产物。这一层诗意浓烈而沉郁。由此,我们体察到的不是单纯的,而是充满内在精神苦闷的复杂性。

阎纯德的诗可贵之处在于这份纯真。他讲:"我不是大山,无力扼住凶悍风雪","我不是地火,无法为生活再添半边感觉",他只是在月落涛声远去时节等待于茫茫黑夜。他没有那种矫作的豪语。当我们厌倦那无边无际的谎言与夸饰,听到这种发自心底的真情,真切感受到诗的真谛抚慰的兴奋,它让人窥及灵魂一隅的真诚的光辉。

《伊甸园之梦》所收诸作时间跨度很大,水平亦有参差,但细心的读者,不难以从中获得有益的发现,从而和我一样乐于肯定诗人具有自己特点的精神和艺术力量。

多元秩序与文化整合[*]

在急促而多变的二十世纪,我们居然能够保持一个完整而近于封固的文化大陆;当友邻的古老文明相继黯淡以至消失的时候,我们竟能安然度过历史的裁夺而存活至今,这个大一统的文化生命力之顽健实在惊人。中国百年来的衰危有众多的原因,但对传统文化的怀疑与批判始终是近代以来先进知识界关注的题目。

大一统文化对一切"闯入者"有强大的融解力。它因长期缺乏竞争对手而显得自足,于是造就它封闭、保守、自大以及缺少弹性的品格。这一古老文化长久而全面的笼罩,构成民族心理的整体疲惫感。我们有过冲出自足心态的汲取,也有两种文化碰撞所产生的激动,但终于又在其大无比的浸漫中消解。这原是一个浩瀚而充满活力的内陆海,如今却更像是一片望不到边的沼泽地。

曾有几代的盗火者,盗取了外来文明的火种,但似乎未经点燃便为无边的暗黑所吞噬。反视这一百年,我们仿佛是希腊神话中那个受惩罚的人:他竭尽全力推石上山,然后那石滚下来,他再推,又再滚回原地。在这个世纪行将结束的时候,想起本世纪第一个年头梁启超在《过渡时代论》一文中对中国所怀有的希望:"今日中國之現狀,實如駕一扁舟,初離海岸線,而放於中流,

---

[*] 此文初刊1991年8月《二十一世纪》第6期,收《世纪留言》。据《二十一世纪》编入。

即俗语所谓两头不到岸之时也,"令人惊悚一百年即将过去,而中国这只船仍然如梁启超当日所看到的在"两头不到岸的海中打旋"。

打旋就是画圈。当中国在不断画圈的时候,世界正沿着一条线向前走去,它用惊奇的目光看着这条龙演出一幕又一幕如同"文革"那样自戕的活剧。我们总是期待一种新质的引进与加入,但是大一统文化的吞噬力总是能够把那归化为旧质。思想和文学中的忧患意识与悲凉感由此而生。那么,难道我们只能永远受罚,永远充当世界的弃儿或准弃儿,我们将何以自救?生活在大陆的中国人似乎疑虑重重、忧愤更深。

中国传统文化不能等同于罪恶。它的灿烂辉煌虽不宜永远陶醉式膜拜却有待积极的择取与承传。改造旧有文化使之适应现时的潮流以应国人的进步要求,也仍然是当今知识界的要务。国门的重闭是难以想象的。门即不关,就有风不断吹来。这局面也许与本世纪的任何时期均有不同。然而,为进步计,我们仍要冷静省思我们的文化策略。

大一统的文化所具有的广袤的覆盖面与强大的凝聚力,曾造成中国若干朝代的繁荣,但由此派生而出的全民族的恋旧心态与缺少自新的创造精神则是事实。我们总是以沾沾自喜的口吻讲述中国的四大发明,我们为什么不反躬自问:发明了四大发明的后代为什么会以落后者的形象出现在世界?

大凡容许多种文化存在、参与竞争的时代,总是充满活力的时代。异质的加入提供了另一种参照系统,并能生发改造的动力以健全自身。远的如盛唐,近的如清初,再近的如五四,都是多元文化的并存竞争促进社会进步的先例。马克思主义也是外来文化,它的进入也曾激发过社会的生机。从文化生态的角度考察,多一种或数种的参照无疑会因差异和矛盾而激活思维,导致民族精神的富有。要是此论可以成立,则对于多元文化秩序的期待便具有合理性。

百年来的国势艰危，造就现今不统一的政治地图。同一民族同一文化的人为割裂是民族的悲剧。所幸在那些地域如台湾、香港、澳门的文化也都是各自的人文环境中发展。这种共时空的各有特色的发展，无疑提供了一种机缘。

国际化的商业、金融中心的香港，能够为我们提供在国际性的环境中中国文化如何适应世界现代潮流、及其与西方文化和平相处并吸收其有益养分的经验。中国文化在台湾的发展体现了中原文化向着海洋延伸造出的更为潇洒灵动的特点，那里的环境有充足的条件可以促进中国与西方文化的交流和融汇。中国大陆是本土文化的母体，它的沉郁浑厚、它在通往现代化进程中的艰难步履，以及在重建大一统所受的挫折，都是统一的中国文化在不同地区的独特体现。

我们若是把意识形态的歧异暂置一旁，把这些由政治地图分置的文化现象加以归纳，我们眼前便出现一个大中国文化的总体形象。这种归纳不仅是超意识形态的，而且是具有巨大包容性的。我们把彼此的缺陷互补为共同的文化优长，这就是一个统一文化之内多元并存的驳杂与繁富，恰好应验了我们久远的文化加入与改造的期待。

一方面，我们继续把目光投入黄土地边界以外，让那些熏风浸润我们刀削一般的干渴的高原与沙漠。一方面，我们反顾自身，承认此种多元秩序的合理，不是如同往常地把它重新整一，而是在一个文化母体之内渗透若干新质和异质，借以润滑我们的肠胃，让我们在自身体内开始新陈代谢的运作。

也许我们会结束那冲突又沉寂、开启又闭合、始终画着那阿Q式的圆圈的悲剧。二十一世纪对中国人来说仍然是悲凉的，它只是一个未知数。

生命的投入*
——奚学瑶的散文

有一缕怅惘的情思弥漫在《旅痕》的篇页间，文字说不上奇警，却有一份真诚。这些真诚的文字已经唤来了我的更为浓厚的人生失落的感慨——我比《旅痕》的作者年长，在北大对作者而言可算是师辈一类的人物了，但我们只是朋友——我相信，它也将唤起比作者年轻的朋友们的共鸣。因为他倾情怀于人生际遇的沧桑，年龄不同，阅历各异的人们将从中得到醇厚的品味，如同一杯冒着热气的苦茶。

奚学瑶这些记载着他的人生之旅的痕迹的散文，不论是姑苏钟声流韵的回忆，还是重返燕园的感兴，都渗透着一份对已经逝去的青春岁月的眷眷和步入成熟人生的忐忑。他把自己热烈的青春追求壮丽图景铺展在我们面前，青春时代的理想光环依然闪现在他的心路历程。他忠实地写出那种赤诚，不掩饰它的天真幼稚，也不追悔当年的莽撞，却始终拥有某种自豪感。我依然是我。

遗憾的是青春年华正渐渐远去，中年不知不觉地来了。当人生的经验有足够的自信可以面对忧患，却有那种失而不再的惆怅占领了情感的天穹："如今，鬓微霜，人半老，心里难得清净。倘若神情飘逸，翩翩再作少年之游，虽掷百金，又何足惜！"这些

---

* 此文初刊 1991 年 9 月 3 日《三月风》1991 年第 9 期，收《永远的校园》。据《三月风》编入。

话,从动荡时世失去机会的青年学子口中道出,使人不免感慨人生的匆促。

奚学瑶专注于散文的创作和研究已经有年。他是有成就的。尽管他的创作在个人风格的形成方面还有一段路要走,但他的确在这一领域已经有了属于自身的思考和追求。他把握了人到中年这一人生转折期,以真挚传神的笔墨曲折道出此一阶段的内心丰满性。这一题材的开掘,无疑使他的散文拥有了有异于一般性的新颖天地。

刚刚跨入中年的人生阅历,与一般年长者回顾往昔不同,因为这一阶段靠青年最近,特别是生当失去青春或者无视青春的异常年代,他们的失落感更为浓重。仿佛是应当属于他们的,而他们却空无所有;不仅于此,却拥有了过多的血泪的浸泡。这种感受在奚学瑶的《祝福》中有精到的传达。那是一个有月的海滩,一对青年男女在蒙蒙月色中嬉戏。作者的笔墨一开始便有一种沉重的叹息:"这一弯月牙,今天已不属于我了"——

"我也有过他们那样的青春,我们也曾相爱过,但哪里像他们爱得那么自在,那么洒脱?……当我们懂得享受恋情的甘甜时,光阴已经逝去。"

他真挚地为那一对情侣"祝福",这深情传达出来是一股无以补偿的浓重的遗憾。

奚学瑶散文中友谊所占分量最重,关于友情的描写同样地渗透着中年的忧患,特别是这种描写愈是融解了异常浓厚的眷眷和怀想的时候,这种忧患便愈是不可控制地从字里行间涌出。《人生不相见》写一位朋友举家来访,其中已经出现的下一代人的友情占了很多的笔墨,最后是不得不有的离别:"火车走远了,身后留下的是长长的铁轨,沉重而冷落","人生的一朵浪花已经逝去了"。沉重而冷落的铁轨,是一种绵延不绝的友情的牵延,牵延之中渗入了悲哀和空漠。而那种一旦松手便难重握的刹那感受,却是中年人的人生忧患的展示。

笔墨最为从容,内涵最为丰富的文章要数《鹰鸽夜话》。这篇对话体的散文,以北戴河的鹰角亭和鸽子窝一鹰一鸽的联想立意。鹰鸽看似对立,却可以对话、沟通并相互理解,鹰鸽互异而互补,鹰鸽各自特性的融合,其中有许多人世经验和哲学意蕴的阐发。但也随处可见作者借客观形象的"自我造型":"如今,我的血已经消冷,满脸是岁月侵蚀的皱纹。当我像化石般凝固在海边时,我时常回忆起青春时代的追求和搏斗。平庸地处世,年年月月相似;顽强的拼搏,百年记忆犹新。"透过这些抒情语句,依然可以体味到豪壮背后的沉郁。

奚学瑶几乎每一篇文章都可看做他的内心独语。尽管他可能涉及更为广泛的题材。我们同样可以从中感受到赤子心的搏动。的确如他所说:"青春理想的火焰,虽未曾被'文革'暴风雨所扑灭,但其鲜明的色度,已化作凝固的血痕。"我们正是从火焰——血痕这鲜赤的轨迹里,感受到刚刚告别了青春时代的理想者的忧乐。正是那些悸动的心房和奔涌的血流,让我们重温动荡年代留于我们的记忆。对于未曾经历那一切的更加年轻的后来者,他们依然可以通过这些浸润了泪水和血滴的篇章,感悟中国知识分子特有的痛苦和欢愉。

散文是一种容易写但又不容易写好的文章。其间有技巧和运作是否妥当的因素,但主要的却在于对这一文体特质的认识和驾驭。散文不论写的什么,归根结蒂可以说是都在写自己,也必须写自己——不论采取什么方式。奚学瑶说的"生命的投入"很精到。散文的特质已有许多人论及,形神上的散漫或整饬是重要的,但生命的抛掷与投入却比什么都重要。无论在什么样的空间和时间里,都有、也都要有自我在。奚学瑶很看重这种自我的投入,他看重当散文展现主观或客观世界时应有真性情和真生命在。

　　他正是如此实践的,读他的作品也有不满足感:叙述方式失之单调,作品内涵失之板滞,具有传统精神但缺乏现代感;有时抒怀过于直露,有时结构不够谨严,有时不注意巧思,但他那种全身心投入的姿态却非常真挚。正是这一点深深地感动了不同年龄的读者,例如开篇谈到的那种怅惘感,正是真实生命的体现给予读者的无所不在的感染。

　　他的散文是一幅幅油画,它们的背景是渐去渐远的那一抹日光,与此同时,黄金般灿烂的夕照浮雕般涌现,而后,正面展开的是一个非常壮阔的沉郁而苍茫的场面——

　　蓝色的穹幕,隐现淡淡的黑色,静穆中凸现着悲哀。

停止游戏与再度漂流*

无论是从正面或是负面的价值角度来看,作为一个文学阶段的"新时期文学"已告终结。这是一个以纠正文学的偏离与变异、冲破禁锢并最终实现艺术自身的变革和文体革命为基本内容的文学时代。现在,十年前开始的文学急流已经涌退,随之而来的是冷静的回望与总结。热度过高会引起爆炸,冷却一下不无好处。

在反抗超负荷的社会承诺中出现的"玩文学"说,作为校正历史偏离的副产物,原是可以理解的现象。要是我们鼓励文学全面恢复它的多种职能、包括休息与娱乐的职能。我们当然对这种存在不会大惊小怪。但是,现在我们却不能不对这种现象进行新的审视:当生活变得不那么轻松的时候,当文学的环境也并不那么良好的时候,我们的作家和批评家仍然理直气壮把对象当作手中的玩物,是否有点近于残忍! 于是,我们不能不从内心发出吁求:停止游戏!

当前,切近生活的呼声已起于四野。激进的一方和保守的一方,甚至中间的又一方,都不约而同向着这个目标靠近。在九十年代,一种我们不愿看到的思想将成为主流:文学无疑将重返现实的地面。于是,我们不得不重新面对这样的事实:我们在反对自身。

---

* 此文初刊1991年9月25日《当代作家评论》1991年第5期,收《世纪留言》。据《当代作家评论》编入。

以往十年，我们竭力争取的，是文学结束非文学依附与漂流，从而找到并回到自己的家园。我们以这样的争取而作出一个庄严而不免尴尬的宣告：文学不是其他，文学是文学。要知道，对于本来就充满喜剧色彩的中国文坛，这种看来等于一句空言的宣告，是以血泪为代价换来的。现在我们又向着我们反对的东西肯定。我们再次由衷地（当然也是身不由己地）否定我们自己。我们的呼吁本身就构成了讽刺——我们仍然希望文学的非文学倾向。

中国文学无所不在的忧患原是与这个民族的苦难相联系的。历史上我们曾有多次为救亡而驱逐美神。为了使文学有助于社会而心甘情愿否定自我，于是我们的文学不得不离开家园而浪迹他乡。此刻，二十世纪的太阳已经昏黄。中国人以紧张而又沉重的心情面对本世纪最后几年。这又是一个充满忧患的年代，作家的良知诱发了那个声音：停止游戏。

这是否意味着又一个循环的开始？当文学倾全力关注着现实的积重、负有庄严的使命感的时候，文学往往便呈现出忘我状态，文学于是也忘了家园。那么，停止游戏是否便意味着再度漂流？我们的文学什么时候能不再重复西绪弗斯的悲哀？

高空带电作业[*]
——序《诗的哗变》

这一片园地如今是显得有点清寂了。当年那些充满激情的拓荒者已经星散。踩着前行者的足迹并决心超越他们的后来者,似乎也在困顿的境遇中喘息。这情景总觉得有点像退潮时节的海滩,留给我们的只是对于昔日喧哗的追忆。

幸而还有像陈仲义这样痴心而又不惮危殆的他自己称之为的"高空带电作业"者,他们默默的坚持,带给我们以寂寥之中的慰藉。本书作者追踪现代诗潮的脉流,并对之施以独到的诠释和有效的总结,这工作他已不懈地进行了多年。他当然面临了困难。他所面临的困难并不是他所独有的。不同的是,当许多曾经坚持的人把目光移向别处的时候,陈仲义依然专注着继续自己的思考,并且不断有新的成绩被创造出来。

无论是谈论新诗潮或谈论后新诗潮,这些题目的先锋性质决定了浓厚的论辩色彩。我们的最大困难是我们不得不和那些无法对话的人们对话。其结局当然也是注定的。本书作者对这一点了解得很清楚:他看到"沿袭已久的批评尺度"的乐此不疲的使用,以及"以非艺术的外力对待艺术本身"的惯性运作。但他还是辛勤劳作于艰难困苦之中,他的执著与坚定使他的理论

---

[*] 此文为《诗的哗变》序。初刊1993年1月31日《文化参考报》,题《高空带电作业——序〈诗的哗变〉》;收入《诗的哗变》,陈仲义著,鹭江出版社1994年6月出版,写作日期为1991年初冬;又刊《厦门文学》1995年第4期,题《〈诗的哗变〉序》。据《文化参考报》编入。

阐释获得了广泛的共鸣,这当然是指那些可能引起共鸣的对象而言。

对于纷繁的世界,诗的批评只是小小的一隅。陈仲义如此固执地在这一方天地中坚持自由的思考,他一定相信时间公正的裁断。但这的确需要特殊的坚忍的品格。中国的时间有时表现得相当的冷酷,它无顾忌的延宕足以使血性男儿心灰意冷,有人因这种对于世情的熟知而取玩世或欺世的态度,但诚实者却愿为此付出漫长的漫长的寂寞。陈仲义现在从事的无疑属于后者。

这本著作是作者继他对《今天》以后的新诗潮作出总体的系统的观照的历史性延伸。追踪中国现代诗发展的轨迹,使他的诗学理论的探索更为宏阔、深邃,他的诗学思考因这种紧密的追踪而更具有先锋色彩,这一点是相当引人注目的。

陈仲义上述思考的"逻辑起点"是:现代诗是新诗发展的高级形态;中国新诗成熟的标志不是建立一套或数套格律形式,而是以现代诗的全面确立为其准绳。也许是对这一基点的信守过分的热忱和执著,他们全部精力都倾注于对他称之为"新诗转型期、哗变期与聚会期"的阐发。人们可以呵啧这一起点的偏执,但必须承认由此出发可达到的深度和宽度。

他的建设性批评品格促使他与尖锐抨击鱼目混珠的杂芜,毋宁倾全力对诗的现代性的哪怕是萌芽性质的开掘与张扬。因此,当中国诗歌的后现代主义诗潮受到肆意奚落的时候,正是他的理论坚定性经受考验的适当时机。他锐敏的和迅捷的反应令人惊叹。他毫不迟疑地把第三代诗现象纳入他的诗学理论构想的框架,以前卫与辩证的视野,全面检讨其得失、功过。他的捕捉之网确实抛撒得相当开阔,从第三代的文化、哲学、语言、生命、思维、美学,直至具体的艺术手法逐一涉及,以致使这部书稿成为当前中国大陆关于后现代主义诗歌最具规模的专著。

陈仲义这一开发性的工作,无疑将为置身于这一大潮的跋涉者一个极好的反视参照的机会;给大量跟随而来的造访者以一把进入阿里巴巴洞穴的钥匙。同时,也是对那些早已丢失艺术感应力的、我们深深感到无法沟通的人们送去一些他们难以拥有的冲击与激动。

作者似乎在走着一条学院与非学院派治学方式交织的路。他凭着原来的诗创作的底子,他似乎并不情愿做大量枯燥而缜密的论证,而宁可听凭"感悟"的引领而登堂入室。他着意于在全面铺陈之中闪烁其沉着的机锋,有时则不免流露出点炫耀华彩的流弊。

在中年的诗评家队伍中,陈仲义属于少数不太露声色的前锐,而在年轻人那里,他可能被目之为持重的稳健派。但陈仲义的理论机锋是无可置疑的。他频频发出的诗学挑战,足以使那些神经麻木者昏厥。深愿作者继续张扬探索的锐气,在当前无边的索漠和可能到来的诘难中,始终坚持自己的思考和保持独立的理论精神,这则是本序文作者的真诚愿望。

我们面对一个海[*]

　　这位智者对于中国新文学的贡献是他人无可替代的。的确。在她的身前身后有很多杰出的人物,其中有些人的成就也许为她所不及,但她却依然是不可替代的。中国充满激情和悲哀的现代文学史,仿佛要留下客观而公正的历史见证人,使其中的几位为公众所景仰的前驱活到今天。我们有幸成为他们的"同代人"。我们不仅能够从他们那里得到真实的文学历史的知识,而且能够亲自受到崇高的道德文章风范的熏沐。

　　冰心诞生在二十世纪第一响晨钟之中。她是本世纪在中国发生的所有重大文学事件的目击者与参与者。她在回忆中为我们保留了一位生在东海之滨而受业于北京古都的青年女性对于"五四"运动的热情和智慧。好像是听从了心灵的召唤,冰心在历史的两个关键时刻从域外回到生她养她的本土。那情景很像是她早年所译的纪伯伦的《先知》所昭示的——

　　　　然而我不能再迟留了。
　　　　那召唤万物来归的大海,也在召唤我,我必须登舟了。
　　　　因为,若是停留下来,我的归思,在夜间仍灼热奋发,渐渐地却要冰冷变石了。
　　　　我若能把这里的一切都带了去,何等的快乐呵,但我又怎能呢?

---

　　[*] 此文初刊 1992 年 1 月 25 日《当代作家评论》1992 年第 1 期,收《世纪留言》。据《当代作家评论》编入。

......

　　现在,他走到山脚,又转面向海,他看见他们的船徐徐地驶入湾口,那些在船头的舟子,正是他的故乡人。

这是一位爱国者的归来。冰心留学美国时多次讲过,"北京纵是一无所有,然已有了我的爱。有了我的爱,便是有了一切!灰色的城围里,住着我最宝爱的一切的人。飞扬的尘土呵,何容我再嗅着我故乡的香气"。

冰心后来如同中国所有作家那样经受了艰难的岁月,但慈爱和博大使她能够战胜那些磨难而保全了纯净的心。这位以大海和母亲为基本题材的作家,整个的创作生涯中并没有惊天动地的奇迹发生。她不是那种振臂高呼的文坛猛将一类人物。她不事喧哗地默默地写,已坚持了将近一个世纪。仅仅是这般的持恒和坚忍,便足以使我们这些后学惊叹。更何况,她在如此艰难之中生存和行进而始终不改她的襟抱,我们看到的是从来如此的冰心,即使是面对风暴和雷霆,她也有一份从来如此的安详。多变的环境使一些人不断改变自己的颜色,而她却始终在不被人注意的一角暗暗散发着固有的芬芳。

要是把那浮嚣的赞词加在这位平凡女性的身上,将是对她的不敬。但我们有更充足的理由评价她在整个新的文学建设中的贡献,冰心是中国新文学第一位以较为全面的创作覆盖,而在小说、散文、诗和儿童文学诸品类显示独特风格并卓有成就的女作家。在一些文学门类中,她还做出具有首创意义的重大建树。

冰心最早参加新诗的建设。她是小诗运动的倡导者和积极实践者。《繁星》、《春水》两部诗集是这位女诗人为中国新诗提供的两块奠基石。冰心自称这些诗是受了泰戈尔《飞鸟集》的影响,是立意不在写诗而只是"把自己许多'零碎的思想'收集在一个集子里而已"。冰心这些诗作尽管显示了新诗草创期的实验性的幼稚,但她的灵动的活泼思想的自由表达,以及人生的哲理思考于一般抒情之外的加入，无疑为初期白话诗输送了新血。中国新诗史无论怎么写都不会遗漏冰心的创造性贡献。

一个作家能够在某一个领域做出成绩并让人记住，已足以让人羡慕，而冰心拥有的却不限于一个领域。冰心的文学成就中引人注目的还有散文。她的《往事》、《寄小读者》、《南归》都是现代散文的杰作。特别是《寄小读者》，它不仅是文情并茂的散文，而且具有文体开创的意义。在那里，作家把通信的形式引入散文，她把人生感悟和自然景物以亲切的方式做出最为内心化的倾诉。冰心创造了清淡与华采结合的风格。对象是"小读者"却并非通俗读物，高品位的审美趣味以及高雅典丽的文采吸引了所有的成年读者。

冰心早年留美受到西方文化的熏陶，她的艺术追求倾向于现代，但却有全部丰厚的中国文化、文学传统做后盾。她当之无愧是学贯中西。吸收、熔铸之后体现的广博，使她可以和中国现代最博学的一代学者、作家相比拟。我们在冰心身上看到了古典和现代、中国和西方的完美结合。

说冰心是一个海，是就它的浩瀚与博大而言。我们面对冰心的著作会感受到无言的抚慰和温馨，她的人性和人道精神是一贯的。她通过亲身的感受褒扬了人类生生世世相传的母爱，而后，她自己又身体力行地薪传了这种情感。作为文学前辈，冰心对有才华而又勤奋的后来者显示出宽容博大精神，她显然是在这种才华与人格的展现中看到了中国文学的今天和未来。在中国，冰心与青年作家的关系的良好是一种楷模。

但冰心并非一味的温情，她也向人们显示她的品格的另一面，即对虚伪、邪恶以及心术不正表现了真正的嫌恶。愈近晚年，人生的阅历愈是丰富，她的憎爱也愈见分明。冰心的性格与文风是充分女性的，但冰心的女性温婉之中显然透出一股凛然的坚定。《寄小读者·通讯十八》说到她在日本参观中日战争纪念馆,作为自称为"弱者"和"没有主义的人",她"如泉怒沸"地写了如下的话——

> 为着正义,我对于以人类欺压人类的事,似乎不能忍受!

她举例说,假如弟弟要我手上的糖饼我乐于给他,但他若要强行夺取——"为着正义,为着要引他走公理的道路,我就要愤然的,怀着满腔的热爱来抵御,并碎此饼而不惜。"

"并碎此饼而不惜",这就是冰心性格中抗争的一面。这一面被她平日的慈爱安详掩盖了。如今我们面对的这位作家,她在文学创作方面所提供的营养哺养了整整几代人。她在若干文学品类例如散文和诗等方面所提供的价值,已经成为中国现代文学史上不可更易的记载。但这些并不足以说明冰心赢得人们敬重的缘由。很明显,文学创作获得成就的人未必都能获得人们与之相应的尊敬。冰心将近一个世纪的人生实践,实现一种文章与道德高度和谐的风范。我们由衷敬爱的这位文学前辈,她在跋涉文学长途通往艺术审美的顶巅的同时,无疑也向我们展示了她人格的全部辉煌。

1991年12月1日　急就于北京的寒风中

地火依然运行
——中国新诗潮论

此书由上海三联书店1991年3月出版,为文学新论系列之一种。据此编入。此书中"现代意象诗(二)"一章与《诗人的创造》中"意象篇"有重复,为保留此书完整,仍在此书中收录。

中国新时期诗歌变革的潮流
代自序

　　新诗潮发展到现在已经有几年了,这几年是我对新的诗歌现象不断理解的过程。我觉得新的时代出现了很多新的现象,包括诗歌现象。因为是新的,是我们所不习惯的,所以就需要了解它。现在常讲代沟,就是不同年龄、不同层次的人不能够相互理解。有些人理解自己熟悉的东西,不理解自己所不熟悉的东西,像我这样的人,可以理解我的师辈,也可以理解我的同辈,我理解他们痛苦的追求,追求的痛苦,但对于我的晚一辈,我的学生就不能够很充分地理解。几年来,我也是在进行着一种很痛苦的接近与理解的过程。我觉得时间是最宽容的最有耐心的,它给了我们很多机会。这几年,有的青年朋友说,谢冕也变得保守了。这的确是,我也有很多事情不能理解,这是很痛苦的。因为我做的是教师工作,我接近的是不断更新的年轻人,我如果不理解他们的思想、情感、追求,我将无以教人。我在研究中不断发现自己的不足,我愿意把一些情况介绍给大家。

　　开始,我是满心兴奋的,在反思的基础上,我看到了新的崛起;继而,我想宏观地了解一下中国诗歌从"五四"以来的发展过程;到了去年,我开始在研究生和进修生中就艺术流派和艺术群落问题进行一些具体考察。这也是我的薄弱环节。这项工作进行了以后,我觉得还不够,因为不断有我们不熟悉、不理解的新的诗歌出现。于是今年,我们进行更加微观的研究,十几个人在一起,一首一首地剖析。一首诗,在我们面前展开了一个陌生的世界。理解这个陌生的艺术世界是要花费功夫的。当然在这个过程中,有些问题我们与它有隔膜,甚至不能容忍它,不能和谐地共处,但是我觉得这种互相接近、互相理解的精神无疑是很重要的。许多青年诗人的诗歌,都是这样一首一首地在我们的课堂上阅读、研讨。这样的工作非常需要。不同的艺术观念,不同的文化背景在这个新的时代里互相冲撞,互相折磨,是很痛苦的。我们经受了这种痛苦,就会进入一个新的境界。

再一点是关于新诗潮的概念。这个概念是我比较早地在北大使用的,我不知道别的朋友是否同时使用或在这之前已经使用了。为什么要使用"新诗潮"这个概念?我觉得"新诗潮"是对"朦胧诗"及"古怪诗"概念的一种矫正。朦胧诗的概念不够准确,不够科学。新诗潮的含义,就是新时期诗歌变革的潮流。变革是对不变革的固化状态的诗歌现象而言,因此新诗潮是特定时代的产物。中国社会结束了长期的自我封闭,自我封锁,向着世界开放。外界很多新鲜的东西敲打着中国的窗户。我们正处在"五四"以来第二次非常巨大的中西文化交流的时代。在这样的时代里,我们的文学包括诗歌当然要求和世界取得共同的语言,要求我们的诗歌和世界诗歌取得同向的甚至是同步的发展。可以说开放的时代塑造了诗歌的新形象和新品质。变革的内涵,是从封闭性的文化性格向着现代倾向变革。我同意不用现代主义也不用现代派的概念,"现代倾向"更为恰当。我们还谈不上准确、严格的现代派和现代主义。我们同西方,背景不同,时代也不同,我们是从封闭的文化性格向着现代倾向的一种推进,或说逼近。因此新诗潮主要是针对一种旧有的艺术规范而发的向着现代倾向发展变革的一个诗歌潮流。在这样的含义下,无论诗人是什么年龄,什么风格,属于哪个艺术流派,只要具备了这种逼近和推进的性格,他就自然地加入了新诗潮。

变革又是什么含义?我觉得在广泛而严肃的历史的反思的

基础上,变革必然带有很鲜明的批判性,它包含了对阻碍新诗发展的消极因素的否定。有一个趋向应该注意,新诗潮是力图摆脱农业小生产的文化形态,向着现代城市文明接近。现代人的思维方式,现代人对人的思考,无疑是新诗潮现代倾向中非常合理的因素。这样,新诗潮的广泛的包容性就是有条件的,不是无条件的。考虑新诗潮的时代性或时代感时,我们不可忽略一个重要因素,就是十年的社会动乱,以及为了结束这个动乱,人民群众采取的一个大的政治示威运动,即天安门诗歌运动。尽管这个诗运并没有提供诗歌艺术变革的更多的事实,但新诗潮是天安门诗运的直接结果,因为天安门诗运点燃了对以往的虚假诗歌的最早的叛逆情绪,而这恰恰是新诗潮的灵魂和核心。天安门运动改变了中国人民故步自封又自满自足的传统心态,这种心态也在我们的诗歌中表现出来。结束了这种心态,中华民族终于成为一个世界公民,我们在与世界的比较中感觉出自己的可悲的落后与可悲的愚昧,于是我们获得了一个非常广泛的视野,这就是全球视野,全球的文化观念。于是在新诗潮的观念中就理所当然地包含了加入世界诗歌的观念。

概括起来,新诗潮的内涵包括三点:一是时代性,二是现代倾向,三是开放体系。

1986年6月29日在北京作协召开的新诗潮研讨会上的发言,于南口。

导论一

中国诗的和平骚动

始于诗歌的中国艺术新革命——传统文学实绩的恢复与超越——向着表现内容、表现形式与欣赏趋势的双重挑战——太阳的碎裂以及无数星体的发光

始于诗歌的中国艺术新革命

中国发生的这一场文学艺术的变革,始于诗歌。一个动荡的时代选择诗歌宣告它的结束。这就是著名的天安门诗歌运动。天安门诗歌运动是中国传统的以诗言志的文学功能的全面体现。它使原先沦于虚假的文学品种变得重新有了价值,人民终于从诗中发现了力量和希望。诗歌真实性的复归,唤来了文学艺术的新生。从那以后的数年间,中国文学艺术发生了惊人的巨变。

对这一巨变实际内容的表述,大约不外为:一、对传统的文学实绩进行了全面的恢复和更新;二、对恢复和更新的文学实行了挑战性的超越。这个巨变在诗中体现得尤为鲜明。在中国文学艺术变革浪潮中,诗是始终令人关注的题目。长得最高的树,最易受到雷殛。对于传统观念有较多质疑的文学品种,它受到的折磨与痛苦必然是严重的。诗歌是一个缩影,它记载了处于文明与愚昧的世界性冲突中,中国这个长期封闭的社会所给予它的可能有的不安与躁动。

传统文学实绩的恢复与超越

与动乱的政治局面结束的同时，诗歌开始了全面的恢复。一方面，人们仍然不能忘怀于发挥它对社会的现状与发展的可能施加的影响；一方面，人们由反思时代灾难而不由自己的涉足于个人与家庭的悲剧，从而推进了诗的个人化的反向发展。

艾青最先唱出《归来的歌》。他举着传统的《红旗》出现在久违的读者面前，声明自己依然属于鲜红的旗帜。同时，他对原有的艺术信仰不经意地作了不和谐的反应。他发现保持了鱼的姿态的、曾经有着活泼生命的"鱼化石"。他谴责使鱼突然失去生命的地震或火山爆发，其中留下了严酷世纪的冰川刻痕。诗人希求以悲怆的心灵呼声埋葬那个不幸的时代。

以艾青为代表的归来的歌，把被遗弃和受侮辱的灰姑娘当做了诗歌的公主。由于诗人感同身受的共鸣，普通人的命运空前地成为诗的圣洁的主题。它实行了对于超人和神对诗的统治的反拨。中国诗开始从为无休止的政治性事件服务的空中回到了地上。

经过动乱，人们普遍地产生失落感。人们发觉当中国处于政治狂舞之中，世界依然在进步。他们寻找失去的岁月和青春。一首由名字陌生的诗人梁小斌写的《中国，我的钥匙丢了》，十分完整地成为当代中国人因失落而寻找的情绪结晶体。这些晶体中保存了中国人深沉的忧患，人们很容易从中听到焦灼的心灵饥渴的呼唤。他们因无可补偿的失落而顿然醒悟，因要求结束蒙昧状态，事实上向着人类理智与文明的目标接近。

久经动乱而终于清醒地面对着一片心灵的废墟，这成为许多诗歌激情的发生物。当年长的一代诗人因废墟的出现而深情怀想繁盛的 50 年代诗的"绿洲"，更加年青的一代人却对现存的秩序产生了怀疑，他们看到了一个物质和心灵的中国式的"荒

原"。北岛的《回答》是充分怀疑的,它对曾经有过的现实的扭曲表现了最不妥协的抗议:

> 冰川纪过去了,
> 为什么到处都是冰凌?
> 好望角发现了,
> 为什么死海里千帆竞争?
> 我来到这个世界上,
> 只带着笔、绳索和身影。
> 为了在宣判之前,
> 宣读那些被判决的声音:
>
> 告诉你吧,世界,
> 我——不——相——信!
> 如果你脚下有一千名挑战者,
> 那就把我算作第一千零一名。

作为一名充满激情的"挑战者",北岛的诗从它的内涵到它的表现形式,都是中国传统诗情的延伸,尽管他用了最具挑战性的方式。北岛对已有秩序的深刻怀疑,足以使他成为"异端",但骨子里却是当代最传统的共和国公民使命感的完整体现。北岛确认当今是一个"没有英雄"的时代,但他却不自觉地充当了背负十字架的角色。不然我们将如何理解他的"如果海洋注定要决堤,就让所有的苦水都注入我的心中"的奉献精神?

北岛的同代人大抵都有这样的精神,早期的江河是一位立在英雄碑底座放歌的诗人。他以人民心志的表达为自己的使命。他把此一阶段诗歌内涵作了"公民情绪"的概括。我不甘心歌唱苦难,却身不由己唱起了悲歌。江河有几句话,极为动人地表现了一代人的心态:

> 如果大地的每个角落都充满了光明

谁还需要星星,谁还会
在寒冷中寂寞地燃烧
寻找星星点点的希望
谁愿意
一年又一年
总写苦难的诗
——《星星变奏曲》

像他这样一代人,与其说是悲观主义者,毋宁说是始终向着明天、但又对前程感到无可把握的沉哀的理想主义者。

分歧依然是明显的。诗中与生俱来的单一情绪消失了,而代之以人们难以适应的复杂意绪。在过去诗人对生活的责任从来只能是响应和诠释,从来都摒弃独立的思考;诗人对生活的态度从来只能是被动地接受并坚信,从来都不允许怀疑、更不能容忍否定。这些当然均近于悖谬,但都被历来的诗教所确认。如今这一切产生了错动。原先高亢激昂的诗篇,突然被一种无所不在的"低音区"所笼罩。人们不能理解它的悲哀和痛苦的因由。基于惯性的认识,人们认为这种低调情绪至少与诗歌的革命性相抵触。

向着表现内容、表现形式与欣赏定势的双重挑战

中国诗歌新一代探索者从最初出现之日起,就遇到了传统思维的非难。人们不能忍受过去从不发生理解困难的当代诗,突然变得"难懂"起来了。艺术表现的确出现异趣的追求。新一代诗人从一开始就弃置诗的直接叙述,他们打散首尾贯通的线性结构,意象化成为一种普遍的趋向。这种趋向冷淡了中国当代诗歌传统的艺术方式——这些方式不外乎反映现实生活的情

状和直抒理想性感兴两种——而代之以不事渲染地直接处理对象的意象创造,及其有效的叠加组合。这给习惯于传统艺术方式并认定其为唯一方式的欣赏者以极大冲击。

欣赏习惯的定向范式,使无数读者失去了接受更为多样的艺术作品的可能性。这使他们不仅在北岛的一字诗《生活》:"网"面前,甚至也在极简易的象征诗面前感到惶惑。初期的朦胧诗论争,其根本原因在于长久的艺术统一化造成的正常艺术欣赏能力的退化。它使欣赏者在欣赏对象面前成为"盲人"。

对中国诗歌在新的历史阶段的巨变的描述,仅仅涉及诗的真实性的恢复以及诗重新具有实际的社会功能显然不够。诗歌灵敏而集中地体现了中国人的成熟。它较早地对单纯抚摸伤痕的呻吟失去兴趣。狂热的呼喊过去之后,是冷静而深刻的沉思。诗人们很早就把现实的苦难和历史原因的探究联系起来。反思历史的错误延伸到对于民族性格和素质的"寻根"。这样就把一个历史时期的失去理智与对整个中国社会的悠久封建传统的思考结合起来。一位鲜为人知的青年诗人阿榕写到中国民族的历史文化和庄严象征的长城时,用的是如下简洁的意象:

蜿蜒起伏你大地的胸肌
几千年历史在沉重呼吸

感到这种"沉重呼吸"的不仅是一位诗人。当江河把长城写成一条锁链和尚在抽搐的刚刚死去的儿子时,他已经把对于古旧历史文化的批判当做一项使命。诗歌由于这种充满理性的思考,而把它的思维触角伸向古老的命题:即历史悲剧的产生除了直接的政治因素之外,乃是由于长期的封建统治而使人性观念淡漠,它的庄严感受到轻蔑,在一个时期更以非人性的暴虐和愚昧,来代替人性的神圣。我们审视诗的变化,不能不注意这样一个事实,即经营了相当年代的诗的神殿的倒塌,随之而来的是人性复归的宣言。

女诗人舒婷最早发出"人啊,理解我吧"的呼吁,她坚信人与人之间的理解、信赖和温暖。在我们这里,心与心曾为互相防范而闭锁,人与人曾因互相仇恨而残杀和吞噬。终于,人们从久远的历史断层搭起跳板,开始了新时代、老主题的追寻。舒婷的《神女峰》在人道精神上展现一种新的价值观:幸福并非千年不动的展览,而是现世的痛苦和欢乐。她的《惠安女子》在优美含蓄的言辞之间,流露出深潜于内心不为人知的永恒的悲剧感:

> 天生不爱倾诉苦难
> 并非苦难已经永远绝迹
> 当洞箫和琵琶在晚照中
> 唤醒普通的忧伤
> 你把头巾一角轻轻咬在嘴里
>
> 这样优美地站在海天之间
> 令人忽略了,你的踝足
> 所踩过的碱滩和礁石
> 于是,在封面和插图中
> 你成为风景,成为传奇

中国人现在已经认识到,诗不能仅仅是生活图景的注解,诗本身是自足的实体。它作为一个袖珍的世界,其中蕴涵着的无限丰富的创造力有待释放。诗的这种进步不仅是社会的,而且是心灵的。从来也没有像现在这样可以无拘束地展现心灵的全部丰富性,以及这样充分地展现人对自由的渴求。如今我们回过头来审视中国近十年兴起的新诗潮,我们会感到它逼人的锋芒和气势。其间艺术上忽视一切陈规的反叛的创造精神,贻人以深刻印象。除此之外,震撼人心的还是这种对于艺术生命力本源的人的重新发现,以及继此种发现之后人的解放的艺术实现。

中国诗确定自己的使命冒着极大的风险。当中国诗人试图从封闭的黑匣子中跳出来,一霎时接触的是世界性的现代艺术潮流。西方现代艺术的奇诞与怪异与中国固有秩序形成强烈反差,产生了大冲撞。在此种情势之下,新诗潮的艺术变革成为中国结束自我封闭开启的新的艺术世界的投石。它们激起的浪花成为对于中国究竟能在多大程度接受西方影响实行自身艺术变革的试探。

在中国文学艺术中,诗无疑是一个先锋的品种。仅仅数年的实验,诗正进行着从村社状态的文化心态到现代都市文明的文化心态的转变。诗告别了激情宣泄的阶段,甚至也延缓了对于历史理性思考的进程,考虑人的自身存在、人与自然的关系、以及人生奥秘的永恒性主题,成为一种普泛的探寻。诗与社会生活的现实拉开了距离,原先的黏着状态开始松脱,相当数量的作品对政治命题的兴趣明显淡漠。向着现代生活锲入的结果,更加淡化了对生活实有状态的关切。群体意识对于艺术实践的约束力越来越小,艺术实践的"传统导向"业已失去优势。

创作主体意识的加强,使诗人更加相信他们的自我设计。自我导向的凸现使诗人宁取自行其是的选择,而对来自他人的约束持揶揄的态度。一首受到权威诗人指责的车前子的《三原色》,表达的就是这种极大的逆反心理。艺术在经历了最艰难的挣扎之后,他们对待传统观念的约束,表现出愈来愈不驯服的姿态。当一些人依然如旧地谈论着革命现实主义的原则或精神,另一些人则跑得远远地进行着千奇百怪的"精神实验"。

太阳的碎裂以及无数星体的发光

中国诗歌如今获得的生存空间,是近数十年来最为良好的。

尽管在它的发展途中尚有无数非人力所能回避的历史重压造成的痛苦的折磨,但毋庸置疑的事实是:诗歌已置身于一个合理的生态环境中。中国社会重归世界的开放政策,使诗最先敏感于这个温暖的时代的氛围。当然也有赖于理论的争取与保护。中国新诗进入50年代后期的干涸是众所周知的,高度统一化的艺术模式如今已宣告解体。诗歌无视传统约束的创新使人眼花缭乱。无以数计的新风格的探索与诸多流派的涌现与集聚,更呈现出一种令人兴奋的"失控"状态。

一个统一的太阳已爆裂而为碎片。这些碎片闪闪烁烁,正在凝聚为一个又一个独立的悬体。这是一个没有偶像、也不承认权威的诗歌世界,几乎每一个诗人都在创建自己的诗歌王国,他们自以为是的艺术实践使他们确认自己是这个王国的君主。20世纪60年代以来世界诗歌格局中的多元体系已在中国形成。这种格局将无可逆转。

我认为中国现今开始的文学艺术变革运动,是随开放的中国而来的打破自我封锁的悄悄的革命——一场革新文艺的绿色革命。这是一场不发表任何宣言而旨在对艺术主体实行回归的大超越。在它的背后,则是不同观念的"火并"——这种"火并"也是以和平的形态出现的,不会再出现那种"强暴的统一"。最新鲜活泼的追求、最自由大胆的实践、最巨大的变革带来了最勇敢的挑战。于是爆发了空前的诗论战。尽管总在前进之中,但始终都伴随着痛苦。几乎每走一步都经受无情的折磨,因为它的变革牵动着艺术观念惰性的核心。向往着中国诗歌加入世界的人们,乐于为此作出牺牲。我们从1976年以来诗的艰难行进,看到了决心与韧性。

诗歌论战由于创作的实际取得进展以及欣赏者日益广泛的同情和谅解,它的激动人心的情节已日益消隐。如今只留下那种令人不能忘怀的地火运行的记忆——

> 莹光闪烁的冰山雪峰
> 傲峙着千年的凝固
> 扭曲拗折的地壳裂缝
> 从幽长深重的痛苦中
> 牵出惊世骇寰的暴动

写这诗句的是千千万万诗歌青年中的一位,他们会永记这场和平的、然而又是惊天动地的诗的骚动。

导论二

地火依然运行

从单一向着多元的推进——诗歌真实生命的回归——自我否定与自我更新——横向扫描之后向着东方的纵向追寻

从单一向着多元的推进

伴随着令人纷扰的挫折,诗歌似乎显得平静、甚至有点沉寂了。但一场受到深刻的历史必然性鼓舞的艺术革新,是难以为外界条件的影响而止息的。如同地火,炽热的岩浆的喷突,不会因一时的风雨而窒息。一些人感到了整个中国文学艺术悄悄进行的"绿色革命"。这一革命始于诗。它以原有艺术的极限为始发点——当然不是从零开始的重新铸造,它无疑继承了传统的有益养分。但整个气氛是以不驯的挑战姿态,向着趋于固化的传统诗艺。它旨在更新不适应时代的那些艺术方式和艺术技巧。艺术发展的规律向人们作如是启示:任何一场认真的艺术变革,不包含有对于原有艺术模式的批评成分是不可想象的。诗歌在进入社会发展新时期以来的失去平静,其动因盖在于它敏感于艺术变革的不可不进行、以及进行这种变革对于原有艺术状态的必然的质疑。

全民性的思想开放,为诗歌的变革提供了有力的支持。中国固有的传统艺术因自身在发展的特定阶段产生的歧异而受到怀疑。人们通过向世界开启的窗口得知世界诗歌发展的现状,于是再也不能满足于原有的艺术封闭状态。"用横的眼光来环视周围的地平线"或"新诗也要来点引进"这些不准确的概念是在这样的氛围中提出来的。其实质在于中国新诗再一次向着民族文化本源之外寻找"充氧"的机会。新诗敏锐感应了本世纪中西方文化的又一次大融汇的时代气氛。在新的历史时期，文学和诗的目标首先是改变与世隔绝状态而走向世界，取得与世界诗歌的同向发展。这一阶段诗歌的骚动不宁，原系受到世界性现代诗歌潮流的鼓动而产生的变革要求所驱策。改变诗歌的单一结构而向着艺术的多元化发展，这是当前诗歌运动的关键性要求。

诗歌真实生命的回归

开始的时候，人们的注意力被诗的懂与不懂所吸引。尽管由此引发的争论，涉及诗歌观念的巨大差异，但这显然不体现当前诗歌变革的实质。诗歌变革始于谴责历史倒退而来的深刻反思。公刘和白桦亢进的激愤的呼喊，无疑是当代的强音。随后，诗的主题有了明显的倾斜。人们由于对神的弃绝而关注于人的存在及其价值。凝聚了时代悲欢的普通人的命运和追求，一时间成了最动人的题目。

从艾青的《鱼化石》的写作到曾卓的《悬崖边的树》的发表，突如其来的灾难造成悲剧性命运使这些普通人成为抒情诗世界的合法公民。从那里我们看到扭曲的年代给予平凡心灵的投影。有的诗人并不直接写"我"，但那些花鸟，那些虫鱼，都深深地传达出人间的悲欢。邵燕祥的《燕子的歌》，其实就是"我"的歌：燕子带着伤痕歌唱春天的喜悦以及喜悦中流露的隐忧，寄托着他所体察和拥抱的人生。更多的诗人则直接地写入自身坎坷曲折的身世。这类诗如冀汸的《回响》、《回答一个不知道名字也不曾见面的少年》，都是离乱之后对于召唤的回答："你也不必为我的死担心，即使我变成了一束枯草，只要还剩下一粒草籽就永远蕴藏着青春的消息。"许多诗篇都传达着这种悲凉中奋起的激情。顾城的著名诗句:"黑夜给了我黑色的眼睛,我却用它寻找光明"。这是年轻的"一代人"经过黑夜之后执著的寻找,其不甘于沉沦的信念与他们的前辈相同。

最集中、也最充分地展现了苦难而扭曲的心灵的,是流沙河的"归来"之作。《故园九咏》、《故园别》均是以凄楚的心境怀想那些艰辛的岁月的。有一段相当长的时间,诗歌排斥了诗人的自我抒情,愈是"他人的"就越是"健康"的。如今的自我复归,正是对于诗的反常秩序的矫正。在新时期文学中,诗最早实现了普通人形象的占领。当然,作为普通人就不会是完人,但却是真实的、摒弃了虚假的人。流沙河的受屈辱者的委曲求全,那种宁肯被儿子"当马骑"免在外面受人凌辱的"弱者的自强";梁南的《我不怨恨》的那种鲜花遭马蹄践踏并无怨恨反而"抱着马蹄狂吻"的扭曲心灵,都是作为活生生的人而在诗中存在。北岛的《青年诗人的肖像》、《履历》中所包含的嘲讽和揶揄,都合理地包含了诗人自我的不完善。这些与过去要求于抒情形象的高大完整形成的背逆,体现了诗歌真实生命的回归。

这一特异现象的革命意义在于,诗歌的觉醒是与现阶段全民意识的觉醒谐调一致的。人的觉醒是诗的觉醒的精魂。舒婷在青春诗会发出的要求人的彼此了解的呼唤,"人们迫切地需要尊重、信任和温暖,我愿意尽可能地用诗来表现我对'人'的关切",可以认为是诗在新时代价值转换的最简明的宣言。她的著名诗篇《致橡树》是这一创作思想的实践和体现,作为树而不是作为攀缘的草和另一棵树并肩而立。诗中凛然凸现的是不可侵犯的人的自尊和自立。诗在经历了至少10年的变异之后,宣告了一个人性的复归,这是诗歌对于自身产生的异变的战胜。它衔接并丰富了五四"人的文学"的传统。它体现了我国诗歌在历史的偏差之后沿着正常轨道的伸展。

自我否定与自我更新

当人们的心灵在长久的封闭之后自由开启,传统的规范化艺术思维便失去了约束力。在不违背人民根本利益的前提下的无拘束的多种情感的多种方式的抒发,便成为引人注目的诗歌景观。诗歌以追求人的内心真实性和丰富性而向着长久封闭的艺术世界索取自由。这也许是对于传统诗歌的最鲜明的逆反和冲击。这种受到开放性的社会现实鼓舞的诗歌一时所呈现出来的兴盛是五四之后所罕见的。

一部分诗人以自觉的人民性为指导,在现实使命感的驱使下,拥抱着现实并无畏地向着现实发言,这是一些热情的理想的歌者。他们的诗情可以溯源到屈原离骚式的苦恋与追求,他们也合理地继承了50年代的早春情调的歌唱传统,更多的诗人在多种领域以各种方式进行艺术的"探险"。西北一批诗人立志于西部精神的开掘,他们把现实的执著热情注入充满悲慨雄阔情调的自然场景中,把诗写得粗犷阔大而富于野性美。校园里的无以数计的青年人,用主要是世界现代诗所启迪的方式抒写他们充满幻想的动态的"满不在乎"的心境:一种情节性的带有嘲谑氛围的校园诗,正在为诗歌的多样化作着有益的补充。

热情依然是一种美好的情感,然而冷静甚而平淡也要求得到承认。充满激情的昂扬并没有失去价值,但北岛式的冷峻的思索,舒婷式的美丽的忧伤,乃至顾城式的天真单纯的幻想,都经历了由引起惊异到受到默认甚而引起青年一代的狂热的过程。一种合理的格局已经出现:在诗歌这文艺的一隅,已经没有一种统一的艺术规范可供遵循。多种艺术方式的纷陈杂现构成了诗美天地新的生态平衡,留给人们的只有竞争。要么自然地被淘汰,要么是在不断的自我否定和自我更新中充分地发展。

褊狭的批评和欣赏习惯克服以后,人们在如今这样多种选择的诗美面前会感到无所适从。但时间会给人们以机会,让人们学会宽广的包容性和适当的宽容。由于了解和沟通,人们不禁会从舒婷的搁浅的《船》那种大海近在咫尺而不能到达的悲剧性遭遇中唤起人生际遇的共鸣。而且,也不再对北岛《迷途》中那种飘渺的寻找和追求感到意外,一旦人们从外在世界的繁复多样和人的内心世界的广阔自由,推衍到诗的情感的多色调秩序的确认,那么,迄今为止的无数论争都会失去意义。

要是我们把这些诗歌现象加以概括,便可觉察到渴望自由表达的心灵对于久经封闭的世界做着有力的冲击。社会进步了,不能不把前进的身影留给敏感的诗人。当然,诗歌艺术的不断更新是迄今为止诗歌变革中的最令人激动的内容。诗歌从过去基本依靠散文式的叙述逻辑的"意义的文学"衍进为着重以超越具象的多层思想内涵合成的立体的象征式建构的确立。诗歌意象化的进程加速了,寻找准确的意象而使人的情绪和情感找到它的合适的对应物,使诗的审美空间得到相当的扩展。意象之间的自由组合和交迭、时空观念的不确定的转换和有意的模糊化,促使诗向着主题的多义性和情感的多向性发展。从这个意义上看,告别了情感的平面铺排和情节的线状结构的诗歌,它的变得难懂和它的朦胧性乃是艺术内在运动的自然趋势。

横向扫描之后向着东方的纵向追寻

显然,关于个人命运的吟咏并不是现阶段诗争取的最终目标。诗的深入在于通过个人的和家庭的悲剧揭示历史的前进或倒退的真谛。不少的诗篇把思考的触角伸入到久远的民族心理文化结构。他们的历史观念渗入了鲜明的批判色彩。在他们的笔下,长城依然是民族的骄傲,可是当诗人的手"把长城庄严地放在北方的山峦",却似在"晃动着几千年沉重的锁链"(江河:《祖国啊,祖国》)。北岛的《古寺》,通过一组尘封的没有记忆的意象组合,暗示久远历史的麻木和漠然。王小妮从碾子沟里,蹲着的一个石匠那"棉衣跟石头一般颜色,眼光跟石头一般颜色,身躯跟石头一个形状"的画面中,无言地传达出对于民族历史和文化心理的思考。这种思考是包孕着沸腾的情感的,但却以透彻的冷静显示出批判的倾斜。至于韩东那首著名的《山民》,已经对于"山外面还是山"的结论感到怀疑,从而确认了海的存在的山民,无疑体现了一种蒙昧中的萌醒。

诗已经实现对于现实摹写的超越,它在相当程度的"超脱"之中却展现出深沉的思考。这种摆脱了单纯的欢乐感所透出的浓重的忧患意识,说明了几代人以致全民族的成熟。要是从这样的背景下来体察新诗潮涌现的情绪的"低音区",那么,人们得到的将是了解而不是指责。一个经历了严重挫折的民族,当它从噩梦中醒来,发出的沉重的呼声应当被认为是一种必然。而后,我们才有可能谈论奋起或者振兴。因为这种重新振作的信念是挫折的给予和培育。

诗最先传达了中国文艺变革的信息。尽管历尽艰辛,却仍在坚韧地跋涉。沉寂是表面性的,而地火般运行则是实质性的。诗的触角已不再满足于作实有的生活现象的单纯的描写或直接的抒情。由于切入动乱年代而开始的历史性反思,进入探寻民族心理文化的根源——它的光辉和它的局限,使诗的视点有了一个大的转移。诗变得"古老"起来。许多诗表现了与现实的"间距"和向着传统文化的"贴近"。这一切都在短短的时间内几乎与其他诗歌现象同时产生又同时完成。

其实,在诗歌表现了浓重的走向内心的个人化倾向的同时,一部分诗人正向着无视"小我"的写出人民和时代的"史诗"目标前进。江河是较早提出现代史诗的概念的一位,不论是《纪念碑》或是《祖国啊,祖国》,他很早就自觉地致力于诗的"非个人化"。早期的史诗创作有很强的现实感,多半起于现实的感触;近期的史诗,不论是杨炼的《诺日朗》还是江河的《太阳和它的反光》都明显地趋向于超脱化。《太阳和它的反光》一组十二首,均借中国古代神话以写现代人对于世界、自然和人生的思考以及一个并不平静的诗人的内心世界。但表现出来的是冷静和沉稳的当代人的反思,过去那种强烈的公民情绪淡化而为对幽远的民族性格的力度的追求。太阳的光和热作为生命,历史的原动力受到了重视,神话中的民族魂在今日的再生,即使是失败的英雄,也体现一种坚韧和执著的民族性格。他把今日人的反思与原始的生命力的冲动加以结合,造出了令人警策的崇高美。这是《开天》:

  巨大的黑色的蚌喘息着张开
  黏稠喑哑的弦缓缓拉直开始颤动
  他的胸脯渐渐展宽郁闷地变蓝

  苦难似乎是无边的,但痛苦中挣扎而出的是民族精魂的诞生。一种顽健的再生力启迪着这个民族的伟大。诗人把历史低回的哀音包裹起来,展现其不屈的悲壮美。就整个诗坛而言,似乎都在追求新的力度。这,不仅现代史诗的追求者在这么实践。更多的诗歌探索者都在实践。这一经历了"横向扫瞄"之后向着东方文化的纵向寻求,是探索性的和非排他性的,它将有益于当前诗歌的走向丰富。

上卷 纵向的考察

第一章 断裂与倾斜

蜕变期的投影(全景的素描)

猝不及防的艺术变革——五四初潮过后出现的匮乏——定型化的诗歌观念受到冲击——反思诗质异化的否定意向与可以理解的情感"低间区"——面对断裂出现的艺术倾斜

猝不及防的艺术变革

一切都在动荡的时代里浮沉,新诗也经历了一场猝不及防的艺术变革的袭击。异常的年代过去之后,诗人们述及自家身世,都流露了不可预测的命运捉弄的情绪。艾青的《鱼化石》讲的是可能由于火山爆发,也可能由于地震的不确定原因造成的厄运;曾卓的《悬崖边的树》讲的是"奇异的风"把一棵树卷到了危崖上的奇遇,总之,都是命运的恶意的嘲弄。论及当代诗歌,不少人也感慨甚至谴责目前这种骤然而至的弯曲和突变。然而,这一切若不是一种必然,则至少是并非不可理解的。也许是发生了一场地震,但地壳的扭曲和错动却经历了久远的年代。

五四初潮过后出现的匮乏

一切似乎都应当从本世纪最初10年那一场开天辟地的新诗

革命说起。胡适认为那时指导文学运动的中心理论只是为了建立一个"活的文学"和一个"人的文学"。前一个目标旨在追求表达工具和形式的革新,而后一个目标旨在追求内容的根本革命,是确立现代人的意识情感在文学和诗中的地位。他认为"中国新文学运动的一切理论都可以包括在这两个中心思想的里面"(《中国新文学大系·建设理论集·导言》)。胡适的主张建立于一个动态的文学观念的大变革上,即"一时代有一时代之文学。此时代与彼时代之间虽皆有承前启后之关系,而决不容完全抄袭"。他们那一代人的前无古人的开创精神是鲜明的,他们认为"古人已造古人之文学,今人当造今人之文学"(《历史的文学观念论》)。目标一旦确定,胡适等人首先向诗的堡垒发起攻击。新诗革命的不可动摇的雄辩的必然性和必要性,给了那一代缔造者以充沛的信心和信念。从第一个10年的草创到第二个10年的拓展,等到朱自清来编新文学大系诗集的时候,新诗在进入30年代之前的实践已经展示了相当丰富的材料供他做初步的总结。

朱自清以潇洒自如的笔墨对10年诗运作了令人目眩的描写之后,最后下了这样的一个断语:"若要强立名目,这十年来的诗坛就不妨分为三派:自由诗派,格律诗派,象征诗派。"实际状况显然比他所归纳的要更为复杂。但朱自清的描述却以其精到的艺术洞察力,从艺术方式的视点概括了最初创造十年的艺术盛况。要是以另一种标准来对那一时期进行归纳,如从艺术再现重点的角度考察,从最初胡适主张的"话怎么说,就怎么写"、"是什么时代的人,说什么时代的话"(《建设的文学革命论》)到体察平民疾苦的为人生的诗歌的创造,诗从贵族移向平民,是诗的内涵能量的一次释放。与此同时,另一种走向——为艺术的主张也在生长,这一主张到了新月派的涌现,已体现为相当壮观的阵势。它们同样地构成了当时诗歌的繁盛。

这就传递给我们一个信息:五四初期随着观念大解放而来

的,是一个艺术大解放的局面。最初胡适、刘半农等背叛旧诗词的勇敢"尝试"、郭沫若女神再生式的激情的狂歌具有极大的开创精神;接着出现了闻一多、徐志摩富有节律和色彩的诗风,他们以对诗人主观世界的揭示和新诗格律化的刻意追求,丰富了中国新诗的艺术。戴望舒是新诗创造中现代意识的最早传递者,从《雨巷》到《我的记忆》,他虽然诗作数量不大,但给予我国新诗的启示显得格外深刻。那真是一个群星灿烂的时代,从冰心、朱自清的清淡,冯乃超、穆木天、王独清的浓郁以至湖畔诗人的真挚,李金发的怪异,难以尽述的诸多景观——无拘束的创造和强烈的自我表现,构成了那个时代的诗歌奇观,它已成为迄今为止尚难超越的良好境界。

创造的十年过后,是革命的文学兴起之时,左翼诗歌运动在诗歌为大众服务的革命化过程中起了明显的促进作用。世界性文学的"红色的三十年代",在中国有着更为特殊的际遇,那便是由于它连接了抗战的兴起。在这样特殊的背景下,诗歌的价值判断产生了明显的变化,服务于斗争需要的价值观冲淡了乃至取代了满足精神广泛需要的审美追求。当民族生存和个人安危处于异常的环境下,诗歌观念的失去正常形态不应视为失常,我们以充分谅解的心情看待那一特殊时期的诗的特殊形态。

中国诗歌会的兴起便是由于现实追求的驱使"有意要把当时支配诗坛的新月派和现代派的逃避现实,粉饰现实,甚至歪曲现实的态度和作风加以纠正和廓清的缘故"(任钧:《关于中国诗歌会》)。它的排斥性是非常明显的。《新诗歌》的"发刊诗"宣示:"我们要用俗言俚语,把这种矛盾写成民谣小调鼓词儿歌,我们要使我们的诗歌成为大众歌调,我们自己也成为大众的一个"。有趣的是,这一充满现实性的发刊诗的执笔者,却是被朱自清划归"倾向于法国象征派"的后期创造社三个诗人之一——"托情于幽微远渺之中"的穆木天,可见当日风气移易之大。

诗人们基于特殊的时代背景,甚至提出了类似"抒情的放逐"这样的主张:"这次战争的范围之广大而猛烈,再三再四逼死了我们的抒情的兴致。你总觉得山水虽然如此富于抒情意味,然而这一切是毫没有道理的,所以轰炸已炸死了许多人,又炸死了抒情,而炸不死的诗,她负的责任是描写我们炸不死的精神的。"(徐迟:《抒情的放逐》)在危难中人们面对美景也无心欣赏,异常的环境迫使诗歌摒弃它的抒情兴致而服膺于"炸不死的精神"的描写。

那时节中国没有和平,战争之后还是战争。我们的"抒情"一再被"逼死",久之,我们便不再承认抒情属于诗的责任,我们也自觉地"放逐"了它。这种局面延续到40年代以后,因文学运动的规模和组织的扩大与强化而产生了单向的偏离。在诗的社会功能上只以实际斗争是否有用进行判断,逐渐形成了排它的单一的价值观。从抒情的诗到"叙述"的诗,诗的性格有了空前的扭曲。

本世纪60年代中叶到70年代中叶这十年,除了少数的例外现象,假话、大话、空话充填着诗歌,诗歌出现的窄狭与匮乏是空前的。这从如下四个方面可以得到证明:诗的社会功能因诗被有效地纳入为革命意识和革命实践服务的轨道,诗与现实的革命性的联系被认为主要乃至唯一的,从而淡漠了它固有的更为广泛更为丰富的满足人的精神需要的职能,从而走向了凝固化;重大题材的提倡导致对"非重大题材"的歧视和排斥,因对"反题材决定论"的批判而再度肯定"题材决定论",使诗的题材不合理地走向单一化;长期的对于思想性的强调,以及不断地对于"唯艺术"、"唯美"、"形式主义"的谴责,使创作者轻视乃至畏惧诗艺的谈论与切磋,从而使艺术产生了大幅度的退化,迄至60年代末叶,艺术表现上形象的陈旧,比喻的僵化,语言的标准化造成了灾难;对于艺术个性的歧视与批判最后导致艺术流派的消泯,加上长期指定某种艺术风格具有先进的或革命的性质,并以此排斥除此以外的艺术风格,形成了艺术风格的规格化与统一化,即实际上最后取消了对多种艺术风格的承认。

构成新诗匮乏和狭窄的一个重要因素,是新诗改变了五四时代的开放性体系。当初新诗探索者大都充当了盗火的普罗米修斯的角色。第一批沟通东西方诗艺交流的是一些留学生,他们中的一些人充当了代表新潮流向着中国旧诗英勇宣战的猛士。而他们所使用的武器则是外国诗,他们的革命的模式也还是按照西方诗歌的样子来建设中国的新诗。朱自清在总结这10年的诗歌运动时认为,新诗革命"最大的影响是外国的影响"。他从各方面论及外国诗对新诗初建的深刻影响,从内容到形式,具体到诗的分段分行和使用标点,从自然音节的建立和诗可无韵,都明确判断外国诗直接的无所不在的影响。此后在长期的发展过程中,我们和外国诗的联系范围从宽到窄,以至最后完全断绝。到新时期开始时,我们基本上保留了自成体系的四围封锁的诗的王国,造成了与五四开放体系的深刻脱节。

新诗艺术的模式化宣告了艺术的倒退。新诗由于自身的变异而宣告了发展的极限。要是把目光从艺术方面推及内容,则从"颂歌"职能的被推向极致,最后参与了现代造神运动,使诗从半个世纪前为"人的文学"而奋斗的精神产生明显的弱化,这一切历史性的现象,宣告了当代诗的发展与五四新诗传统的断裂。

定型化的诗歌观念受到冲击

这种断裂产生于诗在追求人民性目标的过程中,由于特殊环境和特殊氛围的长期作用而形成,非一切人力所可改变。它造成了衰退,但却未必是诗的不幸。断裂激发了人们对于诗的醒悟。要是没有这种令人警醒的明显的断裂,几代人都不会在今天悄悄地而又是急切地谋求新诗的变革。本世纪70年代末叶开始的被称为诗的"造山"运动,伴随着一场扰乱平静的激烈论争来到人们面前。与半个世纪以前所产生的诗的革命相同的是,它的艺术革新是以强烈的反叛姿态出现的,不同的是,它是在深刻的历史反思的背景下,用内容和艺术的复兴以填补这种深刻的断裂并最终修复与五四新诗传统的联系。

但是长期形成的艺术惯性,无论从创作欣赏或评论的角度,几乎都难以容忍这种带有强烈挑战意味的创新,人们给这一切特异的诗歌现象起了一个包孕着复杂态度的谑称:"朦胧诗",有的批评者则干脆给它起了个古怪的名字:"古怪诗"。诗应当是"明朗"的,诗的"朦胧"理所当然地意味着不合常规的"古怪",单单是这样一个称呼,便反映了深刻的情感的和认识的距离。这依然证明了我们面临的本世纪末诗的重新崛起与本世纪初诗的女神们的创造之间横亘着一个多么大的"裂谷"。既然历史造成了几代人的误会,我们的任务只能是搭起理解的桥梁通往彼岸。

新诗潮——这是我们经过冷静思考之后提出的当前新诗运动的范畴——作为"五四"新诗运动整体的部分进入了新诗创作和新诗研究的领域。它是不以年龄划分的代表着诗的整体变革的新潮流,但它带着明显的修复新诗传统的性质。新的诗歌现象产生了,并不意味着它抛弃过去。它的责任在选择。以新的"反叛"旧的,艺术上几乎就是发展和创新的同义词。不幸的是,当新诗潮仅仅在清理旧场地上的瓦砾时,强大的舆论便谴责它试图毁弃原有的基础。

本世纪初叶,敏锐地觉察到经典力学理论危机的彭加勒,他在确认"物理学有必要重新改造"的同时,指出:"每一种理论也不能完全消灭,总要保留下某种东西,我们必须设法加以清理。因为正是在那里,才有着真正的实在。"因此他认为,"没有必要因此得出结论说,科学编织的是珀涅罗珀之网,它只能以短命的结构出现,这种结构不久便不得不被科学自身之手彻底加以摧毁"。(转引自李醒民:《激动人心的年代》)事实既然如此,毕竟产生了严重的分歧。原因即在于这一切并非简单的重复。而是基于现代生活的触发而引起人的意识的变革和发展,它与人们所习惯的诗歌观念构成了深刻的矛盾乃至对立。这种矛盾对立最终表现为审美规范和审美判断的分野,但首先是意识和观念上的歧异。

长期不受外界干扰的定型化的诗歌观念受到了冲击。我们有自己的诗歌思维——这种思维往往先验地确定以何种方式创作的诗歌为排他的最佳方式和最佳艺术规范。长期的自我封锁造成的诗歌观念的停滞,这种以封闭性为特点的诗歌的基本特征是对传统的不怀疑。这类诗人的诗歌发展观因古典诗歌和民歌的基础论的提倡而形成稳固性。他们重视诗的社会功能,并认定其为唯一的价值。因而,他们总是在不断变化的政治题材中谋求诗与它们的配合。他们的艺术理想是向着昨天寻找楷模。这些从政治的到艺术的因素把这类诗推向了极端化。

上述局面由于政治的和思想的变革形势的推动而宣告结束。当中国重新回到世界,全民获得的开放意识,犹如闸门的开启,推动了各个领域的向着世界接近。诗歌最敏锐地接受了这种意识。"今天,当人们抬起眼睛的时候,不再仅仅用一种纵的眼光停留在几千年文化遗产上,而开始用一种横的眼光来环视周围的地平线"(《今天·致读者》)。艾略特把全欧文学视为一个整体的观念,被青年诗人引用来鼓励自己"寻求更好的表现与传达方式,使世界上各民族的声音协调起来"(《诗探索》第 1 期《请听听我们的声音》)。思想一旦获得开放,人们便不再容忍日益规格化的创作模式的束缚。

反思诗质异化的否定意向与可以理解的情感"低音区"

在深刻的历史性反思基础上产生的对于导致诗质异化的否定意识,它以艺术变革的观念强烈震撼着逐渐凝固化的艺术模式。北岛写于 1976 年的《回答》最早表达了对那个产生了变异的社会的怀疑情绪。它是蒙受苦难的灵魂对于当时失去正常的生活秩序的醒悟,我们从不调和的"告诉你吧,世界,我—不—相—信"声音中,领悟到诗人对于生活的肯定的信念和追求。舒婷的《墙》让我们透过"一道道畏缩的目光"看到"一堵堵冰冷的墙"。顾城的《小巷》:"我用一把钥匙,敲着厚厚的墙。"这些墙给予人的冷漠的距离,以及它的厚厚的壁的不可开启,都以深刻的怀疑而传达出对于变态的生活的否定性和批判性。

在对待现实生活的态度上,诗歌观念的"代沟"现象凸现了出来。"沟"的这一边是对于诗的旧有状态的不怀疑,并以此作为评价和判断的标准,他们的理论核心则是对于诗的一贯的现实使命和诗的传统艺术规范的崇尚,并把与此相对立的思想艺术变革斥为"数典忘祖",表示了深刻的维护传统的意向。"沟"的另一边情形与之完全相反,它们的出现便是对旧有规范的不谐调的"反传统"形象。他们不否定纵向的继承,但认为传统是变化的和发展的,传统不排斥有创造性的个人的加入。与此同时,他们提出了横向引进和借鉴的主张,并把后者的贯彻作为纠正过去偏差的重点。这就增大了二者的间距,形成了逆反的强调。

新诗潮几乎一开始就经历着对于它的感情内涵及其色调的没完没了的灾难性折磨。最先因为欣赏习惯的差异,许多人发觉诗变得不能读懂了,于是有短暂的关于"懂与不懂"的讨论。很快人们就发现,对于非音乐的耳朵去讨论音乐的本质是无意义的。这种懂与不懂的讨论包含对诗的偏执与缺乏理解。随着多数人欣赏习惯的逐渐适应,大多数过去读不懂的诗可以读懂了,于是欣赏的惰性在另一点上得到突出的显现:那便是对于诗的情调或情绪的谴责。

在一般的创作和欣赏心理中,诗歌理应是和只能是明朗的,诗歌的情绪表达只能是激昂的。人们把这视为诗的健康状态,同时把与之相悖的一切斥为诗的不健康状态。在这样观念的支配下,北岛由深刻疑惧生发的冷峻心理,舒婷为寻求人性的了解与温暖,因浓重的失落感而形成的"美丽的忧伤",顾城因向往童话的天国而显示出对于现实世界的"冷漠",梁小斌的为失落而追寻的撕心的苦痛,都与传统的诗歌观有着遥远的距离。一切深刻的没完没了的论辩,几乎总是围绕新诗潮所显现出来被称为"灰暗"和"低沉"的情调而展开的。历史愚弄了所有的人,而把几代人因历史造成的心灵的巨大断裂暴露在他们面前。他们因互不了解而无法跨越,于是只有各自站在各自的岸边指责对方的失去常规常态。

　　一部分人之所以对新诗目前的变革茫然不解,很大程度在于忘记了他们尊奉的艺术理论的根基,即生活决定情感,时代按照自己的形象塑造艺术。他们不肯使用这样的武器以分解新诗潮最基本的情绪基因。

　　一代人早熟地感受人生的忧患,新诗潮所凸现的情感和情绪的"低音区",正是这种人生忧患的意象的组合和凝聚。但这种忧患意识却不为同时生活的另一些人所理解。它生发于长期的社会动荡造成的变态生活之中,由个人家庭的伤痛,进而思考国家的兴衰安危,探寻民族久远的灾难,它的坚韧顽强的生息繁衍和奋斗精神,以及由长远的封建窒息与戕害造成的愚钝与扭曲。这一切,或表现为轻轻的叹息,或表现为深沉的哀伤,或表现为时事的激愤,或表现为沉思后的惊悸。为什么诗人面对值得骄傲的大江,目前却浮现出暗黄的"尸布"和"带孝的帆船";为什么当生活要求人们露出满意的笑容时,诗人祈求他人不要责备他"皱着的眉头";为什么诗人在噩梦过去之后,会从干涸的《泥塘》获得灵感,他的笔下会涌现那陷于泥塘"露出脊梁骨"感到"困竭"的鱼的悲剧性的激情;为什么一个平常的夜晚,当"孤独者醒来"却有这样的疑惧——"在一扇小门后面/有只手轻轻地拨动插销/仿佛在拉着枪栓"。(以上分别为顾城、徐敬亚、张中海、北岛诗意)

　　显而易见,这种忧患感已不属于个人或家庭,而是受孕于时代使命感。有一段不算很短的时间,我们的诗被轻松和欢愉所包围。当新生活以蓬勃的朝气宣告了革命的胜利和建设的成就,这种情调和气氛无疑是合理的。但后来,它变成了刻板的模式,甚至成为唯一的审美判断。当它游离乃至背离了生活的真谛,这种欢乐感便受到了愚弄。更为重要的一点,正如已经被哲学家所确认的,忧患意识体现了中国哲学的自觉精神。因困阻和艰危而意识到生命的存在和自我的强大,忧患意识对于一个民族正是它对抗并战胜危机,经过悠久的历史而始终自强不息的原因。新时期诗歌发生的变化,最具本质的是这种从内在精神上向着东方哲学的自觉意识的逼近与及归。它与多年来形成的单纯的欢乐感形成了逆反,因而受到最深重的谴责。这种谴责多半是由于彼此隔膜和不能沟通。

多难兴邦或哀兵必胜,正说明了忧患意识的慷慨赐予。对于一个民族来说,忧患不会导致衰颓,恰恰相反,耽于安乐,沉溺于幸福和欢愉,往往潜伏着精神危机。"起源于忧患意识的人的自觉,和在忧患意识之中形成的积极进取的乐观主义,以及基于这种自觉和乐观主义的、致力于同道与自然合一的伦理的追求,以及在这种追求中表现出来的人的尊严、安详、高瞻远瞩和崇本息末的人格和风格,是我们民族文化的精魂。"(高尔太:《中国艺术与中国哲学》)

过去的诗只承认一种昂扬高亢的革命风格,这种认识的惯性在浓厚的忧患意识之中形成的诗的变格面前明显地不能适应。但新诗潮显然不肯向这种批评和欣赏的惯性妥协,它挑战式地争辩多样情感的合理性。本文当然无意于承认唯有现在这样的情感和色调才是合理的,它试图证明只允许一种情感存在的不合理性。从传统歌唱方式到如今所显示的,诗经过了久远的曲折之后,正处于诗质更新的蜕变的阵痛之中。按照矫枉过正的规律,审视这种因新时期诗的变革产生思想和艺术的一定程度的倾斜,我们便会理解它的合理性。

面对断裂出现的艺术倾向

与对诗的断裂的漠然和麻木形成鲜明对比，一般舆论对于处于蜕变期的新诗所产生的倾斜却极其敏感。对旧有的顺从似乎是相当普遍的惰性力量。对自己习惯的东西，人们不愿看到它的变异，但对于变革旧有的哪怕一个细小的环节，他们的神经却如触电一般的敏感。

中国诗歌试图在新的时代里恢复与世界的对话。诗的走向世界以及使诗成为沟通人类人性与友爱的心灵的桥梁，成为现阶段新诗最重要的目标。在抵近这一目标的进程中，诗意外地首先获得了新的观念的启示：艺术在世界性地走向多样的选择。当人们面向20世纪50年代以来世界诗歌的令人眼花缭乱的辐射状的发展，便不能再心安理得地满足于原有诗歌的无可选择的自足状态。重新走向世界的诗歌，它的多样的争取就不仅有可能重视五四那种自由而多元发展的艺术景观，而且有可能与世界诗歌取得同向的以致同步的发展方式。

诗歌在中国，有着悠久的历史和丰富的传统。诗歌在当代的生存状态（包括前进的因素和滞涩的因素）已处于一种发展的极限。觉察到它的巨大而深刻的断裂，试图填补和修复这种断裂而发生某一方面的一定程度的倾斜便成为事实。

诗本质上属于自由的心灵。有很长一段时间，诗因对现实的革命性发展充分关注，相当地忽视与排斥关于人的心灵的表现，以及它美化灵魂的功效。诗人的自我表现被判断为非神圣的。一旦诗人如同郭小川写《望星空》或蔡其矫写《雾中汉水》那样，实现了自由的心灵对于客观世界的溶解和拥抱，他们便会受到无情的惩罚。其实，诗对于世界的责任主要不是它对生活的复述，诗是通过抒写心灵的方式实现对于人生经验的领悟。诗的基本主人公不是"他"("他们"),而是"我","我"是诗的上帝。

新诗潮开始的诗的"绿色革命"的前奏,是找回诗中被放逐的"自我",纠正诗的非人化即神化,实现诗对无视人的自身存在的实践的批判。不管诗人是否直接写"自我",但新诗潮实现了"自我"的复归。人们一般不再在诗中隐匿自我的意愿与情感。诗人们歌唱自己,不是作为神,而是作为人。当人的意识重新觉醒,于是不再把太阳视为神明——太阳不过是千千万万个星体中的一个。渺小的水珠终于能够说:我就是太阳。十年动乱中的扭曲的生活、情感和心灵,一下子成了最风靡的诗的命题。

从艾青《鱼化石》开始,到曾卓《悬崖边的树》的发表,可以说,正是由于前辈诗人的倡导和带动,实际上造成了诗的人的主题的崛起。从林希的《无名河》到流沙河系列的悲凉的告别(故园)和归来的诗篇,把那个时代个人的(当然概括着社会的)离合悲欢,写得比一切人间的和天上的"别人的故事"都神圣万分。基于此,我们便可理解当年轻的诗人哭喊:《中国,我的钥匙丢了》,许多人都因它的并非大惊小怪的失落感而产生共鸣。一个孩子丢失了打开抽屉的钥匙,其动情处不亚于失去整个地球。这当然是对漠视人的存在和合法权益的现象的反叛。即使是在那首著名的以英雄颂歌为内容的《小草在歌唱》中,最为动人的也还是那一颗灵魂在令人震惊的死亡面前的自我剖示和忏悔。雷抒雁把原先是写别人的题材变成了写自己。

在这样的背景下舒婷的带着浓重的忧伤的出现,北岛的带着深刻疑惧的出现,都无异于是一个又一个不合理断裂的合理的情绪倾斜。基于这样的诗的现实,当舒婷发出"今天,人们迫切需要尊重,信任和温暖,我愿意尽可能用诗来表现我对'人'的一种关切",我们把这些话当做新诗潮最初也最简洁的宣言,并辨认出它对神的否定以及对人的肯定(虽然这一切都是古老的命题,但在我们这里却有它的新鲜意义),应当不至于引出令人意外的效果。

在一段时间中,诗从"别人"转向"自我"。从外部世界转向内心世界,摒弃对客观事物作叙述性的不经过诗人内心"发酵"的外在描摹,而确认诗人的内心即一个"袖珍社会",确认"每个人都是一个世界",并且把这个过去曾经封闭如今获得解放的自由天地渲染得近于极致。它造成了五四以后未曾出现的文学个人化的奇观。它有意无意地忽略了传统诗观念中的诗对于外物特别是重大题材的反映与再现,这体现了对于历史惯性的抵制和批判。要是把这一诗的现象放置于五四时代人的文学和人的诗歌的追求之中加以考察,并确认它是中断了的五四新诗运动精魂的延伸,我们便会充分理解它的重现所带来的新的时代意蕴。

当代诗歌内涵的革命性发展,当然也是一种历史的倾斜。我们研究这一现象,认识到它乃是一种基于历史性挫折之后的合理的悖谬,显然并不因此同意它就是诗的全部并因此承担了诗的全部功能。相反,我们只是在确认诗的多元结构的前提下承认这一倾向于内心的追求的历史进步性。

体现了对于艺术表现的模式化的厌倦,新诗潮一般扬弃了传统式的至多不过是具象化的直述其事,也不再以直抒心灵为艺术追求的唯一目标。诗加速了它的意象化过程。意象这一久被弃置的情感与理性的集合体,被广泛地应用于新诗潮的创作。因准确的意象使人的内在情感和情绪找到它的适当的对应物,意象的诗很快便取代了传统的状物抒情的方式。诗之所以变得"难懂",不仅在于它的意象化,而是意象的更为自由繁复的应用。意象与意象之间的有意断续与"脱节",意象的灵活组合和自由叠加,加上时空观念的交错以及有意地模糊化,诗不再重复过去那种简单焊接式的线状结构。呈现在读者面前的是一幅:迷宫式的主体高层建筑,较之以往那种"明白易懂"和"能唱易记",如今这部分诗显得有点"失常"。但它确是对于太过直接和太过明白的诗风的反拨,它体现诗对于世界的感觉和传达的间接性,这是一个不必讳言的艺术趋势。

诗的解放最终体现为形式的解放。要是说新诗潮内容的革命性变革是现代人意识的复苏和强调,它的形式的鲜明变革则是诗体的再解放。胡适的倡导文学革命的理论支柱之一就是"国语的文学",他称之为"活的文学"。他的文学革命主张以新诗革命作为先导和突破口,也还是倡导"诗体大解放"。他从自身的"尝试"中得到启示,旧诗词的影响十分顽固,没有极清醒的认识和决心是无法挣脱它的羁绊的。他称初期写新诗的人"除了会稽周氏兄弟之外,大都是从旧式诗词曲里脱胎出来的。"(《谈新诗》)

要是我们不再把诗的形式视为枝节,也不再轻易地把形式的研讨判为"形式主义",我们便不难发现现代诗史的一个有趣的事实,这便是当时代面临思想大解放,诗体也趋向于自由。五四初期,一批先驱者为否定旧诗格律所进行的冲杀,其武器便是白话自由体诗。白话自由体诗的站稳脚跟标志了新诗革命的胜利。抗战兴起,民族的生死存亡需要振聋发聩的战鼓,于是以艾青、田间为代表的自由体诗便以奔放的无拘束的形式倡导了又一次自由体诗为主潮的诗的时代。诗的自由体式适宜于表现自由解放的时代脉动,已为事实所证明。

当代诗歌自40年代后半期开始,总的趋向是向着半律化和律化的推移。形成这一潮流最直接的原因是理论的倡导。民族化和大众化的诗形式,意味着为中国工农兵喜闻乐见的诗形式,这又与诗歌的民族传统的观念紧密相连。这一趋向,由于把新诗的发展放置于民歌和古典诗歌的基础的理论的提出而更趋明确化。它表示与中国古典诗歌的认同,从而一定程度地造成了与五四新诗革命传统的逆反。

50年代以来一系列新诗讨论均有利于格律化的提倡。从那时开始盛行的两类诗体都是不严格的律化诗。楼梯式的政治抒情诗是表面的参差错落而内在的整齐,它除了押韵,还讲究排比和对偶,骈化的倾向相当明显。另一类则是押韵而又体式"大体整齐"的半格律体。相当长的时期内,无论什么样的内容,大体上总被装填入这两种体式。且不谈论诗内容在60年代后期的沦为假、大、空,单是形式的僵硬也会造成新诗的退化。有趣的是天安门诗歌运动把古老诗词体式作了一次最全面的展览,而后宣布了新诗向旧诗的又一次告别。

此后开始的新诗潮,由于原有的体式已无法承受自由开放的时代所提供的内容,不论是哪一层次的年龄的诗人都不约而同地疏远了原先熟悉的体式而采用了自由体。艾青把曾经从《诗论》中删去的《诗的散文美》重新收进了该书的1980年版。他为此说了如下的话:"强调'散文美',就是为了把诗从矫揉造作、华而不实的风气中摆脱出来,主张以现代的日常所用的鲜活的口语,表达自己所生活的时代——赋予诗以新的生机。"——这就等于重申"活的诗"的观念。无韵、无标点,随意性的分行、跨行的无拘束的体式的盛行,其中一个重要原因是人们对于原有的僵硬而流于刻板的华丽的形式的厌弃。

新诗潮终于有机会迎接了中国新诗史上第三次"诗体大解放"。当然诗歌形式上的自由并不等同于诗歌的自由,诗的律化也并不能等同于诗的僵化。目前的"诗体大解放"是特定历史条件下的形式上的倾斜。重要的是诗的形式上的冲击促进了诗的内容的革新,其动机和效果都将是进步的。

许多论者都注意到中国新诗草创期外国诗给予的启蒙。这种始于五四的与外国诗的联系纽带,后来随国内政治形势的变换而渐趋于窄狭,到"文革十年"基本中断。为实现社会主义现代化,中国恢复了与世界的联系。新诗与外国诗的特殊关系也得到了恢复。随着引进先进技术而来的是呼吁对于外国有益的艺术经验的"引进"。新诗潮几乎不顾那种"洋化"的惊呼,迅速地向着世界现代诗歌靠近。中国面临继五四之后的又一次大规模的东西文化交流的形势,新诗再一次充当了向着西方诗歌寻求改变诗歌意识结构的先锋。

一批新的探索者几乎以偏激的态度排斥一切陈旧的方式。他们中的一部分乐于承认自己受到了现代派的影响,也乐于承认自己属于"反传统"的行列。若是把他们放置于纵的继承与横的移植二者之间选择,他们宁取后者而弃置前者。这当然表现了某种倾斜。不同的是,目前诗歌向着西方现代艺术的倾斜,并不以打倒古典诗歌为代价。他们纠正了前人在文化观念上的简单化的缺陷。新诗潮经历了一个快速的向着遥远地平线扫描的过程,因而获得了开阔的胸襟和视野。虽然有人因接受自艾略特到埃利蒂斯的刺激幼稚地炫耀自己的艺术属于现代派,但显然,我们的现代诗依然与现代西方文明的"荒原"保持了遥远的距离。我们依然分别生活在两个世界里。但世界显然已经沟通而不再阻隔。

东方的诗人显然不可能按照西方的模式写西方的诗。他们的心灵深处不能不响着中国深远的古代文明的召唤。这种召唤并不意味着文化的"浪子"向着东方文明的"回头",更确切地说是召唤着对于东方文明的再造或再铸——争取以中国古代文明为灵魂,使之与现代意识的融汇与结合。因而,目前新诗潮所展现的以追求史诗的崇高美为标志的、通过诗和艺术以揭示民族深层文化心理结构的剖析与再现的意图,使原先的诗的青春"古老"化了。这是经过无拘束的向着世界的横向扫描(这种扫描今后也不会中止)从而获得世界艺术的现代意识。而后他们回到东方,沿着黄河入海处溯源而上,寻找这片古老的黄土地之根,使之在现代意识中萌醒。这种新的倾斜的主要含义是成熟。这是目前这一代人经历着的东西方文化全面交流和融汇的时代最为激动人心的节目,而诗则再次充当了先行的角色。

新诗潮不是孤立的。它对于不合理的断裂的"修复",以及在"修复"过程中的合理的倾斜,鼓涌着的是艺术更新的野性的力量。这种力量目前已在艺术的各个领域展开。新诗潮预示的是中国艺术悄悄开始的革命的最初信息。

第二章 极限与选择

历史沉积的导向

　　形成基因的剖析——严重的生态环境对诗美构成压力——"现实主义"的倡导与受阻——"浪漫主义"的兴起及变异——无可选择的发展极限——通向多元的与世界认同的艺术大趋势

形成基因的剖析

　　"这种变革也许已经在流传了。可是,并不明显。我们的传统,教育,当前的行动和利益会严阵以待,并使这种变革缓慢。只有真正理解人类在这历史转折点上的条件,才能为人民提供充分的动力,去接受个人的牺牲……"这里引用的话,摘自70年代初引起世界关注的由罗马俱乐部提出的报告:《增长的极限》。报告是挑战性的,它以建立于科学分析的预见,击中了资本世界的要害。

　　我们在这里显然只是一种受到诱引的借用。我们只是在中国新诗这一狭小的领域内借用它的思维方式,以考虑精神生产因发展的趋于极限所面临的困顿,以及寻求摆脱这种困顿所能有的选择。

　　当前涌起的新诗潮在现实中所经受的挫折,不单由现实的原因造成。这正如新诗潮不是个别人的凭空"创造"一样,它受到历史必然性的导引,因而它也不会为外在的力量所取消。

中国当代诗歌是中国现代诗歌的组成部分。中国现代诗歌向着当代的过渡，由于非常复杂的社会历史条件的促使，造成了与五四新诗传统的断裂现象。这种断裂并未中断它们间的历史纽结，但产生了某些明显的变异：一些因素被保留了下来，另一些因素则在一定阶段中消失。断裂不是突然发生的，有一个长的过渡期。它以社会发展的重大阶段为自己的标志，社会性的原因是它的兴衰存亡的依据。就中国当代诗歌发展的史实而言，它再次证明如下的观点：社会的繁荣，可以产生诗歌的不很繁荣或不繁荣。但这种现象不会长久继续下去，因为民族固有的深厚文化传统不允许诗歌枯竭或萧条成为永恒。

严重的生态环境对诗美构成压力

五四新诗传统的实质，是科学、民主两大旗帜下的诗歌摆脱封建思想体系的内容革命，以及适应现代社会生活变革带来的人们审美意识变革的形式革命的结合。它的基本特征是封闭的、自满自足的艺术世界的冲破，以及对于开放的、多种多样的、自由创造的艺术世界的确认。

五四新诗在它的第一个10年里，就出现了多种诗歌流派的并立，以及各类诗人以其鲜明艺术个性凸现的繁荣局面。

20年代末开始的左翼文化运动，使革命意识深入到诗歌创作的指导思想中。"红色的三十年代"精神不能不深刻地影响了年青的中国新诗。强有力的诗歌社团"中国诗歌会"的成立，为提倡一种传达革命意识的大众化诗歌起了重大促进作用。

这时的诗歌运动，在创造大众化诗歌的目标下明确提出了现实主义诗歌的主张。任钧认为中国诗歌会的诗人"都是一些现实主义者，他们的人生观和创作方法自然也离不开现实主义"，"他们决不作无病呻吟，对于风花雪月及其他闲情逸致也并不感到兴趣。他们所关怀的，乃是大众的生活情形，以及社会状况。"(《关于中国诗歌会》)中国诗歌会成立之后,萌发出鲜明的批判意向。他们的批判主要目标是以徐志摩为代表的新月派和以戴望舒为代表的现代派。他们认为这两个艺术派别代表了"资产阶级的"、"市民层的"、"唯美的"和"颓废的"诗风。"中国诗歌会"是作为与之对立的艺术群体而存在的。

这种倾向产生于抗战兴起民族存亡的关头,自有其时代的合理性。但是,当人们注意诗歌对于现实的紧密关联、即诗歌的实际社会作用的时候,对于诗歌审美价值的轻视、乃至提出"放逐抒情",却是一种脏水婴儿一起倒的行动。从 30 年代开始的革命诗歌的提倡,在形成诗歌主流观念的同时已经出现一种明显的倾向,即诗歌已不知不觉地游离了五四初期的宽广和多样的气氛。但这一切在当时那样的背景中不是不合理的。人们在敌人的轰炸面前,面对国破家亡的现实,是没有心情吟咏美好风物的。

从抗战后期到解放战争时期,诗歌在严酷的战争环境中度过它的二倍、三倍于最初 10 年的发展期。可以说,中国新诗除了诞生之初的 10 年以外,都在异常的环境中发展。这种异常的环境造成了异常的诗歌意识。在相当长的时间内,中国诗歌几乎是以偏激的态度来对待艺术的和审美的追求、包括对待曾经为诗歌艺术的发展作过贡献的流派。中国诗歌会的诗人们,他们要求及时地配合斗争的呼喊,一般的都放松了对于诗艺的切磋。他们真诚地以非艺术的政治化要求自己的诗。蒲风在一首"明信片诗"中说:"世间正缺乏脑子政治化了的诗人,因此,从'五四'迄今,我们的诗坛,曾被享乐主义的布尔乔亚,颓丧主义的贵族子弟,混乱了好久。……我倒担心着:我的头脑尚没有十分政治化,军事化……"

在这种气氛下面,过去比较注重诗美的诗人承受了压力,他们产生了浓厚的自我批判意识。何其芳写过很美丽的《预言》,

但他很容易地否定了《预言》;他写过很有意义的《夜歌》,又很容易地批判了《夜歌》。在后者的《初版后记》中他谈到对《夜歌》的态度:"这个时代,这个国家所发生过的各种事情,人民,和他们的受难,觉醒,斗争,所完成着的各种英雄主义的业绩,保留在我的诗里面的为什么这样少呵。这是一个轰轰烈烈的世界,而我的歌声在这个世界里却显得何等的无力,何等的不和谐"。以后,何其芳写诗甚少,直至逝世。

"现实主义"的倡导与受阻

左联和抗战诗歌的战斗传统,在解放区的诗歌中得到了继承和全面发展。从环境来看,同样是残酷的战争环境,而且在战争中承担着最大牺牲的是农民和农民武装起来的士兵。为了适应他们的文化水平。文学艺术为大众服务有着更为具体的含义,也即意味着要为他们所喜闻乐见,这便要求文艺采用群众能够接受的形式。基于文艺要为大众所能接受,进而要求表现大众的生活。这样的文学主张,必须促进诗歌从内容到形式的全面改造。反映群众的生活及其斗争,这就是革命现实主义的基本内容,再加上民族形式和通俗化的提倡,诗歌主流的思想至此业已形成。主流的确定相应的造成了排斥多种艺术实践的可能性。

从很早的时候起就开始批判"欧化"。何其芳否定《夜歌》,一个重要理由就是"句子太长,运用欧化的句法过多"。受到"欧化"责难的诗人为数甚多。这种不断地谴责"欧化",一直延续至今。我们在无休止地进行这类批判的时候,实际上已经陷入一个十分狭隘的文化观念之中。可以不往远处说,即以五四新诗传统而言,白话新诗的兴起,本身就是对于原有形式的反叛,它是直接参照外国诗即其他民族诗歌样式的重新创造。五四以来著名诗人如郭沫若和艾青的作品,都很难说与传统的民族形式有什么关联。后来这种对于民族形式的提倡,尽管有其实际的合理性,但却是以放弃和排斥五四的艺术开放和广阔的吸取外来艺术因素的传统、重新把自己和外界隔绝起来为代价而取得的。

中华人民共和国成立以后,我们的诗歌观念是以解放区的诗歌传统为主体而实行对当时现存诗歌的改造。解放区的诗歌传统,如前所述,是在一种严酷的缺乏探求诗美的异常环境中发展的,是以对抒情的冷淡、对具体叙述的强化,和对政治性的重视这些素质的继承为其特性的。建国以后诗歌一开始就确定了自己的发展道路,即要求诗歌承担及时反映现实生活和充当传达革命理想的工具的职责。从那时开始,我们的理论批评都在维护当初确定的原则,而且维护它的不受挑战的地位。

50年代开始,诗歌由承担反映现实的变革过程的任务迅速地向着单纯歌颂的目标推进,以至于被认为抒情诗即颂歌。这种对于颂歌的热情反映解放初期人民肯定生活的热情。那时没有可能看到生活的某些方面的阴暗,甚至那些阴暗还来不及显现。人们对待现实生活的基本态度是理想化的,对生活的主观美化颇为普遍,因而对于诗歌的颂歌化能够适应。随着社会生活的向前发展,也随着全体公民对于生活的实际认识能力的加强与深入,50年代后期诗歌中出现了某些批评和讽刺生活中的不健康现象的作品。这些作品因为违背了颂歌的基本职能而受到惩罚。真正的现实主义精神的发扬因挫折而宣告终结。

"浪漫主义"的兴起及变异

但解放以来诗歌单向发展的原则并没有改变。及时如实反映现实生活过程的诗歌道路的受阻,并没有宣告这一原则的放弃。这时原有诗歌职能中的歌颂理想的因素便成了解救困窘的出路。1957年宣告现实主义精神的消竭,1958年诸种因素促成了以"二革结合"实际上是以"浪漫主义"精神来补救对于现实主义的偏离。"浪漫主义"遇到的第一个机会就是对于"大跃进"精神的宣扬。人为发动的新民歌被称为共产主义文艺的萌芽。其实质是为适应地上并不存在的天堂而存在的。60年代后期,这一"浪漫主义"潮流体现了新的内涵,诗歌参与了造神运动,其实质则是为神而不是为人而存在的。这些诗歌都是在为政治服务的总目标下进行,均在有形无形的行政方式的鼓励下开展起来。它直接继承了解放以来诗歌单线发展的传统,只有一种提倡而没有多种提倡,只有一种选择而没有多种选择。

所以,当1976年4月5日人民为神圣的政治使命所激发,试图拿起诗歌这一武器为现实的政治服务时,他们发现身边只有已经严重异化的诗歌。他们只能作另外的选择。这一选择是畸形的。这就是事实逼迫着人们再回到五四当年想打倒但却未曾如愿的旧体诗词那里去找武器。许多文化素养不等的群众,不约而同地采用了从四言、五七言到诸种形式的长短句、而基本上不采用当时流行的新诗体式。这本身便具有浓厚的讽刺意味。事实作了有力的回答。畸形的诗歌现实以十分惊人的速度否定了自己的价值。

无可选择的发展极限

诗歌至此已面临无可选择的境地。解放以来,我们是在非常特殊的背景下、非常有力的环境中,对现存的诗歌进行全面改造而臻于至境的。一个特殊的历史背景,即指前述革命理论武装下左翼诗运的开展、以农民文化为主体而产生的审美意识的支配地位,在这一前提下倡导的由大众化到民族化的一系列规范,以及最后归结为新诗必须在民歌和古典诗歌的基础上发展的、向着五四新诗传统的逆方向发展的理论主张。一个有力的发展环境,即指战争的结束、全国的空前统一、行政领导能力的完善,有可能通过行政性的力量推进诗歌运动。这一运动的基本趋向,是改造各式各样的诗歌观念和审美情趣,使之归于统一。

这种改造取得了重大的成效。从解放区到国统区,曾经生活在各种社会环境的诗人,在不同的时期内先后都经历痛苦的自我否定(通过思想改造运动和各式各样的政治运动)达到放弃或改变原有诗风而归于大体一致的诗风,放弃或改变原有的诗观而归于大体一致的诗观的境界。郭沫若是最有代表性的诗人,这种统一化使女神的遗风荡然无存。从《新华颂》开始,指导他的创作的有两个观念:一是诗要为少文化或无文化的人所懂,他大力逼近了"通俗易懂"和"喜见乐闻",于是出现了《防治棉蚜歌》和《学文化》那样的作品;一是诗要紧密地配合各项中心任务和政治运动,于是出现了《百花齐放》那样的作品。艾青作为有着鲜明的艺术个性和坚定的艺术追求的诗人,也难免不受时风的影响,短诗如《早晨三点钟》、长诗如《藏枪记》都是明证。至于卞之琳、蔡其矫等艺术个性越是强烈的诗人,所受的统一化的冲击也越是强烈。

中国当代诗歌已经到达发展的极限。这种极限以在长期历史的过程中形成的诗歌价值观念和审美意识的稳固化作为标志。它以不可动摇的坚定性固守已有的艺术规范:对于"重大题材"的浓厚兴趣奠定了它以诗对生活发言的使命感,因而忽视乃至排斥对于"小"题材、其实是诗的更为广泛的世界的关注,题材的日益窄狭乃至实际上陷入枯竭成为明显的趋向;由于长期的置艺术性于思想性的从属地位,对"唯艺术"的贬抑和在广阔的艺术世界实行单一的提倡,以及历次批判运动对于诗意象的随意性政治引申,导致艺术机能的严重萎缩;思想的统一无形地导向风格的统一,尊崇自以为是的与时代相容的风格,导致自觉不自觉地"统一"了风格,一种风格实即无风格于是成为重要诗歌现实,当然,流派的创立乃至并峙,只能是一种空无……这就宣告了诗领域的发展的极限。

通向多元的与世界认同的艺术大趋势

> 极限自然期待着转机——
> 新的转机和闪闪的星斗,
> 正在缀满没有遮拦的天空。
> 那是五千年的象形文字,
> 那是未来人们的凝视的眼睛。
> ——北岛:《回答》

一个是悠远的历史,一个是未来的希望,使这种转机成为必然。不论人们给这种由极限而产生的期待,由期待而进行的选择以什么样的称呼,或称之为变革,或称之为复兴,或称之为新的崛起,均无关紧要。事实已经给人以"回答"。

这种回答可以溯源于四五的诗歌运动。它以有异于常的诗歌现象对既有的思想艺术规范实行反抗,它开始宣告了新的选择。而后是1978年的年末,一个强大的政治因素开启了由思想解放导致艺术解放的闸门。中国这只久经风雨的成熟之鹰,已经不能忍受禁锢血肉之躯的"蛋壳",它终于捅破了封闭的窗纸,把目光投向了飞跃的世界。这才真切地感到了我们与世界的阻隔。一股思潮于是鼓涌而起。这就是中国诗歌要求加入世界,从而与世界诗歌成为一体。放弃单一的选择实即无可选择成为一种必然,浓厚的批判意识带来的是重新选择的醒悟。

现代中国人所争取的现代中国诗歌,当然地渗透着鲜明的现代意识。在思想开放的大背景之下,诗歌面临的新的选择当然也就具有了与世界同向的特点。这从当前诗歌所涌现的纷繁与丰富的现象便可得到证明:单一的无可选择的艺术统一的时代已成为历史。如今,如果有人仍想恢复和实现以往那种由于行政的提倡而成为一体遵从的"样板"的艺术和诗,只能是一厢情愿的空想。如同80年代艺术走向多元是一种世界性的大趋势,中国的诗歌自然而然接纳了如下的判断、并逐渐使之成为现实——"艺术:多种选择的缪斯"。

第三章 嬗替与超越

审美意趣的变异

艺术更新的初始判断与多种现象杂呈的艺术新时代——自足的文化实体的局限与开启心智的现代意识萌醒——激情宣泄方式的衰退与理性导向深邃——艺术基本符号的意象化——重组世界的宏大结构

艺术更新的初始判断与多种现象杂呈的艺术新时代

历史上任何一个朝代的人很少能如我们这般幸运,我们正站在一个伟大的变革时代。也许从康有为、梁启超、谭嗣同、孙中山到五四运动的前驱者们几代人都梦想过,但都未能实现的中国走向现代世界的事业,将从我们这里开始——"就从这里开始,从我个人的历史开始,从亿万个死去的、活着的普通人的愿望开始"(江河)。我们愿意把诗和文学所产生的革命性变革放置于这样的大的背景之中。事实上,正是变革的时代催促文学和诗的变革,而不是其他。

艺术上的变革在整个文学流变中是最激动人心的节目。每个时代都有自己的声音,每个时代都为自己的声音寻索最适当的载体。要是我们都不否认诗歌已告别了一个时代并已开始了一个时代,那么对于这一时代的艺术变革的考察就是不可少的。在我们作这样考察之先,有一个关于艺术的现代变革的论断,不能不引起我们的注意:

"这里没有占统治地位的艺术流派,没有非此即彼的艺术风格。我们到处都处于不同艺术时代的交叉点上;在任何一种艺术领域里,我们都还要经过一段时间才能到达一个可以驻足并予以明确定义的阶段。在未做到这一点之前,成千上万个艺术流派和艺术家都在竞妍争辉而没有新的领袖出现。"(约翰·奈斯比特)

我们面临的正是这样一种局面。很难说我们目前已经完全进行了艺术的革新。事实上,我们当前的诗歌艺术状况呈现的是某种无秩序的"零乱"的状态。原有的艺术形态大体上都还存在并在发展。新生的艺术因素虽然充满了鲜活的挑战力量,但也并没有得到普遍的承认。这是一个多种现象纷陈杂现并且没有形成绝对统治地位的艺术时代。也许正是由于艺术的这种完全捉摸不定的局面,才证明了诗歌内在生命力的跃动。

因而我们目前对它的考察,只能集中在这样一点上:较之以往而言,新诗潮(这是我们对70年代后期正式出现的新诗变革潮流的一种概括)提供了哪些新的艺术因子。这只能是对于总的艺术现象的一种描述,而不是一种排斥其他因素的非此即彼的判断。

自足的文化实体的局限与开启心智的现代意识萌醒

前已述及,新诗目前的变革是受到变革时代的鼓励并促成的。我们生活在和世界进行对话和交流的时代。它把我们放在了空气流通的世界的通衢之上,它使我们普遍地获得了开放的世界性观念。

在新诗发展的历史上,我们又一次被放置在中西文化交流融汇的新的高潮之中。这一代新诗人终于又如他们的前驱那样,充当了这个潮流的先锋。无可否认,一次新的艺术解放同样地始于诗歌。

基于我们固有的现实,即中国自有历史以来就顽健生长着一个自足的文化实体,它的丰富足以与世界最古老的文明相抗衡。唯其因为中国文化丰富、悠久而强大,它可以把一切加以同化,而不会同化于一切。超稳定的文化系统宣告了它的闭塞、保守和天然地排拒外物,以及当外物向它侵蚀时所表现出来的浓重的怀旧病。这一切,使中国文化构成之一的诗歌,浓腻如枯水季节的黄河,似是没有运动,但它的顽健足以吞噬一切。

世界文化对中国文化的影响,首先依然是观念的冲击。五四时代突出地体现以科学、民主为两大旗帜的现代文明对于封建道德文化的批判,现今的潮流依然保持着这种方向和势头。但已有了新的时代内涵:它突出地表现为现代的人的意识的萌醒以及对于现代迷信的批判。它理所当然地与五四新文化运动的任务相衔接,并极大地开启了中国当代诗人的心智泉源。

但最为深刻的依然是开放与交流带来的艺术的冲击。五四时期诗歌最根本的变革在于寻找并创造了叛逆的语言和形式,表达对于传统诗歌来说是最具异端性质的反对封建宗法礼教的内容。那个时代诗的拓荒者们以西方现代诗歌为模式,勇敢进行了彻底挣脱旧有格律的自由表达的"尝试"——那时最具生命力的创造,是对于旧形式和旧节奏的破坏。

现在轮到了第二次中西文化大交流时代的诗歌艺术的嬗变。这一现象产生于中国严酷的文化专制主义最后、也最严重的阶段。在濒于死亡的文化饥渴中有着最顽强的追求。早先那一代新诗潮的探索者,当他们在"样板戏"与"语录歌"的灾祸中寻觅到世界诗歌的残片,恍若是蛮荒中的野人发现了燧石。虚空得过久的肠胃迫不及待地吞噬和咀嚼着这些劫余的食粮。一种明显的逆反心理迫使他们充当了艺术叛逆者的角色。暗夜结束之后的曙色,带来了政治开放的温馨,不管遇到了多么强大的传统艺术的偏见的阻扼,生活毕竟鼓涌起变革诗艺的浪潮。

激情宣泄方式的衰退与理性导向深邃

建国初期进入诗歌的是创造了新生活的胜利者的形象,这是一些征服了落后和黑暗的英雄。这些英雄对于旧世界的使命是改造乃至摧毁。在早期的诗歌中,物我关系并不谐调,而且表现为理所当然的并峙状态。50年代诗歌的抒情主体往往成为号召群众进步和自觉进行改造的先知和预言人。它们都和客观世界保持着间隔,更和人的内心世界拉开了距离。因此才有了对这些诗"喜欢高人一头",和"缺乏人与人之间的平等感"一类的指责(见《诗探索》1980年第一期《请听听我们的声音》)。

新时期大量诗作改变了传统的格局,普通人的平凡代替了超人的神圣,人不再高高驾临世界之上成为全知的神明。流沙河的《故园六咏》袒露了受屈辱的流血心灵;赵恺的《第五十七个黎明》把普通女工艰辛的生活劳动表现得庄严神圣;梁南的《我不怨恨》吟叹的是知识分子情感扭曲的伤痕。此后涌现的舒婷式的忧伤而美丽的情绪宣示,北岛式的建立于深沉的思考而对生活作出的严峻的"回答",都曾以宣言式的激情抒发引人关注。

随后出现的重要迹象,是诗人不再以因外界情势的触媒生发的直接抒情为唯一手段,而开始了自我的隐匿。顾城诗中那样伫立于夜空前"拒绝了幻梦的爱"而"思考另一世界"的《年青的树》,不直接显示抒情主体,却体现了物我交流的潜深感。至于韩东的《山民》,写山民的后代已有一些走出山去的渴望,但是关于山的思考却令他疲倦不堪——

> 海是有的,但十分遥远
> 他只能活几十年
> ……
> 他觉得应该带着老婆一起上路
> 老婆会给他生个儿子

>   到他死的时候
>   儿子就长大了
>   ……
>   他只是遗憾
>   他的祖先没有像他一样想过
>   不然,见到大海的该是他了

尽管留有明显的愚钝的印记,但闭塞的灵窍显然已经开启,传统的心理结构正在受到破坏。从这种极平淡也极平静的词语中,我们觉察出灵魂的潜在的骚动。这种骚动当然是开放性的时代所使然。

这些诗句透露的最重要的信息是部分诗对于外在激情的宣泄的失去兴趣,以及诗对于"动"的冷淡而关注于"静"的向往。山民的一切不是从行为上而是从思考上展示,是心灵对于世界的占领。我们现在就宣告激情的弃置也许有点冒失。但外在的奔腾显然已被潜流的内在涌进所代替,至少在《山民》一类诗中是这样。诗不像以前那么"热"而变得有点"冷"了。这种冷抒情悄悄地代替了过去的激情的呼喊、号召,但它所展现的潜深意旨,却远远地超越了以往的抒情方式。

审美上的由激情的宣泄到理性的思辨,使诗情导向深邃和开阔。舒婷在她稍近的作品中,也使她那种忍受不住地叹息和哭泣得到了沉淀。《神女峰》和《惠安女子》呈现的是一种按捺住激情的冷静。通过这种冷抒情取得极深刻的悲剧性效果。

不仅是青年诗人,前辈诗人如艾青的《鱼化石》,曾卓的《悬岩边的树》,都以"不动声色"的冷静处理,掀起了惊心动魄的内心风暴,从而极鲜明地表达特定时代的气质与氛围。几代诗人的创作都留下了以"冷"与"热"的艺术变革的时代痕迹。抒情主体的由显而隐,抒情方式的由热而冷,抒情效果的由动而静,说明现阶段诗在短时间内的自我超越。一个成熟的生命当然会以人生悲欢体验的深沉代替青春的浮躁与热狂。这就是现阶段诗歌中由"沸泉"的热烈转向"火山湖"的深潜意识的审美变革。

艺术基本符号的意象化

在新诗潮涌现之前,诗歌对于客体的再现以形象的描绘为基本方式。诗人对于世界的把握,是通过对于这些形象的说明和叙述。新诗潮带来了艺术基本符号的意象化。一种被庞德称之为"一刹那间表现出来的理性和感情的集合体"的意象,使构筑的每一个具象的单元中都包蕴了情与理、象与意。如顾城的《眨眼》"在喷泉中游动的彩虹,一眨眼就成蛇影;在银幕上绽开的红花,一眨眼就变成血腥"。毋需繁琐的说明,寓意却为自身所包孕,并且精深宏远。借助意象以间接手法处理主观和客观的对象而摒弃直接的描绘和夸叙,成为当今诗人的普遍艺术追求。其好处在于不仅省略了贯通和关联的过程的叙述,而且以蕴藉和含蓄直接显示内在的力量。北岛的《迷途》由"鸽子的哨音"、"迷途的蒲公英"、"灰色的湖泊"、"深不可测的眼睛"的系列意象的组接,构成了一个执著追寻而又捉摸难定的情绪世界。这世界显然是不明晰和不确定的,但它的朦胧氛围造成的诱人深入的神秘感却持久而有力。

不是通过形象的比喻,而是"寓意于象"的意象化,正在成为一种重要的艺术趋向。要是考察一下非青年诗人的创作,对此就可有更鲜明的印象。以50年代的公刘为例,在他引起人们重视的佧佤山组诗和上海的那一组工业诗中,大致总是采用以形象寄托情感的叠合方式,其长处亦在于这种叠合的熨贴和切实。但70年代末他写的《绳子》《哎,大森林》《枕头》却以富有时代感的意象造成一个又一个幻梦般的诗的世界,让你在它所包蕴的尖锐的思想中颤栗。

组成新诗潮的诗篇,仿佛是由整合的"预制板"(将主体的情思包蕴于客体的形貌)累积堆砌而为一个一个的"单元",再由一个一个的"单元"组合起蜂房般的构架。意象与意象之间失去明显的关联,本体与喻体之间舍弃了媒介,造出的是一个朦胧的诗境。如北岛的《枫叶与七颗星星》：

> 那七颗星星升起来
> 不再像一串成熟的葡萄
> 这是又一个秋天
> 当然,路灯就要亮了
> 我多想看看你的微笑
> 宽恕而冷漠
> 还有那平静的目光

不能说"七颗星星""一串成熟的葡萄""又一个秋天"之间没有关联,但至少这些意象的嫁接已经摒弃了过去那种密不透风的线型叙述方式。它把因果省略了。因断续而留下了一个又一个"蜂房",这些几何形组成的迷宫是诗人留与读者的立体的空间。从这个空间到那个空间,有多种选择的通道。这种追求与产生于本世纪后半期的接受美学的原理不谋而合。后者特别强调作品内容的不确定性和意义的空间,并确认其为文艺作品的基本结构,亦即作品的召唤结构。

诗歌艺术表达情感的基本方式,是通过一个或一组人情事象,寻求相应的客观投影。那些人情事像是作为抒情的触媒而存在,亦作为沟通诗人与读者情感交流的媒介而存在。而在以往,我们往往视它为艺术的终极目的。新诗潮的诗人都已懂得,他们没有理由如同往常的诗人那样,把所有的路加以规定,把所有的房间都予以占领。马拉美甚至认为直呼一件事物的名称,会毁掉用诗意引发这件事物的全部乐趣的四分之三。

他们基于对世界和人生的总体观念的转变,首先不再相信协调一致的自我的存在,甚而把这种统一完美的自我视为不真实的虚幻。他们也对统一和谐的生存秩序产生怀疑。世界不停地向他们涌来的消息、符号与我们时代随时爆发的复杂现实相符。这种现实的由完整而碎裂,由有序到混沌,由精微而模糊的感觉,使诗人更为崇尚对对称破缺的表现。

整个审美意识产生了倾斜。平衡遭到了破坏,它可以概括为连续性及直线型的弱化和基本终止,间断突变型的方式被广泛地尝试乃至成为普遍的趋向。这只需看看当前诗歌创作中对于完整严格的格律之忽视以及不用标点的、随意切割完整词句的自由体的盛行,便说明了它的倾斜度。在这样的观念统御下,有的诗人以更为活脱的方式驾驭意象这一艺术的精灵,他们使之自由叠加,乃至相互冲撞,"随意"地化合和组接以造成艺术上更为扑朔迷离的境界。其实,人们早就说过,散文是走路,诗是跳舞。但在以往,人们往往习惯于千篇一律的"蠕动"和"爬行",并认定这是诗的合理方式。

诗歌的"弹跳"的习性在现阶段得到了重新承认——尽管由此也遭到了欣赏惰性的挖苦和排斥,但它的确开拓了想象力的空间。要是用这样的眼光来审视舒婷的《路遇》,我们便会领略到以意象创造组接代替形象描绘的特优性——

> 凤凰树重又轻轻摇曳
> 铃声把碎碎的花香抛在悸动的长街
> 黑暗弥合来又渗开去
> 记忆的天光和你的目光重迭

与轻轻摇曳的凤凰树、铃声、碎碎的花香相衔接的是"悸动的长街",这是一种意象的组接。它们以空间的转换而暗示了时间的推移。弥合而又渗开的"黑暗",浓重地渲染了下面出现的"记忆的天光"的无所不在的空阔。记忆的天光和现时的目光的"重迭",又一次展示了时空的交错和互换。

重组世界的宏大结构

当前诗歌艺术重心的倾斜,是突出表现为意象的组合造成总体象征的效果。整个的诗歌审美追求,趋向于一种重组世界的感觉和情绪的宏大结构。诗歌对于自身使命有了合乎理性的醒悟。它不回避以外观上的断裂与破缺,重建并强化心灵世界的整体意识。诗人不再如往常那样视局部世界为全部,他们摒弃了对这个表面完整实际上并不完整的世界的亦步亦趋的描绘。他们追求以富有历史的纵深感和延伸感的对于世界的综合把握。"诗的威力和内在生命来自对人类复杂经验的聚合。"(杨炼:《诺日朗》前言)这种聚合包括了历史与现实,理性与感情,思辨与直觉,鲜明的批判精神与不断的自我更新诸多方面内涵的汇聚。

诗歌的实践正向着不是单层的意蕴,而是多层乃至高层结构的方向发展。这种被称为诗的高层建筑的实质不同于闻一多提倡的"建筑美"。诗除了现实性描写的一层意义,还蕴有更深一层或多层的象征意义。如梁小斌的《中国,我的钥匙丢了》,除了现实画面上的钥匙的丢失和寻找,还有钥匙所象征事物的丢失和寻找。把握到这更深一层的意蕴,它所释放的美感力量,便会以几何级数增长。用这种方法来读舒婷的《在潮湿的小站上》,读邵燕祥的《等待》,便会感受到这种深刻感伤的分量,从而深刻体验到浓重的时代气氛。用这种方法来读顾城的《小巷》"小巷/又弯又长/我把一把钥匙/敲着厚厚的墙,便会在它平静而单调的画面的后面,发现一个更深的痛苦的寓意。至于杨炼的《布达拉宫:城堡》——

> 悬崖被狂风抽打得支离破碎
> 而大地的一百五十六层阶梯依然向上流动

> 一根粗壮的藤蔓,叶子是沉静的灰色
> 旷野、草原、历史和天空
> 曲曲折折,在石头间等我——
> 重重叠叠的金顶下,人,很小很孤独

这与一般旅游或状景描物的诗有了质的区别。人生的经验和思考在这里聚集,它打乱了传统的现实主义的具体画面,也打碎了传统的浪漫主义的自我凸现的抒情气氛,它使象征的深层含义闪烁在现实的城堡的画面中跳跃着和变幻着,并通过"切割"和"随意"的情绪流动,把历史和现实、思维和情感、直观和抽象作了奇妙的组合。江河的组诗《太阳和它的反光》,显示的是中国神话的内容,但它绝非神话的复述,甚至也不是神话的引申和发挥,贯穿其中的是人对于自身力量的思考,对于民族精魂的寻找与探究。这些诗,都开展了一座多层的诗意思维的空间,都属于诗的一座座高层建筑群。

仅就以上艺术实践的一个侧面来考察,新诗潮的确呈现了明显的倾斜,这种倾斜对于传统的诗艺至少是不驯的反抗。要是我们客观地考察诗歌的异化曾经造成的危害,那么,我们必定也承认目前产生的这种倾斜的合理性。

第四章　错动与漂移

诗美变革的推衍(一)

动态的辨析

造山运动——板块的扭结与断裂——互不相容又互为补充的文化胶着状态——纵向的更迭与横向的裂变——激流发展与累积式递进——裂变的聚合与漂移大陆的"自震"

板块构造学：一种新的构造概念。认为地球表面至少可以分成六个大板块和若干个小板块，这些板块向下延伸穿过地壳，进入上地幔。每个大板块都包括有大陆和大海盆地；根据这个概念，这些大板块的运动和对接，造成相互作用带。成为地震活动和造山作用的处所，例如，著名的加利福尼亚州圣安列斯断层，被认为是太平洋板块相对于北美洲板块向西北方向滑移的反映。

——《简明大不列颠百科全书》

造山运动——板块的扭结与断裂

当前发生的这一场变革，被称为中国新诗的造山运动。在新的山脉隆起中，原有的华夏大陆诗歌的扭结和变形受到了注意。这是充满生命力的但却受到歪曲的大陆。它的发展过程所出现的事实，显示了与地质学上的某些现象的相似。诗歌有它的各种自然应力——它的特殊形态的压力、张力和扭力造成了自身的形变。这些挤压和扭结构成了错综的破裂带,它们的滑动产生强烈的摩擦与冲撞。

我们从中国新诗的历史出发进行的"诗歌地质"的考察发现:冲撞产生于三个大的板块的错动。这三个大板块是:本世纪最初 10 年出现的新诗创世纪;30 年代至 70 年代中叶的获得了成功和产生了变异的革命诗歌运动;最近 10 年形成的以开放和变革为主要特征的新诗潮和后新诗潮。它们的联系构成了一个完整的现代诗歌发展史。

它们作为一个整体是以表现现代中国的社会人生的新体白话诗而区别于旧文学中表现旧生活和旧情感的古典诗词。寻求不断适应现代社会的多种多样审美需求的动机,把它们紧密地联系在一起。不同的社会背景和时代变动促使它们产生破裂并构成断层。对这种破裂的基本描写是:第二板块由于长期服从于实际需要而形成的"纯化"的诗歌意识及其内容和形式的趋于极致的统一,与第一个板块的创造和自由的多样性实践形成了鲜明的背反;第三个板块形成之后以向着世界开放的现代意识的接近,向着已经固化的"民族化"传统的冲击,这种接近和冲击往往被描写为反传统的和自由化的诗歌思潮。但正是它造成了一种令人鼓舞的形势。这一形势是以重新与半个多世纪以来和五四新诗传统的断裂层以及与世界现代诗歌积极吸收与渗透的断裂层恢复潜在的联系为目标。三者形成了一个否定之否定的局面,这种局面当然不是以修复旧有面貌为终极目的,它旨在使中国新诗合理地成为世界现代诗歌的一个有力的部分,加入世界并得到承认。

我们的考察是动态的,我们不是把诗歌当做一种静止的和凝固的现象。事实上,它也像自然界的万物,各种的力量的扭结、联系、冲突使它始终处于运动的状态中。这个诗歌运动是与中国社会运动相联系的。它是中国近代史结束以后进入现代社会整个社会动荡的一个侧面的反映。正如中国社会在寻找自己的道路,诗也在寻找自己的道路。但诗歌命运几乎受到社会性命运的决定性影响。社会意识革命化的高涨促成诗歌意识革命化的高涨。诗歌在封建性的封闭中的挣扎和冲突,几乎是社会要求开放的挣扎、冲突的诗化的写照。经过曲折的历程,总的追求是中国社会要求成为现代社会,中国民族要求成为萌醒了现代意识的文明的民族。同样,中国诗歌要求成为表现人的现代意识(思维、情感、情绪、意念、观念)的现代诗歌。

这一次的社会转折充满对原有生活形态和思维形态的变革精神。在这个仅仅只有五四时代可以比拟的社会变革中,诗歌成为最敏感的一根神经。而且它几乎成为社会变革的先导,它总是试探性地走在前面,按照未来应有的样子改造着、塑造着适合那个社会形态的诗歌形态。

当前这一个诗歌阶段与原有诗歌传统之间形成了断裂带,它以挑战的姿态向着原有诗歌的统一和规范,向着不容怀疑的传统。它的反规范和反传统精神引起了维护这个规范和传统的势力的震动。人们在它的面前感到困惑和震惊。新的诗歌形态和传统的诗歌形态之间板块运动和对接生发出地震,并在地震的痛苦过后产生了山脉隆起。一场历时久远的"朦胧诗"论战和"崛起论"批判就是新的一次大的板块错动。地震已经停息,余波尚在延续。我们面前骤然出现了连绵的山峰,这当然是以痛苦的彼此碰撞、摩擦、挤压、裂变换来的进步。

这种进步目前呈现为一种空前的"混乱",但"一个巨大的混乱便是一种秩序"(史蒂文斯:《混乱的鉴赏家》)。布瓦洛也曾把这种艺术的变革的新秩序叫做"美丽的混乱":奔腾的风格经常冒险前进,美丽的混乱是艺术的象征。中国新诗所痛苦期待的正是目前这种新秩序:"混乱"终于代替了过去的"统一","无序"终于代替了过去的"有序",分崩离析的"破缺"终于代替了过去统一规格的"完整"。只要换上一种价值标准,我们便会对当前的诗歌现象作出积极的判断。

互不相容又互为补充的文化胶着状态

对当前的诗歌情况进行清晰和条理地归纳将十分困难。事实上它的秩序体现为无秩序。原有的规律已经对目前的诗歌创作失控。原有的理论武器在目前这种异常复杂和不驯的创作思潮面前,已表现出无所适从的惶惑。但也并非不可描写。我们只要不是把它作为一种已经完成的事物,而是对正在进行着巨大变革的事物作动态学考察,我们便会发现:当前诗歌呈现出一种鲜明突出的过渡期色彩。

如同当前中国社会呈现出来那种多种形态的"组合"一样,诗歌也体现出多种形态的"组合"。几乎所有的存在过的诗歌观念、诗歌形式、诗歌手法都存在着。一种从旧体诗词到民歌体,从原有的现实主义到浪漫主义到现今的许多"古怪"的创作方法纷呈杂现。而带有根本性的冲撞则是受到封闭性社会鼓励的自足的文化实体,农民的文化心理——它的构成是人对于自然臣服状态的田园诗情趣的消失,进入世纪末高度发展的现代城市文明正在创造着一种新的文化意识。它构成了对于原有的文化实体的威胁,它们互为适应,且顽强地对峙。一种空前未有的彼此冲突又彼此渗透、互不相容又互为补充乃至悄悄地吸收的胶着状态是新诗70年来未曾出现的特殊景观。

但上述那种景观只是总的潮流中的一个方面,如同江河的某些段落,往往有厚重的沉积层,而且往往展现为突出的胶着状态。但它并不是决定流向的力量。成为新的历史阶段诗歌的决定力量的是当前正在发展着的新诗潮。说是一种新的潮流,但却是极为繁复的另一种"组合"。这种"组合"体现出鲜明的对于原有秩序的反叛色彩:一旦由统一的原则、方针和艺术教条规定的神圣不可侵犯的诗歌迷信被毁坏,随即出现的是无拘束的,摆脱了一切人为羁绊的自由创造的时代——在中国,创作自由的实践经历了最自觉最艰苦同时又是最有成效的艺术品种是诗歌。它不是由于号召和允许,而是在不曾号召和未获允许的状态中进行了艰难的争取。一种如同破除现代迷信一样的无视权威和传统的创造性、探索性实践以积10年的努力取得了目前这样一个让人惊愕和惶惑、兴奋和激动的局面。

没有任何模式和规范,也几乎不承认任何的权威,自行其是的实践和选择,人人都自行建立一座艺术王国,而且自认为这个王国的君主。这证明中国新诗已取得了与世界诗歌共同的发展观念。以至于对这种局面无须另外寻找语言,约翰·奈斯比特对于世界80年代艺术发展的预测,几乎就是专为我们的诗歌作出的判断:

> 对于今天的艺术——所有的艺术来说,如果说有什么特点的话,那就是有多种多样的选择,这里没有占统治地位的艺术流派,没有非此即彼的艺术风格,我们到处都处于不同的艺术时代的交叉点上;在任何一个艺术领域内,我们都还要经过一段时间才能到达一个可以驻足并且予以明确定义的阶段。在未做到这一点之前,成千上万个艺术流派和艺术家都在竞妍争辉而没有新的领袖出现。
> ——《大趋势》《艺术:多种选择的缪斯》

我们以一个不算长的时间,从诗的衰疲、僵硬乃至濒于灭绝的超极限的封闭中和世界最先锋的艺术观念取得共同的语言,并由此开始同向乃至同步的发展,这是十分重大的进步。

这仿佛是一块大陆由于裂变而产生的滑动或漂移。对于原有的诗歌秩序来说,这是一次大的错位。有些人试图纠正这种"错位"使之固有状态"还原"——在他们心目中,只有那种秩序才是合理的和正常的。他们看不惯目前这种动荡不安的混乱,另一些人则不持上述的态度,他们要把这种"错位"加以推进和发展,使之更符合世界性的艺术发展的大趋势而反对倒退和"故态复萌"。对于"错位"的复原或反复原的调整,造成了巨大的折磨和痛苦,这就是不久前发生的、现在也仍然存在的诗歌现实。

纵向的更迭与横向的裂变

大陆的滑动或漂移是不会停止的,这是一种正常的秩序。过去那种长期的固定和静止则是一种失常。前面说到当前的一个诗歌景观是它的胶着和杂糅状态,为了描写的方便,我们可以把胶着的物体略加分解。我们暂且可以把基本上维持了原有的质的那些诗放在一边,专门考察与此不同的那些新生的质。我们发现是这一部分新的质显示了极大的生命力。

一个现象是它们作为与旧质相对的新的实体,自身存在着纵向的更迭和横向的裂变的状态;另一方面,这个大的实体各个被综合的因素也处在一个不断更新的自身运动之中,它们也在纵横交叠地产生着立体化的变异发展。这种气象仿佛是太阳系诸星体的运动,各个星球温度的升降,地貌的变异,它的内在生命的发展和发展史,它又由于各种引力的作用而以各自的速度自转,同时它们又一道绕着太阳公转。这一切,内在的运动和外在的运动,各个星球的自转和整个星体的公转造成最令人激动的动态的诗歌发展景观。对这种景观进行力所能及的宏观描写,能够为微观的具体艺术个体的剖析提供一个有效的宏阔视野。

激流发展与累积式递进

中国新诗在开放时代的发展,从外在的运动形态来看,它经历了明显的递变过程。这种递变和当前阶段的整个文学形势一样,以急遽的方式向前演进,它们构成各个明显的阶段性特性。每一次特征的出现都带给诗歌以新的刺激,然后向着新的阶段发展。在它向前发展时,已经出现的诗歌成为次要的现象,但不会消失,这是一种积累式的递进。具体说,自从1976年秋季"文革"结束至1978年中国共产党第十一届三中全会召开,即思想解放运动的开始,诗歌结束了恢复调整的惯性运动时期。随着出现的是一连串旨在促进诗歌发展的阶段性探索与追求。当一连串新成的气象出现,它把曾经有的一切气象都加以贮存或听任它自由发展。

首先出现在我们面前的是以理想式的抒发或现实性的召唤为基本内容的诗歌时期。这是新思潮的第一个阶段:激情宣泄的阶段。它与先前的激情不同之处不仅在于去掉虚幻成分的真实性,而主要的在于它的批判性。北岛的早期作品和舒婷的整个创作代表了这个潮流的两个基本内容。

舒婷以失落的梦幻的叹息和对于合理的情感与事实的追求,把等待、祈求以及这一切不能如愿的痛苦表达得相当的充分。她的那些关于真实的和想象的爱情、以及关于人性的期待,深刻地说明着她是一个"痛苦的理想主义者"。为完整的充分的激情所支配、所雕塑的《在潮湿的小站上》,温柔背后有着震撼人心的情绪骚动。

梁小斌诗的基本内容也是关于失落的寻觅。寻觅丢失了的钥匙,玫瑰盛开时节,寻觅去年此时的那位少女,以及关于不再涂污雪白的墙的宣告和誓言。一切心愿似乎都发自追求和实现的热情,但在到达这一切之前,他的诗流淌着一种和舒婷相似的淡淡的哀愁。

顾城所创造的童话世界,体现了对于破缺和不完整的修复和完成的意愿。这个世界是对于现实世界的补充,甚至也是一种否定。是对于未能如愿的遗憾的一种心理上和情感上的实现。所谓在黑夜中寻找光明的眼睛就是作为"一代人"中的一个诗人的心愿。他诗中表现的对于自然的亲近感以及对于人的陌生感,也像其他诗人一样是一种对于热情的藏匿。他寻找梦中的世界其实是他寻找现实的世界的一种否定性的实现。

北岛早期的作品是激情的另一种呈现。从对现实生活的关切中体现激情,它表达了对于现实社会和人生的严重关切。这时期的作品,他竭力表达的是非英雄时代的英雄主义。他挑战式地站在生活面前,他不想隐藏自己的愤激,向着不义和邪恶。他的热情甚至是战士的或基督的热情。"如果海洋注定要决提,就让所有的苦水都注入我心中";"如果你脚下有一千名挑战者,那就把我算作第一千零一名";"我只能选择天空,绝不跪在地上,以显得刽子手们的高大,好阻挡那自由的风";这里呈现的是背着十字架承担全部痛苦的献身精神。他在寻找中"迷途",他通过这个恍惚的追求显示的是这种追求的坚定。作为孤独的北方的"岛",他总是寻找渺茫的"岸"。

江河把自己早期的作品概括为"公民情绪",他写的是人民崇高而庄严的史诗。他的作品充溢着一种斗争的热情。"革命把血浸透的旗帜留给风,留给自由的空气,那么,斗争就是我的主题。"一种受到现实的灾难和痛苦驱使的使命感,使他把几乎所有的诗句都献给了祖国和人民。即使面对痛苦的现实,他依然表现了巨大的激情:

> 如果大地的每个角落都充满了光明
> 谁还需要星星,谁还会
> 在寒冷中寂寞地燃烧
> 寻求星星点点的希望
> 谁愿意
> 一年又一年

总写苦难的诗
——《星星变奏曲》

必须充分认识新诗潮最初涌现的诗歌的激情宣泄阶段与传统诗歌内涵的潜在联系。这种联系因为诗歌艺术表述方式的某些变革而受到一些因为这种变革而激动的批评家和诗人们的忽视。他们在实质性的问题上因轻率产生疏忽。偏见使他们无视这批艺术革新者与传统的亲缘的纽带。

接着出现的是理想的沉思阶段。这个潮流体现了对于激情时代的批判性校正。诗人们否定了当初那种不够深刻的对于现实的审视,以及同样不够深刻的对于理想的召唤。这种醒悟伴随着对于现实和历史的思考而来。现实的积重太深,而这个积重又是由长期的历史原因所造成,争取与实现之间存在很长的距离。在这样的现实面前,愤怒的呼喊已经显得无力,何况那些深重的叹息,温情的抚慰?

基于这样的认识,新诗潮开始了第一次自我跨越。这种超越的详明印记打在许多诗人的创作中。骆耕野也许是变化最为鲜明的一位。他的获奖作品《不满》是一首基于现实的神圣使命而发出的对于传统观念叛逆的声音。反叛的不满正是对于一个合理秩序的祈求。像鲜花憧憬甘美的果实,像煤核怀抱燃烧的意愿,他说:"我心中孕育着一个'可怕'的思想,对现状我要大声地喊出——'我不满'!"他维护的是应有的生活秩序。其实他的"不满"一点也不"可怕"。这首诗以非常直接地贴近现实生活的方式表述对现实生活的关切以及改善的意愿,它受到了传统观念的鼓励,尽管他用了一个不驯的词语。到了《车过秦岭》,他的目光尽管还停留在他对于"黑夜"的厌恶和对于"白天"的欢喜上,他对这穿行在秦岭腹部列车的明明灭灭的光线感到一种难以忍耐的忧虑和憎恶。无疑的,他依然有着非常热烈的对于"理应有的"未来的希望和追求。

但在这首诗中,《不满》那样对于实有生活和情感的"黏着"状态消失了,而代之以充满象征意味的超脱现实的表达。它以有规律的复沓,通过那种时而奔走在黑暗的山洞,时而疾驶在明亮的地面的光的感受,把列年运行中的感觉幻化为"黑色的"和"白色的"时间的"蜿蜒"。实际的列车是穿行在"隧道与空谷"之间,他通过隐喻的方式把这种"穿行"抽象化为"黑暗与光明"、"痛苦与欢乐"、"现实与理想"、"死灭与新生"、"邪恶与正义"、"历史与未来",较之前期《不满》那样的作品,诗风明显走向抽象化,但又总是"实有所指"的思考。这首诗体现新诗潮由激情向着冷峻的反思的理性过渡。这位诗人的创作画出了新诗潮发展的轨迹,即改变原先贴得较近的诗与现实的联系,使之拉开距离。诗人不那么易于受到生活现象的激发而产生冲动,开始了思想的沉淀;冷静代替了热情,理性的思考代替了激情的迸发、整个诗歌的气氛呈现着春天热情的消退与秋天的思考的成熟。

比较明显地体现这种转变的是北岛。他的《古诗》是激情的藏匿,表面的愤怒的奔突已经消退,严峻的甚至有点"不露声色"的批判,把诗情导向历史的岩层深处。这古寺内外的一切都是死寂的:当年的钟声已经消失,且固化为蛛网、扩散为年轮,一切都呈现出古老。北岛采用了这样的排列方式——

> 没有记忆,石头
> 空蒙的山谷里传播回声的
> 石头,没有记忆

回文式的复沓强调了时间的悠长、死寂而古老的一切都失去了记忆。透过这些,诗情业已推移到凝神思考的静移中。

以上两个方面的潮流因由同一代人完成。他们要么把诗直接传达对于生活的关切,要么把诗间接传达对于历史的思考,都不乏明显的目的性。与上述实践取得成果的同时,出现了更为超脱的观念和实践。诗歌的触角不再停留在具体的生活现象上,也不再以曲尽心灵的幽深为至境。自然、历史、文化、心理、感觉、诗冲出了传统的禁地,它几乎没有边界地把一切纳入它的领域。诗占领了它所能达到的地方,而这些地方几乎都与传统的诗的功利不发生联系。相当多的诗人都意识到:"写实与简单的抒情或思辨的时代已经过去","真正的艺术追求是从现在开始"。与上述两个潮流追求成逆方向的既是排除表面的"热",又不愿承认潜藏的"热",追求一种纯"冷的境界"。我们只能透过"分析",分析出他们对于热情的依恋的藏匿和歪曲的表现。有的诗人只承认诗自身的目的。也有认为诗即感觉或诗即经验。杨炼认为诗表现的是"智力的空间":"诗创造出自己的空间以容纳和体现内部活跃的生命。诗通过空间只有自然本能、现实感受、历史意识与文化结构,使之融为一体。"

更加年青的诗人以坚定的态度否定了他们的前行者。他们对诗采取了各式各样的同时又是随心所欲的解释。他们不约而同地认自己为真理。他们甚至以揶揄的态度写诗。他们发展了北岛一部分诗中初现的"无所谓"的态度。如《日子》和《履历》,特别是《履历》,这里采取了更为"遥远"的方式,尽管有它的不满现状所暗含的愤激,但无所谓的嘲讽意识已相当明显。尽管在北岛这一代诗人那里,诗始终坚持一种观念:要说一些什么真理,或要表现一些什么愿望,但这里已经生长出一种悲剧和喜剧时代过去之后的与之相对的调侃式的自我揶揄以及荒诞感。这是诗歌与文学同步的悲喜剧因素加强所带来的嘲谑气氛。这种气氛为自己所处的社会环境,也为自身的存在,包括成为"诗人"的存在的讽喻。这一倾向已经在更为年青的诗人那里得到了重视并获得发展。

王小龙近来的创作,就体现了此种氛围。《心,还是那一颗》把世界上重大的新闻和一个普通中国小伙子的日常生活混杂在一起:"马岛终于在早餐时变成了茶点撒切尔这才想起了丈夫电线杆和精神病人打了起来妈妈下车发现雨伞没了。"世界本来就是一团乱麻,认真是一种荒唐。在政治家们认为重大无比之事,在普通人那里一切都是普通的。这里的确有一种幽默感,但是浓重地渗透出一种冷冰冰的"彻悟"。《外科病房》也是,那些对他们和对自己都感到冷漠的人,随意地打发着每一个无聊的日子:"想象自己假如是马拉多纳或者 是他妈的踢到门框上的足球"。它显示了对传统观念的反抗,它把过去许多认为不可入诗的概念和语言,把过去认为诗必须典雅和严肃的看法都置之不理。它有意地追求"随意性"乃至"鄙俗",目的在于刺激那种凝固的观念。许多诗都试图说明生活秩序的荒唐与个人的无能为力,积极或是消极的评价对它不起作用。它是一种因需要而产生的存在,当然也最终地受约于对于生活秩序的认识。

这一路诗风的挑战不仅体现在诗歌表现的内涵,而且鲜明地体现出与现有艺术秩序的不和谐。对已有秩序的厌倦,使他们表现出对一切权威的"藐视"。他们用一种"不正经"的态度揶揄那些习以为常的艺术思维,讽刺他人也自我嘲谑。诗歌离开第一个浪潮那种肃穆的公民使命感已相去万里。但这里所述的显然只是整个诗潮涌起的一个浪花而远非全部。包括第一个板块诗歌的运动,也不曾出现目前这样的驳杂和纷繁。

尽管详细的和有条理的叙述和描写是困难的,但至少有一个现象可以概括,就是与关切社会功利的分离与艺术精致的分离。有一些诗人在追求"反艺术"的"归真返朴",他们表示了对于"艺术化"的厌恶:"'意象'!真让人讨厌,那些混乱的、可以无限罗列下去的'意象',仅仅是为了证实一句话甚至是废话。"

这一群的艺术主张有异于前:他们重视从日常感受里获得意志世界,他们从那些共知之物的外部特征中,阐明已隐藏在人们所不知的领域以及正在形成的领域之中的现象。他们的诗以更多的分析性对待生命特征的反常态本性。现代城市居民的感觉、幻想和心理态势,以及随人们视野和思维空间的拓展而来的对于外显世界和宇宙的认识,由现代化生活节奏所带来的人对时空的新观念等拥入诗中。在这样的观念支配之下,诗歌正在由原先的农民文化心理大体系中分离、萌生出崭新的以现代文明为特征的城市居民特别是知识分子的文化心理体系。

当"今天"开始的那一代革新的诗人们抛弃了过分热衷于现实性题目的再现而走向冷静的理性思考阶段,在他们超越自己的诗歌时代的过程中,至少有一点是不准备事实上也是难以超越的,那便是不管他们采取什么样的更为隐曲的、象征的乃至超现实主义的方式,他们的诗总是有寓意的。他们总要在诗的背后藏着点什么哲理或观念,尽管他们不再要诗直接表示意见,但却要诗不直接地暗示点什么。诗作为对于现实的态度和宣言,在这一批诗人那里并不准备放弃。

更为年青的这一批人不同,即使他们什么都没有拒绝,唯一拒绝的,可能就是诗歌表现的社会功利性。他们把下面这些看得比什么都重要:他们写"视觉的快感",写对于宇宙和外星人的幻想。"入侵者白鲸"从几千米高空俯冲而下,在第三宇宙速度中看城市——

> 起初是一个墨色的光斑
> 然后是纵横的街的景　是飞鸟是飞鸟遮盖的窗
> 　　窗里的人人的思想
> 经过眼睛的窄小通道
> 是一片明净的田野和比田野更为明净的天空
> 抵达并栖止已经是当代纪元
> 不明飞行物使彻夜不眠的城市处于戒备状态
> 　　——宋琳:《白鲸、我、印象城市》

诗歌意识的更新极大地开拓了诗歌思维的空间。作为现代人的诗人们希望触及那些被人们"视而不见"的东西。他们是平民,但他们却像上帝一般思想,即思想凡人所未曾企及的。力求把现代投入未来以实现某种瞬间的超越,他们要"义不容辞地以生命的最高形式为众人导航",以表现"一切纠葛、苦难、隐私、潜能、崇高意识和罪恶感"。他们声称其目的是:"要给社会的审美趣味以一记响亮的耳光。"看来,最具挑战性的正是这"一记耳光"。

裂变的聚合与飘移大陆的自震

由于板块结构的错动而产生的"大陆漂移"的总情势中,漂移的大陆自身的地震依然是连绵不断。许多人都注意到出现在1978年底的《今天》周围有一次最早的诗人集结。"今天的聚集"既不意味着相同艺术主张的集聚,也不意味着统一的艺术流派的出现。这种集聚的意愿在它的《致读者》引用马克思关于"自然界没有黑色的花朵"而肯定"悦人心目的千变万化"的那段话里可以了解到:他们的目的在于以新的多样化的诗歌追求向着那个已经统一和僵硬的"板块"冲击。这是一种"力量的联合"。

一旦这种冲击引起了注意并取得初步成效,这个"群体"立即以惊人的速度自我"裂变"。"今天"中最有影响的五位诗人:北岛、舒婷、顾城、杨炼、江河,他们当初作为向着传统势力进行抗争的挑战者曾经"在一起奔腾"过。这正如江河一首诗中所传达的,"我和春天一起写这首诗/和你和更多的人/同唱这支歌/海洋与冰块猛然相撞/船冲向浪头/我们这样站着/雄壮而多情/温柔地呼唤风"。当时他们就是这样站在一起,期望和更多的人"一同唱这支歌"。

事实宣告了这个相撞的结果。早在到达这个目的之前,日益成熟的独立的艺术觉醒,促使他们彼此分离。实际上他们在当时就是"貌合神离"的。舒婷基于人性的呼吁以及忧愁和痛苦的内心世界的展现,完全不同于北岛那种冷峻的批判性思考;她的东方古典式的优雅风格与北岛那种与东方传统相背反的现代表现方式也迥然有别。顾城的童话世界也是一个"独立王国"。他的天真和纯洁和北岛的忧郁的深沉以及江河那种显得有点"苍老"的浑朴,也造出了极大的反差。也许杨炼和江河对历史题材的兴趣使他们的艺术追求接近。但就是这两位我们看来最为"接近"的诗人,他们也会否认这种"接近"的事实。江河的简括古朴和杨炼的华彩铺排造成了极大的差异感。比较他们笔下的"陶罐",就可以作出泾渭分明的判断。这是江河《从这里开始》中的陶罐:

> 我攥着一块块黏土,揉着,捏着
> 仿佛炊烟似的雾霭抱着我的孩子
> 抚摸着孩子的头一样圆满的罐子
> 为了清澈的水流进嘴唇
> 清澈得像一罐罐蓝色的生活
> 我勾画出河流似的美丽的花纹
> ……
> 陶罐碎了……

这是杨炼《半坡》组诗中的《陶罐》,这里是极度繁乐的铺张中的一段:

> 哦火,你的乐队,你击打岩层之梦的鼓槌
> 同样的忧郁无情地摧毁着我的灵魂
> 时间嘀嘀嗒嗒,在星星周围剥夺我的质朴、我的褐色而成熟的谷穗又一次忍受乌鸦啄空的心我们远望着,也永远失去着、粗砂怀抱一切燃烧

火,你的泉水,你的酒,你自由的秩序,你凶险信仰的使者
一只为世界呼唤死亡的天鹅,猝然发现
蕴藏于雷电热吻中的光明
太晚了! 狂欢已注定创造这个脆弱的孩子
在漫长的折磨之后,带着血,赤裸诞生
……

而更重要的还是观念上的差异。江河要求表现"人的复杂因素",但要把这种表现"到达单纯的程度",他的艺术追求从中国古典艺术的原则中得到很多的启发。《太阳和他的反光》企图把历史神话对于"生命隐秘的启示"以"点石生辉"。他追求的以"青铜的威武静慑"、"砖瓦的古朴"、"墓雕的浑重"来铸造他的现代艺术。杨炼不像江河这样注意东方风格的"点化",而只是借重特殊题材的发挥以建立属于自己的"智力空间"。他强调的不是艺术的神韵,而是要求必须"千方百计地占有知识、从而拥有供分析比较的基本原料","重新找到、发掘并确定那些在历史上与我们相呼应的东西"。杨炼的创作方法要求"从纷繁复杂的来源中提取至今仍有强大生命力的'内核',这就是曾被叶芝称之为'成熟的智慧'的那种能力"——杨炼不是强调江河那样的融汇和熔铸东方的气韵而是强调"聚合":"必须进行新的综合,诗的威力和内在生命来自对人类复杂经验的聚合"。江河强调的是"消化",而杨炼强调的是"结构"。

当年团结在《今天》的诗人,为了争取向着强大的"统一"的诗歌进行冲击的需要而进行了联合的凝聚。一旦这一任务告成,《今天》的联合便成为历史的一块丰碑,而不再承担推动艺术发展的使命。推动艺术发展的功效体现在"今天"的裂变上,这就是:至少有几位有影响的诗人(北岛、舒婷、顾城、江河、杨炼等)因艺术上的差异而开始裂变,然后,他们自然地各自成为一个核心开始新的"聚合"——结成了一个一个新的群体。以其中

的杨炼为例,他的借重古代文明和文化为材料的结构方式受到了相当多的青年诗人的呼应。几乎每一角落都在进行这种裂变和聚合。

新思潮造山运动中的裂变和聚合,造成了自有新诗历史以来的让人眼花缭乱、目不暇接的诗歌景观。这种急遽发展和更新的诗歌态势,体现了新诗当前的生命活力。当然由此也造成了适应和欣赏的困难,"无章法"的创作带来的是"无章法"的欣赏。欣赏一旦离开了"章法",必然带给欣赏者以新的困惑。这是大变革的诗歌潮流所带来的新的问题,对于我们,只有一个出路:接近和理解。

错动和漂移的诗歌结构动态模型不仅存在于诗歌的整体,诗群的整体,也存于个体。这10年的"动荡不安",其实就是从全体到个别的大裂变和大聚合、自转与公转,外在景观和内在素质的全面变革的错综复杂的叠加。这带来兴奋也带来痛苦。几乎每个诗人都处于适应和变更适应的不断自我否定和自我更新的过程。北岛曾经感到"一种写不下去的感觉,苦恼自己在一个平面上徘徊"。从早期的抒情小诗《睡吧,山谷》、《你说》到以诸多的意象排列与叠加来表达对于现实生活的关切的诗,随着思想与艺术上的自我反省(思想上的反省如认为"过去只说我们这一代是无辜的,现在看来已经不够了,我们本身都存在弱点";艺术上反省如"不能只停留在一个平面上,要立体化"等等)他开始了新的艺术探求。

整体效果和悲喜剧意识是北岛后期创作的重大发展,而这种更新不过是在他正式出现的二三年内进行的。到了近期,北岛更趋向于超现实主义的艺术探索。他近期创作注意把创作意图引向突破正常逻辑,写内心感觉或梦境、追求把意识与无意识中的经验王国加以结合的手段,追求梦幻世界与日常的理性世界共同进入"一个绝对的世界,一个超现实世界"。北岛自述《诗艺》一诗属于超现实主义的追求,是一种梦境的体验,目的在于通过暗示而与现实拉开了距离。

由于整个的发生错动,推动了大大小小的板块"滑移",这说明我们的诗歌已经告别了那种"固化"状态,从而开始了不断推衍向前的世界性进程。北岛不会是永远的北岛、舒婷也不会是永远的舒婷。舒婷的《神女峰》或《惠安女子》已经超越了自身命运和忧乐的吟咏而转向对人类的命运和生存状态的思考,情感的成分中渗透了哲理,到了《你们的石子》,她是在追求一种"既接近又远逸"的境界:"写诗正是为了探索命运与我们之间的这一段距离——人人有之而人人讳之的客观与心理距离。"这与她初次与读者见面,关于"人啊,理解我吧"的呼吁,以及"今天,人们迫切需要尊重信任和温暖"所表达的对人的一种关切无疑是更为推进了。

第五章 反拨与实进

诗美变革的推衍(二)

静态的审视

最具实质的诗美变革——从意义的诗到意象的诗——从直接说明到间离效果——从模糊写意到整体象征——从匀称完整到破缺失衡——从平面铺展到立体建构

最具实质的诗美变革

任何一次文学运动,最终都要归结为艺术的变革运动,除非它是不成功的。但是每个时代的人似乎都格外重视各个文学运动中文学表现内容的转移和更新。而往往忽视艺术自身的递进和嬗变。但前者究竟不能说明文学艺术发生的质的变化。表现什么的变化是表层的、非实质的;而怎么表现的变化则是深层的、实质的。我们都承认1976年以后的诗歌发生了重大的变化,但这种变化在一个时期内的表现并不具有实际的推进意义。也就是说,那一时期诗歌的更新只体现在内容的部分更新上。过去充斥着虚假情感的诗歌如今被用来歌唱人民真诚的爱憎。这转变,是重大的,但仍然不是根本的。

正是在这个意义上,我们判断天安门诗歌运动只能是以艺术方式进行的政治示威,而不是一次有效的艺术改革运动。同样,我们可以充分肯定自1976至1978年将及三年的诗歌惯性运行时期内容上的里程碑式的前进,但却不能对这一时期的艺术的探索与追求作超出事实的估计——这一阶段的艺术表现并不存在突进性的发展。

在以往的研究中,我们对诗歌主题的发展曾给予充分的重视,我们紧密追踪诗歌在新时代迅疾推进的轨迹。我们为它描画出从春天的狂欢到深沉的历史反思、从伤痕累累的归来到文化寻根的令人激动的发展过程。但我们显然未曾充分关注诗美在新时代中的勇敢追求,而这却是更具实质意义的追求。最近数年间在诗歌论辩中的分歧,几乎均非因内容认识的差异、而无不是由于艺术观念与判断的歧异。朦胧诗论辩,争的是诗歌的朦胧造成了欣赏的隔膜和抗拒,最后涉及对于传统艺术方式的维护和变革;崛起论批判,围绕着是否存在新的美学原则的中心进行。令人感兴趣的一个事实是:几乎论战的双方都没有对《将军,不能这样做》这样内容尖锐的作品提出异议。因为对任何的欣赏者,它都不存在艺术理解的困难。所谓"古怪诗",恐怕主要是指艺术变得"古怪"了——它背离了传统的规范。

以往的艺术方式已经模式化。我们把艺术是实际生活的反映这一原理,当作现实主义反映生活的方式。现实主义的原则在现实的实践中被理解为生活中有什么就反映什么。特别是当这种东西被判断为是"重大的"时候,这种反映就具备了超乎寻常的神圣感。这种神圣感甚至冲淡了现实主义固有的忠实于生活实际样子的原则,而沦为重大题材决定论:只要是"政治需要",不忠实的反映也被认作是履行了"服务"的职责。这是现实主义的一种变异。另一种变异则是把现实主义当作是现实的实录。一种排斥了创造性构思的"尾随"生活实际样子的记录,被认为是对现实描写的尽职。于是只起了一种"不动脑筋"的文风,即按照生产、运动进度或人物经历的先后作纪实性的描写。这就产生了以诗记事,而且是按照一定的程序纪事的背离诗质的实践。

抒写情感也依据上述原则进行。一种不容怀疑的观念认为,革命的情感和情怀都是革命运动和革命实践的艺术反映。1980年的舒婷诗歌讨论中有人提出"人离不开社会,心灵也只能是一定的社会和阶级的心灵",即是这种观念的延伸。因而一般诗歌的抒发情感往往采用因景生情的反映方式。所谓的景,一种是以阶级斗争为灵魂的社会政治环境,一般用以进行政治抒情的政治诗即属此类。这类抒情诗往往从具体的政治斗争、政治运动中取材,由此升华为人所共知的理想抒发。因为革命的原则是属于全体的,因而这种抒情也必然地排斥个人感情的加入。它所抒发的往往总是那些不包括个人观点和个性的普遍情感、普遍思想。再就是取材于生活场景和自然风物的抒情。同样有一种飞跃的升华。即从具体触及的场景中引申出政治道理或人生哲理的联想和发挥,更有甚者则是为一时一事的内容作出反应。这种抒情诗亦可称为生活抒情诗。

这一场艺术方式和艺术方法的变革,是在新诗潮论争的硝烟中悄悄开始的。它以不为人知、不事喧嚣的方式开始了一个与传统方式形成重大悖逆的艺术革新。它不动声色向着旧有的艺术观念挑战。它事实上已成为一股重大的艺术革新潮流而受到广泛承认。

从意义的诗到意象的诗

迅速而普遍的意象化是当前诗歌变革引人注目的现象。意象是一种无须凭借别的力量而直接处理对象的艺术把握世界的一种方式。意象注重诗人对于世界的直接感受,但并不是一种单纯的印象和感觉的捕捉。庞德讲他写《地铁车站》是由于当时在一个很短的时间里有一个外在的客观事物发生转化、并进入他主观内在的一个事物,二者结合而为意象。构成意象的两个事物之间的关系不是本体与喻体也不是此物象征彼物的关系。

它是两个事物(意和象)瞬间完成的结合。意象的积聚实际上是诗人内心的一次精神经验的完成,它同时包含有理性的感性的成分。因此意象的本质是情理合一(庞德:"理性和感情的结合体"),意象合一(彼得·琼斯:"具体中包含有很强烈的抽象意义")。它的制作过程的"瞬间的紧密结合"其实是主、客观的刹那间的"化合"。眼前象与心中意不是作为两种成分的孤立存在,而是作为统一的"化合物在诗人那里被重新创造"。北岛的《生活》:"网"是一个典型的例子。当诗触及对象的外形,心中的寓意亦同时完成。抽象含义的网与具象实有的网作为主客观的化合物是不可分的浑成状态。舒婷的《帆》:"有这样顽野的浪花,就有这样骠悍的蝴蝶。"帆的飘荡如蝴蝶的飞翔,与诗人心中的顽野之中的骠悍的意念瞬间结合而为一个新的物质,即意象。

　　意象诗的制作过程显示了与习见创作方式的迥异。它奉行以下的原则:即"直接处理'该事物',不论是主观还是客观的"。这样,就像《生活》这样在其他艺术方式那里可能要用许多辅助手段加以表达的命题,在意象诗这里,只是一个瞬间的凝聚和一个简约的呈现。意象诗的作者一旦对现象进行了"化合",他就不再担负对诗的解释的任务。怎样解释和理解,它完全地交付与读者。于是我们便听到了纷纭而莫衷一是的对诗的议论。以上引用的还只是一种简单意象的呈现,再复杂一些的,欣赏的难度亦随之增加。

　　有人比喻说,一个单一的意象,好比是电子计算机的元件,它可以进行无限制的组装。这样组装没有固定的程序,一种基本的方式是排列式组合。这种排列式组合画面比较单纯,也易于分析,如顾城的《眨眼》、《孤线》,北岛的《桔子熟了》、《走吧》都是。顾城的《孤线》最单纯,但寓意却不单纯,它对四组"直接处理"的视觉意象进行呈现式的综合。不依靠主观情感的披露,也不依靠某一细节辅陈的说明,它只是把这四组意象进行简单的排列,给欣赏者以暗示,提供复杂意绪的多种解释。

较为普遍的意象组合方式则是由简单到复杂的交融叠加。"在灰色的夜空前,伫立着一棵年青的树"(顾城)就是一个简单的叠加:一个是夜空的灰色,一个是年青的树的伫立,把特定年龄的人生的经历,放置于一个非常严峻的氛围中,年青的树的伫立和苍茫的夜空构成一个深邃思考的环境,这是一种猝然的重叠,重叠之后传达出来的无限繁复的现代人的意绪。在更多的场合,意象采取了综合叠加方式。如北岛的《迷途》是一种动态的意象组合——寻找哨音和森林阻挡是一种组接,产生飘忽的寻求与阻碍的意绪,这里消灭了诗人的直接解释和描写,也不从事铺张的自我内心的抒写和传达。只是一个意象叠加于另一个意象,从一个意象"结"转向着另一个意象"结"滑移。表达的是寻找的迷途。其间充满希望的诱惑、受阻、新的迷惘,归结为不确定的目的,《迷途》为各种经历、年龄、心情的人提供各种各样的解释。

诗歌意象化对于原有诗歌方式实现了一个突破式的变革。至少在意象诗的领域,原有的方式退到了次要的地位,形象之间的关系产生了巨大的转变,不单是反映,也不单是抒发,不单是感情,也不单是思想,它只是瞬间造成的一个又一个"元件"的"拼搭"。

从直接说明到间离效果

意象诗的兴起,带来了诗人对于世界体察方式的松动。由于意象的获得通常靠瞬间完成,这实际上闯过了一个方法的禁区。即过去那种由观察、体验、注重对客观世界理性认识的方式,转而为重新确认一个认识的主体,即诗人自身。以往的理论着重提醒人们必须按照世界自有的形态对它进行忠实于它的描述。这方面的一个消极效果是诗人在世界面前的完全被动。

无数的质问都是一种重复:"生活难道是这样的吗?"所有的创作指导都劝诲诗人应当专心一意地描写和再现客观情状。而在这个过程中,诗人事实上不被允许有个人的见解,也不被允许投入个人的特殊的情感活动。郭小川的《望星空》因为自然地流露了与"时代主调"不和谐的人生忧患感、生命极其短促的永恒的悲剧感而遭到批判;流沙河因为在他的《白杨》意象中"化合"进去特殊的理性色彩造出了意象的含混性或者竟是全面的消失。如同英美意象诗的兴起是由于对原有的艺术惰性的反拨一样。当代意象诗一兴起,也受到了一种对于艺术惰性的厌倦心理的鼓励。在此之前,我们的诗歌描写,基本上存在着两种倾向:一、排斥诗人主观情怀特别是个性思考的平庸的、琐屑的描写叙述;二、由过火的形容词和无限夸张的呼喊装饰的矫情的泛滥。极端的繁缛和装饰,导致创作和欣赏心理的逆反。于是,这种以简洁的方式直接处理对象:不是用无限制的关联和人为的焊接,而是意象的自然排列和叠加的方式便受到了重视。

以往被广泛用来直接宣讲"意义"的诗如今消失了直接的手段和目的,推出的是一个又一个意象的暗示和启迪。诗人在这里不再承担全知的宣讲人的角色。他显示的是一个又一个意象魔方造成的迷宫。不仅是意象诗的表达方式,而且是它的制作过程,都宣告了一个重大的革新:意义的诗已为意象的诗所取代。在意象诗这里,诗歌与表现相对受到制裁,这都是对于诗人自由的限制和剥夺。

事实上,从古到今的诗人都难以脱离自己的世界。他可以在这个属于自己的王国中自由地幻想和想象,按照自己的意愿改变客体的情状重塑世界。所谓的自我表现,并不是指简单地表现自我,更确切些说,是按照自我的意愿和方式表现世界。例如我们每天都看到太阳升起,但芒克写《太阳》"你又一次地惊醒,你已满头花白",无疑是按照他心中自有的感觉重新塑造了一个属于他发现的太阳：太阳老了！这种理论的受到重视，使以往的反映论的独尊地位受到了怀疑。顾城讲"世界不是素描，世界是彩色的"。这句表达不很清晰的话前半句包含了对于"素描"的反抗心理，后半句则承认诗人自主的塑造世界的意愿，即按照自己看到的，想到的样子涂抹世界。如顾城的《感觉》"一片死灰中"的淡绿和鲜红；梅昭静心中的"绿色的太阳"；王小妮感到的"阳光"：从长长的走廊走下去，她仿佛是第一次看到阳光的那份欢喜和新鲜。这种创作实践，充分尊重诗人对于世界的特殊的瞬间感受，这种感受并不以理性的说事物是否有意义作为衡量的标准。王小妮的另一首诗《假日・湖畔・随想》也通过个人的特殊感觉，表达了对于自然和自由的渴想：

　　湖边，这样大的风，
　　也许，我不该穿裙子来，
　　风，怎么总把它掀动。

　　假如，没有那些游人，
　　呵，我会多自由呵；
　　头发、衣袖都任凭那风。

艺术的自由——对于感觉的捕捉，并把这种感觉郑重地以艺术的方式加以表现，这是诗人以实践冲破禁区行为——最终是用来表达思想和行动的自由。艺术的武器被用来有效地反抗了世俗和人与人的防范与隔膜。实际上，诗已经潜入到"无意义"的隐秘的内心深处，而这是由一种对于"风吹裙子"的直感开始的。"难道生活是这样吗？"这个约束已经失去了效应。诗人想把诗写成怎样就怎样，生活是按照诗人想象的样子被塑造的。这就造成我们此刻概括的一种艺术现象，即超脱现实的距离感，即艺术表现与表现对象之间的间离效果。这里涉及复杂的艺术问题,但有一点是明显的,即诗不再拘泥于现实的情状,而显得有点"随意"。

> 当天地翻转过来,
> 我被倒挂在
> 一棵墩布似的老树上
> 眺望

这是怪诞的表现方式,首先是天地翻转,我被倒挂而还能"眺望",而眺望的所在却是一棵"墩布似"的老树。墩布、老树,而后是倒挂的眺望,绝对不按照那种甜蜜蜜的形容和老老实实的路子走。从心理感受的真实出发,大胆地对现实生活"歪曲"描写,并且按照我的心理感觉的真实予以"变形"。这种艺术的变形是对于过分的拘泥于"生活图景"的原则的一种反抗。更直接一些说,多半是对于美化和粉饰的反抗,一种艺术准则的"美"在这里为"丑"所代替。

艺术表现从外形上脱离具体的事象,也是一种间离效果的追求。近年许多诗歌意象都依靠某种扭曲和变形取得与传统形象的异趣。不是借助描形绘景,也不是依仗借景抒情,而是依靠这些经过变形的意象进行奇诡的组接。只要随意取出一首诗,分解它的构成的许多艺术"因子",便可发现艺术在最近数年发生了怎样的惊人的转变。这是顾城的《空隙》:

> 空隙
> 石块和木板的疏忽
> 引诱着
> 偷偷窥视的眼睛
> 左轮枪转动的声音
> 屏息的准星

> 春天在呜呜作响
> 种子在寻找阳光
> 一只蜈蚣
> 像弹链样甩动、消失
> 空隙

许多新奇的意象组织着一个新奇的世界。这个世界是一个"空隙":春天在鸣叫,种子在寻找阳光,但阴谋也在生长,屏息的准星,那里有左轮枪在转动,蜈蚣如弹链般甩动并消失在空隙。它展示了即使是作为空隙的世界的全部复杂性。要是阅读北岛的《古寺》,我们依然会发现这是一个经过重组的奇特的意象世界:没有记忆的石头,喑哑的铃铛,裂缝的柱子,龙和怪鸟,磨损的文字,残缺的石碑,驮着秘密的乌龟……停滞和怪诞构成了一个恒久的世界,在荒芜和残破之中,潜伏着一个不安的灵魂。

从模糊写意到整体象征

曾经是主要潮流的形似的模拟,以及不重外界感受的训诲式的"内心"抒发,如今都宣告衰落。诗人对于世界感知的方式越来越变得多样:瞬间印象的捕捉、直觉的表达、意识的流动、潜意识的把握、外界感受的心理投影,甚至是梦境和幻觉。过去从深入生活到建立基地的观察体验系统,如今仅仅是众多方式中的一种方式。感觉的呈现,意念的传达,通过怪异的意象组接以及对于意识流动的表现,诗越来越重视模糊的写意。

这局面告知我们这个时期开始的意象化也已有了大的超越。不再靠一个个具体的意象表达某种意思。而是追求一种整体效果。这种整体效果是在突破正常的生活逻辑注重理性与情感的凝聚而成的内在结构取得的。许多看来互不连贯的,显得破碎的意象所造成的反常的氛围,它仿佛是电子游戏中一条又一条通往目的地的"迷途",最后使那个弹子转向目标。人们的欣赏活动就是一种寻觅、最后把握到了那个整体的效果。

北岛谈到他的《诗艺》的艺术追求时说："将无法把握的感觉透过整体效果,达到了一种暗示,好像离现实很远,实际上反映了诗人的一种感受……拉开间距有好处,它反而能使人看清楚人类自身的生存状况。""凶恶的树仍在不停地摇曳,不停地坠落它们不幸的儿女",多多《陈述之四》所展现的是一个由特殊的母亲和子女异常状态构成的整体象征的世界,它创造了令人惊栗的效果。在以往的诗中,象征往往是某种局部的手法应用,而不是作为一个完整的总体的追求,即使全首诗本身构成一种象征。

最早使人为这种诗艺的实现所震惊的是梁小斌的《中国,我的钥匙丢了》。这首诗以完整的象征气氛提醒了我们。在漫长的写实氛围中,这无疑是一个重大的实现,它带给沉闷因袭的空气以震撼。

整体象征是间离效果的推进和深入。它从写实、抒情推向象征,从现实推向超现实,从实际社会场景推向潜在的意念和梦幻。迄今为止的艺术实践已经实现了艺术成为生活的仆从地位的脱离,实行了艺术黏着于实际的割断——至少是一部分艺术是如此。超脱性、距离感构成了对于直接的社会功利目的的"间距状态"。这种陌生的超脱性和陌生感造成了新鲜的、富有引力的审美悬念。

从匀称完整到破缺失衡

破缺美的对立面是匀称美,造成这种趋势的基因是意象化和象征的恢复和加强。它造成了诗歌的高度闪跳。早就有人说过,散文是走路,诗是跳舞。这事实确定了诗的有异于众的传达方式:跳跃式。但不幸经过数十年的"改造",诗失去了诗的个性而获得了散文的个性。诗被用来如同散文那样地"走路"。闪跳式的表达方式恢复了诗的素质。由于纠正诗的变异而产生了倾斜,即破坏那种刻意追求的匀称美。诗人们似乎都在实践着对于过于完美的世界的否定。他们更为关注那些"不完美"。他们认为这种不完美更为切近人生的实际。像北岛的《夜的主题和变奏》那样破坏夜的主题的突如其来的喧嚣;像舒婷的"船"那样油漆剥落的搁浅和咫尺间永恒的阻隔;像芒克的"葡萄园"那样看着葡萄摔在地上"血在落叶中间流"的悲怆的破损,均是人生真相的艺术呈示。

江河的《沉思》似乎是一个暗示:

> 陶罐碎了。精美的瓷器
> 夺去了我手上的光泽。妻子和姐妹只有
> 在织出的绸子上才显出美丽
> 花朵飘落流向一个不属于自己的地方

"破碎陶罐"是一个大的审美变革的象征。它宣告传统的审美规范正在受到质疑。这表现为:一、线性的序列叙述方式的破坏;二、均衡的和谐结构的碎裂。诗美呈现出严重的缺乏秩序状态,这当然为过去受抑制的诗的一个特性所决定。诗是一个一个跳闪的点,而不是线,这是由于诗最精粹地体现人的思维的零碎、闪跳和大幅度移位的特征。

这种破坏性,首先实施于线型的叙述方式,即所谓"扭折了逻辑的颈子……运用矛盾的语法而使诗富于极大的张力"。(洛夫:《中国现代文学大系诗选序》)这就出现了连续性及直线型的终止、间断突变型的尝试的大量涌现。像严力《以人类的名义生存》的开头几行:

> 绽开笑脸的花朵不表现我的土地
> 我去尝试掀开一个枕头
> 但梦也凋零了
> 我不再乞求春天被我征服

这种句子的断裂造成了理解的困难,但同时也创造了可以大幅度扩展的欣赏、联想的空间。

到了近年的诗,那种线型的组织能力受到了严重的破坏。极少有诗人再采取这种婆婆妈妈的叙述方式。一是不再在诗中说什么连贯的实事,也不再详细地描写和形容,开头和结尾不再讲究"章法",不再按照叙述的模式起承转合,"描写——升华"。

顾城的《孤线》或《眨眼》可以说是以断续的不连贯的方式恢复了诗的表述习惯。在这里已经寻找不出叙述的"秩序",任何一个段落都可以成为开头,也可以同时是结尾。他的《从犯》可以说是"不知所云"——

> 你总是在看外面的世界
> 你的脚在找拖鞋
> 你结婚了
> 有一块黑色的麦地
> 你在梦里偷过东西
> 你又看看外面的台阶

但要是反复体察,便会发现这种迷幻状态的空疏是一种有意味的表述方式。江河的《青春》是早期的作品,没有顾城的那么难懂——

> 我不是没有童年,茂盛,青春
> 即使贫穷,饥饿
> 衣衫缕褛,墙壁滑落
> 像我不幸的诞生
>
> 沉闷
>
> 爆发的哭声震颤

这种表述有利于表现复杂的世界和复杂的内心,"复杂现象大于因果链的孤立属性的简单的总和,解释这些现象不仅要通过它们的组成的部分,而且要估计到它们之间的联系的总和。有联系的事物的总和,可以看成具有特殊的整体水平的功能和属性的系统"。这段话是现代系统科学创始人贝塔朗菲说的。

间断和破缺的原理的延伸,终于出现了以随意的和自由的组合代替有规律的组合。传统的叙述方式,讲究连贯和匀称的结构。韵脚在这里成为一个有效的纽带,如同铆钉焊接。这种用关联词以及通过韵律的方式把叙述型的诗所加以组织的结果,是一种格律和准格律的框架的出现。对称美和整体的匀称是它的审美造型,但这种造型在近年的诗歌实践中受到了忽视。造成这种大倾向的近因是人们对于甜蜜完美的组织起来的诗句产生欣赏心理上的拒绝。原因则是生活本身的决定。整个时代充满了躁动,一种改变旧有秩序的愿望充斥一切,加上对生活积习认识的加深,呼唤着诗人以更加无拘束的诗句组织自己的情绪。芒克的《天空》讲:

> 谁不想把生活编织成花篮;
> 可是,美好被打扫得干干净净

杨炼的《诺日朗·日潮》也同北岛的《夜:主题和变奏》一样暗示着世界的不和谐、不宁静:

> 高原如猛虎,焚烧于激流暴跳的万物的海滨
> 哦,只有光,落日浑圆地向你们泛滥,大地悬挂在空中
> 强盗的帆向手臂张开,岩石向胸脯,苍鹰向心……
> 牧羊人的孤独被无边起伏的灌木所吞噬
> 经幡飞扬,那凄厉的信仰,悠悠凌驾于蔚兰之上

从内在的情绪和外在的表达方式,都似乎在有意地无视传统的和谐美,几乎就是方块形的殿堂破坏之后的七零八落的栏

杆——没有章法，也不讲"音步"和建筑美、音乐美和绘画美，甚至有意地把世界写得"不美"。

当小说把世界通过一道道线，组成面，而诗却始终是"点"，它必须在它行走过的地方留下一个又一个"空白"，这些诗行的排列几乎比小孩们玩的"跳格"还要无规则还要空疏。这大大小小的欣赏空间需要填补。过多的起承转合，过多的铺陈会败坏诗的特殊效果。诗，不能是黏稠的一块，而是错落参差的"石阶"。

  没有期待
  只有一颗石化的种子

在两行之间是长长的沉寂，是一连串的"没有"之后的"有"。有的是对于"没有期待"的证实，更增加了悲剧的分量。

意象化的间离效果导致传达方式的高度闪跳，它直接反对了线性的叙述模式。情绪线是潜在的和藏匿的，表面的情节被省略了，甚至消失了，但情绪和感觉却存在。存在着隐形的线的联系。对于这种隐形的情绪线的寻觅，往往成为开启"朦胧诗"的灵智的钥匙，这就是以情绪串接意象。对这种跳了"空格"之后的悬念加以填补，让情绪来串接那一个个空格，一首诗的密码不是不可破译的。

从平面铺展到立体建构

诗要求每一个作品都是一个自足的整体，艺术的整体感具有各自的形态。诗以它自有的方式体现它独特的整体感。概而言之，一是因为它极为精缩，是一个袖珍的世界；一是它极为含蓄，是一个模糊的世界。

诗的精缩往往使它失去了它所有的完备的外观，诗的含而不露的隐蔽真意，往往使它以"无形"而建构起多层的主体建筑。

北岛的《生活》:"网"是这两种形态的聚合。这首"一字诗"自身构成一个整体,它由诗题《生活》给诗定位。它的排列方式唤起的是对诗的整体化期诗,人们一下子确认它是一个自足的整体。一个字便达到了"自我完成"。由于它赋予欣赏者以整体的暗示,这就给诗增添了字面未曾表现的东西。由于意象化的功效,"网"不就是字面上传达的内容,"网"的含义远较字面为多,而且它已经不是平面的构图。

当前诗歌审美追求由于种种原因,促成了诗的结构上的巨大变化。叙述性的线性结构为基础的平面展开式结构的解体,而代之由多层内涵组成的立体化结构原则的确立。以这样原则造出的诗,即使小到不可划分的诗如《生活》,也不再是单一含义的传达:具形的"网"之外或"网"之上有富网。

从道理上看,"诗是一种比历史更富哲学意义、更高的东西。因为诗是要表达带普遍性的事物而历史则表达特殊的事物"。(亚里斯多德)有的诗只是一种全知式的说明,它不需要读者的领悟,而且它不提供一种解释,它不是多义的。现阶段诗的超越,在于单一含义的内涵的摒弃。过去的诗,其最佳的品格也不过是提供一种意义。

诗靠意念、意象的安排,提供内在的结构以构成诗的内灵魂。它不是说明,这种安排决定一首诗生命的开始、展开和终结,在运动中显示生命,启示人以诸多的含义。缺少内在结构的诗不会带来读者的"顿悟",读者只是依靠说明被动地接受。现阶段的诗由于内在结构的变异,它依靠读者"顿悟"以提供诗的多种含义的领会,造成了读者的惶惑——这些读者的欣赏心理因缺少训练而普遍地退化。

只要比较一下就知道这两种诗歌的差别。以白桦和舒婷的同题诗《船》为例,白桦的船是明白说出这首诗的含义:船的命运就是我的命运。在诗中,船的地位与我的地位相等,整首诗以比

喻的手段写成。意义是单纯的,即作为船要与海浪搏斗。到了舒婷的《船》,它的组织方式靠意念和意象的安排,并不直接显示:

> 无垠的大海
> 纵有辽远的疆域
> 咫尺之内
> 却丧失了最后的力量
> 隔着永恒的距离
> 他们怅然相望
> 爱情穿过生死的界限……

她极重主观情绪的传达,但这首《船》始终没有直接出现"我"的形象——从诗的表面层判断,它的确是一只搁浅在荒滩上的小船与大海的障碍。因为讲到:"爱情穿过生死的界限""交织着万古常青的目光",也许人们会判断为爱的遗憾和痛苦;要是再进一层从舒婷自述中的"1972年我以独生子女照顾回城,没有安排工作,产生了一种搁浅的感受,(多少年之后,我才明白,搁浅也是一种生活)"加以印证,则判断为以船自况亦是一层意思。但如按亚里斯多德说的那种"更富于哲学意味,更高的东西"去理解,它传达出了某种人生的哲理:总体的悲剧感,所谓的"事不如意常八九"的不能如愿的怅惘。那么,这该是内在结构的最高层了。

要是不仅用写实主义的角度,也不仅是用抒写激情的角度,而是以总体象征的高角度去看诗《在潮湿的小站上》,此诗表达一种等诗而没有等到,它通过那诸多的意象组接,提出了一个问句:"她在等谁呢?"不是提供给人以更多的"领悟"的可能性吗?现代诗追求的是这种主体建构传达的诗的高层空间。那里的意义层是叠加的,依赖接受者通过自由的联想和自我创造,予以补充的实现。

第六章　冲突与期待

加入世界的争取

　　无国界的精神宫殿与自足的文化环境造成封闭性——新诗先驱者与外国文化——异常年代的盗火者——全方位开放的社会与新诗"引进"

无国界的精神宫殿与自足的文化环境造成封闭性

　　诗以它的全人类性体现对于人种和国界的超越。诗要是有它的特定模拟物，那只能是人类单纯而丰富的心灵。诗以人类共通的人性为自己的语言。各个国家，各个民族，各色人种，存在着千差万异的习尚风俗，文化心理，只有诗能够"同化"他们。正是因此，从远古到今天，世界各个地方的人，除了建造物质的金字塔和万里长城，还不遗余力地构筑永恒的精神殿堂——那便是荷马以及生活在古今无以数计的各国各民族诗人们留下的心灵的回响。

　　在相当长的时间内，我们对广阔自由的诗加以"抑制"（那情景有点像历史上的某一时期，我们把女人美丽的足加以"抑制"一样），我们曾经把诗异化为非诗。我们这样规定诗的任务，我们又那样规定诗的职责。我们无视诗昭示人类灵魂的那个极为浩瀚的天宇。我们肯定、欣赏并讴歌它的变异。

　　中国古典诗歌在它的漫长发展过程中，曾经受到世界文化的滋养，但它一旦臻至完美，便成为一个强大的自足的世界。它的完好无须倚重外力,因此它体现为可惊的闭锁。这种闭锁与其说是表现为诗形式的长期固化状态,毋宁说是它造成国民性格对于世界文化的隔膜、麻木乃至敌视。一个民族始终生活在自我陶醉之中而始终不了解自己以外的天地,这只能是一种悲剧。

新诗先驱者与外国文化

作为"五四"新文学运动的一个首要的和重要部分的新诗运动,其根本性的使命便在于打开通向世界的缺口。说是"打开",实近于轻描淡写,其实是对于"黑暗闸门"的爆破。胡适提出"诗国革命"是在留美期间,1915年。(见《逼上梁山》)他从事的诗歌试验,以及当时和此后一批新诗创造者的工作,受到了一个特别的环境气氛的鼓励不言自明。那时明确点明新诗革命是受到世界思想和诗歌潮流影响的是诗人康白清。他在《新诗的我见》(1920年)中系统论证新诗革命的必然。他细致地论述了社会生活和人的知识的萌醒和跃动,渴望着相适应的文学和诗。其中一段文字直接阐明了新诗的兴起与世界诗歌影响的关系:"辛亥革命后,中国人底思想上去了一层束缚,染了一点自由,觉得一时代底工具只敷一时代的应用,旧诗要破产了。同时,日本英格兰美利坚底'自由诗'输入中国,而中国的留洋学生也不免有些受了他们的感化。看惯了满头珠翠,忽然遇着一身缟素的衣裳,吃惯了浓甜肥腻,忽然得到几片清苦的菜根,这是怎样的惊喜,由惊喜而摹仿,由摹仿而创造。"

可以说,当初胡适他们"尝试"新诗,首先是受到中国诗歌自身规律的"制动"——他们感到了中国旧文化和旧诗歌对于走向现代世界的中国人思维、生活方式和习惯的束缚。傅斯年把此种挣脱束缚称之为"心理改换"。他认为"心理改换"的说法,可以概括从思想革命到人的情感的发展在内的总体的变革性发

展。(《白话的文学与心理的改革》)

另一方面则是广泛而直接受到世界现代诗歌的启蒙。郭沫若留日时,初次接触泰戈尔的作品,受到震动的是他那种对于思想情感的自由而无拘束的表达:"那是没有韵脚,而多是两节,或是三节对仗的诗,那清新和平易径直使我吃惊,使我一跃便年轻了二十年!"(《我的作诗经过》)后来,惠特曼的诗使他作为"五四"时代青年所拥有的个人的和民族的"郁积","在这时找出了喷火口,也找出了喷火的方式"(《序我的诗》)。于是方有《女神》的诞生。

从"五四"开始,一代又一代的中国有才华的诗人,都受到了各不相同世界诗人的直接而深刻的影响。众多的事实为我们作证,中国本无所谓新诗,中国的新诗是中国一大批立意要打倒旧诗的新诗人直接以外国诗的模式重新创造出来的。

这种受到外国影响的启蒙之后的再创造,当然是中国的新诗,而不会是外国诗的翻版。记得周作人在谈到日本文化与世界文化的关系时,发表过相当精辟的见解——

> 到了维新以后,西洋思想占了优势,文学也发生了极大变化,明治四十五年中,差不多将欧洲文艺复兴以来的思想,逐层通过;一直到了现在,就已赶上了现代世界的思潮,在"生活的河"中,一同游泳。从表面上看,也可说是"模仿"西洋;但这话也不尽然。照上面所说,正是创造的模拟。这并不是说,将西洋新思想和东洋的国粹合起来,算是好;凡是思想愈有人类的世界的倾向,便愈好。日本新文学就是不求调和,只去模仿的好;——又不只模仿思想形式,却将它叫精神,倾注他自己心里,混和了,随后又倾倒出来;模拟而独创的好……日本文学界,因为有自觉肯服善,能有诚意去"模仿",所以能生出许多独创的著作,造成二十世纪的新文学。
>
> ——《日本近三十年小说之发达》

这些话,体现了当年那一批变革文学的先驱者宏阔的文化视野,豁达的民族文化观念。在上面的叙述中,周作人把日本明治维新以后文化发展中模拟的创造的模式表达得十分明晰。

一个开放的民族,它对于文化的观念必然不是保守的。

异常年代的盗火者

反过来看中国,"五四"时代所进行的那一场轰轰烈烈的文学革命,随着时间的推移,它的无拘束地吸取外来文化营养以再生自我的精神逐渐淡化。民族内部的积重,以及它面临的生存的威胁,一个有可能得到更新生命的机会受到了忽视。此后,全民族的注意力集中于政治的因素,艺术走向自由和变革的努力不再受到关切,艺术和文化的发展则在另一个氛围和模式下进行。我们强化了文化和诗歌的革命化和改造意识。从此,我们对于外来文化由谨慎的选择、警惕的摄取、乃至于自觉的反抗和拒绝。经过了一个漫长的过程之后,我们的诗歌也终于回到了与世隔绝的全封闭状态中来。

在这个状态中,诗歌不仅与"五四"新诗传统产生了纵的联系的中断,而且与世界诗歌产生了横的联系的破裂。与诗的模式化、矫情为邻的只有几个艺术怪胎("样板戏"!)的无休止的表演。我们视孤立为荣誉,视贫瘠为富足。以文化的悠久而使举世艳羡的民族,竟然失去了一颗美好的诗心!

新诗变革的"孕期"应该追溯到那个造成它的变异的动乱时代。一方面是疯狂性的毁灭文化,但另一方面,一代因文化匮乏而缺少营养的青年却在文化的废墟上"觅食"。"生活表面的金粉渐渐剥落,露出凸凹不平的真相来,只有书籍安慰我",舒婷这样描写她的文化饥渴和死域中的寻觅。她是带上普希金诗集走向年青流放者的汽笛声的。除普希金外,伴随她的还有一些世界性的名字:泰戈尔、拜伦、密茨凯维支、济慈、雨果……随后,在一位有影响的老诗人"几乎是强迫"性的安排下,她读了聂鲁达、波德莱尔以及当代有代表性的诗人的译诗……顾城也承认,"我受外国诗人的影响较深"他开列的名单是:但丁、惠特曼、泰戈尔、埃利蒂斯、帕斯……"其中最喜欢的还是洛尔迦和惠特曼"(《诗话录》)。

一代缺乏营养的人,那时在被遗弃的书堆中寻觅,到后来,就饥不择食地吞咽。他们和他们的"五四"前辈不同,他们是在"非法"的环境中名副其实地"盗火"的叛逆者。因此才有《生活、书籍和诗》结束时的沉重的话:"人类向精神文明的进军决不是辉煌的阅兵式……先行者是孤独的,他们在没有留下姓名……"他们跨入了"诗歌禁区"。他们是未经许可的"闯入者",他们是悲壮的,他们决心"留下歪歪斜斜的脚印为后来者签署通行证"。

从那时开始,中国诗歌便孕育着一个远大的争取,这就是走向世界。几代人都在思考,并为此作出努力,特别是无名的、但又是对复兴诗歌事业怀有宏愿的一代人。一旦接触到当时的那片废墟和沙漠,他们不能不记起他们的前驱者为着中国的诗歌通往世界所作的伟大的开端。他们自觉地承继了这个充满风险的事业。

1978年年底,一个决定中国命运的会议制定了开放的国策,给跃动着的诗歌复兴注入了生机。《今天》杂志在它创刊号《致读者》中,最初传达出诗歌开放的信息:"今天,当人们抬起眼睛的时候,不再仅仅用一种纵的眼光停留在几千年的文化遗产上,而开始用一种横的眼光来环视周围的地平线了!"一个不约而同的观念开始形成,这就是人们意识到要改变十年动乱中的诗歌的堕落,必须借助外来的有生气力量的冲击。一种进取性的诗歌观念,开始向着平静的国土入侵:"全世界艺术越来越多地展示在我们面前,能否踏上世界的行列,取决于我们清醒的认识和竞争。艾略特把全欧的文学视为一个整体,随着地球的不断缩小,全世界文学也会成一个整体"(江河:《请听听我们的声音》)。

受到先进技术引进等开放政策的影响,出现了"新诗引进"的概念借用。这造成了一时期中人们对于"传统"的质疑,以及"民族形式"的淡漠。在中国新诗试图革新的转折关头,"传统"的幽灵显现的次数极为频繁。人们试图冲破"假、大、空"诗风的统治的同时,不得不承受着可爱而可怕的"传统"的痛苦折磨。

但中国向着世界开放的总形势,非常有力地鼓舞着新诗走向世界的大趋势。白桦以诗人的敏锐,把社会的变革和艺术的变革加以凝聚,汇成"阳光,谁也不能垄断"的动人旋律。它传达的是人民要求走向世界,使我们成为世界民族的宏愿:

> 我们就像蜷伏在蛋壳的鹰,
> 苏醒了的鹰怎么能容忍窒息和黑暗?!
> 成长着的血肉之躯必须冲破束缚,
> 现状已经不能使我们羽翼丰满。
> 听,我们正在用嘴敲响通往蓝天的门,就需要
> 　　那么一点!
>
> 一点就破呀!
> 云海茫茫,太空蔚蓝,
> 我们的翅膀原来可以得到那么强大的风,
> 就在这透明的薄壁外边;
> 再使点劲就冲破了!
> 我们就会有一个比现在无限大的空间。

对于现状的凝滞和束缚的不满,萌醒了一个获得自由空间的挣脱封闭的反抗情绪。这一思潮既是社会的,又是艺术的。

全方位开放的社会与新诗"引进"

中国新诗复兴的契机,始于"四五"诗歌运动。受到明确的开放路线的支持,则是1978年以后,从而明确它的总的争取目标在于冲破自我封闭状态而加入世界。这一历史任务的体现,不是理论上的明确提倡(理论显然未曾走在前面),而是在创作的趋向和实质中体现。如同半个世纪对于旧诗的反叛与批判一样,诗界革命首先是内容上的革命。它的主要体现是:对诗歌中的非民主性因素的剔除。

诗歌在动乱时代的变异和扭曲,其主导倾向是诗歌人民性因素的消泯,"五四"时代为争取人的自主价值在诗中的地位的努力宣告中断。神的太阳君临万物并遮掩万物,而人的光芒于是熄灭。人只能匍匐在神座之下祈求恩赐而不能自主地掌握命运,人的尊严受到了蔑视。人沦为非人。由于动乱,人为的倾轧和吞噬,使同情和友爱成为罪过,于是诗歌的复苏不能不以对于人性的呼吁作为先导。

尽管诗歌的生命的重新开始依然表现为对诗歌社会性的浓厚兴趣,一旦惯性滑行结束,便开始了人的意识的讴歌。舒婷便是以对人的尊重、信任和温暖的关切,人的相互理解和心灵沟通的呼吁而宣告出现的。尽管有的诗人没有直接表述这一主题,而只是从自己的伤痕出发,讲那些异常岁月中人的异常遭遇,讲平凡人和弱小者怎样因人的尊严的沦丧而历尽痛苦和蒙受不幸。在流沙河一类的"归来"诗歌中,明确地展现了人对于神的"庇护"的厌倦,人开始了为在诗中争取独立地位的抗争。

人们不得不从直立行走的人开始歌唱,以体现对于人的沦入兽界,和兽性取代人性的轻蔑:

> 我歌唱第一个直立行走的人
> 创造了人、改革了人的人

>   但我绝不歌唱
>   亚当、女娲或奥林帕斯山上的诸神
>   我歌唱人类最杰出的改革者的先驱
>   一个伟大的普通的人

这是北京大学学生关稼祥的《我歌唱第一个直立行走的人》中的诗句。这一首诗以及许多类似的诗,其用意都在于对中国诗的内涵作"回归原初"的重新争取——"五四"时代中断了的对于人的文学和人的诗歌的失落的重新寻觅。

但反拨之后的诗歌只是回到了真诚和讲究实际的出发点上,诗歌并未实行真正的超越。结束了对神的颂扬而回到对于"一个伟大的普通人"的歌唱,诚然是一个大的进步。流沙河写《老人与海》违反传统的说法而揭示"人民是他的大救星",也说明科学战胜迷信的民主信念的胜利。但诗歌的前进目标并不到此停止,我们的目标在于中国诗歌对于世界的加入——即诗歌必须尽快结束自我满足的全封闭或半封闭状态;在于中国结束封闭和禁锢状态之后的向着现代人,现代民族和现代社会的飞跃。因此,诗歌内涵的革命,是争取向着世界现代意识的方向逼近。

我们要到达这个目标(且不说真正的腾跃)的确有很多障碍要加以排除,我们时刻都面临着完全不同的两种观念的冲突。有的人视新诗的变异为正常,有的人则相反。许多人都注意到了世界文学意识的觉醒。随着现代文明的兴起,人类视野空前地开阔,各民族之间的心理沟通得到了大的开掘。文学的民族性的观念在部分地区迅速地淡化了。一些文化传统深厚的民族,例如中国,发生了"五四"那样对文学的民族化进行大的改造,产生了本民族文化与他民族文化之间的"融化",从而形成了新的民族化观念(不幸的是,由于多种原因的促成,这种观念在随后的半个世纪产生了倒退现象)。也产生了欧洲文学在现代发展的那种各国文学大范围的汇聚和交融。这些观念,无疑与文学和诗歌的狭隘民族意识产生了巨大的排他性。

中国诗歌在现阶段的争取("挣扎"!),它所经受的痛苦和磨难,取决于中国特有的国情。我们持有的狭隘民族性的观念,其基点建立在半殖民地民族衰落所造成的心理自卑和对于外物的疑惧感之上。百余年来的遭遇,培养了一种扭曲的反抗性格和对于外来事物的抗拒心理。之所以担心"会弄得青年都不知道自己民族的东西了",其实质乃是自卑产生的不自信。长久的弱小把一切外来因素都视为强大,强大到自身的心理所无法承当,于是只能选择拒绝。当然中国人在从事这种抗拒时有着一个绝好的借口,这就是它的确有过世界上最灿烂的诗歌和文化。它的"外国有的,中国都有,外国人都向我们学,我们何必舍近求远",这恰是弱小民族对于心理平衡的寻求。现在需要我们思考的是:汉唐那样恢宏的气度哪里去了?"五四"那样自由地寻求现代精神的勇气哪里去了!

诗歌走向世界的变革性发展,最终体现为艺术向着世界诗歌的认同。所谓的朦胧倾向正是诗歌试图冲破原有艺术规范的尝试。一定会有关我们如何对待民族欣赏习惯的质问:质问者在这一点上表现为少有的苛刻,而对艺术标准化现象却表现少有的宽容。诗歌领域现代人的心态外化和现代节奏的自然呈现,以及现代艺术方式和技巧的运用,造成了令人目眩的艺术奇观。这种艺术现象与"欧化"或"洋化"有联系,但并不以抛弃"中国化"为代价来换取。舒婷的诗既是现代的又是中国的,这判断如今已得到多数人的认可。她的《中秋夜》、《四月的黄昏》、《路遇》都以古典的和现代的美的汇合,东方和西方的艺术的交融造出迷人的效果。北岛也许是刻意排除传统艺术因袭的诗人,但他的诗情产生于他所特有的大地和心灵,谁能否认他的《回答》不是一代人对于错乱时代的发自内心的呼喊。它无疑属于中国,而且属于现代。

当前文学的"寻根热"已引起广泛的注意。诗歌的寻根现象,可追溯到现代史诗追求的提出。它是反思历史的产物。它的本质在于历史惰性的批判,而不是恢复对于古旧的崇拜。较早萌发了史诗热情的江河,他这样歌唱他所引为骄傲的祖国——

> 没有一片土地使我这样伤心激动
> 没有一条河流使我这样沉思和起伏
> 这土地,仿佛疲倦了,睡了几千年
> 石头在恶梦中辗转,堆积
> ——《祖国啊,祖国》

也许一些诗人对远古神话以及原始的文物遗址等产生了兴趣,但正在这里,我们发现了他们对人类和民族悠远的思考。他们寻找的是"根",但着意于疗救。因为他们发觉这片土地和这个民族在病苦之中。人们已经认识到在深山老林和荒芜遗址之上,跳动的是现代人的现代意识。当前的诗歌正是以这种意识的萌醒而获得了与世界诗歌发展的共同语言。

我们总在这样的命题上承受着不同观念的冲突。而且唯其是我们中国这样的长期受到封闭和禁锢的民族,"传统"对我们的磨难,几乎是以冷酷无情的方式无休止地进行着。许多民族都能无所拘束地行走在世界大街之上,唯独中国很难。试看希腊,它的诗歌传统堪与中国媲美,但希腊人并没有因塞弗里斯着意于取法 T.S.艾略特而谴责他"背叛"荷马的传统。同样,他们把埃利蒂斯称为"新希腊诗派之父",称赞他把法国的超现实主义与爱琴海的生活情感的融合。批评家尼科斯·加佐斯这样评价埃利蒂斯的贡献:"许多世纪之后,永世不绝的希腊之海,这个哺育了艺术上最富有创造形式的母亲,第一次在埃利蒂斯的笔下重新焕发出青春的活力。"他们称赞的是埃利蒂斯对于希腊诗歌的更新,感激他使希腊诗歌走向了现代的世界,而并不指责他违背了希腊人的"喜闻乐见"。

  不同观念的冲突不可能很快地消隐下去。因为一种观念的形成受到久远历史的制约。现在我们只能这样告慰自己,与不可规避的冲突俱来的是韧性的期待,唯其冲突是不可免的,故期待将不会落空。中国新诗发展的现实,已经作了宣告:路伸向远方。不论它将如何曲折,但它必将前进无疑。如同中国社会,窗口既已打开,它就难以重新封闭。诗歌以沉重代价换取一个觉醒!

下　卷　横断的扫描

第一章　现代意象诗(一)

这里是现代广场

复杂而"难懂"的内在世界——意念与物象的叠化——无情的自我袒露与经验内省——冲动不宁的情绪真实——表层空疏与密集内涵的组接

复杂而难懂的内心世界

要是想在这里寻找实际的关于世界和人生的解答？是困难的。这里展现的是一种艺术的抽象，它们不是通过直接的方式，说明一个业已被确认的世界，而是力图向人们证实一个比外在世界更为繁复幽微，因而也更为"难懂"的内在世界。这里是"现代广场"，但它展示的并非现代生活的各种"混乱的"图景和日趋定型的思维格局，而是不受规范的内心的轨迹。它们的世界是内现的。它们在我们面前做着各式各样变形的怪脸，给我们以陌生的惊愕，我们不懂它们的语言，因为它们和我们熟知的艺术不同，它们从来不直接地向你揭示什么。

这种艺术创作方式和阅读方式都注重直觉。许多人生经验在这里被过滤和抽象——不以局部的相似为艺术的至境，而是给你一个浑整的朦胧。要是把它们写的每一件事都"当真"，那只会产生误解。这里是北岛的《岛》：在雾海航行，没有帆；月下停泊,没有锚;这是一只把自己想象为船,然而却无法行动的岛。意念与物象叠化,抛射出一个独特有力的意象,即目所见的直觉有形的岛与浮现内心的无形的"岛"完成了一次复杂的"化合"。此后,这里出现的一切,都与这个既在外部世界存在、又在内部世界存在的特殊的"岛"的意象产生联系。这里的特殊的景观:那没有清晰的界限而只有峭崖留下的"沉闷的痕迹"和孩子们走向月下沙滩见到的远处的鲸柱的并列,便不再是世界外现的传达,而是特殊的心灵"刻痕"的重现:在这座"岛"上,骚动与宁静有交织的存在和呈现。只有把握到诗中的"在这小小的世界上,难道唤醒的只是痛苦"的自我驳难,再读如下的诗句:

> 地平线倾斜了
> 摇晃着,翻转过来
> 一只海鸥坠落而下
> 热血烫卷了硕大的蒲叶
> 那无所不在的夜色
> 遮掩了枪声

我们便会把握到这些悲剧性画面的背后,跳动着的是一颗蒙受苦难却又未曾沉沦的复杂的心。

意念与物象的叠化

这些诗与其说是抒写心灵的激情表现,毋宁说是一种无情的自我袒露。不像浪漫派那样一泻无余,而是一种开放与隐蔽的混合。它重视复杂的经验的内省,无所不在的情绪是从混成的人生回味中得来的。贝岭笔下的《秋天的字句》:一些鼓点般沉重的"过去的字句"在爆裂,竟然"步步逼进"了"波涛汹涌的沉静"。写的原不是"真"的秋天,也没有惯常那种对于秋天情绪的应和,而是内心的回想与感受:

> 年复一年,记住
> 整整一个骇动不安的夜
> 秋天的夜,从容不迫的夜
> 风那噬人的涡液
> 无止无休地涌起
> 而门却敞开着

不是具体哪一个年,哪一个夜,它抽象。但那种骇动不安与从容不迫交织而成的无止无休地涌起的"涡液",却逼着人感到某种不安的窒息。它以特有经验和情绪的凝聚,代替了一般的描写性抒发。

许多过去应当实在显现的东西,都成了混沌的一片,真实的却是那种冲动的不宁的情绪。石涛的《无雪的节日》,也不是确定写"节日":"节日都是一个下午,都没有雪",首先就推出一个飘移不定的"泛指"。但"舌尖上聚积着的甜蜜"怎么也出不来,寒冷的感觉太强烈,使脸面成为"墙壁似的兽皮";又温柔又紧地"裹住冲动"。节日不仅无雪,而且"节日就是北风"、"枯燥而漫长"。它是一种有节制的宣泄,人生的不能如愿,一种总是永恒遗憾的存在暗示着人们。我们可以"不知所出",但渴望而不知到达的感觉却紧紧攫住了我们。

在传统的艺术方式面前,他们更像是叛逆者。因为他们更尊奉抽象化。他们和那些抽象艺术的先行者似乎拥有相当近似的见解:"人不应想把大自然已经完满造成的东西再制造一次。——人不应通过模仿那些消逝着的和变易着的、而我们错误地认为不变的东西来显示真诚。事物本身并不存在,它们的存在是通过我们。"(乔治·勃拉克)要想在杨炼的诗中寻找现实的物象,只能是徒劳。他干脆要的确把自己的"空间"架构在特殊的天地之中。那里分不清是历史还是现实,是情感还是理念,是白日还是黑夜,是我还是你,它呈现出一种超脱性的聚合:

字和字紧咬着，永恒是铜壶中的谜
　　点点滴滴，准定的时刻
　　恶梦掘成最后一个栖身之所
　　龟甲碎裂，失传的历史嵌进新闻
　　……
　　六十四卦卦卦都在怒吼之外颤抖
　　你被自己流放，仿效着野兽
　　超越，无非避开人群像避开一场瘟疫
　　预言在风中蹒跚行走
　　向每一扇门伸出勒索的手
　　　　——《易经、你及其它》

　　要是我们都豁达一些，不像过去那样非要把诗读得明明白白，我们便可在杨炼这样浑沌的意象迷宫中，发现他对当代人的意识作出了令人神往的艺术组构。在他的诗中，空间得到无限的扩展，而被拉向两极的时间，一极通往不可知的过去，另一极则通往更为空茫的未来。它的确无意对现实作出论释，但他也的确向着"现实"发言——说不清的思绪便是他的思绪。

无情的自我袒露与经验内省

　　读他们的诗是一种心甘情愿的受难。开始时，他们不约而同试图通过不同于往常方式的象征性给人暗示。而到了近期，几乎暗示也不易捕捉了。我们只能在空茫的苦海中寻找彼岸。也许它的价值已体现于此。我们是在茫然中开始寻找，由于逼近而终于对它有了某种感觉，这就是我们的发现。我们因发现而发生快感。每一首这样的诗（当然是能够称之为艺术品）都是一块磁石，它吸引我们感知的铁屑，我们终于得以在磁石的顶端形成了刺猬般的思维的剑锋，那是属于我们自身的创造物。多多的《北方的声音》，"风暴搂着我让我呼吸，好像一个孩子在我体内哭泣","我"从此承认了这个"可以统治一切权威"的声音。这是什么声音?为什么说"一切语言,都将被无言的声音所粉碎"?恒久强大的神秘感,诱引着我们追逐它。此即我们所谓的磁石的吸引。

昔日那种充满情感汁液的声音,在这里业已消失。诗变得越来越冷静。这些诗人似乎都在把诗当做哲学来写。然而这毕竟是诗,而不是哲学。作为诗人,他们只藏匿自己的情感,而且要粗暴地抹去许多实际的痕迹。他们总要以诗的方式藏匿些什么,他们诱惑我们寻找。他们有意折磨我们。而我们却情愿受其暴虐。晓青的《海》以海水的冲刷一行行脚印而证实"没有人来过",也没有人丢失什么,丢失的"仅仅是脚印"。他把海水说得玄妙难解,实际是要说忘却。他并不甘心地确认记忆乃是个"空白的海滩"。以理智的超越,埋下了一个海一样深的潜哀。这依然是诗的方式而不是哲学的方式。

也许毕加索的话能够印证这些中国诗人的寻求。"我们只想表现出我们内心的东西……我不寻找,我见到。"为直接感受触发的内心经验的强调,使他们有意地产生了某种疏忽。实际的人生世相是什么样子的,对他们来说无关紧要。他们可以"随意地"把自然景象变形,而且可以凭感觉产生出某种怪诞的联想,芒克的《清晨,刚下过一场雨》中出现的雨后凝滞的云,如临产之妇"一动不动地卧在床上",而后便是日出,那是一种奇异的景观:"太阳同血一道流出来",物我交融产生惊人的效果:

突然感到一身轻松
想到太阳被抱在我的怀里
那模样我连看也不敢看
想到我抱着太阳走回家去……

梦幻的感觉,把内心潜藏的"连看也不敢看"的情绪轻轻地拈带了出来。

许多诗都在追求某种对人震撼的效果。不是追求表面的轰动,而是追求对内心的强撼。多多的《春之舞》倾泻着早春突围而到的躁动:当太阳如出炉的钢水倾进田野,整个大海在铁皮尾顶上喧嚣。在春天歌舞的时刻,萌生的却是一种恐惧:"我怕我的心啊,会由于快乐而变得无用。"描写春天不再是目的,目的在于潜入内心。他们说过,诗是人类心灵的深处呈现。他们认为诗的价值与分量在于人类心灵受到震撼的强度,春天到来而惊恐于欢乐的窒息,这是一种理性的成熟。要说是痛苦,这痛苦却深沉。晓青的《海》:

> 搁浅的船身下
> 翻扣着一个空洞的回声——
> 彼岸

也表现出这种幽远的震撼心灵的苦痛。

冲动不宁的情绪真实

这是一次现代诗的聚会。他们不约而同地都把诗写得抽象。他们把这看成中国诗人跨入世界的必需。他们中的一位引用了保罗·克利的那句名言:"只要世界上还充满着恐怖与不安,艺术只能会趋抽象。"抽象化倾向与现代意识的追求相联系,人变得成熟了,他们不再轻信欢乐,他们似乎被忧患所笼罩,然后从中产生勇气与力量。北岛的《恶梦》有更为灰暗的色调,他把一只眼睛画在"方向不定的风上":

> 于是凝滞的时刻过去了
> 却没有人醒来
> 恶梦依旧在阳光下泛滥

他赋予寻求的目光以动感。但凝滞的过去不等于恶梦的结束,现代人愈是能够洞悉现实的沉重,忧患感也就愈是深潜。

他们努力把诗情建立在生命内部的冲动上。他们认为敢于揭示个人强大的内心秘密,诗才能显得强大。他们写诗也仿佛是为了经历苦难。这一群可以称为苦吟者,他们看似平常的诗句的出现,往往经历深刻的内心风暴的袭击。然后他们把这一切予以一次又一次的筛滤,留下来的往往只是继续的"印象"。但在这印象背后,却有无数的血肉的维系。这有点像毕加索论及的艺术程序"没有所谓抽象画,人必须用某种东西开始,后来可以把现实的一切痕迹去掉,然后就不存在危险,因事物的观点在其间留下了不可磨灭的记号。那正是原始推动艺术家走上创作的,刺激了他的观念,把他的情感鼓动起来的",他的话向人们透露这种艺术程序是从"有"出发经历无数次的抽象的筛选而臻于"无"的。

这一批诗人的创作情况也与之近似,他们几乎不事雕饰,用一种相当缺少文采的文辞写诗。看似不动情感,冷漠成了他们的共有物,与此相连的是表面性的单调和"乏味"。在传统的艺术那里是当作美神来供奉的,他们都不由自主地予以排斥。他们不装饰,不夸张,用看似极限的单调来体现丰富,他们实际是丰富的,只有当人们不明白这些诗的产生过程的无情舍弃时,人们才会只看到表面的单调而看不到内层的繁富。多多的诗句"一个故事中有他全部的过去",讲的就是他们这些诗内涵的追求。不仅是"一个故事",甚而是一个意象和意象的组合,也蓄积了全部的现实、历史、以及丰富无比的心灵的世界。但他们把一切都以极其"简略"的方式呈现,甚至简略到让人接受也感困难的地步。许多诗的难以理解,往往由深层内涵与简略表达的矛盾所造成。当然,它也理所当然地包含了由刻意的生僻深奥而造成的不成功。

表层空疏与密集内涵的组接

这些诗大体体现了北中国的风格。不管这些作家是否北方人,或者目前是否在北方工作。特殊的自然环境和特殊的历史风习,造就了北方的大大咧咧的粗放。这里的人都不擅长细腻地表达内心的丰富性,他们以极粗的线条展现,而把最丰富的甚至是温情的东西埋藏起来。对于北方的诗人,你得知道他们粗放的情感表达方式,他们把一切细致和周到都省略了。他们吝于使用言辞、他们的意象排列方式、表层空疏与密集内涵的组接创造出了艺术奇观。因为他们对"纯意象"又进行了一番处理,剔除了不必要时的关联、附加成分和间隔,失去过渡性排列,造成了表达上的阻隔,不连贯的跳动造成了含义的模糊,如:

像个忘记输血的病人
他冲出门去
他早就看不起自己
——多多:《字》

在这里北方的男子汉用近乎僵硬的方式所表达的"温情"很容易被忽略乃至被误解。北方的冷静以哲理的方式出现。在这里,冷漠与热烈的奇妙组合留下了深刻的印象。

他们的诗极少传统的风习。他们是欧化的一群,对于本源文化的"无知"和"冷淡",恰恰成了他们的特点。但他们内心流着"中国血",他们的思维方式依然脱离不了中国的土地和天空。尽管在表达上与传统方式相去甚远,他们的血型却属于传统的"中国血型"。但有一个事实需引起注意,即他们属于现代世界。他们的诗的沸点是现代意识,现代意识的追求是他们的根本追求。这是与传统相距更远的素质,他们致力于现代对古代的改造,"工业城市"对于"小农村社"的改造,他们把心灵和思维的现代化当作一个巨大的诗工程。张真的《田园生活·驱车回家》表达的意象和情绪是传统诗中看不到的。她生活在现代都市,"驱车回家"与"田园生活"在诗题中得到奇妙的组合,整首诗充满了内在的不安与躁动。这些不安与躁动在庞德的《地铁车站》一诗里是以潜深的方式遥遥暗示给读者的,而张真却似乎不想掩饰——

> 一次次说了那么多油腻的话,回家
> 一次次洗掉浓重的脸谱。驱车回家
> 然后趴下,决心再不起来
> 让层顶往心口塌陷吧
> 让身体被目光侵蚀风化吧
> 而灵魂将飘到一座遥远的岛上
> 成为一棵草,在露水里
> 只在露水里

她用一种排解不了的絮叨表示当前的厌倦。不能摆脱目前的困窘与渴望成为一棵草的孤独,造成了一种无可奈何的悲剧性冲动。她所把握的感觉,几乎有着不留杂质的纯度。现代人内心深处的苦闷,她作了不可言说的传达。张真的这首诗和他们的这些诗,都在"无言"的冲动中,把我们带到了对我们来说都是陌生的"现代广场"。我们终于有可能"逼近"了在新思维天地中的现代人骚动焦躁的"内心广场"。我们的陌生的惊愕感随之逐渐地消失。

现代意象诗(二)

令人注目的意象诗探索

传统艺术方式与工业化社会的不适应和意象派对于"甜蜜"的浪漫主义的反动——感性与理性的意象化融合——直观方式的客体"投射"与无序性作为主体化的迷宫

传统艺术方式与工业化社会的不适应和意象派对于"甜蜜"的浪漫主义的反动

注重客观的反映和再现,是诗歌的一种常见方式,注重主观的感应和抒写,也是诗歌的一种常见方式。前一种方式在尊奉现实主义精神的诗人那里,有相当成熟的把握。它的经典式的创作雏形,可以上溯到荷马史诗。像《奥德修纪》中那些精彩的场面描写,尽管讲的神仙世界的故事,但却是现实生活情状的艺术再现。现实主义方法可以把一切虚构的事物完全按照已经存在的方式完整和生动地呈现出来。

在空凹的山洞外还蔓延着茂盛的葡萄,结着累累果实;四条清泉排成一行,彼此相隔不远,然后东西分流;旁边还有柔软的草地,地上有紫堇和野芹开着花,就是永生天神来到这里,看到这种风景,也要留连忘返;斩魔的神便就停下欣赏风景;他观赏了一切景之后,立刻走进宽深的石洞。美貌的女神卡吕蒲索一眼便认出了他,因为永生天神即使居住相距很远也互相认识。

在上述引文中,按照已有的生活样式加以形象再现,即使是神话中的人和事,也应用这样亘古不变的原则。尽管诗人吟唱的是天国的故事,但我们却看到人间的葡萄园和草地,以及和人一样欣赏自然风景的神。后一种方式为那些生活在自己幻想天地里的诗人所掌握。他们善于以强烈的感情冲动展示诗情。这些诗人,不以对客观的是否具有真实性作衡量的估价,而是听凭内心的驱使,它使一切投上诗人的主观性。拜伦的《再一番挣扎》便是这样的诗篇。

> 再一番挣扎,我就可以
> 　把撕裂心胸的剧痛挣脱;
> 再一声长叹——向爱情和你,
> 　就重新回到繁嚣的生活。
> 在素所不喜的事物中混迹,
> 　如今我已能恬然适应;
> 所有的欢乐都已飞逸,
> 　还怕什么更惨痛的不幸!

这些以理想化和想象力作为创作信条的诗人,他们只生活在自己的世界里。他们不大关注现实生活已有的样子,他们写他们乐于写的,而且写他们所乐于看到的。

以再现现实为目的的诗歌,通过艺术地提高和集中展现了世界的某些侧面的景象,它在深刻揭示人生的矛盾复杂方面体现出血淋淋的真实性效应。但这一路诗歌在表现人们的主观情感世界的深邃和激动不宁方面,却表现了某种欠缺,特别是进入工业社会以后,社会生活所表现出来的斑驳陆离以及速度和效率的飞速发展,它那种以实际的生活样子为模式的镜子般的如实反映。便显得力不从心。以表现浪漫主义激情为使命的诗,在世界文学发展中,产生过一个辉煌灿烂的时代,但19世纪末叶业已衰退,主要表现为内容空泛的玩弄辞藻的感伤主义,赤裸裸的说教和甜蜜的形容词堆叠,使人们对此类诗歌普遍失望。

感性与理性的意象化融合

意象派在20世纪初叶的出现,其目标是对于浪漫主义的甜蜜的反动。意象的理论提倡和实践是这一艺术派别的最大贡献。庞德的《地铁车站》是意象派的经典性作品。在那里,主观的感受和客观的描写的界限消失了。地铁站上人们的面孔和树干上湿漉漉的花朵,不存在比体与喻体之间的关系。人面和花朵彼此互不修饰,作为意象的花朵既是诗的灵魂,又是诗的肉体。意象派的正常境界是灵肉的一体。意象本身是一个自满自足的自我完成的实体。它总是寻求主客观因素在一个意象里的完全溶解。庞德的那首诗的花朵的意象,是诗人步出地铁车站迎面遇见无数匆匆闪过的面孔时的猝然感知,是刹那间的联想和情感的综合体。意象派"直接处理"不论是主观或是客观的"该事物"的原则主张,在这里得到完整的体现。

根据上述"直接处理"的原则,意象派主张意象的产生,不是以两个事物的概念比较为基础,而且要求把握事物的实质和感情特征,从而把感性和理性融合在意象里。庞德认为意象是理性与感性的复合体。再以《地铁车站》为例,当诗人眼前闪跳出人面时,花朵的意象也就同时产生,黑枝干上的湿漉漉的朵朵花瓣,融汇着城市生活的人骤然间萌发的对于大自然渴望的短暂呈现。意象的产生是突发的,但却有一个潜在的漫长孕期。很清楚,要是庞德没有对东方艺术的浓厚兴趣和素养,地铁车站与黑树枝的湿花瓣是无法涌现并天然地"合成"的。

中国当前诗歌的一个特殊景观,就是意象化的普及和发展,相当部分诗人对原有的创作方法实行于超越和突破。在这意象化的潮流中,叶笛的诗集《少女的太阳》作出了令人注目的努力,按照意象主义的原则,许多诗作都注意了意象的熔铸——这种熔铸是在长期郁积的基础上意与象的突发性汇聚与契合,而不是互相游离的相加,如《象鼻山》:

  象鼻伸入漓江,
  挽住燃烧的太阳。

  不停地吸水喷水,
  熄灭着火的翅膀。

  灼日被浇成冷月,
  冷月暖活在心上。

  大象玩弄日月,
  吸引世界的目光。

  这首诗的意象奇特而完整。一般旅游触景生情的升华式联想,在这里不见了。诗人的感受向着客体直接契入。玩弄日月的大象这一独特的意象,把一般人面对新鲜景物必然产生的新鲜感受与客观上对于这一自然景观的热情评价汇聚在一起。客体的新异与主体的欣悦在这里体现为"无言的赞叹"。这种摆脱象形的描摹与外在评价的粘贴的艺术实践,无疑展现了一种新的诗歌气象:在这首诗中,诗人不仅隐去了主观的评价,而且也隐去了客体的描摹。劈头就是一只伸鼻于江中的大象,但它不是汲水而是"挽住燃烧的太阳"。它不用明显的比喻的方式,而是一个创造性的奇特的意象,就把黄昏的艳阳与象鼻山的图景奇妙地组合在一起。"不停地吸水喷水",说的似是象的动作,实则指漓江的波涌。"灼日被浇成冷月",讲的是日月交替。原是自然景色的变幻,却被象鼻玩弄的意象所组合。这首《象鼻山》不取譬,不描绘,却活脱地创造出一个奇异的不同于凡人的艺术世界。

叶笛的其他作品都体现出这种较高的意象塑造的才能,意象化的巨大魅力,往往能在一首短诗中,以非常简洁的方式取得以一当十的艺术效果。如《悼诗人郭小川》——

　　你是一只海螺
　　风浪扭曲着躯干
　　死后
　　仍发出正直的呐喊

在无数用铺叙方式展示情感的大幅度的诗篇中,这首诗以明净、单纯、毫不喧哗的沉痛造出了肃穆的美感。它的艺术成效,多半归功于意象化。

上述诗例最富启示性的是它的单纯意象中富有丰富的变化,而且对业已确定的意象一以贯之的"坚持"。有的作者往往忘记自己最初熔铸的艺术结晶,"专题"或"忘题"是常见的(《象鼻山》的长处在于完全没有忘记自己的"鼻子"和当日的奇特时空)。这种缺点在许多诗人的创作中都会产生,一个诗人的不同作品,也会发生此种意象不能坚持的情况。这里是《大榕树》——

　　给地嵌一块碧玉,
　　给天缀一块绿云,

　　给两颗烤裂了的心,
　　缝一片绿荫。

八行诗前四行的意象是相当完整统一,且同样地富有奇异的色彩。这是一个物(大榕树)的两个想象的投影。从地面望去是一块碧玉,向天上望去是一片绿云;当它是一片绿荫,却是为爱情而提供的奉献。这里"输入"了诗人的情"意",不光是对榕树青碧笼荫的客观描摹,也不光是主观愉悦温馨情怀的抒发。二者的结合自然而和谐,特别是"给两颗烤裂的心"二句,其实是写榕树给热烈的情侣以荫凉。由于意象的使用,咀嚼之后给人以蕴藉的情趣。创造了不同于一般的爱情描写。

但原先的意象手法被后四句传统的写实作风所取替,不再是前后统一的意象化叠加,在后半部诗中却变为明晰的情节交待。"刘三姐在此抛的绣球,投进了我俩心的大门",传说的现实化使原有的传奇色彩顿然失色。"皱纹被山歌抹平"交待的用意过明,逐使意象造就的诗的情趣消失。后半首诗对于前半首诗的意象化体现,因固有的创作惯性的顽健的表现,造成了意象的破缺。

此外,如《戈壁江南》开头所体现的,意象创造十分精彩——

火车唱着戈壁滩整个上午的昏黄
它把我的阵阵颤抖撒给亘古的荒原

面对车窗外无边无际的荒漠,诗人体现了"直接外理该事物的惊人能力"。这里不用任何外在的比附,而是以直观的方式把自己特有的情思"射入"客体,"阵阵颤抖"也没太多的说明,它只是一个"撒给"的动作化体现主体的惊悸情状。这首诗的创作一开始虽体现与常见的写实的或抒情的创作方式的异趣。但随后,艺术惯性便逐渐地"吞噬"过来,它以"我江南有过多的红花绿水,何不移点来点染漠北"为过渡,过于性急地"摧毁"最先开始构筑的"意象城堡",到"啊,来了,远远地飘来我的江南",此后种种如人工染色编织的江南水乡等,意象化手段被最后的予以弃置,这首《戈壁江南》的确展示了新旧创作手段的生死搏击的动人场面。当诗人喊一声"啊,来了"时,他不知道,他焦急的心情正好为艺术堕性的入侵开了绿灯。

很少有诗人不受这种贪图方便的诱惑。那些诗篇的缺陷都可以从这里寻找原因。

从这些诗的创作过程看来,在诗的意象化大趋势中,意象作为一种新的艺术创造的手段,它在一些成功的作品中的确给人耳目一新的感觉。但在这闪耀着新异之光的成功之后,却有着极其艰苦的拉锯式的新旧手法争夺及至搏斗之作。

直观方式的客体"投射"与无序性作为主体化的迷宫

以维护意象的纯洁性为目标的意象的保持连贯和统一,还只是一件较为原始的工作。更为艰难的是对于繁复意象的组合及建构。这方面成功的诗都以扑朔迷离的艺术效果引入进入它的意象迷津而达到曲径探幽的目的。熔铸与构造在整个意象化进程中,只是一种单纯的基础性的现象。而在大多数场合,意象是以繁复的形态呈现的,这时,克服易于导致的芜杂而使之体现出单纯与错综的统一美感,就需要合理的组构。许多论者都注意到说明诗人思想情感的动态造成的意象派生现象以及意象的交流重叠推衍而出的叠加——一个意象与另一个意象交叉或重叠。它们彼此投影,彼此渗透。庞德在《关于意象主义》中揭示了这种意象繁复的真谛:"意象在任何情形下都不只是一个思想。它是一团或一堆相交溶的思想,具有活力。"

早期的意象派诗人,多写简括的小意象诗,到了后期,随着哲学和心理学的渗透在"相互渗透"哲学以及心理学方面意识流和下意识学说的影响下,意象派的理论也有了大的发展。诗人们多向多意象和流动意象方面施展自己的才能,后期意象派几乎摆脱了早先那种凝固单纯的塑像美的追求,而开始精心构筑主体化的意象迷宫。

这种主体化的迷宫的基本特性是它的无序性。它把巨大的破坏力投向传统诗艺的线性结构,它又似乎专在追逐那种冲决首尾相连的秩序之后的破坏性的快感。《青岛》这首诗还不是很繁复的,但它已经超越了以前提及的那份单纯——

> 你是一只美丽的青鸟
> 从爱人的海空飞来
> 我便投入她湛蓝色的怀抱
>
> 捞起鱼群漏掉星星
> 我枕着光辉的波涛
> 是她用栈桥的弓在琴岛上为我奏曲
>
> 歌儿追着我天涯海角的旅踪
> 衔着一封封情书
> 将甜梦的门楣轻鼓

此诗有两个意象群,一个意象群由捞起鱼群、漏掉星星、头枕波涛、以及栈桥的弓、琴岛等组成,这是实有的青岛,是一个凸现的意象群;另一个意象群则是潜入的,它以"美丽的青鸟"为这一意象系列的中枢。青鸟是古代传说中爱情的象征,她为爱人传递情书"你是一只美丽的青鸟",这青鸟既指情思又指青岛,这是身在青岛怀思远人的意象群,它由爱人的海空、湛蓝的怀抱等组成。两个意象群巧妙地在青岛的海空中产生叠加,造出了身在异地感受到异地风物而怀念爱人的动人诗情。这里的一切简单地理解为旅游的即景生情,或是以青鸟取譬青岛的景物迷人,都是不周全的。这首诗意象的构筑有较为熨贴的契合,而由于不是一种拼贴,故整体感较强。看过去像是一首单纯的诗,但却包孕着它的繁复。

诗的超越写实和单纯抒情而走向意象化是一个进步,但对多意象的诗的驾驭往往表现为组接上缺乏整体感,而且在于传统诗艺的不可排除的杂糅。从而表现为意象化的不够纯净。《骊山》一诗,意象的凸现就十分奇特:开始的"纯青云凝固的骊马,耸立在蓝色的天幕上",结束时"骑着骊马向着太阳滚来的方向"亦有照应,但中间的写实成分的掺杂以及七言古诗句的引入,造成了明显的破缺。《岱顶拍照》也是意象交错的一首诗,一方面是泰山日出的景观,一方面是对于太阳般爱人的赞美,有意的交错造出了真的日出又与心灵的感悟交融对照的意象奇观。但"蓦地,我发现:她就是一轮太阳"的生硬拼接以及"我多么希望中国亿万个太阳都发光发能"的脱缰似的直接宣告,造出意象的不和谐感。

但,如下一首《爱》就体现出可贵的较为纯熟的意象整体组合的能力——

　　　　欢乐的百灵鸟落在鹿的背,
　　　　美的鹿角影搅乱了小溪的心。

　　　　小溪唱着歌儿飞向庄严的森林,
　　　　惊飞了沉思的百灵。

　　　　百灵悠然冲上天空,
　　　　衔走了一朵圣洁的白云。

短短六行诗,有繁多的意象交错:欢乐的百灵鸟追逐美鹿;美鹿驮着百灵鸟又去搅乱小溪的心;小溪飞奔森林;惊愕的百灵冲向天空衔走白云,诸多意象群的中心是百灵鸟,她无忧无虑寻美的欢乐,她的追逐、期待、沉思、惊愕、冲天、衔云,变幻多端的意象叠加交映,几组意象群的交流重叠交叉,造出了令人目眩的万花筒般活动的艺术幻景,寄托着不同的爱情观,而整首诗却只寥寥六行。

叶笛是一位执著的追寻诗美的诗人。他把这种艺术寻求,倾注于诗的意象化。"我喜欢那些抒发对祖国、人民、人生、爱情和大自然的真淳强烈之情的诗,真知灼见在物我合一中闪光……讲求凝练美、构思美、韵律美、或在象征、暗示、移情……中用奇特变形的复杂意象群多层次的组合,寄意深切,不离写实,又有传统诗美……既是多年来的诗选,形式就不应该僵化和单调化一,就应体现诗人随时代和生活的变化,审美因素的选择而形式不单一的风格。"(《少女的太阳》《后记》)叶笛这一段自述,说明他20多年来探索了不单一的艺术风格,但其中心仍是意象组合的现代审美更新。他已把意象诗的新探索,以尽管不够完善,但却十分明确的有效实践传达给了我们。

现代意象诗(三)

新诗潮的另一种景观

现代意识统御下向着本源文化的寻求——空漠与惆怅的意象叠加与忧患传统心态的现代显示

现代意识统御下向着本源文化的寻求

中国诗歌已经醒悟到必须以现代意识的加强实现对于世界诗歌的加入。不如此,中国丰富的诗传统将因长久的"缺氧"而窒息。所谓的诗歌走向世界,一方面指的是要结束为期甚长的中国诗歌与世隔绝的封闭状态,但这只是浅层次的含意。更往深一些说,则是争取通过心灵对话以达到彼此了解和沟通。为此,在我们与世界之间需要寻觅共通的艺术语言。

这种潮流的直接效果是促进了当代诗人的向着现代艺术方向的靠近。

但显然,诗人的高标准的艺术追求,是以自有的声音加入世界诗歌的行列,而不是通过其他途径。因而,寻求民族传统文化意识与现代艺术的融汇便成为一部分诗人的新追求。从余光中的《大江东去》到流沙河的《就是那一只蟋蟀》,这一点,海峡两岸的诗人是共同的。由于有影响的诗人的带动,在现代意识的统御下向着民族文化的本源的追溯,呈现了新诗潮的另一种景观。

阎月君的组诗《月的中国》以微带苦涩的清丽和不乏传统风情的现代意识造成了深邃的诗情。她在诗中揉进了复杂意绪的现实思考,但又与悠远的历史相交融,《月的中国》因凝结了历史和现实的多种因素而具有某种厚重感——纵使欢乐盛满5000年也是沉甸甸的,更何况太多的苦痛与伤别。

5000年并不意味着轻松与欢乐,5000年的古老就足够令人痛苦的。《月的中国》的开头以无可奈何的重复暗示这个历史的烦腻和苦痛:那是"年年吃去春的野菜"和"唯一的裤子精心的洗了又晒"的中国的年年月月。但我们无以逃避作为中国人的负载,包括苦难,包括历史传递下来的一切。我们注定了要"喝她永不枯竭的隐秘"。我们是"月的中国"这个河里的"心甘情愿的鱼儿",在这里游弋,也在这里死去,如同我们"得知祖先曾喝过她的水被她吮干过"一样。

整首诗以张若虚的名句"江畔何人初见月,江月何时初照人"所传达的诗意为出发点。从历史的悠远空旷中揭示这个民族的古老、深厚,以及绵延不息的苦难。但它完全不同于以往常见的"现实主义"的"今昔对比"。它与民族长期积淀的集体文化意识,从东方的神秘中揭示民族每一个成员的传统心态,而这种心态却是其他民族所难以理解和把握的:

> 基督基督你永不会读懂
> 这神秘多情的东方之泪
> 更不必说那凤毁于火亦生于火
> 那披发浪子当哭的长歌
> 我和庄生并不隔膜
> 有我的时候就有蝴蝶
> 有我的时候就有苏东坡的月色
> 月色总在有雾的江边等着

东西方文化的明显差别,使得西方人难以"读懂"我们这部神秘的书,但作为"月的中国"的"鱼儿",我们的头顶与生俱来地笼罩着李白和苏东坡的同一片月色,因此,我们不会膜隔于庄周和他的蝴蝶,《月的中国》写出了人类世代顽强的生息和奋斗以及特定的历史、文化、包括现实的环境给予当代人的生存状态的感受。

空漠与惆怅的意象叠加与忧患传统心态的现代显示

阎月君探寻的是通往永恒的沉思以及人类心灵的诗的通道。她把激情溶解在富有历史感的氛围之中,她无疑想写这个民族的忧患意识,这种探求在另一首诗《春日的午后》中取得了新的效果。诗的开始便是一连串异常空漠和惆怅的意象组合,如同艾略特《荒原》的首句那样的沉郁——

> 在午后　北方的春天是季节中最敏感最严峻的那一段空间
> 整个下午　总有莫明的悸动堆高怅然一层一层　列如雁阵
> 等候于三月的天边

在这里,她把现实的思考——心灵的伤痛,噩梦醒后的痛楚和吁求,都浓缩于超时空的特殊氛围中。在她的笔下,每一个时辰都是永远,都属于你,属于我,也属于先我们死去的男人和女人,以及后我们而生的未来世界的人们。但她又创造性地把历史和现实世界揉捏在一块,她下决心让人要在跟前的短暂看到永恒,让永恒的每一时刻中显示现在的状态——

> 囚过千年无论如何不囚亦满是血迹斑斑
> 每见蓝天翅膀颤栗一阵破碎的呼喊
> 一种风湿就在体内就在血流之间
> 怕见雨天怕见阴天最怕说从前
> 童年是一截断缆绳
> 桑椹树高高高过所有的天

"囚过千年"是一种灾难,即使"不囚"仍有"血迹斑斑",也仍然是一种灾难。作为中国人,我们都患有一种"风湿"。这就是阎月君通过对于中国长期封建社会的体察而作出的判断。但她的诗艺却不停留于此,她重视一种综合力以造成渗透性。例如她写"童年是一截断缆绳",又托出一个童年时节的"高过所有的天"的高高的桑椹树,这就把她自身的情感经历也写了进去。她的这种带着某种随意性的"杂糅",体现了诗艺的精深。"怕见雨天怕见晴天最怕说从前",按习惯应当间断的语气她有意不断,这就造成了让人喘不过气的压抑感。她的诗,成功地写出了中国特有的充满忧患的传统心态。

《天像馆》暗示着人类的生存状态。《梅雨季》则在浓郁的中国式的"乡风"之中,写中国知识分子的独特情绪。在那里,她有意拿"踱石板路"、"饮李清照的淡酒"、"吹着横笛"、"鬓边开着花儿的少女是阿拉自己"等与在荒原的艾略特、"那法兰克福议员著名的后裔歌德"、以及华盛顿广场进行对比,以烘托东西方两种文化的距离,这再一次显示了她的"杂糅"的功力。

《月的中国》当然受到了前辈诗人的深刻启示,特别是台湾一些诗风的影响。它的出现拓展了新诗潮的审美空间。对于抒情式史诗那一路诗风,她作了另一走向的补充。阎月君的实践对于走向多元的当代诗歌是一种新的刺激。闻月君展现了她的中国古典诗歌和东方文化的素养。她藏女性的清婉于严峻的思考之中。她的缺点在于思维空间的不够开阔,以及过多的旧诗词意境的"变形的移用",造成过于密集的"臃肿"感。

第二章 现代史诗

诗在超越自己

规格化艺术宣告解体——迄今为止的艺术反思——庄严的史诗召唤——民族整体意识的觉醒——民族文化与心理结构探寻

规格化艺术宣告解体

我们如今生活的这个时代,规格化的艺术业已宣告解体。诗歌艺术在走向多元。有人判断说,我们面对的是多种选择的缪斯,而不是无可选择的缪斯。诗人的照着一条规定的直线发展的时代已告终结,代之而起的是一种扇形的展现。这个时代又是开放的,它尊重创造。迄今为止,所有进行的有益的追求,都不会人为地被取消。除非它因失去价值而自行消失。生机蓬勃的诗歌艺术的律动,它一点也不迁就那些对曾经有过的艺术追怀旧梦的人的趣味,它无情地超越自己业已争取的,并通过一个又一个浪头把艺术变革推向新岸。

迄今为止的艺术反思

一位哲人曾经表述过如下十分睿智的见解:中国是排斥在历史之外的,对于中国来说,它只有空间而没有时间。这种表述也许并不全面,但的确揭示了事实的部分真谛。中国太悠久了,也太辽阔了,一个庞大的实体,蠕动一下也显得十分艰难,何况在它的身上,还沉重地"堆积"着它自己创造的辉煌无比的文明的伟构？这是考虑中国任何实质性问题(包括诗歌在内)的前提和绝对无法排除的因素。但对现今生活着的几代中国人来说,近代史上的耻辱与刚刚成为过去的造成空前灾难的动乱,却是完全不可忽视的现实因素。囿于条件,开始的时候,人们因实际的社会功利的激发,对于后者的思考显得更为直接,于是发而为充分关注现实的欢愉的、哀伤的、以及愤懑的情思。随着反思文学的兴起,在诗歌中出现了系列性的审美形象,从寄存了对共过患难的"故园"的别情与恋意,从辨认为"大海的眼泪"的珠贝那里着痛苦的晶莹,从"鱼化石"中寻求旧生命的慰藉,到千万年埋藏于地心的"常林钻石"的显现,从而点燃了"互相被发现"的狂喜……这一切,都是基于个人身世之感推衍而出的心灵对于现实生活的感应。这些诗,显然都受到了激情的支配,它们在痛感某些可贵东西的失落,从而生发出强烈的追求的意绪。这当然是为恢复理想化生活的整体努力的组成部分。从为现实生活的肯定和不满的呐喊呼号,到因苦难的咀嚼而沉入内心的沉思,可以说,诗歌在务实和理想这两个大的范畴内,以最快的速度取得了建国以来的最佳效果,但很快,对于一个开放的和变革的时代,这一切又都合理地为创造性发展新阶段所取代。

庄严的史诗召唤

诗人们开始把对现代史诗的召唤当作是现阶段诗歌的最庄严的追求。随着思想解放运动高潮的呈现,在繁复的诗歌探索潮流中,已经明显地出现了我们称为的现代名诗的雏形。江河的《纪念碑》、《我歌唱一个人》等写得较早,他因这些受到关注的诗篇而被喻为年青的纪念碑下的歌者。他以宏伟的结构,独到的思考,以具有历史深度的透视力,创造了迥然有异于前的诗。他的价值在于,当"寻找自我"还是一项能够触动板结的诗坛易于激动的神经、诗人的这种呼唤还带有鲜明的叛逆色彩时,他已经把脚踩在一片更为深厚的泥土上,他在我们古老民族的整体上寻到了自己的形象:"我是纪念碑……中华民族有多少伤口,我就流出过多少血液"。这已经不是在一片精神的废墟上寻觅古旧的碎片,而是把思维的触角向前大跨度的伸延,直至伸向民族的兴衰存亡的沉厚的思考上。

从实际生活获得激情,但激情又不为个人的苦难与追求存在,他沉淀这些可贵的感情质素,不听任火团无节制地燃烧。这种物我的交融,已不仅仅表现为激情的际会,而是带有浓厚思辨色彩的情感的积淀。像这样的诗所表达的:

陶罐碎了。精美的瓷器
夺走了我手上的光泽。妻子和姐妹
只有织出的绸子上才显出美丽
——《从这里开始》

陶罐破碎的悲剧,业已超越个人的、乃至一个特定时代的意义。从陶罐的毁灭到纺织丝绸女子的失去美丽,这是一个民族为发展而付出的代价。这些诗句,已显示出它超越苦难的崇高感。

像江河在《祖国呵,祖国》中写的那种把长城的形象当作"深深地刻在我的额角上"的"一条光荣的伤痕",以及把长城置于北方的山峦"像晃动着几千年沉重的锁链"这样的诗句,使我们感受到了经过痛苦的劫难之后,民族的整体意识的觉醒。一代年轻的诗人已经把诗的使命推到了一个新的境界,基于历史的反思而增长的批判意识,体现为一种由复杂的观念构成的新的历史观。长城依然是民族的骄傲,但长城在今天更呈现为"一条光荣的伤痕"。这是当今活着的一代人最新的思考。对这类诗缺少理解或不求理解的人,会认为他们是在"否定传统",乃至指责他们的"民族虚无主义",但这种判断无疑地流露了轻率。在巨大的历史挫折面前,民族没有沉沦,而是陷入了深深的思考,人们开始用批判的眼光来审视久远的历史,灿烂的文化,绵延几千年的封建思想体系以及这个深厚的民族的心理结构上的特征。通过历史的反思以求对于现实的解答,这完全是情理之所必至。

在新诗潮兴起的初期,就发出了史诗的呼唤。江河在阐明自己的诗歌理想时首先使用了这个概念:"我认为诗人应当具有历史感,使诗走在时代的前面。……我的最大愿望是写出史诗。"在世界艺术史中,史诗的概念是确定的。人们已经习惯于把史诗的形态与荷马那些反映了古代希腊社会的生存方式和历史性事件的诗歌形式稳定地联系在一起。如今我们接触到的史诗概念的移植,与其说是我们基于中国诗歌自身发展的,毋宁说是荷马史诗概念"自铸新词"。因为它的基本形态是抒情性的,而非叙事性的;它涉及历史,但不是依据传说进行符合历史的铺叙,它溶解历史的思索于富有当代色彩的抒情中;它本身不构成传统的史诗,它甚至也不寻求历史事件的具体记述。它的特点是从现在反思过去。这种史诗带有浓重检讨历史的意向,它是对于历史和现实的重新熔炼。所以,当前我们这里出现的史诗观念更着眼于现代中国人的思考(我们把它叫做现代史诗,或史诗性的当代诗),这是另一个层次的文化心理结构的综合再现。史诗的创造已成为当前阶段诗歌的较为明显和集中的追求。

潞潞从《肩的雕塑》到《黄土地》的创作,体现了他把史诗建构在现实人的力量和性格的总体之上。他以充分现实感的画面,展示民族素有的坚忍、执著、浑朴的品格。他开掘一种原始的力的目的,在于激发创造新的生活的热情。骆耕野改变了《不满》的诗风,他不再把诗情固定在一个过于切近现实的层次上。《车过秦岭》已经显示出他把诗推向宏阔和抽象概括的趋向。秦岭隧道中的明明灭灭,象征了中国社会生活的断续和曲折,但依然是运行中的列车。到了近期的《苍茫时刻》——

>   你呼啸过,喷射过
>   从地狱之口
>   迸开血液的花瓣
>   又在海的幽深和苦涩中
>   积淀、洗涤
>   脱去尘埃和绿卷发似的苔藓
>   海平面把曲折的经历
>   铺向你光秃的额顶、皱纹间

现实的画面已经消匿,思考的激情已经沉淀,诗显得空阔而不具体,但是却寻求更为深层的概括;它似乎说着历史,却又定指着现实,但它并不是现实中的故事。过位以《不满》的呼喊和《我是沸泉》的激情赢得人们的关注的诗人,他的诗风的变化,提供了当前诗歌发展的新的信息。诗变得冷静了,整个的史诗追求之中笼罩着一种超脱习俗的庄严和肃穆。一代诗人都在历史性的思索中为东方历时数千年的文明与愚昧搏战所震动。

民族整体意识的觉醒

史诗性的追求标志着诗歌的大跨度前进。当年为着变革艺术而集聚以显示力量的诗歌,已从诗对社会生活的直接观照中走出,也从仅仅是个人心史的精微传达中走出。诗歌在追求多种层次的组合,而不再是单一的对于现实的反映和情绪的反映。诗的价值观念有了完全的转换,不求近切而显示超脱。在艺术上一个明显的迹象就是:在东方和西方的艺术借鉴上发生了重心的转换。开始,他们从封闭的状态中醒悟,有一股扫荡旧习的热情,他们把目光投向了西方的现代艺术,萌生了所谓横向移植的观念。一旦接受了现代艺术的洗礼,东方民族深厚丰富精神文化的磁场吸引他们回归;加上历史反思的纵深推移,很多的思辨都集聚到对于中国文化和民族心理结构的剖析上去。

现阶段诗歌在很早的时候,一批诗人就对诗歌发出了"野性的呼唤",他们要求诗歌发出男性的声音,他们要创造现代诗歌的阳刚之美。到了最近,更为鲜明地提出了诗的崇高美。对于业已呈现多元化艺术意向的诗歌,上述诸端都不应表现出狭仄观念的排他性。严酷的时代过后,面对这无尽的废墟清理的工程,生活和人心充满了严峻之感。既然那些空泛甚至繁华的辞藻都失去了吸引力,那么,诗歌要求能够表达刚强坚忍的风格就成为一种必然。这是社会心理因素方面创造的条件。更有,那就是最初为探索诗艺而呼喊挣扎的一代人也已成熟,他们从夏天的狂热(那时他们充满了迎接英雄时代的欣喜,而且自身也渴望成为英雄——主要是:他们的歌唱充溢着一种神圣的使命感)转向了早秋的冷静。那股奔涌于地上的"沸泉"隐匿了,而代之以一个惊人的秋声:

> 秋叶红了;当群山的额头
> 在冰凌的银色手指下陷入沉思
> 秋叶却一闪一闪地、一阵一阵地红了
> ……
> 是受难者最后的若有若无的微笑
> 是太阳经过一春一夏晒出来的诗呵
> 是顽强生长出来的最纯净的生命之火
> 在人和野兽都感到寒冷时开始燃烧
> ——王家新:《秋叶红了》

这种寒冷中的燃烧,表现在王川平《沉寂的墓塔林》,宋炜、宋渠的《大佛》以及石光华等的作品中。它们表达永恒的静穆中萌发着的新生之力的躁动。大家似乎都对古老的题目产生了兴趣。推究起来,其原因是多样的,但成为支配的因素却是文化精神的"寻根"。以对现实社会的反思为契机,一代诗人开始关注于民族深层文化心理以及属于全人类生存发展的复杂经验的综合熔炼。他们通过历史呈现的纵深感，以求创造出多层组合的诗的建构。不单是再现历史，也不单是隐喻现实，而是对于民族文化心理本源的质的追寻。这种追寻的最终目的，是谋求民族文化心理的总体结构在现代化目标下的再创造，从而使之与开放性的社会现实相适应。

杨炼一直在向着这一目标不懈地努力。他选择的都是古远的灿烂的名字：《大雁塔》、《半坡》、《敦煌》、《屈原》，直至引起争论的《诺日朗》。他认为诗人不应满足于仅仅被动地反映个人感受，不能只在现实的表面滑动，而应致力于创造一个独立于诗人主观与物质客观之外的"第三种现实"。这种"现实"是旷古以来先民的智慧所造出的永恒的精神价值对于现代生活的"加入"。基于这样的理解，我们可以从他们的历史命题中找到今天。在现代史诗的探索性创造中，我们处处可以看到激情的奔涌与冷静地反思，斑斓的文化遗产的颂扬与对现代文明的祈求之结合。不管诗人们变得如何地冷静，但冷静的画面背后随时都可以感受到热气的喷射。如杨炼的《天问·聚燎》里的句子"而天空被扑灭／一片烧焦的白色／是干渴中喘息挣扎的树／没有松弛的片刻让它迸发青春／只能向往火，那金黄的暴虐／或许将赐予再度的雄劲"，出现的是先民聚木燃烧的劳动或祭祀活动的场面，诗情受到充满神秘的诗章《天问》的启示，总体构思上又运用了东方古老哲学的卦象观念。但是，我们都不能据此判断为诗人在写古代的生活。因为透过历史的烟幕，我们可以看到现代人的心灵运行的轨迹，乃至现代场景的隐约地呈现。这就是融会和沉淀。这就是现代具有史诗性诗歌作者们所阐明的，诗是人类复杂经验的组合——他们把诗看作一个意识结构，是诗人通过题材处理达成的智力的复合空间。这个空间是由历史、现实、文化、心灵等复杂因素组合而成。这样的诗篇不是比喻，也不是影射,要读懂它需要通过它的丰富的内涵,"分解"其复杂的层次,由读者通过主动积极的想象力、再创造地进行"破译"。所以,像《诺日朗》那样融会自然、神话、传说以及现代人的思维于一体的诗篇,要是用简单的影射比附现实生活的办法去试图"读懂"它,只会作出令人哭笑不得的判断来。

民族文化与心理结构探寻

追求诗歌的史诗性,已经明显成为一种创作潮流。一代勤于探索诗的精魂的作者,都深深地"渴望企及民族文化心理那巨大的'磁心'"。这是一位尚不知名的青年作者的很有见解的话(见石光华:《企及磁心·代序》)。他说:"两千多年来我们民族基本上是反刍着几本诸子经典,无数的注释、笺、疏、校、补……充塞了大半部中国思想史,因此,我们民族文化心理结构是一个超稳定的平衡式封闭系统。对于我们这一代有志于振兴东方文化的青年,是一种辉煌,也是一种沉重。历史证明:仅仅依靠横的移植,向外的借鉴和吸取,是无法打破这种令人窒息的封闭的;它必须依靠从内部的推进,改进其中的基本构成,破坏它的和谐状态,才能重新获得巨大的创造力。"从纯粹的公民责任感到被这一"磁心"所吸引的"归回东方"意味着一代诗人思想的成熟。这种回归以其深刻宏远的历史感,特别是它清醒的对于东方文化哲学的批判精神与那种浅薄的维护民族传统的倡导,根本地区别开来。

江河的组诗《太阳和他的反光》,展现了现代史诗追求的最新实绩。这个组诗是以中国最古老的神话为系列,展示了他对民族文化心理结构的锲入和历史的反思以及生命的经验在心灵的呼应。继《从这里开始》,以后,他从现实的"纪念碑"转向"开天""补天""追日""填海""移山",寻觅他的诗情。他通过对于闪烁着原始性智慧和力量的神话太阳求得心灵和现实世界的反照。以神话作为最早的启迪，贯及青铜，秦砖汉瓦，浑重的墓雕和清雅的瓷器，他寻求以东方文化艺术的气韵催动诗情。他写的神话，表现的却是作为整体的人生，他的思考和追求都借神话获得了生命。他写的是现代诗，是心灵的史诗性呈现。当初写《纪念碑》时，诗人自我意识十分强烈，自我的呈现也相当鲜明，但现在他要"化"去"自我"，让"我"溶于自然，使之暗暗流动，无所不在而又无迹可寻。像这样的诗句："上路那天，他已经老了/否则他不去追太阳/青春本身就是太阳。"(《追日》)"端庄地站在阳光里有多好/蓬松地在风中流动有多好。"(《填海》)这些诗句表明，自我的未曾消失，而只是一种溶解。充满魅力的神话如一剂溶液，使诗人的个性无所不在地充溢其中而不再具形。但如《射日》"泛滥的太阳漫天谎言/飘浮着热气/如辞藻"，鲜明地体现了自我审视的批判精神，一种对于阅世不深的浮嚣的否定。但"他起身做了他应该做的"，又显示出实践的理性力量，东方民族的坚忍和持恒，在组诗许多意象中都有阐发。

《太阳和他的反光》显然已超出了历史传说，这是借神话之魂以实现诗人的审美理想。这种审美理想具有浓郁的东方哲理的光辉。追日的夸父、砍树的吴刚、填海的精卫、断了头仍然挥舞武器的刑天，他们都是悲剧性的英雄，他们想征服自然但不能如愿，他们仍然坚持斫木("断了又接上，砍了又生长"，这是一种坚忍的奋斗)；坚持以身填海("海平静地等着一个岛溅落"，这是忘我的乐观的死亡)，以及其他。

最无装饰的语言，追求口语与经过精心锤炼的文辞的结合，看似平淡，而韵味充溢其中，经得起反复的咀嚼。有些词语原先被用滥了，但如"晴朗的快感碧波万里"(《开天》)由于奇妙的组合而使"碧波万里"充满了新鲜感。江河的艺术在走向纯净，而这种纯净是与现代史诗的庄严、肃穆之感紧密相连的。更为重要的是他拿来的只是神话的灵魂，他重新创造。这是创造的诗，没有那种材料的堆砌和炫耀,他把深厚体现为平淡,而且排斥激情的外现。他极力地隐匿自我,多处描写物我两忘的奇妙境界,如《追日》、《射日》究竟是我射日还是日射我,究竟是他追日还是日追他,分不清楚,这正是刻意追求的艺术效果,体现人与自然的复杂关系。但是我们都看到了自我在古老神话中思考,他要展现的是民族不死精神的讴歌。我们看到了他的重新创造的巨大才能和想象力。他把古老的神话改造成为完全的现代诗。它不试图解释神话,不是再现神话的叙事性质,甚至也不夸饰神话的精神和情绪,而是让贯穿在神话中的民族精魂在现代背景上萌生发扬。我们现在接触到的当代诗的史诗性,不论其作者素养和准备如何。总展现着创造、坚持、反抗、生生息息的生命力、悲壮的搏斗和胜利,整个的是民族对于苦难的挣脱,以及重建文明的信念,它的充溢了时代的色彩和气氛是十分可感的。

新诗潮的崛起已经有年,不管它的成长经受了多少磨难(以后的磨难仍然可以预期),但的确它在前进,它在不断地超越自己(对于反思诗歌而言,它超越了反思;对于现代的开放艺术而言,它以批判发展传统的回归而体现了超越,如此等等)作为新思潮的构成成分之一,现代史诗的创作实践只是一个起始,而且属于探索的性质。它的巨大的综合力和包容性令人欣悦,它的昂奋的挑战姿态又带来骚动,也许会有人为"浪子"的"皈依传统"而得意,又为它的古怪、诡奇而气闷。但不论人们的观感有多大差异,现代史诗的初步实践的确带来了新鲜的气象,它使新诗潮的景观更为多彩,构成新潮的力量已经呈现为合理的多元,它已不可能再以何种方式再次实现艺术的统一。因此,我们在考察当前这一史诗性诗歌创作实践时,还应看到除此之外的多种多样的丰富的、有成绩的实践。我们只是把现代史诗作为整个新诗潮的链条中的一环,而避免对此作出孤立的和排他的判断。我们不能回到我们反对的位置上去。诗亦当多样,互相宽容,互相竞争,而不是互相取消和行政的统一。

这类诗是否会遭到对我们来说已经以为常的责难呢?很难说不会。但是,诗歌现象的产生如同社会其它现象一样,是受到必然性的规定的。"普通的竖琴在任何人手里都能发出声音,但是风神琴只有在暴风雨打击它的弦的时候才鸣响起来。在这跟着伟大的世界的哲学而来的暴风雨面前,是不必惊慌失措的。"(《马克思恩格斯论艺术》〔二〕,第52页)现在是暴风雨在打击风神琴粗犷的琴弦。尽管我们可以向往竖琴,但不必以竖琴之悠扬清雅而诅咒这"可恶的粗野"。

第三章 现代学院诗(一)

青春流行色

学院诗的界定——学院诗的繁荣受惠于自由空气——激情方式体现传统的衔接性——社会进行情绪的高层次和谐——社会同向性的淡化

学院诗的界定

学院诗在世界各处都存在,青春聚会的地方不可能没有诗的聚会。但如中国近十年这般不仅自身达到极大的繁盛且以学院诗人的劳绩而不断输送新血给诗坛的,也并不多见。论及中国新诗潮,要是无视这一独特环境中的诗的景观,以及它对整个诗歌的繁荣发展所贡献的努力,确是极大的疏忽。

如今大家都趋向把大学生的诗歌创作称为学院诗或校园诗。这是一个比无论什么样的界定都要不稳定的概念。因为大学教育是一个流动的阶段,每个学生生活在校园内的时间都是一个确定的短暂。只有当他们是大学生时,他们诗才是学院诗。所以学院诗的作者是可以不受限制而无限延伸的,而每个大学生写作"学院诗",都是受到严格限制而不可通融的。学院以外的人写学院生活不能叫做学院诗。在这个特殊的诗歌环境中,作者的现身份是决定性的因素,除此之外,似难再确定什么标准。以青年和大学生的眼光和心理所触及的一切,构成了诗的特殊性质,它展现的是令人羡慕的青春风景线。

学院诗的繁荣受惠于自由空气

学院诗的繁荣和大学生写诗的普遍性几乎是同义语。但在中国,并不是每一个时期的大学生都写确定意义的学院诗,即都用青春而充满憧憬的目光向它所触及的一切新诗的投影。这一现象,在中国新诗经过长期的强调和改造而终于完成了统一化之后,显得更为突出。那时校园里有诗,但却是不具或很少具有大学生特殊气韵的非校园诗。尽管他们也写这个天地里的人和事、情和理,但采用的却是与这一范围之外毫无二致的思维方式和艺术方式。那时也有突出地传达青青之声的诗篇,如1957年春天出现在北京大学校园里的《是时候了》(它的作者是两位中文系的学生沈泽宜和张元勋),但诸如此类者实为寥寥,且多半命运欠佳。这些诗囿于时代的局限也不可能流传下来。

唯有轻松自由的时代才可能尊重每个人的艺术个性,唯有这种时代所创造的特殊氛围才能导致艺术各个领域的无拘束的发展。校园诗成为一个独特的诗品种而在当代盛行,当然是时代的恩泽与厚爱,它的最新的纪元始于1977年,高考制度的恢复迎来了新时期第一代的大学生,他们进入校园带来了学院诗的新生与发展。

激情方式体现传统的衔接性

七七、七八两级大学生诗歌的主要倾向是历史使命感催发的诗的社会性。这两届学生都经受了特殊时代风暴的折磨与打击,忧患甚深,故常作惊呼猛进之辞,如高伐林、徐敬亚、王家新的一些作品便是。高伐林的《破冰船》传达了这一代大学生与传统精神一脉相连的使命感和不倦的追求——

我是活力,我是锐气,我是青春

> 我是冰不共戴天的敌人
> 我要用犀利的角撞击冰层
> 从白色的枷锁下
> 解放蔚蓝的大海
> 在死亡线上开出生的路程

还有徐敬亚的《别责备我的眉头》,呐喊延续到思考性的命题,是理想与信念的反向的寻求：

> 我们的民族应该不习惯满足,应该不习惯于点头,
> 我们的国家不应该习惯于一个大脑指挥几亿双大手,
> 古老的黄河,给了我们太多的善良、太多的憨厚,
> 一辈辈的手脚磨出了老茧,大脑也不应该生锈！
> 快补偿那失去了的沉思吧,
> 别责备我的眉头——

这些诗中对于民族命运的关切与思考的激情,以及传达这些激情的方式,深刻地体现了他们与前辈诗人——主要是共和国初期的那一批青年诗人——的历史衔接性。尽管在上引那些诗句中,对于社会事理的认识与表现都存在着浮泛的缺陷,但显然,诗中流淌的那份为国为民深重忧患的"中国血",却是自古而今的延续。

强烈的憧憬诞生于现实的废墟之上,对于动乱时代的反思,使人们于焦虑中产生紧迫感。他们诅咒黑暗和愚昧,他们渴望文明和民主,这些敏感的大学生,他们放射的是理想主义的光环。这种理想,当然是受到历史因素的制约,因而有着掺入复合情绪的不单纯感。

也有基于实际的生活积蓄而在新的环境中触发而出的富有特定时代氛围的诗。知识青年的蒙受苦难的经历,在巨大的时代错乱中,他们普遍地产生了被放逐的失落感以及特有的"弃儿

的孤寂"。历史给了他们以补偿。他们竟然在那些与城市文明迥异的"蛮荒"之地,发现了令人陌生的人情的温暖。孤独的心灵在那里与原始性的"乡情"有了完好而特殊的结合,其中代表性的作品便是叶延滨的《干妈》。"弃儿"的特殊经历使他认识了普通农妇伟大的母爱。主人公潜深的感激与自责,十分深刻地展示那一代特殊的心理状态:"我不敢看干妈的眼睛,怕在这镜子里照出一个并不干净的灵魂。"

历史仿佛开了一个不大不小的玩笑,艾青当年被他所从属的阶级"放逐",作为旧阶级的叛逆而认识了一个没有名字的农妇,他的"干妈"——"大堰河"。30多年过去了,更加年轻的一代人同样又被自己从属的阶级"放逐",这次却不是作为叛逆,满含着不可理解的痛苦,在同样没有名字的农妇那里找到了母性的温爱。这与泥土共命运的不同年代的母亲,以海洋般的爱抚慰了不同年代的受伤的灵魂。历史老人的公正的。它不偏不倚地以这个大地上无所不在的母性之爱,赐予每一代青年,使他们在各不相同的苦难之中得到心灵的慰安,并理所当然生发而出动人之诗。

社会进行情绪的高层次和谐

这个时期学院诗人的创作表现了与社会脉动的息息相通,从内容到形式,都体现了与此一范围而外诗创作相当一致的同向。这说明在历史的转折点上,青年与社会进步情绪的和谐。但青年人敏感的思维也显示了它的优越之处:学院诗人基于特有的文化环境,他们有可能在较高的层次上,以诗进行疗救社会的思考。他们有自身的感受与经验:一方面蒙受非人性的苦难,一方面又奇迹般地获得失去人性时代的人性的温暖。他们于是益发警惕于社会的病态,于是一个古老的命题引出了新的兴趣:这便是人的重新发现。吴稼祥给自己的诗起了一个庄严的名字:《我歌唱第一个直立行走的人》。他的思绪是幽远的,但目光却紧紧地看着今天——

> 人类有了这第一个敢直立行走的人
> 便有了敢吃马铃薯和螃蟹的人
> 有了敢在石壁上作画
> 敢用大脑思想的人
> 有了敢做皇帝
> 和敢于鞭笞皇帝的人
> 甚至有了敢咀嚼钢铁和苦难的人

不难看出,这传统的话题中蕴藏着当代人的情感和思考、梦想,及至愤怒。也许更为动人的还不是这命题的本身,而是它如同其他学院诗一样也被涂上了一层青春的流行色。这里是曹汉俊的《生命狂想曲:一个盗火者的宣言》,又是一个古老神话中的命题被当作一个革命性的宣言予以公布:

> 我年轻,像一棵刚刚成荫的树
> 渴望透明的风,摇响
> 每一片叶子的向往,渴望道路
> 铺向爱人的肩膀……
> 但我不愿再看见
> 人们的愿望被冻成塑像
> 安放在冰冷的底座上
> 人们瞳孔中的天空,没有
> 一颗召唤黎明的星星

大学生们发现那个时代的错乱在于对人的合理存在的忽视。造神本身就愚昧,何况还有一个"运动"!而当这种"运动"竟然被当作一场"革命"加以肯定,其愚昧便愈益其甚了。因而,当人们终于感到时代的来临,首先召唤的便是盗火者的复归。

在初期的学院诗中，占主要位置的依然是新时期意在"载道"的使命感驱使的创作欲，但它的特性依然鲜明。校园诗人似乎与校园以外的青年创作有别，后者更注重诗的意念的朦胧和寓意的沉潜，他们去传统的诗艺甚远，而前者适相反，尽管他们对于时代光明的呼唤是相同的。

初期学院诗的作者主要是七七、七八两级大学生，他们是经历过血水漂洗的一代人。他们在少年时代失去教育机会，当青年时期开始的时候，他们的大部分便成了失去风帆的漂移之舟。而后他们迎接了光明，而光明的到来又如此突兀，到来之后一看又是满目积垢的沉重。历史赋予他们以复杂的声音：他们因失落而寻找，面对今日的生机又不无怅惘。李其钢那首《魔方·积木及其它》便是一种异常复杂思绪的呈现：他艳羡那些变幻无穷打破了刻板思维模式的魔方，同时却悲凉想到曾经失去的积木，在积木那里他留驻了无邪的憧憬、梦幻的破灭，还有不可言说的追悔与遗憾。这依然体现了与学院之外的诗人的同步追求。这首诗让我们想起舒婷和梁小斌的一些诗。可以认为，初期学院诗自身的特殊质是不明显的，尽管当他们把一切镀上了青春的色泽而与青年之外的诗人有了区别。这情景，即使在那些很特殊的诗如王小妮的《印象二首》也如此。

要是说此一阶段的学院诗诗美的追求并没有明显的自觉，也没有造成独特的艺术氛围，这说法多少反映了某种真相。但从那时开始，学院诗人以完全不逊于其他同辈诗人的实力证明了自己的价值。也就是从那时开始，学院诗以源源不断的输送为新诗创作队伍的壮大和更新作出了特有的贡献，这也是被普遍承认的事实。这一现象说明了学院诗的另一种质，即它的不断更迭的动态性质。由于他们总是不断地从校园向着社会流动，它就不断地以学院诗的风采装扮了学院诗以外的诗作。

人们也许会对上述判断提出异议，但事实是不可改变的。

每一个在高等学校生活过的人都清楚,学校的活力是依靠这种流动获得的。当然,这种判断不能导致学院诗的无特点即它的特点的偏颇结论。从学院这一独特的社会来说,属于它的诗,首先以表现这一特殊社会的人们的特殊的情感、意念与思考为其特色;其次,当他们触及这一社会环境以外的事物,用的也往往是他们特有的眼光和心灵:那本来平凡的一切霎时被镀上了青春的黄金。这一切,当然显示了它特有的魅力。

社会同向性的淡化

学院诗社会同向性的淡化是在七九级以后。学生的经历简单了,年龄也相对地小了,那种特有的忧患感有了明显的减弱。这些大学生似乎有他们自在的、不受拘束的诗心。从这时开始,学院诗开始了一种相对独立的新追求。当代受到高等教育的青年的特殊思维方式和特殊心态,以完全摆脱模式的不驯态度表现出来。

特定的文化环境为他们提供了广阔的知识视野,由诸多学科信息的交叉汇聚构成的思维空间,使他们的诗具有浓郁的现代都市氛围。要是说七七级和七八级诗的价值在于以青年知识者特有的视点为共同的社会性命题提供了特殊的观照,并在这种与社会同向的实践中显示诗的魅力,那么,从那以后的学院诗的特点便是更为自由、洒脱的异向分流。选择的多种可能提供了学院诗前所未有的壮丽景观,如今人们谈论甚多的新生代的构成中,更加年轻的学院诗人无疑是最有力气的显现者。中国诗的未来将更多地依赖于他们的实验与加入,一种摆脱了偏狭观念的文化型的现代诗的建立,亦更多地期待着他们无畏的贡献。

现代学院诗(二)

蓝色风景线

非学院因素的消隐与学院诗个性的凸现——特殊的文化氛围的进入

非学院因素的消隐与学院诗个性的凸现

从1977年起,学院诗受社会改造与社会开放使命感的驱使,而以它的充分社会性展现青年知识界的良知。随着七七、七八两级学生的走向社会,学院诗的艺术又有了新的拓展。七九级以后的大学生年龄和阅历都出现了新特点。他们的诗观更为纯化,社会功利的考虑淡漠了。除了一批较为老练的学生,大部分学院诗变得更为"孩子气"一些,这种"孩子气"体现为两极的反向发展:一方面是它们依然保留了少年的纯真,一方面是由于书本的熏陶而更具抽象的哲学思辨意蕴。

一些学院诗离刚刚逝去的少年时期极近。童年的景象似乎尚是现实。这些诗基本上是离开母亲憧憬着爱情与友谊的温馨而又有些忧郁的青春世界。他们心灵甚少忧患,也许有莫名的惆怅,但都是不成熟的少年之烦恼。即使是忧愁也有着令人羡慕的梦幻般的甜蜜。像《醒来的梦》(丁玫)就浮现着这种氛围:

> 月亮是地球的梦
> 也是我的梦

她把月亮和梦视为理想,这是刚刚脱离了童年未曾入世的少女的梦。她只关心"纯洁"和她认为的"理想",而"面包的价值"与太阳能离她的独特世界还有相当遥远的距离。

他们看到的世界虽然多彩,但依然隔着一层明净的玻璃。那只是一种多面的几何图形拼合成的充满"学院气"的抽象世界,它距离切实具体的世界也还遥远。他们总是喜欢超越具象的"思考"生活的变幻,例如王茜的《在公共汽车上》

> 是一块块玻璃隔开的两个世界
> 站在大地的一块多变的地角
> 从一块块隔开的玻璃
> 看被隔开的一个个
> 多变的世界
> 我忽然知道
> 往日里那一片相连的
> 一大片一如既往的旧景
> 随汽车压过的时间
> 随各个角度的玻璃窗
> 即所谓从四面八方
> 射来多变的眼睛
> 交融着世界本身客观的无常

这还只是女孩子写的诗,她把活生生的世界当作一个哲学命题来思考。可见在学院这个特殊环境里,诗的环境也是特殊的。这是中国青年在进行的一番饶有兴味的抽象的思辨。这些不无局限的特点构成了特殊的诗的风景,在这里——

> 神经在每根头发
> 每个毛孔里延伸,捕捉着
> 充满寓意的色彩,线条和音响

>   ……
>   他们坚信
>   一个点,一个圆,一枚青果
>   也能长成一个鲜红的太阳
>   　　——叶青:《黎明时的大学生》

这种诗在试图挣脱的传统的习惯,它们不再满足于那种直接的激情宣泄,而给诗涂抹上一层浓浓厚厚的哲学色彩。

因为学院大抵都建在城市,远离山野的都市风景自然地进入了学院诗的视野。不少学院诗在通过霓虹灯和多彩的橱窗反照现代生活的色泽和节奏,于是,尽致地表现现代人的思维和情感,便成为这一诗歌现象的特性。同时,由于学院诗的诞生地特有的文化氛围以及广泛的国际交流的环境,从而使它成为运载和交换各项信息的活跃的领域。中国诗歌在促进视野的开阔与内涵的丰富方面,学院诗无疑得了风气之光。

特殊的文化氛围的进入

在过去,诗歌的世界是建立在封闭性村社基础之上的,诗歌形式上僵硬地适应低文化的农民的审美趣味的观念,被认为是诗歌合理的存在方式。这就易于导致诗的枯竭。打破这一自我窒息状态的努力,学院诗的冲击波是引人注目的。学院诗开拓了一个崭新的诗的空间。这里视野开阔,色彩斑斓,一切都美丽得令人目眩,这原是被青春所感召的诗世界。它让我们透过《晨雾中》(张德强)看到一幅非常动人的充满青春色泽的画面:

>   我用生硬的异国语调
>   吃力地交谈
>   与风、与树、与镶着金边的紫霞
>   交谈着关于人生、青春、理想

关于机器人和金字塔……

不仅是校园里实际的让人感到新异的生活景色在学院诗中呈现,而且它开拓了一个相当广阔的视野。它经常向人提供让人兴奋的《国际流行色》(张小波):

我们的港口城常常流动
啤酒、新闻和异国阳光
亚热带的风轻轻轻轻
翻译乡思、国土与肤色的反差
但不远处一群出自游泳馆的少女
她们二十岁的夏天
泅泳于牛仔裙和香槟衫的流行色
也许某一种色彩只能以色彩表达
也许全球少女都在共同的默契
她们风靡于此
都市的铁架浮桥也无力抗拒

读这样的诗把我们自然而然地带进了一个我们陌生的世界。这个世界为我们提供了特殊的文化和学术的氛围。诗歌又一次自然而然地向着具有高度文化层次的人群移近,诗歌这个文学王冠上的明珠明显挣脱了传统的自我封闭的观念。它依然可以为不具文化或只具很低文化的人群所享有,但那显然并非诗的全部。现今的价值观念正在产生变化,它更为关注为过去曾经受到歧视和排斥的、具有较高文化的人群的审美需求。一种逆反的不平等开始消失。

有人呼吁的作家学者化,这种呼吁最早得到诗的响应。许多诗传达方式的重抽象思辨,内涵的逐渐摆脱表层的抒情而趋于哲理,并不断地向着多学科和新学科领域的广延,已经成为诗领域骤然勃兴的气象。诗歌潜入到"学者"的思考中,而且善于表达这一特定社会中人的细微的直感和潜意识。像如下引用的诗句,纯粹是新奇的。它提供条件,让人领略一种奇特而浓郁的文化气氛:

> 窗外有海
> 钢琴上一只手从不同角度伸近你
> 你被奏鸣你的和声我已听见
> 我跃过了一道一道栏杆是想向你靠近
> ……
> 你不会这么快开口,习惯地仰起脸看我
> 我感觉你的一只眼睛很正常另一只却躲在
> 潜意识的翅膀下
> 闭起

这些感觉是微妙的、精细的、是多维的。它提供了诗的另一种追求的形态:更加抽象和超脱的潜入意识深层的形态。诗人们对于这种追求的概括和表达也是独异的和新颖的:"诗人通过特定的智慧与自己缔约,目的是为了完全抛弃他所面对的处于对峙状态的世界,从而达到绝对意义上的自主与自足……我们面对这个社会,形形色色的城市和人,视而不见,不视而见,像平民一样生活,像上帝一样思想。力求把现代投入未来的历史以为参照,来实现它的能动场度和某个瞬间的超越。"(张小波:《为宋琳序》)

与这种更加超越和沉潜于深层意识的直觉追求的同时,相当多的学院诗表现出对意象的失去耐心和兴趣。他们对如下的创作倾向持保留态度——即把对于诗的表现对象的材料筛滤为种种意象,而后通过精致的排列作种种暗示性的说明的方式——他们不满意这种刻意做诗的习性,他们在短时间内实行了"反意象"的超越。

实践业已证明,他们的更大兴趣在于表现人的存在及其一般的生存状态。他们寻求一种平淡的日常口语的表达,这种倾向是"反艺术"的。不是把诗作为经验或体验,而只是一种生活及其情绪的流程,因而确认诗的对象只是一种动态的情绪流。这种艺术倾向在韩东的《山民》中就有初步显露。在那里,他力求用一种最不动声色的语气说着(其实是暗示着)最动人心弦的事物。平淡的语气中郁积着浓烈的历史性思考,而且不乏批判的锋芒。这几乎成为一种潮流。那些展现日常生活场景的诗篇中,把过去最受忽视的人的平常生活状态作了不事夸张的强调。例如加陆在《礼拜天》那首诗中所从事的那样,这里依然是特殊的校园风光:

> 床上乱七八糟谁也不收拾
> 烟头满地没关系的
> 电动刀痛苦地除去青春的荒草
> 提醒我免得把眉毛也剃掉
> 屋外空气还很新鲜四处走走
> 虽然巴士一站一站地停着我们
> 却没有终点……
> 嗯,白天真长真长真长我的寂寞
> 晚上就好了可以困觉
> 开着灯或者不开
> 睁着眼睛或者闭着
> 想着什么或者什么也不想

当代大学生随意而自由的心境,在絮叨的诉说中让你体味特定而真实的人生。一个大学生普通的星期日,在不做作的自由流露中得到真实的显现。这种创作方式体现了一种原则性的主张,即至少这部分作者认为,诗应当是自然的。传统的通过典型性概括以美化人物出现的倾向,在这里明显受到冷落。他们甚至乐于表现并不"美丽"的鄙俗,因为那也是真实人生所固有的。要是说前引《礼拜天》通过校园里的男孩子们的大大咧咧透露出青春时代的自由洒脱以及特有的忧愁,则宋琳的《大学》所写的少女之思的静穆,却是另一方面另一角度的补充:

> 这么一所阳光深邃如哲理的学府
> 十八岁的浪漫型少女
> 每日至少有十六小时属于沉思
> 雕塑家的神秘手指挥出《罗丹艺术论》
> 触碰那些水草般的眼睫
> 她们的形体便在明亮的窗子里
> 固定成悠悠岁月

学院诗组装而出的蓝色风景,一幅幅都透过青春的活力,让人窥及当前最年轻一代的情感形态。他们处于"多梦时节"。他们善于幻想,他们幻想于暖色的阅览大厅,默默思考艺术和哲学、世界和人生。大人们习以为常的内容都足以引起他们的大惊小怪。但他们不像自己的父兄,作那种激情的呼号。他们会让这一切沉淀下来而形诸那种"满不在乎"的表达。既不用浓郁的辞藻也不让你立即激动,一切似乎都隔着一层玻璃。

那种刚刚跨入人生的朝气是无所不在的。中国人传统的心理素质在他们身上也有着明显的承继,但却是经过了特有的筛滤。这一代人的诗,尽管在诗的社会性上有着明显的消隐,但同时却萌起新的素质,爱和同情的寻求便是突出的一点。我们读许德民的《紫色的海星星》,便感到了对纯洁的人性和同情的肯定,同时又糅合了他们所能有的复杂的情感经历——

> 即使是威严的大海
> 也无力保护自己的孩子

在浩渺的波涛中
　　一个生命的失踪已不是新闻了

　他们毕竟已不是孩子了,他们的悲哀和欢乐都能有力地感染着我们。这里是蓝色风景线,它给我们的启示是青春和希望。尽管学院诗以极大的繁复展现了当代大学生的心理情态,单纯感已经成为历史,但我们通过这些诗作,得到的最基本和最主要的启示依然是坚定的——

　　我们来到这个世界
　　带着纯真穿过一片片空白
　　即使天空再一次消失
　　我们也不会对你说
　　我们越过许多黑夜走进的仍是黑夜
　　　　——伍方裴:《蓝色时期的声音》

现代学院诗(三)

多梦时节的心律

> 学院诗的非流派性质与多种艺术探寻的景观——青春期心灵风景的显现——现代都市居民心态的展示

学院诗的非流派性质与多种艺术探寻的景观

国内诗坛目下创立流派之风甚盛,其间自有旨在标新而奠基于严肃的思考者,但亦不乏随意之举,敢于自立名目,"标新立异",此举本身便体现充分的时代精神。一个经济上重新回到世界,以图自救的中国,其在艺术意识上的自我幽闭自难长久,必为世界性的艺术开放所冲激而振奋变革的信心,这也是自然而然的。

在这种开放性的艺术氛围中,不是作为单一流派的校园诗却展现多种艺术探索的最动人的景观。自1977年恢复高考制度以迄于今的十年,中国高等院校的校园诗以先锋性的思想艺术探索,在每一个时期都率先迈出了艺术变革的步子。最早的一批大学生把血泪浸泡的岁月中那些纯朴而少文化的乡村母亲对于来自城市"弃儿"的同情与抚爱表达得极其深挚,那些动人诗篇的真正价值,在于揭示精神文化大差别之下人类心灵的沟通与融合。展现于城市人心目中的多灾多难"黄土地"深层的心理沉积,这是千年的苦难凝成的琥珀。先前我们并非没有触及此类素材,但蒙难者的感同身受,自会产生截然不同的效果。

中国的青年,从来也没有像这一批大学生那样,了解挣扎奋斗的这片无边苦难的大地上的人民。正是这段非凡的际遇,使他们给我们的诗歌,贡献了聪颖与才气。

校园诗的作者,是中国最有文化素养的青年知识者。在中国这个基本是农民的社会里,年轻而又拥有文化知识的这部分人,自然地成为为社会的今天和未来进行思考和呐喊的最活跃的力量。校园诗人从乡村回到城市,特别是进入大学校园,这个弥漫着浓郁的文化氛围的环境,使他们具有最优越的条件,进行不同文化落差的比较,从而开始了关于民族命运的思考。年青的眉结在这个民族无穷的灾难面前深锁,并祈求他人不要责备这皱着的眉头。从一场空前运动的狂热参与者到被这个运动抛掷而成为"弃儿",从最具优越感的生活学习条件的享有者到认识并体验着最低层劳动者的博大的爱心,开始是上山下乡青年,后来成为大学生的这批人,有了最先的觉悟,谴责人的异变而呼唤人的实现。不少校园诗人以人性的肯定,讴歌走出兽类的直立行走的人的神圣。

校园诗人从前辈那里承继了诗歌社会使命的观念。校园诗歌初兴阶段,有相当部分的诗人开始确认诗歌作为武器的性能。校园诗既在人性的争取中作出先锋的贡献,又在诗针砭时弊,特别是批判封建主义思想与现代迷信中,展现了科学与民主这一传统思想的光辉。前期大学生诗保留了很多传统诗教的痕迹,对生活中的积垢和前进道上的障碍,表现了真正的激愤。共和国最年青的一代公民和他们的兄辈,才会有着对于民族命运,社会前途的深刻隐忧,或发为痛苦的沉思,或形诸奔突的呼喊,方式不同,但心灵之不宁却一致。这就是作为一个诗人公民使命感的昂奋体现方式。这一方式最为恰当地表现了这一代人心灵深处的优好的品质——他们只是以与人民相一致的憎爱和憧憬,作为自己灵感的源。

青春期心灵风景的显现

当然,作为诗的青年群,他们把青春的最瑰丽的色彩和喧闹的音响带进了诗中。大学生诗展现出人的青春期生活和心灵的风景,这里有对未来最动人的冥热,有对现实最焦灼的争取,刚刚告别的少年时代以及无时不在眼前的故乡风物,使他们的心有着一种特殊的眷恋。友谊的温馨,爱情的甜蜜和痛苦,真理和科学的启迪,装饰着他处少有的冲动、不宁和活泼的氛围,这些诗以人生最富有生命力阶段的自有的方式,带来青春的活力与骚动。不论是对于严肃命题的凝思,或是奔驰于社会积重中的呐喊呼号,甚或是现实的困厄、人生的危难,未来的梦想、友谊的创伤或情侣的软款、温馨,甚而是揪心的痛苦,也都充满了特别的情调,那既是无限的生命活力的冲动,无处不喷吐着火辣辣的热气。与传统沟通的内涵,再以经过现代处理的表达方式,益发烘托出这些诗篇震撼心灵的力量。正是这部分中国社会的年青公民,以历史赋予他们的庄严使命感,代表全民族最先觉醒的力量,进行着敏锐而痛苦的关于社会的现实和未来的思考,他们不时有振聋发聩的呼吁与行动,他们也因而经受磨难,但还是此种生生不息的奋斗,让我们于悲哀失望之中,时时感到了中国年青的脊梁,给人以微茫的依稀的希望。

现代都市居民心态的展示

这十年诗歌发展,存在一个大趋势,即大声疾呼的发散型的诗,变为次要方式,随着自我意识的萌动,诗人开始关照复杂的内心世界,近年来许多大学生诗推进了中国诗人未曾健全发展的另一种素质,即人对于自身生命状态的审视与思考,以及对一个无比浩瀚博大的感觉世界的把握与展示。作为接受高等教育的青年,在这个环境中受到的夜以继日的训练与陶冶,使他们具有最强大的应变与吸收能力,接受先进科学的洗礼,并调整自己的思维方式。事实上,由于许多学科的综合融汇,以及科学方法的启迪,青年人在这里培养了对于世界审视的最敏捷的神经,从宏观到微观,均伸入他们思维的触角,这一个世界的景观的展现,为当前诗歌打开了一个同样是繁富多姿的宇宙。由于大学多设于城市,现代都市居民的细密的思考、准确的行动以及快速的生活节奏,进入了近期校园诗歌的领域,它成为现代都市属民心态的最早描述者,这部分诗由于意象的浮幻,造成了悟解的困难,不少读者和批评家不满意它们与欣赏者刻意造成的分离现象,但它的作者却怀有信心地向着他们的前行者挑战。对于诗的新解释打乱了原有观念造成的程序,但闯入者对此满不在乎,他们显得有点固执地坚持自己的信念。

每个人的生命自身,意味着一个宝藏,但显然不是每一个诗人都意识到了,他们整日奔忙,想在自身以外的地方挖掘珍宝——这当然只提供一种见解,但并非是必须一体遵从的见解。这无疑会从中产生好诗,但也不必认为一切好诗均从中产生。在现代中国,诗有无可胜数的通道,信念不同的诗人都力图说服他人,他的那个通道最佳,但是,备尝只有一条通道而不堪拥塞之苦的人们,如今只相信一个秩序:即所有的通道都将引导我们。大学生诗为我们提供的,也正是这样的启示。自1977年以来,它向我们展示了纷繁的而不是单一的诗歌实践,这事实再次印证我们认为的校园诗,并非一个统一的流派的论断,它本身就是多种艺术实践的聚合。在当时或者以后,他们以各自的艺术信仰而参与或不参与中国诗歌的艺术流派的竞争,最终为丰富中国诗歌而作出贡献。大学生诗歌的这种贡献是不懈而持久的。它以青年知识分子特有的热情与勇气,不断给诗歌创作注入新的激素。而且大学生的诗,不论采取何种方式,表现何种内容,都没有也不可能脱离中国青年对自己所处特殊环境的观照和关切,即使是在那些非常大大咧咧的,满不在乎的诗中,我们也可从它那并不正常的嘲噱后面感到因无能为力而产生的全部遗憾。这是人生最重要的阶段,这个阶段他们自称是多梦时节,梦想人生,梦想事业,梦想未来,有众多的欢乐,也有难遣的忧愁,但不论那题目是庄严的还是并不庄严的,它们都传达了中国年青一代知识者充满青春活力的心的律动。也许是我的工作注定了要与青年人保持密切的接触,我无时不感到由这种多梦时节心律搏动而引起的兴奋和喜悦。告别了中年以后的人生,往往由于这种心律的感奋而平添活力,中国知识分子所感到的忧奋较之他人尤为幽深,之所以不在这种深刻的危机感中沉沦,多半是受到了多种来自年青之心的鼓舞:热血沸腾的呐喊,险恶中的前行,艰危中的沉思……

第四章　现代工业诗

它们在飞旋

经济勃兴的合理伴随物——特殊时代的情绪结晶——客观情状与主观感知的组合——创造热情与内在情绪的溶解

经济勃兴的合理伴随物

大量工业题材诗和为数不少的专门写工业的诗人的涌现,是中国当代诗歌繁荣的一个重要现象。工业诗的繁荣,是经济建设蓬勃兴起的伴随物,有其必然性。写工业诗的作者们,以满腔激情歌唱为四化大业奋斗的人,为我们的诗歌带来飞跃的旋律、时代鼓点的节奏。他们扩展了诗歌的表现领域,丰富了诗美的内涵。

特殊时代的情绪结晶

从《中国机械报》副刊《飞旋》所发表的诗作看,诗确在谋求与80年代经济发展同步前进。有一些作者,已经敏锐地想到了新时代的使命,他们力求使自己的诗凝聚为特有的80年代的情绪晶体,他们竭诚地追求诗的时代感。他们从机械的运动中发现了现代诗情。《铁砧,我的土地》(江俊涛)这样写道:"我把高温后的渣滓,埋入了湮灭的记忆,让不倦的犁尖,向现实与理想掘进。"这里借助工业生产的场面寄托了"湮埋渣滓"和"不倦掘进"的意念,是富有现实感的。

客观情状与主观感知的组合

  写工业的诗注重寄托,这是我国当代诗歌的一贯追求。80年代的诗继承了这种精神。但从相当数量的作品看来,这种寄托趋向于模式化:一般是基于对生产外态和流程的摹拟触发某种联想,然后赋予这种联想以现实的意义。一般说来,只要联想是合理的,所赋予的含义又是贴切的,可以认为是其中的优秀者。《小铁锤和大锻锤》一诗,是两位青年女工陈玉灿和纪索娟写的。诗中说:"你胸中藏着雷电,我心底溅着星火。你我灼热的胸怀,都有红心一颗。"这是小铁锤的心音。它不会像大锻锤那样发出雷电之声,却有沉着的工作而发出的火花。另一首专写锤子的《锤子的诗》(陈柏森)显得更有新意:

    我有一副独特的喉嗓,
    我用我自己的方式歌唱。

  前一首是小铁锤确认自我的价值,它因能发出微光有益于社会而自慰。这一首则坚定而自信地确认属于自己的歌唱方式,起句便富有新意。再往后写:"新旧交替的时代,我肩负我的使命,加入祖国渴望富强的交响。"由于因物寄兴的意图过于急切,尽管不离"歌唱""交响"的诗思,却由于"直述其事"而削弱了诗的意趣。

  许多作者,当他构思之初,对他所要歌唱对象的把握是明确的,甚至还是独到的,例如上例关于锤子歌唱的"独特方式"的把握即是。但当他把客体的实际样子与主观感兴加以组合,往往会"忽略"甚至"忘却"他所业已把握的特征。这时,那种强化思想性的意图,便超越了对于客体的实际体验,意与象的脱节便成为一种突出的偏向。所谓抽象观念的强制性外加,即是此种偏向的主要表现形态。张敦孟的《为浇铸工塑像》是一首优秀的诗篇,开头便是雄浑的诗的雕塑,他没有因思想而忽略形象——

> 当飞泻的铁流泼出霞光
> 一同站了起来,你和太阳
> 那庄严矗立的身影,使我
> 想起罗丹手下的青铜雕像

在罗丹式的青铜雕像的背后,是混沌之中升起的太阳,而在它的前面,则飞泻着金红的铁流。这是一支由文字表达的震撼人心的交响曲,它奏鸣的是略似黄钟大吕的乐音。诗的开篇显得不同凡响,到第二节,写到具体处,便显得笔力中衰,呈现出空泛。

在这类诗中,那种急于说明和宣示作者所要传达的观念的意向,使保持形象的统一和完美的要求,退居到次要的地位。以流行的用诗对事物作外加注释的习惯,不是始于今日,也并非当今诗作所特有。故不必重责于今日的某些作品,但需加辨明的是:诗的思想性的强化不靠"直说",而靠把那种求实精神包孕在意象中。在诗歌中,意向和客体的简单"焊接"和"粘合"并不好。我们应当寻求感情在客观对应物的外化,而不是"外加"。

许多写工业的诗篇,热情洋溢,也有艺术上的自觉追求,他们想使自己的诗具有强烈的时代感。但他们可作的努力,大体上都只停留在外在的比附上,往往因过于"坐实"而失之肤浅。很多诗依然因袭了过去那种借生产场面图解生活的简单做法。有些诗只是外形的临摹,而后附着以某种理念,没有创造出诗的意境。如写锻工便是"锻造的钢筋铁骨,为四化立功";如写千斤顶,便写它是举重冠军而不居功,认为"奖章应当颁给地球母亲"。用意都是好的,但诗人的内在情感的确没有"进入"对象。

创造热情与内在情绪的溶解

工人们为建设献身的劳动热情,无疑应当成为工业题材诗歌的诗意的灵魂。但必须使这种热情与诗人自己的内在情感和谐地溶解。在这方面,一首标明"一个铸造工人的自白"的《我黑》(逯庚福),体现了较为理想的艺术效果。

> 祖国
> 我永远是你黑脸膛的儿子
> 有钢有火的地方,不会
> 而且永远不能产生自卑

作者没有让自己对于信念的阐发脱离开他自己的出发点,这便是:钢与火。

在当前,目光向着前面的、有志于表现新的生产规模和格局的诗人,他们的面前都摆着一个严肃的题目,这便是:如何体现80年代已经开始的工业现代化的生产,从形象、语言到诗的节律,对工业诗的创作来一番大的变革。可以感到欣慰的是,许多人都在作这样的探索,有的人,已经获得了初步的成绩。即从《飞旋》发表的诗作看来,也不乏这样的例子。这些诗歌的作者已经把目光投向远方,他们发出的宣言十分动人:

> 我的刀尖走向全新的黎明
> 走向昨天的向往和呼唤
> 我把贫穷和落后留给昨天
> 我把失望和叹息留给昨天
> 从零开始
> 我用滚烫的刀尖
> 开拓出一个希望的起点
> ——张敦孟:《犁出新世纪的地平线》

磨床的砂轮在飞旋,车床的卡盘在飞旋,铣床的铣刀在飞旋,一位诗作者说:"我是中国机械大军的一员,我爱飞旋。"(李六正)生活在飞旋中前进,诗也在飞旋中前进。不论有多少艰难险阻,酷爱飞旋的工人及其诗作者,一定会创造出无愧于飞旋时代的新的诗。

第五章　现代军旅诗

一个独特的诗歌世界

军旅诗新的历史阶段——知识型士兵歌者的涌出——新的诗情空间的腾跃——特殊美感领域的掘进——单调辐射华美

军旅诗新的历史阶段

在一般概念中,现代的中国军旅诗指服役于革命军队的诗人写的有关军旅的诗(考虑到曾经服役于军旅的诗人数量甚大,本文大体上仅以现役军人为论述的范围)。这里,我们沿用了这一较为严格的概念。军队是社会的一个现实。军队当然不能与军队以外的世界隔离,因而"有关军旅的诗"本身并不狭窄,它拥有一个规定的但却宽广的时空。

在论及中国新诗近40年的发展时,人们都确认现代军旅诗所给予它的积极贡献。40年代在以延安为中心的陕甘宁边区和各根据地(突出的是晋察冀边区),军队诗人以街头诗和枪杆诗为形式的讲究直接的鼓动宣传效果的诗,对整个诗歌锲入战争生活、反映革命现实发展的写实倾向起了极大的推动作用。建国初期,一批为共和国诗歌作出了奠基式的贡献的青年诗人中,服务于军队的诗人给人的印象最深。西南边疆一批青年诗人把士兵的豪放情怀与边疆富有神奇色彩的自然风光有了完好的熔铸,它们为共和国诗歌开拓了诗美范畴。当一个特殊的诗歌时期开始,即所谓"中国没有诗歌"的时期开始时,实际上是部队上有成就诗人的坚持,使严肃的诗美追求在整体性萎缩之中不仅得以部分地保留,并产生了潜在的连锁式的积极影响。无须多举例子,只要考察一下诗集《红花满山》当日出现所引起的兴奋与热情,便是极生动的说明。

70年代后期,我国进入了新的历史时期。在诗歌的全面复兴中,部队诗人以真实的对于现实的关切和干预发出了代表人民利益的深切心声。著名的诗篇如《小草在歌唱》、《将军,不能这样做》等在整个新诗潮的跃动中,留下了鲜明的印记。前者通过一位平常的女共产党员的不平常的死,表达了一位士兵在小草面前的愧悔。它改变了传统的英雄颂歌的歌颂视角,它通过心灵的醒悟传达了痛切的历史沉思;后者以维护革命理想、信念的纯洁性不受玷污,而以直言不讳的态度对身居高位的人的不正当行为进行了颇为动情的谴责。这两首来自当时军旅诗人的代表作,给1979年的诗歌高潮的形成以有力的推动。

另一值得重视的现象,则是在南线捍卫国家尊严的战斗中写出了一批激扬着爱国主义热情的抒情和叙事的作品,这些作品成为军旅诗歌战斗传统在新时期的历史性继承。在南线作战的诗中,除李瑛的抒情诗集《在燃烧的战场》等外,尚有雷铎的《勇士与死神》、柯原的《好兄弟歌》、瞿琮的《杜鹃姑娘》、向明的《英雄花》、邢晓宾的《小河静静地流淌》等叙事诗佳作。它们都以充沛的激情表达了新的历史时期卫国士兵的英刚之气。尤其是雷铎的《勇士与死神》,刻意以抒情笔法叙事,奇妙的想象力的发挥,使这首诗摆脱了拘谨而显得洒脱飞腾。

和我国当年诗歌发展相一致,进入80年代以后,军旅诗的内涵和审美追求上引人注目的拓展与突进,对比它在历史上的发展状态,它所产生的历史变革,正是军旅诗适应了生活的现代潮流的必然。

知识型士兵歌者的涌出

> 大地河流山川森林大海
> 思想追求期冀开拓创造
> 在纵横交织
> 织出绚烂的历史织出宁静的和平
> 经是我爱,纬是我情
> 织女是士兵
> ——刘毅然:《你好哇!早晨》

有一首诗无意中透露了由于部队自身在向着现代发展的巨变带来的当前军旅诗抒情主体的复杂化趋向。这是周涛的《原骑兵第一师师长家里》。它借孩子们在显示昔日军威的照片面前发出的对于"幼稚的战争形式"的兴趣:"爷爷,你骑过的那匹黑马呢?"一首并不复杂的诗传达出了复杂的意绪。它传来的明显信息是:骑兵师的驰骋战场已成为过去;原骑兵师长骑过的黑马已经衰老;军队在过去的战影中跨入了新的时期。

现阶段的军旅诗明显地体现了这种情绪的过渡。我们在胡世宗以《军旅,"第二人生"奏鸣曲》为题的组诗中,可以看到过渡留下的"水文记载"。《将军的君子兰》写的是对于美和文化的持续的尊重。《一个响亮的音符》指示的却不单是一个士兵所拥有的文化背景:"他是吃陕甘宁小米长大的,是一曲《二小放牛郎》,把他引进革命队伍。他参加了《黄河大合唱》,那海浪般澎湃的救亡之声。"这说的是一个离休的文工团员,因坚持革命文化的阵地在街道办起了音乐生活辅导班。这是一种崇高精神的体现,但确也显示了在时代的大变动面前,传统的文化心理所受的冲击。原有的文化之根在一头紧紧维系着人们对战争年代的壮丽的回想,如今风靡的文化让人感到陌生以至厌恶。跨越了两个截然不同的时代的士兵的文化心理失去了平衡感。这现象铸造出目前某些诗中抒情形象的惶惑。

军旅诗的抒情主体在近数十年间经历了明显的变化。抗战后期和解放战争时期,大体是代表从封建压迫下获得自由的翻身农民的抒情形象。在相当长的时期中,翻身战士的感激和报恩的诗的内容,以汉族民歌和古典诗歌为基本模式的诗的形式,以及关于易懂能唱喜闻乐见为诗的审美理想的诗歌的提倡,都代表了翻身农民的文化心理和审美要求。随后一个阶段,在解放全国的浪潮汹涌中,大批知识分子加入部队。他们带来了受到高、中等教育的青年知识分子对于文化艺术的观念,他们也带来了多种的文化因素对于形成和发展于解放区的原有的文化心理的强烈冲撞。他们的出现改变了部队的文化构成,这也使诗歌的审美趣味发生了明显的变化。诗人在再现部队生活的实际图景之后(过去往往"埋头"于眼前的实际生活),诗人对于人所生活的自然产生了明显的兴趣。作为胜利的创造者和保卫者,他们与自然的关系,较之当年浴血苦战而侧重于"破坏"的心境,有明显的变异。他们有着从容优雅的心情,面对祖国美好山川湖海的魅力,他们充满了"建设"的热情。半格律或半自由的诗体能够体现这种心灵有限制的解放感。新的年青的军旅诗人开始创造诗中物我交融的意境。于是,新型地充满了在自然面前满足心理的意境诗,便代替了以往翻身诉苦行军打仗等局限于具体事象的直接观照。

一个民族的诗歌体现该民族文化的高度。一个时期的军旅诗代表这一时期军队的文化高度。目前时代的特征是在愚昧造成的灾难废墟之上反思、尊重并决心重建文明的时代。这个时代正在有力地改变军旅诗的传统素质。新时代军旅诗的抒情主体出现了新的因素。一代士兵已把"目光投向明天",战士床头的《原子结构》被确认为理应追求的事业。如同新时期有的诗人吁求不要责备皱着的眉头一样,在这里,一代军旅诗人呼吁"不要责备我想得太多"——在现代化战争面前不能不"想"原始的兵器的无能为力,以及现代士兵文化知识的匮缺。

但具有根本性质改变的迹象则是,军旅基本定型诗的抒情主体已在悄悄发生变化。新的抒情对象以受过正规教育的、具有较宽厚的文化素养的士兵作为主体,从而代替了过去那种被剥夺了文化的历经苦难而渴望主动复仇的形象。在现代化的导弹发射场,诗人想起了一个代表了科学与智慧的女性的名字:玛丽·斯克洛道夫斯卡即居里夫人(纪学:《我又想起了她》);一个有魅力的异性闯入兵营带来了气氛的变化,年青战士喜欢看一眼连长夫人"我们不亚于拿破仑的士兵,看一眼约瑟芬"(刘立云:《连长夫人来了》)。王小未写塞外《四月》的风,柔曼、潇洒如"邓肯梦幻般的仙境";写戈壁滩上的《夏》的神思:"穿过了火焰山穿过了千年的古丝道/重见商贾热昏时呢喃威尼斯遍城的水色。"

可以看到,文化和知识使抒情从贫乏转向了丰富,是近期军旅诗歌发展的一个重要迹象。由于深刻的历史文化知识的滋润,使爱国的激情有了坚实的根,从而更具质感。其结果则是根本上把激情与空洞的豪言区别开来。刘毅然的《造访秦时明月》便是这样的诗篇:悠久的历史和灿烂的文化激起海涛般豪放苍浑的壮韵,神妙地化为士兵的血脉精魂:

> 为东方大地文明绚丽而骄傲
> 为祖国历史的悲欢兴衰而深思
> 更为扼守这孕育灿烂诗篇的土地
>   这繁衍悲壮与不屈的土地
> 而感到惬意与充实

受到文化而开启视野的宏阔造成了比过去小农心态更具说服力的精神源泉。爱国主义的精髓,得到了更为深刻的开掘。

获得了较为宏阔的文化观之后,士兵的心灵也灵动鲜明起来。军旅诗不再像过去那样把城市文明视为与艰苦生活不相容的对立物而存在,而持之以谅解和尊重,从中看到了二者的和谐,程步涛《三十天》中所体现的对于斯特劳斯圆舞曲"柔和的声波"和美丽的奥杰塔"轻软的舞步"的感激,对于玉兰花一般妩媚的路灯的倾心,使他获得了与北风的粗野、雁叫的凄清、巡逻的艰难、毡靴的沉重之间的平衡。

当前军旅诗的发展,题材的开拓是一个鲜明的迹象,现代科学的概念已明显丰富了诗歌的词汇:异弹发射架成为士兵的新的竖琴,火箭与童年的爆竹产生了联系,士兵已在广阔无垠的天空找到了自己的壕堑和开掘新的掩体,他们有了一个"飞行的哨所"……但这一切的背后,是文化知识的丰富和士兵精神素质的改变。一代新型的有文化的战士为军旅诗提供了新的抒情主体。这一现象,已引起理论的重视。叶鹏在《穿国防绿的缪斯,请注意》中指出:"八十年代的军旅诗坛,滑步走来一群穿着军装进校门的大学生(或是从大学直接进军营的学生兵,或是正在军营自修大学拿文凭的专科生)……军旅诗知识结构的迅速更新,迟早要引起诗风的嬗变,这恐怕不以人的意志为转移。一支新的生力军正在崛起!"这与其说是预见,不如说是正在成长的事实。

新的诗情空间的腾跃

> 军人的生涯是多变的,
> 前方,既有一千喜剧等你拉开序幕,
> 又有一千出悲剧等你摁响电铃。
> 军人的感情是多元的,
> 多元的感情,
> 决定我们必须学会适应——

> 经得起生离,
> 也经得起死别……
> ——程步涛:《学会适应吧,军人》

繁荣发展的军旅诗,几乎已经占领了从陆地海洋到天空的全部广阔的空间。训练、作战,飞机、大炮,乃至陆地和水面的潜伏都已被无数次重复表现,从而成为深知超越之难而让人望而却步的诗题了。在过去,人们往往认为主体对于物象和场景的感情投射,因军纪的存在必然是对心灵世界的挤压,因而相当忽视士兵作为人的所固有的属性。现阶段军旅诗体现了此种障碍的打破。那种在纪律的严肃性面前忽视人之常情的约束,已经在类似李金河的叙事诗《一个戴黑纱的士兵》这样的作品中消除。在这首叙事诗中,连队干部、战士都表现了包括对父母的孝思在内的传统道德和人情的合理谅解和适度尊重。它的含意甚丰,有一点十分明显:士兵战场上的英勇倚赖平日养成的建立在对人的情感丰富多样的承认之上的温暖和谅解,这一切,与部队的严格的纪律和训练是不矛盾的。

在以往的概念中,士兵的情感只能是单纯的,情感复杂的士兵不纯粹,而纯粹往往代表觉悟。这样,军旅诗的情感内涵便天生地与军旅以外的诗划开了一道深沟,现今的创作实际已经对这种观念作了调整,军外创作中所已承认的人的情感的多重和复杂的性质,在军旅诗中也得到了事实上的承认。士兵作为人,他们情感的丰富性与一切人都相同。认识到这一点并在事实上尊重它,这使军旅诗产生了一种质的变化:军旅诗变得更有人情味,除了原有的那种严肃和庄严性之外,近年来明显地飘浮着一种建立于谅解、同情之中的温暖的气氛。一些女诗人的作品更充满了柔情与温暖,如郭兆甄的《舞台》、虞文琴的《难忘的微笑》、成颖慧的《军人·妻子·母亲》等。

军旅诗曾经占领过一个独特的空间,如今进行着另一个空间的开拓,目标是向着更为广阔的心灵世界的进军和攻占。在这样的气氛冲激下,原先自成格局的墙壁已在打开。承认士兵作为人的人性的尊重,必然表现为承认人的内心情感的多元性和空间多层次性。"心灵是海,有涌天洪波,也有拍岸细浪;个性像山,有丰茂植被,也有赤裸的岩层"(程步涛),一批工程兵向着自己建设的大山告别充满了女性的柔情:"一种钢铸铁打的男子汉一种似水柔情的男子汉今夜,没有不动情的不动情不是好军人。"(刘毅然)

军旅诗在表现军人内心丰富性方面所产生的沿革,留下了一道清晰的轨迹。开始是视士兵单纯的勇敢和服从为军人素质的基本属性,表现性格则人为地使之局限于一种单一的和统一的规范。继而在较为开阔的氛围中,开始了士兵思想感情和自然景物的融合,壮丽的自然景观激发着士兵的热爱之情,也寄托了他们的美好情操。这在一定程度上使士兵的内心世界在外界自然中得到了观照,但二者并不是和谐的溶解,大体上只是以自然界的某些美好的属性来注释士兵的气质和精神。最近一个阶段体现了质的跃进,对人的内心的关注促进了战士丰富心灵的大胆开掘。英雄主义有了新的解释,它更为接近凡人的经历。《小草在歌唱》便体现了这种质变。这无疑是一首英雄的歌,但英雄自身发生了变化,悲剧性的、惨死的英雄;重心也发生了倾斜,即以英雄题材写小草的执著忠诚以及不如小草的愧疚,充满了人性的反思精神。平凡的士兵的精神世界,已经成为军旅诗的性格组成部分。

许多诗篇致力刻画这种在新观念支持下的士兵新的气质。诗人确认战士喜爱"彩色的生活",他们的心"是一个彩色的世界"。这色彩包括了扣动板机时的严峻和周末晚会的欢乐"我爱读马克思《资本论》,也爱普希金热情的诗",也包括抒情诗、魔方和飞碟。诗歌触及了相当隐秘的心灵的角落,贺东久的《压在箱底的秘密》:一件"少女时代的骄傲"的花衬衣被弃置于箱底,终于成了永久性的秘密。尽管诗人最后以"青春的意志,选择了一块茅草地"作了肯定性的结论,但掩饰不住对于"一首被抑制的抒情诗"的悲剧性怅惘,在这怅惘背后的则是对于生活应有的合理的色彩的呼吁与肯定。诗歌把触角探入普通士兵的内心深处发现他所具有平常人的心理感受。因而士兵不再是不食人间烟火的人,他不仅有一般人会有的"恐惧"、"颤栗",而且也会有悄悄的妒忌。一位士兵,因为年年总是发四号军衣,而他渴望的却是"长江粗犷的线条和苍山魁伟的躯体"。士兵作为人,较之过去的表现,显得潜深多了。尚方的组诗《女兵方队》以娟秀、纤细、潇洒而赢得好评。她的诗最动人之处是深入到女兵们的内心深处,她以传神的笔墨写出青年女性军人内心的微妙与隐曲。在军衣纽扣下保留了从外祖母那里流传来的女性的遗传因子。连长总是不能理解漂亮的胸针和新奇的发卡。他铁青着脸走了,他终于没能发现那个非常容易发现的女兵的秘密——

> 她用眼神集会起伙伴
> 小心地翻开绿色的衣襟
> 小心地公布
> 公布外祖母以前就传下来的
> 女孩子的固执
> 第二颗军衣纽扣下
> 拴挂着两朵山路旁
> 采撷的野花

这些诗篇,都以有异于前的新奇细致开拓士兵的情感空间。杜志民的《痛苦》本身就是具有"异端"性质的题目——它承认士兵有他的"痛苦"——

> 平凡的战士
> 常常伴随伟大的痛苦

> 在狭长的壕堑里前进
> 直到走完生命的最后一段路程
> 眼睛慢慢合紧
> 大地上埋下他的心

一旦承认了情感的多元与丰富,诗中出现的抒情形象便向平庸和单调作最后的告别。基于这样的观念,诗中于是出现了这样的描写,一位边防士兵的瞬间感觉中出现了和平宁静的边境——

> 没有丝毫的贪婪与邪恶
> 我静静地观察着。那异国的土地上山与山之
> 间回荡着我不懂的语言
> 绿色的树冠与房屋产生同样温馨
> 温馨是越界的
> ——王小未:《在四十倍望远镜后面》

这位士兵一面感到了"越界的温馨",一面也感到了互相仇视与防范的"人类悠久的不幸"。士兵的独特的感受和独特的思考,体现了从事这一职业的人的并不独特的作为人的思考。这一切是那样合乎情理,因为它写出了丰富的人:"世界有它的复杂和诡秘,我们的望远镜有它的忠诚与冷峻。"

特殊美感领域的掘进

> 一棵大树
> 一棵被削掉顶冠的大树
> 在南方的边山
> 雄立着一柄剑
> ——晓桦:《一棵被削掉顶冠的大树》

军旅生活的严峻和特殊考验,使所有的军人都向往于创造

一种艰危中的美感,一种不可能完整的破缺的美。这里是一棵树,因为被削掉了顶冠而体现了另一种美,一种特殊的悲壮:它更像一柄剑,这是在最惨烈的拼杀中铸造的一柄美之剑。在这里,晓桦寄托了令人为之动容的士兵的激情:如果有一天,战神在骤然间取走我的头颅——我将会像那棵被削掉了顶冠的树那样。晓桦十分注意在军旅生活中寻求那种特殊的美感的源泉:《这里埋着一个女兵》,这女兵生前是漂亮的姑娘,她的美能迷住每个人,"如太阳飘过天空,牵动所有的向日葵",但是,在原应男子汉倒下的地方,她倒下了。由此产生的遗恨和默立碑前的羞愧,却产生了一种让人萦绕于心的破缺的美感。这真可用贺东久诗集的名字"带刺刀的爱情"加以形容。刺刀与爱神构成冲突中的和谐,从而造出了一种独特的审美效果。这的确是军旅诗所特别拥有的一个独特的美感世界,这在军旅以外的诗中是甚少涉及的。正如诗人在士兵的"格斗"(孙中明《格斗》)中所发现的美一样,在庄严、顽强奔放中潜沉着"力与勇"、"智与巧"的和谐一致。

军旅诗人大都有这样的才能,他们能在单调中发现华美,能在严峻中发现蓬勃的活力与生机。一股任何的逆境与阻扼均不能削弱的生命力,使诗人在破缺的艰危的情势中创造并讴歌美。晓桦的《一个镶着弹洞的钢盔所做的花盆》的价值"不是为了装饰生活",而是披示着曾覆盖着一棵装满花一般幻想的头颅,失去的与保存的一切,都凝聚在这个特殊的花盆里。它构成了一种特殊的美的造型。

过去习见的单向的和直接的抒情方式明显地弱化。新的审美意识产生了对于军旅生活的复杂的情感生活构成的理解。那种认为军人的审美只能是粗糙与豪放的单色调的观念已失去魅力,诗人们更趋向于以形若矛盾的复合情绪以展现军旅生活的内在丰富性。程步涛的《军车,向北向南》就是抓住了这种交叉和逆反景观以展现特殊的审美魅力。从前方返回的军车上载着流血呻吟的伤员,由后方前行的军车上载着开往前线的新兵,它们在途中相遇。诗人着意再现迥然有异的目光和情感,渴望与冲动,恼怒和懊丧交织的意绪:

　　有战争就有这样的相遇,
　　歌声是火
　　呻吟也是火

应当承认,当诗人把他的视点不仅投于"歌声",而且也投于"呻吟",不仅投于"渴望",而且也投于"懊丧",并从中都感到火的存在时,他是在勇敢开拓战士内心美的领域。

　　新时期军旅诗由于思想解放的推动,注意了对传统的审美范畴的拓展。粗放之外更有细腻,特别注重了发掘过去未曾触及但生活中存在的美。如《连长和他的女儿》(叶云龙),就着意于表现令"所有的目光表示震惊"的特异风光——连长"驮"着他的女儿进入了军营的游泳池,"粗黑与白嫩"、"成熟与幼稚"有着鲜明的对比和反衬,昔日的勇猛和威严,在这里得到富有意义的男子汉粗犷的温情的补充——

　　生活,用粗线的花边
　　框住了军人的柔情和刚劲!

　　这里有一个启迪,在一个特殊的世界里,致力于以"粗线的花边"突出"柔情和刚劲"复合和融汇的审美效果,是现今军旅诗的明确追求之一。军旅诗人都了解并承认这一特殊世界的生活的"单调":"无休无止的上岗下岗,无休无止的加哨设防,疲惫、紧张和单调,是我熟练的三重唱。"(杜志民《广场上,一尊绿色的雕像》)战士既是又不是"普通的人"。他感到了生活的"贫穷而富有,纷繁而单纯"。

　　这种又单调又丰富的充满矛盾的和谐感,更为深刻地体现在生与死这一永恒的命题中。士兵的职业是特殊的职业,它的使命是随时献出一己的生命以维护国家的尊严。这种生活氛围中充满着随时奉献出宝贵的生命的肃穆之情。作为一名士兵不能不随时思考个体与集体、个人与国家之间的充满哲理的关系,爱与憎,生与死这些庄严的命题伴随着军旅生涯。因为热爱产生憎恨,因为更多的生而视死如归。对士兵来说,英勇无畏是至高的品德,而怯懦是可耻的。

与军旅生活这些密不可分的命题,原是诗中最有魅力加永恒的主题。过去都写悲壮轰轰烈烈的死,那确是惊天动地的。但在现阶段,诗人的笔触却着意于以平凡而平静的言辞写内在的复杂与冲动。

贺东久《生与死》写燃烧的战场上生命乃是"悬在游丝上的秘密"。生命的"典礼"是由魔鬼和天使共同主持的。他写到了生的庄严与死的痛苦,但在当士兵把一切交给了祖国,他的哲学就只能是:"既崇拜天堂,也崇拜地狱"。

一种哲学把个别的存在置身于维护整体价值观念时,人的生死观得到了大的超脱,这时展现的是基于破缺的和谐所造出的崇高的美,这种美的崇高感因为由相互抵触的成分的组合,而克服了平板和单调,正如周涛的《养茅刺的兵》所展示的那样,当都市在阳台上养君子兰时,士兵在高原养茅刺——

> 在无花的昆仑,在雪水流过的路上
> 茅刺有自己短短的花期
>
> 只要在绿茎上绽开米粒大的黄花
> 就是严酷世界最顽强的美丽
>
> 把村姑当作皇后
> 村姑就有胜过皇后的气质

美产生于遗憾和破缺,但当抒情主体不再把它们当作凝固的和刻板的,那么由这一切产生的美感是惊天动地的!

单调辐射华美

> 那是农民的坚韧
> 工人的集体感和精确
> 诗人的冲动、爱憎鲜明
> 工程师的逻辑
> 足球运动员的勇猛
> 和对自己名字的荣誉
> 所交织和熔铸的混合体
> ——周涛:《军人素质》

军旅的诗歌创作尽管维护着自有的独特世界里的生存秩序,但近年诗歌整体的跃动形势,促使它产生了与军外诗歌的"共振"。一种自由和开放的艺术气氛沟通了军内外诗艺的交流。在这种大的融汇交流的情势中,"军人素质"依然是这一特殊河流中的"主航道"——如同周涛以此命名的诗所表明的那样:鹰的飞扬、雄狮的威猛、骆驼的顽强、骏马的驰骋,沙场、山地、沿泽、丛林,辽阔的海洋和天空,塑造了军旅诗魂。这一股英刚之气如血脉贯穿全身。但当前相当急速地变化着的现实明显地促进了军旅诗艺术格局的变化。如同全部当代诗歌所呈现的那样,克服了单调与单一的拥有艺术多元结构的格局,也在军旅诗中形成初潮。

不容置疑,当今的军旅诗是人民军队全部诗歌传统的延伸。特别是直接受到了共和国第一代军旅诗歌的哺育与滋养。李瑛倡导的那种通过华美的自然场景的描绘并使人民兵士寄情其中以达到某种理想的升华的诗风,在诗歌受到戕害、诗美受到歧视的特殊年代,其对部队诗歌乃至更大范围的挽救颓风,其影响是全面而深远的。与李瑛相近的柯原、纪鹏等较为重视特殊风物与特殊心境的融合的诗风,在现今的大批军旅诗歌中均得到发扬。50年代顾工的诗以及60年代王石祥的诗,以对新生活的深切体验在挖掘题材上每有新意。它们对现实的敏锐感,对现今重视实际生活的革命性变革的诗风有明显的影响。饶阶巴桑和早期白桦的诗,在引进优美高亢的藏族民歌因素以增强军旅诗的艺术丰富性方面有过明显的推动。这种推动已在青年一代的创作中产生了深远的影响。阿拉坦托娅在她的诗中体现出蒙古族的民俗与文学的深刻影响,如她的《我的一天》:"那鲜红欲滴下血来的太阳,是我昨夜挂上去的心!""那洁净如张张白纸的云片,是我昨夜寄出去的信!""那高耸的瞭望坝上的战士,是我昨夜梦里见的人!"有情节的抒情,结合着有变奏的复沓,她写的是掺和了民族风情的新诗。

  我们从现今军旅诗的创作中可以看到前辈诗人对于整个军旅诗创作从内容到形式的深刻影响。喻晓:"我用汗水熔铸自己,熔铸中学作文里花朵般的理想和古铜色的青春"(《我是绿色的云》);伊蕾的"咽下勇敢地房走帐篷的风暴,我胸中热情的风暴要与它相会"(《咽》);王鸣久的"与炊烟祝了平安,和乡亲道了再见;就要出发了,去茫茫边境上巡逻,我把一朵淡蓝色的马莲,缀上马鞍"(《我把一朵淡蓝的马莲,缀上马鞍》);石顺义的"被硝烟染黑了的月亮,又投给边疆一片银色的光辉"(《会唱歌的子弹壳》);以及在《绿树和花》(孙中明)、《云里落下笑声》(周鹤)、《星星,母亲的眼睛》(峭石)、《鸟儿们的歌唱》(胡世宗)等诗集中,我们均可看到李瑛无所不在的影响。

  李松涛的诗也深受前辈军旅诗人影响。我们从他云影松风般的带韵的边风中,听到的不仅是士兵心灵的颤动与呼啸,更值得重视的是他所传达的军旅风情时刻与他的乡土和亲人保持着丝丝缕缕的关联。军车驰过故乡,他想起的是"旧社会曾经沿街乞讨的祖母,扶着烟火熏黑的门框,又在愁粮";军车驰过密山,他想起的是这块有着"北国最冷的冬季"的"流放地"的罪过;即使是如今他在营地望见的明亮的太阳,那太阳也依然是"祖母古老的挂钟"。尽管李松涛已经插上了飞行的翅膀,但他的对于现实乡土的情感,依然伴随着他的飞腾的想象。

要是说李瑛的贡献在于细致的彩笔把现代士兵的美好内心借壮丽的祖国山水精心的展示,那么白桦近年创作则是以共和国捍卫者的赤诚和正义感写出一代军人对于维护信念的纯洁,并履行了对于士兵的神圣使命的忠实。白桦的基于对祖国和人民的"苦恋"之情,最深切地表达了植根于人民和土地的军魂。白桦的为信念而痛苦的激情,在很大程度上是理想化的。唯其因为过于理想化,故当其未能实现时,其痛苦尤甚。这一诗风在叶文福的诗中体现得最为鲜明。可以说,他们的诗所传达的爱国爱民、忧国忧民的情绪因超出了军人的范围而获得了普遍的共鸣。和白桦、叶文福同样受到理想的鼓舞的诗人中,王石祥的诗体现了对另一趋向的关注,即他总是以舒展的心情去看生活。因而他的诗中没有上述二者的那份辛辣与苦涩。王石祥的《十五的月亮》在众口吟诵之中已证明是一首很好的军旅诗。

周涛的创造引起当前诗坛的注意。他把军旅诗写得富有西北风情。他的诗以深邃辽远的时间感,使今日的边塞军旅诗与古边塞诗的意境相沟通。在他的现代兵歌中汇聚了空茫的历史留下的迹痕。他的军旅诗以当代军人对于生活的思考而启示着更为雄阔的主题。在它那里,我们可以进一步领悟历史和人生。周涛的诗具有瀚海戈壁的浩阔苍茫。西北特有的自然景观,那里的酷暑严寒,那里的狂风暴雨,那里的火焰山和古城遗址,植物如红柳、沙枣、胡杨,动物如骆驼、骏马、雄鹰,到处都呈现着生命力的顽强和永恒。

周涛以此种错综复杂的大西北风情构成了他的军旅诗的浓

郁的"西部精神"。周涛着意于把军旅生活的严肃精神与西部生活氛围易于引发的生命的哲理结合起来。这就使传统的军旅诗由于内涵的扩展与意义的延伸而获得了新的艺术境界,他写的是雄奇峭拔的生活,展示的也是这种带有悲壮气氛的生命的搏斗。他喜爱的是力的较量,雄丽的生和悲壮的死。《鹰之击》所展现的狐狸和鹰的惊心动魄搏斗的场面以及鹰的英雄的结局,都达到了激起心灵风暴的效果。周涛不把目光停留在一点或某些局部上,他不喜欢作精致的由景而情的发挥,他写的是"大"诗。他的形象点是突兀而雄奇的:

> 冈底斯山、喜马拉雅山、喀喇昆仑山
> 三大著名山系的躯体纠缠在这里
> 高度的竞争,力的交错
> 凝聚成无数突出的筋脉和肌块
> ……
> 数以万计的骆驼
> 在这条通向天空的路上死去
> 因为忍受不了折磨,
> 人却不愿把自己大理石一般
> 光润细腻的骨委弃在半途中

人要在即使是如此艰险的环境中不屈地生存下去,这就是人对"角力的群山"的战胜。王小未和阿拉坦托娅的诗体现和周涛近似的追求,他们均致力于体现雄阔的诗情,他们以充分的声音加入了军旅诗在新诗潮冲激下所产生的多元艺术风格的实践。

第六章　现代边塞诗

崭新的地平线

民族内在精神的创造性呈现——现实的缺陷寻求自我超越——溶解于特殊氛围的当代性——男性精神的审美创造

民族内在精神的创造性呈现

西部对于我们是遥远的，它以异样的情调和神秘感牵动我们的心，以这种心情研读如今蓬勃而起的西部诗，我们同样惊慑于它的瑰丽神奇，但并不感到遥远。西部诗拨动了我们的心弦，不是由于易于产生的猎奇心理，而是在它特殊的艺术创造中传达了鲜明的时代共振的脉动。西部诗的艺术魅力不产生于单纯的西域风习和景观的表层，而是它的内在精神。此种内在精神中渗透了当代中国深刻的思考力量。但西部诗又确是特殊的，我们从它具有浓郁地域色彩的意象凸现和组构中，感到了富有当代精神的内心召唤，这恰恰是现今不论生活在哪一片土地上的中国人所共有的。

中国西部诗歌是当代的边塞诗（亦称新边塞诗）。以往我们对它的描述只注意到特殊地域环境的题材独立性，有时我们（包括我在内）根据表面化的条件判定：凡是当代人写西北边塞的诗即新边塞诗。此种判断定有一个大的疏忽——它忽视了新边塞诗的"新"质——即社会生活发展的特定阶段（主要是80年代）特有的当代性内涵。不是诗人在中国西部找到了诗，而是一种再造民族精神的内心吁求找到了中国西部。这是崭新的地平线,是当代中国人发现的精神世界的新大陆。塔克拉玛干不再是绝地,高昌不再是死城,那是一片沸腾着再生力的希望之角。要把握西部诗的真谛,最主要的,我以为是把握它的总体性的寄托。

西部诗创造者们的最大贡献,在于他们创造性地把中国当代人的思考溶解于西部特有的自然景观之中。他们使那些粗犷的、强悍的、坚韧的,乃至荒凉的、悲慨的一切,无不洋溢着当代人新的心灵渴望与吁求。他们讲沙漠上的动物或植物,他们讲大戈壁的日出和日没,他们讲盐湖和绿洲,他们都是在中国当代现实生活的土壤上的沉思和召唤。因此,西部诗尽管向读者展现了许多西部特有的场景风物,但与一般景物诗的描写视角有了全然的不同。那种带有观光性质的欣赏者的心境在这里淡化了,一般的以此物喻彼物的比兴已降居次要,而代之以一种新的观照方式。

这种方式的特点是物我两方的彼此认同,从而有意地模糊主客体的明确界线。西部诗的作者大体都具有这种鲜明自觉意识。他们总是置身于西部特有的氛围中,向着物我两忘的境界推行。这在王辽生宣言式的自白中可得到说明,他把博格达的风声与诗人的弦索溶为了一体:

　　被吹进魔瓶封闭多年此爱我终与自由重逢,
　　原始野性与现代疯狂就是我倾诉的内容
　　我醉登天山攫取雪线以期调整我的弦索
　　我将以此琴的变幻无形参与不老的奏鸣
　　——《只有博格达风声永恒》

在大量西部诗中,那种猎奇式的以再现奇异风光和习俗为目的的创作契机,已被一种无所不在的肃穆乃至悲慨的心情所取代。西部诗是并不轻快的沉重的诗,欣赏性的愉悦消失了,到处都在进行着这种不突出自我的"物我互现"。杨牧讲,"我的生活放牧着我,我也放牧着我的生活"。(《野玫瑰·扉页题记》)他把绿洲沙海看成了自己,也把自己对象化了:"我是光明与黑暗的分界,我是绿风和黄风的焦点。为了推进,我把心灵戳一个孔——让春光和碧浪流进沙滩。"(《我在绿洲沙海间》)当然,并非真的忘我,而是强烈的自我觉醒支配下的"勿忘我"。这里所述的光明与黑暗的分界,绿风和黄风的焦点,指的既是自然界又是自己。

  不约而同,周涛也说过类似的话:是现实的生活"打碎了我的外壳",然后它又"像一个最爱护我的亲人那样和着血和泪水,用它黑色的泥土,深沉地重新塑造了一个我"。(《伊犁河》)他认为,"不仅是我们在挖掘生活","生活同时也在以它特殊的诱因挖掘我们每个蕴含在内心的矿藏"。(《马蹄耕耘的历史·历史与诗人》)杨牧讲诗和诗人是互相"放牧"的关系,周涛讲诗人和生活是互相被"挖掘"的关系,在这些诗人的观念中,二者是互惠的和平等的。他们在表现诗情时,主客体的依存观念比较淡漠。章德益的诗这种物我同一的倾向也甚为鲜明。《我与大漠的形象》的总构思是"大漠说:你应该和我相像"以及"我说:大漠你应该和我相像"。他们互相要求对方,他们又互相塑造。这就是:在"我"的额头上和轮廓中有了"风沙的凿纹"和"暴风的回响",而在大漠的"叶脉和花粉"里有了我的"笑纹和幻想"——

    大漠有了几分像我
    我也有几分与大漠相像

    我像大漠的:雄浑、开阔、旷达
    大漠像我的:俊逸、热烈、浪漫

  主体与对象在彼此相互塑造中完成了谐调。人对自然的态度不再是奉自然为神明的膜拜。人对自然的加入在这里得到实现。人不再与自然保持间距,也不再是欣赏与被欣赏、表现与被表观的关系,人成了自然的一部分,自然也体现自我的追求与价值。这一条横亘在绿洲与荒野之间的"伟大的波折号",同时具备了自然的属性。这一诗的素质,以往的风景诗甚少涉及。

现实的缺陷寻求自我超越

边塞诗是古已有之的诗的存在方式。但现今的边塞诗却为我们生活在同一时间的几代人所专属,它不属于其他的时代。当代人由于社会经历和时代背景的影响,他们很重要的一部分精神需要在西部诗歌这一特定格局中得以实现。经历了社会的大震动和人为的离乱,人们从泥淖和旋涡中回来,发觉现实和心灵的空间都呈现着一片空漠,现实的缺陷促使人们寻求补偿。当人们感到需要自我超越而又难以实现这种超越时,借助自然力以壮大自我,事实上解决了一代人面临的困惑。

当内心因严重沙化而成为一片沙海,心灵深处对于沙漠的征服以及对于绿洲的呼唤很自然地在西部诗人中实现了心灵的感应。林染讲的"我看见的天山是灰蓝色的"(《黑甜甜·手记》),正是一种对于抒情主体的强调。组诗《黑甜甜》有鲜明的现代感,体现了现代人对于戈壁沙漠艰难的寻求和并非甜蜜的苦涩的满足:

> 我是牧驼的孩子
> 我寻找我的黑甜甜
> 我不知道我的果实是苦涩的
> 如我的光秃秃的驼骆背
>
> 我默然吞着黑浆果
> 一任漠风吹进我美丽的草帽
> 一任阳光灼热的金箭泻下来

——《黑甜甜·沿着玛纳斯河》

西部诗所呈现的特殊风情与意蕴并不单是艺术再现的结果,它整体性地实现了心灵的物化和物的心灵化。

把西部诗与当前某些注重于现代史诗探索的诗人群加以比较,尽管二者在取材上、艺术追求上有相当的近似之处,但可以发觉前者较之后者现实性触发的因素更为鲜明:他们直接呼应现实生活的召唤,他们自觉地把握着现实的使命。西部诗的创作方法并不纯属于现实主义,但它拥有深层的现实主义精神。他们深知自身的使命并不在于对生活的写实性记录,他们注意的富有启迪意味的间接寄托,从那些严峻和悲凉的画面和气氛中去体味他对生活的隐喻和暗示。如《黑甜甜》中出现的黑浆果、草帽、光秃秃的驼背等都有具象以外的象征意味。

西部诗中出现的死城或废墟,总让人感到某种渴望隐约于画面的背后。他们写日落的时光,表现出戈壁特有的壮丽的悲怆,但总是洋溢着某种追求的激情。李瑜的《穿过黑夜方能到达黎明的彼岸》:

> 夜幕就要降临了,
> 桔红的光晕在褐黄的天边镶嵌;
> 向前追求,
> 向着落日追去,
> 马背上的骑手凝视那辉煌的光焰……

这些诗句披示着浓重的悲壮感。大漠上即将落日,仿佛是光明的告别仪式。那里呈现出惊人的艳丽,而马背上骑手的执著的追求是更为让人心动的场景。周涛的《荒原祭》中所感受的诗情:远处那些为万年冰雪所覆盖的峰峦,如地下探出的头颅,沉默着严峻的目光,固执地发出含着永恒询问的视线。生活在西部的诗人总是如此日复一日地接受大自然"永恒的询问",他们也日复一日地以坚韧的奋斗和追求作着永恒的回答。

沙漠提供了一切的可能的条件传达诗人特有的思考。那里,举目尽是让人惊怵的景观,无论天空、大地,也无论禽兽,甚至是草木。目标是树木,周涛把《胡杨》看成了,

> 被遗弃的部族
> 孤独的树
> ……
> 被渴望扭曲的枝条
> 在空中凌乱地写着疑虑
> 长满疙瘩和树结的躯干
> 仿佛吮吸了
> 　贫瘠土地里的全部忧郁

杨牧却把红柳写成沙底串出的《海妖》——

> 在掀翻海浪的风暴里
> 她们大笑
> 她们甩着放浪的长发
> ……
> 她们是从海底来的
> 原本是些小人鱼
> 为了酷爱最有男人气味的王子
> 流着血脱去鳞片每走一步脚尖都刀剜似疼痛

扭曲的胡杨的"丑陋"提出了人们的"另一种存在"——曾经存在过的扭曲和丑陋,它那痛苦的郁结充满了现实的忧患感。它不是一种客观的描写,更与那种悠然的欣赏无缘。它是心灵向着外在世界的突入。胡杨特有的被遗弃的孤独感和充满疑虑的外形,使人想起为苦难所折磨的肉体和灵魂以及它的顽强的生存。至于红柳的疯狂而痛苦的爱,它的追求"最有男子气味的

王子",乃是一个大的象征。为了这种爱,它流血,甚至脱去鳞片,这种追求以最大的苦难为代价。我们透过这一切看到了无处不在的巨大的身影,这身影背后的潜深的巨大痛苦的激情。

溶解于特殊氛围的当代性

这种特殊的情感世界系血泪所换取,它是时代的赐予。但时代把这一切给了所有的诗人,而造出西部诗这一独特景观的,却属于西部诗人的独特的创造。西部具备了充裕的条件触发诗人特有的情思:大漠落日的悲壮感,戈壁行舟的坚韧感,鹰立危崖的雄丽感,火山赤云的苦难感。诗人有幸生存并遨游于这一片神秘的疆域,他们把得天独厚的材料化为了一幅幅惊心动魄的画面,从中生发出具有现实使命感的心灵呼声。

正是在这种创作思想的促使下,他们把丝绸之路上一座座被沉没的古城化成了一艘艘《大海的沉船》(杨牧)。他们从沙漠中的盐湖浮想古海:"它把洁白的骸骨,让热风熬成咸苦的晶体,盛在这个粗陶的骨灰盆——沙漠盆地。"(洋雨《盐湖浮想》)"历史,有咸才有味道",诗人歌咏死亡创造的再生。以此为例,足以说明西部诗歌是诗人的心灵寻求而在特殊世界中归宿性的契合。的确,西部诗歌的审美效果只能产生于西部特有的地域的和自然的氛围。西部特有的地域色彩诱发着西部诗的激情。西部人对于自然的感觉和印象(包括畏惧它而又想战胜它)铸造了西部诗的感情内涵。西部诗传达的时代性也许并不奇特,但奇特的是时代性在西部的环境气氛中得到了惊人的溶解和化合。

西部诗的"山脊隆起"无疑是现实的触媒所致。但它不是在配合和敷衍的层次上,而是触及深层。现时代中国文学的萌醒最有价值的发现是人的意识和自身的发现。它的价值因由于人在一个神经错乱的造神时代的消匿而受到重视。西部那片神秘的土地,又是生存都感到艰难的土地,人需要经历挣扎,奋斗和坚忍的跋涉才能维持生命。整个的空旷而荒凉的空间和悠长而绵亘的时间,让人感到生存的不易。浓重的忧患之感与生俱来。旷远的时空足可充填进去无尽的忧愤与绵延的思考。只有在这样的环境氛围中,人的主体意识的确定才具有充分的悲壮性。郭维东的《大漠,有我就不再孤独》写:

　　荒漠没有树
　　我站在那里
　　我就是一棵树

人的自我意识的确立,人作为自然界的主宰的不无悲凉的存在,在西部是自然而然的。他们无可选择地要与可怖的孤独感为邻,这也是"坏命运"对他们的钟情。在这个地域,人也容易自豪,因为他以自身的力量在瀚海雪天中站立着。人的存在,与最凶猛的禽类鹰、与最韧性的动物骆驼,与最顽强的植物沙枣、红柳、白茨、胡杨相比毫无愧色,他们同属于顽强的家族。

　　诗人无时不遇到西部的沉寂与凝滞。空旷的戈壁和一望无际的单调的色泽,使人们无时不为浓重孤独感所包围:

　　风中,抖动着一株白杨
　　雪山的寂寞
　　陪伴着一盏孤独的马灯
　　　　——子页:《遥远的西天山》

　　这是西部随处可见的典型的场景与氛围。在西部,人们不能不被这种浓重的悲凉氛围所浸染。这种环境,对于经历了历史大弯曲而蒙受过心灵的创伤、处于不断思考的人,它特别易于触发人们苍茫的思绪。这里是一匹《孤马》(章德益)——

　　夕阳里
　　一匹孤马

> 紫铜色的肌肤
> 紫铜色的光亮
> 宛如一尊紫铜色浮雕
> 溶铸在大漠中央

不仅是日没时节荒漠中的一匹孤马,而且是铜铸般的凝固不动,紫铜色的光亮益发衬托出它的辉煌的悲壮气氛。但这样一个孤独的、凝重的物象的内里,却是失去平静的沸腾以及悠远的历史意识——

> 不相信落日下沉就是死亡
> 不相信晚霞熄灭就是凄凉
> 它与它的先祖
> 曾横穿过千年历史

在大戈壁,诗人们似乎都十分敏感于这种凝固。李瑜在《凝固成古色古香的唐三彩了》中写:"无涯瀚海奔腾的波浪早已凝固了,那凝固的波浪涂上了落日的余辉,绛紫的红柳也凝固了,骤然还像火焰在燃烧。"最动人的确是骆驼——

> 曳着铃声的骆驼骤然凝固成了古色古香的
> 唐三彩了

这是另一匹"孤马",它同样地寓动感于凝固。他们在沙漠的可怖的空旷与死寂之中,让人感觉到生命不息之火的燃烧。表面的静止与内在的跃动,"矛盾的和谐"造出了新鲜的美感。西部诗这种内在的动感非常有力地传达着当代人的精神渴望——他们为历史积重的沉滞所窒息,但他们要求冲破。他们心灵深处的强音是要打破这可怕的窒息。当代人的灵魂是躁动不宁的:"得召集多少雷电,多少骤雨呵,才能彻底冲决这笼罩了大地千年的静"(章德益《沙漠之青年》)。

西部诗人擅长于溶解深远的历史感于眼前所见。他们以楼兰古国的废墟,以遗弃于沙海的骆驼骸骨,以郁积了泪的晶体的盐湖,寄托了人类生生不息的力量与信念。西部诗人们不忌讳严酷乃至残酷的一切,他们也不忌讳死亡和衰落,对于这些,他们都有动人的回答。我们从那些凝重的、孤寂的、沉郁的事象中感受到自我生命的力度。这种对于生命的自信,正是由于置身严酷的环境里,处于受到严重压力的约束中,因而它的寻求释放和超越具有巨大的爆发力。

一种对于坏命运不屈的抗争,于沉滞凝重中洋溢着一种乐观的,自信的重获自我意识和征服了自然力的解放感。表面是沉寂的和孤独的,而内里却始终鼓涌着热血的冲动。犹如这首诗所描写的:

> 它焦躁地刨着前蹄
> 咬紧铁嚼,猛然地扭动头颈腰身
> 喉咙里压抑着颤抖的低鸣……
> 我的久困于厩下枥前的烈马呵
> 它终于又看见旷野了——
> ——周涛:《纵马》

写马而意又超越于马生命的奔突,那份焦躁,那份骚动,是整个民族寻求再造的渴望的象征。这位诗人另一首《鹰之击》所展现的善与恶、狡诈与勇猛的搏斗,再一次以对悲壮美的讴歌而震撼人的心灵。

西部诗这种通过追求和抗争所达到的崇高感,其启迪人之处是自我、生命、历史这些深层内涵,而又仅仅是近距离的开拓奋斗等的寓意。就是说,它可谋求超过功利的考虑,但又不以急功近利为艺术的目标。它的追求包含了现实性与史诗性的内容,又是介乎二者间的产物。就改造人生而言,它近于现实性的追求;就揭示人的内在精神从而向着深层的文化心理、生命本源的探寻而言,它近于史诗性的追求。这是自立的一个新诗流派,它以独特的建树丰富了新诗潮的内容。

男性精神的审美创造

我们需要研讨的问题是,除去地域和自然条件而外,西部诗在现阶段勃兴的艺术本身的因素。艺术的发展有自己的规律,它的生态有如自然界,靠自身的调节加以平衡。开始的时候,人们对过于夸饰的礼赞和过于琐碎的写实失去兴趣,于是象征之风渐盛;人们对千篇一律的"豪迈高昂"感到厌倦,于是向往于轻柔婉曲的心灵低语。这就是诗歌为维护生态平衡而进行的自我调节。为适应经历离乱之后的哀戚之情以及普遍都有失落感的抒写,诗风的大趋势在一个时期倾向于"软化"。但现实依然是沉重和艰难的,"软性饮料"尽管能够满足客厅和公园坐椅上的需求,但实际的人生更多的时候却渴望着苦咖啡和烈性酒。江南的三月雨能够唤起心灵的忧伤,但有时却感到了甜美的果汁难以解除心灵积郁的饥渴。一旦感到了今日和明日的艰难险阻,我们不愿被多汁液的缠绵之音所淹没。这里需要加以说明的是:这一切并不意味着人们在以一种提倡取代另一种提倡,或是人们又在开始实行某种非此即彼的选择。事实是人们的审美意识得到了空前的开放,他们感到除此而外的理应拥有的审美满足,一切都不能以某种艺术的完成而宣告为终止。

强悍、粗犷、豪放的男性美的呼吁使西部诗应时脱颖而出,它部分地实现了审美需要的拓展。在西部诗中几乎找不到女性气质的缠绵柔婉,它们不约而同地追求"男人风格"。它们刻意实践着野性的粗拙。这种实践造出的新异的美感意外地换来了欣赏者的热情。西部诗实现了对特定自然环境和特定社会风习的占领。那里的空旷和凝重,适宜于雄浑的男性风格的形成。

暴风雪属于草原上所有的男性,暴风雪到来的消息惊动了马群,男人们意识到自己是专为这场暴风雪而长大的,这是张子选的《今夜有暴风雪》这首诗所表达的:

> 一个男子汉应该有足够的勇气
> 闯进暴风雪
> 使硬心肠的女人
> 在暴风雪过后的荒野上
> 提起他的名字就哭出声来

从河西走廊到玉门关,从祁连山到青海湖,从古尔班通古特到喀喇昆仑山,不论草场,不论雪山,整个西部都是男性的,即使是女人,也都充满了豪爽奔放的男性风格。这是一种有着特殊要求,也体现了特殊风格的诗。它的流派性质正在得到愈来愈鲜明的展现。

"通过诗化一个民族来诗化西部,表现历史,民俗,神话传说,拓荒者与牧马人所构成的西部氛围,人与自然之间互相对立,互相交流,互相塑造,同时改变自身精神结构的博大微妙的过程。"(张子选:《西部大草原》序)"从传奇色彩的西部中国现实出发,又超越西部中国的现实,让浸透在这片莽山野里独特而繁复多彩、又略带原始野性的历史、宗教、社会哲理、民俗风情,今天的和趋向未来的神话通过强化象征,揭示出其投射在现代人心中的美学思想来,这应是西部诗歌的主旨。"(林染:《西部诗论:从高昌壁的黄昏开始》)以上两段引语,都从深刻的层次上道出了当前西部诗歌的总的追求和大的趋势,有助于我们把握这一特异诗歌现象的实质。

西部诗的作者们大都拥有自己的骄傲,因为他们得到了属于自己的准噶尔、塔里木、塔克拉玛干。他们"从那一条闪灼迷离的虚线之间,从这一片沧桑变幻的天地"(杨牧)得到了属于自己的"辽远的地平线"。这是崭新的地平线。它的奇特和陌生的特殊情调,让我们感到了遥远,它的从现实出发的深沉的呼唤和追求,又让我们感到了亲近。

第七章 简短的结语

它们存在并且生长

他们选择了一个美好的时辰来到中国诗坛。那时,思想解放的雄风正在吹起。这股后来被叫做崛起诗潮的中国新诗运动,最锐敏地传达了时代大潮的潮音。他们令人目眩的挑战性创新,使当代中国人对神的否定和对人的重新肯定的这一时代精魂,在诗歌领域中成为实体。对这一历史性成果的价值估量,现在做起来当然还很困难,但时间无疑是最权威的力量。

新诗潮的涌现,顿给中国诗歌带来了骚动。大多数人看到了活力与生机。也有相当一部分人持排斥或否定的态度,他们感受到格格不入的艺术氛围,甚而产生危机感。中国大量善良的读者,也不是一下子就能欣然接受这些"怪影"来访的,他们健全的审美心理长期受到伤害。他们同样缺乏必要的准备。

一批时代的探索者,在强大的艺术偏见所造成的惰性面前感到苦闷。他们因明显的不公正而困惑。但他们中的多数人坚韧而严肃。信任时间的选择。默默耕耘,诗艺日益精进。

这一代中国诗人的命运最为坎坷。(谁叫他们生活在这样的黑暗与光明际会、陈旧与新生并存的时辰呢。)生活曾把他们驱赶到边地和荒野。冷遇和贬抑迫使他们成熟,更为潜心于诗美的求索。这些强劲的生命,逐渐地挣脱了包围圈。它们生长着,带给中国新诗以严峻的慰藉。但最令人欣慰的,还不是这些局部性的进步,而是孕育它的社会整体的变革冲激力。

最初,它们开始集聚,是为了向那些诗的板结土层显示力量。在本身还较稚弱的特殊情况下,它们需要"群"的集结。它们趋向成熟的鲜明迹象是:当年为了向着稳定的艺术模式挑战而采取的统一行动,已失去了意义。他们开始自立,当年同向的追求甚至转化为异向的排斥。希望以各自的影响独立地"裂变"和进行另一个层次的新的集结。各自独立的艺术操守愈来愈趋于稳定并执著。显示了如同折扇的展开那样的放射性图形。迎绘中国新诗的未来,描出了一个美丽的轮廓。

值得注意的是,中国诗歌的探索阶段这种从集聚到分离是以令人惊异的快速演进的。这说明新诗变革的律动十分急促。

新诗潮的崛起,以对诗歌艺术的高度统一化的抗争为主要标志。它们要争取的目的,当然不是以这一种艺术代替那一种艺术,以新的一统去代替旧的一统。它的崇高使命应当是以多样的艺术去代替单一的艺术。

从这个观点看,目前这种表面的歧异,恰恰是我们所期待的秩序。我们应当习惯这种秩序,习惯在光怪陆离的色彩和线条的旋转中,按照个人的审美趣味进行辨析和挑选。而不是如同过去那样只存在一种选择即无可选择。

在文学的复兴运动中,新诗体现了变革的先声。但是新诗的变革甚至时至今日也还没有受到郑重的承认。这就造成了间隔乃至断裂。大概不要太久,人们将会发现这种承认上的空白所造成的损失。我们仍然期待着良知的回归。

诗的青春不曾衰老,它以惊人的顽强来证实自己的存在。青春的聚会无需选择环境。要是它们受拒于殿堂之外,它们可以选择瀚海中的绿洲,也可以选择北国的山泉。如今,它们选择了中国的东南一角。这不是厄运,也不要把这理解为厄运,这正是不屈活力的呈现。

附录　谈谢冕的诗评

吴三元

> 一个能思想的人,才真是一个力量无边的人。
> ——巴尔扎克:《论艺术家》

探索——三阶段

在"大跃进"的锣鼓声中,谢冕和他的学友们一起完成了《中国新诗发表概况》(见《诗刊》1959 年 6 月、7 月、10 月、12 月。),从此便与诗评结下不解之缘。在近四分之一世纪的探索途中,他跨越过三个阶段。《湖岸诗评》(云南人民出版社,1980 年 7 月)、《北京书简》(人民文学出版社,1981 年 2 月)、《共和国的星光》(春风文艺出版社,1983 年 6 月)等三部评论集以及近年来"论新诗潮"的一系列文章,记录了这位评论家从幼稚到成熟的足迹。

《新诗发展概况》是一个良好开端。尽管不可避免地留下那个狂热时代的痕迹,但对于新诗发展史的编写确有筚路蓝缕之功。也许正是这部简史,促使谢冕选择了诗评道路。从此他一发而不可收。极为勤奋地写下了大量诗评、诗话及诗人论。《湖岸诗评》以跌宕生姿的文笔为新诗 50 年代向 60 年代递嬗演进勾勒出一幅幅生动的侧影。这是一次视角极为宽阔的扫描,贺敬之、郭小川、陆棨、李冰、刘镇、张万舒、饶阶巴桑等等,都在谢冕的视野之中。他坦荡的心胸,感受着不同风格作品的内在意蕴,这为后来的宏观研究打下了坚实的基础。

十年浩劫,严寒禁锢着诗土。亲眼目睹心爱的诗人一个个隐没,谢冕陷入痛苦的深思。当胜利的金秋降临人间,诗国冰雪消融,他看到了希望:"丙辰清明,一阵春雷,几场春雨,诗在精神和文化的荒漠上复苏了。"(《共和国的星光》,第 30 页)抱着为"诗歌"正名的严肃态度,在 1977 年春,他开始撰写自己第一部系统谈诗的专著《北京书简》。在《后记》中他写道:"诗歌已经被那四五个声名狼藉的政治流氓糟蹋得不像样子了。诗应当是什么样子的?诗本来是什么样子的?我要把自己的想法告诉那些认识的或不认识的朋友们。"这是一部成功的诗论。它以系统、亲切、通俗以及文笔优美的鲜明特色,受到广大读者的欢迎。书稿是陆续写成的,当最后一简成篇时,已是 1979 年冬。《光的赞歌》、《小草在歌唱》、《现代化和我们自己》、《不满》等作品相继问世,舒婷、北岛等青年诗人正在崛起,新诗潮的第一次海啸已澎湃在耳。面对中国诗歌界的骚动不安,以往长期关于诗歌方向问题的思考渐渐变的清晰起来。谢冕毅然摆脱开陈旧笨重的诗歌理论,决心另辟蹊径。正如《北京书简·后记》所谈,作者当时刚从严冬中走出,"思想并不开放",他"真诚地感到了它的幼稚和肤浅",愿"重新起步"。这些发自肺腑的自谦自责,预示着谢冕诗评重大转折的时刻已然来临。

　　思想解放运动的兴起,政治经济领域中一系列重大改革,开放、引进的形势,必然在意识形态领域中产生反响。而这正是谢冕诗评重新起步的基点。发表于 1980 年 5 月 7 日《光明日报》上的《在新的崛起面前》,是这一转折的重要标志。从某种意义上讲,这是新诗潮派的一份"解放宣言"。

　　以舒婷、北岛、顾城、江河、杨炼等一批青年诗人为代表的所谓"朦胧诗"派,崛起于 1979—1980 年,成为当时中国诗坛上最引人注目的一群新星。他们的青春饱含着酸辛,当他们在被愚弄中醒来时,怀着愤怒写下了发自内心的歌。这些作品更多地接受了异域诗歌的营养,象征手法、跳跃的诗行、散文化的内在韵律——从内容到形式,都表现出对旧有格调的强烈反叛。限于文化素养与生活积累,有的诗确有古怪晦涩之处,但从总体观察,这是新诗一次健康的开拓,构成了伤痕与反思在诗歌领域中的深沉反响。然而极左的积习,在诗歌冻土上禁锢得过于长久了,这次早春时节的诗坛返青,竟然引起一场轩然大波。实践是检验真理的唯一标准,历史终于得出了应有的结论。"朦胧诗"派业已载入当代文学史册,它的代表人物成为广大青年衷心喜爱的诗人。

评论是创作的反馈。当青春的诗群像一条潜在的暗河在地下奔流时,就已引起谢冕密切的关注。(《青年——属于未来的诗》)当他们被视为异端,只能靠油印刊物交流传阅时,谢冕为青年诗人请命,呼唤着"宽容和慈爱"。(《新诗的进步》)他写下了后来被称为"崛起论"的一批文章。在激烈的辩驳中,很难避免立论时有偏颇,只要不纠缠于枝节,应当承认,谢冕基本上把握住了这次诗歌运动的本质。

时代给予谢冕以及新诗潮派以最慈惠的光辉。他们是有幸的,生逢"昌明盛世"。经过痛苦的挫折,党更成熟、有力。抚摸着历史误会造成的"擦痕",谢冕再次扬起探索的风帆。《断裂与倾斜:蜕变期的投影》、《极限与选择:历史沉积的导向》等关于论新诗潮的文章,从理论和历史的高度总结变着青年一代的创造。这是"崛起论"的系统与深化。

晨星寥落的黎明已然过去,青春的生命汇聚成狂飙飞向遥远的海天。

江河·支柱

谢冕的诗评被誉为澎湃的江河,它是发自心田的沸泉,同时又有着史的深邃。他评诗论人,擅长站在史的长河中观察思考。当诗坛正惊异于"崛起"诗群的"古怪"和"朦胧"时,谢冕却凭借着深厚的积累,以批评家特有的聪慧敏锐指出,新诗潮派与五四新诗开拓期之间的渊源关系。并大胆预言诗歌开放时代的到来。

这种史论色彩,特别表现在那些着重阐发历史现象的论述。新诗已走过半个多世纪的历程。总结这段历史的文章,不可胜数。谢冕探寻抽绎,却能摆脱开笨拙的匠气,还历史以清新活力,关键在于这回顾是为了战斗。埋头书斋的宁静学者生涯与谢冕无缘,他甘愿打起背包与新诗一起千辛万苦地跋涉。寻根溯源,正是为了未来。《论中国新诗传统》洋洋两万余字,携同读者三次巡视浩瀚长河。从胡适到"难忘的1979年",历数中国新诗的三大传统:诗体的不断更新创造,丰富多彩的艺术个性以及战斗的精神。目的是为了支持新诗的探索。

谢冕始终把新诗看成是一条流动发展的河流。在他的观念中,现代诗与当代诗之间不存在壁垒森严的鸿沟。他熟知两个阶段的情况,跳跃穿插,前后照应,得心应手。植根于史的土壤,论断便坚实,所以常能发人所未见。《历史的沉思》正如副标题所揭示的,是对"建国30年诗歌创作的回顾"。文章重点谈当代诗歌发展史,开篇却追述了李季的《王贵与李香香》,袁水拍的《马凡陀山歌》;介绍何其芳,则把《我们最伟大的节日》与《夜歌与白天的歌》并举;论郭沫若,则《新华颂》与《女神》互见。现代、当代,融会贯通,相辅相成,由此构成了一个完整的系列。

评论个性的形成,总是伴随着理论的成熟与突破。谢冕诗评的理论内核是什么?中国文艺界50年代成长起来的知识分子,他们的理论支柱必然是马克思主义美学。时代所提供的理论素养、思想材料决定了这一点。谢冕当然也不例外。这是有史以来最为科学的理论体系。西方新批评方法的引进,只会丰富它,绝不可能取而代之。迄今为止,谢冕一直凭借这一理论武器思考人与现实的审美关系,探讨诗歌的美学特征。他宁愿抛弃流行哲学的玄奥、艰涩，从历史的洪荒中走来，用"真善美"支撑起自己的诗论构架。他憎恶虚伪做作，追求真情实感，赞美富有生气的创造，肯定诗的战斗意义。面对理论界开放引进的潮流，他自己曾不无困惑地谈到："作为一个文学评论工作者，我感到一种力不从心的困窘，我们熟悉的那一套评论模式，有的已不够用，有的是不适用了。"（《创作多样化，评论怎么办——记作家、评论家的一次专题对话》，载《文学评论》1984年5期。）这可以理解为是对新思想信息的迫切需求以及对艺术教条主义的挑战。但是，我们不能要求一位评论家掌握所有流派的方法，更不应要求他在有生之年穷尽一切领域。谢冕所得出的一切有价值的发现，都应当看成是马克思主义美学的胜利和复归。唯此他的诗评，才能与"五四"科学民主传统一脉相承，表现出深刻的批判力量和可贵的探索勇气。请再读一遍《在新的崛起面前》吧，这篇六年前写下的短文激起的大波至今尚未平息。平心而论，它的基本观点经受住了时间的考验。

　　短暂的沉寂之后是更昂扬的奋起。在最近关于论新诗潮的一系列文章中，谢冕的观点更为深化完备。他认为：

　　　　中国恢复了与世界的联系。随着"引进"，中国面临继五四之后的又一次大规模的东西文化交流的形势。新诗再一次充当了向着西方诗歌寻求改变诗歌意识的结构的先锋。

　　　　现代诗史的一个有趣的事实，这便是当时代面临思想大解放、诗体也趋向于自由。

　　　　新诗潮终于有机会迎接了中国新诗史上第三次"诗体大解放"……

　　　　——《断裂与倾斜；蜕变期的投影》，载《文学评论》1985年5期。

这里的界说并非真理的终极,继续研讨十分必要。但是它再一次表现出五四所具有的那种进取恢宏的气魄。这里不存在吞吞吐吐,人云亦云。有的是耿直不讳的风骨。的确,时代不仅铸造诗篇,也造就着自己的评论家。

诗　意

谢冕的诗评,是理性与诗意的结合,深刻的思辨包孕在美的体验和艺术分析之中。他有着诗人的气质,早年诗歌创作的尝试及部队戎马生涯使他能与诗人心心相印。做诗人的诤友,真正"知诗",这是评诗的基础。他每评论一篇作品,都要"诵之再三",力争"论诗及人",还要插上形象思维的翅膀,"还原寻觅"诗人构思的旧径。

他把诗评看做是一桩严肃的独立艺术,主张"诗评要有诗意"。他的文章"诗意"渗透全篇,构思、题目、语言无不充溢着葱茏灵秀。"历史的沉思"、"共和国的星光"、"南疆吹来的风"、"人民的心碑"……这与其说是醒目的标题,不如说是美丽的诗句。

散文的飘逸俊美,哲理的冷峻深沉,诗的热情奔放,和谐为一体,形成独特的评论风采。

诗与哲理结合常常升华为警句,这为谢冕诗评增添了动人的魅力。

　　"我"是诗的上帝。(同上)
　　人民的沉默是可怕的。(《共和国的星光》,69页)
　　歌颂与暴露不可偏废,它们是社会主义诗歌的两只脚,……(《从发展获得生命》)
　　每颗星都在自己的位置,用各自的光焰,装扮天空。(《和新中国一起歌唱》)

多么像艾青用箴言写成的《诗论》。晶莹、清新,像一串串智慧的珍珠熠熠生辉。

　　谢冕的诗歌观是开放的,他的诗评风格却与传统的文论有内在联系。请看:

　　"傅仇的诗细腻而奇幻,仿佛飘洒在森林上空的'蓝色的细雨'";"饶阶巴桑的诗雄奇如翱翔在雪山之巅的雄鹰";严阵的诗"不啻是日照荷塘的柔美";贺敬之"总是迈着稳重的步子,扎扎实实地前进。"(《共和国星光》,第50页)三言两语,臧否精当;论诗评人,熔于一炉。这种论述方式,常让人联想到谢冕十分欣赏的《诗品》、《文心雕龙》以及历代诗话。

　　在风光秀丽的未名湖畔,谢冕已度过三十个春秋。"湖岸诗评"——"崛起论"——论新诗潮,在这漫长的探索中,他从微观考察到宏观研究,从偏重鉴赏品评到探索规律方向,终于形成鲜明的批评风格,为新诗发展做出了有益的贡献。

　　面对共和国闪烁的星空,谢冕问心无愧。

1992

亲切而遥远的情怀[*]
——读高恩才《大海情》

这部《大海情》(中国文联出版公司出版)是高恩才继《渤海湾》之后出版的又部长诗。记得《渤海湾》出版时,作者写过一篇题为《灵魂的炼狱》的文章。它记述了那部以三集分册出版的巨型长诗诞生的整整二十八年艰难历程。他说:"能推出这部近一万六千行的长诗,按说应当高兴,可我怎么也高兴不起来,心里充满苦涩和令人不寒而栗的回忆。"高恩才那一部长诗的创作。体现他度过青春憧憬的年代直至如今,反复的修改和反复的退稿如此艰难地前后持续了二十八年。作者不无感慨地说:"二十八年意味着什么?这是整整一代人的时间啊,是我人生的春天向秋天的大跨度,是无数个呕心沥血的晨昏和无数次希望与失望的长链。"《灵魂的炼狱》记述的《渤海湾》写作和出版的经过,读之令人悚然。

我从这里认识了这位痴心痴情的诗人。我保存了他的《渤海湾》以及那篇饱含血泪的文字,两年过后,高恩才把新著《大海情》送到我手中的时候,我们已是多次见面的老朋友了。我为这位为诗受苦受难的朋友高兴。但读到该书扉页作者小传的一段文字——"我知道,死神随时都会来拜访我的,我还能看到多少次辉煌的日出?人生恨短!但这并不能中止我的追求,我已将

---

[*] 此文初刊1992年1月20日《北京日报》,又刊1992年4月7日《河北日报》。据《北京日报》编入。

人生与诗融为一体,如同一滴水融于大海,在它不朽的诵唱中,我看到了永恒"——不觉心惊。我知道高恩才曾因写诗而患心肌梗塞,经抢救又奇迹般地活了过来。他终于有可能为他所不能忘怀的大海情继续吟咏。

平生结识的诗友甚多,他们中不乏才华横溢而身世坎坷的人,但高恩才依然以他的专注和坚忍而深深打动了我。高恩才身上存在着对于诗人来说是极为重要的素质——对人生和诗的忠实。在如今实用主义流行的务实的社会风气中,能够数十年如一日为诗辛勤劳动而默默奉献的,有充分的理由赢得人们的信赖。

诗不能是诗人手中的玩物,诗是和诗人的生命紧密联系的一种生存方式。人们读诗总怀着倾听心灵私语的愿望,他们断然拒绝虚伪和游戏。那些浅薄地炫耀聪明的,那些失去信仰而卑微迎合的,那些在金钱和权势诱惑之下失节的,总之,当庸俗的风气使一些玩世不恭者蠕动于泥淖之时。我们对那种以诚实的态度对待艺术和人生的灵魂充满了敬意。

高恩才是纯朴的农家子弟,小时家境贫寒。独有的经历和见闻郁结而为倾诉和宣泄的愿望,他迷恋了叙事体的长诗方式。因为诗情的纯正,使他的诗在适当的艺术技巧的传达下呈现出魅力。他长期服务于企业的机关工作,他的创作都是繁忙业务工作之余,在艰苦的条件之下,凭着一种诚挚的诗心,一字一句地用青春年华换来的。要是没有对诗那种近于宗教的情感,他不可能有今天的到达。

《大海情》抒写的是传统的故事。这些发生在战争年代的倾慕和爱恋、变异和归来的故事,今天已变得十分的遥远。也许这些人物的经历和情怀,与当今的社会时尚有些隔膜,但作品中的主人翁们那种涉及情感方面所表现出来的谅解精神和崇高感,至少在我们这一代人中能够引起共鸣。《大海情》阐发的是一种拥有大海那样浩瀚博大的个人调节情感矛盾、经过诸多考验与痛苦的冲突，最后达到和谐的胸襟。这是这部长诗最值得注意的价值。

　　一个古老的故事被写得饶有新意。作品涉及的时代有很长的跨度：从抗日延续到"文革"结束，生生死死的恋情从上一代延续到下一代。它穿插着交叉着叙述，使情节充满了新奇感而不落俗套，高恩才能够把故事的过程浓缩到低限。他能够用最简练的词句概括最丰富的内容而又不失其生动性。像"九月／一个无与伦比的神话／在温都尔汗摔碎了"便是典型的一例。用一句诗概括一个震撼中国的大事件，说明作者诗世的精湛。其他如写女儿偎依母亲肩头"颤栗如风中的花朵"，也是一句话写出一个动人形象的典型句子。

　　与此同时，他紧紧抓住诗抒写情感世界的基本品质，从容充分地而且也是相当精致地为表现人物的内心风云工作，书中写林惠卿在调查人员询问时对秦淮月、江南风、端阳粽子、中秋月饼、腊八粥、除夕饺子的回忆，这还不够，一口气十二个的"为了"极尽铺排之能事，目的全在为展示人物丰富的情感风暴而安排一个适宜的环境。高恩才以他严谨缜密的创作姿态，在长诗领域创造了华彩的富而不繁的风格。

　　《大海情》的创作原则基本上采用传统的现实主义方式。但这部长诗并不拘泥于具体描写的详尽细致。而是在情节的跳动、各个环节的灵活衔接以及抒情的充分中，展现出作者艺术观念的开放——现实主义原则在这里因创造性的发挥而拥有生机。一般的长诗容易变成分行的小说，那种冗繁的事件交待带来了无边的枯燥和沉闷，而在高恩才这里，那些积弊被减少到最低度。

　　精彩的句子在那些简略的事件交待的狭小缝隙中喷射出来，让阅读者在应接不暇的陶醉中享受乐趣。这些诗句无时不在提醒人们,不忘作者才华背后的勤奋和真诚——"涨潮的绿色/从遥远的/地平线涌起,悄悄地漫过了/蓬莱县的龙泉。曙光/在海天缝合的地方/萌发了,烧灼了大海/宁静的蔚蓝",这些开篇的诗句并没有忽略在交待有关故事发生的地点季节时,展现了诗人的才智和挚真的艺术精神;"当柠檬色的黄昏/沐浴着/白塔的尖顶,当花信风/摇响了/飞檐下的风铃",也是使有限的诗句蕴有较丰富内涵的意赅的展示。

毋庸讳言,《大海情》所表现的博大情怀是理想化的。这些理想能够在多大程度上经受现实的检验从而得到确认,仍然有待于生活的回答。如长诗结尾处所叙说的农民的儿子与部长女儿婚恋便是一例。诗中问"为什么不能?"回答可以是肯定的,而生活本身也有可能把这种肯定颠覆。但不论如何,这种理想化的情致,的确体现出某种崇高感。长诗缺陷当然不止仅此一端,如全诗前半部谨严充分,后半部匆匆忙忙也是。不论如何,我们仍然有充分的理由为这位战胜困阻获得成绩的诗人庆贺。

先锋的使命[*]

人们都注意到诗在中国文学发展中的特殊地位和特殊作用。这种作用也许是由于诗作为最精微的和发展最充分的文学品类在中国有其深远的历史积蕴,也许是由于它作为最丰富的精神方式能够细微地把握世界的一切变幻,总之,诗在中国往往统领和引导时代和艺术潮流而起着某种开风气之先的作用。

一九一九年开始的那一场划时代的文学革命是以新诗为先导的。新诗试验的成功带动了整个新文学对于旧文学的战胜。我们从新文学运动文学内涵、艺术方式以及语言革命的深刻演化中,无处不感受到新诗为这一革命所作的贡献。仿佛是天体运动中某一周期性的奇观,新诗的这种贡献在中国文学的另一个转型期再一次出现。本世纪七十年代末,在一次埋葬中世纪式的文学灾难中,当时的非主流诗以纯粹民间方式悄悄地、同时又是强有力的挑战震撼了中国文坛,这便是当时的朦胧诗运动。

时空迁移,我们将会有可能以更为冷静客观的姿态对七八十年代之交的那一次新诗运动——更确切地说,它更是一次全面的文学变革的先声——作出评论?作为对于文学统制和文学禁锢的先锋性冲击,朦胧诗具有的价值无可置疑。从语言革命的角度看,它实行了一套充满人性精神的全新话语来替代夸张的伪浪漫话语;从艺术变革的角度看,它开创了以象喻性为主

---

[*] 此文初刊 1992 年 7 月《天涯》总第 85—86 期诗,收《世纪留言》。据《天涯》编入。

的、非直述且有多层含义的艺术方式来替代僵硬直露的艺术模式;从内涵拓展的角度看,人性和人道精神的张扬和充实替代了非人化的现代迷信。

这就是中国新文学在新的历史时期一次换血活动的发端。这就是给当时文学界乃至社会以震动的唤醒中国新诗现代精神的新的崛起。围绕着对这一场新的崛起的体认而展开的论争,甚至在历时十余年之后的今日也没有成为过去。这说明这一事件的意义,业已超出诗的范围。它似是一根楔子,打入了权力和准权力构成的非艺术的秩序,从而带来了全局性的松动。自此而后,现代意识逐渐取代非现代意识,人性文学逐渐取代非人性文学,从而纠正了文学向着深渊的滑行。

朦胧诗运动产生在诗歌被极端性逼向绝路之后,在当时,它拥有的反叛旧秩序亦即纠正艺术偏离的意图比建设的意图更为强烈。朦胧诗的出现有它特定时代命运的关切和投入,但最终唤醒的却是属于艺术自身的使命感。魔瓶的开放是一种势不可挡的奔决。解除了精神枷锁和艺术桎梏之后,失去约束的自由心态令人兴奋又令人不安。那种混沌不清的非纯净状态是习惯了规范的人们所不习惯甚至不乐于看到的,但却为文学艺术的历史事实所证明这是一种常态。与此相反,我们以往习以为常的单一、拘谨、而且经常表现为可怕的千篇一律的创作却是异常的和失态的。

继新诗潮之后出现的后新诗潮,就其大体运行情势判断,体现了由倾向于现代主义的追求而向着后现代主义倾斜。一些作品明显地采取了后者的价值取向并且留下试验的迹痕。之所以说是"大体运行情势",是由于中国新诗形态非常复杂,诸多现象的并存杂陈乃是常规,并不存在非彼即此的绝对淘汰。但不论其复杂程度如何,判断中国八十年代后半期开始的诗潮主要体现为后现代的倾斜大体符合事实。这就为我们的研究提出了新命题和新的难度。

　　国内外有关学者认为,后现代作品与一种特殊的思维方式相联系,"它批判陈腐的个性和既定等级制度"。后现代作家经常表现出对无选择性(NON-Selection)技法的偏爱,他们乐于突出那些不登大雅的事物,而且拒绝相信优雅的形式可能带来的抚慰。后现代作家寻找新的表现手段,其目的不在寻求这些手段可能造出的乐趣,而是为了给予那些非典雅的事物以强烈的意义。许多后现代主义的论者都注意到作为一种特定的文化现象,后现代主义只能产生在资本主义物质文明高度发达以及现代主义文化得到充分发展的地区。中国显然不是这样的地区。但由于中国近十余年来向着世界的开放,由于与西方世界的交通以及信息传达的迅疾,加上中国作家主体意识苏醒所带来的实验自觉,从而使后现代的某些渗透和实践成为可能。

　　这样的事实我们又以从后新诗潮多数诗人的追求中得到证实。对于表现个性以及等级制度的抗拒;对于贵族倾向的否定以及对于平民意识的张扬;对于文化的冷漠乃至亵渎;艺术观念中非崇高观念的浸漫;以及无序化导致的杂乱无章,都旨在反对核心化或建立规范的任何意图。我们不难从以上那些怪异的呈现中觉察到先锋试验的萌芽。典雅和华贵正成为遥远的梦,与此同时,诗更加疏远社会承诺也更为体现个体生命的自由意愿,特别是对于生命体验而向着深邃的内宇宙投以文学探询的热情。后现代诗拒绝传统浪漫主义的宣泄,无动于衷以及对于神圣的满不在乎态度,当然会激发传统道德的反感和抗议,但不经意间却造出了前所未有的陌生天空。即使是丑陋和反讽的诗意,对于从来如此的诗的领地,都是一次崭新的进军和占领。

　　尽管艺术史以珍品的积累而获得丰富,但艺术的发展却因不间断的动态行进而拥有活力。艺术随时世的迁移而不断变革是不可更易的律法。于是我们十分珍贵艺术中异端的贡献。不难想象，要是艺术史和诗史失去了那些在各个时代让人惊骇的奇异的浪花，我们今天看到的艺术之海会是多么乏味和灰暗。对于历史正统的挑战和反叛尽管在当时当世可能为挑战者带来灾难，但公正的历史最终会承认它的合理性，而且积极评价它的贡献。

先锋是寂寞的，先锋甚至是痛苦的。因为它出现在公众认可和接受之前，而且先锋总是站在传统秩序的对面。但先锋为增进和变革艺术付出的代价将在多学而丰富的历史描写中得到补偿。七十年代结束和八十年代开始时，中国诗界曾为诗艺术的变革呼呼。我们当时可能看到的是以一种富于现代精神的诗来取代那种与此相背离的诗的可能和事实。我们囿于当时的识见，无法预料今日诗坛所拥有的无序和空前的"紊乱"。但沙子和珍珠混杂的不纯粹是我们的期待。我们认定纯粹不是艺术发展的说明和条件，况且我们曾在某一时期备尝人为造出的"纯粹艺术"给予我们的全部苦涩。

基于上述认识，我们不曾也不想全部肯定诗的先锋性试验，而且我们乐于认识它所已有和可能有的缺憾。唯有如下一点是坚定的，即这些试验不论其为成功或失败都具有积极意义。中国新诗的发展什么时候出现了停滞或倒退，一定是先锋的试验和实践不曾进行或不被允许进行。那时，艺术的萧条甚至灾难就成为不可避免。

一九九二年三月五日惊蛰写于京华

西湖的美,一个宽泛的话题[*]

那年自歙县出发,经屯溪沿新安江顺流而下,经过建德、桐庐入富春江。舟楫之中,青山接岸,景色清明。对于久居燕北的人,如此赏心悦目本是意外;不想入富春江,愈近杭州,风景愈为缠绵动人,这才惊叹:毕竟是曾经帝都的气势。

江南风景以苏杭为最,然苏州的精致属于小家碧玉一类,有江南的娇媚而又不乏浩瀚风韵的当然要数杭州。杭州是一位风流倜傥的美女子。

西湖是一种美的极致。古来有无数诗文盛赞它,文学的描写似乎也达于极致。不管多么会写文章的人,要写西湖和杭州恐怕都会存在信心方面的障碍。西湖的美不仅在它们婉约多姿:断桥的柳堤,保俶塔的俊俏,平湖秋月如临风披发的处子。西湖的美是人工和自然的奇妙契合,是不留痕迹的鬼斧神工的创造物。因而西湖的美不仅是自然的,更重要的,它还是人文的。

它不仅在情调上展示江南的秀丽委婉,而且以自然的湖光山色为背景,推衍出一派高雅华贵的人文景观。这里不仅有岳飞的忠烈,秋瑾的豪侠,苏东坡和白居易的俊逸才气,也有苏小小的千古多情。不难设想,杭州西湖要是没有那些活泼泼的灵魂充溢其间,西湖充其量只具有一个美的外壳,它会因而减去多少魅力!

谈到牵扯万千心灵的杭州持久的美,它的奥秘在于不同一

---

[*] 此文初刊1992年3月9日《西湖》1992年第3期。据此编入。

般江南山水中的独特。要是杭州失去了那些独特性,它自然地会被一般所淹埋。杭州的不被遗忘是由于杭州维护了自己。当然,整个的江南的繁盛不是因为仅仅有了杭州,而是有了杭州的独特之外的苏州的独特、无锡的独特、扬州的独特……就西湖而言,不论它是经过了多么久远的雕琢和完善而臻于至境,它至多不过是提供了一种范式。

一种范式构不成一个世界,只有一种范式的美是有缺憾的美,也许竟是一种残缺。我们显然不能因为江南的桃红柳绿而忘了戈壁的荒凉雄健,长城的壮阔伟烈。西湖是永远值得爱恋的。但世间,除了女性的温柔佳丽,也还有烈士悲歌,中宵起舞的英豪。

但愿以上那一番浅薄的议论不是涉及旅游资源之开发的有关话题,而是除此之外的其他。

思念海子[*]

> 海子说：
> 　　当我痛苦地站在你们面前
> 　　你不能说我一无所有
> 　　你不能说我两手空空
> 　　　　　——《答复》

对于海子，我们当然不会这样认为。他的痛苦便是巨大的财富。海子置身麦地，不是如有些人或一般人所感到的那样温暖和美丽，他只是置身于深刻苦难堆积的厚土之上，置身于被痛苦拷问的中心，并被它无情灼伤。

我们面对那无所不在的苍白的满足和虚幻的欢乐，感到的是呕心的肤浅。而此刻海子的痛苦，却是一种痛苦的富足。海子是富足的，他也富足了我们。也许这个世纪末留给我们的只能是如此这般的富足，所以海子和骆一禾都拒绝九十年代。

中国新诗潮的崛起为我们送来了一批辉煌的先行者。尔后，海子一代人出现了，他们的出现给我们以力的持续的安慰。海子的消失是一个可怕的预言，也是一个庄严的宣告。海子说过，"尸体不是愤怒也不是疾病，其中包含着疲倦、忧伤和天才"。

---

[*] 此文为作者1992年海子三年忌日在北京大学中国语言文学研究所海子诗歌研讨会的致辞，初刊1993年9月1日《鸭绿江》1993年第9期，收《永远的校园》。据《鸭绿江》编入。

那么,海子的消失便是对他所面对的世界的答复。

海子是北大诗界的骄傲,骆一禾和戈麦也是。他们至少证实了真诚和执著,无论是对艺术,还是对人生。尽管我们为失去这些年轻的生命而怅惘。但他们的抉择几乎是不可改变的。

海子是一位来自中国农村的农家子弟,他又是中国最高学府的求知者。作为一名知识分子,他拥有中国农村的厚重和质朴,他又有中国文化中心的现代感和创造性。海子是一种综合,这种综合是诗化的,他在抒情诗和史诗方面的实践已经超越了新诗潮的前驱者。

时间是无声无息的流水,但这三年带给我们的不是遗忘。我们对海子的思念,似乎是时间愈久而愈深刻。

绍兴,始料不及的感动[*]

都说这里是水乡,都说山阴道上有望不尽的风景:乌篷船、小毡帽、莺飞草长的三月、迷蒙烟雨中的楼台、江南女子的绰约多姿。满眼风光我似未见,绍兴却以我始料不及的恢宏,向我昭示它的博大和富有。

这不是一座仅供观光的风景佳好的城市。城市的心脏至今尚在跳动的那些历史精灵,无时无刻不在引发我们一些庄严的思绪。苏杭式的婉约多姿此刻变得不重要了。我穿越绍兴的古老街巷,漫步在它美丽的水滨山涯,扑面而来的诸形诸景,让人想起的却是超乎它们自然景观所提供的启示。

在近代中国结束和现代中国开始的时代,绍兴在这一历史转型期送出了一位伟大女性。和畅堂二十三号是秋瑾的诞生地,轩亭口则是她的就义处。这位中国女儿的鲜血至今还传达着上一个世纪黄昏和这个世纪黎明时节的壮烈和悲凉。三味书屋和百草园让人记起那位向着无边的历史黯黑愤激抗争的孤独者。这颗不宁的灵魂不论后来以至今日受到如何的扭曲和凌辱,但始终显示着坚忍和严峻的性格光辉,向我们,向悠悠的后世。

然而绍兴传达的并非一味让人严肃的话题。进入沈园,依然是一股缠绵的凄清向人袭来。那一场发生在数百年前的爱情悲剧,天老地荒的恋情以及他年重会的无言哀伤,依然在我们心

---

[*] 此文初刊 1992 年 3 月《野草》1992 年第 2 期。据此编入。

中激起震撼心灵的情感风暴。陆游当然有他的铁马金戈的豪壮,但一曲《钗头凤》却传达了万古不泯的悲怀,有趣的是青藤书屋,这里曾住着一位行为洒脱而又才气横溢的人。不安分的灵魂、惊人的才华和机智,以至于仿佛今日还飘荡着他豁达的笑声。

  要是把上述几个古代和近、现代的人物放在一起观察,我们便发现绍兴给予我们震动的缘由。它们慷慨伟烈与周纳深重无论如何是动人的,但它同时拥有的缠绵感伤和倜傥风流,同样是那样久远的动人心弦。绍兴的包容性和阔大胸襟显示了中国文化的真质。江南的婉约温情之中又同时拥有博大深厚,绍兴在这样奇诡之中显示它的魅力。

  这里我们还没有说到飘逸清俊的兰亭。曲水流觞的千古佳话,墨华亭池散发的古朴清幽的情致,那位书法大师的辉煌也与这座城市的名字联系在一起。要是我们步出绍兴东南数里之遥,再参谒一下背倚崇峦的大禹陵。那里的宏大氛势,一下子把这座城市的历史推向了远古的深沉。

  至此,绍兴的话题,还没有完,我们来不及前去寻觅五四时代的北京大学校长蔡元培的足迹。这位以北大为基地不怀偏见地把各学派人物吸引到自己周围的导师,他的不拘一格的兼容并包精神也是绍兴这座古城精神的自然呈现。蔡元培不过是以他自有的方式加以强调而已。

  为了答谢绍兴给我的启示,在咸亨酒店我以北方饮啤酒方式豪饮花雕。在座的主人和朋友那时也许不会理解我的心情。在绍兴,我有始料不及的感动。

美丽的漂泊[*]

鲁迅曾赞美过伤口里流着血,而帽檐上却有夜莺在欢歌者,在大漠里行走的"真正猛士",能从皮肤的粗糙中看取美的花纹。感到了生存的严酷的人,往往才善于"破帽遮颜过闹市"的反讽、幽默,甚至轻松和洒脱。生命中的"重"与"轻"原本就不该是矛盾的。"如果一个人必须在考虑他所要面对的问题的严肃性的时候再加强他面部表情的戏剧严肃性,他这个人恐怕早已僵硬为化石或变成自己的雕像了",而这石像又怎能写出诗歌或完成其他人类的工作呢?

心灵应该是自由的而不是封闭的——哪怕是封闭在崇高、悲壮这些沉重的纯粹情感中,也将落入一种审美的尴尬。

诗应该展示的是心灵的自由而不是自我的封闭。

这些被海鸟衔去的睫毛,是并不飘浮的心灵的重载。我们从它的轻中觉察到重。它显示了作者向成熟举步的诗歌艺术,这些诗篇构成了一个剔透而沉甸甸的情感世界,记载着一个青年的心路历程。

飘飞的云彩因汲取水分而有重量,诗中那纯真的幻想因实际人生的渗入而显得并不漂缈:"在寂静的黄昏放一段音乐/让你那久违的花边丝巾/在旋律中/变成一把我童年的花伞","如

---

[*] 此文为晓峰诗集《海鸟衔去我一根睫毛》的序言,初刊1992年4月25日《北京大学校刊》,又刊1993年6月17日《中国财经报》,均有删节。据《中国财经报》编入。

果你真的笑了/我就去放风筝/在涂过蓝颜色的天空/为你放一只红红的/红红的风筝"。《红风筝》抒写的正是这种无所顾忌、不加掩饰并不虚幻的纯真。

诗人未曾脱离她所拥有的生存环境。她的不少诗篇流淌着一代人特有的悲苦:"那一刻/心在车轮下呻吟/苦涩的雨/淹没在飘浮的尘埃里"(《那一刻》)。那在诗行中延宕的是一代青年共有的不可忘怀的情绪。即使是深沉的爱也带着凄楚,而且染上了宿命的色彩。生活的磨炼赋予作者一种执著而超脱的爱的信念:爱同生命一样是作为一个过程而存在的。这样的诗能够帮助一位青年重新梳理净化一切过往的情感的郁积。

作者未曾耽溺于忧伤的忆念,她甚至还向一位亟须劝导的女友挥起"幸福的黄手帕"(《致莉莉》)。正是这种格调明快的慰安和适度超脱的理念使得这些诗作既离开了以密集意象著称的"新诗潮",也有别于以潇洒不羁为主要特色的"新生代"。从我们阅读的感受上说,它较前者轻盈,较后者沉重;从传达的诗歌观念上看,它比前者"现代",却比后者"古典"。

跟随时代前行的诗,不可能不留下前行的印迹。除了前面所述的内涵和诗艺的特点,诗人的创作也明显地透示出诗风变革的信息。有些诗中缭绕的是并不那么优美或单纯的情愫,如同它们有着并不那么好对付的题目一样。《题一张离婚证》洗练而含蓄:"那右下角/深藏着一个太阳/端详/眼泪会纷纭"。在也许会令人惊心动魄的诗题面前显得那样平静和从容。语言的表达平中有奇,写来确实非易。

"太阳吸干眼泪/影子睡在夕阳铺下的地毯/叶子驮着风/在孤独的脚下低吟/两根树起的桨/撑起了沉重的船/心被绞成三角形/血却弥漫了天空"(《感想》)。这样一首倘若放在"新诗潮"诗丛中也并不逊色的诗篇,以短短几行便成功地完成了一种悲怆的情境的构筑。与"红发带"、"红风筝"、"红纱巾"这些美丽而净化的"帆"一般飘忽的意象形成另一级的是漂泊和流浪的话题不断出现,象《赠给我漂泊纽约的友人》、《漂》等。两类诗都可能会给读者留下一个"飘"的总体印象。也许这更多的是由于它们抒写了一种既忧郁又憧憬的心态。飘忽的意象弥散着经典而内在的情绪,漂泊的主题承载着一颗自由的心灵。

流光溢彩的追逐*
——析思慕《红色的辣椒,褐色的葡萄酒,无谱的音乐和漆黑的女人眸子……》

思慕的文章开头便提到他对匈京布达佩斯风景的仰慕。他知道那里有著名的宫殿、教堂和温泉。因为他身处维也纳,与布达佩斯同在多瑙河上,只有盈盈一水之隔,于是便生了一种把在心目中想象的"艳异的图画"变成现实的渴望。

游记文字难免有关行旅准备以及始末的记载。思慕关于入境签证等等叙述,保留了三十年代中匈两国关系一些真实史实。并由此引出了后来充当作者匈京之游的东道主和导游的中文教授某君。这段交待是他们布达佩斯三日游的背景材料,是不可缺的简约文字。

他们一行是由维也纳乘舟驶往布达佩斯的。沿多瑙河顺流而下,夹岸山野楼台青翠飞扬。他只用"时而广野平芜,时而长条绿荫,晴洲白渚之后,忽见危岩翠壑,而僧寺古堡雉堞飞桥复点缀其间,更不寂寞"数句概括。以东方传统笔法写欧陆风情,古雅而有新趣。其间引述同伴老柳的诗兴,以中国旧诗章句穿插文中,以情托景,生动有趣。不觉间"我们已出了奥国,越过捷克边界,而入了匈境了"这种过程的叙述角度新颖自然。

在布达佩斯的三日,他逐日顺序而记。头一日黄昏时节在佩斯码头靠岸,为四周动人风物惊叹,横跨布达和佩斯两城的数

---

* 此文初刊1992年4月《名作欣赏》1992年第4期。据此编入。

道长桥,无疑是最为瑰丽的匈京风光。布达山上高高低低的楼台,繁灯如宝石闪亮。他写布达佩斯的夜景非常出色:岸和桥,陆上和河中,"烂漫的灯光,融成金银似的夜气,而远处的长桥,在这夜色中若隐若现"。传神地写出了这座美丽的多瑙河穿越的都城的夜间美景。

此后的叙述自然而近白描。酒和风味食品,音乐茶座,吉卜赛人以及他们的悲哀幽怨的音乐,河上的岛屿,博物馆和小戏园,以及多次出现的对于匈牙利女人的赞美。第一次是在一家著名的餐馆用餐,对所见的匈牙利女人的美丽有如下的记叙:"那副漆黑而深邃流动,象野猫似的眼睛和那因此而富于表情的颦笑,却有摄人的力量。"因此,作者生发了对于马加人历史的追述。由他们游牧生活的形态而推测女人流动的眸子与生存环境的关系。这些随意的发挥,显示了作者知识的渊博。

匈京三日之游,紧张匆忙而丰富,从饮食到娱乐,从博物馆到音乐厅,从浴场到教堂,从吉卜赛浪人到匈牙利美女,这是一种闪电式的访问,时间紧凑,浅尝辄止,谈不上深入,却是流光溢彩生动美妙。这种印象式的访问,不能以深刻全面独特论成败,而要考察它是否在倏忽即逝的浏览中,把握住所见所闻的精髓,是否对所经历的一切有传神的记忆。从这点看,思慕的游记是成功的。

这篇文章的题目:《红色的辣椒,褐色的葡萄酒,无谱的音乐和漆黑的女人眸子……》便是对于布达佩斯光影闪烁的美丽的把握。红色、褐色、黑色的美目,吉卜赛女人的花裙,这种色彩斑斓喧闹地烘托出这座欧陆名城让人目不暇接的繁盛。思慕在旅行结束时有一段总结性的文字——

> 虽只匆匆三日,然那里有名的景物我们都已鉴赏过,红色的辣椒,褐色的葡萄酒,草原流浪人的音乐,浅石绿色的温泉,漆黑的女人眸子,色中有香,声中有色,色中有味……

官能的音乐差不多达到饱和的程度……

这是一种走马观花式的、匆匆的行旅。抓住特点顾及全面。于灯影离乱之中,能够把握这座城市的如梦如幻的绮丽和绰约动人的风姿。思慕在行色匆匆的观赏中,注意突出布达佩斯黄昏景色和夜间灯火以及它所具有的绚丽的色彩,这是一种传神而精彩的概括。

最后以游伴的诗作与开头的文字相照应,于是在通篇貌似散乱之中最后归结于收缩的谨严。

散文文体的个人风貌[*]
——读王充闾的散文

王充闾的散文创作路子比较宽广,他写的是各式各样体式的文章。但看《清风白水》这本集子中的作品,便有令人信服的证明。《老窑工的喜悦》纪实的特点浓郁,散文中融进了人物经历的描绘和性格的刻画;《东风染绿三千顷》把报告文学和小说的写法引入散文;这些作品都写在80年代初期,带有过渡期文学转型的印记。这个时期的散文有许多具体的人物和情节,切实的叙述中蕴涵了鲜明的装饰性,是那个转折时代的文学纪念。

到了《小楼一夜听春雨》一类,已显出不拘泥的意态飘逸的倾向。这时期的散文超脱了以某一人物事件为主线展开情节的模式,而具有更多的灵动的意绪,更广阔的飞腾的联想,更自如的活泼的征引,以及漫不经心的随意穿插,使文章于婉转多姿貌似散漫中见出结构的严整。在一片春雨声中,作者情思绵邈,从辽南果园枝头的香雪想丰收的期约,从《喜雨亭记》到杜甫、陆游的雨诗情怀,再到亲身经历的雨中风情,丝丝缕缕都被这无边细雨所撩拨,而缝缀成一篇多姿多彩的文章。这篇散文,已经显露出作者更为从容和洒脱的创作心态。除了内容因撷取的广泛而益显丰满,情感的表达也因摆脱了单一的择取而更为自如。由春雨引发的国事民瘼的牵怀,抒发的是一种积极的信念,但此中也嵌入这样的文字:"也有人从点点滴滴、渐渐沥沥、飒飒潇潇的雨声中,领悟到一种前尘如梦、人生易老的悲凉意绪",该文甚至

---

[*] 此文初刊1992年7月25日《当代作家评论》1992年第4期。据此编入。

以这种情绪结篇。这从一个侧面折射出这个时代以及人的心灵日趋繁复丰裕的氛围和境界。

王充闾以散文家的敏感摄取,包容了这个时代的丰富性,并鲜明地体现在他的作品中。这种对于社会、人生、文学的敏感,在别的作者那里可能需要较长的调整和适应的过程,王充闾很快便达到了。郭风说他由于理解并把握了散文的品质和性格,因而使他的散文闪现出"独特的个人散文文体的光彩",这是很中肯的评价。读王充闾的散文可以看到他一贯追求的目标,正是建立一种属于个人的散文风格。

王充闾在《清风白水》之前,出过《柳荫絮语》、《人才诗话》等集子,正如评家已经看到的那样,他的散文创作进行过多向的实践,在各种散文文体的写作方面取得了显著的成绩。除传统的抒情散文外,诸如随笔、札记、杂感、游记等他都有创作实绩。但若论及他多年追求所已达到的目标,则是一种属于他所擅长并且表现了他的个人风格的文体的形成。《清风白水》这本集子中的大部分作品是这种风格的最为集中的展示。

王充闾博学多识。他走的地方多,见闻广,读的书也多。他征引那些古代诗词达到随心应手的地步。这使他的散文具有相当浓厚的知识性,几乎可以说,他在每一题散文中所写的都具有知识荟萃的特点。以《送穷》这样的题目为例,有的作者易于干巴巴地就题作文,他却能围绕题意体现出开阔的思路和丰实的知识。文章从人望幸福树望春谈起,中国的年俗、春联、祭灶都祈祷摆脱贫困追求富裕,从《四时宝鉴》的记载、扬雄的《逐贫赋》、韩愈的《送穷文》谈到全国以富命名的县份,其间还楔入时事的感兴。《茶余漫话》也有这样的特点,"平生与烟酒无缘,唯嗜饮茶",从陆羽的《茶经》引出天下名泉二十品,从第二泉到《二泉映月》,说二泉品茗乃江南一大雅趣,最后由廉泉说到贪泉,发表了对廉士与贪官的臧否感慨。文章做得活脱,起伏跌宕,不拘一格,又处处闪射着知识的光辉。

王充闾的散文佳品当推此类文字,此类文字中拔萃之作当推《陆放翁为海棠鸣不平》。海棠很美,西府海棠尤美,经雨之后的花则极美——"秾艳最宜新着雨,娇娆全在欲开时"。所以,它是花中神仙,古人评价:"其花甚丰,其叶甚茂,其枝甚柔,望之绰约如处女",因此,诗人才说"只恐夜深花睡去,故烧高烛照红妆"。要是平常的抒情散文,写到这里也许意思已尽,略加发挥便当收笔。而在王充闾这里,事情却才刚刚起始。作者的文字很是自由婉转:海棠如此佳美却有人讥弹它徒有姿色而无香。这才引出题旨所标陆游的不平来:"蜀地名花擅古今,一枝气可压千林,讥弹更到无香处,常恨人言太刻深!"而即使这样也仅仅是切入话题的开篇。由此往下占全文四分之三的文字就"求全之毁"展开,方进入正题。

　　从即景抒情入手,旁征博引,归及议论,主题非关花事风月,却是知人论世的宏旨。由空阔的赏心悦目话题转入切实社会人生,一番由海棠花的美丽引起的议论,画出了一个相当开阔的由感性而理性的思考的弧线。上面这样深沉的思想,渊博的学识,都是由一篇短文完成的。我们据此可以把王充闾这样的创作实践看做是通往散文学者化的一个进程。

　　王充闾在散文创作方面的贡献,是把平日思考与读书心得结合起来,把知识的积累与实际运用引入各种体式的散文中,而使这些散文展现出浑厚的文化氛围。他的好处是能在保全散文体式的前提下,使它具有作者致力追求的知识的进入。读王充闾的作品可以发现,在一些别人看来可能是纯粹的抒情篇章诸如《读三峡》、《冰城忆》,特别是堪称他的散文代表作的《清风白水》这样的作品中,都有了对上述那些精神的专注。请看《读三峡》,在别人,一般总是从三峡的景观开始"读"的,而作者一开始便是"古人有诗云",是"船窗低亚小阑干,竟日青山画里看",是真"读",诗词读过才让人听到水声,看到山色。他改造和充实了这些山水游记的内涵。他把自然和人文材料加以组合,对于风光景物的描写,夹以诗词书画和文章典籍的佐证,从而使那些即景抒情的空间大为扩充,而具有人文价值。《读三峡》便是如此,眼前的风物加上杜甫、李白的诗意,再加上米家山水的韵味,再归到"从现有的有限形象转入绵邈无际的心灵境域,与其玲珑相见,灵犀互通,开掘出融心理境界、生活体验、艺术创造的第二自然于一体的多维向度"的结论。这既是他"读三峡"的心得,又是他自己确定创作散文的目标和他全力追求的艺术宣言。王充闾的散文不停留于一般的景物描摹抒发,而是由于知识化的渲染以及理性思考的渗透,从而极大地拓宽了散文的想象天地。

他的这种努力并不以失去抒情散文的固有特性为代价。像《读三峡》、《冰城忆》一类文章,仍然不失山水游记的一般品质。有别于人的是,他按照自己的意愿使这些文章添加了新成分,拥有了新特色。对于散文文体的这种"加入"。使王充闾笔下的各种散文拥有了随笔、杂感、笔记相综合的特性,最后都突出地加强了这些散文的知识容量。这是《清风白水》的作者对散文创作的引人注目的贡献。

王充闾是一位勤奋的作者,他的创作都是在繁忙的公务之后,在极少的业余时间里,或者可以说是在休息和睡眠的时间里挤出来的。他有一首《自嘲》诗谦虚地讲:"情知宦海诗怀减,俗吏偏思作雅人。"艺术本身所具有的魅力使他无法拒绝那份清风白水似的雅致。他有自己分内的工作要做,但似乎更有诗人的兴味和责任心。艺术的诱惑对他来说是那样的崇高,他说过,"一遇到催人奋进、引人遐思、令人感慨的风物人情,心潮便会不期然地荡起感情的波澜"。于是他写作,并且从中得到"一种欢愉,一种享受,更是一种责任"。我们有理由向这位虽然是"业余"的,但却是非常辛苦和认真地躬耕于散文园地中的作家表示敬意。

1992年春4月于北京畅春园

恒久的光明[*]
——我和北大图书馆

  一个学校能够经久保持它在文化史以及思想精神领域的影响，它的对于社会不竭的锐敏思考及参与精神是最为基本的。除此之外，大体还由于下述两个方面的历史累积：一个是精神上的，一个则是物质上的。论及北大的精神积蕴，它所拥有的丰富灿烂已为世所公认，而物质方面的积蕴虽方面甚广，但主体部分还是藏书。

  北京大学图书馆的藏书，范围之广、数量之巨在国内外都是有名的。它特别引人注目之处，还在于它与近代以还的中国文化巨人如蔡元培、胡适、陈独秀、鲁迅等都有最直接和最生动的联系。

  我的话题可以从北大前校长胡适先生谈起。最近读到一份材料，谈到胡适生前所留遗嘱三项内容中的一项，即是："将遗留在北京的一百零二箱书籍文件捐赠北京大学。"胡先生逝世时，人们检点他身后遗物，统共只有一百五十三美元。联系他曾有的一段题词："金钱不是生活的主要支撑物，有了良好的品格，高深的学识，便是很富有的人了。"我们不难从中窥及这位学者的操守。胡先生的行状很能体现老北大知识分子的共同品格。他们大体一生清贫，身后了无长物，唯一财富便是堆积如山的藏

---

[*] 此文初刊1992年9月12日《济南日报》，选入《散文选刊》1993年5月号，初收《永远的校园》。据《散文选刊》编入。

书。在我的老师中,游国恩先生如此,魏建功先生如此,王力先生如此,杨晦先生和王瑶先生也如此。

　　我到北大的时间甚晚,说到我与北大图书馆的关系,也已是五十年代以后的事。我进校时学校已从城内搬到西郊。五四大街那座红楼中的图书馆,是作为北大新生前往老校参观时始有结识。北大迁入燕园之后,原有贝公楼南侧那座古典式大楼便成了图书馆主楼。那里赭黑色的硬木桌椅和台灯,呈现着古朴深重的韵致。阅览室幽幽散发旧书香,至今还让人追恋——它们联系着我青春时代的憧憬和梦幻。

　　北大很大,从宿舍到西校门一带路途遥远,没有特别需要,我很少到大图书馆。对于我这个中文系学生来说,逗留最多,也最有感情的都是散处北大各个角落的大大小小的图书阅览室——那是北大图书馆的分部。

　　那时阅览室很是紧张,一个宿舍六位同学中大约只有二三人能够享受到一个座位。于是,在大学上学的五年间,"抢占"图书馆的座位,便成了生活中苦乐参半的要事。能够拥有一个座位的同学是幸运的。抢占座位得有窍门,你可以在人们都在干别的事,如周末在操场看电影之前或是黄昏大家都去锻炼的时候,由一二知已先行携各人的书包前去"占座"——这种由书包代替本人的方式是得到公共认可而不是不道德的。于是,便有了北大每个夜晚都出现的特别的场景,即向着书本进攻之前的"战场"上的片刻宁静:明亮的灯光照着空荡荡的阅览室,在那里,充满胜利喜悦的书包排着整齐的队列,静候它们的主人。这样的北大夜晚的灯火如今已变成依稀梦境,那里凝聚着我们温馨的青春记忆。

　　在五十年代,我也是那些宿舍、饭厅、图书馆"三点一线"之间奔行队伍中的竞走者,也是为抢占阅览室一个座位的并不谦让的经常优胜者。那时还没有现在这座大图书馆,阅览室散布校园各处。因为竞争激烈,优胜者也总有名落孙山的时候。所以,我们多年是打一枪换一个阵地。但比较起来,常去的还是文史楼三楼那个阅览室。那里文科的工具书多,而且中文系办公室就在楼下,借阅手续也简便。那里的馆员老师因日子久了彼此熟识,也有网开一面给予特殊照顾的时候。我至今还认为文史楼三楼那个阅览室是动荡学海中一个宁静而美丽的港湾。

我从北大图书馆得到的好处甚多,尽管在当时的同学中我属于并不用功的一类。但我还是有机会充分利用这里的藏书读了不少新文学的有关史料。我在这里翻阅了当时允许就地借阅的全套原版《新青年》杂志。我从那里感受到了"五四"先驱者宽广的胸襟、活跃的思想、高度自由而富于想象力的内心世界。那时的图书馆还没有现代化的设施,一切都靠手工。我当时手抄的有关中国新文学发轫期的一些文献资料摘要,至今还是手头经常引用的材料。

一个学校乃至一个时代的传统,就是这样通过精神和物质的手段(后者包括图书馆藏的典籍)接力赛似的一棒接着一棒往下递。北大的传统精神是什么?曾经有过、甚至现在还在作出各种各样的解释,这种解释的背后当然有各自的动机。历史似乎不理睬这些随意的解释。历史运行无声,历史所传达的精神也无声。但冥冥之中有一种连绵不绝的精神拒绝轻率和盲从。多少年来,人们都纳闷,所有的北大学生,不管他来自何处,何种出身,一旦进入这座校园,便拥有了北大的社会使命感、前卫精神和阔大胸怀,这固然是出于特殊环境的熏陶——通过迷漫于整个校园的那种氛围,人际的思想学术交流和影响,也通过丰富的藏书——文字记载的流传。我们真的感谢我们的图书馆,它再传了中国知识界的良知和智慧。

北大是吝啬的,它不肯让学生每次借走多册图书。它让你读完一本后再借一本。我们经常为此气恼。但它也真有慷慨的时候,那是我的亲身经历。那时我们还是学生,突然发起宏愿要写一本中国新诗史。北大图书馆支持了我们,破格允许调出所有的新诗史研究有关书籍文献。我们也不客气,着实从那里拉走一卡车书。1960年一个寒假,六个同学不回家过春节,利用这些书籍硬是写出了一部长达数十万字、发表时叫做《新诗发展概况》的书稿来。

  这次学术活动不仅培养了我们通过浩瀚资料概括一个时代的文学现象的能力,而且事实上也大体确定了我们今后的治学方向和学术道路。数十年后回想往事,我们难以置信这竟是曾经有过的事实;北大图书馆没有慢待我们这些幼稚的学生,它放心而大度地让我们从那里拉走满满的一车书籍。这座最高学府有它的特殊品格,这品格也体现在北大图书馆,它有信任并无资历的年轻学人那种浑厚而博大的气度!

  就我个人而言,我的成长有赖于名园的熏陶、名师的指点,也有赖于这座著名图书馆给予的滋润。散置在燕园各个角落的那些宁静而温暖的阅览室的灯火,它是我们青春的欢乐和痛苦的见证,如今它已成了点燃在心灵深处的恒久的光明。

1992年5月4日北京大学校庆日于畅春园

跨世纪的机缘[*]

跨世纪意味着既拥有一个结束,又拥有一个开始。也许更意味着拥有一个完整过程。要是用翻越山峰来作比喻,当人们从山脚往上攀援,抵达顶峰与跨越顶峰的状态,便是此刻我们期待并可能拥有的跨世纪状态。现在活着的这些人大体都能这样地既面对一个世纪的日落,又面对一个世纪的日出,这无疑都是些生逢其时的幸运者。但这些富足的拥有者,却必须为这一历史机遇付出代价,造物者冥冥之中无情地展示了它的公正。

能够站在山巅于苍烟晓照之中看崎岖的艰辛来程——那里洒着斑斑点点的世纪血泪,同时又把目光投向茫茫而未知的路径,这个世纪过程的拥有者此际大抵都会生发出某种悲凉。对于中国的知识者,很容易产生关于百年忧患的联想。前人把一百年的焦灼和苦痛都留给了我们。这些焦灼和苦痛郁结为一枚化石而在我们的心中膨胀,它压迫我们的血肉,使我们感到疾痛。这就是我们为享受世纪末的风情不可回避的承担。

回想一百年前——那是上一个世纪之交,我们的前辈所面临的是何等惊心动魄的大事件!那些已变成遗痕的记忆,正成为全部的历史遗传压向我们:黑暗中的抗争和奔突,慷慨的陈言,激动的呐喊,为结束封建暗夜迎接现代曙光而溅起的鲜血,可预期的成功和顷刻幻灭的阴影,渴望航进而寄身于只能在积

---

[*] 此文为《跨世纪文丛》总序,初刊 1992 年 9 月《当代作家》1992 年第 5 期,收《世纪留言》,写作日期为 1992 年 5 月 4 日。据《当代作家》编入。

重中打漩的古老舟船……我们承受的是让人惊怖的精神重压。

从文学改良到文学革命,中国几代文人把救国梦和文学梦织在了一起。也许那些文学的试验和行进对启迪民智会有缓慢的作用,但文学未能挽救国势的衰危也是事实。对社会停滞、倒退或发展起直接作用的是另一些更重要的因素。中国文学家基于圣洁的理由而一厢情愿地承担了他们难以承担的职能。文学因这力不胜任的超负荷而处境尴尬——久之,那些非文学的力量也视之为理所当然而苛求于文学,它们把国家兴亡和社会盛衰的责任加诸文学,以文学的尽责与否对之施以鞭挞和讨伐,当然偶尔也有褒扬。尽管如此,中国知识者基于良知和道义仍然义无反顾地履行他们自认的救世济民的庄严使命。从上一个世纪之交到这一个世纪之交,文学家们也的确为此演出了一幕又一幕的悲壮的活剧。

文学当然有它自己的事要做。但文学家要做好自己的事却仰仗于良性的环境,因而文学家的不能置身局外也是理所当然的。文学与愉悦的陶冶有关,文学也与责任相关联。当一个世纪的太阳将要沉没的时候,我们作为向这个世纪最后告别的人,为这轮曾经鲜亮并给我们以希望、如今变得昏黄的太阳留下一些印记,证实这个世纪也证实我们自身,这也许就是责任。把前面提到的那些变成化石从而压迫我们血肉的情感和经验保留在我们的作品中,让下一个世纪的人们获得关于百年梦想的奔突、冲撞、追求的感性知识。这可能是我们对跨世纪机缘的一种答谢,当然,也可能是《跨世纪文丛》所作的一种追求!

序田原诗集*

新诗潮的兴起给中国新诗带来了全面的震撼。它对陷入困境的新诗创作是一次起死回生的刺激。中国新诗在最近十余年间一发不可复止的创新竞技的态势，不能不追溯于新诗潮的崛起。为此，对这一诗运的巨大贡献做最简要的表达是必要的。

中国自"文革"开始，诗中完全充斥着意识形态话语而把过去已经相当萎缩的一点点诗意挤压到近于零点。新诗潮以诗艺革新为标志，用诗的意系营构来代替僵硬教条造出的非艺术规范，从而形成了向着权利化的艺术霸权话语的挑战。

新诗潮改变了新诗现有格局，至少在原先占统治地位的正统和主流的对面，出现了非正统和非主流的"异端"的补充。过去的一元统制的秩序受到了破坏，它校正了以往那种单一模式规定下的单向发展。从此新诗恢复它的良性发展的环境。

这一新的诗运形态有效地修复了五十年代开始，以后愈演愈烈的对于五四新诗传统的断裂。本世纪初叶开始的新诗纪元，是以在中国诗的丰富传统之上实行对传统的革新，并以极大热情参照世界现代诗的模式则是中国白话新诗。一批先进的诗人为这一新诗的"尝试"和"创造"做了勇敢的实践。

新诗从它一开始就与域外文学和现代潮流保持着最密切的联系。随后，由于中国社会情势和文学观念的变化，逐渐疏远了

---

* 此文为田原日文版诗集《赞歌与挽歌》序言，1992年9月远方社出版。据此编入。

这种两种文学、两种诗歌之间的亲密关系,甚至在某一个时期还造成与世隔绝的局面。从新诗潮开始,以五四为发端的向着世界特别是西方现代诗歌借鉴、引进的维系得到修复。中国诗界与世界息息相关、反应也极为锐敏。世界重要诗人的创作经验以及诗发展的最新趋势,在中国都有及时的反响,可以说,中国诗与世界诗的关系已经正常化。

包括我们此刻要谈论的田原在内的一批又一批青年诗人,都受到了这种良性环境的恩惠。近年中国新诗的繁荣,目前风格流派之多样,艺术表达方式之多彩,让人目不暇接,使我们益发体认到新诗潮抗争式的崛起有着不可磨灭的功劳。

田原君我未曾识面,只是他到日本求学之后通信中谈论诗文才有所了解。从他的诗作我认识了他。他偏于内向且下笔端肃谨严,不像有些诗人那般情使自己的才气而流露出漫不经心的样子。他似乎总在沉思,这与他的沉静冥想有关。《作品一号》他发现我与马之间无论如何变化总是有着九米的距离。这九米有点神秘,但我们不难由此感到那亦不改变的物我、世界与我之间永恒的隔膜。

田原不少诗都有这样静观和玄思的特点,我正是由诗品的启悟而了解到他的为人。这不是说他对现实命运也保持这某种静态和距离感,他献给川端康成的《夏祭》就体现了冷却背后的火热。他在夏季那一歌诗魂燃着炉子,一位中国诗人面对家园感于世情又有一番关于马的惶惑;有马的国度而马匹愤怒四奔,无马的国度一匹悍马却拒绝人世!田原此刻的思考是投入的,我从中看到了内在的隐蔽的激情。更激情在《三毛》、《我来到一位少女自杀的地方》等都有呈示。

东渡求学的田君在日本师友那里得到了关怀和支持,他们要翻译出版他的诗集。为此他求序于我。他的日本老师新井宝雄教授也答应为他的诗集亲自撰序。我感到这是中日两国文化交流的一件有意义的事，便欣然应诺。借此不仅可为田原君的诗做一番推荐，更可以借此向日本朋友为中国青年学者的培养表示真诚的感谢。

1992年5月10日于北京大学畅春园

起风的日子[*]
——读吴正同名诗集

优秀的诗人只需谈他的诗就已足够，这些诗可以无误地导引我们进入他内心世界的全部丰富性，有时，一首成功的诗往往成为一个诗人一生的说明。这情况有点像我们此刻通过一本诗集认识我们谈论的作者，根据《起风的日子》便可判断，站在我们面前的是一位睿智而充满爱心的歌者。

吴正曾经说过，对于一位诗人来说"人不如其诗"或"诗不如其人"这两个结论一样可悲，他的意思当然是指诗与人的高度和谐的境界。吴正的诗能够以机智的方式体现尖锐性。他不是那种振臂高呼的激情诗人，他是内蕴的，含蓄而有深度。他的诗风是蕴藉的。但却鲜明地洋溢着那种反抗世俗伪善和邪恶的品格，如"一辈子的伪装是虔诚，一辈子的被骗是满足"，没有激昂的语调，但格言般地包孕了基于人生彻悟的尖锐性。

他追求强烈与华美的结合，这就给他的诗，带来了不加装饰和杜绝夸张的雍容气度，从诗的内涵看，他有一种坚忍的强悍，但却无处不显示出那种出以平实的作风，谈他的诗不会产生表面化的那种激动，而却在温婉和静谧中受到震撼。如《失眠》"偏要清醒在黑暗年代中的一种痛苦"是典型的寓尖锐于柔和之中的吴正风格。再如，"真理的光芒永不曾暗灭过，黑夜只是当地球背转向了太阳的时候"，沉稳之中显示出力度。

---

[*] 此文初刊1992年5月25日《大公报·读书与出版》第787期。据此编入。

商业社会的极度繁华和无边喧闹,也不曾影响诗人对现实特有的冷静态度,吴正身处其中,却拥有超越的洒脱和清醒。"上帝总试图告诉人一些有关钱以外的真理,而人感兴趣的始终是一些对于真理以外的钱。"诗人对此警告说:"总有一天,即使是上帝也要灰心。"他讲,活着,不为了什么,"只求在年老时的一次绝无悔意的回音。"这话出自生活在金融之都的诗人是非常可贵的传统精神的发扬。宏阔的境界、厚实的蕴积、隽永的表达体现出一个诗人的才华和机智。吴正的诗作的突出特点是能够在丰厚博大的背景中摄取那集中的一点,以这一点来显示那背景的深远,他把这喻为"恰好一场放大镜集束漫射的阳光引燃火柴头的游戏";"诗人用其无数倍夸大的眼光去透视世界,然后反射到他的心坎上,这是一段艰辛的历程,终结于一个爆发的满足中"。

现在谈到吴正的诗作,多数是短诗,甚至是极短的诗。这类诗歌体式,他运用自如,大抵都写得隽永清新而富有深趣,有些诗则体现出深厚凝括的人生底蕴,有的诗以精深的哲思打动人。《等待》是一首明晰清朗的诗,但却有深厚和积蕴,这首诗展示了吴正鲜明的艺术风格。基本旋律"永远的等待"在三小节中重复出现,其余三句分别是"因为永远有希望","因为多数是失望","因为还没有绝望"这三句作为"永远的等待"回答,三种回答是历史性的,显示出进展,诗句体现了思想的深邃、坚定以及哀怨情怀,这是对社会人生洞察后的抉择:永远是等待。这说明他的不事喧哗的诗作有多么厚重。尽管吴正写的总是那么清新的短句,但毫不饰节的轻松却掷地有声。

吴正的诗传达了真实生活的沉重感,他以对真理和未来的信念而未曾在苦难面前却步颓丧,这只要从一些诗的篇名便可看出,如:《大海的力量便是乌云的屈服》。他的诗体现人生的成熟。他并没有把生活的积重看简单了,相反,他很能表现复杂现象面前的机智、坚忍、凝重以及应变能力。那首写于黑暗年代的《不,还是沉默!》,便是这种成熟的体现。当人蒙受不公而涌起"雪恨的暗浪",当人为"冲刺的欲念所占有",这时——"我等待着心灵最后的许诺/'重新安静地躺下',它说:/'对于我们,现在'——/'不,还是沉默!'"

沉默也是艰难的选择,这需要某种宏阔的心境和自我克制的能力。

吴正在事业、人生和艺术方面均取得一定的成功,特别是这些成功诞生在他年华灿烂的时节。他当然有许多人生之歌要唱;但他还是把最诚挚的心声献给了生养他的土地和民族。"异乡有千百处,故乡只有一个",他说,他无法不爱。在另一首题为《故乡》诗中,他说:"不知道你好在哪里,只知道我疼在何处。"还有一首:"你会怀一千种理想/假如你在没有想到这片深厚的故土;/你会许一万个愿望/假如你还没有念及这个悲苦的种族。"

他为这片广袤的土地,及其世代挣扎生存于此的民族悲伤。在一些日子里,他真诚地怀有希望。当这个民族遭受苦难,他从未曾自外于它,他以投入的姿态,共同承受那份重压。

当那个"断幕"时刻来到,他抚摸的是那一片异常的"极静":"瓷瓶里半谢着插花,书桌上散乱稿笺""而到了隆冬/当天空又纷纷起那种白色的寂寞/总有一回,我/仍会站在窗前/且无言。"

这种心境在近年是少有的。还有《即景》:"带枪伤的鸟/呜咽着,滑翔过/我之仰首/跌失在一排灰瓦顶下/一切于是/归于寂静//仅枯枝/刻划着冬日/无血可滴的/碧空。"这是何等可惊的一幕。吴正在这首《即景》中把他变沉重繁复于单纯的技艺发挥到极致。在那淡远的背后,激情却血样地喷涌而出。这里有吴正深沉而揪心的爱。

吴正的诗的确如他的人,它是现代精神和传统力量的结合。而从艺术上看,它也是:看似矛盾的阳刚与阴柔、雄浑与静默的结合。《百衲衣》中有一首《古钟》:"骨上刻着图纹/胸中蕴着雄浑/为号召而诞生/因沉默得永恒。"这像是讲他的诗,更像是讲他的人。

文学批评的净化[*]

这个命题的提出,基于文学批评已有的事实,也与中国文学批评的历史进程有关。尽管我们不愿对文学批评作此种消极和被动状态的陈述,但它的确不包含任何夸张的成分。

文学批评是一项涉及文学作品的创作、传播,以及读者接受诸方面综合性的精神活动,严肃、公正、和纯净无疑是它应有的品质。它自始至终应为科学的精神所笼罩,非科学的态度是它的天敌。

文学创作当然与社会有关。文学批评通过对作品的论析评介不能不体现它对生活环境的进退隆衰的关切。现实的责任和历史的使命对于批评的渗透,为批评蒙上庄严肃穆的色彩。但文学批评显然不是社会批评,更不是文告、宣传或判决书。文学批评对于社会的某种介入(这种介入仅就需要而言),只能通过审美的和艺术的视点,它的功利目的仅仅限于审美以及以此为出发点涉及的那些范畴,它拒绝直接的社会意图。

在很多时候,人们忘记或剥夺文学批评的文学属性,使文学批评承担它所不应承担的,从而使它失去自身。当文学批评变成了别的事物的附属品和替代物时,文学批评的权威性也丧失殆尽。这种倾向在某一时机甚至成为不利因素给社会以损害,如同中国"文革"时期的"大批判写作组"曾经做过的那样。

---

[*] 此文初刊 1992 年 5 月《文学评论家》1992 年第 3 期,收《世纪留言》。据《文学评论家》编入。

文学批评回到自身,并不意味文学与社会的脱离和隔绝,而只是强调它的独立品格。它涉及其他而不受制于其他,它只是它自身。中国近世有过诸多任意驱使文学以及文学批评的事例。这种非文学的批评使批评的空气变得浑浊,从而使净化成为必要。

文学批评产生的歧变表现在许多方面:非建设性甚至善良的动机和目的;缺乏平等意识的居高临下的粗暴裁决;脱离艺术辨析的权力或准权力强加;不顾原意甚而制造原意的肢解、随意引申、联想及宣判;陈旧观念和语汇的罗列以及恶劣的文风,等等。这些现象不利于文学批评的正常发展。

我们面对着九十年代变得严峻的文学形势,我们不得不郑重审视文学批评的现状和发展。健康的和科学的批评建设重新成为目标。这促使我们把文学批评的科学化和学者化的命题提到中国批评界的面前。

科学化是就非科学倾向而言。五四初期提倡的科学和民主精神,应当包含在此刻我们所说的这个范畴之内。科学化是文学批评总生态的概括和提倡——建设的而非破坏的意图和目标;科学的思维、方法;健康的文风;特别是贯串整个批评活动中学术民主精神。此种精神体现出平等的、对话的、谅解的和求知的态度,宣告了与专横的、武断的、粗野的以及形形色色的话语施虐的决裂。真理不会穷尽,那些宣称他掌握了全部真理的人是可疑的。

净化文学批评的治本措施,有赖于文学批评界的学者化进程。只有把批评建立在严肃的学术环境和氛围中,少些甚至杜绝随意性和轻率的态度。严格的学术立场要求把创见和对于事物的敏锐感受建立在充分的资料综合和判断之上,持论有据而不发空言。学者化的依赖是学术化的环境,这个环境具有的独立品格有利于维护严正的学术立场。

批评学者化的倡导,有可能使参与这一工作的成员在拥有相当的学术积累以及在治学风格方面的严格训练。严谨而富创造性的深入思考,系统的理论准备和充分的资料整理和掌握,对于减少批评的盲目性和随意性是非常必要的。

已经过去的新时期文学十年,文学批评亦有迅猛而长足的发展。新观念的引进,新方法的运用,相当程度地改变了异常稳定而近于凝固的中国文学批评格局。这种改变不是倒退,而是严格意义上的前进,试想,要是我们不曾如过去十年我们所从事的,我们的文学批评将是何等的灰暗。几代批评家的拨动,终于使文学批评这只其重无比的铅球开始旋转起来。

尽管如今是另一种事实"取代"了曾有的事实(但却不可能取消它),但我们依然要对曾有的那些作出有分析的反思。从健全文学批评这一角度来看,退潮之后的今日,我们同样需要以冷静的心情,面对当时在狂热状态下所曾有的那种浮躁、轻狂,对于外来事物不求甚解的生奥运作,以及游离文学实际的空泛充当的高谈阔论。这种反思同样有利于中国文学批评的建设。

中国的循环:结束或开始[*]

要是说目前我们正在从一个结束走向一个开始,这个开始可能就是由热情向着冷静,由纷乱向着理性的诗的自我调整。热烈而多变的情景的消失,并不意味着中国现代诗运动的终止。当前诗进行以寻找缝隙和边沿化为其特点。

一、现代诗自我调整

这一年的春天,来自北京大学的诗人海子写了他一生中的最后一首诗:

> 在春天,野蛮而悲伤的海子
> 就剩下这一个,最后一个
> 这是一个黑夜的海子,沉浸于冬天,倾心死亡
> 不能自拔,热爱着空虚而寒冷的乡村
> ——《春天·十个海子》

这可能是海子向自己的麦地诀别之辞,不能自拔地倾心死亡,似乎是对于随后发生事件的不祥的预言。在此之前,这位相当年轻的诗人已经写过多篇关于死亡的诗。其中有一首更像是可怕的遗言——

---

[*] 此文初刊1992年10月《创世纪》诗杂志第90—91期,又刊1992年12月9、16日《大公报·文学》第24—25期,又刊1993年6月《非非》第6—7卷。据《创世纪》编入。

> 当我没有希望坐在一束
> 麦子上回家
> 请整理好我那零乱的骨头
> 放入一个小木柜。带回它
> 像带回你们富裕的嫁妆
>
> 但是,不要告诉我
> 扶着木头,正在干草上晾衣的
> 母亲
> ——《死亡之歌:之二》

我引这些诗句的用意在于,我震惊于为什么我们会这么快地把话题转向了死亡。回溯十多年前,新诗潮的潮水向我们涌来,那悲愤而抗议的声音何等激越而充满生机。我们因希望而痛苦,同时,我们因抗议死亡而把握今天。那的确是一个开始的年代。

海子的死亡是否意味着一个终结?终结之后我们如何开始——我们面临的又是怎样的一个开始?海子弃世那一年所发生的事件,对中国人的心理情感的影响是深重的,对中国现代诗的影响也是深重的。一代诗人已经如此付出代价,而且好像还在继续如此付出代价。直至目前为止,这个震撼带给现代诗的生存环境仍然险恶,批判的压力和刊物的拒绝,以及写作和发表的自由度,都是严重的问题。在此种情况下,前几年那种创新的兴致冷淡了下来。但环境的不良而促成严肃精神的上升。在并不轻松的年代,游戏文学的态度显然不合时宜。诗人不再把兴趣投放在表面的热闹上面,更多的人潜心于诗的内涵和艺术表现力的开拓。

外在的压力使诗人进一步关心自己。人们开始重新调整自己的情感和姿态。热情的冷却带来一定的好处,前几年的浮躁和骚动自然地受到抑制。目前已经看到静悄悄的调整所出现的成效。首先是,流派林立和宣言迭起的狂热已经消退,原先的散漫无序的现象开始建设性的接近和融合。自然的整合使中国大陆的现代诗较三年前的局面更为条理化和明朗化。

要是说目前我们正在从一个结束走向另一个开始,这个开始可能就是由热情向着冷静,由纷乱向着理性的诗的自我调整。热烈而多变的情景的消失,并不意味着中国现代诗运动的终止。当前诗进行以寻找缝隙和边沿化为其特点。一些诗刊仍然坚定地推进中国现代诗运动,如《诗歌报》和《诗人报》在低潮中不改初衷,坚持诗的纯正品质和前卫姿态,已经成为公办诗刊之外的一个强大的对峙存在,它们对于打破诗歌垄断无疑有积极作用。

激烈的冲刷和奔放之后,现实的困顿和自身的疲软感,使诗对自身的艺术流向表现出某种节制。在以往的纷呈杂乱之中,出现了非人为的自然整合:一些表面的随意现象消失了,一些比较接近的现象彼此靠拢,这种互相融汇的结果使这个时期的现代诗运行线条明晰而逐渐简洁化。当然,其中也包括了新出现的思考及追求。这就是一场幻梦被震醒之后的"结局或开始"。

二、可能的转移

首先值得注意的,是由数年前开始的"生活流"诗所引出那种以不加雕饰的口头语言构成的描写平民意识的作品。在这个时期,诗人致力于通过描写个人的生存窘境表达与时代和民族的忧患。前些年那种洒脱甚至轻挑,有了情绪上的转化,凝重就突现了出来,在自我调侃的背后表达了中国人世纪末的焦躁不安。梁晓明的《各人》是很有代表性的一首诗——

> 我们各人各拿各人的杯子
> 我们各人各喝各的茶
> 我们微笑相互

> 点头很高雅
> 各人说各人的事情
> 各人数各人的手指

这诗的背后有一句未曾说出的话,那当然体现了对这种人际关系的焦虑。他还有一首诗,直接涉及他所感到的压迫感,《我感到我一直是块毛巾》。"有一只皮包老想装我,有一张布告老想抓我,有一只鼻子老想气我",这就是个人可感到的无所不在的生存威胁。诗在最后他说:"这个城市像只大烟灰缸,谁的烟头都想往里扔",便由个人的处境转向对公众生活的关注了。路东之的《情况》中有一个标题是"我无情可抒也不想嚎叫"。这命题既是诗学的,也是社会学的,他在空无之中所把握的"情况",也是一些无谓的"转圈":拐弯进了另外一条胡同,才发现已经离家很近,于是便顺路回家。几乎是毫无"情况"可言。这种无表情和无心绪,也无目的的状态,是并不麻木的激愤和抗议,只是不采取那种过时的方式而已。

第三代诗人正在把自己放置在多变的社会环境中调整自己的声音。他们已从前些年那种玩笑人生社会的处境中适度地改变自己"满不在乎"的姿态。学会了沉默,也学会了坚持,目的和责任已经渗进他们那些仍然显得随意的诗句之中。

学院诗运动一直与学院内在的青春生命力联系在一起。它已成为权力诗歌以外的另一个强大的存在——一个相对独立的诗歌世界。早在一九八八年,当时诗界尚在群雄竞起之时,北京非正式出版的《倾向》诗刊,已经初露整合的意愿。它的创刊号引用庞德的话"艺术家一定有所发现"是《倾向》所主张的倾向,它反对一些随意而缺乏严肃性的诗歌主张,认为写作不是"语言之下"的"动作"或宣泄,也否定仅仅作为"生活方式",反对诗"到语言为止"。他们认为诗人通过写作"要发现最高虚构之上的真实"。对于诗写作的这种认识,对于"诗人的理想主义信念和应当得到倡导的知识分子精神",他们确认这种精神更多地体现在使命感和责任感之上。

> 需知拥有灵魂和智慧的知识分子永远是少数,他们高瞻未来,远瞩过去,不以任何方式依附于他人,愿意以秩序的原则来说明他们对创作的把握。

值得注意的是对知识分子独立精神的强调,可以说,他们的秩序性"诗学原则",表面上的"保守"倾向却蕴藏着尖锐的对抗精神。历来的自敌或强迫的依附,现在成为否定的对象。这种独立的社会精神与独立的艺术精神的结合,正成为引人重视的新的诗歌观念。《倾向》的第二期是为来自北大的二位早逝的诗人海子和张一禾的周年祭专号,即使在这样的悼亡的刊物上,那种创新与开始的意识仍然是刊物的基调。它把维吉尔的诗句题在扉页:

现在到了库马谶语所谓最后的日子
伟大的世纪的运行又要重新开始

面对死亡,迸发的却是顽健的再生的意愿。经过巨大震撼之后,不是抓住死者的"最后的日子",而是面向再生的伟大的运行。它一再强调维吉尔的诗意:"从高高的天上新的时代已经降临,在他生时,黑铁时代就已经终止,整个世纪又出现了黄金的新人。"与《倾向》同时代的,还有《边缘》、《发现》、《尺度》、《巴别塔》等,不同程度地都在宣扬诗歌的学院精神,他们淡化社会性的氛围,全力抓住诗对世界和艺术的"发现":"就诗歌需要的因素而言,发现这个词高于发明,高于创造,也高于彻悟。"

与学院精神有关,又不同于学院主张的,是所谓新乡土诗的倡导与建设。经过前几年的文化诗的实践,诗重新确认了自己站立和生长的土地,即乡村中国的黄土地。海子的死亡,使人们发现麦地这一意象的重大意义。炀原纪念海子和骆一禾的文章题为《旁生的麦地之子》。着重阐释了麦地的意蕴,他以麦地比拟凡·高的向日葵:"被照亮的人相继坐在他们死后的麦地中歌唱,比如整个世界排在凡·高身后歌唱向日葵。我们是否该为这麦地上空的觉醒之声感到,并意识到当代中国诗坛一个值得注意的时期已经开始。"这种新的诗观强调麦地以及与此有关的意象,已成为"中国人的心理之根"。

麦子是这个农耕民族的生命背景,它包含了这个民族的历史流程的本质性,又与现时现世的心理情感相结合。但它是新的,而不是旧的那种诗词滥调的堆积,正因海子是中国乡村的儿子又拥有北京大学的现代精神那样,这些把双脚站立在麦地的人们,同时又拥有了全球的文化、艺术视野。诗不会倒退,也不会在陈旧的观念中屈服。新乡土诗的新,意味着已经抓在手中的现代艺术品质和它的前卫性。

三、理想精神与循环

一九八八年好像是一个总结。经过冲击到达了一个终点,人们似乎在为迎接一个伟大的年代而准备着,当然,后来人们发现,这个期待最终也被无情的现实所埋葬。但一九八八年所具有的激动和兴奋却持久地保留在人们心中,这一年十二月二十四日晚七时,在北大举办了一个称为"黑洞"的诗歌演唱朗诵会,这个朗诵由圆明园诗社和北大学生共同发起,它的邀请柬上由刑天执笔写的《新浪漫主义宣言》宣称:"诗是建设性的,是建立在语言基础上的有序的文字体系,它直接对人类灵魂进行干预。"

在这个朗诵会上演出的三位被他们称为"被掩埋的诗人"的作品,这些诗人是:严力、芒克和食指(郭路生),其中有食指的代表作《相信未来》,芒克的《致渔家兄弟》和严力的《请还给我》。现在请看他们呼吁什么,严力的诗句说:

> 请还给我那扇没有装过锁的门
> 哪怕没有房间也请还给我
> 请还给我早晨叫醒我的那只雄鸡
> 哪怕被你吃掉了也请把骨头还给我

其实他们是在呼吁理想的重临,所谓对于被掩埋的诗人的纪念,其实是对被掩埋的理想主义的纪念。一九八八年底出现的这个迹象在现代诗发展中非常值得重视。

漂泊而狂躁的诗魂,终于又回望他们的来路。"黑洞"体现的这个追求因为被突如其来的诗外事件所打断。经过一段时间的间隔得到复苏。这不是对于虚幻的理想的召唤,而是更为切实的面对人生的理想的召唤。它要求诗人从先前那种飘浮中脚踩实际的大地,而以血泪人生的感受实现对诗的加入。

被死亡唤醒的是再一次对死亡的拒绝。一首诗这样写道:"现在还不是谈论死的时候,死很简单,活着则需要更多的粮食、空气和水,但活得耿直是另一回事,以生命做抵押,使暴力失去信心"。这是《在刀锋上完成的句法转换》中的结句,次看题目,便可明白这种转换经历了多大的磨难。

但转换的局面更可挽回地到来了。从看他人流血,到看自己流血。这生命体验的过程,也就是诗意、诗观转换的过程。我们看到所谓的新的理想主义创作,其间浪漫激情的重现,因现实苦难的嵌入而变得更为辉煌。它因富有现世的投入精神,而使那些理想增添了沉重感。诗在以往十年的艺术回归基点上切入人生。它所呈现的人生图景惊心动魄。宋琳笔下的城市比他早先所看到的城市更为切实。那是"空寂的无人区""裸露着铁硬的砚岩",在这里"人死无葬身之地"。诗人表示:"要喝下这黑暗的醇酒点燃的火焰。"《死亡与赞美》既控诉死亡,又拒绝死亡。

过去的非非主义者,面对庄严的生活完成了他们的句法转型。周伦佑近期的诗,引导我们面对严酷的鲜血人生,他《看一枝蜡烛点燃》的诗情给人强大的震撼——

> 再没有比这更残酷的事了
> 看一枝蜡烛点燃,然后熄灭
> 小小的过程使人惊心动魄
>
> 死亡使夏天成为最冷的风景
> 瞬间灿烂之后蜡烛成灰了
> 被烛光穿透的事物坚定地黑暗下去

第三代诗人反对新诗潮的前驱诗人们,是因为他们太接近现实,入世过深,以及他们在否认英雄的同时自己又充当了英雄。他们要诗回到自身,回到个人生命的本真状态。他们反对为民众或下一代人代言,他们声称不代表别人,他们只关心自己。现在,转了一个圈,他们回到了他们的出发点上。他们反对别人,现在反对自己,这是一个悖论。这个悖论让我们联想到中国文学和诗的无数事实。

我们曾经谴责过文学的失去自身,为文学失去家园的无休止漂流而深感不幸。虽然这种漂流不是由于文学自身而是由于中国的艰难时世,我们因生存的需要而不得不使文学自觉或非自觉的离家出走。原先我们以为诗也对与文学一样在自己的家园上播种和收获。但转了一圈之后,我们又要违背初衷地赞成诗的漂流。

在二十世纪黄昏降临的这个时刻,中国诗人有浓重的忧患。忧患激使诗人的使命感。我们中的许多人,也许有幸迎接另一个世纪的太阳,但能引向二十世纪最后告别者,我们承担着一分庄严的使命,即就是要把这血色黄昏中的大地,天空和海洋的苍茫保留在我们的作品中,让后世人也能领略这分苍茫。特别作为目睹中国在这个世纪末所演出一幕又一幕悲壮的话剧的幸存者。

又一个循环在开始,结束死亡之后再生的理想主义,似乎在逼迫着我们再一次循环。当然,所谓循环不会完整地重复过去,但作为中国诗人总感到沉重和悲凉。

——一九九二年六月九日于荷兰莱顿

森林二章[*]

畈中的守护神

  不管有怎样的自然力的无情摧毁,也不管有怎样人类失去理智的疯狂,这森林总是这样安详而静谧地进行着自身的新陈代谢。也许在历史的某一个时候灾难曾夺去它的全部或部分,但它先前的主人以及后来的主人都顽强地再造它。这个绿色世界的存在是人类良知、智慧和毅力的证明。森林的营造者世代相约,作为他们生存的依据和可能,这片濒临河岸的小小绿洲,不允许被毁,更不允许自毁。

  这是一块稀世之宝。这里是从远古的先人那里传下来的原始森林。中国所有的原始森林在深山或人迹罕至的偏僻所在,而畈中例外,它存活于城市周边,或者说,它竟然就生长在城市之中。(原始森林在城市存在的事实,在中国是个奇迹,而在世界的一些地方并不乏见。著名的维也纳森林,它便与这个音乐之都齐名,而且它本身就构成了这一欧洲古老城市的一个动人风景。我曾有幸登临维也纳城边的高空旋转餐厅,奥地利殷勤的主人,为我和一个在世界享有盛名的诗人夫妇结束维也纳访问的钱行宴宥。从那里俯看维也纳排山倒海似的绿色瀑布向着城市奔泻,那气势的雄丽真让人感动!)

  畈中所在的福安这个城市其实很小,原先还只是一个县治,

---

  * 此文初刊1992年7月1日《联合报·联合副刊》。据此编入。

近年才改为县级市。有条叫做富春溪的流过城边。那溪水日夜冲刷着两岸的稻田和香蕉园。闽东一带山海交错,浩瀚的海面时有飓风袭来,崇山峻岭则怂恿洪水为患。富春溪经年泛滥,无情吞噬畈田村民的田地和房舍。于是,聚居现今,田乡的畲族祖先开始沿江营造森林。

从那时开始,他们相袭成法,世代子孙誓以生命保卫这里的草木。时事沧桑,其间无数天灾人祸为虐,畈中森林都奇迹般地成为幸存者——对于我们这一代人来说,能够"闪离"大跃进和"文革"这样厄运的人和物,都让人为它的顽强和机智怀有极大的敬意。

碧蓝的富春溪温柔地流过畈田乡野。我们进入这片宽阔的地面,正是东南早秋时节,但见丛林茂树,遮天蔽日,那些如飞龙,如跃虎,如卧牛的树的精灵,不论是秀丽俊逸,还是苍郁遒劲,都以无言的喧哗,向我们诉说着战胜历史难危的荣光。

进入此地,不能不使人庄严敬悚。一个普通的民族,一支纯朴的农民谱系,在那样漫长的蒙昧甚而疯狂的岁月,无论面临的是什么,兵燹、饥饿、残暴或重压,他们都专注而坚定地守护这绿洲。这些不曾享受现代文明阳光的种族,把保护和净化自己的生存环境视为至高的天职,不是由于谁的指令,而是纯粹的自爱。这无疑是心灵,而且更是道义的奇迹。

一友人客居美国归来,谈及那个国家给他的印象。他没有说纽约的帝国大厦,没有说芝加哥各式各样的博物馆,也没有说旧金山大桥,他说的只是他的一家美国女房东给他的心灵震撼。这震撼是因美国超级市场的包装纸引起。美国市场包装的考究是出名的。中国人为了便于提携总是喜欢那些印刷精美样式别致的塑料袋,但女房东劝说她的房客宁用不甚方便的纸袋而不用塑料袋。她说,纸袋在海水里可以溶化,不会毒死鱼类。这房东是旧金山湾区的一位普通美国女性,她面对的是世代奔腾的大海。

在繁荣而富足的社会感到文明背后的危机,身处高度发达的物质文明而能以自觉的行动调整人与它所赖以生存的自然关系,这才是真正的强大。但这位普通的美国人拥有自觉是她的生存危机的唤醒,而我们此刻面对的这无边的苍郁,却是从不可知的蛮荒年代,从那些贫瘠而少文化的畲族先民积无数代人的坚持、奋斗、抗争保存下来的。现在我们徜徉的畈中森林,它从来未曾面对现代工业文明的生态威胁、它悄悄站立在落伍中国落伍乡村的一角。这里距离后工业社会的危机感,大约还有一百年乃至数百年的路程。

畈中不能与维也纳相比,也不能与旧金山湾区相比,它是绝对的小地方,即使在县级地图上也只是一个小黑点。而此刻的畈中以及它的世世代代的守护神在我的心目中,却是一个在暗黑的历史天空中闪闪发亮的大光圈。

永生的碑碣

我相信它还活着,尽管它已从它曾经站立的地方消失。我记得它站立的地方以及站立的姿势,清晰地记得当我欣喜的发现它曾经站立的那个早晨。平生经历的事很多很多,许多事都忘记了,包括应该记住的和不需要记住的,忘了也就忘了,我坦然。但是,它的曾经站立和事实上的消失,却如深刻的刀斫,留下了一道滴血的沟痕。巨石无言,也许它并无生命。但我如哀悼一位伟人,哀悼这个坚石雕造的魂灵。

九曲溪在不远处潺湲,轻雾覆盖着远处的玉女峰和近处的大王峰。幔亭山房前面的芳草伤心的碧。轻飞的落雾和晶莹的朝露装饰着山间惊人的静谧。就在那一丛含笑的指引下,我望见它那伟岸的身躯:一块碑石耸立在丹崖碧水之滨,在鲜花和绿茵的簇拥下,庄严、安详、坚定而自信地站立着。

那是那一个早晨惊喜的发现:一个非凡的巨石"武夷山记毁林之碑"立在眼前。一般意义上的记载功业与它毫不相干,它反抗惯例和定见,使石碑变成了丑的记载和唤醒人们良知的警号。它以无拘的思路和无畏的气概,刻了那些害怕被镌刻的名字。这种抗世嫉俗的行为,理所当然地为世所不容。所以,那个早晨的惊喜其实是喜中有惊,甚而惊大于喜。它带给我们欣慰之时伴随的是不幸的预期——我们毕竟是曾经而且现今还在这片无边泥淖中打滚和陷入的生灵,因而我们有充分的自信可以作这样的预期。

那是八十年代初时,人们对那种空气中飘浮的重临的春意并不因断续风雨而减弱。那碑就在这种气氛中默默沐浴着从天游云窝深处冲破重雾而出的初阳的微茫——尽管这种冲出充满了艰难和痛苦。自那以后,短短的时间是仁人志士交口称誉的同时,无不对那些隐伏暗处的杀机充满忧虑——一些人开始阻挠树碑,砍树之后又策划毁碑。这一切,如同他们自身进行或支持进行对武夷山森林的毁灭那样,做得既坚决又肆无忌惮。

八十年代最后一个年关的早春时期,我在南平与兴平古刹的密林中听到了这一年最早的一声鸟鸣。那鸣声鼓励我重上武夷山,为的是再一次向那块把愚昧和邪恶公诸于世的无畏之石致敬。可等待我的是一片杀戮之后的空旷,在当年引我惊喜的那个地方,我连断碣残碑都没有找到。那些屠手早把血迹抹得干干净净,好像一切都没有发生。

我如哀悼英烈,默立在当年繁花碧树的所在,吊唁那一片空空的白。那是一个难忘年关的早春,春天里没有了让人震惊的塌陷,这似乎是某种不祥的预兆。这一个遥远的死亡似乎预言了另一个更大的悲剧。这原是一块什么都可能发生的让人哀伤的土地。

碑可以被粉碎,人的能力可以把某些物质摧毁,而道义和公理却不能。在这个空间消失了的,在更大的空间、特别是人的心灵中存在下去。那巨碑是永生的,它没有被粉碎,而是以经历灾难之后的更大的完整耸立着。如同我此刻所做的那样,我寻找那个已经消失的石头上面不曾消失的碑文。这些碑文已被热爱真理的人们记住,它完整无损地站在我们面前,代表着良知、智慧、人的自觉以及他们可能有的抗恶精神。

躯体为残暴所消灭而精神不死。乃至我们至今还能一字不差地默诵这一大气凛然的文,而让那些愚昧和暴虐者在良知面前蒙羞。这也许是那些人所不愿看到的,然而,道义却是如此顽强地表明自己的存在。

谢冕附记:以上文字,是由我的朋友林莺从《厦门文学》1994年10月号上为我抄录在电脑上的,她以电子邮件的方式发给我。林莺告诉我,未曾发现原载文章有我记忆中的"附录"。我感谢她,同时也开始寻找我十分珍惜的《武夷山记毁林之碑》的原文——我相信我的记忆。我的记忆是可靠的,终于在1992年7月1日的台湾《联合报·联合副刊》上,找到了我寻找多日的附有"附录"的《森林二章》。碑文的失而复得令我欣喜,我将此事告知正在帮我编辑文集的孙民乐,他脱口而出说,陆龟蒙说过:"碑者,悲也。"这恰好应了我写此文的初衷,以及寻找《武夷山记毁林之碑》前后的心情,总的是一次充满悲情的经历。陆龟蒙语见他的《野庙碑·并诗》:"碑者,悲也。古者悬而窆,用木。后人书之以表其功德。因留之不忍去,碑之名由是而得。自秦汉以降,生而有功德政事者亦碑之,而又易之以石,失其称矣。余之碑野庙也,非有政事功德可纪,直悲夫町畽竭其力以奉无名之土木而已矣!"(2011年11月17日—2012年2月23日,记于北京昌平北七家)

附录:《武夷山记毁林之碑》碑文

武夷山水以九曲闻天下,山随溪转,左右侧诸峰兀立,争为奇状。正流下泻,有濑有潭,有急湍,时而击作雷吼,益奇。盖幽清引入,投一篙而山形顿换。水上看山,九州中惟此奇绝。

有谓水木清华,可状山胜。何乔柯古木之不多见,岂历厄斤斧,几至于濯濯然欤。是间民俗尚朴,独于森林爱护,茫昧若无知,滥伐风炽,遂使大好名胜之区,劫余古木之可数者,仅存六十有七棵,殊为心痛。

溯三十年来,初刮共产风,旋大炼钢铁,伐木丁丁,声闻彻夜。乃至十年劫盗,天心星村两生产大队竟于风景区内谷设伐木场,坏山胜莫此为甚。

公元一千九百八十二年,毁林事件尚辄有发生,如天心大队武夷宫二队队长胡大明、黄柏大队太庙小队社员吴连兴、罗金良、王大路、王美兴、吴方培、吴方荣及工程公司职工毛振汉等并燕子窠小队十一户,其盗伐抢砍多至七百余株,又屡次遭开荒种菜而烧山毁林,职工中有综合农场第五作业区刘培德,社员中有马头队陈植贵、李福兴、黄家魁、水帘洞队陈达水、佛国队王家富、桂林队谢金火、赵金良、慧苑队郑开发及开心十队等,计共被毁林木一千五百余根,杂木五万二千余斤,烧毁劫林数千株,致使狮子峰、三仰峰、三岩洲、燕子窠、鸡公窠、金鸡洞、弥陀山、水帘洞之走马楼、慧苑之燕子窝,几处名景其萌蘖,良可慨也。

福建省人民政府曾有颁发加强武夷山风景区保护管理布告,晓喻民间,然仍无视政令尊严者有之,岂有恃无恐,抑或肆无忌惮,而冥顽成性。

最发人深思者,一千年前南唐保大二年,李良佐建会仙观于武夷宫今址,早有禁樵。古时且尔,今者保护森林,政府有明令,凡我人民，宜各有责遵守之。

况惟有自觉，心有自尊，肥己损公被人鄙，非君子所为。砍毁敛迹，则名山胜概，益增华美，记事勒石，示告诫焉，幸勿自贻伊戚。

公元一千九百八十三年十月福建省武夷山管理局立

多层建构中的中国文学与汉语文学*
——文学研究视野的展延

  特定环境的划分造成本土文学的若干地域性。人文阻隔形成各个地域的文学诸特征。各具个性的文学补充有利于改变单一性的僵局。文学研究对中国文学整合的期待。
  中华民族文化的丰富性与中华民族文学的多样性。多民族的中华文学是多元并包的文学共同体。多语文的写作构成中华文学的繁富。
  汉文文学的悠久历史。汉文化圈覆盖下的汉文文学。历史与现实中的汉文文学的世界性。
  文化交流的双向效应。中国文化对于西方文化的加入。昔日的辉煌不能掩盖近世的落伍。对于传统文化保守性的批判是持久的任务。向着西方文明盗取火种和寻找药方的价值没有过时。

世纪之交的视点

  20世纪行将结束的契机激活人们的思维。他们站在世纪之交的一个点上,从那里俯瞰接近100年的完整过程,很容易从中获得某种历史的整体观念。世代的忧患和现实的焦虑,启示着当代人的使命感。世纪末的思考无论如何都笼罩着庄严甚而

---

* 此文初刊1992年7月15日《文艺争鸣》1992年第4期。据此编入。

悲凉的氛围。这样的氛围易于改变人们习以为常的视野和观念,从而给凝固的思想注上活力。

我们的文学思考在强大震撼之后的冷静中进行。因而我们能够超越前些年容易有的冲动和浮泛,并有可能让人采取更为建设的态度。浮躁可以轻而易举地把辛勤创造和沉痛反思的成果毁于顷刻,而建设一种秩序和构想则需付出百倍的心力,为此,我们宁取后者而弃绝前者。思考可能肤浅,而思考却是创造。

与中国文学和汉文学有关的话题很多,这里试图从改变原有研究格局,提供更为广阔的视野,在此基础上建立一种多面的和立体的整体文学观点。它只展示一种可能性,找出一种构想,期待的则是辛苦而认真的实践。

本土文学的整合

当前通行的文学史著作和为数相当多的有关现当代文学的论述和各种选本,一般题名为中国的大抵都只涉及中国大陆的作家、作品和文学运动。虽然近年来随着社会的开放交流的机会增多,这情况有了一些改变,但也仅限于少数著作。而且即使是这部分著作中大陆和大陆以外的台湾、香港、澳门那里的文学叙述大体也只停留在"粘加"上面。而中国文学的全部复杂性和丰富性却不是这种外在的"粘加"可能描绘的。这种状态说明我们研究视野的局限,也说明我们的研究水平和所达到的深度都非常有限。造成这种状态的,是由于数十年的阻隔,资料的匮缺和交流的断绝,日久天长,观念的歧异造成理解的歧异,这些困难也非个人所能克服。

台、港、澳与大陆的隔离有各不相同的历史原因。虽然日占时期的台湾出现了一些用日文写作的作家,香港和澳门也有类似用外文写作的现象,但就文学的总体趋向而言,这些地区的文学同源于中国文化母体,受到数千年的中国文明的滋润和熏陶,并且共同接受中国古代文学的丰富遗产。现代的台、港、澳文学和现代的中国大陆文学共同构成中国现代文学的主体。

从历史文献上看,台湾的新文学运动直接受到五四新文学运动的影响,是在五四的号召之下开展起来的,它是中国五四新文学运动的组成部分。1920年台湾仿照《新青年》的样子创办《台湾青年》。创刊号的"卷头辞"直接呼应《新青年》的号召,呼唤民众的觉醒:

> 觉醒了讨厌黑暗,追慕光明;觉醒了反抗横暴,服从正义;觉醒了摈除利己的、排它的、独尊的野蛮生活,企图共存的、牺牲的文化运动,你看,国际联盟的成立,民族自觉的尊重,男女同权的实现,劳资协调的运动等,没有一项不是大觉醒所赐予的结果。

《台湾青年》还刊登陈炘的《文学与职务》,指出矫揉造作、抱残守缺、徒有美丽外观的文学是死文学,死文学不能尽传播文明、改造社会的职务。

1923年《台湾》杂志发表黄呈聪《论普及白话文的新使命》和黄朝琴的《汉文改革论》,从标题就可以感受到胡适、陈独秀的影响,这是台湾新文学运动的先声。1924年张我军先后发表《致台湾青年的一封信》、《糟糕的台湾文学界》二文,引爆了一场新旧文学的论争。这是五四新文学运动在台湾掀起的波澜。这些事实说明台湾新文学革命与中国新文学运动整体的不可分割的关系。

香港由于地理位置更靠近大陆,它和大陆文学有更为密切的关系。在历史的某一个时期(例如抗战时期),由于文化人和文学家云集香港,那里甚至一时成为文学运动的一个中心。香港和大陆的紧密联系,使二者始终能够保持一种同步状态,甚至有时反过来有力地影响着大陆的文化和文学。当前的时期,香港文化从服饰到流行音乐到武侠言情小说都起到开风气之先的作用。

台湾和港澳由于自然地理条件和长期的特殊发展,使之与中原文化母体一致性之中又存在较大的差别,较之大陆的博大凝重,它们更为灵动潇洒,海洋的开放性使它们有更多的机会感受世界性的文学和哲学潮涌的波动,因而它能够更为自然而迅捷地接受现代思潮的冲击,而很少如大陆那样经常处于两难之中。但不论如何,大陆的深重甚至苍茫的气概都是台港文学所不及的。

中国现代文学的历史和现状的总结,从特定意义上说应当重写。我们的责任在于把历史曾经存在的和现实尚然存在的隔离和断裂加以弥合,使原先分开的两部分或几部分在新的视野中统一起来。因而,现今我们所希望的对于中国文学的描述,必须是整体的而非割裂的,必须是综合的而非拼凑的。这不是技术运作上的而是一种境界,即必须在观念中有一个完整的和系统的中国文学,研究者必须谙熟它们的同异,从彼此的内在联系到各自的特性和品格,它们的相互影响和渗透,排斥和适应,如此各点都应有符合规律性的概括。尽管这样做起来难度很大。但唯有如此才能从根本上消除那种观念深处的分裂状态。

大陆地区和台、港、澳地区这种同一文化、同一语言,同一文学制约下的不同环境的独立发展,它所造成的同中有异的文化文学景观,将消弭和改变中国文学的单一性,而终将有益于中国文化和文学,它将使文化或文学更富有弹性,更充满生机。

多语言的文学共同体

中华民族文学是生活在中国各个地区的所有民族文学的总称。中国除汉族外,尚有占人口总数约百分之六的五十多种少数民族。除回、满、畲族通用汉语外,其余民族都有本民族的语言。其中属于汉藏语系的语言使用最为广泛,主要分布在中南和西南;其次为阿尔泰语系的语言,主要分布在西北和东北,此外还有极少数的朝鲜语和属于南亚语系或印欧语系的语言。这些民族中藏、蒙、壮、彝、傣、维吾尔、哈萨克、锡伯、朝鲜等民族还有自己的文字。从文学的角度看,不论这些民族是否有自己文字或是否使用汉语,一无例外地都有自己独特的文化和在这些文化背景下产生的文学。

中国由于汉族在全国人口中占多数,也由于汉族在这个国家的重要地位,因而在大多数的社会生活中采用汉语进行交流和采用汉文进行写作是可理解的事实。各少数民族通过汉语与汉族及各民族间对话(在这种对话中文学是重要的方式),促进了彼此的了解和彼此的繁荣发展。少数民族用汉文写作的作家增多,也出现了对中华民族文学作出重大贡献的文学大师,如满族的老舍,以及用汉文写作而卓然自立的成熟作家,如彝族的李乔等。通过这种创作,使各民族的文化习俗和民间风情得到更多的介绍和传扬。一些口头流传的歌谣、演唱和史诗得到整理,更多的用各民族语言写作的古典和现代的作品被翻译成汉文,这些工作,使中华文学呈现出异常丰富多彩的风姿。

大规模有计划的采集整理,使更多的人了解到各个民族中的优秀文学传统。如藏族的《格萨尔王传》是规模巨大的长篇英雄史诗,总数约一百多部,现在发现的藏文版本已达六十余部,是历经数世纪数代人通过口头传述和记录整理的方式留传下来的。蒙古族的《江格尔》也是长期口头流传的长篇史诗,已整理出来的达六十余部,十万行左右。体现各民族优秀文学传统的还有维吾尔族的《福乐智慧》、柯尔克孜族的《玛拉斯》、彝族的《阿诗玛》、蒙古族的《嘎达梅林》、傣族的《召树屯》等。这些作品是中华民族文学共同的骄傲。

在中华民族文学这个共同体中,仅仅注意汉文写作以及被翻译成汉文的作家作品显然不够。这个中华文学共同体还存在着除汉文写作以外的另一些语言构成的文学历史和文学世界。由于那些语言在汉语其大无比的覆盖之下变成了少数,因而受到广泛注意的机会相对地少。其实那些语言造出的文学世界不仅有自己的历史和传统,也有自己生生不息的作者和读者,只是它们的繁荣和喧闹很少被外界所知晓罢了。

每一个民族的文学都是一个丰富的独特的体系,在历史的流动中经历着自身的更新和发展,它接受外界的影响,但它始终保持了自身的独立性。如以维吾尔文学为例,它也有相当悠久的历史,既有丰富的民间文学的传统,又有丰富的作家文学的传统,维吾尔的作家文学传统可从5世纪至8世纪的突厥汗国与回纥汗国的时期算起,经高昌回鹘汗国与喀拉汗王朝时期,直至近代和现当代文学,它有属于自身的完整的过程。了解这些文学历史的沿革,无疑是开放了另一个天空。例如维吾尔族文学的高昌回鹘汗国时期,由于高昌地处丝绸之路要津,成了中原文化与罗马文化、古波斯文化和印度文化的交汇地。这时高昌境内佛教、摩尼教、景教并存发展,由于从汉文、梵文、吐火罗文翻译过来的典籍中引进许多文化精粹,这时期的维吾尔文学呈现了非常繁荣的景象。到了喀拉汗王朝,文学中浸漫着伊斯兰教义和苏菲主义思潮,则有另一种壮观的场面。

上述仅是维吾尔文学一例,而中国有五十多个这样单独的文学系统。不仅叙述是困难的,即使了解也是困难的,但无疑了解非常重要。仅此一例,我们便知道这个文学共同体是何等浩瀚的天空。各种语言的民族文学都有类似的年代久远、传统丰富的历史。它与汉文文学既互相依存又互相区别,既有双向的影响又始终坚持自成系统的发展。要是我们改变一种局限于汉文文学的观念,则可以发现我们所熟视无睹的中华民族文学内部有着令人惊叹的多语言和多语文的民族文学大景观。基于这样的事实,我们可以得到如下的确认,如同中国是一个多民族国家,中国文学也是一个多语言构成的多民族文学。这个文学体系是非常繁复的多系统构成的、并行发展又交叉影响的文学大系统。

历史空间的汉文文学

汉语是中国汉族的语言,但需要了解的是,使用汉语的并不只于汉族,甚至也不只于中国。全世界说汉语的人大约十亿。汉语言文字是世界上历史最悠久的最古老的一种语言文字,汉语的表意文字六千多年前就已存在。这里说的汉文文学,是指以汉语言文字为手段进行创作的文学。

在汉语漫长的发展历史中,汉字大体保持了表意文字体系的基本特点。汉文文学除了使用以表意为主的方块汉字进行写作这一形式的特征,也还有由于特定的地理条件人文环境以及深厚的文化背景而造就的一系列有别于世界各民族文学的独具特色的内涵和传统,以及在长期的历史发展中,积无数代作家文人的实践经验而形成的独特的审美理想和审美特征。这些历史化的产物使汉文文学以极具特色的文学品格独立于世界成为古老文明的象征。

全面论述汉文文学的形成和发展是一个艰巨而难以承担的任务。这里只想着重指明在汉文文学自古而今的发展中对于本民族的超越,从而论证它在世界范围中的意义。我们想通过这种论证强调如下一种现象,即由于中国古老文明的深远影响,以及它历来作为世界大国的地位,汉文文学从来都具有国际化的特性,而这一特性却很少受到理论的重视。造成这种不重视的原因的,也与晚清以迄近代的中国国势衰危有关,国际地位的低落影响到汉文文学国际化的程度。

上述那种国际化趋势进展是逐步的。开始影响于东方,而后渐及欧美及其他地区。在早期,主要是与中国毗邻的一些国家。对这种影响的描述,必须溯及历史上形成的汉文化圈及其发展。以语言来划分古代亚洲曾经存在的三大文化圈,即以阿拉伯文为中心的西亚文化圈;以梵文为中心的南亚文化圈;以汉文为中心的东亚及东北亚文化圈。汉文化圈发源和衍生于中国中原腹地和黄河流域。这一地域北临一望无际的大戈壁,西为喜马拉雅山脉所阻。整个的中国地势由西向东倾斜,东部和东南部向着海洋开放。这一自然形势造成了古代汉文化圈向着朝鲜、日本、越南倾斜的向度,从而形成了汉文化圈这一伟大的文化地理单元的特殊生态。当然,由于汉文化的强大生命力,它不会因西部和北部的阻拦而停步。它在历史的艰难中顽强地冲撞,终于由长安向西逶迤,沿着河西走廊向着茫无人烟的沙漠,开拓了伟大的丝绸之路,将汉文化送往更为遥远的地方。

但汉文化圈的核心部分也还是日、朝、越这些与中国有着良好地缘的国家。汉文化对这三个国家的影响是深刻的,覆盖的领域也广,从物质文化到精神文化,诸如丝绸、陶瓷、水稻栽培、造纸印刷、城市建筑等等。据专家介绍,在汉文化圈内汉文化广披之处,日本、朝鲜和越南都分布着很多中国式的城,甚至城门的名字也是中国式的。日本在唐朝影响之下,仿照长安的布局建造了平城京(奈良),随后又建造了更为宏伟的平安京(京都)。汉文化对这些地缘国家的影响很全面,涉及人文精神的各个领域,语言、宗教、哲学、史学和文学等。有文章介绍日本的放大"道"的文化,在茶道、花道、书道、吟诗道、剑道、弓道等方面,都与中国的影响有关。这些具有浓厚的日本特色的文化传统,是长期与中国文化交流融汇的结果,汉文化与日本文化的亲缘关系在那上面闪射出惊人的光华。

日、朝、越三国古时均以汉字为原料各自创造本民族的文字。但在很长历史时期中，汉字仍是官方正式文书的主要手段，在诏诰、科举、公文、文史著作中正式存在。早期中国和友邻各国僧侣、留学生、商人的交往，对汉文化的传播起了很大作用。由于汉语和汉字的远播海外，使汉文文学在那些国家有长足的发展。公元751年（即日本孝谦天皇天平胜宝三年，唐玄宗天宝十年）日本编纂了第一部汉诗集《怀风藻》。这不仅是日本第一部汉诗集，也是日本第一部书面文学集，由此可见汉文文学在日本书面文学的起步中占着多么重要的地位。日本历史上最早的小说《浦岛子传》也是用古汉文写成。中国的日本学专家曾经详细考订了中国小说《游仙窟》在日本的流传，以及它对《万叶集》特别是《浦岛子传》创作的深刻影响。

在朝鲜，唐代科举取士，新罗留学生应试登第者甚多。崔致远入第后在唐朝入仕十余年，所著《桂苑笔耕》被录入《新唐书·艺文志》。朝鲜理学家兼诗人徐敬德的《花潭集》也被收入《四库全书》。越南的汉文创作也有很早的历史记载，越南考生姜公辅应试所作《白云照春海赋》及《对直言极谏策》，均被收入《全唐文》。越南阮朝的汉文写作更是名家辈出。

一个世界性的文学范畴

进入现代以后，随着交通的发达，通信联络手段的日益先进，人类交往频繁，文化互访也更为发达，华人的分布随着世界局势的变化也更为普遍。古代那种按照日、朝、越呈扇面展开的汉文化圈的格局得到了改变。过去那种辐射状态也变成了散点遍布的全面覆盖。当然，由于范围的扩展其深刻程度较之古代可能有所削弱。

新一代的汉文作家在全世界各地成长，其中有早年移居外国的，有第二代、第三代在外国土生土长的华裔。那些生在异国他乡的海外游子，他们自觉接受汉文化的熏陶，在艰难的环境中学习汉文并以此写作,情况非常喜人。非马在评述菲律宾的和權作品时说过如下的话:"在他按月寄来的《千岛诗刊》上,看到他同其他的菲华诗人在艰难的环境里努力创作的成果,每每使我感动不已。据我猜想,他们可能大多是第二代的华裔,居然能那么圆熟自如地使用中文写作,而且洋溢在他们作品里的,是许多即使往今天的台湾或中国大陆都已式微或竟湮没了的中华文化传统时,自然更属难得。"(非马:《橘子的话•序》)这种传统就是这样顽强而自信地在世界各地悄悄地生长。

除此而外,更有本来就是外国人而用汉文写作的作家,其成就也引人注目。韩国的许世旭是其中突出一例,瘂弦在为许世旭的散文集《城主与草叶》所作专文《唐人之脸》中有一段描写这位痴心于汉文写作的外国友人的文字:

> 他自称是"高丽棒子",朋友们则呼他"老许"。每次他来台湾,都说是"回台湾",其实一九六〇年当他带着两块美金,搭货船负笈台湾,一蹦上基隆十六号码头,这种亲昵关系就开始了,到后来却成了他终生无以摆脱的"孽缘"。平常相处时大家也都忘了他的真正血统,感觉上他就是一个中国人,不论诗或散文,他的气质早已道道地地的"汉化",他的脸形是唐人之脸、宋人之脸、明人之脸,喝酒划拳时有一张中国农人,士兵的拙朴之脸,谈文论艺时则有一副中国文士泱泱气度之脸。

蒋勋也说:"许世旭的诗却使人觉得,不仅汉语是他的母语,似乎,那古老中国的斑驳历史也点点滴滴地流入了他的血脉之中。"这是许世旭《血随东方》的诗句,其间充满了中国式的神采:

> 每逢走尽青砖的城砦
> 听着蟋蟀般的古筝
> 每逢摩抚了雄伟的石柱

> 疑是远自黄河跳来的龙身

汉文文学世界如今变得是这样的广阔而多彩。那些散布在东方以外的欧、美以及世界各个角落的汉学家们的工作和写作都是非常感人的。语言的障碍克服之后,进而要克服心理、思维和文化上的障碍。这些汉学家进行中国文学的研究,有的也创作。澳大利亚的白杰明能够用熟练甚至诙谐的文笔写鲁迅那样的杂文,其幽默感和犀利令人惊叹。美国的大山能够用地道的北京话说相声,已赢得中国人普遍的喜爱。京剧、书法、中国画、针灸、烹调、气功、武术、太极拳在外国人中引起兴趣,说明汉文化影响日益扩大普及的趋势。

文化交流的双向效应

几代生活在海外的华裔作家,世界各国的汉学家和汉文写作者,加上源源不断的从中国本土和国外中文系培养的汉文队伍,以及为数很大的在各国用中文出版的书籍报刊,使我们有可能看到自古形成的那种汉文文学世界的复兴光大。在这个宽广的视野中,要是再把中国大陆和台湾、香港,澳门等中国本土的写作力量加在一起,我们便可发现中国文学和汉文文学已越来越成为不容忽视的世界性的文化事实。

中国文化千余年来与域外的交往,彼此都在这种交往中得到好处,这种双向的适应、融汇和渗透,对于任何一方而言都因获得新鲜和有价值的参照而彼此富足。中国文化在以往的数百年中业已渗入西方文化之中,为西方文化发展提供了新的参照系。自16世纪西班牙人撰写《大中华帝国史》这部书开始,中国就以一个强大、发达和神秘的形象出现在世界人的心目中。18世纪中国艺术促成了欧洲艺术风格大变的"园林时代"的到来。中国文学的巨大事实曾经激发了歌德关于世界文学的宏伟构想。

尽管自鸦片战争以后中国国势衰弱,汉文化的影响亦随之缩小,但20世纪以来中国又重新成为世界性的话题则是已达共识的事实。世界比较文学大师、法国的艾田蒲回忆说,他在巴黎大学讲授文学运动回答学生提问之后,曾经说了如下一段话:

> 报告以后,我声明:"我所参照及引证的文章都借之于你们称之为纪元前的中国文学。"这番话令四座皆惊。我觉得以这样的方式无可辩驳地指明了那些带着高傲口吻谈论"黄种人"的人是多么愚蠢和卑鄙。

艾田蒲教授这番话给我们以信心。

在本文行将结束之时,我们想接续以往的思考再次强调如下的观点也许不无意义,即昔日的辉煌并不能掩盖近世的落伍;那种久远的辉煌理所当然地包蕴了有碍发展的消极因素;对于传统文化的弱点和保守性的持久批判,仍是改造和增强民族精神不可或缺的任务。

前已述及,文化的交往是双向的,外国从中国得到启发,中国也从外国得到启发,这是真正平等的"互惠"。中国从近代的衰落中痛感传统对于国民心智的束缚而渴求解放,上一个世纪之交志士仁人为拯救危亡进行的新文化革命,以及面向西方文明所持的巨大学习、引进的热情,所有这些寻求、探索、实践不仅没有失去意义,而且也应是今日的使命。最后,还须强调:我们在这里叙述的汉文化圈的历史和现实以及它具有世界性的影响和意义,与我们经常谈论的向着西方"盗取火种"和"寻求药方"这些命题是并行不悖的,是中国现代思维的双翼。要是说以往10年我们曾经前进,那就是我们已经弃绝非此即彼的思维习惯。

本文写作过程中参考或引用了如下文献,在此谨向这些文献的著者致谢：

1. 刘登翰、应明萱、黄重添、林承璜主编《台湾文学史》，上卷，海峡文艺出版社。
2. 白少帆、王玉斌、张恒春、武治纯主编《现代台湾文学史》，辽宁大学出版社。
3. 周扬、刘再复：《中国文学》《中国大百科全书·中国文学卷》，中国大百科全书出版社。
4. 陈玉龙：《"汉文化圈"论纲》，《日本学》第一辑，北京大学出版社。
5. 严绍璗、王晓平：《中国文学在日本》，花城出版社。
6. 贾黄萱：《日本的称"道"文化》，《日本学》第一辑，北京大学出版社。
7. 陈正祥：《中国文化地理》，三联书店。
8. 乐黛云：《文化交流的双向反应》，《中国文学在国外》丛书总序。

有用或无用的小说[*]

  青少年时代我思想激进，打心眼里瞧不起通俗小说。读小学时也试着读几本《三侠五义》或《施公案》之类，但总提不起精神。我没有一般少年人容易有的狂狷或侠气，总也学不成那些行侠仗义的豪放。那时我也并不特别看重《三国演义》、《水浒》和《红楼梦》，我以为那是"通俗小说"。这看法直到上了大学中文系才有改变，知道那都是经典性的文学巨著。

  我倾心于新文学，认为新文学是进步的和革命的。那时我也读鲁迅的小说，读不懂，也是到了后来，才知道那里面有很多深刻的东西，例如"药"、"明天"、国民性之类。我崇拜这些东西，特别为鲁迅的弃医从文、以文学启蒙民众改造社会的热情所感动。我的少年报国之心被这些新小说唤醒。特别是读《新生》、《家》、《子夜》一类作品之后。那时候我认定小说能救国。

  后来读梁启超文，听他讲"欲新一国之民，不可不先新一国之小说"，很是信服他说的"小说有不可思议之力支配人道"的大道理，因为这些道理与我心中的那种社会使命的召唤呼应。后来年龄大了，发现小说未曾救国。事实上小说家尽管热情澎湃，而国依然在弱、在乱，甚至在亡，甚至无文化的民众依然在愚钝。我真的有些怀疑小说、诗，总之文学有那么了不起的功效了。这样，到了听说"利用小说反党是一大发明"时，我就不再轻信。因

---

[*] 此文初刊1992年7月《小说界》1992年第4期，收《西郊夜话》。据《小说界》编入。

为小说未曾兴邦,看来小说也不会丧国。

在我的小说观中,也是天使和魔鬼参半。我对小说的"特大功能"有些怀疑,但我依然坚定地认为小说有用。尽管它不能是急功近利的。好的小说却能够影响人们的情操。从长远看,它对世道人心有用。也许对一个社会的盛衰隆替起决定作用的并不是小说,而是经济、政治等等。但作为文学的小说是社会的润滑剂和营养品却不应怀疑。当匡时济世的幻梦消失之后,这是最后的一点坚持。这就是传统的文学观对我们这一代知识分子的持久深刻的影响:文章合为世而作,文章必为世所用。

奇怪的是上述那一切观念的诞生并不是事物的本意,一种复杂原因造出的庄严感驱使一代又一代的中国人心甘情愿去作那种承诺和期待。小说可以说是药,但这药并不立竿见影,药到病除或起死回生只是一种愿望。小说作为药的功能更是调养和滋润。小说对于社会人生更为直接的位置是娱乐和消遣,以及由此生发出来得更为积极、宽泛的意义。这点看,它更像是茶和酒。因为人们信奉药,于是茶和酒却长期地受到忽视和抑制。特别是当人们的革命意识高扬的时代,昂奋的激情使他们乐于接受天使而排斥"魔鬼"。

近读夏曾佑《小说原理》一文,他把读书分做有所为而读和无所为而读两种。前者指宗教、道德、科学一类书,后者指"一切章回、散段、院本、传奇诸小说",他很风趣地说道,所谓"无所为而读"的书处境不佳妙:"其书往往为长吏之所毁禁,父兄之所呵责,道学先生之所指斥,读之绝无可图,而适可以得谤。"但人们还是千方百计找来读这些"无用之书",这观点看似片面,实则更近事实。《小说原理》有一段话说得富有人情味——

> 一榻之上,一灯之下,茶具前陈,杯酒未罄,而天地间之君子小人鬼神花鸟杂遝而过吾之目,真可谓取之不费,用之不匮者矣。故画者有所穷者也;史平直者也;科学颇新奇,

而非尽人所能解者也;经文皆忧患之言,谋乐更无取焉者也;而小说为人所乐,遂可与饮食,男女鼎足而三。

像我们这样以文学为职业的人,读小说理应与职业性的思考相联系,但事实却时时感到阅读的痛苦。因为它不以愉悦的享受为动力,沉重和严肃让人力不胜负,这其实是小说本意筛滤排除之后的自我强迫。我们往往有这样的经历,当那些严肃的"天使"散去之际,茶余、酒后、睡前,偶有闲暇,打开一书一刊,随意抓住一篇小说漫不经心地读下去,这时,什么主题,什么立意,什么技巧都驱之脑后,不思虑反而愉快轻松,这就是作为"无用的小说"的"魔鬼"本质的显形,它与作为天使的端庄肃穆构成价值的反差。

正是这样,我们处身于这种价值取向极大反差的矛盾世界中。小说有用,但未必时时篇篇有用,此则有用寓无用;小说无用,但无用之中却有小用甚而不乏大用,此则无用寓有用。文学的世界繁复多样,小说的功用亦不必执之甚迂。各种各样的人读各种各样的小说,取各种各样的无用与有用,这才是小说世界应有的秩序。要是这能成为共识,则潮流高下,"旋律"主次的强调与争执都将成为无谓。还是一位朋友说得好:"各式各样的小说。"小说本来就是一个多彩繁丽的天地。庄的,谐的,雅的,俗的,村的,俏的,救国救民的,玩世不恭的,让人们自去采撷,犹如人们逡巡在百货摊前那样。

赤子的忠诚[*]

　　这是一位受到普希金影响的浪漫诗人。普希金的名字现在已变得陌生了,但在我和余奇们那一代人那里却是熟悉的——他是我们青春的守护神。我们从普希金那里得到真理、正义和爱情的最初信念,有的人则以此为出发点,开始了文学的人生,余奇大概属于这一类。余奇在《普希金》一诗中讲到这位诗人对于权杖和暴虐的蔑视,以及他对自由和爱情的追求,带血的心花和如雷的琴声中竖起的是一座非人工的纪念碑。余奇在这首诗中融进了曲折多彩的人生感受,他仿佛在写自己。我们可以透过这些激情的抒写,了解一位诗人内心的复杂和丰富。

　　余奇并不是诗坛活跃的人物,这不等于他的诗缺少价值。相反,正因为他确有诸多的情感需要喷发,诗对于他就不是可有可无的消遣——它是传达生命体验的需要甚而是必要。因而,这样的诗就拥有了对于诗来说是至关重要的品质:生命和情感的真实和真诚。

　　读余奇的诗最需要理解的是这一点:人生的忧患,命运的坎坷,痛苦和欢愉,再加上云南这个地域特殊的自然环境,它的雄奇与秀美的结合、浓丽与苍郁的调谐,造就了这些诗篇的特殊美感。一些诗咏的是自然景物,却不是与具体的人生无关。《太阳·星星·天宇》是纯粹的抒情诗:千万个太阳在各自的时空中

---

　　[*] 此文初刊 1992 年 8 月 31 日《云南当代文学》第 17 期;又刊 1993 年 5 月 8 日《昆明日报》,题《〈世纪之梦〉序》。据《云南当代文学》编入。

飞旋,即使停止燃烧也留下运行的轨迹。"有的在沉默中殒落,有的在燃烧中升起,生命的歌,永恒而壮丽。"这诗句传达的是一种境界,一种人生态度,我们从中不难领悟到生命体验的抒情式的抛射。这样,我们阅读这首诗可得到的,便不仅是关于天体的深邃浩渺的感受了。尽管这位诗人在生活中有过不平常的经历,但关于苦难和困顿他却甚少涉及。读他的诗需要把握的是他的理想精神。那一首《祝福》是简约的。但却是感激生活的真情流露。他未曾借助于中年得子的悲凉托出他的人生慨叹,却只抓住他的喜悦为时代祝福。《四季》讲的是生命、时空有机而永恒的结合,它们始终逃不脱"荆棘编成的那个圈",应当说是有些悲观了,结语却反过来否定那个圈:"心,依然在根根刺破青天的针芒上,执著地唱出了太阳的恋歌。"还有《规律》,惊恐、迷乱、萎缩、陨落的秩序里,出现了一个美丽的休止符:"纷呈不完美中的完美。"省略的是那些具体而琐碎的事实,突出的是这种始终不变的热情和乐观,这是一个理想者的不可改变的"积习"。

当然,余奇的激情诗篇之中也包孕了他所生活年代的真实内容。但这一切始终被他钟情的美丽包裹。虽然他美化了他所经历和拥有的一切,包括苦难和悲幸,但由于他对生活赤子般的忠诚,有时也含蓄地喷射出有节制的愤怒——因为诗人毕竟有着一份热爱和憧憬。可以把他的《入魔》看做是他对肆虐的抗议,他质问那个左手捧圣经,右手握剑的先知:既然真理在你手中,为何提着那柄阴森的长剑?回答几乎是无情的宣判:"异教徒都该下地狱";先知要在诗人嘴上铆上铁板。这描写当然是想象的,但我们不难从中看到诗人的耿介,以及思考的闪光。

要是说《入魔》是面对历史和现实的发言,那么,《变奏》则是面对内心的发言。这同样是一种浪漫式的浮想:"良知在最后一次轻微的颤栗,蜷缩在阴暗角落的皱折里,分娩出兽性的疯狂,终于,编织出一张自我毁灭的网。"一个向着灵魂发出的警号。

说明此刻被我们称之为理想性诗人对丑陋（从历史社会到人的内心世界）的抗争精神。在余奇的总体乐观背后，有他一份深沉的悲凉。

余奇很少直接描写他所触及的现实种种，这正好证实他之所以属于浪漫诗人而不属于写实诗人的原因。他有一种艺术力量能把生活的全部真实性予以创造，使我们面对的不是那种原来样子的欢欣、痛苦或悲哀，而是一种美丽的转换。即前面谈到的"包裹"。这一点，《珍珠》一诗的构思及写作均具典型含义。蕴蓄的爱，震颤殷红的血，团团冷艳的光华的燃烧，晶莹、剔透、玲珑、浑圆而美丽的，这就是珍珠。在诸多的同题诗中，它的表现是奇特的，全部的苦难和创伤，都在这冷艳的美点中得到提升和净化。

一位做梦的诗人。尽管他有许多实在的对于现世人生的把握，但他似在刻意追求某种有意的省略。他只是把目光投射在他所愿意看到的期待和追求，投射在大西南的丰富、美丽和无边的奇幻上面。用他独有的审美的目光，用他不老的爱心，使一切现象具有他所期望的形态和内涵，这就是余奇"沉思"的产物，那是鸣响着只属于他自有的声音——被风雪折磨成遒劲的年轮，老了的是天，不是我们。

罗门的天空[*]
——序《罗门诗选》

一

关于罗门可以说很多话，关于罗门我又感到说话很难，因为他的诗丰富诡异而多变。罗门的天空是浩瀚而神奇的。他的奇思和幻想，令批评家感到了追逐的困窘。越是丰富的诗人这种追逐就越困难。世间万物之中最难捉摸的是科学家的世界和诗人的世界，它们都与想象力和梦境有关。也许明智的选择是放弃这种追逐。

近来有一种彻悟，不论我们对自己的才智和心力有怎样的自信，我们面对世界都有难以逾越的描写的困难。我们无法穷尽它的神奥，对于自然界的天空是如此，对于诗人的天空也是如此。但职业的习惯使我们无法放弃，于是我们只能心甘情愿地充当那些摸象的盲人。也许我只能触及象的鼻子或耳朵，我们也不应沮丧，因为要是我们不以放弃认知的一部或大部为代价，我们将一事无成。

诗人既然拥有自由，批评也应拥有自由。只让诗人当自由人而只让批评家充当自由人的仆从显然不公。批评家在极大的精神创造力面前感到语言的贫瘠，一面他觉悟到应当放弃某种全知占有的意图，一面他基于自己的感悟而在那些无力描绘的

---

[*] 此文为《罗门诗选》序，中国友谊出版公司1993年7月出版，收《西郊夜话》。据《罗门诗选》编入。

地方进行自己力所能及的工作。要是我们以如此的心态面对丰富的诗现实和诗历史,面对一个内涵同样丰博的诗人,我们那些受挫的自信心也许将因而重被唤醒。

一个诗人展现的世界,经过了他独特的选择和内心化的改造,它们蕴涵的复杂性并不比客观实在的那个世界逊色。我们进入诗人世界的难度也如此,正如我们无法穷尽世界所展现与未曾展现的那样,我们也不可能穷尽诗人内心的拥有。但我们不会因而却步,我们要做我们所愿做并能做的事。从诗的批评阅读来说,要是我们能够通过我们心灵的触摸而道出一个诗人或一首诗的某些方面,我们理应满足。

把这种我们对于批评所持的姿态用以考察诗人的创作,大体也还可行。对于一个诗人来说,同样不存在所谓的绝对的全面性。一个诗人在读者心目中甚至诗史中所拥有的地位,不羁系于并不存在的完整全面的进入式占有。也许事实仅仅在于他是否在前人创造的基础有无新的发现和新的开掘,并以此丰富经过无数诗人共同造就的历史的沉积。一个诗人一生中能够写出众多有新意的作品是他的幸运。但有的诗人一生中只留下为数甚少的诗篇而后人却永远铭记的,大抵是由于他的作品符合我们上面所申述的条件。

此刻我们面对的罗门,属于作品丰硕一类。他已有相当数量的著述出版,而且其势头仍在增进。他还处在创作旺盛状态,人们尚难预料他的创作高峰阶段是否已经涌现或何时涌现。罗门是一个变幻莫测的谜。他的竞技般的开拓创新让人眼花缭乱,但有一点可以肯定的,即:他的创作以鲜明新颖和不断变化的艺术追求而引起社会的关注。

二

中国诗人历来多谈山川田园。由山川田园而往往侈言乡土。开始是乡土题材,而后发展为乡土主张。此种主张因接受意识形态的熏陶进而与张扬民族大众精神相连接,其间自然造就了诸多成就卓著的诗人。进入近代以来,中国置身于世界潮流之中,时势的推动,风气的影响,中国诗人不得不对自身的积学和传统趣味有所调整。自从胡适感叹"旧词调"之不易驱逐,到艾青从欧罗巴带回那支彩色的芦笛而对传统的趣味和形式表现不动声色的拒绝,中国诗人这种心灵束缚的挣脱有一个艰苦的历程。四十年代是倡导乡俗之风极炽时期,即使在那时也有相当坚定的抗争。王佐良还在《一个中国诗人》中说"穆旦的胜利在于他对于古代经典的彻底无知"。穆旦以及当日觉醒的一批诗人的努力体现了一个完整的艰难反抗的悲剧历程。中国诗人在自己的思维和表达方面所受的传统对于现代的压迫,甚至连受害者自身都难以觉察。

　　罗门也是这样的"反抗者"。他所展开的那片天空是开放的,他的视野和胸襟属于世界。他是一个中国诗人,他的思维方式和审美趣味当然不会不是中国的。但罗门的好处恰恰是那种传统的,古典的,山野的和中国士大夫的习气在他身上的保留少到几近于无。而那种国际性、世界性和现代的品质却成为他的灵感和支柱,这就是此刻我们面对的这片仅仅属于罗门的天空。

　　他的扛鼎之作是《麦坚利堡》。这是一首获得了菲律宾总统奖的著名诗篇,也是代表罗门风格的最主要的作品。那一年罗门访麦坚利堡,为那一片宁静和肃穆所震惊。他在此诗的后注中记述了当日参谒这个墓地时的感受:七万个彩色的故事,是被死亡永远埋住了。这里的空灵有着伟大与不安的战栗——

> 麦坚利堡　鸟都不叫了　树叶也怕动
> 凡是声音都会使这里的静默受击出血
> 空间与空间绝缘　时间逃离钟表
> 这里比灰暗的天地线还少说话　永恒无声

这一片静默的天空属于罗门,属于罗门那颗跳动的超越国界和时空的仁爱之心。他面对这个由七万个十字墓碑组成的"悲天泣地的大浮雕",面对死亡造成永恒的冰冷,面对那在风里雨里都不动的天老地荒的静默,他不能不有如下的认知:"超过伟大的,是人类对伟大已感到茫然。"

《麦坚利堡》不是一般的和平或反战的作品,人道精神加上对于生命哲学思考,成为一股强悍的暴风呼啸在麦坚利堡巨大悲壮造成的雄浑之中。仅有心灵的博大或思考的深刻不会产生大诗。罗门在这里运用了娴熟的艺术,极度渲染这硕大墓园惊人的静默和冰冷。当一切都失去音响并陷入巨大无比的静默时,死亡肆意的喧嚣便突现了出来。当太阳和星辰都冰冷,甚至连太平洋那曾被炮火灼热的海浪也都冰冷,面对那一片冰冷的十字架群,却有一片为人性的热情所燃烧的诗心。罗门利用强烈反差对比使艺术的实现臻于至境。

中国幅员之广大以及历史的悠久深厚,易于造成一般诗人的文化心理自足状态。中国诗人很难就此跨出一步,即使是曾经远涉重洋的游子,跨出之后也常收回那迈出的一步而重返那一种封固停滞的古典氛围和情趣之中。因此中国新诗史上真正进入世界的诗人并不多见,这就使我们饶有兴味地面对罗门所展现的这一片奇异的天空。

罗门的天空辽阔浩大并不由于题材涉及的广泛,而是他的文化心理的姿态。他的心装容了世界,他用中国人的心灵去感知那个世界,因此浩大壮阔之中拥有了东方型的温情和含蓄。罗门所写此类诗,《麦坚利堡》以外尚有如《夏威夷》、《纽约》、《蓝色的奥克拉荷马》、《重见夏威夷》,以及《弹片 TRON 的断腿》……他的长处在于这些诗不是旅游观光一类,而是用一个中国人的心灵拥抱陌生的世界。他的天空中飘飞着东方人的思绪,他的那些奇幻的云彩于温情之中包蕴着深刻的伤感。这里是

《板门店·三八度线》：

> 一把刀
> 从鸟的两翅之间通过
> 天空裂成两边
> 十八面彩色旗
> 贴成一块胶布

这是一种残酷地撕裂和切割。一个完整的国土分成了两半,如有剜心之痛。罗门在写这一人类世界的畸形和变态时,一定融入了本民族心灵的伤痛:他始终不能忘却刀和流血的意象——

> 会议桌上的那条线
> 既不是小孩子跳过来跳过去的那根绳子
> 便是堵住伤口的一把刀
> 拔掉　血往外面流
> 不拔掉　血在里面流

要是说罗门写《麦坚利堡》时,对这一宏大题材的处理因艺术上的拘谨而有未能展开的遗憾,到了十五年后写《板门店·三八度线》时,他拥有的从容心态使他能够赋予这一命题以精致的表现力。他从各个侧面,通过多样的意象组合,展示历史剧痛的深沉感受:所有的门窗都是枪口开的,此刻又都关上;养伤的土地,住在伤口里;残废的旷野,拉住了瞎了的天空;远处的云,全都回响成炮声;那张小小的会议桌两边,坐的是两排战车,两排炮,两排刺刀;后来,他用"一个弃枪的警长与一个弃刀的暴徒被一个没有钥匙的手铐扣在一起走"的荒唐场面,欲哭无泪地传达他那颗滴血心灵的悲哀。

罗门通过一张会议桌表现朝鲜半岛那个历史悲剧时并没有从意识形态的角度去作现实性的肤浅的联系,他是从人类普遍的情感状态出发驾驭这一素材的。这说明诗人境界的开阔和自由。这一点使他超越了我们相当熟悉的一批人创作这类题材时所表现出来即时即景的窄狭襟怀。其实在罗门的全部作品中表现国际性素材的数量并不很多,但也就是这些诗篇造出了罗门艺术给人的特殊印象。从这里罗门突出地展现了他有异于人的独立艺术品格。他透过战争的苦难和国际行旅的观感,追踪人的生命并从这追踪之中进行人对生存的思考。他自由而洒脱,他的心拥抱了人类和世界。正如他自己所说,他住的地方是"光住的地方",是片"没有围墙的开阔的心空":"双手可空出来抱抱地球","头可高枕到星空里去"。

三

对于中国诗人来说,现代性的拥有是一个艰难的命题,因为中国有悠远灿烂的古代和惊心动魄的近代因而习惯于忘却甚至排斥现代。并不鲜见的中国诗人对于现代的拒绝是基于恋母情结般的对乡村的依恋。中国是一个古老而广袤的乡村。中国的官僚、知识者乃至诗人,他们或者自身是农民,或者是农民直接或间接的后代。中国乡村以它停滞、麻木和封建性闻名于世。它同时是一个陷阱般的泥潭。很少有人能从陷落中涉足而起。因而罗门被评论界称之为"现代诗的守护神"的前卫意识,有一种值得珍视的价值。

罗门诗中的现代精神,是以对于封闭的中国农村的"无视"为出发点而展开的。这种近于叛逆的冷漠或"无动于衷",使他有可能走出封建农村的泥淖而拥抱现代社会。这正是罗门艺术品质最值得人们关注的基点。

罗门自身对东西方文化的态度并没有以上论析的那般尖锐。相对说来,他的观点趋于平和。他说过:"东方与西方的文化,在现代,已非孤立与相排挤的存在;而是彼此不能不相互吸收彼此的精华,去面对全然开放的无限创造的境域。"(《我的诗观》)但罗门的平和却源起于对于"被反锁在走不出去的透明里"这一现代悲剧的反抗,是诗人心灵深处潜伏的中国传统自然观受到西方现代文明的强大冲击之后的感悟和呼应。他强调的仍然是在东西方文化受到现代冲撞产生的激情。

我们感兴趣的是这位诗人现代倾向的成因。罗门出生在海南岛,从青年时代开始,他一直生活在台湾。从他的生命开始的那一天起,便与海洋为伴。他的早期的职业是空中飞行,他的领域是辽阔的天空。频繁的国际旅行更使他有可能接受更多的现代社会熏陶,这使罗门自然地倾向都市。他对都市生活的熟知,使他有可能比一般诗人更能企及都市的核心。正如评家所言,罗门是一位"都市诗国的发言人"。但这个发言人一开始便表现出批判都市的倾向。这正是罗门研究中不可回避的现代性特征。

四

罗门并不是一个无条件地跪拜在都市面前的人,他那犀利的目光有可能透过城市上空的迷雾,解剖刀般地洞悉城市内脏的血污和它对自然生态的扼杀。都市里的机械和轮胎在他看来是二十世纪的皮鞭,一条条鞭痕抽打的是"田园死去的树根,干掉的河"(《摩托车》)。他要证实的是:城市文明的勃兴系以乡村的死亡为代价。生活在城市的诗人只能透过摩天大楼的玻璃窗眺望天空和地平线。他目击所及的自然甚至飞鸟都因城市而异化变质。他面对的是一片钢铁和水泥堆积的"自然"。作为在城市悬想自然的人,只能在高楼的窗内绝望地等待飞鸟。他所见都是失去乡村的人。都市生活把人们的身子粘连在写字间而只是无望地让"天空阔在窗外,翅膀开阔在卷宗里"。所以与其说罗门作为现代都市诗人而忘掉自然和乡村,毋宁说是他是一位目睹乡村在地平线消失的无能为力者。他所能做的,只是把愤懑甚而亵渎向着城市倾泻。

罗门在《时空的回响》中说过:"钢铁的都市,它以围扰过来的高楼大厦,把辽阔的天空与原野吃掉,人类的视觉、听觉跟在都市文明外在世界在急剧地变动与反应,现实的利害又死死抓住人们的欲望与思考不放,人便似鸟掉进那形如鸟笼的狭窄的市井里。"随着诗人对这座"钢铁鸟笼"体验的趋于深刻,他对现实都市的批判持更为激进的态度。他把都市比喻为"一部不停地做爱的机器":电力与水力做爱,厂房与工业做爱,从而生产出商品财富和罪恶。诗人将极为复杂的现代都市的内涵作这样的比喻是一个概括也是一种亵渎。罗门是一位置身其中的城市的知情人。

人们也许还记得郭沫若曾用狂热的口吻歌颂现代工业社会初起时的那些烟囱开出的"黑牡丹"。随后,在五十年代中国大陆无数礼赞工业噪声的"马达在歌唱"。这些描写代表人类对于工业社会认知的蒙昧。罗门所具有的观察角度和复杂心态证实他是一位真正的现代诗人。他的成就不在展现都市里的教堂背面的风景,不在展现迷你裙和露背装的外在景观,而是向我们推出一幅又一幅的现代都市——甚而是后工业社会的拼贴画。他在屏风和面具背后窥及一个被扼杀的世界:原是一块其大无比的透明玻璃般的空间被切割,人们在对被蒙蔽的空间的躲藏中展开了他们的谎言和策谋。

罗门认识到,由于后现代都市更趋于多元与开放,使他近期创作一方面仍然坚持"内心形而上的灵动空间",一方面又实际面对都市的生存处境。他坚持"从形而上的高空,俯冲到现实相密接的低空,保持较直接与紧迫的理想的射击距离"。《有一条永远的路》这部诗集的作品大体展示了诗人的这种低空俯冲的射击姿态。《存在空间系列》、《组合艺术五件》、《生存结构形态》这些抽象的标题看来就像是一幅幅怪诞与悖谬的招贴画。他通过这些颠倒和破碎组接,向着他所憎恶的都市射击,而这一切射击最后都归结为那一首警策的诗的主题,"在后现代都市里各玩各的":"他玩他的政治游戏,你玩你的股票生意"——整座城在人山人海中的吃喝玩乐中狂笑。

五

人类自古而今出现过许许多多诗人,他们用各种语言和各种方式咏唱人间的忧乐祸福,不论前人曾经做过多少,后人也总有许多可做。他们从事的是永无终点的航行。这一切如同我们无法穷尽诗的浩瀚天空一样,诗人也无法穷尽世间的万事万物。但诗人的事业几乎就是艰难困苦的同义词在前人咏吟过千万遍的月亮或鲜花面前,他们想用一个新的形容和比喻都是一次危航。基于这样的认识,我们有理由对诗人的一切创造持理解态度,即诗人不可能是全能的冠军。评价一位诗人在历史与现实的地位,单凭他们在诗的某一领域能够提供一些有个人特点的新意这一视角便已足够。

罗门的天空是浩瀚的,点缀这个天空的有诸多星辰,亦即他通过他的诗篇展示了他的才能的多面性。以上论及的几点已经证明作为一位诗人,他的创造性是无可置疑的,这几点也可说是诗人对于诗的社会历史累积的一种增添。关于罗门诗的成就,仅仅作如上的评介是不够的,例如他对灯屋以及灯屋主人的眷情,他对于从包括音乐、绘画、雕塑在内、艺术诸门类的诗的阐释和创造,都是他的天宇之上恒久的光明。关于这一切一切我们只好留待读者的体味,因为所有的叙述也都将是没有终点的行旅。

1992年中秋无月于燕园细雨中

被掩埋的期待*
——行者散文集《灵石不言》序

一

伏牛山脉如一匹巨大的卧牛凝铸在平原的北端。再往北，莽苍一片的是正在浑重地移动的熊——那是熊耳山。我们现在就站在这开阔地的中心，盆地自北向南倾斜。这是南阳盆地。

大河和大山拥抱着这片辽阔的盆地。南北交汇的自然人文环境滋润着这里的一切，于是有了昔日的发达繁盛，于是我们方才有可能从地层的开掘中得到那份曾经有过的繁荣的证明，这里讲的是南阳昨日的骄傲——南阳汉代画像石刻。

我们只能怀想，而不可能到达令我们神往的往昔。当我们被那些充满疲惫之感的诗意所包围，我们不能不在汉画馆那些永恒的辉煌面前萌发出浓重的惆怅。

二

这本散文集是专为汉画而写，它阐释那些画，而且企图由此生发开去进行新的发掘。《灵石不言》的作者站在那些静默的宏大面前一定感到了"无言"的伟力。他以六十余幅汉画石刻为素材，集中写出的这本著作是一种基于使命感的触发。他不想以古人的方式作匍匐式的仿效，他以投入的精神寻求在现代的阐

---

* 此文初刊 1992 年 9 月 26 日《作家报》，有删节。据此编入。

释中重现那种亘古不灭的光耀。

　　的确,如同我们不可能重新创造希腊悲剧一样,我们同样不能重新创造汉画石刻。即使我们有更为精细的操作工艺,我们也不能到达那种古朴的雄大。然而,这不等于宣告我们无能为力和无所作为。《灵石不言》为我们提供的意义,并不仅仅在于散文创作本身,它使那些古代的诗情生发出现世的思考,从而使那些已是历史的艺术生发出新智和新光。不论作者自身是否意识到,他所从事的创作活动,也许是我们在这些无与伦比的古代才智面前能够维持心理平衡的唯一出路。

　　《灵石不言》为自己找到了适当文体——介乎散文与散文诗之间的简括而又抒情的文体。更值得注意的是:当他试图阐释那些画时,他自己也进入其中,成了对象的一个部分。当然最有价值的是他使每一个画面,都充溢着现代的精神——简直就是现代人的情绪和思维活动在古老画意中的凸现。以《柏树与熊》为例,一只熊与一棵树默然相对,熊感到的孤独让人想起世纪末当代人的心境。熊想缩短它与这棵唯一的树的距离,最后使自己"变成了一棵树"。这又回到了对于古石刻画阐释的自身,这里投射了读画者的独特识见。又如《施笞》,文章用第一人称,我就是画中那个被主人鞭笞的人。"我"第一次让"他""注意了我"。被鞭打的人巡视四周的围观者,他以忍受苦难的强者而傲视他们。这是我们可以感受到那种作为人的独立意识的生成,它对环境的不驯和坚忍正是这种生成的证实。

　　这样的文字宣示了本书作者再创造的愉悦。他巧妙地使自己对现实世界和非现实世界的冥思和画意予以契合的发挥,他让我们看到消弭时空阻隔之后的永恒的宁静和躁动。这种永恒的激情通过兕和熊的无情撕搏得到显示。两只兕猛扑一只熊。熊在叙述中转换成了"我",是我感到了被威逼的紧张和严重。如下一段话是那种叙述的延伸,现世的悲哀和失落有让人震撼的展现——

> 可悲的是,从我面前走过的那些柔弱的人们并不理解。连他们美丽的眼光也都显得疲软。……我是被人们和人们所创造的文化创造出来的。但可悲的是,人们又用他们所创造的那些儒啊,道啊,佛啊一大堆东西把自己束缚起来。但我并不绝望。我顽强地站在这里,轻松地抓住这两只被赋予了千钧之力的觥角,向世人展示我的气势、风范和力量。

这些文字显然不够精警,但作者的吁呼和期待却非常明确:他为他眼前这些曾被泥土湮没的瑰宝中发现了至今仍被湮没的精神。他希望通过这种提醒和召唤,为使现实世界的俗媚和矫饰得以减弱而增添一份他所赞美的刚健、浑重和质朴。他召唤的是面对苦痛的力度和坚定。

从徐志摩想到文学竞争*

这位诗人的才情是公认的。他的一生短暂,他的艺术生命却长久,而且看来岁月越往后推移,人们对他的兴趣也越浓厚。

他为新诗"创格"功效卓著。他把闻一多关于格律诗的理论主张以诸多广泛的艺术实践具体化了。他创造了规整一路的诗风,而纠正了自由体诗因过于散漫而流于平淡肤浅的弊端。他开创了中国新诗格律化的新格局。他和新月诸人的工作推进了中国新诗的发展。

他的诗名显赫,掩盖了他在其他文体方面的才能。一位真实的人,一位纯情的人,加上一位才识和文学修养超群的人,使他完全有可能成为别具一格的大师而留名于世,可惜他因贪恋天外的云游而未能在人间进行更为辉煌的创造。他终究只是一朵冲破浓密的彩云,"像是春光,火焰,像是热情"。

作为散文家的徐志摩,他的成就并不下于作为诗人的徐志摩。在五四名家蜂起的局面中,徐志摩能够在周作人、冰心、林语堂、丰子恺、朱自清、梁实秋这些散文大家丛中而卓然自立,若是没有属于他的独到的品质是难以想象的。他以浓郁而密集的风格出现在当日的散文界,使人们能够从周作人的冲淡、冰心的灵俊、朱自清的清丽、丰子恺的趣味之间辨识出他的特殊风采。

《浓得化不开》是徐志摩的散文名篇。这篇名恰可用来概括他的散文风格。要是说周作人的好处是他的自然,朱自清的好处是他的严谨,则徐志摩散文的好处便是他的"啰嗦"。一件平

---

* 此文初刊1993年2月《美文》1993年第2期。据此编入。

常的事,一个并不特别的经历,他可以铺排繁彩到极致。他有一种能力,可以把别人习以为常的场景写得奇艳诡异,在他人可能无话可谈的地方,他却可以说得天花乱坠,让你目不暇接并不觉其冗繁而取得曲径通奇峦览胜之效。

把复杂说成简单固不易,把简单说成复杂而又显示出惊人的缜密和宏大的,却极少有人臻此佳境。唯有超常的大家才能把人所习以为常的感受表现得铺张、繁彩、华艳、奇特。徐志摩便是在这里站在了五四散文大家的位置上。他的成功给予后人的启示是深远的。

人们在文学创造这个领域中,都是有意或无意的竞争者。参与这个才智与毅力的角逐的,固然需要一定和相当数量的创作的实绩,但数量大体上只能是勤奋的证明。而历史的选择似乎更为重视创造性的加入。一个作家能够在某一个侧面或层次(例如境界、风格、技巧或语言等)以有异于人的面目出现、并以个别的异质而丰富了全体的,也许有可能获得冷酷历史的一丝微笑。文学史是一个无情的领域,这里的杀戮也如商业社会,不过它仅仅只是智力和精神上的决死而已。

文学史不可能把所有的事实都纳入它的怀抱。因为要保存,于是它要淘汰。淘汰是分层次进行的,开始可以是自思想到艺术的平庸;后来可能是上述两个方面的无创造;最后一个层次便可能是独创性——思想上的精深博大和艺术上的别树一帜——的贫乏。这是一个"尸横遍野"的战场,成为英雄的只是万千死者中的若干幸存者。尽管文学历史残酷无情,但仍有无尽的勇者奔涌前来,——文学毕竟不同于社会其他部门——这里的竞争和搏击与个人的精神需求以及创造的愉悦攸关,这里的战败者并不会真的死去,他们终究只是一个快乐的输家。

一九九二年十月三十

于厦门海滨

融合与创新[*]
——《文艺传播学》序

当今的世界,知识飞速增长,信息量不断扩大,东西方文化的撞击、渗透和融合也在迅猛激烈地进行着……在这样的时代氛围中,现代科学(包括社会科学和自然科学)一方面趋向整体化,出现了知识系统的高度综合;一方面又在各门学科内部,更求精微细密,产生多元深化的分支。文艺学这门以人类心灵的创造物和演进史为研究对象的科学,其综合和分化更显得迅速而活跃。

文艺学研究向来有两条主要路途:一条是在既有的材料基础上"皓首穷经",探本求源,阐述创作的理论和批评运作的方法等;另一条路途是借鉴、吸收社会科学、人文科学和自然科学的研究成果,寻求观察、描述文艺活动和规律的新视点,注意多学科的交叉融合,重在探索和创新。这本《文艺传播学》的研究途径属于后一种。

本书作者孙宜君曾在北大中文系进修过研究生课程,我对他有所了解。他勤于思索,不懈耕耘,近几年来在中国当代文学研究和教学,特别是在"文艺传播学"方面做出了成绩。如今摆在我们面前的这本具有创新品格的《文艺传播学》,就是他数年思索、劳作的心血结晶。

由于多种原因,长期以来我国文艺学研究主要集中于文艺

---

[*] 此文初刊1992年10月《淮阴师专学报》1992年第3期。据此编入。

的本质、特征、社会属性、内容、形式、创作过程,以及鉴赏、批评诸方面,面对文艺信息传播过程(包括创作——传播——接受)却缺少深入而系统的探讨;从传播学这一领域看,近年虽然西方传播学理论被介绍、引进,国内也出现了部分研究成果,但其介绍和研究主要集中在一般社会信息传播的理论和大众传播模式方面,面对文艺信息传播的研究则涉足者甚少。在此情况下,本书著者能以学术拓荒的精神,立足文艺学和传播学研究的交叉点,运用传播学原理和方法研究文艺现象和文艺信息传播规律,积极地着手"文艺传播学"这一新兴学科的建设,其探索和努力是相当可贵的。

这本《文艺传播学》视野开阔,观点新颖,材料翔实,论述范畴明确。分编立章,条理分明,结构谨严,内在逻辑关系清晰。著者紧紧把握文艺传播学的基本特点,向读者立体地展现了文艺传播学的构成,昭示了文艺传播的历史、现状和趋势,简明扼要地阐述了文艺传播的本质、特征、模式、方式、功能与效果等基本问题,并且按照文艺传播过程的逻辑顺序,对文艺传播者、文艺信息、文艺符号、传播媒介、文艺受传者等诸要素的内在联系和制约、互动关系作了详细的论析,较为全面、深入地揭示了文艺传播现象和规律。书中不仅有机地融汇和内化了文艺学和传播学的理论精华,而且适当地糅合和吸收了文艺社会学、心理学、信息学、符号学、接受美学等许多学科的知识。如对制约文艺传播者的社会因素和编辑社会角色的分析方面,就吸收了文艺社会学的理论;对文艺受传者和文艺接受等问题的阐释,又融进了接受美学的知识。这种融汇和吸收,经有严格的选择,掌握适度,显然是基于作者的识见而排斥了随意性。此外,著者在理论体系的建构和具体文艺传播问题的论述过程中,还能从我国国情出发,顺应读者的阅读习惯和思维逻辑;注意理论联系实际,取例用譬平易通俗;语言生动活泼,行文自然流畅,阐释深入浅出，没有新兴学科容易出现的生涩感和隔膜感。

总之，我认为这本《文艺传播学》在理论的先导性、体系的科学性、论述的严密性等方面有着执著的追求。它是一部具有开拓意义的将理论性和实用性结合的学术著作，尽管书中存在着难免的粗疏，但作为探索的成果，其筚路蓝缕的价值和意义，无疑值得肯定。它的出版，将会对我国文艺传播事业起着一定的推动和促进作用。

文学和二十世纪[*]

新世纪的钟声正在不远的远方等着我们,我们已把二十世纪的大部分时间抛在了身后。对于中国人来说,这一百年的长途之上,洒满的是汗水、泪水和血水。近百年我们希望过、抗争过、也部分地到达过,但我们依然是世纪的落伍者。落伍的感觉残忍地抽打我们,使我们站立在世纪末的风声中难以摆脱那份悲凉。

中国知识分子未曾辜负这一百年,他们和这个多灾多难的世纪共命运。自从上一个世纪中叶中国海附近出现了在当日的中国人看来是怪物的西洋舰队,那隆隆炮声中腾起的迷漫硝烟惊破了强盗的帝国梦想。随后开始的是列强为所欲为的蹂躏和践踏,中国从自认为天下第一的王国尊严下跌到负数,这造成了中国人,特别是中国知识分子的心理重压。

这一百年有过无数志士仁人的奋斗牺牲,知识分子没有回避他们承担的那份感世忧时的沉重。小农经济汪洋大海般的愚钝麻木,使中国知识分子自然生发出文化精英意识。这意识催使他们自觉地对时代和社会作出承诺。投身于社会变革的激情与作为精英的使命感的结合,造出了极为动人的精神景观。近百年的社会激荡之中有着中国知识分子的情感与智慧的投入。从戊戌变法、辛亥革命、五四新文化运动,直到世纪下半叶,中国

---

[*] 此文初刊1993年1月15日《文艺争鸣》1993年第1期,收《流向远方的水》。据《文艺争鸣》编入。

知识分子都付出了积极的功绩。

艰难的时世加上历史的积重,特别是与外界接触之后反顾自身,一些新鲜的先锋的思想遭受封建积习的禁锢,促使知识界的先进人士对传统文化秩序,持警惕的和怀疑的态度。当挽救危亡和变革现实的奔走呼号受到传统势力的扼杀和阻挠,这种激进的立场便获得了社会广泛的同情与理解。由此派生出来的革命性即寓于对传统的否定之中的价值判断,也就成为当日普遍的思维倾向。

这当然是一种偏颇。中国悠长的文化传统是历代中国人创造实践的综合,它拥有的智慧性和沉雄博大都曾使世人为之倾心。在古代和今日,中国文化为丰富和促进世界文明所作的巨大贡献无可置疑。中国人理应为自己祖先的建树自豪。但中国文化在它发展历程之中形成的封建性的意识体系和价值观,作为维护过去社会形态的原则体现,已成为现代社会前进的羁绊,当然具有消极的品质。基于这样的前提,对传统文化加以质疑而有所扬弃自有它们的合理性。

我们希望站在分析的立场上。我们愿认同于近代结束之后中国知识分子的呐喊、抗争以及积极的文化批判。因为它顺应了社会现代化的历史要求,它的功效在于排除通往这一目标的障碍。但我们理所当然地注意到保存和发扬那些优良传统的必要,而避免采取无分析的一概踢倒的激烈。

不偏不倚是庸俗的。因为这种想法迎合了所有的人而可能掩饰原本的积极动机。本世纪才智之士的文化批判是一种前倾的抉择,觉醒的知识者心仪于现代科学民主思想而决绝于陈旧的历史重荷。为图新而弃旧,因前进而义无反顾,他们把数千年的传统一例视为压迫而指归于反抗。要是我们认识到中国历史对人性和民主体制的迫害,我们当然不会对这种矫枉过正的言行感到意外。当然,我们希望当我们面对现代的诱惑时不至于忘却先世的辉煌——这并不意味着对它的膜拜。

　　中国文学的创作和研究受制于百年的时世,为此文学曾经自愿地(某些时期也曾被迫地)放弃自身而为文学之外的全体奔突呼号。近代以来的文学改革几乎无一不受到这种意识的约定。人们在现实中看不到希望时,宁肯相信文学制造的幻想;人们发现教育、实业或国防未能救国时,宁肯相信文学能够救国。文学家的激情使全社会都相信了这个神话。而事实却未必如此。文学对社会可能的贡献是缓进的、久远的,它的影响是潜默的浸润。它通过愉悦的感化最后作用于世道人心。它对于社会是营养品、润滑剂而很难是药到病除的全灵膏丹。

　　一百年来文学为社会进步而前仆后继的情景极为动人。即使是在文学的废墟之上我们依然能够辨认出那丰盈的激情。我们希望通过冷静地反思去掉那种即食即废的肤浅而保留那份世纪的忧患和欢愉。文学若不能寄托一些前进的理想给社会人心以导引,文学最终剩下的只能是消遣和涂抹。那真的意味着文学的沉沦。文学救亡的幻梦破灭之后,我们坚持的最后信念是文学必须和力求有用。正是因此,我们方在这世纪黄昏的寂寞一角辛苦而又默默地播种和耕耘。

　　文学回到自身的醒悟仅仅是近十年发生的事实,在以往我们花费在非文学上面所得的教训太多了。当然文学应该也可能关心文学以外的世界。但无论是权威还是神圣,他们要文学做的,必须通过文学的方式和可能,这包括文学的旨趣。

　　作为二十世纪的送行人,我们感到有必要把这一代人的醒悟予以表达。这种表达当然只能通过文学的方式。我们期待着放置于百年忧患背景之上而又将文学剥离其他羁绊的属于文学自身的思考。这种思考不意味绝对的纯粹性,它期待着文学与它生发和发展的背景材料的紧密联系。我们希望这种思考是全景式的,通过对于文学追求的描写折射出这个世纪的全部丰富性。

　　以往对于文学的描写大体总是在社会的、政治的、经济的笼罩之下进行。二十世纪中国文学范畴的提出为健全文学研究自身提供了契机。以一百年的文学为单位对文学的总体观照的方式，自然地扬弃了非文学的干扰，从而有可能对文学进行独立的和自由的考察。我们希望这种文学研究不仅为纯粹学术品质的倡导提供可能性，还希望下一个世纪的人们对我们的世纪之交的情怀保留下一些特殊的记忆。

1992 年 11 月 1 日于厦门

建设性和科学精神[*]

　　文学批评的非科学性有诸多表现,其中以非艺术的粗暴强加和居高临下的夸夸其谈最为让人嫌恶。这些批评的恶习源起于中国相当复杂的社会背景和人文环境。习惯成自然改之自属不易,而且几乎是屡禁屡兴的循环。"文革"结束而"文革"思维和"文革"作风并不随之结束,已是尽人皆知的事实。

　　文学批评的对象是文学的创作实践以及与这些实践有关的活动。文学创作是一种独创性的和充满个人探险精神的劳作,从一首短诗一篇小品到结构复杂的长篇巨制的诞生,尽管作品的成就与价值高低优劣有别,但就作者的主观愿望而言,无不是以认真而期之有成的精神从事的。艺术史上为写作而心力交瘁甚而献身的艺术家并不乏见,且不论那些以此为业的批评家,即使是一般的读者,也很难不在这些人的执著持恒面前动容的。批评家应充分尊重他们批评对象精神创造的劳绩。他的职业性质注定了必须拥有理解精神,他充当的不能是消极和粗暴的角色。

　　批评家要能体谅作家创作的甘苦,并发为感同身受的热情和爱心。即便面对那些品位不高的作品,他的无情针砭也只能是充满严肃精神的和善意的。无论如何,批评家从杀伐和践踏中寻求乐趣,总是一种可怕的癖好。批评家不能是作家的导师,

---

[*] 此文初刊1992年11月7日《天津文学》1992年第11期,收《世纪留言》。据《天津文学》编入。

更不能是作家的敌人。作为作家的朋友,他们之间只能是平等对话的关系。在文学批评中实现民主精神,其起点则是这种倾心交谈的姿态。唯有保持了这种姿态,批评才有可能健康而正常地进行。

批评的目的在建设而不在破坏。某类批评家自以为掌握了什么真理或拥有权力。他们因高人一等而变成身份特殊的人。他们面对作品缺少平常人那样先行产生艺术感动和欣赏愉悦,他们充满紧张心理,以作品为假想敌,竭力从文字的缝隙中嗅出敌情。职业习惯使他们成为在作品面前怀有敌意的人。他们在从事此类活动时,常被一种虚幻的神圣感所笼罩,自以为是在进行某种坚持或维护,从而使自己的行为失去节制。一种破坏性的文化品格是在这种实践中不自觉地形成的,"大批判"或"写作组"是这种文化品格的集中显示。

特定的人文环境使这部分人如鱼得水。他们在政治中玩弄文学,又在文学中玩弄政治。一旦政治运动退潮,他们也就顺理成章地偃旗息鼓;一旦机会重来,他们又心安理得地重操旧业。他们在政治浮沉中不断改变自己颜色的能力令人惊叹。但他们又是自相矛盾的,他们在从事这一公开活动时往往缺乏公开性,他们在自己引为自豪的行为中经常隐姓埋名,甚而藏匿受他们伤害的对象。在这种畏惧公开的隐秘背后,似乎有一种耐人寻味的非常心态。

这种不良环境使正常的文学批评受到伤害。一种积极的建设性的文学批评已成为普遍的和急切的要求,特别是当批评陷入困境的时候。中国的文学批评期待着良性循环,即文学批评家不再自觉或不自觉、情愿或不情愿地让艺术批评不成其为艺术批评,而是悉心研究文学批评的对象本身,重视文本阅读以及作品产生的背景研究,以艺术阐释的力量使作家及读者在批评中获益。同时,批评家以不断增进自己的学养为目标,努力使自身有一个较为完整的知识结构。批评家的学者化进程,有可能使批评成为学术建设的一个环节,并有效地消解那种艺术之外的干预和干扰。

批评家自觉地维护批评的独立品格、崇尚科学和艺术逻辑的态度,使他们弃绝批评中的随意性,从而使文学批评重建自身的威望和声誉。批评的纯化无疑是这种重建努力的一个部分。批评家的学者化将导致文学批评学术品格的增强。新兴的哲学、社会科学观念的引进将更新文学批评的内涵和方法,学者化的进程并不与批评的先锋性相矛盾,反之,诸多方面的新锐性的加入,最终将完成学者化批评的形象。当然,文学批评的文体建设也是此中重要的一环,批评文体在历史歧变中所受的破坏甚至不比批评内涵的异化更少,在建设健康纯正的批评文体过程中,首先要做的是排除已经入侵此类文体的那些不纯和不洁的有害成分。自成风格而充满科学精神的美文,是我们的期望。

新高度的追求*
——吴晓的理论与创作

吴晓是当今诗歌界为数很少的既写诗又研究诗理论的一位。诗创作的丰富实践为他的理论研究提供了生动而又具体的材料和体验；理论研究成果又使他的诗在情感空间自由翱翔的时候具有他人所缺少的理性的制约和提炼。从而使他的诗在灵动飘逸的想象中，拥有难得的一份凝重感。诗学建设的成就与相当丰富的创作体验的结合使吴晓具有某种独特性，这是讨论吴晓创作值得引起重视的基本出发点。

历史上对诗的解释和定义纷纭繁复，诗的真质对所有人来说至今为止还是一个神秘的题目。但诗不容人们永远这么神秘下去，历来的人都勇敢地对此作出阐释。吴晓加入了这个行列，他对诗的本体思考的结果是诗是一个意象符号的系统。他认为诗始于意象且伴随诗的展开而贯串到底，诗由意象组接、发展、转换所组成。也许人们对这种判断是否能够涵盖一切的诗象、诗观念有疑问，但无可置疑的事实是，这是一种相当果断的简洁的归纳。不论怎么说，吴晓为这一归纳贡献了他严肃认真的思考，特别值得强调的是，他的思考是从实际创作的体味以及对当代中国诗艺巨变的事实，当然也包蕴了对于诗史的总体考察为依据的。

---

* 此文初刊 1992 年 11 月 15 日《浙江社会科学》1992 年第 6 期，与陈素琰合作。据此编入。

我们也许无法对诗这旷古不解的命题作出终极的阐述。这种"也许"可能也包括亚里士多德和黑格尔在内。但是事实上，谁也不能拒绝每一个时代的人，对于这永恒的命题作出各自的判断。吴晓当然享有这种权力，而且他事实上也作出了他自己的贡献。

人们都希望他们的工作接近乃至概括真理，对诗这个问题也是如此。在这里我们之所以要郑重评价吴晓的理论贡献，基于我们对理论工作的一种体认。吴晓工作的可贵之处在于他不脱离他所接触和拥有的现实，并且以此为基点进行深入独特的归纳和整理。现在我们都认识到，中国新诗进入八十年代以来发生的巨变，除了诗以外的社会人文因素之外，最基本的和最具本质意义的变革在于意象化。这是属于诗自身的革命性变化。一切的让人眼花缭乱的创新以及旷日持久的论辩，其发端莫不根源于此。吴晓身历其境，他感受到了这一艺术革命的实质，并且把握了由历史演进而来的新诗艺术在当代演进的精髓。他进入其中并由此整理出他的系统性思考。在这里鲜明的现实感为强烈的历史感所驱使、所支配，深入的思考，周密的建构，科学的态度，使他的工作具有值得人们重视的价值。这种价值的形成，由于他的科学精神，更由于生发于时代使命的崇高感。

对诗的真谛的阐释不会只是一种，也不会终结于某时，每一个时期和时代的理论探讨都会以各自的独有特色的加入而丰富这种阐述。但不论其为某人某时某地的探讨，重要的是他必须挟带那个时代的创作实绩以及当代人独特的体验，从而予他时他地的人们以启示，人们常说理论之树常青，其实未必，倒是从事这一理论建树背后的出发点和追求精神却可以永恒。

现在就吴晓的诗也说一点看法。吴晓已出了两个集子，从《心灵之约》到《突破自身》，这命题已可以说是吴晓为自己的诗创作所作的概括。孙绍振评论吴晓时，曾把他与前辈诗人艾青作了比较。认为这一代人不像他们的前辈诗人那样富有浪漫色彩,似乎有点回避炫耀热情。"吴晓的功力不在于情感的泛滥,而在于情感的节制",这是就与他们的前辈诗人比较而言。但若把《心灵之约》与《突破自身》加以比较,倒不难看到同一诗人自身短短数年之间所产生的变化。对于后者而言,他的前期诗作显然是更为理想和充溢激情的时期。"突破自身",显然是对前面所已达到的艺术目标的突破,吴晓把他的诗艺探索的印迹鲜明地通过了两个命题体现了出来。

对于吴晓这一代诗人来说,他们对于新诗在历史转型期的特殊境遇有深切的体验,他们既重视对于优秀和健康的五四传统的张扬,更重视对于新诗异变的事实的警惕和纠正。《心灵之约》张扬的是诗的内心化,从动荡年代的轻蔑人的内在情感的歧见中超拔,而对处身于历史性变革中的人的欢乐和忧患的表达倾注更大的热情。但这一切又是以有节制的非滥情化的方式呈现的,如他的《老人礁》:

> 结束了最后一次航行
> 一个苍老的渔人
> 缓缓走上岸来
> 留恋地向搏斗了一生的大海眺望
> 晚潮排排涌起
> 黄昏星落满双肩
> 他没有离去,渐渐站成
> 一座礁石的刚劲、粗砺

这是吴晓式的"老人与海",斧斫般的刚健中隐含着激情和冲动。他的诗保留了八十年代早春时节的追求和憧憬。到了近期作品,风格为之大异,有了更多的苍茫意绪,显然是感受到了八十年代后期日益浓重的情感的重压,于是出现了更为深沉、凝重的诗意,忧患也更为深切。《描述一截横卧于水的木头》意绪苍茫而悲凉。树长成并最后倒下,倒成了一只"独木之舟",唯有此时,航行之梦方才成为"事实",诗人确认这是那截木头生命的始端,但即使是这样的际遇,这只不能航行的船仍然"把孤独丢于激流/一意地呼唤着桨和划手",为的是"寻找失落在森林里的童年"。《告别风暴》也写一棵"古老而独立"的树的悲凉。暴风猝不及防,未曾开花的树在暴风中的"热烈蔓延"竟会天空为之惊讶,峰峦为之不安,当那一切成风暴的祭礼,最后受到了土地的接纳,诗人说——

> 告别花期,告别
> 迟迟而来匆匆而去的花期
> 也就是
> 告别暴风

这是以失落换取的获得,仔细品味,于沉郁之中仍然能够感受到某种成熟的力度。

突破自身,在吴晓这里意味着突破某种自我表现的局限,在近期创作中,他更为看重人对普遍的生命状态的把握和呈示。如吴思敬注意到的,"诗人在感叹心灵世界的浩瀚无垠的同时,已把个人的心理生活与集体潜意识中的神话原型沟通起来,从而使诗人对物我同一追求达到了新的高度"。吴晓正在向着一个新高度进发。

两条不同的艺术思维之路[*]

文无成法的提出,在于打破凝固的创作构思的模式。它有利于鼓励创造性的构思:各自立法,文成法立。但这种说法绝不意味着抒情诗构思的无规律性。对每一首诗来说,构思有个性,对抒情诗的整体而言,构思有共性。

我们之所以重视《文赋》讲的"或因枝而振叶,或沿波而讨源",因为它披示了构思的共性。与它相对的是前面提到的"立片言以居要,乃一篇之警策",是构思的个性。因枝振叶和沿波讨源是一组反向的构思共性。因枝振叶即由本及末,树要领而后展开;沿波讨源即溯流归源,旁敲侧击,最后点破。诗的构思千变万化,无穷无尽,但无穷无尽中,又体现出这两种不相同的路线:一个是展开、辐射的路线;一个是归纳、凝聚的路线。

因枝振叶方式:运用各种手段,从广泛的方面揭示构思的支柱。《雷锋之歌》的构思属于此法,它以多方的论证,揭示雷锋精神的各个方面,贺敬之的另一首诗《中国的十月》亦属此类。这种构思路子,易于造成气势雄伟、热情奔放的诗章。

沿波讨源的方式:是从四方向着支点聚拢,通过多种多样的形象、意象、象征及比喻等手段,最后点明或予以暗示,一般避免直接明示诗的内涵。《甘蔗林—青纱帐》就是这种构思的产物。它反复咏叹,处处拿甘蔗林和青纱帐对比,但绝不肯轻易点明主题。此种构思,特点是细密、沉厚、蕴藉,曲折有致,饶有余味。

---

[*] 此文刊于 1992 年 12 月 7 日《阳江报》。据此编入。

这两种构思路子可供诗人任意选择而不至于影响其独有的风格。如李白,他的"杨花落尽子规啼,闻道龙标过五溪,我寄愁心与明月,随君直到夜郎西",是由"闻道龙标过五溪"派生而生,是第一种路子。而他的"故人西去黄鹤楼,烟花三月下扬州。孤帆远影碧空尽,唯见长江天际流。"系由末而及本,沿枝而讨源。它只是写三月的孤帆、远影、碧空、长江流逝于天际,并未直接抒写他对故人西去的怅惘情怀。而这,恰是此诗主旨,通过那些从四方涌来的波浪,通过读诗人的想象力,去讨那个"源"。

构思的雷同,是造成作品不新,陈套泛滥的重要原因。同样是辐射状的构思,也是千差万别的。以《中国的十月》和《一月的哀思》为例,前者如音乐中的变奏曲式,后者如回旋曲式。变奏曲式,先奏出自成的段落"主题",继之以一系列的主题变形(变奏),使它的主题通过许多变奏而得到多方面的发挥。回旋曲式不同,它以反复奏出的"基本乐段"和若干互不相同的"对比乐段"(插段)相同出现为原则。设基本乐段为A,插段为B、C、D,则其构成为A+B,A+C,A+D……《一月的哀思》就是这样,第二章反复出现"车队象一条河,缓缓地流在深冬的风里",第三章也反复出现"呵,此刻,灵车,正经过十里长街,向西,向西……"这些正是乐曲中不同的"基本乐段"。由于它们的重复出现,造成了回环反复、哀思如缕的情调。作者利用这一构思的路子,把纷繁组织在严密的乐章之中。

还有许多同为辐状的构思,并不采取上述那些方式,它更为自由,类似音乐中的奏鸣曲式。它的结构呈示部、展开部(通过各种手段充分发挥呈示各部主题中具有特征因素)、再现部。《周总理,你在哪里》的构思近此。

以上所述是同为辐射状的构思。其方式相当繁多。再看同为凝聚式的构思,其方式亦是多种。《西去列车的窗口》是一种方式,它以激宕奔放的诗句,把今天和昨天加以组合和重叠,从各个方面,"凝聚"到特定的"窗口"加以表现,而民歌《一只篮》则是通过"这只篮"把几代人的生活变迁加以阐明。这也是一种"凝聚",它不是如西去列车那样处处联想,而是并列地提出"这只篮"在不同年代曾经装过什么样的食物,用以概括更为广阔的内容。

北京的花季[*]

  看玉兰是北京花季盛事,也是狂欢花节的一个句号。和玉兰同时绽放的还有海棠,特别是号称花中仙子的西府海棠,更是艳丽惊人……

  北京的花季短暂得如同一节感伤的谣曲。花开得猛,凋谢得也快。三月的北京未曾解冻,时不时地还飘雪。当北海和昆明湖的冰面融解的时候,塞外的黄风也就来到。大约是三月快要完了,在霜雪肆虐的间隙里,往往可以看到一、二株最早凌零开放的山桃。山桃开得很惨,它开在人们不以为是开花的时节里。它绝不引人注意,而且大概总不过几天,就被那些无情的风所扫荡。这也许是对它的不合时宜地露面的惩罚。

  桃花只是先声,它严格说来不属于北京的花季。但我们显然无法逾越这勇敢的先驱者。桃花不因生存环境的恶劣而推迟它的花期。它总如约而至,而且也总如此的被摧残。岁岁年年,它悄悄地开放又悄悄地飘零。它无可改变的践约不能不使人对它格外地敬重。

  随后就是我们称之为春的连翘了。那黄澄澄的小花开放的时候,它那柔韧的枝条总是光秃秃的。光秃秃让人想到寒意,仿佛是这古城里昔日那些在寒风中缩手在棉袄袖筒的姿势。但花朵却不怕冷,它在寒颤中探头出来似是要试试自己抗寒的能力。于是它们一个个都闪出了太阳般的金光。迎春花开放的时节,

---

[*] 此文初刊 1992 年 12 月 8 日《联合报·联合副刊》。据此编入。

北京的大地还是灰扑扑的,单调而荒凉。它的金光闪闪让人想到漫长冬季的结束,似乎前面充满了希望。但四周依然寒气逼人,迎春花为了迎接春天而在夜晚和清晨的严寒中坚持。

进入四月,这里还是春寒料峭,大多数人家的火炉未曾撤去。清明总在四月开初的某一日来临。清明在江南已是杂花生树、群莺乱飞的时光了,而在北京却是一片沉甸甸的肃杀之气。北京年年清明少有晴日,不是霜雪就是阵雨,而且总好像有什么让人害怕的事要发生。但花儿毕竟勇敢,性急的如连翘,早已翘首以待了。在无花的清明节里,人们盼春心急,每每以纸花点缀古城春意,毕竟也颇有一番心灵之春的繁盛。

清明寒冻的雨雾一停,天气转暖。首先出现的是那些不怕冷的草本花卉。瓜叶菊的热闹带来了这一年最初的春光。当自然界的蝴蝶还在冬眠,三色堇在草间的飞动带给人以早春的欢愉。四月中旬,榆川梅、珍珠梅、黄刺梅、碧桃,都次第绽放。再过一个星期光景,紫丁香、白丁香、绶带花、紫色的和白色的木槿也开了。最动人的是草坪上一丛一丛的虞美人,以及盆栽移到户外的仙客来,它们是草木中的美艳者。它们似是为这个结束寒冬的花季助阵,以娇美柔弱的芳姿为花中君子的奋斗鼓劲。

这是北京一年中花事最盛的时候,真正的春光明烂的季节。人们都说北京没有春天,这是由于这种春色绮丽的时间太短。

漫长的冬天从上年的十一月一直拖到这年的四月清明,花事盛极的十天半个月一过,就到了女人们穿裙子的初夏。春天是隐匿在冰雪和沙尘的暴虐之中的,或者说,春天总是被埋葬的。唯有丁香刺梅这些灌木放花时节,那红霞一般的火爆和一片黄金般的灿烂才显示出春天的存在。那是春天在提醒人们:我开花,虽然我短暂。

一年中最让人兴奋也最容易引起伤感的季节来到了。有经验的北京人都清楚,这些花开得如醉如痴的时候,正意味着一年花事的接近尾声。这时候,人们争先恐后地涌向那些名家盛放的所在。所谓"赏花",实是向与严寒冰雪苦斗了一年的花魂告别致敬。

在北京住久的人,知道中山公园的唐花坞,也知道北京植物园。颐和园中的几株玉兰更是无人不知。玉兰很名贵,白色的硕大花朵,高雅而华贵,雍容如大家闺秀。特别是慈禧住过的乐寿堂后那一株紫玉兰,更是花中极品。但玉兰花时也短,看玉兰是北京花季盛事,也是狂欢花节的一个句号。和玉兰同时绽放的还有海棠,特别是号称花中仙子的西府海棠,更是艳丽惊人。"秾艳最宜新著雨,妖娆全在欲放时",此时此际花蕊上端那一点如胭脂的红晕是美艳的极致。但不论是玉兰还是海棠的繁华,都只是眨眼的功夫。

五月花事收场。所谓的五月花是没有的(歌词写五月的鲜花开遍了原野,那讲的是流血),这时天气开始暖热。风倒也停息了,但北京少雨而干旱的晚春节气也告来临。群花凋尽,天气渐渐热了,繁花似锦成了过眼烟云,春天匆忙得让人伤感。

不知从什么时候开始,柳絮便在空中悄悄翻飞。它造成最撩人愁思的缠绵,那柳花无所不在,是驱之不去的无尽忧伤。仿佛是一段牵肠挂肚的爱情的记忆,仿佛是青春失落的纪念,仿佛是恻恻长别的牵怀,那柳絮飘在纱窗上,钻进了居家的窗台,它随着微风滚动,在某一个角落团成了白色的巨大的帐惘。于是,遍地便充溢着这种无所不在的白色棉团,无所不在的哀愁。

当五月春深柳絮依然飘忽的时候,一夜之间,槐花也飘散了它的暗香。那香气在人们不觉间袭来熏得你醉。这槐花的香气也许唯有南国柚子花开时差可比拟。北京是槐的城市。槐有国槐洋槐之分,两种槐北京都多。国槐落叶最早而泛绿最迟,苍老斑驳如老人,胡同和公园深处都有,花白色,但少香气,现在被封为北京市花,大概是取其慵懒、少香。洋槐顾名思义是舶来品,有刺,花也是白色,其香可醉人。五月间,它的枝叶间悬挂着一串一串的小花,那是一片迷蒙的白雾。甜美的香气在午间蝉鸣的间隙或黄昏暑气渐消之际飘来,那浓香熏得人想哭,为它的华美,为它的繁丽,仿佛为短暂花季的祭奠而献上的素净。

此后,数日之间,北京那些四合院和老胡同居处,到处都铺盖了纸钱也似的落花。洋槐从开到落的全部过程就在五月的一段时间内完成。"开到荼蘼花事了"。荼蘼的小白花也赶来参加这番青春祭。所有的努力都无法挽留北京匆匆的花事。所有的事情都在六月到来的时候宣告了失败。

六月是哀伤的日子。无尽的繁花似乎等不到六月,它们匆匆地开也匆匆在谢。因为所有的花都难以忍受六月残酷的煎熬。六月的天空悬挂着一个火盆也似的太阳。这块干涸缺水并且连接蒙古沙漠的内陆城市,夏天无风,那滚滚热浪不知来自何处,它团团围困了这本应撤退的最后的残花败蕊。六月让人窒息,甚至连那些动情的哀悼和淡淡的感伤,也在这无情的热狂中被迫地消失。